ELIZABETH GEORGE

Auf Ehre und Gewissen

Buch

Tradition und Ehre, Disziplin und Leistung stehen auf dem Banner jedes englischen Elite-Internats. Doch in Bredgar Chambers fordert der übertriebene Moralkodex unter den Schülern gleich mehrere Tote. Bei ihren Nachforschungen treffen Inspector Thomas Lynley und Sergeant Barbara Havers von New Scotland Yard auf eine Mauer des Schweigens.
In einer meisterhaften Mischung aus britischer Kriminalraffinesse und amerikanischen Realitätssinn erzählt Elizabeth George von den unerbittlichen Gesetzen, die den Umgang der Kinder aus besten Kreisen untereinander bestimmen, und von den psychischen Abgründen, die sich hinter der glänzenden Fassade von Reichtum und Wohlanständigkeit auftun.

Autorin

Die Amerikanerin Elizabeth George hatte von Jugend an ein Faible für alles Englische, vor allem für den raffinierten britischen Kriminalroman. Ihr erstes Buch »Gott schütze dieses Haus« wurde als Krimi des Jahres gefeiert und mit dem Agatha Christie Award sowie dem Anthony Award für den besten Erstlingsroman ausgezeichnet. In Frankreich erhielt sie 1990 den Girard Prix de Littérature Policière. Für ihren zweiten Roman »Auf Ehre und Gewissen« wurde sie mit der MIMI, dem bedeutendsten deutschen Preis für Kriminalliteratur ausgezeichnet.

Als Goldmann-Taschenbücher lieferbar:

Asche zu Asche (43771/5275)
Denn bitter ist der Tod (42960/5936)
Gott schütze dieses Haus (9918/5808)
Keiner werfe den ersten Stein (42203/5867)
Mein ist die Rache (42798/5883)
Denn keiner ist ohne Schuld (43577/5271)
Im Angesicht des Feindes (44108)
Denn sie betrügt man nicht (44402)

Als gebundene Ausgabe bei Blanvalet:

Undank ist der Vater Lohn (0009)

Elizabeth George

Auf Ehre und Gewissen

Roman

Aus dem Amerikanischen von
Mechtild Sandberg-Ciletti

GOLDMANN

Die Originalausgabe erschien unter dem Titel »Well-Schooled in Murder« bei Bantam Books, New York

Umwelthinweis:
Alle bedruckten Materialien dieses Taschenbuches
sind chlorfrei und umweltschonend.

Der Goldmann Verlag
ist ein Unternehmen der Verlagsgruppe Bertelsmann

Umschlaggestaltung: Design Team München
Umschlagfoto: Premium, Roda
Druck: Elsnerdruck, Berlin
Krimi: 5840
Lektorat: Ge
Herstellung: sc
Made in Germany
ISBN 3-442-05840-6

9 10 8

For Arthur,
Who wanted to write

TIMSHEL

1

Der Garten hinter dem kleinen Haus in der Lower Mall von Hammersmith war ein Ort künstlerischen Bemühens. Drei Bretter astiges Fichtenholz, über sechs verwitterte Sägeböcke gelegt, dienten als Arbeitsplatte, auf der mindestens ein Dutzend Skulpturen in unterschiedlichen Stadien der Bearbeitung standen. Ein verbeulter Metallschrank an der Gartenmauer enthielt das Werkzeug des Künstlers: Bohrer, Meißel, Zahneisen, Hohlbeitel, Schmirgel und ein Sortiment Sandpapiere. Ein farbverschmierter Malerlappen, der durchdringend nach Terpentin roch, lag als armseliges Häufchen unter einem zerbrochenen Gartenstuhl.

Es war ein schmuckloser Garten. Die Mauern, die ihn vor der Neugier der Nachbarn schützten, schirmten ihn auch gegen die immerwährenden, großenteils von Maschinen verursachten Geräusche des Bootsverkehrs auf dem Fluß, der Great West Road und der Hammersmith Bridge ab. So fachmännisch waren die hohen Mauern rund um den Garten gebaut, so glücklich der Standort des Häuschens an der Lower Mall gewählt, daß höchstens gelegentlich ein über das Anwesen hinwegfliegender Wasservogel die kostbare Stille störte.

Diese Abschirmung hatte allerdings auch einen Nachteil. Reinigende Flußwinde fanden keinen Zugang. Die Folge war, daß der ganze Garten mit einer feinen Schicht weißen Steinstaubs überzogen war: das kleine Oval welkenden Rasens, die Rabatten rostfarbenen Goldlacks, die es umgrenzten, die quadratisch angelegte Terrasse. Selbst auf den Fenstersimsen des Häuschens und auf seinem Giebeldach hatte der Staub sich festgesetzt. Und der Künstler trug ihn wie eine zweite Haut. Aber Kevin Whateley machte das nichts aus. Er hatte sich im Laufe der Jahre daran gewöhnt, und selbst wenn er es nicht gewöhnt gewesen wäre, in einer Staubwolke zu arbeiten, hätte er sich nicht davon stören lassen. Der kleine Garten war seine Zuflucht, ein Ort kreativer Versunkenheit, wo Annehmlichkeit und Sauberkeit nicht erforderlich waren. Bloße Unbequemlichkeit war ohne Bedeutung für Kevin, wenn er sich seiner Kunst widmete.

Zu seinem jüngsten Werk, einem weiblichen Marmorakt, hatte er eine ganz besondere Liebe entwickelt. Er strich mit der Hand über den Arm, über die Wölbung des Gesäßes und die Schenkel hinunter, um nach rauhen Stellen zu suchen und ihnen den letzten Schliff zu geben. Er nickte befriedigt; der Stein fühlte sich unter seinen Fingern wie kühle Seide an.

»Bißchen albern siehst du schon aus, Kev. Mich hast du noch nie so angelächelt.«

Kevin richtete sich mit einem leisen Lachen auf und sah zu seiner Frau hinüber, die an der offenen Haustür stand. Sie trocknete sich die Hände an einem verwaschenen Geschirrtuch und lachte dabei, so daß um ihre Augen tiefe Fältchen entstanden.

»Dann komm doch her und stell mich auf die Probe, Schatz. Du hast nur das letzte Mal nicht richtig aufgepaßt.«

Patsy Whateley wehrte mit einer Handbewegung ab. »Ach, du bist doch ein verrückter Kerl, Kev!«

Aber er sah ihr freudiges Erröten.

»So, so, verrückt bin ich?« fragte er. »Heute morgen hast du aber was anderes gesagt. Oder warst das vielleicht nicht du, die sich da morgens um sechs an mich rangemacht hat?«

»Kev!« Sie lachte laut heraus.

Kevin betrachtete sie liebevoll. Er wußte, daß sie sich seit einiger Zeit heimlich die Haare färbte, um den Anschein der Jugend zu bewahren, und er sah, daß sie deutlich gealtert war, das Gesicht von feinen Linien durchzogen, um Kinn und Wangen nicht länger glatt und straff, der Körper aufgegangen, wo früher die lockendsten Rundungen gewesen waren. Aber diese Veränderungen konnten an seiner Liebe nichts ändern.

»Jetzt denkst du nach, Kev. Ich seh's dir am Gesicht an. Sag schon, was denkst du?«

»Schmutzige Gedanken, Schatz. Bei denen du rot werden würdest.«

»Das kommt nur von deinen Kunstwerken, stimmt's? Am heiligen Sonntag morgen nackte Frauen streicheln! Das ist einfach unanständig.«

»Das, was ich jetzt am liebsten mit dir tun würde, ist unanständig, mein Schatz. Komm her! Spiel mir kein Theater vor, ich weiß doch, wie du wirklich bist.«

»Also, jetzt ist er wirklich verrückt geworden«, verkündete Patsy dem Himmel über ihr.

»Ja, aber so wie du's magst.« Er lief durch den Garten zur Tür, nahm seine Frau in die Arme und küßte sie herzhaft.

»Puh! Kevin, du schmeckst ja nur nach Sand!« protestierte Patsy, als er sie losließ. Ein Streifen grauen Puders zog sich seitlich über ihr Haar und Gesicht, ein zweiter lag auf ihrer linken Brust. Leise vor sich hinschimpfend, klopfte sie ihre Bluse ab, aber als sie aufblickte und das Lächeln ihres Mannes sah, wurde ihr Gesicht weich. »Total verrückt«, sagte sie. »Aber das warst du ja immer.«

Er zwinkerte ihr zu und kehrte zu seiner Arbeit zurück. Sie blieb an der Tür stehen und sah ihm zu.

Aus dem Metallschrank holte Kevin das Bimssteinpulver, mit dem er den Marmor zu glätten pflegte, ehe er ein Werk als vollendet betrachtete. Nachdem er das Pulver mit Wasser gemischt hatte, verschmierte er es üppig über seine liegende Nackte und rieb es mit kräftiger Hand in den Stein. Er bearbeitete Beine und Bauch, Brüste und Füße und ging bei der Feinarbeit am Gesicht mit besonderer Sorgfalt zu Werke.

Er merkte, daß seine Frau unruhig zu werden begann, und sah, daß sie hinter sich in die Küche schaute, wo über dem Herd die rote Blechuhr hing.

»Halb elf«, sagte sie nachdenklich.

Es sollte wohl so klingen, als spräche sie mit sich selbst, aber Kevin ließ sich nicht täuschen.

»Komm, Patsy«, beruhigte er sie. »Du machst dir unnötige Gedanken. Reg dich nicht auf. Der Junge ruft bestimmt an, sobald er kann.«

»Halb elf«, wiederholte sie, ohne auf seine Worte zu achten. »Matt hat gesagt, sie würden spätestens zur Eucharistiefeier zurück sein, Kev. Und die war sicher um zehn vorbei. Jetzt ist es halb elf. Wieso hat er noch nicht angerufen?«

»Wahrscheinlich hat er 'ne Menge zu tun. Auspacken. Den anderen von seinem tollen Wochenende erzählen. Lernen muß er sicher auch noch. Dann gibt's Mittagessen. Na und da hat er eben ganz vergessen, seine Mama anzurufen. Aber nach dem Mittagessen hören wir bestimmt von ihm. Mach dir doch jetzt keine Sorgen, Schatz.«

Kevin wußte, daß dieser gute Rat etwa die gleiche Wirkung hatte, wie wenn er der Themse, die dicht vor ihrer Haustür vorbeiströmte, befohlen hätte, ihr regelmäßiges An- und Abschwellen im Wechsel der Gezeiten zu unterlassen. Seit zwölfeinhalb Jahren gab er ihr diesen Rat in allen möglichen Variationen; aber selten half er auch nur das Geringste. Patsy ließ es sich nicht nehmen, sich um jede Kleinigkeit, die Matts Leben anging, zu sorgen. Sie las jeden seiner Briefe aus dem Internat so gründlich und so oft, bis sie ihn auswendig konnte, und wenn sie nicht wenigstens einmal die Woche von ihm hörte, steigerte sie sich in Ängste hinein, die niemand außer Matthew selbst beruhigen konnte. Im allgemeinen meldete er sich zuverlässig, und gerade darum war sein Schweigen nach seinem Wochenendausflug in die Cotswolds um so unverständlicher. Das jedoch gab Kevin seiner Frau gegenüber nicht zu.

Die Pubertät, dachte er. Jetzt kommt's auf uns zu, Patsy. Der Junge wird erwachsen.

Patsys Bemerkung verblüffte ihn; er hatte nicht geglaubt, daß er so leicht zu durchschauen war.

»Ich weiß, was du denkst, Kev«, sagte sie. »Er wird älter. Er will nicht mehr, daß seine Mutter sich dauernd um ihn kümmert. Und das ist ja auch richtig. Ich weiß es.«

»Und?«

»Und drum warte ich noch ein bißchen, ehe ich in der Schule anrufe.«

Es war, das wußte Kevin, der beste Kompromiß, den sie zu bieten bereit war.

»Na also. Das find ich gut, Schatz.« Er wandte sich wieder seiner Skulptur zu.

Seine Frau müßte ihn später zweimal beim Namen rufen, um ihn aus der fremden Welt zurückzuholen, in die seine Muse ihn entführt hatte. Sie stand wieder an der Tür, doch diesmal hielt sie statt des Geschirrtuchs eine schwarze Kunstlederhandtasche, und sie trug ihre neuen schwarzen Schuhe und den guten marineblauen Wollmantel. An den Kragen hatte sie eine funkelnde Straßbrosche gesteckt – eine anmutige Löwin mit zum Schlag erhobener Pranke. Die Augen waren kleine grüne Punkte.

»Er ist auf der Krankenstation.« Das letzte Wort sprach sie im schrillen Ton beginnender Panik.

Kevin blinzelte verwirrt, und sein Blick fiel, vom Spiel des Lichts angezogen, auf die angreifende Löwin. »Krankenstation?« wiederholte er.

»Matt ist auf der Krankenstation, Kev. Er war das ganze Wochenende dort. Ich hab eben in der Schule angerufen.

Er ist überhaupt nicht zu den Morants gefahren. Er liegt krank auf der Station. Und der kleine Morant wußte nicht einmal, was er hat. Er hat ihn seit Freitag beim Mittagessen nicht mehr gesehen.«

»Und was willst du jetzt tun, Pats?« fragte Kevin, obwohl er genau wußte, wie die Antwort lauten würde. Aber er wollte einen Moment Zeit gewinnen, um zu überlegen, wie er sie am besten zurückhalten konnte.

»Mattie ist krank, Kev. Wer weiß, was ihm fehlt. Fährst du jetzt mit mir zur Schule oder willst du vielleicht den ganzen Tag hier rumstehen und diesem blöden Weibsbild die Hände auf den Schoß halten?«

Hastig zog Kevin seine Hände von dem anstößigen Körperteil seiner Skulptur und wischte sie an seiner Arbeitshose ab, wo sich der schmierige weiße Brei mit dem Schmutz und dem Staub mischte, die sich bereits an den Nähten festgesetzt hatten.

»Warte, Pats!« sagte er. »Überleg doch erst mal.«

»Was gibt's da zu überlegen? Mattie ist krank. Er hat bestimmt Sehnsucht nach seiner Mutter.«

»Meinst du wirklich, Schatz?«

»Überleg, Pats«, sagte er wieder, in dem Bemühen, sie zu beschwichtigen. »Welcher Junge will schon, daß gleich die Mama angerannt kommt, wenn er eine Erkältung hat? Er geniert sich doch höchstens zu Tode, meinst du nicht, wenn du da angetanzt kommst, als wär er noch ein kleines Kind, dem du die Windeln wechseln mußt.«

»Soll das heißen, daß ich nichts tun soll?« Patsy drohte ihm mit der Handtasche, um ihren Worten Nachdruck zu verleihen. »Als ob mich das Wohlergehen unseres Jungen nicht interessierte?«

»Nein, das meinte ich nicht.«

»Was dann?«

Kevin faltete seinen Polierlappen zu einem sauberen,

kleinen Quadrat. »Laß uns doch erst mal überlegen. Was hat die Schwester auf der Krankenstation gesagt? Was fehlt dem Jungen?«

Patsy senkte die Lider. Kevin wußte, was die Reaktion zu bedeuten hatte. Er lachte leise.

»Auf der Krankenstation ist immer eine Schwester, Patsy, und du hast nicht mit ihr gesprochen? Mattie hat sich die große Zehe angeschlagen, und Mama saust nach West Sussex, ohne vorher nachzufragen, was dem Jungen fehlt? Also hör mal, was ist denn in dich gefahren?«

Heiße Röte der Verlegenheit breitete sich von Patsys Hals zu ihrem Gesicht aus. »Ich ruf jetzt an«, sagte sie, so würdevoll ihr das möglich war, und ging in die Küche, um von dort aus zu telefonieren.

Kevin hörte, wie sie wählte. Einen Augenblick später vernahm er ihre Stimme. Dann hörte er, wie sie den Hörer fallenließ. Sie schrie einmal laut auf. Es war ein schrecklicher Schrei der Klage, ein flehentlicher Ruf nach ihm. Er warf seinen Lappen weg und rannte ins Haus.

Im ersten Moment glaubte er, Patsy hätte einen Anfall. Ihr Gesicht war grau, und die zusammengekniffenen Lippen schienen darauf hinzuweisen, daß sie mit äußerster Willenskraft Schmerzensschreie unterdrückte. Als sie beim Klang seiner Schritte den Blick hob, sah er wilde Verzweiflung in ihren Augen.

»Er ist nicht dort. Mattie ist verschwunden, Kevin. Er war nicht auf der Krankenstation. Er ist überhaupt nicht in der Schule.«

Kevin hatte Mühe, das Entsetzliche zu begreifen, das diese wenigen Worte beinhalteten. Er konnte nur Patsys Worte wiederholen. »Mattie – verschwunden?«

Sie schien wie erstarrt. »Seit Freitag mittag.«

Die ungeheure Zeitspanne von Freitag bis Sonntag füllte sich auf einen Schlag mit jenen unbeschreiblichen Bildern, denen sich alle Eltern ausgesetzt sehen, wenn sie die Möglichkeit in Betracht ziehen, daß ihr Kind vermißt ist. Entführung, Vergewaltigung, religiöse Sekten, Kinderhandel, Sadismus, Mord. Patsy zitterte und würgte. Ihre Haut überzog sich mit einem Schweißfilm.

Kevin, der Angst hatte, sie würde ohnmächtig werden oder auf der Stelle tot umfallen, faßte sie bei den Schultern, um ihr den einzigen Trost zu spenden, der ihm zur Verfügung stand.

»Wir fahren sofort zur Schule, Patsy«, sagte er eindringlich. »Wir kümmern uns um unseren Jungen. Darauf kannst du dich verlassen. Wir fahren sofort los.«

»Mattie!« Es klang wie ein Stoßgebet.

Kevin versuchte sich einzureden, daß Gebete überflüssig seien, daß Matthew nur schwänze, daß es für seine Abwesenheit von der Schule eine simple Erklärung gebe, über die sie später einmal gemeinsam lachen würden. Noch während ihm diese Gedanken durch den Kopf gingen, begann Patsy heftig zu zittern und stieß noch einmal flehend den Namen ihres Sohnes aus. Kevin ertappte sich dabei, daß er wider alle Vernunft hoffte, es gebe irgendwo einen Gott, der seine Frau hörte.

Sergeant Barbara Havers von der Kriminalpolizei ging ihren Beitrag zu dem gemeinsamen Bericht ein letztes Mal durch und war zufrieden mit den Ergebnissen ihrer Wochenendarbeit. Sie klammerte die fünfzehn mühselig erarbeiteten Seiten zusammen, stand von ihrem Schreibtisch auf und machte sich auf die Suche nach ihrem unmittelbaren Vorgesetzten, Inspector Thomas Lynley.

Er war dort, wo sie ihn kurz vor Mittag an diesem Tag zurückgelassen hatte, allein in seinem Büro, den Kopf in die Hand gestützt, seine Aufmerksamkeit scheinbar auf seinen Teil des Berichts konzentriert, der vor ihm auf dem

Schreibtisch ausgebreitet lag. Die Sonne des späten Sonntagnachmittags warf lange Schatten auf Wände und Boden, so daß es fast unmöglich war, ohne künstliches Licht zu lesen. Und da Lynley die Lesebrille bis zur Nasenspitze hinuntergerutscht war, trat Barbara leise ins Zimmer, gewiß, daß er eingeschlafen war.

Gewundert hätte es sie nicht. In den letzten zwei Monaten hatte Lynley mit seiner Gesundheit groben Raubbau getrieben. Seine beinahe ständige Anwesenheit im Yard – die zu ihrem Leidwesen im allgemeinen auch die ihre erforderlich machte – hatte ihm bei seinen Kollegen in der Abteilung den Spitznamen Mr. Immerda eingetragen.

»Marsch, nach Hause mit Ihnen, Freundchen«, pflegte Inspector MacPherson mit seiner dröhnenden Stimme zu sagen, wenn er ihm im Korridor, bei einer Besprechung oder in der Kantine begegnete. »Sie stellen uns andere ja als Faulpelze hin! Haben Sie's so eilig, Superintendent zu werden? Gut werden Sie auf Ihren Lorbeeren schlafen, wenn Sie an Überarbeitung gestorben sind.«

Lynley pflegte auf seine ihm eigene herzliche Art zu lachen und der Frage nach dem Grund seines unermüdlichen Fleißes auszuweichen. Aber Barbara wußte, warum er bis spät in die Nacht hinein arbeitete, sich freiwillig für den Notdienst zur Verfügung stellte und auf die erste Bitte hin den Dienst für andere übernahm. Sie nahm die Ansichtskarte zur Hand, die fast am Rand seines Schreibtischs lag.

Sie war fünf Tage alt, reichlich mitgenommen von beschwerlicher Reise quer durch Europa vom Ionischen Meer nach England. Das Bild zeigte einen merkwürdigen Zug von Weihrauchschwenkern, Zepterträgern und goldgewandeten griechisch-orthodoxen Priestern mit wallenden Bärten, die eine von Edelsteinen funkelnde Sänfte trugen, deren Seitenwände aus Glas waren. Drinnen ruhte, den verhüllten Kopf an das Glas gelehnt, als schliefe er nur und wäre nicht schon seit über tausend Jahren tot, der heilige Spyridon, oder besser, seine sterbliche Hülle. Barbara drehte die Karte um und las unverfroren den Text, obwohl sie sich den Tenor des Geschriebenen auch so denken konnte.

»Tommy, mein Schatz – stell Dir vor, man würde Deine armen Gebeine viermal im Jahr so durch die Straßen von Korfu schleppen! Bei diesem Anblick fragt man sich wirklich, ob es sich lohnt, ein heiliges Leben zu führen, nicht? Es wird Dich freuen zu hören, daß ich der Förderung meiner Allgemeinbildung mit einem Besuch des Zeus-Tempels in Kassiope Rechnung getragen habe. Ich bin sicher, Du findest ein so ehrgeiziges Unterfangen lobenswert. H.«

Barbara wußte, daß dies die zehnte Karte dieser Art war, die Lynley in den letzten zwei Monaten von Lady Helen Clyde erhalten hatte. Eine war wie die andere, freundlicher und witziger Kommentar zu diesem oder jenem Aspekt griechischen Lebens, der Helen Clyde erheiterte, während sie das Land auf einer anscheinend endlosen Reise durchstreifte, die sie im Januar angetreten hatte, nur wenige Tage, nachdem Lynley sie gebeten hatte, seine Frau zu werden. Ihre Antwort war ein entschiedenes Nein gewesen, und die Ansichtskarten, die sie alle nach New Scotland Yard sandte und nicht an Lynleys Privatadresse, unterstrichen ihre Entschlossenheit, ungebunden zu bleiben.

Daß Lynley täglich, wenn nicht gar stündlich, an Helen Clyde dachte, daß er sie begehrte und liebte, das waren, wie Barbara wußte, die unausgesprochenen Gefühle hinter seiner nicht erlahmenden Bereitschaft, ohne Protest einen Fall nach dem anderen zu übernehmen. Alles war ihm recht, um den heulenden Wölfen der Einsamkeit zu entfliehen, um zu verhindern, daß der Schmerz eines Lebens ohne Helen sich in ihm festfraß wie ein giftiges Geschwür.

Barbara legte die Karte wieder hin, trat ein paar Schritte

zurück und ließ ihren Berichtteil mit gekonntem Schwung in seinen Eingangskorb segeln. Der nachfolgende Luftzug, der sein Gesicht streifte, und das Rascheln seiner Papiere, die zu Boden flatterten, weckten ihn. Er fuhr hoch, quittierte die Tatsache, daß er im Schlaf ertappt worden war, mit einem entwaffnenden Lächeln, rieb sich das Genick und nahm seine Brille ab.

Barbara ließ sich seufzend in den Sessel neben seinem Schreibtisch fallen und fuhr sich so kräftig durch die kurzen Haare, daß sie hinterher wie die Borsten einer Bürste von ihrem Kopf abstanden. »Ach ja«, sagte sie, »die Schotten haben's gut.«

Er unterdrückte ein Gähnen. »Die Schotten, Havers? Was um alles in der Welt –«

»Na, die sitzen doch direkt an der Quelle. Wenn ich an das köstliche Aroma denke...«

Lynley streckte seine langen Glieder und bückte sich, um seine Papiere aufzusammeln. »Ach, so ist das gemeint«, sagte er. »Gehe ich recht in der Annahme, daß Sie heute Ihr gewohntes Quantum Alkohol noch nicht genossen haben, Sergeant?«

Sie lachte. »Gehen wir doch rüber ins *King's Arms*, Inspector. Sie dürfen mich einladen. Zwei vom MacAllan, und wir singen beide ein Loblied auf Malz und Gerste. Das werden Sie sich doch nicht entgehen lassen wollen. Ich hab eine verdammt gute Altstimme, mit soviel Seele, daß es Ihnen die Tränen in die schönen braunen Augen treibt.«

Lynley polierte seine Brille, setzte sie auf und nahm sich ihre Arbeit vor. »Ich fühle mich hochgeehrt von Ihrer Einladung. Glauben Sie mir. Ihr Anerbieten, mir etwas vorzuträllern, rührt mich bis ins Herz, Havers. Aber es muß doch heute noch jemand hier sein, den Sie nicht so regelmäßig geschröpft haben wie mich. Wo ist Constable Nkata? Den habe ich heute nachmittag gar nicht im Haus gesehen.«

»Er mußte weg. Zu einem Fall.«

»Wie schade. Da haben Sie aber wirklich Pech. Ich habe Webberly nämlich diesen Bericht für morgen früh versprochen.«

Barbara spürte einen Anflug von Erbitterung. Er war ihrer Einladung äußerst geschickt ausgewichen. Aber sie hatte andere Waffen.

»Sie haben ihn Webberly zwar für morgen versprochen, Sir, aber wir wissen doch beide, daß er ihn frühestens nächste Woche braucht. Machen Sie endlich einen Punkt, Inspector. Finden Sie nicht, es wird langsam Zeit, daß Sie unter die Lebenden zurückkehren?«

»Havers.« Lynley machte keine Bewegung. Er hob nicht einmal den Kopf von den Schriftstücken in seiner Hand. Sein Ton war Warnung genug. Er zog die Grenze, und er stellte klar, wer der Vorgesetzte war. Barbara hatte lange genug mit ihm zusammengearbeitet, um zu wissen, was es bedeutete, wenn er ihren Namen mit so ausgesuchter Distanz aussprach: Zutritt verboten. Ihre Einmischung war nicht erwünscht und würde nicht ohne Kampf zugelassen werden.

Aber einen letzten Ausfall in die sorgsam gehüteten Regionen seines Privatlebens konnte sie sich nicht verkneifen. Mit dem Kopf wies sie auf die Ansichtskarte. »Viel Hoffnung macht Ihnen die gute Helen ja nicht, wie?«

Mit einem Ruck hob er den Kopf. Er legte den Bericht weg. Aber das durchdringende Läuten des Telefons schnitt ihm die Antwort ab.

Eines der Mädchen, die im unfreundlichen, mit schwarzgrauem Marmor ausgelegten Foyer von New Scotland Yard am Empfang arbeiteten, war am Telefon, als Lynley abhob. Unten warte ein Besucher, erklärte sie mit ihrer nasalen Stimme ohne Umschweife. Ein gewisser John Corntel, der nach Inspector Asherton gefragt habe. Das sind doch Sie, oder? Fürchterlich, diese Leute, die sich keinen Namen richtig merken können. Sie mit Ihren vielen Namen und Titeln, schlimmer als die Königin persönlich. Eine Zumutung ist das, und von uns hier unten am Empfang wird erwartet, daß wir sie alle kennen und gleich wissen, wer gemeint ist, wenn ein alter Schulkamerad aufkreuzt und –

Lynley unterbrach den Klagegesang. »Corntel? Sergeant Havers kommt gleich hinunter.«

Er legte auf, als das Mädchen mit Märtyrerstimme fragte, wie er nächste Woche gern genannt werden würde. Vielleicht hätte er ja außer Lynley und Asherton noch einen verstaubten Familiennamen auf Lager, den er gern mal ein, zwei Monate ausprobieren würde?

Havers, die nach dem, was sie von dem Gespräch mitbekommen hatte, ihren nächsten Auftrag voraussah, war schon auf dem Weg zur Tür. Lynley sah ihr nach, eine rundliche Gestalt mit kurzen Beinen, und überlegte, was dieser unerwartete Besuch von Corntel zu bedeuten haben konnte.

Ein Geist aus der Vergangenheit. Sie waren zusammen in Eton gewesen. Corntel, einer der Besten, wie Lynley sich erinnerte, war unter den Schülern der Oberstufe eine beeindruckende Erscheinung gewesen; ein hochgewachsener, grüblerischer junger Mann, der immer etwas schwermütig wirkte, mit rabenschwarzem Haar und aristokratisch geschnittenen Gesichtszügen. Wie um den Erwartungen gerecht zu werden, die seine äußere Erscheinung hervorrief, hatte Corntel sich darauf vorbereitet, sein *A-level* in Literatur, Musik und Kunst abzulegen. Was nach Eton aus ihm geworden war, wußte Lynley nicht.

Dieses Bild John Corntels vor Augen, das Teil seiner eigenen Geschichte war, sah Lynley den Mann, der Sergeant Havers keine fünf Minuten später in sein Büro folgte, mit einiger Überraschung. Nur die Körpergröße war geblieben – gut über einen Meter achtzig groß, stand er Auge in Auge mit Lynley. Aber die gerade, selbstsichere Haltung des exzellenten Etonschülers, der sich seiner Qualitäten bewußt war, hatte sich völlig verloren. Die Schultern waren gekrümmt und nach vorn gezogen, als wolle er sich vor jeder Möglichkeit körperlichen Kontakts schützen. Und das war nicht die einzige Veränderung, die mit dem Mann vorgegangen war.

Statt der jugendlichen Locken trug er sein Haar jetzt sehr kurz geschnitten, und das glänzende Schwarz war von vorzeitigem Grau gesprenkelt. Das gutgeschnittene Gesicht, dessen Züge Sinnlichkeit und Intelligenz ausgedrückt hatten, war von einer fahlen Blässe, die an Krankenzimmer denken ließ, und die Haut spannte sich gummiartig über den Knochen. Die dunklen Augen waren blutunterlaufen.

Gewiß gab es eine Erklärung für die Veränderung, die John Corntel in den siebzehn Jahren, seit Lynley ihn zum letztenmal gesehen hatte, durchgemacht hatte. Kein Mensch veränderte sich ohne schwerwiegende Ursache auf so drastische Weise.

»Lynley. Asherton. Ich wußte nicht, welchen Namen ich angeben sollte«, sagte Corntel zaghaft. Aber die Zaghaftigkeit wirkte künstlich, vorherbedacht. Er bot Lynley die Hand. Sie war heiß und fühlte sich fiebrig an.

»Ich benutze den Titel selten. Einfach Lynley.«

»Ganz nützlich, so ein Titel. In der Schule nannten wir dich den wankelmütigen Vicomte. Woher kam das eigentlich? Ich erinnere mich nicht mehr.«

Lynley wollte keine Erinnerungen. Sie drohten verschlossene Türen zu sprengen. »Vicomte Vacennes.«

»Richtig. Der Zweittitel. Eine der Freuden, die man als ältester Sohn eines Earl genießt.«

»Allenfalls eine zweifelhafte Freude.«

»Vielleicht.«

Lynley beobachtete, wie Corntels Blick durch das Zimmer schweifte, von den Schränken und Regalen voller Bücher zum unordentlichen Schreibtisch und den beiden Bildern an der Wand, die Szenen aus dem amerikanischen Südwesten darstellten. Er blieb schließlich an dem einzigen Foto hängen, das im Zimmer stand, und Lynley wartete auf einen Kommentar. Corntel und Lynley waren beide mit Simon Allcourt-St. James zusammen in Eton gewesen, und da diese Fotografie von ihm mehr als dreizehn Jahre alt war, würde Corntel zweifellos das triumphierende Gesicht des wild zerzausten jungen Cricketspielers erkennen, der hier in zerrissener Hose, die Ärmel seines Pullovers über die Ellbogen hochgeschoben, einen Schmutzfleck auf dem Arm, in der ungetrübten, strahlenden Lebensfreude der Jugend eingefangen war. Auf seinen Cricketschläger gestützt, stand er da und lachte in reinem Entzücken. Drei Jahre danach hatte Lynley ihn zum Krüppel gefahren.

»St. James.« Corntel nickte. »Ich habe seit Jahren nicht mehr an ihn gedacht. Lieber Gott, wie die Zeit vergeht.«

»Ja.« Lynley betrachtete den alten Schulkameraden aufmerksam, sah, wie sein Lächeln aufblitzte und wieder verschwand, wie seine Hände zu den Jackentaschen glitten und sie flachklopften, als wolle er sich des Vorhandenseins irgendeines Gegenstands vergewissern, den er vorzulegen beabsichtigte.

Sergeant Havers machte Licht, um die Schatten des späten Nachmittags zu vertreiben. Sie sah Lynley an. Bleiben oder gehen? fragte ihr Blick. Er wies mit dem Kopf auf einen der Sessel. Sie setzte sich, griff in ihre Hosentasche, zog eine Packung Zigaretten heraus.

»Rauchen Sie?« Sie bot Corntel die Packung an. »Der Inspector hat sich entschlossen, auch diesem Laster zu entsagen, und ich rauche nicht gern allein.«

Corntel schien überrascht, daß sie noch im Zimmer war; doch er nahm ihr Angebot dankend an und zog ein Feuerzeug heraus.

»Ja. Ich nehme gern eine. Danke.« Sein Blick schweifte zu Lynley und wieder weg. Er drehte die Zigarette in der Hand. Flüchtig biß er sich auf die Unterlippe. »Ich bin hergekommen, weil ich dich um deine Hilfe bitten möchte, Tommy«, sagte er hastig. »Ich hoffe, du kannst etwas tun. Ich bin in ernsten Schwierigkeiten.«

2

»Ein Junge ist aus der Schule verschwunden, und ich bin sein Hausvater. Ich bin also für ihn verantwortlich. Wenn ihm etwas passiert ist...«

Corntel erklärte in knappen Worten, zog zwischen abgerissenen Sätzen immer wieder an seiner Zigarette. Er war Hausvater und Leiter des englischen Fachbereichs in Bredgar Chambers, einer Privatschule in der Gegend zwischen Crawley und Horsham in West Sussex, etwas über eine Stunde von London entfernt. Der Junge, um den es ging – dreizehn Jahre alt, ein Sextaner, somit also neu auf der Schule –, stammte aus Hammersmith. Der Gesamtsituation nach zu urteilen, schien es sich hier um einen ausgeklügelten Plan zu handeln, den der Junge sich ausgedacht hatte, um zu einem Wochenende in ungebundener Freiheit zu kommen. Aber irgendwo und irgendwie war etwas schiefgegangen, und nun war der Junge verschwunden, wurde schon seit mehr als achtundvierzig Stunden vermißt.

»Ich könnte mir denken, daß er durchgebrannt ist.« Corntel rieb sich die Augen. »Tommy, ich hätte sehen müssen, daß den Jungen etwas bedrückte. Ich hätte es wissen müssen. Das gehört zu meinen Aufgaben. Wenn er so wild entschlossen war durchzubrennen, wenn er all die Monate so unglücklich war, und ich das nicht bemerkt habe ... Die Eltern kamen völlig hysterisch in der Schule an, ein Mitglied unseres Verwaltungsrats war zufällig zur selben Zeit da, und der Schulleiter war den ganzen Nachmittag damit beschäftigt, die Eltern zu beruhigen, festzustellen, wer den Jungen zuletzt gesehen hat, und herauszubekommen, warum er ohne ein Wort auf und davon gegangen ist. Er will die Sache auf keinen Fall der zuständigen Polizei übergeben. Ich weiß nicht, was ich den Leuten sagen soll, was ich zu meiner Entschuldigung vorbringen kann, wie ich das wiedergutmachen soll.«

Er fuhr sich mit der Hand über das kurze Haar und versuchte zu lächeln, aber es gelang ihm nicht. »Im ersten Moment wußte ich nicht, wohin ich mich wenden sollte. Dann fielst du mir ein. Es schien mir geradezu eine Eingebung. Schließlich waren wir in Eton gute Freunde. Und – lieber Gott, ich quaßle wie ein Schwachsinniger, ich weiß. Ich kann nicht mal mehr klar denken.«

»Das ist eine Angelegenheit für die Polizei von West Sussex«, sagte Lynley. »Wenn es überhaupt eine Angelegenheit für die Polizei ist. Warum hat man sie noch nicht benachrichtigt, John?«

»Wir haben in der Schule eine Gruppe, die sich die freiwilligen Helfer nennt, und diese Schüler sind jetzt unterwegs, um den Jungen zu suchen – in der Annahme, daß er nicht weit gekommen sein kann. Oder in der Annahme, daß ihm in der Nähe der Schule etwas zugestoßen ist. Die Polizei nicht einzuschalten, war der Entschluß des Schulleiters. Er und ich haben das abgesprochen. Ich habe ihm erzählt, daß ich eine Verbindung zum Yard hätte.«

Lynley konnte sich die Einzelheiten der Situation, in die Corntel da geraten war, leicht ausmalen. Ganz abgesehen von seiner berechtigten Sorge um den Jungen mußte sich

John Corntel auch um seine eigene Stellung – vielleicht sogar seine Karriere – sorgen; alles hing davon ab, daß der Junge rasch und wohlbehalten wiedergefunden wurde. Es kam vor, daß ein Kind im Internat Heimweh bekam und vielleicht den Versuch machte, zu seinen Eltern oder seinen alten Freunden zurückzukehren; meistens wurde der kleine Delinquent schon nach kurzer Zeit und ganz in der Nähe der Schule wieder gefaßt. Aber dies war eine ernste Sache. Corntels stockend vorgetragener Schilderung zufolge war der Junge am Freitagnachmittag das letzte Mal gesehen worden, und seitdem hatte niemand auch nur einen Gedanken an seinen Verbleib verschwendet. Was die Entfernung anbetraf, die er in der Zeit seiner Abwesenheit möglicherweise hatte zurücklegen können – die Lage war wirklich mehr als ernst für Corntel. Sie war gewissermaßen der Auftakt zur beruflichen Katastrophe. Kein Wunder, daß er dem Schulleiter versichert hatte, er könne sie allein bereinigen, rasch und diskret.

Aber Lynley konnte nichts tun. Scotland Yard konnte nicht einfach Fälle übernehmen, die von Privatpersonen unterbreitet wurden, und man hütete sich beim Yard davor, ohne förmliches Ansuchen der zuständigen Regionalpolizei in fremdes Revier einzudringen. Corntels Reise nach London war also nichts als Zeitverschwendung, und je eher er auf die Schule zurückkehrte und den Fall den zuständigen Behörden übergab, desto besser würde es für alle Beteiligten sein. Davon gedachte Lynley ihn zu überzeugen, sammelte daher alle ihm zur Verfügung stehenden Fakten, um sie in der Weise einzusetzen, daß sie Corntel zu der unausweichlichen Schlußfolgerung führen mußten, daß die zuständige Polizeidienststelle eingeschaltet werden mußte.

»Was genau ist denn eigentlich geschehen?« fragte er.

Sergeant Havers griff bei der Frage ihres Vorgesetzten

automatisch nach einem Spiralblock auf Lynleys Schreibtisch und begann auf gewohnt kompetente Weise Fragen und Antworten zu notieren. Sie kniff die Augen zusammen, als ihr der Rauch ihrer Zigarette ins Gesicht stieg, hustete, drückte die Zigarette an der Schuhsohle aus und warf sie in den Papierkorb.

»Der Junge – Matthew Whateley – hatte für dieses Wochenende einen Urlaubsschein. Er wollte mit einem anderen Schüler, Harry Morant, zu dessen Eltern fahren. Morants Familie hat in Lower Slaughter ein Landhaus, und dort sollte Harrys Geburtstag gefeiert werden. Fünf von unseren Schülern waren eingeladen. Sie hatten alle die Erlaubnis der Eltern.«

»Wer sind die Morants?«

»Erstklassige Familie«, antwortete Corntel. »Die drei älteren Söhne waren auch schon in Bredgar Chambers. Eine Tochter ist jetzt bei uns in der Oberstufe. Für die zwei letzten Jahre nehmen wir auch Mädchen auf«, fügte er überflüssigerweise hinzu. »In der Oberstufe. Meiner Ansicht nach bekam Matthew deswegen kalte Füße. Ich meine, wegen der Familie – den Morants –, nicht weil wir Mädchen aufnehmen.«

»Das verstehe ich nicht. Was hat die Familie damit zu tun?«

Corntel warf einen Blick des Unbehagens auf Sergeant Havers. Dieser kurze, nervöse Blick verriet Lynley, was als nächstes kommen würde. Corntel hatte an Havers' ausgeprägtem Akzent gehört, daß sie aus der Arbeiterklasse stammte. Wenn die Morants als Kern des Problems bezeichnet wurden und, wie Corntel gesagt hatte, eine erstklassige Familie waren, dann konnte das nur heißen, daß Matthew genau wie Havers aus einer ganz anderen Klasse kam.

»Ich glaube, Matthew bekam kalte Füße«, wiederholte

Corntel. »Er ist ein Kleinstadtkind und ist jetzt das erste Jahr auf einer Privatschule. Bisher hat er nur öffentliche Schulen besucht. Er hat immer zu Hause gelebt. Jetzt kommt er mit ganz anderen Leuten zusammen – so etwas braucht Zeit. Die Umstellung ist nicht einfach.« Er streckte wie um Verständnis bittend die geöffnete Hand aus. »Du weißt, was ich meine.«

Lynley sah, wie Havers den Kopf hob, wie ihre Augen sich verengten bei dem, was unausgesprochen hinter Corntels Worten stand. Er wußte, daß sie ihre Herkunft aus dem Arbeitermilieu immer wie ein Schild vor sich hergetragen hatte.

»Und als Matthew am Freitag nicht mitkam?« fragte er. »Die Jungen hatten sich doch sicherlich irgendwo verabredet, um gemeinsam ins Wochenende zu fahren. Haben sie sich über sein Ausbleiben keine Gedanken gemacht? Haben sie es dir nicht gemeldet, als er nicht kam?«

»Sie glaubten ja, sie wüßten, wo er ist. Wir hatten am Freitagnachmittag Sport, und danach wollten die Jungen losfahren. Sie sind alle im selben Hockeyteam. Matthew kam nicht zum Spiel, aber niemand dachte sich etwas dabei, weil der Sportlehrer der Sexta – Cowfrey Pitt, einer unserer Lehrer – einen Zettel von der Krankenstation bekommen hatte, der besagte, daß Matthew erkrankt sei und am Spiel nicht teilnehmen könne. Als die Jungen das hörten, nahmen sie automatisch an, er würde auch nicht mit ihnen ins Wochenende fahren. Das war durchaus logisch.«

»Was war das für ein Zettel?«

»Eine Befreiung. Ein Standardformular von der Krankenstation mit Matthews Namen darauf. Offen gestanden, mir sieht es danach aus, als hätte Matthew das alles im voraus inszeniert. Von zu Hause holte er sich die Erlaubnis, das Internat zu verlassen, um angeblich mit zu den Morants zu fahren. Gleichzeitig besorgte er sich eine Befreiung, der zu entnehmen war, daß er auf der Krankenstation lag. Aber da die Befreiung gefälscht war, bekam ich keine Kopie von der Krankenstation. Folglich mußte ich annehmen, Matthew sei mit den Jungen zu den Morants gefahren. Und die Morants andererseits mußten annehmen, er sei im Internat geblieben. Auf diese Weise wollte er sich offenbar ein freies Wochenende verschaffen, wo er tun und lassen konnte, was ihm beliebte. Und genau das hat er ja getan, der kleine Bengel.«

»Du hast nicht nachgeprüft, wo er war?«

Corntel beugte sich vor und drückte seine Zigarette aus. Seine Hand zitterte. Asche fiel auf Lynleys Schreibtisch. »Ich glaubte doch, ich wüßte, wo er war. Ich dachte, er sei bei den Morants.«

»Und der Hockeylehrer – wie hieß er gleich? Cowfrey Pitt? –, informierte der dich nicht, daß der Junge auf der Krankenstation lag?«

»Cowfrey nahm an, die Krankenstation würde mich informieren. So wird das im allgemeinen gehandhabt. Und wenn ich erfahren hätte, daß Matthew krank war, wäre ich selbstverständlich auf die Station gegangen, um nach ihm zu sehen. Das ist doch ganz klar.« Der Nachdruck, mit dem Corntel seine Beteuerungen hervorbrachte, war merkwürdig.

»Ihr habt doch sicher auch einen Hausältesten für jedes Haus. Was hat der denn die ganze Zeit getan? War er über das Wochenende in der Schule?«

»Brian Byrne. Ja. Ein Schüler der Oberstufe. Die meisten älteren Schüler hatten Urlaubsscheine und waren weg – wenigstens die, die nicht zu dem Hockeyturnier oben im Norden gefahren waren –, aber er war da. Im Haus. Er glaubte genau wie wir alle, Matthew sei bei den Morants. Nachgeprüft hat er das so wenig wie ich. Es lag ja auch kein Anlaß dazu vor. Im übrigen wäre eine Überprüfung meine

Aufgabe gewesen und nicht Brians. Ich möchte mein Versäumnis, wenn es eines war, keinesfalls auf meinen Hausältesten abwälzen. Das kommt nicht in Frage.«

Wie bei den vorhergehenden Beteuerungen verlieh Corntel auch jetzt wieder seinen Worten einen seltsamen Nachdruck, der dem Bedürfnis zu entspringen schien, alle Schuld auf die eigene Kappe zu nehmen. Lynley wußte, daß es im allgemeinen nur einen Grund für ein solches Bedürfnis gab. Wenn Corntel die Schuld auf sich nehmen wollte, dann verdiente er sie zweifellos auch.

»Er wird gewußt haben, daß er bei den Morants ganz und gar nicht in seinem Element sein würde. Er wird es gefühlt haben«, sagte Corntel.

»Du scheinst da ja ziemlich sicher zu sein.«

»Er war Stipendiat.« Corntel schien zu glauben, damit sei alles erklärt. Dennoch fügte er hinzu: »Ein netter Junge. Fleißig.«

»Er war bei den anderen Schülern beliebt?«

Als Corntel zögerte, meinte Lynley: »Nun, wenn einer von ihnen ihn sogar zu sich nach Hause eingeladen hat, ist das doch eigentlich die logische Schlußfolgerung.«

»Ja, ja. Sicher. Ich bin nur – Siehst du jetzt, wie ich dem Jungen gegenüber versagt habe? Ich *weiß* es nicht. Er war immer so still. Hat immer nur brav gearbeitet. Er hatte nie ein Problem. Oder hat jedenfalls nie etwas dergleichen gesagt. Und seine Eltern hatten sich sehr über diese Wochenendeinladung gefreut. Sein Vater sprach das ganz offen aus, als er uns die Erlaubnis schickte. ›Schön, daß Mattie jetzt ein bißchen in die große Welt hinauskommt‹ oder so ähnlich, schrieb sein Vater.«

»Wo sind die Eltern jetzt?«

Corntel machte ein unglückliches Gesicht. »Ich weiß es nicht. In der Schule vielleicht. Oder sie sitzen zu Hause und warten auf Nachricht. Wenn es dem Schulleiter nicht gelungen ist, sie davon abzuhalten, sind sie vielleicht direkt zur Polizei gegangen.«

»Wo ist bei euch die nächste Polizeidienststelle?«

»In Cissbury – das ist das nächste Dorf – gibt es einen Constable. Ansonsten ist Horsham für uns zuständig.«

»Ja, und leider nicht Scotland Yard.«

Corntels Schultern krümmten sich noch etwas mehr bei dieser Bemerkung. »Aber irgend etwas wirst du doch tun können, Tommy! Irgendwas wirst du doch ins Rollen bringen können!«

»Auf diskretem Weg?«

»Ja. Meinetwegen. Du kannst es nennen, wie du willst. Ich weiß, es wäre eine rein persönliche Gefälligkeit. Ich kann hier keinerlei Ansprüche stellen. Aber um Gottes willen, wir waren doch zusammen in Eton.«

Es war ein Appell an die Loyalität; an alte Bindungen; der eine immerwährende Bereitschaft, dem Ruf der Vergangenheit zu folgen, als selbstverständlich voraussetzte. Gern hätte sich Lynley mit aller Rigorosität darüber hinweggesetzt. Der Polizeibeamte in ihm drängte ihn dazu. Aber der Junge, der einmal die Freuden und Nöte des Internatslebens mit Corntel geteilt hatte, war noch lebendiger, als es Lynley lieb war.

»Wenn er durchgebrannt sein sollte«, sagte er darum, »vielleicht in der Absicht, nach London zu gelangen, dann hätte er doch ein Transportmittel gebraucht. Wie weit seid ihr von der nächsten Bahnlinie entfernt? Von der Autobahn oder einer der größeren Straßen?«

Corntel schien in dieser Frage die hilfreich dargebotene Hand zu sehen, die er sich wünschte. Er antwortete bestimmt, eifrig bemüht, Nützliches beizusteuern.

»Wir sind von allen Verkehrsverbindungen ziemlich weit entfernt, Tommy. Das ist einer der Gründe, warum viele Eltern ihre Kinder gern zu uns schicken. Sie sehen eine gewisse Sicherheit darin. Bredgar Chambers liegt isoliert. Da kann man keine Dummheiten machen. Es gibt keine Ablenkungen. Matthew hätte ganz schön marschieren müssen, um sicher davonzukommen. Er hätte es sich nicht leisten können, in der Nähe der Schule ein Auto anzuhalten; da wäre die Gefahr zu groß gewesen, daß jemand von der Schule – einer der Lehrer vielleicht oder einer der anderen Angestellten – vorbeigekommen wäre, ihn gesehen und sofort aufgelesen hätte.«

»Dann wird er vermutlich gar nicht erst zur Straße gegangen sein.«

»Das denke ich auch. Meiner Ansicht nach ist er querfeldein gelaufen, durch den St. Leonard's Forst hinauf nach Crawley und zur M 23. Da hätte er nichts mehr zu fürchten gehabt.«

»Das Wahrscheinlichste ist, daß er dort immer noch ist, meinst du nicht? Daß er sich verlaufen hat.«

»Zwei Nächte im Freien, jetzt, im März? Er kann sich den Tod geholt haben bei dieser Kälte. Oder er ist verhungert. Er kann sich ein Bein gebrochen haben oder gestürzt sein und sich das Genick gebrochen haben«, zählte Corntel mit Entsetzen auf.

»In drei Tagen verhungert man nicht«, versetzte Lynley. »Ist er ein großer Junge? Kräftig?«

Corntel schüttelte den Kopf. »Überhaupt nicht. Er ist sehr klein für sein Alter. Zart. Sehr zierlich. Ein schönes kleines Gesicht.« Er hielt inne, den Blick auf ein Bild gerichtet, das die anderen nicht sehen konnten. »Dunkles Haar. Dunkle Augen. Lange, schmale Hände. Makellose Haut. Wunderschöne Haut.«

Havers klopfte mit dem Bleistift auf ihren Block. Sie sah Lynley an. Als Corntel es bemerkte, hielt er inne. Tiefe Röte schoß ihm ins Gesicht.

Lynley schob seinen Sessel vom Schreibtisch weg.

»Hast du ein Foto von dem Jungen dabei?« fragte er. »Kannst du uns eine genaue Beschreibung geben?« Die letzte Frage, dachte er, war wahrscheinlich überflüssig.

»Ja, natürlich. Beides.« Die Erleichterung war nicht zu überhören.

»Dann laß uns beides da, und wir werden sehen, ob wir von hier aus etwas tun können. Vielleicht hat man ihn schon in Crawley aufgegabelt, und er traut sich nur nicht, seinen Namen anzugeben. Oder vielleicht irgendwo näher bei London. Man kann nie wissen.«

»Ich dachte – ich hoffte, daß du mir helfen würdest. Ich habe schon...« Corntel griff in die Brusttasche seines Jacketts und zog eine Fotografie und ein gefaltetes Blatt Papier heraus, das mit Maschine beschrieben war. Wenigstens besaß er Anstand genug, leichte Verlegenheit zu zeigen: die Tatsache, daß er beides zur Hand hatte, bewies, daß er fest mit Lynleys Hilfe gerechnet hatte.

Lynley nahm verdrossen Foto und Zettel. John Corntel war sich des alten Freundes sehr sicher gewesen.

Barbara las die Beschreibung, die Corntel ihnen dagelassen hatte. Sie studierte die Fotografie des Jungen, während Lynley den Aschenbecher ausleerte, den sie und Corntel während des Gesprächs gefüllt hatten. Er wischte ihn sorgfältig mit einem Papiertuch aus.

»Mein Gott, Sie sind ja schlimmer als eine alte Jungfer, Inspector«, bemerkte Barbara vorwurfsvoll. »Soll ich vielleicht von jetzt ab ein großes rotes R auf der Brust tragen.«

»Unsinn. Entweder ich leere den Aschenbecher aus oder ich freß den ganzen Müll aus reiner Verzweiflung. Und da scheint mir Ausleeren doch etwas angemessener zu sein. Aber auch nur um ein Haar.« Er blickte lächelnd auf.

Sie lachte trotz ihrer Gereiztheit. »Warum haben Sie das Rauchen überhaupt aufgegeben? Marschieren Sie doch einfach mit uns anderen früher ins Grab. Je mehr wir sind, desto lustiger ist es.«

Er antwortete nicht. Statt dessen fiel sein Blick zu der Ansichtskarte, die an eine Kaffeetasse gelehnt auf seinem Schreibtisch stand. Barbara wußte Bescheid. Helen Clyde rauchte nicht.

»Glauben Sie im Ernst, das ändert was, Inspector?«

Seine Antwort war eine Zurückweisung. »Wenn der Junge wirklich durchgebrannt ist, wird er wahrscheinlich in ein paar Tagen wieder auftauchen. Sollte er allerdings nicht auftauchen, dann wird man, so gefühllos das klingt, vermutlich seine Leiche finden. Ich frage mich, ob die guten Leute darauf vorbereitet sind.«

Barbara gab den letzten Worten geschickt einen Sinn, der ihren Absichten entsprach. »Ist man denn je auf das Schlimmste vorbereitet, Inspector?«

Schicke meinen Wurzeln Regen. Schicke meinen Wurzeln Regen.

Diese vier Worte im Kopf wie einen sich endlos wiederholenden Refrain, saß Deborah St. James in ihrem Austin und starrte unverwandt auf das überdachte Tor des Kirchhofs von St. Giles, etwas außerhalb des Städtchens Stoke Poges. Ihre Aufmerksamkeit galt keinem Detail im besonderen. Vielmehr versuchte sie zurückzurechnen, wie oft in den vergangenen vier Wochen sie nicht nur diese Schlußworte, sondern Hopkins' ganzes Sonnett für sich aufgesagt hatte. Jeden neuen Tag hatte sie mit ihm begonnen und hatte daraus die Kraft geschöpft, die sie aus dem Bett, aus dem Hotelzimmer zu ihrem Wagen trieb und weiter von einem Aufnahmeort zum nächsten, wo sie wie ein Automat fotografiert hatte. Darüber hinaus jedoch hätte sie nicht sagen können, wie oft jeden Tag sie zu diesen vierzehn Zeilen flehentlicher Bitte Zuflucht genommen hatte, sobald irgendein unerwarteter Anblick, ein Wort, eine Musik oder sonst ein Geräusch, auf das sie nicht vorbereitet war, ihre Abwehr durchdrungen und ihre Ruhe erschüttert hatten.

Sie wußte, warum die Zeilen ihr jetzt in den Sinn kamen. Die Kirche von St. Giles war die letzte Station ihrer Fahrt, die mehr eine Flucht gewesen war. Am Ende dieses Nachmittags würde sie nach London zurückkehren, allerdings nicht auf der M 4, das wäre ihr zu schnell gegangen, sondern lieber auf der A 4 mit ihren vielen Ampeln, den ewigen Staus rund um Heathrow und der langen Kette rußverschmutzter und wintergrauer Vororte. Das würde die Fahrt in die Länge ziehen, und genau das war der springende Punkt. Sie konnte ihr Ende nicht ins Auge fassen. Sie wußte noch immer nicht, wie sie es fertigbringen sollte, Simon gegenüberzutreten.

Vor Monaten, als sie diesen Auftrag, Schauplätze von literarischer Bedeutung zu fotografieren, übernommen hatte, hatte sie die Fahrt so geplant, daß in Stoke Poges, wo Thomas Gray seine *Elegy Written in a Country Churchyard* geschrieben hatte, ihre Arbeit, nur einen Katzensprung von zu Hause, ihren Abschluß finden würde.

Deborah öffnete die Wagentür, nahm Kamera und Stativ und ging über den Parkplatz zum Tor. Der Friedhof dahinter war in zwei Hälften unterteilt; einen gebogenen Betonweg hinunter stand auf halbem Weg ein zweites überdachtes Tor, das in den zweiten Friedhof führte.

Die Luft war kalt für Spätmärz, ohne Verheißung des kommenden Frühlings. Ab und zu zwitscherte ein Vogel in den Bäumen, sonst war es, abgesehen vom gelegentlichen gedämpften Brummen eines Jets von Heathrow, still auf dem Friedhof. Verständlich, dachte sie, daß Thomas Gray hier sein Gedicht geschrieben und sich diesen Ort zur letzten Ruhe gewählt hatte.

Sie schloß das erste Tor hinter sich und ging zwischen zwei Reihen Buschrosen hindurch den Weg entlang. Die

Bäumchen hatten schon neue Triebe, zarte junge Blättchen und feste kleine Knospen, doch diese neue Frische stand in scharfem Kontrast zur Umgebung. Dieser äußere Friedhof war schlecht instandgehalten. Gras und Unkraut wucherten wild, die alten verwitterten Grabsteine standen schief.

Das zweite Tor war feiner gearbeitet als das erste, und vielleicht in der Hoffnung, mutwillige Zerstörer davon abzuhalten, das feine Schnitzwerk des Tordachs, möglicherweise auch den Friedhof und die Kirche selbst, zu beschädigen, hatte man an einem der Torpfosten einen Scheinwerfer angebracht. Aber diese Vorsichtsmaßnahme konnte jetzt nichts mehr helfen; der Scheinwerfer war eingeschlagen, Glasscherben lagen hier und dort auf dem Boden.

Hinter dem zweiten Tor hielt Deborah nach dem Grab Thomas Grays Ausschau, das Gegenstand ihrer letzten Aufnahmen werden sollte. Beinahe sofort fiel ihr Blick auf eine Spur von Vogelfedern. Wie von der Hand eines Auguren zerrupft und ausgestreut lagen sie da, aschfarbener Flaum im gepflegten grünen Rasen. Sie sahen aus wie kleine Rauchwölkchen, die anstatt zum Himmel aufzusteigen und sich in der Luft aufzulösen, Substanz angenommen hatten. Doch die Zahl der Federn und die eindeutig gewaltsame Art, wie sie zerrupft worden waren, ließen auf einen erbitterten Kampf auf Leben und Tod schließen, und Deborah folgte ihrer Spur zu dem Ort ganz in der Nähe, wo der besiegte Kämpfer lag.

Der Kadaver des Vogels befand sich etwa einen halben Meter von der Eibenhecke entfernt, die inneren und äußeren Friedhof trennte. Deborah erschrak bei seinem Anblick. Obwohl sie geahnt hatte, was die entdecken würde, überkam sie angesichts der Brutalität, durch die das Geschöpf den Tod gefunden hatte, ein so tiefes Mitleiden – völlig absurd, wie sie sich sagte –, daß ihr die Tränen in die Augen schossen. Nichts war übrig von dem Vogel als ein zerbrechlicher, blutgetränkter Brustkorb, von beflecktem Flaum bedeckt, der keinen Schutz geboten hatte. Der Kopf fehlte. Beine und kleine Klauen waren abgerissen worden. Das kleine Geschöpf war vielleicht einmal eine Holztaube gewesen, jetzt war es nur noch eine beschädigte Hülle, in der einmal, allzu kurz, Leben gewesen war.

Wie flüchtig es war. Wie rasch es ausgelöscht werden konnte.

Deborah spürte, wie der Schmerz in ihr aufwallte, und wußte, daß ihr der Wille fehlte, ihn zu besiegen. In den vergangenen vier Wochen hatte sie ihn mit Arbeit bekämpft. Und ihr wandte sie sich auch jetzt wieder zu, ging fort von dem Vogel, in ihren kalten Händen ihr Arbeitsgerät.

Schauplätze der Literatur, hieß ihr Auftrag. In den Wochen seit Ende Februar hatte Deborah das Yorkshire der Brontës erforscht und sich in den Bann von Ponden Hall und High Withens ziehen lassen; sie hatte Tintern Abbey im Mondschein festgehalten; sie hatte das Cobb und insbesondere Granny's Teeth fotografiert, von wo Louisa Musgrove in den Tod gestürzt war; sie hatte den Turnierplatz in Ashby de la Zouch abgeschritten, hatte das Kommen und Gehen in der Trinkhalle von Bath beobachtet, die Straßen von Dorchester durchstreift, um den langsamen Verfall Michael Henchards zu erspüren, und sie hatte sich vom Zauber der Hill Top Farm einfangen lassen.

In jedem Fall hatten der Schauplatz selbst und ihre Beschäftigung mit der Literatur, die er ausgelöst hatte, sie beflügelt und inspiriert. Aber als sie sich jetzt an diesem letzten Aufnahmeort umsah und die beiden Bauten entdeckte, die, da sie so nah bei der Kirche standen, die Grabmäler sein mußten, die sie fotografieren wollte, war sie enttäuscht. Wie sollte sie etwas so Prosaisches, Banales je in eine poetische Form bringen?

Deborah runzelte die Stirn. »Die reinste Katastrophe«,

murmelte sie. Aus ihrem Kamerakoffer holte sie das Manuskript des Buches, das ihre Fotografien illustrieren sollten. Sie legte mehrere Seiten davon auf die Überdachung des Grabes, um nicht nur *Elegy Written in a Country Churchyard* zu lesen, sondern auch die Interpretation, die es begleitete. Nachdenklich, mit wachsendem Verständnis, ruhte ihr Blick schließlich auf der elften Stanze des Gedichts. Sie sann lange darüber nach.

Ruft einer Urne Pracht, des Künstlers Meisterstück,
Ein seelenvolles Bild! den Geist im Flug zurück?
Kann zu des Grabes Nacht der Ehre Stimme dringen?
Läßt sich des Todes Ohr durch Schmeicheleien zwingen?

Als sie wieder aufblickte, sah sie den Friedhof so, wie Gray gewollt hatte, daß sie ihn sehen sollte, und sie wußte, daß ihre Aufnahmen das einfache Leben wiedergeben mußten, das der Dichter mit seinen Worten hatte feiern wollen. Sie packte die Papiere wieder ein und stellte ihr Stativ auf.

Nichts Schwelgerisches würde es werden, nichts Raffiniertes, schlichte fotografische Aufnahmen, die von Hell und Dunkel Gebrauch machten, um die Reinheit und die Schönheit einer ländlichen Abenddämmerung darzustellen. Sie bemühte sich, die Bescheidenheit des Ortes einzufangen, wo, um mit Gray zu sprechen, »von diesem armen Dorf der Väter rohe Schaar« schlief, und rundete ihre Impressionen mit einer Aufnahme der Eibe ab, unter der der Dichter angeblich seine Verse geschrieben hatte.

Als das getan war, ließ sie ihre Sachen liegen und ging ein paar Schritte, um nach Osten zu blicken, Richtung London. Es gab keinen Aufschub mehr. Es gab keinen Vorwand mehr, ihrem Zuhause fernzubleiben. Aber sie mußte sich darauf einstellen, ehe sie ihrem Mann gegenübertreten konnte. Darum ging sie in die Kirche.

Gleich als sie eintrat, fiel ihr Blick auf den Gegenstand,

der in der Mitte des Kirchenschiffs stand, ein achteckiges Taufbecken aus Marmor, das unter der hohen Wölbung der Holzdecke klein, beinahe zierlich wirkte. Jede Seite des Beckens war mit feingemeißelten Reliefs verziert, und hinter ihm standen zwei hohe Zinnleuchter mit frischen Kerzen.

Deborah ging nach vorn und berührte vorsichtig das glatte Eichenholz, das das Becken bedeckte. Nur einen Moment lang gab sie der Vorstellung nach, sie halte ein Kind in ihren Armen und spüre den zarten Druck seines Köpfchens an ihrer Brust. Sie hörte sein erschrecktes Aufweinen, als das Wasser auf seine reine, ungeschützte Stirn tropfte. Sie spürte, wie sich das Händchen um ihren Finger schloß. Sie erlaubte sich zu vergessen, daß sie – zum viertenmal innerhalb von achtzehn Monaten – eine Fehlgeburt gehabt hatte. Sie erlaubte sich zu vergessen, daß sie je im Krankenhaus gewesen war, doch die Erinnerung an das letzte Gespräch mit dem Arzt hatte sie nie endgültig verdrängen können. Sie konnte nicht entfliehen.

»Ein Abbruch schließt die Möglichkeit zukünftiger gesunder Schwangerschaften nicht unbedingt aus, Deborah. Aber es kommt vor. Sie sagen, das war vor mehr als sechs Jahren. Vielleicht gab es Komplikationen. Verwachsungen eventuell oder etwas Ähnliches. Das können wir mit Sicherheit erst nach gründlichen Untersuchungen sagen. Wenn Sie und Ihr Mann also wirklich den Wunsch haben...«

»Nein!«

Das Gesicht des Arztes zeigte augenblicklich Verständnis. »Simon weiß nichts davon?«

»Ich war gerade erst achtzehn. Ich war in Amerika. Er soll nicht – er darf nicht...«

Selbst jetzt schreckte sie vor dem Gedanken daran zurück. In Panik tastete sie nach einem Kirchenstuhl, riß das Türchen auf, stolperte hinein und sank auf die Bank.

Hier wartet kein Wunder auf mich, dachte sie bitter, kein Wasser von Lourdes, in dem ich mich waschen kann, kein Handauflegen, keine Absolution. Sie verließ die Kirche.

Die Sonne stand tief. Deborah holte ihre Sachen und ging auf dem Betonweg zurück. Am inneren Tor drehte sie sich um und warf einen letzten Blick auf die Kirche, als könne diese ihr doch noch den inneren Frieden geben, den sie suchte. Die untergehende Sonne sandte Strahlen ersterbenden Lichts zum Himmel hinauf, die hinter den Bäumen um die Kirche und ihren gezinnten normannischen Glockenturm wie eine Aureole leuchteten.

Normalerweise hätte sie ohne Überlegung fotografiert, um den langsamen Wechsel des Farbenspiels am Himmel festzuhalten. In diesem Augenblick jedoch konnte sie nur zusehen, wie die Schönheit des Lichts fahl wurde und verblich, während sie daran dachte, daß sie die Heimkehr und die Rückkehr zu Simons argloser, bedingungsloser Liebe nicht länger vermeiden konnte.

Auf dem Weg, dicht vor ihren Füßen, zankten sich zwei Eichhörnchen mit zornigem Geplapper. Sie stritten sich um einen Happen, jedes entschlossen, in diesem Kampf Sieger zu bleiben. Sie flitzten um einen verschnörkelten Marmorstein am Rand des Friedhofs und sprangen auf die knapp brusthohe Flintsteinmauer, die den Kirchengrund vom Feld eines Bauern abgrenzte und von mehreren ausladenden Nadelbäumen überschattet war. Hin und her huschten sie auf der Mauer, sich abwechselnd attackierend. Pfötchen und buschige Schwänze flogen im erbitterten Kampf, und das heißumstrittene Häppchen fiel zu Boden.

Deborah nahm die Gelegenheit wahr. »Schluß jetzt«, sagte sie. »Nicht streiten. Hört auf ihr beiden!«

Sie näherte sich den beiden Tieren, und diese flohen, als sie sie kommen sahen, auf die andere Seite der Mauer, in die Bäume.

»Na, das ist doch besser als streiten, oder?« sagte sie und blickte zu den Zweigen hinauf, die über den Friedhof hingen. »Benehmt euch jetzt! Streiten gehört sich nicht. Und das ist hier wirklich nicht der Ort dafür.«

Eines der Eichhörnchen hatte sich in einer Gabelung zwischen Ast und Baumstamm niedergelassen. Das andere war verschwunden. Das Tier oben im Baum beobachtete sie von seinem sicheren Plätzchen aus mit wachem Blick. Dann begann es, offenbar beruhigt, sich zu putzen, wobei es sich die Pfötchen träge über die Augen zog, als beabsichtige es, ein Nickerchen zu machen.

»Ich an deiner Stelle wär mir meiner Sache nicht so sicher«, warnte Deborah. »Der andere kleine Frechdachs wartet wahrscheinlich nur auf so eine Gelegenheit, um dich wieder zu überfallen. Was meinst du, wo er sich versteckt hat, hm?«

Sie suchte mit den Augen erfolglos in den Zweigen und senkte schließlich den Blick.

»Er wird doch nicht so schlau sein und –« Die Stimme versagte ihr. Der Mund war ihr augenblicklich trocken. Alle Worte flohen sie. Alle Gedanken lösten sich auf.

Unter dem Baum lag die nackte Leiche eines Kindes.

3

Entsetzen lähmte sie und ließ sie wie angewurzelt verharren. Details gewannen eine ungeheure Intensität, von der Gewalt des Schocks in ihr Hirn eingehämmert.

Sie spürte, wie sich ihr Mund öffnete, sie fühlte den Luftschwall, der ihre Lunge mit unnatürlicher Kraft aufblähte. Nur ein Schrei des Entsetzens hätte die Luft rasch genug wieder herauspressen können, um zu verhindern, daß ihre Lunge barst.

Aber sie konnte nicht schreien, und selbst wenn sie es getan hätte, es war ja niemand in der Nähe, der sie hätte hören können. Sie brachte nur ein Flüstern zustande. »O Gott.« Und dann, sinnlos: »Simon.« Danach starrte sie, obwohl sie es nicht wollte, mit aufgerissenen Augen hinunter, die Hände zu Fäusten geballt und alle Muskeln gespannt, um jederzeit wegzulaufen, wenn sie mußte, sobald sie konnte.

Das Kind lag halb auf dem Bauch gleich hinter der Mauer im blütenlosen Gerank irgendeines Kriechgewächses. Nach Länge und Schnitt des Haars zu urteilen, mußte es ein Junge sein.

Selbst wenn Deborah so naiv oder so hysterisch gewesen wäre, sich einreden zu wollen, er schliefe nur, wäre eine Erklärung dafür, warum er splitternackt in der Spätnachmittagsluft schlief, die von Minute zu Minute kühler wurde, unmöglich gewesen. Und warum unter einem Baum inmitten einer Fichtengruppe, wo die Temperatur noch niedriger war als dort, wo wenigstens die letzten Sonnenstrahlen noch etwas wärmten? Und warum hätte er in dieser unnatürlichen Lage schlafen sollen, fast die gesamte Last seines Körpers auf der rechten Hüfte, die Beine weit gespreizt, den rechten Arm so ungeschickt verdreht, daß er wie abgeknickt schien, den Kopf nach links gedreht, so daß das Gesicht zu drei Vierteln in den Boden gedrückt war? Und doch war seine Haut gerötet – ja, rot beinahe –, und das bedeutete doch Wärme, Leben, pulsierendes Blut.

Die Eichhörnchen nahmen ihr Gezänk wieder auf, flitzten den Baum hinunter, in dem sie Schutz gesucht hatten, und setzten in drolligen Sprüngen über die reglose Gestalt unweit des Baumstamms. Die winzige Kralle des ersten Eichhörnchens verfing sich im Fleisch des kindlichen Oberschenkels, blieb hängen, und das Tier war gefangen. Wütendes Geschimpfe war zu vernehmen, während das Tier verzweifelt versuchte, sich loszureißen. Die Haut des Kindes brach auf. Das Eichhörnchen verschwand.

Deborah sah, daß kein Blut aus der Wunde sickerte, die die Kralle zurückgelassen hatte. Einen Moment lang fand sie es merkwürdig, dann fiel ihr ein, daß Tote nicht bluten.

Jetzt endlich begann sie zu schreien und wandte sich ab. Aber jedes Detail stand ihr so lebhaft vor Augen, daß ihr war, als starre sie noch immer auf das Kind. Ein Blatt im nußbraunen Haar; eine sichelförmige Narbe, die sich über die linke Kniescheibe zog; ein ovales Muttermal am Rücken; und auf der ganzen linken Seite des Körpers, soweit sie sichtbar war, merkwürdige Verfärbungen, als wäre das Kind irgendwann vor seinem Tod auf diese Körperseite gewaltsam niedergeworfen worden.

Selbst bei dem kurzen Blick, den Deborah aus einer Entfernung von zwei Metern auf ihn geworfen hatte, hatte sie die verräterischen Abschürfungen an Handgelenken und Fesseln sehen können: grellweiße Flecken toter Haut auf rotem, entzündeten Untergrund. Sie wußte, was das hieß. Sie wußte auch, was die gleichförmigen, runden Brandmale auf dem zarten Fleisch seines Innenarms bedeuteten.

»O Gott, o Gott!« schrie sie laut.

Ihre Worte gaben ihr plötzliche, unerwartete Kraft. Sie rannte zum Parkplatz.

Simon Allcourt-St. James hielt seinen alten MG neben dem Polizeikordon an, der an der Einfahrt zum Parkplatz von St. Giles gezogen worden war. Flüchtig fiel das Licht der Scheinwerfer auf das weiße Gesicht eines jungen, schlaksigen Polizeibeamten, der dort Wache hielt. Ganz überflüssig, wie es schien, denn wenn auch die Kirche nicht völlig isoliert stand, so waren die umliegenden Häuser doch in einigem Abstand, und es hatte sich keine neugierige Menge auf der Straße gesammelt.

Doch es war Sonntag. In einer Stunde fing die Abendandacht an. Da mußte jemand da sein, die frommen Kirchgänger wieder nach Hause zu schicken.

An dem schmalen Sträßchen, das auf den Parkplatz führte, sah Simon einen Halbkreis von starken Lichtern. Die Polizei hatte dort ihr Quartier aufgeschlagen. Grellblaue Blitze durchzuckten in regelmäßig pulsendem Rhythmus das weiße Licht der Scheinwerfer. Jemand hatte vergessen, das Blaulicht auf einem der Polizeifahrzeuge auszuschalten.

Simon stellte den Motor ab. Schwerfällig schob er sich aus dem Wagen, und sein geschientes Bein landete so unglücklich auf dem Boden, daß er schwankte, als er sich aufrichtete, und beinahe das Gleichgewicht verloren hätte. Der junge Constable beobachtete ihn mit einer Miene, die verriet, daß er nicht wußte, ob er dem Fremden helfen oder ihn vertreiben sollte. Er entschied sich für das letztere. Es lag mehr in seinem Wirkungskreis.

»Hier können Sie nicht halten, Sir«, rief er barsch. »Hier findet eine polizeiliche Untersuchung statt.«

»Ich weiß, Constable. Ich möchte zu meiner Frau. Ihr Inspector hat mich angerufen. Sie hat den Toten gefunden.«

»Ach, dann sind Sie Mr. St. James. Entschuldigen Sie, Sir.« Der Constable musterte Simon mit unverhohlenem prüfendem Blick, als wolle er sich seiner Identität vergewissern. »Ich hab Sie nicht erkannt.« Als Simon nicht gleich antwortete, fühlte sich der junge Mann zu einer Erklärung gezwungen. »Ich hab Sie letzte Woche im Fernsehen in den Nachrichten gesehen, aber da konnte man nicht sehen ...«

Simon unterbrach. »Natürlich.« Den Rest des Satzes, den der Constable verlegen hinunterschluckte, konnte er sich denken. Natürlich nicht. Wieso sollte man ihm auch ansehen, daß er verkrüppelt war, wenn er auf der Treppe vor dem Old Bailey stand und den Reportern Auskunft über das genetische Fingerabdruckverfahren gab, dessen Befunde seit neuestem als Beweis bei Gericht zugelassen waren? Die Kamera blieb dabei ja auf sein Gesicht gerichtet. Sie interessierte sich nicht für das Schlimmste, das das Schicksal seinem Körper angetan hatte.

»Ist meine Frau dort drüben?« fragte er, auf die Lichter deutend.

Der Constable winkte zu einer breiten Einfahrt auf der anderen Straßenseite. »Sie wartet da in dem Haus gegenüber, Sir. Von dort aus hat sie uns angerufen.«

Simon nickte dankend und überquerte die Straße. Das Haus stand etwas zurückgesetzt hinter einem schmiedeeisernen Tor, dessen in einer Backsteinmauer verankerte Flügel offenstanden. Es war ein unscheinbares Gebäude mit Schindeldach, einer großen Garage, in der drei Autos Platz hatten, und weißen Gardinen an sämtlichen Fenstern. Einen Vorgarten hatte es nicht; die breite Einfahrt führte direkt zur Haustür mit der großen Milchglasscheibe.

Auf Simons Läuten öffnete eine Polizeibeamtin und führte ihn, nachdem er sich vorgestellt hatte, in ein Wohnzimmer im hinteren Teil des Hauses, wo vier Personen in chintzbezogenen Sesseln um einen niedrigen Couchtisch saßen.

Simon blieb an der Tür stehen. Die Szene, die er vor sich sah, wirkte gestellt: zwei Männer und zwei Frauen, die sich in einer Studie vorsichtig sondierender Prüfung gegenübersaßen. Die Männer trugen ihre Zugehörigkeit zur Polizei wie eine Tracht, obwohl keiner von beiden in Uniform war. Beide saßen vorgebeugt in ihren Sesseln, der eine mit einem Notizblock, der andere mit vorgestreckter Hand, als wolle er eine Bemerkung unterstreichen. Die Frauen saßen schweigend, ohne einander anzusehen, vielleicht in Erwartung weiterer Fragen.

Eine der Frauen war ein Mädchen von höchstens siebzehn Jahren. Sie trug einen formlosen Morgenrock aus Frottee, der am Ärmel einen Schokoladenfleck hatte, und dicke Wollsocken, die zu groß waren und an den Sohlen schmutzig. Sie war klein, beinahe erschreckend blaß, und ihre Lippen waren aufgesprungen, als wären sie rauhem Wind oder dörrender Sonne ausgesetzt gewesen. Sie war nicht unattraktiv; ein zartes kleines Ding; hübsch auf eine etwas verwaschene Art. Aber es war deutlich zu sehen, daß es ihr nicht gut ging. Neben diesem zitternden Flämmchen war Deborah mit ihrer Masse flammend roten Haars und ihrer Elfenbeinhaut wie loderndes Feuer.

Simon hatte seine Frau einen Monat lang nicht gesehen. Seine Versuche, sich irgendwo auf ihrer Reise mit ihr zu treffen, hatte Deborah abgelehnt. Sie hatten immer nur telefoniert, und die Gespräche waren im Lauf der Wochen immer gezwungener geworden, immer schwieriger abzuschließen. Jedesmal verriet ihm ihr zögerndes Sprechen, wie sehr sie noch immer um das Kind trauerte, das sie verloren hatte, aber sie erlaubte ihm nicht, daran zu rühren, sagte immer nur »Bitte nicht«, wenn er es versuchte.

Sie blickte auf und lächelte ihn an, aber er las den Schmerz in ihrem Blick. Sie hatte ihn nie belügen können.

»Simon.«

Die anderen blickten in seine Richtung, und er kam ins Zimmer, ging zum Sessel seiner Frau, berührte leicht ihr leuchtendes Haar. Er hätte sie gern geküßt, in die Arme genommen, ihr Kraft eingehaucht. Aber er sagte nur: »Geht es dir gut?«

»Aber ja. Ich weiß gar nicht, warum sie dich angerufen haben. Ich wäre schon allein nach London zurückgekommen.«

»Der Inspector sagte, du hättest nicht sehr gut ausgesehen, als er hier herauskam.«

»Das war wahrscheinlich der Schock. Aber jetzt geht es mir wieder ganz gut.« Ihr Aussehen strafte die Worte Lügen. Simon bekam plötzlich Angst um sie.

»Nur noch einen Augenblick, Mrs. St. James, dann sind Sie frei.« Der ältere Polizeibeamte, wahrscheinlich ein Sergeant, der mit den Voruntersuchungen beauftragt war, wandte seine Aufmerksamkeit dem jungen Mädchen zu. »Miss Feld«, sagte er. »Cecilia, wenn ich darf?«

Das Mädchen nickte, mißtrauische Zurückhaltung im Gesicht, als wittere sie hinter der Bitte, sie beim Vornamen ansprechen zu dürfen, eine Falle.

»Sie waren krank, wenn ich nicht irre?«

»Krank?« Das Mädchen schien sich nicht bewußt, daß dies angesichts der Tatsache, daß sie um sechs Uhr abends einen Morgenrock trug, die logische Schlußfolgerung war. »Ich – nein, ich bin nicht krank. Ich war nicht krank. Höchstens ein Grippeanflug, aber nicht krank. Nein.«

»Dann können wir zum Abschluß noch einmal alles durchgehen«, sagte der Polizeibeamte. »Nur um sicher zu sein, daß wir auch alles richtig aufgenommen haben?« Er formulierte es als Frage, aber keiner hielt es für etwas anderes als einen Hinweis darauf, was als nächstes kommen würde.

Cecilia sah nicht so aus, als könnte sie eine weitere Frage- und Antwortrunde mit der Polizei mühelos aushalten. Sie wirkte erschöpft und ausgelaugt.

»Ich glaube nicht, daß ich Ihnen noch irgendwie weiterhelfen kann.« Sie war um Geduld bemüht, aber die Anstrengung kostete sie sichtlich Kraft. »Das Haus steht ziemlich weit von der Straße zurück. Das sehen Sie ja selbst. Ich hab überhaupt nichts gehört. Ich hab seit Tagen nichts gehört. Und gesehen hab ich schon überhaupt nichts. Nichts, was mich hätte vermuten lassen, daß ein kleiner Junge – ein kleiner Junge –« Sie brach ab.

Der zweite Polizeibeamte schrieb umständlich mit einem Bleistiftstummel, als hätte er das alles nicht schon mindestens einmal an diesem Abend gehört.

»Aber Sie verstehen doch sicher, warum wir Ihnen diese Fragen stellen müssen«, sagte der Sergeant. »Ihr Haus ist der Kirche am nächsten. Wenn überhaupt jemand die Möglichkeit hatte, den Mörder zu sehen oder zu hören, dann Sie. Oder Ihre Eltern. Sie sagen, daß sie im Augenblick nicht zu Hause sind?«

»Es sind meine Pflegeeltern«, korrigierte das Mädchen. »Mr. und Mrs. Streader. Sie sind in London. Sie kommen irgendwann heute abend zurück.«

»Waren sie am Wochenende hier? Am Freitag und Samstag?«

Das Mädchen blickte zum offenen Kamin, auf dessen Sims mehrere Fotografien standen. Drei zeigten junge Erwachsene, vielleicht Kinder der Streaders.

»Sie sind gestern vormittag nach London gefahren. Sie wollten ihrer Tochter beim Umzug in ihre neue Wohnung helfen.«

»Dann sind Sie hier wohl ziemlich allein?«

»Nicht mehr, als mir lieb ist, Sergeant.« Es war eine seltsam erwachsene Antwort, weniger mit ruhiger Selbstsicherheit gegeben, als mit einer lethargischen Hinnahme einer unabänderlichen Tatsache.

Die Mutlosigkeit, die in der Antwort mitschwang, veranlaßte Simon, sich über die Anwesenheit des Mädchens in diesem Haus Gedanken zu machen. Es war ein durchaus gemütliches Zuhause, gute, stabile Möbel auf einem soliden wollenen Teppich; Aquarelle an den Wänden; im offenen Kamin ein Korb mit Seidenblumen, die mit mehr Enthusiasmus als künstlerischem Gefühl arrangiert waren. Auf einem niedrigen Regal stand ein großer Fernsehapparat und auf dem Bord darunter ein Videorekorder. Bücher und Zeitschriften lagen zur Lektüre in müßigen Stunden herum. Doch ihrem eigenen Eingeständnis zufolge war das Mädchen eine Außenseiterin in diesem Haus, wie auch das Fehlen ihrer Fotografie auf dem Kaminsims bezeugte, und die Ausdruckslosigkeit, mit der sie sprach, legte nahe, daß sie sich auch sonst nirgends dazugehörig fühlte.

»Aber Sie können hier doch die Geräusche von der Straße hören«, insistierte der Sergeant. »Während wir hier sitzen, fahren draußen Autos vorbei. Das hört man.«

Wie auf Kommando lauschten sie alle. Und prompt brauste auf der Straße ein Lastwagen vorbei.

»Aber so was fällt einem doch nach einer Weile gar nicht mehr auf«, entgegnete das Mädchen. »Auf Straßen fahren immerzu Autos vorbei.«

Der Sergeant lächelte. »Das ist wahr.«

»Sie wollen doch andeuten, daß ein Auto bei der Sache eine Rolle spielte. Aber wie können Sie das wissen? Sie haben gesagt, daß der kleine Junge auf dem Feld hinter der Kirche gefunden wurde. Ich denke, er kann auch auf vielerlei Weise dorthin gekommen sein, ohne daß mir was aufgefallen wäre, auch wenn ich – oder die Streaders oder die Nachbarn – das ganze Wochenende auf dem Quivive gesessen hätte.«

»Auf vielerlei Weise?« wiederholte der Sergeant, dessen Interesse durch dieses Eingeständnis von Wissen geweckt war, freundlich.

»Zum Beispiel direkt über das hintere Feld«, antwortete das Mädchen. »Oder über Gray's Feld neben der Kirche.«

»Ist Ihnen irgend etwas aufgefallen, was darauf hinweisen würde, Mrs. St. James?« fragte der Sergeant.

»Mir?« Deborah schien verwirrt. »Nein. Aber ich habe auch nicht darauf geachtet. Ich habe überhaupt nicht überlegt. Ich war hergekommen, um den Friedhof zu fotografieren, und ich war in Gedanken versunken. Ich erinnere mich nur an den kleinen Jungen. Und seine Lage. Als hätte man ihn auf den Müll geworfen.«

»Ja. Auf den Müll geworfen.« Der Sergeant starrte auf seine Hände. Er sagte nichts mehr. Irgendein Magen knurrte laut. Der andere Polizeibeamte senkte verlegen den Kopf. Als hätte ihn das Geräusch daran erinnert, wo sie waren, was sie taten und wie lange sie schon an der Arbeit waren, stand der Sergeant auf. Auch die anderen erhoben sich.

»Morgen können Sie die Protokolle unterschreiben«, sagte der Sergeant zu den beiden Frauen. Dann nickte er allen zu und ging. Sein Kollege folgte ihm. Einen Augenblick später fiel die Haustür zu.

Simon wandte sich seiner Frau zu und erkannte ihr Widerstreben, Cecilia alleinzulassen.

»Danke«, sagte Deborah zu dem Mädchen und griff impulsiv nach ihrer Hand. Aber Cecilia zog die Hand wie in einem Reflex weg. Es tat ihr augenblicklich leid, das sah man ihr an. »Ich habe Ihnen anscheinend ziemliche Scherereien gemacht dadurch, daß ich zum Telefonieren hierher gekommen bin«, sagte Deborah.

»Wir sind ja das nächste Haus«, antwortete Cecilia. »Die Polizei wäre sowieso zu uns gekommen. Und sie wird sicher auch zu den Nachbarn gehen. Sie können nichts dafür.«

»Na schön. Also dann, trotzdem vielen Dank. Vielleicht kommen Sie jetzt ein bißchen zur Ruhe.«

Simon sah, wie das Mädchen schluckte. Sie schlang beide Arme um ihren Körper. »Ruhe«, wiederholte sie, als wäre die Vorstellung ihr völlig neu.

Sie gingen die Einfahrt hinunter zur Straße. Simon merkte wohl, daß Deborah mehr als einen Meter von ihm entfernt ging. Ihr langes Haar schützte ihr Gesicht vor seinem

Blick. Er suchte nach etwas zu sagen. Zum erstenmal in ihrer Ehe fühlte er sich von ihr abgeschnitten.

»Deborah. Liebes.« Bei seinen Worten blieb sie stehen. Er sah, wie sie die Hand zum Tor ausstreckte, um eine der Eisenstangen zu umfassen. »Du mußt aufhören, alles allein tragen zu wollen.«

»Es war der Junge. Wie ich ihn da gefunden habe. Man rechnet nicht damit, plötzlich einen toten kleinen Jungen unter einem Baum liegen zu sehen.«

»Ich spreche jetzt nicht davon. Das weißt du sehr gut.«

Sie wandte ihr Gesicht ab, hob die Hand, als wolle sie ihn abwehren, und ließ sie sinken. Die Bewegung drückte eine tiefe Schwäche aus, und Simon machte sich Vorwürfe, daß er sie so bald nach dem Verlust des Kindes allein hatte fortgehen lassen. Auch wenn sie noch so hartnäckig darauf bestanden hatte, ihren Vertrag zu erfüllen, er hätte durchsetzen müssen, daß sie sich mehr Zeit zur Genesung nahm. Er berührte ihre Schulter, strich mit der Hand über ihr Haar.

»Deborah, Liebes, du bist doch erst vierundzwanzig. Du hast noch soviel Zeit. Wir haben Jahre vor uns. Und der Arzt kann sicher –«

»Ich will nicht –« Sie ließ die schmiedeeiserne Torstange los und lief rasch über die Straße. Bei seinem Wagen holte er sie ein. »Bitte, Simon. Bitte. Ich kann nicht. Bitte laß mich.«

»Aber ich sehe doch, wie es dir zugesetzt hat, Deborah. Wie es dir immer noch zusetzt.«

»Bitte!«

Er hörte, daß sie zu weinen anfing, und ihre Tränen ließen ihn seine eigenen Bedürfnisse vergessen. »Dann laß mich dich nach Hause fahren. Wir können dein Auto morgen holen.«

»Nein.« Sie richtete sich höher auf und lächelte mit zitternden Lippen. »Es geht mir doch gut. Wir müssen nur die Polizei dazu bewegen, daß sie mich an meinen Wagen läßt.«

»Mir ist nicht wohl bei dem Gedanken ...«

»Mir geht's gut, Simon. Wirklich.«

Er merkte genau, wie sehr es sie drängte, ihm fern zu sein. Nach einem Monat der Trennung von ihr traf ihn ihr fortwährendes Bedürfnis nach Alleinsein wie ein niederschmetternder Schlag. »Wenn du meinst.«

Der Constable, der sich während ihres Gesprächs diskret der Kirche zugewandt hatte, drehte sich jetzt um und wies mit einem auffordernden Nicken zum Parkplatz hinter der Absperrung. Von den Scheinwerferlichtern der Polizeifahrzeuge geführt, gingen sie die schmale Zufahrtsstraße hinunter. Ein korpulenter Mann kam gerade aus dem Kastenwagen, der als Kommandozentrale diente, als Simon und Deborah den Austin erreichten. Er sah sie, hob grüßend die Hand und trat zu ihnen.

»Inspector Canerone«, stellte er sich vor und fügte zu Simon gewandt hinzu: »Wir sind uns vor etwa acht Monaten in Bramshill begegnet. Sie hielten dort einen Vortrag über die Sicherstellung von Brandstoffrückständen.«

»Ich erinnere mich. Ziemlich trockene Sache«, antwortete Simon und reichte Canerone die Hand. »Konnten Sie da überhaupt wachbleiben?«

Canerone grinste. »Mit Müh und Not. Bei uns gibt's kaum Brandstiftungen.«

»Nein, nur so etwas.« Simon wies mit dem Kopf zum Friedhof.

Der Inspector seufzte. Die Haut unter seinen Augen war blauschwarz vor Müdigkeit. »Armer kleiner Kerl«, sagte er. »Kindsmord, das ist so ziemlich das Gemeinste, was es gibt.«

»Es ist also Mord?«

»Sieht so aus. Wenn's auch einige Ungereimtheiten gibt. Wollen Sie sich's mal ansehen?«

Das war jetzt, wo er endlich Deborah wieder bei sich hatte, das letzte, wonach Simon verlangte. Aber forensische Wissenschaft war sein Fach. Er war eine national anerkannte Kapazität auf dem Gebiet. Er konnte das Angebot kaum mit der Erklärung abschütteln, daß er Sonntagabend Besseres zu tun hätte.

»Geh ruhig, Simon«, sagte Deborah. »Ich fahre inzwischen schon voraus. Es war schauderhaft... Ich möchte gern weg von hier...«

Er gab die Antwort, die vorausgesetzt wurde. »Gut, dann sehen wir uns nachher.«

»Zum Essen?« Mit einer kleinen wegwerfenden Geste fügte sie hinzu: »Ich glaube allerdings kaum, daß wir viel Appetit haben werden. Etwas Leichtes vielleicht?«

»Ja, etwas Leichtes. Ja. Gut.« Er hatte das Gefühl, langsam zu versteinern. Sie stieg ins Auto. Simon riß seinen Blick von dem davonfahrenden Wagen. »Wo ist die Leiche?« fragte er Canerone.

»Kommen Sie.«

Simon folgte dem Inspector nicht auf den Friedhof, sondern auf Gray's Feld, das sich an das Gelände des Kirchhofs anschloß. An einem Ende hob sich schwarz und massig ein Monument für den Dichter aus der Dunkelheit. Das Feld lag jetzt, am Ende des Winters, noch brach; ein kräftiger Geruch nach Humus stieg von ihm auf. In einem Monat würde es grün sein.

»Keine Fußabdrücke hier«, erklärte Canerone, während sie auf einen Drahtzaun zugingen, der von einer Hecke überwachsen am anderen Ende des Feldes stand. Man hatte ein großes Loch in den Draht geschnitten, um auf das nächste Feld gelangen zu können, wo die Leiche lag. »Es sieht so aus, als hätte der Mörder den Jungen direkt über den Friedhof getragen und dann über die Mauer geworfen. Einen anderen Zugang gibt's nicht.«

»Und von dem Hof aus?« Simon wies auf ein beleuchtetes Haus jenseits des Felds.

»Da haben wir auch keine Fußabdrücke gefunden. Außerdem sind drei Hunde auf dem Hof, die einen Höllenlärm veranstalten würden, wenn da jemand vorbeikäme.«

Die Männer am Ort wichen zurück, um Simon Zugang zu der Leiche zu gewähren. Gerade nahm der Polizeifotograf seine Kassette aus dem Fotoapparat. Er hielt inne, schaute und senkte den Apparat, um ihn in den Koffer zu seinen Füßen zu stellen.

Simon fragte sich, was sie von ihm erwarteten. Sie konnten das Offensichtliche so gut erkennen wie er; alles andere konnte nur durch eine Autopsie festgestellt werden. Er war kein Zauberer. Er verfügte außerhalb seines Labors nicht über besondere Fähigkeiten. Außerdem wäre er am liebsten gar nicht hier gewesen, auf diesem dunklen, kalten Feld, wo ein Nachtwind an seinen Haaren riß, während er auf den Leichnam eines Kindes hinuntersah, das er nicht kannte. Es war völlig irrational anzunehmen, daß durch seine persönliche Prüfung dieser schlimmen kleinen Szene die Wahrheit hinter dem Leben des Kindes und seinem Tod aufgedeckt werden würde. Dennoch sah er zu dem Leichnam hinunter. Die Hautfarbe legte den Verdacht nahe, daß sich irgendein Gift im Blut befand; vielleicht doch ein Unfalltod. Doch der körperliche Zustand widersprach dieser Möglichkeit. Es gab, wie Canerone gesagt hatte, Ungereimtheiten, die nur durch eine Autopsie aufgeklärt werden konnten. Aus diesem Grund begnügte sich Simon damit, das Offenkundige zu sagen, das wahrscheinlich jeder kleine Constable auch hätte sagen können. Es war an dem langen Fleck, der sich einer Prellung ähnlich über das ganze linke Bein des Kindes zog, leicht zu erkennen.

»Die Leiche ist erst irgendwann nach dem Tod hierher gebracht worden.«

Canerone, der neben ihm stand, nickte. »Mich beunruhigt mehr, was vor dem Eintritt des Todes geschah, Mr. St. James. Der Junge wurde gefoltert.«

4

Lynley klappte seine alte verbeulte Taschenuhr auf, sah, daß es ein Viertel vor acht war, und mußte sich eingestehen, daß er seinen Arbeitstag nicht mehr sehr in die Länge ziehen konnte. Sergeant Havers war schon gegangen, ihr gemeinsamer Bericht war fertig und zur Übergabe an Superintendent Webberly bereit; wenn jetzt nicht irgend etwas Drastisches geschah, das ihn hier festhielt, mußte er nach Hause gehen.

Und gerade das wollte er nicht, das bekannte er offen vor sich selbst. Sein Zuhause war ihm in den vergangenen zwei Monaten weder Ausflucht noch Zuflucht gewesen; vielmehr heimtückische Falle, in der ihn Erinnerungen einfingen, sobald er durch die Tür trat.

So viele Jahre hatte er dahingelebt, ohne auch nur den Versuch zu machen, sich darüber klar zu werden, welche Bedeutung Helen Clyde in seinem Leben hatte. Sie war einfach immer da gewesen. Stand plötzlich mit einer Einkaufstasche voll Kriminalromanen in seiner Bibliothek und behauptete, er müsse die Bücher unbedingt lesen; erschien früh um halb acht überraschend zum Frühstück und berichtete von ihren Plänen für den bevorstehenden Tag, während sie mit Genuß Eier und Schinken aß; brachte ihn mit verrückten Anekdoten über ihre Arbeit im St. James' Labor zum Lachen (»Stell dir vor, Tommy, heute hat dieser Mensch doch tatsächlich eine Leber seziert, während wir Tee tranken!«); reiste mit ihm auf seinen Familiensitz nach Cornwall; machte ihm das Leben lebenswert.

Jedes Zimmer im Haus erinnerte ihn an Helen. Nur das Schlafzimmer nicht. Helen war immer nur seine Freundin gewesen, nie seine Geliebte, und als sie gemerkt hatte, wie sehr er wünschte, daß sie in seinem Leben eine andere Rolle übernahm als bloß die der vertrauten Freundin, hatte sie ihn verlassen.

Er nahm ihre Ansichtskarte, las noch einmal die heiteren Worte, die er längst auswendig wußte, und versuchte zu glauben, sie enthielten ein verborgenes Bekenntnis von Liebe und Zugehörigkeit, das sich offenbaren würde, wenn er nur genau hinsah. Aber er konnte sich nicht selbst belügen. Die Botschaft war deutlich. Sie brauchte Zeit. Sie brauchte Abstand. Er hatte sie in ihrem inneren Gleichgewicht erschüttert.

Resigniert steckte er die Karte ein und sah der unausweichlichen Realität ins Auge, daß er jetzt nach Hause fahren mußte. Als er aufstand, fiel sein Blick auf die Fotografie Matthew Whateleys, die John Corntel zurückgelassen hatte. Er nahm sie zur Hand.

Sie zeigte einen ausgesprochen hübschen, dunkelhaarigen Jungen mit einer Haut von der Farbe geschälter Mandeln und Augen, die fast schwarz wirkten. Corntel hatte ihnen erzählt, daß der Junge dreizehn Jahre alt war, in der dritten Schulklasse. Er sah weit jünger aus und hatte ein so zart gezeichnetes Gesicht wie ein Mädchen.

Unbehagen regte sich in Lynley, während er das Bild betrachtete. Er war lange genug bei der Polizei, um zu wissen, was das Verschwinden eines so hübschen Kindes bedeuten konnte.

Es würde nur einen Moment in Anspruch nehmen, auf den Computer zu schauen, an den alle Polizeidienststellen in England und Wales angeschlossen waren. Wenn man Matthew irgendwo gefunden hatte – ob tot oder lebendig, aber aus Angst vor Strafe nicht bereit, sich zu erkennen zu geben –, würde man in der Hoffnung, daß eine andere Dienststelle ihn identifizieren konnte, eine volle Beschreibung in den Computer einspeisen. Es war einen Versuch wert.

Um diese Zeit war der Computerraum mit nur einem Mann besetzt, einem Constable, von dem Lynley wußte, daß er beim Raubdezernat war. An seinen Namen konnte er sich im Augenblick nicht erinnern. Sie nickten einander zu, ohne zu sprechen, und Lynley ging zu einem der Terminals.

Da er im Grund nicht erwartete, so bald nach dem Verschwinden des Jungen eine Information zu bekommen, die sich auf ihn bezog, behielt er, nachdem er die Daten eingetippt hatte, den Bildschirm nur beiläufig im Auge und hätte darum die Meldung der Polizeidienststelle Slough beinahe übersehen: Leiche eines männlichen Kindes, braunes Haar, braune Augen, zwischen neun und zwölf Jahre alt, in der Nähe von St. Giles in Stoke Poges. Todesursache bisher noch unbekannt. Identität unbekannt. Acht Zentimeter lange Narbe auf dem linken Knie. Muttermal am Rücken. Größe 1,35 m; Gewicht schätzungsweise 36 Kilo. Aufgefunden um 17 Uhr 05.

Dies alles lief an Lynley vorbei, der mit seinen Gedanken ganz woanders war. Der einzige Grund, weshalb er überhaupt aufmerksam wurde, war, daß ihm am Ende der Meldung der Name der Person, die die Leiche gefunden hatte, praktisch ins Auge sprang: Deborah St. James, Cheyne Row, Chelsea.

In der provisorischen Polizeizentrale bei der Kirche St. Giles sah Inspector Canerone auf seine Uhr. Mehr als drei Stunden waren seit Entdeckung des toten Kindes vergangen. Er wollte nicht daran denken.

Er meinte, nach achtzehn Jahren bei der Polizei müßte der Tod ihn unberührt lassen. Er müßte doch fähig sein, einen Leichnam mit einem gewissen Grad an innerer Distanz wahrzunehmen; nicht den Menschen zu sehen, der ein gewaltsames Ende gefunden hatte, sondern nur die eigene Aufgabe als Polizeibeamter.

Doch an diesem Abend hatte sich die ganze schöne Sachlichkeit in Luft aufgelöst, und Canerone wußte auch, warum. Der Junge hatte eine bemerkenswerte Ähnlichkeit mit seinem eigenen Sohn. Einen entsetzlichen Moment lang hatte er sogar geglaubt, es *wäre* Gerald, und vor seinem inneren Auge war eine Folge verhängnisvoller Ereignisse abgelaufen, die mit Geralds Entscheidung begonnen hatte, nicht länger bei seiner Mutter und ihrem zweiten Mann in Bristol leben zu wollen, und die mit seinem Tod geendet hatte. Die einzelnen Sequenzen reihten sich in Canerones Phantasie in logischem Ablauf aneinander. Gerald hatte in der Wohnung angerufen und war, als niemand sich meldete, einfach durchgebrannt, um nach Slough, zu seinem Vater zu gehen. Auf der Straße hatte ihn jemand mitgenommen, irgendwo gefangengehalten und gefoltert, um sich ein paar Minuten sadistischer Befriedigung zu verschaffen. Nach der Folterung – oder vielleicht schon während ihr – war er gestorben, allein, in Todesangst, verlassen. Natürlich hatte Canerone, nachdem er sich den Leichnam mit gründlichem, klaren Blick angesehen hatte, erkannt, daß es nicht Gerald war. Doch der zutiefst erschreckende Gedanke, daß es sein Sohn hätte sein können, zerstörte die Gleichgültigkeit, mit der er meinte, seine Arbeit tun zu müssen. Und jetzt war er den Nachwirkungen dieses Moments preisgegeben, der seinen Panzer gesprengt hatte.

Er sah seinen Sohn selten, begründete es damit, daß er es wegen seiner Arbeit nicht schaffte, ihn häufiger als ab und zu am Wochenende zu sehen. Aber das war eine Lüge, und er sah ihr jetzt ins Gesicht, während er nach Abzug der Leute von der Spurensicherung und des Arztes, der den

Leichnam ins Krankenhaus begleitete, allein mit einer Beamtin, die nur darauf wartete, endlich zusammenpacken zu können, im Wagen saß. In Wahrheit sah er seinen Sohn deshalb so selten, weil er es kaum noch ertragen konnte, ihn überhaupt zu sehen. Wenn er ihn sah, und sei es auch in völlig unbedrohlicher Umgebung, mußte er sich eingestehen, was er verloren hatte und blickte damit in die Leere, die von seinem Leben Besitz ergriffen hatte, seit Frau und Kind ihn verlassen hatten.

Canerone schenkte sich eine Tasse Kaffee ein. Er sah aus, als sei er viel zu stark. Wenn er ihn trank, würde er wieder die halbe Nacht im Bett stehen. Er versuchte einen Schluck und verzog das Gesicht; der Kaffee schmeckte widerlich bitter. Seine Gedanken waren immer noch bei dem kleinen Jungen, den sie am Friedhof gefunden hatten. Hände und Füße des Kindes waren gefesselt gewesen; sein Körper voller Brandmale; man hatte ihn weggeworfen wie Abfall. Er war Gerald so ähnlich.

Canerone war tief erschüttert. Er hätte nicht einmal sagen können, was zuerst getan werden mußte, um das Räderwerk der Justiz ins Rollen zu bringen. Das Beste wäre es unter diesen Umständen, dachte er, den Fall einem Kollegen zu übergeben. Aber dazu sah er keine Möglichkeit. Sie hatten nicht genug Leute.

Das Telefon klingelte. Von seinem Platz bei der Tür hörte er mit, was die Kollegin sagte.

»Ja, ein kleiner Junge. – Nein, wir haben keine Ahnung, woher er kommt. Im Moment sieht es so aus, als hätte man die Leiche einfach hier fallen gelassen. – Nein, Sir, Unterkühlung oder ein Unfall scheinen es nicht zu sein. Der Junge war gefesselt. – Nein, wir haben keine Ahnung, wer –« Sie hielt inne und lauschte mit zusammengezogenen Brauen. Dann sagte sie nur: »Da verbinde ich Sie am besten mit dem Inspector. Er ist da.«

Canerone drehte sich um. Die Beamtin reichte ihm den Hörer. Damit kam die Erlösung.

»Inspector Lynley«, sagte sie. »New Scotland Yard.«

Lynley hielt den Wagen in der Queen Caroline Street an. Näher kam er an das Haus der Whateleys unten am Fluß nicht heran. Er parkte regelwidrig auf dem einzigen freien Platz, halb vor der Einfahrt eines Apartmenthauses, und stellte seinen Dienstausweis ans Steuerrad gelehnt hinter die Windschutzscheibe. Zu beiden Seiten der Straße standen triste Nachkriegsbauten, grauer Beton neben schmutzigem braunen Backstein, schmucklos, kahl, unfreundlich.

Selbst an diesem Sonntag abend um zehn war das Viertel von dröhnendem Lärm erfüllt, der ohrenbetäubend durch die Straßen hallte und sich an den Häusern brach. Autos und Lastwagen donnerten über die Überführung und die Hammersmith Bridge. Laute Stimmen schallten durch die Hinterhöfe, hier und dort kläffte ein Hund.

Lynley ging bis zum Ende der Straße und von dort zur Uferstraße hinunter. Es war Flut, das Wasser schimmerte wie kühler schwarzer Satin in der Dunkelheit, doch das, was an Frische vom Fluß aufstieg, wurde verschluckt von den Abgasen, die von der Brücke heruntertrieben.

Das Haus der Whateleys war ein paar hundert Meter weiter an der Lower Mall, hartnäckige Erinnerung an Hammersmiths Vergangenheit: ein altes Fischerhaus, das nie renoviert worden war, mit weißgetünchten Mauern, schmalen schwarzen Holzleisten und vorspringenden Mansardenfenstern im Dach.

Ein schmaler Durchgang, der das Haus der Whateleys vom Pub nebenan trennte, führte zur Tür. Abgestandener Biergeruch füllte das dunkle Loch aus. Lynley streifte mit dem Kopf beinahe die rohen Holzbalken der niedrigen Decke.

Soweit hatte alles den üblichen Verlauf genommen. Lynleys Anruf in Stoke Poges hatte zur Folge gehabt, daß keine Stunde später Kevin Whateley seinen Sohn identifiziert hatte. Das wiederum führte zu Lynleys Vorschlag, die Ermittlungen über den Tod des Jungen in Scotland Yard zu koordinieren, da die Zuständigkeit über ein Polizeidezernat hinausging: betroffen waren nämlich West Sussex, wo Matthew Whateley in Bredgar Chambers zuletzt lebend gesehen worden war, und Buckinghamshire, wo man die Leiche des Jungen gefunden hatte. Nachdem Inspector Canerone dieser Vorgehensweise zugestimmt hatte – bereitwilliger als üblich, wenn von Scotland Yard der Vorschlag kam, in die Zuständigkeit einer anderen Polizeistation einzugreifen –, brauchte Lynley nur noch die Genehmigung seines Vorgesetzten, Superintendent Webberly, einzuholen, um sich einen weiteren Fall an Land zu ziehen, der ihn Tage oder vielleicht sogar Wochen beschäftigen würde. Zur Unterbrechung seines gemütlichen Fernsehabends genötigt, hatte sich Webberly Lynleys knappen Bericht angehört, zu seinem Vorschlag, den Fall persönlich zu übernehmen das Placet gegeben, und war glücklich wieder zu BBC-1 zurückgekehrt.

Sergeant Havers war die einzige, die über diese Entwicklung der Dinge aller Voraussicht nach nicht erfreut sein würde. Aber das ließ sich nun mal nicht ändern.

Lynley klopfte an die verwitterte Tür, deren Sturz so durchhing, als trüge sie die Last des ganzen Gebäudes. Als niemand öffnete, sah er sich nach einer Klingel um, entdeckte keine und klopfte noch einmal, stärker diesmal. Er hörte, wie ein Schlüssel gedreht und ein Riegel aufgezogen wurde. Dann stand er dem Vater des Jungen gegenüber.

Bis zu diesem Moment war der Tod Matthew Whateleys Lynley nicht mehr gewesen als ein Mittel, den eigenen Nöten zu entfliehen und die Leere zu verleugnen. Angesichts des Leids jedoch, von dem Kevin Whateleys Gesicht gezeichnet war, erfaßte ihn tiefe Scham über seine egoistischen Motive. Dies war die wirkliche Leere. Seine eigene Einsamkeit, sein eigener Mangel waren lächerlich im Vergleich dazu.

»Mr. Whateley?« Er zeigte seine Dienstmarke. »Thomas Lynley. Scotland Yard.«

Whateley warf keinen Blick auf die Dienstmarke. Nichts verriet, ob er Lynley überhaupt gehört hatte. Er schien gerade erst von der Identifizierung seines toten Sohnes nach Hause gekommen zu sein; er trug noch einen abgewetzten Wollmantel und eine Schirmmütze.

Sein Gesicht sagte Lynley, daß er versuchen würde, mit dem Verlust durch Verleugnung fertigzuwerden. Jeder Muskel war eisern beherrscht. Die grauen Augen waren stumpf wie ungeschliffene Steine.

»Darf ich reinkommen, Mr. Whateley? Ich muß Ihnen einige Fragen stellen. Ich weiß, wie spät es schon ist, aber je früher ich die Auskünfte habe –«

»Hat doch sowieso keinen Sinn«, erwiderte Whateley. »Auskünfte bringen Mattie nicht zurück.«

»Ja, das ist richtig. Sie helfen nur der Gerechtigkeit. Und ich weiß, daß Gerechtigkeit kein Ersatz für Ihren Sohn ist. Glauben Sie mir. Das weiß ich wirklich.«

»Kev?« Die Frauenstimme kam aus dem oberen Stockwerk und klang schwach, verschlafen vielleicht. Whateleys Blick eilte nach oben, aber er antwortete nicht; er rührte sich nicht von der Stelle.

»Haben Sie jemanden, der die Nacht über bei Ihnen bleiben kann?« fragte Lynley.

»Wir brauchen niemanden«, antwortete Whateley. »Meine Frau und ich kommen schon allein zurecht. Nur wir beide.«

»Kev?« Die Stimme der Frau war jetzt näher, und auf der

Treppe hinter der Tür waren Schritte zu hören. »Wer ist denn da?«

Whateley blickte über seine Schulter zu der Frau, die Lynley noch nicht sehen konnte. »Die Polizei. Jemand von Scotland Yard.«

»Dann laß ihn doch rein.« Noch immer rührte sich Whateley nicht. »Kev! Laß ihn rein!«

Ihre Hand schob sich um die Tür herum und zog sie ganz auf, so daß Lynley die Frau jetzt sehen konnte. Patsy Whateley, die Mutter des toten Jungen, seiner Schätzung nach Ende Vierzig, war eine ziemlich unauffällige Erscheinung, die selbst in ihrem Schmerz in der gesichtlosen Anonymität einer Menge untergegangen wäre. Auf der Straße zog sie so, wie sie jetzt aussah, gewiß nicht einmal flüchtige Aufmerksamkeit auf sich, mochte sie in ihrer Jugend auch noch so hübsch gewesen sein. Der Körper war dicklich, so daß sie kräftiger wirkte, als sie vermutlich in Wirklichkeit war.

Der zerknitterte Nylonmorgenrock war mit chinesischen Drachen bedruckt, die sich feuerspeiend auf ihrem Busen und ihren Hüften bäumten. Daß dieses Kleidungsstück in seiner ganzen Grellheit von Patsy Whateley besonders geschätzt wurde, verriet die Tatsache, daß die grünen Hausschuhe offensichtlich in dem erfolglosen Bemühen ausgesucht worden waren, es farblich zu ergänzen.

»Kommen Sie herein.« Sie zog den Gürtel ihres Morgenrocks fester zu. »Ich sehe bestimmt aus wie – aber ich konnte nichts tun seit...«

»Mrs. Whateley, bitte! Es ist vollkommen in Ordnung«, versicherte Lynley. Was glaubte die arme Person denn, daß er von einer Frau erwartete, die gerade erst vom grausamen Tod ihres Kindes erfahren hatte? *Haute couture*? Die Vorstellung war absurd. Und doch schien sie, während sie versuchte, eine Knitterfalte glattzustreichen, ihre eigene Erscheinung mit der seinen zu vergleichen, als fühlte sie sich durch seine maßgeschneiderte Eleganz in ihrem Aussehen herabgesetzt. Er fühlte sich äußerst unbehaglich und wünschte, er hätte soweit vorausgedacht, Barbara Havers mitzunehmen. Selbst aus Arbeiterkreisen stammend und wenig Wert auf Kleidung legend, hätte sie ihm über diese äußerlichen Schwierigkeiten hinweghelfen können, die auf dem offenkundigen Standesunterschied beruhten.

Von der Haustür trat man direkt ins Wohnzimmer. Die Einrichtung war dürftig: eine dreisitzige Couch, ein mit Resopal furniertes Büffet, ein Sessel ohne Armlehnen, der mit einem braun-gelben Karo bezogen war, und ein langes niedriges Regal unter den Fenstern. Auf diesem reihten sich zwei Sammlungen von Gegenständen, Steinskulpturen auf der einen Seite, eine Reihe von Tassen auf der anderen; beide gleichermaßen enthüllend.

Wie jede Kunstsammlung legten die Skulpturen Zeugnis von einem bestimmten Geschmack ab: Nackte Frauen räkelten sich in ungewöhnlichen Positionen mit aufgerichteten spitzen Brüsten; Paare umschlangen und bäumten sich in scheinbar wilder Leidenschaft; nackte Männer erkundeten die Körper nackter Frauen, die diese Aufmerksamkeit mit verzückt zurückgeworfenen Köpfen aufnahmen. Raub der Sabinerinnen, dachte Lynley, wobei die Frauen offenbar nichts sehnlicher wünschten als die Entführung.

Die Teetassen auf der anderen Seite des Regals trugen Aufschriften, die sie als Souvenirs kennzeichneten. Aus Ferienorten im ganzen Land zusammengetragen, zeigte jede ein Bildchen, an dem man ihre Herkunft erkennen konnte; der Name des Orts stand in goldener Schrift darunter für den Fall, daß das Bild zur Erinnerung nicht genügte. Einige der Namen konnte Lynley, der noch immer an der Tür stand, entziffern. Blackpool, Weston-Super-Mare, Ilfracombe, Skegness. Bei anderen befand sich die Schrift auf der Rückseite, aber er konnte an den aufgemalten Szenen erkennen, wo sie gekauft waren. Tower Bridge, Edinburgh, Salisbury, Stonehenge. Sie erinnerten zweifellos an Orte, die die Whateleys mit ihrem Sohn besucht hatten und deren Anblick noch nach Jahren – wenn sie es am wenigsten erwarteten – den Schmerz über seinen Tod wieder wachrufen würde.

»Bitte setzen Sie sich doch – Inspector, ist das richtig?« Patsy wies mit dem Kopf zur Couch.

»Ja. Thomas Lynley.«

Auf der Couch aus blauem Kunststoff lag eine alte rosa Decke, um sie zu schonen. Patsy Whateley zog die Decke ab und faltete sie mit langsamen Bewegungen, wobei sie darauf achtete, daß die Ecken genau aufeinander zu liegen kamen und keine Falten entstanden.

Lynley setzte sich.

Patsy folgte seinem Beispiel. Sie wählte den karierten Sessel und zog ihren Morgenrock zurecht. Ihr Mann blieb neben dem offenen Kamin stehen. Den elektrischen Heizer, der darin stand, machte er nicht an, obwohl es im Zimmer unangenehm kalt war.

»Ich kann auch morgen wiederkommen«, sagte Lynley. »Aber es schien mir das Beste, sofort mit der Arbeit anzufangen.«

»Ja«, sagte Patsy. »Sofort. Mattie – ich möchte es wissen. Ich muß es wissen.«

Ihr Mann sagte nichts. Seine stumpfen Augen waren auf ein Foto des Jungen gerichtet, das auf dem Sideboard stand. Es zeigte einen strahlenden Matthew in seiner neuen Schuluniform – gelber Pulli, blauer Blazer, graue Hose, schwarze Schuhe.

»Kev...« Patsys Ton verriet Unsicherheit. Es war klar, daß sie wünschte, ihr Mann würde sich zu ihnen setzen, ebenso klar, daß er nicht die Absicht hatte, das zu tun.

»Der Fall wird von Scotland Yard bearbeitet«, erklärte

Lynley. »Ich habe bereits mit John Corntel, Matthews Hausvater, gesprochen.«

»Dieses Schwein«, sagte Kevin Whateley.

Patsy richtete sich in ihrem Sessel auf. Sie hielt den Blick auf Lynley gerichtet. Ihre Hand jedoch knüllte den Stoff des Morgenmantels zusammen. »Mr. Corntel, ja. Mattie wohnte im Haus Erebos. Da ist Mr. Corntel zuständig. Er ist der Hausvater, ja.«

»Nach dem, was Mr. Corntel mir sagte«, fuhr Lynley fort, »scheint Matthew am letzten Wochenende die Idee gehabt zu haben, ein bißchen verbotene Freiheit zu genießen.«

»Nein«, entgegnete Patsy.

Lynley hatte diese automatische Verneinung erwartet. Er fuhr fort zu sprechen, als hätte sie nichts gesagt. »Er hat sich offenbar eine sogenannte Befreiung geholt, einen Schein von dem Krankenhaus, auf dem bestätigt wurde, daß er am Freitag nachmittag nicht am Hockeyspiel teilnehmen könne. In der Schule scheint man der Auffassung zu sein, daß er sich fehl am Platz fühlte und die Gelegenheit, die der beabsichtigte Besuch bei den Morants und die Befreiung ihm boten, dazu benutzen wollte, um vielleicht nach London zu reisen, ohne daß jemand etwas davon merkte. Man vermutet, daß er per Anhalter fahren wollte und unterwegs von irgend jemand mitgenommen wurde.«

Patsy sah ihren Mann an, als hoffe sie, er würde eingreifen. Seine Lippen zuckten, aber er sagte nichts.

»Das kann nicht sein, Inspector«, erklärte Patsy. »So war unser Mattie nicht.«

»Wie kam er denn in der Schule zurecht?«

Wieder flog Patsys Blick zu ihrem Mann. Diesmal erwiderte er den Blick kurz, ehe er die Lider senkte. Er nahm seine Schirmmütze ab und drehte sie einmal in den Händen, kräftige Arbeiterhände, die an mehreren Stellen kleine Verletzungen hatten, wie Lynley sah.

»Es ist ihm gut gegangen in der Schule«, sagte Patsy.

»Er hat sich dort wohl gefühlt?«

»Aber ja. Er hatte ein Stipendium bekommen. Vom Verwaltungsrat ausgesetzt. Er wußte genau, was es bedeutet, in eine anständige Schule zu gehen.«

»Bis zu diesem Jahr war er hier im Viertel zur Schule gegangen, nicht wahr? Dann wäre es doch möglich, daß seine alten Kameraden ihm fehlten.«

»Keine Spur. Mattie fand es herrlich in Bredgar Chambers. Er wußte doch, wie wichtig eine gute Schulbildung ist. Und das war seine Chance. Er hätte sie bestimmt nicht weggeschmissen, nur weil ihm irgendein alter Klassenkamerad fehlte. Er konnte seine früheren Freunde ja in den Ferien wiedersehen.«

»Aber vielleicht hatte er hier einen ganz speziellen Freund.«

Lynley bemerkte Kevin Whateleys Reaktion auf die Frage, eine rasche, unbeherrschte Bewegung des Kopfes zum Fenster hin.

»Mr. Whateley?«

Der Mann sagte nichts. Lynley wartete. Wieder war es Patsy, die das Wort ergriff.

»Du denkst an Yvonnen, Kev, stimmt's?« fragte sie und wandte sich erklärend an Lynley. »Yvonnen Livesley. Aus der Queen Caroline Street. Sie und Mattie waren in der Grundschule dicke Freunde. Sie haben immer zusammen gespielt. Aber es war eine reine Kinderfreundschaft, Inspector. Mehr bedeutete Yvonnen Matthew sicherlich nicht. Und außerdem...« Sie verstummte.

»Schwarz«, warf ihr Mann ein.

»Yvonnen Livesley ist eine Schwarze?« erkundigte sich Lynley.

Kevin Whateley nickte, als sei Yvonnens Hautfarbe Beweis genug, um ihre Behauptung zu stützen, daß Matthew nicht ohne Erlaubnis das Internat verlassen hätte. Doch diese Beweisführung stand auf schwachen Füßen; insbesondere, wenn die beiden Kinder zusammen aufgewachsen waren; insbesondere wenn sie, wie Patsy Whateley erklärt hatte, dicke Freunde gewesen waren.

»Gab es irgend etwas, dem Sie vielleicht hätten entnehmen können, daß Matthew sich in letzter Zeit auf der Schule nicht wohl fühlte? Vielleicht nur in den letzten Wochen. Aus einem Grund, von dem Sie nichts wissen. Manchmal machen Kinder etwas durch und schaffen es nicht, sich den Eltern anzuvertrauen. Es hat mit der Beziehung, die zwischen Eltern und Kind besteht, nichts zu tun. So etwas kommt einfach vor.«

Er dachte an seine eigene Schulzeit, seine eigene vorgetäuschte Unbeschwertheit. Er hatte sich keinem Menschen anvertraut, am wenigsten seinen Eltern.

Keiner der beiden antwortete. Kevin betrachtete aufmerksam das Futter seiner Mütze, Patsy starrte mit gerunzelter Stirn in ihren Schoß, Lynley sah, daß sie zu zittern anfing, darum richtete er seine Worte an sie.

»Es ist nicht Ihre Schuld, wenn Matthew vom Internat weggelaufen ist, Mrs. Whateley. Sie sind nicht verantwortlich. Wenn er meinte, weglaufen zu müssen...«

»Er mußte doch hingehen. Wir haben versprochen... Ach, Kev, er ist tot, und wir haben's getan. Wir haben's getan!«

Im Gesicht ihres Mannes arbeitete es, aber er ging nicht zu ihr. Statt dessen sah er Lynley an.

»Der Junge wurde in den letzten vier, fünf Monaten furchtbar still.« Er sprach gepreßt. »In den letzten Ferien hab ich ihn drei- oder viermal erwischt, wie er in seinem Zimmer stand und nur zum Fenster rausstarrte. Wie in Trance war er. Aber er wollte wohl nicht drüber reden. Das war nicht seine Art.« Kevin sah seine Frau an. Sie bemühte sich krampfhaft, den Schein höflicher Verbindlichkeit zu wahren, die sie offenbar für angebracht hielt. »Ja, Pats, wir haben's getan.«

Barbara Havers betrachtete die Fassade des Hauses ihrer Eltern in Acton und registrierte, was an dem Gebäude in Ordnung gebracht werden mußte, um es zu einem erfreulicheren Zuhause zu machen. Jeden Abend nahm sie diese Bestandsaufnahme vor und stets begann sie mit den Dingen, die am einfachsten zu korrigieren waren. Die Fenster starrten vor Schmutz. Gott allein wußte, wann sie das letzte Mal geputzt worden waren. Aber es würde nicht viel Mühe kosten, sie zu säubern, wenn sie einmal genug freie Zeit hatte, eine Leiter und die Energie, um die Sache richtig anzupacken. Die Backsteinmauern mußten gründlich abgeschrubbt werden. Ruß und Schmutz von fünfzig Jahren hatten die porösen Steine durchdrungen und mit einer häßlichen Patina in variierenden Schwarztönen überzogen. Am Holz der Fensterrahmen und der Tür war schon lange kein Fitzelchen Farbe mehr. Ihr schauderte bei dem Gedanken, wie lange sie brauchen würde, um das alles abzuschmirgeln und neu zu streichen. Die Regenrohre, die vom Dach abwärts führten, waren durchgerostet, und das Wasser spritzte aus sämtlichen Löchern, wenn es regnete. Sie würden ganz neu gemacht werden müssen. Genau wie der Vorgarten, der schon lange kein Garten mehr war, sondern nur noch ein Quadrat festgetrampelter Erde, auf dem sie ihren Mini zu parken pflegte, der, klapprig und voller Rostflecken, gut ins Allgemeinbild paßte.

Als sie ihre Aufnahme abgeschlossen hatte, stieg sie aus dem Wagen und ging ins Haus. Lärm und eine Vielfalt von Gerüchen schlugen ihr entgegen. Aus dem Wohnzimmer dröhnte der Fernsehapparat; Küchendünste stritten mit Modergeruch und den Ausdünstungen ungewaschener Körper um die Vorherrschaft.

Barbara legte ihre Umhängetasche auf den wackligen Rattantisch neben der Tür und hängte ihren Mantel zu den anderen an die Haken unter der Treppe. Dann ging sie zum Wohnzimmer im rückwärtigen Teil des Hauses.

»Kind?« rief ihre Mutter quengelnd von oben. Barbara blieb stehen und sah hinauf.

Doris Havers stand nur mit einem dünnen Baumwollnachthemd bekleidet und bloßen Füßen auf der obersten Stufe. Der Lichtschein hinter ihr, der aus ihrem Schlafzimmer kam, zeichnete jede kantige, scharfe Linie ihres beinahe zum Skelett abgemagerten Körpers nach.

»Du bist ja gar nicht angezogen, Mama«, sagte Barbara. »Du hast dich heute überhaupt nicht angezogen.« Sie spürte, wie sie in einem schwarzen Loch der Depression versank, während sie die Worte sprach. Wie lange noch, fragte sie sich, würde sie es schaffen, ihrem Beruf nachzugehen und sich gleichzeitig um ihre Eltern zu kümmern, die wie Kinder geworden waren?

Doris Havers lächelte unbestimmt. Sie strich sich wie zur Bestätigung mit beiden Händen über das Nachthemd. Dann biß sie sich auf die Lippen. »Vergessen«, sagte sie. »Ich hab's vergessen. Ich hab mir meine Alben angeschaut – ach, Kind, ich wär so gern noch länger in der Schweiz geblieben, du nicht auch? Ja, und da hab ich gar nicht gemerkt... Soll ich mich jetzt anziehen, Kind?«

Barbara seufzte und drückte beide Hände an die Schläfen, als könnte sie den aufsteigenden Kopfschmerz dadurch vertreiben. »Nein, ich glaube nicht, Mama. Es ist ja fast Zeit zum Zubettgehen für dich, nicht?«

»Aber ich *könnte* es. Ich könnte mich anziehen, und du könntest mir zuschauen und aufpassen, ob ich alles richtig mache.«

»Du würdest es schon richtig machen, Mama. Laß dir doch ein Bad einlaufen.«

Doris Havers krauste die Stirn bei diesem neuen Gedanken. »Ein Bad?«

»Ja. Aber bleib dabei. Nicht daß das Wasser wieder überläuft. Ich komme gleich rauf zu dir.«

»Und hilfst du mir dann, Kind? Dann kann ich dir von Argentinien erzählen. Da fahren wir als nächstes hin. Reden sie da eigentlich spanisch? Ich glaube, wir müssen ein bißchen mehr Spanisch lernen, ehe wir fahren. Man möchte sich doch mit den Einheimischen unterhalten können. *Buenos días, señorita. Como sa llama?* Das hab ich im Fernsehen gelernt. Es reicht natürlich längst nicht. Aber es ist ein Anfang. Wenn sie in Argentinien spanisch sprechen. Könnte auch portugiesisch sein. Irgendwo da reden sie portugiesisch.«

Barbara wußte, daß ihre Mutter stundenlang so weiterbrabbeln konnte. Sie tat es oft genug, kam manchmal nachts um zwei oder drei zu Barbara ins Zimmer, um ziellos darauf los zu erzählen, ohne sich um die Bitten ihrer Tochter, doch wieder zu Bett zu gehen, zu kümmern.

»Das Bad«, erinnerte Barbara sie. »Ich seh inzwischen mal nach Dad.«

»Dad geht's gut heute, Kind. So tapfer. Wirklich gut. Sieh nur selbst nach.«

Barbara ging ins Wohnzimmer.

Ihr Vater saß in dem Sessel, in dem er immer saß, und sah sich das Sonntagabendprogramm an, das er sich jeden Sonntag abend ansah. Auf dem Boden häuften sich die Zeitungen, die er dort hingeworfen hatte, nachdem er sie in gewohnter Oberflächlichkeit durchgeblättert hatte. Er war in seinem Verhalten wenigstens berechenbarer als ihre Mutter. Er lebte nach festen Gewohnheiten.

Barbara beobachtete ihn von der Tür aus, blendete den

Krach des Fernsehers aus, um sich statt dessen auf das Geräusch seines röchelnden Atems zu konzentrieren. Seit zwei Wochen ungefähr hatte er noch mehr Mühe als sonst. Der Sauerstoff, der ihm fortwährend durch Schläuche zugeführt wurde, schien nicht mehr auszureichen.

Jimmy Havers, der die Anwesenheit seiner Tochter vielleicht spürte, drehte sich in seinem abgeschabten alten Ohrensessel. »Barbie!« Er lächelte zur Begrüßung wie immer und zeigte dabei braun verfärbte Zähne. Barbara betrachtete voll Sorge seine blassen, eingefallenen Wangen, und seine Fingernägel hatten einen stumpfen graublauen Ton angenommen. Sie brauchte gar nicht erst durchs Zimmer zu gehen, um zu erkennen, daß die Adern an seinen Armen zu nichts geschrumpft waren.

Sie trat zu dem Behälter auf dem fahrbaren Tisch neben seinem Sessel und stellte die Sauerstoffzufuhr neu ein. »Morgen haben wir einen Termin beim Arzt, Daddy.«

Er nickte. »Morgen um halb neun. Da müssen wir mit den Hühnern aufstehen, Barbie.«

»Ja.« Barbara fragte sich, wie sie diesen Besuch beim Arzt mit beiden Eltern an der Hand schaffen sollte. Seit Wochen graute ihr davor. Undenkbar, ihre Mutter allein im Haus zurückzulassen, während sie ihren Vater zum Arzt begleitete.

Barbara war sich klar darüber, daß es an der Zeit war, sich Hilfe zu holen. Aber nicht irgendeine wohlmeinende Sozialarbeiterin, die einmal am Tag vorbeikam, um sich zu vergewissern, daß das Haus noch stand, sondern eine Hilfe, die den ganzen Tag da sein würde. Eine zuverlässige Person. Jemand, der an ihren Eltern persönliches Interesse haben würde.

Es war ausgeschlossen. Es war nicht zu schaffen. Es gab keine andere Möglichkeit, als irgendwie weiterzumachen wie bisher. Die Vorstellung war erstickend, eine abschrekkende Vision in eine Zukunft, die hoffnungslos und endlos war.

Als das Telefon läutete, trottete sie niedergeschlagen in die Küche und versuchte, sich durch den Anblick des ungespülten, verklebten Frühstücksgeschirrs nicht noch mehr entmutigen zu lassen.

Lynley war am Apparat, als sie sich meldete. »Wir haben einen Mord, Sergeant«, sagte er. »Ich brauche Sie. Wir treffen uns morgen früh um – sagen wir halb acht im Haus der St. James'.«

Barbara wußte, daß Lynley einer Bitte um ein, zwei freie Tage sofort stattgegeben hätte. Sie hatte zwar sorgsam darauf geachtet, ihn die Wahrheit über ihre Lebensverhältnisse niemals auch nur ahnen zu lassen, aber die Anzahl an Überstunden, die sie in den letzten Wochen gemacht hatte, hätte ein paar freie Tage unbedingt gerechtfertigt. Und das wußte er auch. Er hätte also eine entsprechende Bitte von ihr gar nicht erst in Frage gestellt. Sie verstand selbst nicht, was sie davon abhielt, sie vorzubringen; aber noch während sie sich das sagte, gestand sie sich die Lüge ein. Ein neuer Fall, der ihren Einsatz schon morgen in aller Frühe erforderlich machte, verhieß wenigstens vorübergehenden Aufschub des sonst morgen unweigerlich bevorstehenden Kampfes mit beiden Eltern.

»Havers?« sagte Lynley. »Haben Sie verstanden?«

»Um halb acht bei den St. James'«, wiederholte sie. »In Ordnung, Sir.«

Sie legten beide gleichzeitig auf. Barbara versuchte, ihre Gefühle zu ergründen, dem, was da in ihr aufwallte, einen Namen zu geben. Sie hätte es gern Scham genannt. Sie wußte, daß es Erlösung war.

Sie ging zu ihrem Vater, um ihm zu sagen, daß sie den Arzttermin auf einen anderen Tag verschieben mußten.

Kevin Whateley war nicht ins *Royal Plantagenet* gegangen, das Pub nebenan. Vielmehr ging er am Fluß entlang, am dreieckigen alten Anger vorbei, wo er und Matthew einst sich im Umgang mit ihren ferngesteuerten Flugzeugen geübt hatten, und trat in ein Pub, das älter war und auf einer kleinen Landzunge stand, die wie ein abgebogener Finger in die Themse hineinragte.

Er hatte absichtlich das Blue Dove gewählt. Im *Royal Plantagenet* hätte er trotz der Nähe zu seinem Haus vielleicht ein paar Minuten vergessen. Im *Blue Dove* würde ihm das nicht möglich sein.

Er setzte sich an einen Tisch mit Blick auf das Wasser. Trotz der nächtlichen Kälte war jemand draußen beim Steg und fischte von einem Boot aus. Lichter schwankten sachte im Rhythmus des Flusses. Kevin sah hinaus und wehrte sich nicht, als das Bild Matthews vor ihm auftauchte, wie er genau diesen Steg entlangrannte, stürzte, sich das Knie aufschlug, sofort wieder aufsprang, ohne zu weinen. Und er weinte auch nicht, als es zu bluten begann und als später die Wunde genäht wurde. Er war ein tapferer kleiner Kerl gewesen, immer schon.

Kevin riß seinen Blick vom Steg los und richtete ihn auf den Mahagonitisch. Bierdeckel mit Reklame für Watney's, Guinness und Smith's lagen verstreut. Kevin sammelte sie ein, stapelte sie sorgsam, breitete sie aus wie Spielkarten, stapelte sie von neuem. Er merkte, wie flach er atmete, war sich bewußt, daß er mehr Luft holen müßte. Aber tiefer atmen hieß die Kontrolle lockern. Dazu war er nicht bereit. Denn er wußte nicht, wie er die Beherrschung wiedergewinnen sollte, wenn er sie einmal verloren hatte. Lieber blieb er ohne Luft.

Er wartete. Er wußte nicht, ob der Mann, den er zu sehen wünschte, so spät am Sonntag abend noch, bloß Minuten vor der Polizeistunde, in das Pub kommen würde. Er wußte nicht, ob der Mann überhaupt noch hierher zu kommen pflegte. Vor Jahren war er Stammkunde gewesen, als Patsy noch hier am Tresen gearbeitet hatte, ehe sie die Stellung in einem Hotel in South Kensington angenommen hatte. Für Matthew, hatte sie gesagt, um zu erklären, warum sie bereit war, sich mit dem weit geringeren Lohn ihres neuen Arbeitsplatzes zu begnügen. Kein Junge möchte seinen Freunden erzählen müssen, daß seine Mutter in einer Kneipe arbeitet.

Kevin hatte ihr zugestimmt.

Sie wollten ihrem Sohn eine anständige Erziehung mitgeben. Er sollte einmal mehr Möglichkeiten haben als sie selbst gehabt hatten. Er sollte eine solide Schulbildung bekommen und damit die Chance, es im Leben einmal zu etwas zu bringen. Das waren sie ihm schließlich schuldig. Er war das Wunder, das ihnen der Himmel beschert hatte. Er war ihr kleiner Sonnenschein. Er war das Band zwischen ihnen. Er war die fleischgewordene Erfüllung all ihrer Träume; all der Träume, die auf der Bahre aus rostfreiem Stahl im kalten Leichenschauhaus, wohin man Kevin zur Identifizierung gebracht hatte, ihr Ende gefunden hatte.

Matthew war mit einem grünen Laken zugedeckt gewesen, obenauf die absurden Worte *Wäscherei und Reinigung Lewiston*, als sollte er in eine Waschmaschine gesteckt werden. Der schweigsame Polizeibeamte hatte das Gesicht aufgedeckt, aber es wäre gar nicht nötig gewesen. Irgendwann auf dem Transport der Leiche von einem Ort zum anderen, hatte sich der linke Fuß unter dem Stoff hervorgeschoben, der den Körper verhüllte, und Kevin hatte sofort gewußt, daß sein Sohn unter dem Laken lag.

Daß man den Körper seines Kindes so gut kennen konnte, daß allein der flüchtige Anblick eines Fußes genügte, um das Kind zu erkennen und in den tiefsten Abgrund des Schmerzes zu stürzen. Er hatte dennoch seine

Pflicht getan und eine formgerechte Identifizierung vorgenommen.

Kewin dachte an Matthews Gesicht, von dem der Tod den Schmerz gewischt hatte. Er hatte einmal gehört, daß die Gesichter der Toten die Art ihres Sterbens widerspiegelten. Aber er wußte, daß diese alte Geschichte nicht wahr war. Matthews Körper trug Male von Brutalität und Gewalt; aber sein Gesicht war heiter gewesen. Er hätte schlafen können.

Dieser kleine Körper auf dem kalten Metallgestell. Der auf das Messer wartete, das Muskel und Gewebe durchtrennen, das Organe zur Untersuchung herausschneiden würde, damit die Ärzte sondieren und zerlegen konnten, bis sie eine Todesursache entdeckt hatten. Wozu? Seinen Tod zu benennen, würde ihm das Leben nicht wiedergeben. Matthew Whateley. Dreizehn Jahre alt. Tot.

Kevin spürte das aufsteigende Schluchzen wie einen Klumpen in seiner Brust. Er kämpfte es nieder. Verschwommen hörte er, daß die Polizeistunde ausgerufen wurde, und fluchtartig lief er hinaus in die Nacht.

Er wandte sich in der Richtung seines Hauses. Vor ihm an der Kaimauer stand ein grüner Mülleimer. Er näherte sich ihm wie betäubt. Sonntagnachmittagsspaziergänger hatten ihn mit Papierchen und Flaschen, leeren Dosen und Zeitungen gefüllt, und obenauf lag ein zerfetzter Drachen.

Warte, Dad, laß mich doch mal! Ich will ihn steigen lassen! Ich kann's.

»Matt!«

Das Wort zerriß Kevins Körper, als suche ein Teil seiner Seele gewaltsam Freiheit. Er krümmte sich, fühlte den Rand des Mülleimers unter seinen Händen.

Ich möcht ihn steigen lassen! Dad, ich kann's! Ich kann's!

Kevin brach zusammen. Mit beiden Händen umkrallte er den Mülleimer. Er riß ihn hoch, schleuderte ihn auf das

Pflaster und warf sich über ihn, trommelte mit den Fäusten darauf, trat mit den Füßen dagegen, rammte seinen Kopf in die Metallwand.

Er spürte, wie die Haut an seinen Fingerknöcheln aufplatzte. Seine Füße verfingen sich in übelriechenden Abfällen. Blut tropfte ihm von der Stirn in die Augen.

Aber er weinte nicht.

5

Irgendwann nach drei Uhr war Deborah in einen unruhigen Schlaf gefallen und erwachte kurz vor halb sieben wie gefoltert. Ihr ganzer Körper schmerzte von der Anspannung, mit der sie sich die ganze Nacht dagegen gesperrt hatte, instinktiv Simons Nähe zu suchen.

Das Licht der Morgensonne fiel gedämpft durch die Vorhänge und tauchte das Zimmer in Dämmerschein. Es schimmerte auf dem Holz der Möbel, verwandelte das schlichte Messing der Beschläge in rostdunkles Gold. Es lag sanft leuchtend auf Fotografien und gab den Dingen, die im nächtlichen Dunkel zerflossen waren, ihre Gestalt wieder.

In einem schmalen Strahl fiel es über Simons Gestalt und beleuchtete seine rechte Hand, die reglos auf dem Bett zwischen ihnen ruhte. Noch während Deborah hinsah, krümmten sich die Finger zum Handteller hin und streckten sich dann. Er war wach.

Vor sechs Wochen noch wäre sie beim ersten Erwachen zu ihm hinübergekrochen, um sich in seine Arme zu legen. Sie hätte die Berührung seiner Hände gespürt, die ihren ganzen Körper kannten, und seiner Lippen, die den Morgen auf ihrer Haut kosteten. Sie hätte seine zärtlichen Worte gehört und sie hätte sein Lächeln gesehen, wenn er sachte ihren Bauch streichelte und dem Kind, das darin wuchs, leise guten Morgen sagte. Und ihre Umarmung zu dieser frühen Stunde wäre weniger ein Akt der Leidenschaft gewesen, als Bestätigung und Erfüllung ihrer Zusammengehörigkeit.

Sie verlangte nach ihm, nach der Linderung ihres Sehnens durch seine Berührung. Sie hob den Kopf, um ihn anzusehen, und sah, daß sein Blick schon auf sie gerichtet war. Wie lange schon, hätte sie nicht sagen können. Doch während sie einander anblickten, ohne sich zu berühren, wurde Deborah in aller Deutlichkeit bewußt, in welchem Maß ihre Vergangenheit die Zukunft, die mit Simon möglich gewesen wäre, schon zerstört hatte.

Er richtete sich auf, sah sie auf einen Ellbogen gestützt an. Er hob die Hand, zeichnete ihre Augenbrauen nach, streichelte ihre Wange. »Geht es dir besser?« Die liebevollen Worte und die zärtliche Berührung waren ihr ein Quell unerträglichen Schmerzes.

»Ja. Viel besser.« Die Lüge schien belanglos im Vergleich zum Rest.

»Du hast mir so gefehlt, Deborah.« Mit den Fingern strich er ihr leicht über die Lippen, ehe er sich vorbeugte, um sie zu küssen.

Sie wollte ihn an sich ziehen; ihm ihre Lippen öffnen; ihn streicheln und erregen. Es verlangte sie schmerzhaft danach, es zu tun.

Tränen brannten ihr in den Augen. Sie wandte den Kopf ab, um es ihn nicht sehen zu lassen, aber sie war nicht schnell genug.

»Deborah!« Er war tief betroffen.

Sie schüttelte wortlos den Kopf.

»Ach Gott, es ist noch zu früh. Es tut mir leid. Verzeih mir, Deborah. Bitte.« Er berührte sie ein letztes Mal, ehe er von ihr abrückte, um nach den Krücken zu greifen, die neben dem Bett an der Wand lehnten. Er schwang die Beine aus dem Bett und stand auf, nahm seinen Morgenrock und schlüpfte, infolge seiner Behinderung, ungeschickt hinein.

Unter anderen Umständen hätte sie ihm dabei geholfen, aber jetzt, glaubte sie, hätte er solch liebevolle Hilfe als Heuchelei empfunden. Darum blieb sie, wo sie war, und sah ihm nach, wie er hinkend zum Badezimmer ging. Die Finger, die die Krücken hielten, waren weiß. Sein Gesicht war todtraurig.

Als sich die Tür hinter ihm schloß, begann Deborah zu weinen. Tränen, das war die einzige Art von Regen, die ihren Wurzeln in den vergangenen sechs Wochen gesandt worden war.

Ihre gemeinsamen Tage hatten immer ein Gleichmaß besessen, das Deborah wichtig war. Wenn sie nicht auf einer Fotografieexkursion war, pflegte sie in ihrer Dunkelkammer zu arbeiten, vielleicht eine Präsentationsmappe vorzubereiten. Simons großes Labor, das den größten Teil des oberen Stockwerks im Haus einnahm, befand sich gleich neben Deborahs Arbeitsplatz. War er nicht bei Gericht oder bei einem Vortrag oder in einer Besprechung mit Anwälten und ihren Mandanten, so war er in seinem Labor, wie eben jetzt. Geradeso wie sie in der Dunkelkammer war, deren Tür offenstand, und sich bemühte, das Interesse zu finden, um die Arbeit an den Aufnahmen, die sie von ihrer Reise mitgebracht hatte, anzupacken. Nur eines unterschied diesen Tag von allen früheren Arbeitstagen: die Distanz, die sie zwischen Simon und sich aufgebaut hatte, und das Unausgesprochene, das gesagt werden sollte.

Es war so still im Haus, daß das Läuten der Türglocke wie splitterndes Glas klang.

»Wer kann das denn sein?« murmelte Deborah. Dann

hörte sie die vertraute Stimme, den bekannten Schritt auf der Treppe.

»Ich hab meinen Augen nicht getraut, als gestern abend Debs Name auf dem Computerbildschirm erschien«, sagte Lynley zu Deborahs Vater. »Lieber Gott, muß das eine Heimkehr gewesen sein!«

»Ja, das Kind war ein wenig durcheinander«, antwortete Cotter höflich.

Deborah, die die Antwort hörte, war ausnahmsweise einmal dankbar dafür, daß ihr Vater bei Besuch automatisch in die Rolle des Hausangestellten schlüpfte. »Das Kind war ein wenig durcheinander«, war Auskunft genug auf eine beiläufige Bemerkung Lynleys. Sie verbarg die Realität und diente doch als Antwort.

Vom Scheitel bis zur Sohle der perfekte Butler, trat Cotter ins Labor und sagte: »Lord Asherton, Mr. St. James.«

»Eigentlich wollte ich zu Deb«, bemerkte Lynley. »Wenn sie da ist.«

»O ja, sie ist hier«, erwiderte Cotter.

Deborah bedauerte es, daß sie sich nicht in die Dunkelkammer eingeschlossen und das Warnlicht eingeschaltet hatte.

Jetzt freundliche Konversation zu machen, ganz gleich, mit wem, erschien ihr eine bodenlose Heuchelei, die kaum auszuhalten war. Lynley gegenüberzutreten und sich seiner intuitiven Fähigkeit auszusetzen, Stimmungen zu erfassen, war noch schlimmer. Aber es gab kein Entkommen. Ihr Vater hatte in ihre Richtung gewiesen, ehe er gegangen war, und Lynley war schon weit genug im Labor, um sehen zu können, daß die Tür zur Dunkelkammer offenstand. Simon war, wie sie sah, mit einer Serie Fingerabdrücke beschäftigt.

»Du bist aber früh auf den Beinen«, begrüßte er den Freund.

Lynleys Blick schweifte durch den ganzen Raum und blieb an der Wanduhr haften. »Havers ist noch nicht hier?« fragte er. »Ist eigentlich gar nicht ihre Art, sich zu verspäten.«

»Wieso? Was gibt's denn, Tommy?«

»Einen neuen Fall. Ich muß mit Deb sprechen. Wegen gestern abend. Und mit dir auch, falls du die Leiche gesehen haben solltest.«

Deborah war klar, daß sie sich nicht länger entziehen konnte. Sie kam aus der Dunkelkammer. Sie wußte, wie schlecht sie aussah, grau und leblos. Auf Lynleys blitzartige Einschätzung der Lage war sie dennoch nicht gefaßt. Er sah sie an, sah Simon an und kehrte zu ihr zurück. Er setzte zum Sprechen an, brach ab. Sie lenkte hastig ab, indem sie auf ihn zuging und ihn, wie immer mit einem leichten Kuß auf die Wange begrüßte.

»Hallo, Tommy.« Sie lächelte. »Schau mich nur an, wie gräßlich ich aussehe. Kaum finde ich eine Leiche, schon geh ich total aus dem Leim. Ich glaube, in deinem Beruf könnte ich es nicht einen Tag aushalten.«

Er akzeptierte die Lüge, obwohl seine Augen ihr sagten, daß er ihr nicht glaubte. Er wußte ja, daß sie keine zwei Wochen, ehe sie auf ihre Reise gegangen war, im Krankenhaus gelegen hatte. »Man hat mir die Leitung der Ermittlungen übertragen«, erklärte er. »Würdest du mir erzählen, wie das gestern abend war, als du den Jungen fandest?«

Sie setzten sich alle drei auf hohe Hocker an einen der Labortische. Deborah berichtete, was sie schon am vergangenen Abend der Polizei berichtet hatte: wie sie ihre Aufnahmen gemacht hatte, danach in die Kirche gegangen war, die zankenden Eichhörnchen beobachtete und schließlich den toten kleinen Jungen gefunden hatte.

»Und auf dem Friedhof hast du nichts Ungewöhnliches bemerkt?« fragte Lynley. »Es könnte auch etwas sein, das auf den ersten Blick mit dieser Sache überhaupt nichts zu tun hat.«

Der Vogel. Natürlich, der Vogel. Es erschien ihr albern, ihm davon zu erzählen, ganz zu schweigen von ihrer Angst, daß ihre Emotionen sie wieder überwältigen würden wie gestern.

Aber Lynley mit seiner Begabung, in den Gesichtern der Menschen zu lesen, sah es ihr an. »Erzähl«, sagte er nur.

Deborah warf einen Blick auf Simon. Er beobachtete sie ernst.

»Es ist albern, Tommy.« Sie bemühte sich um einen leichten Ton, aber der Versuch gelang schlecht. »Es war nur ein toter Vogel.«

»Was für ein Vogel?«

»Das war nicht mehr zu erkennen. Der Kopf – er hatte keinen Kopf mehr. Und die Krallen waren ausgerissen. Überall lagen Federn verstreut. Das arme kleine Tier tat mir leid. Ich hätte es begraben sollen.« Die Emotionen vom Vortag stiegen wieder auf, und sie verachtete sich dafür, daß sie nicht fähig war, sie zu beherrschen. »Der Brustkorb war ganz blutig, und die Rippen gebrochen und – ich glaube nicht, daß er von einem größeren Tier erlegt wurde, das auf Jagd nach Beute war. Es sah aus, als wäre er zum Scherz getötet worden. Kannst du dir das vorstellen – zum Scherz? Und – ach, das ist doch lächerlich. Es war wahrscheinlich ganz anders. Eine Katze vielleicht, die mit dem Vogel gespielt hat, wie das so Katzenart ist. Er lag gleich hinter dem zweiten Friedhofstor, als ich hereinkam – « Sie hielt inne, als ihr etwas einfiel, woran sie bis zu diesem Moment nicht mehr gedacht hatte.

»Du hast noch etwas bemerkt?«

Sie nickte. »Die Polizei von Slough hat es dir sicher schon gesagt, denn es war ja nicht zu übersehen. Innen am Pfosten des zweiten Tors ist eine Lampe. Sie war zerschlagen oder zerbrochen. Ich nehme an, es war erst kurz vorher passiert, denn es lagen noch Glasscherben herum.«

»Das ist der Weg, auf dem der Mörder die Leiche auf den Friedhof gebracht hat«, sagte Lynley.

»Er fährt auf den Parkplatz, schlägt die Lampe kaputt, trägt die Leiche zur Mauer und wirft sie dort unter die Bäume«, zählte Simon auf.

»Aber wozu machte er sich soviel Mühe?« fragte Deborah. »Und warum wählte er ausgerechnet diesen Ort?«

»Es ist die Frage, ob er die Wahl hatte.«

»Aber was denn sonst? Die Kirche steht praktisch völlig allein in der Landschaft. Am Ende eines kleinen Sträßchens, das von der Landschaft abzweigt. Zufällig stößt man wohl kaum auf diesen Weg.«

»Wenn der Junge aus der Gegend war, dann kann auch der Mörder gut ein Mann aus der Gegend sein«, meinte Simon. »Und dann hätte er die Kirche gekannt.«

Lynley schüttelte den Kopf. »Der Junge war aus Hammersmith. Er war in West Sussex auf dem Internat. In Bredgar Chambers.«

»Durchgebrannt?«

»Möglich. Wie dem auch sei, der Junge wurde erst einige Zeit nach Eintritt des Todes auf den Friedhof gebracht.«

»Ja, das habe ich gesehen.«

»Und sonst?« fragte Lynley. »Wie genau hast du dir den Leichnam angesehen, Simon?«

»Nur flüchtig.«

»Aber du hast gesehen –« Lynley zögerte mit einem Blick auf Deborah. »Ich habe gestern abend mit Canerone telefoniert.«

»Ich nehme an, er hat dir von den Brandmalen berichtet. Ja, die habe ich auch gesehen.«

Lynley runzelte die Stirn und drehte ein leeres Reagenzglas hin und her, das auf dem Labortisch lag. »Canerone sagte mir, daß sie in Slough derzeit überlastet sind und wir daher den Autopsiebefund erst in ein, zwei Tagen erwarten können. Aber das Ausmaß der Brandverletzungen ließ sich schon bei der ersten Untersuchung feststellen.«

»Ich nehme an, sie stammen von Zigaretten. So sahen sie jedenfalls aus.«

»An den Innenarmen, den Oberschenkeln, den Hoden und im Naseninneren.«

»Mein Gott!« murmelte Deborah entsetzt.

»Wir haben es hier mit sexueller Perversion zu tun, Simon. Das wird noch offenkundiger, wenn man berücksichtigt, was für ein hübscher kleiner Junge Matthew Whateley war.« Er stand auf. »Ich werde nie verstehen, wie ein Mensch ein Kind töten kann. Da gibt es Millionen, die sich verzweifelt ein Kind wünschen, und –« Abrupt brach er ab. »Oh! Bitte entschuldigt! Das war wirklich das Dümmste –«

Deborah fiel ihm ins Wort. Sie sprach hastig, ohne Überlegung, ohne an der Antwort wirklich interessiert zu sein. »Wo fängst du bei so einem Fall an, Tommy?«

Lynley sah sie an, dankbar, daß sie ihnen über diesen Moment hinweggeholfen hatte. »In Bredgar Chambers. Sobald Havers erscheint.«

In diesem Moment läutete es.

Von Wäldern und Wiesen umgeben, stand Bredgar Chambers inmitten eines etwa zweihundert Morgen großen Geländes am Rand des St. Leonard's Forst in West Sussex, ein idealer Ort für ernsthaftes Studium. Es gab keinerlei äußere Ablenkungen. Cissbury, das nächste Dorf, war fast zwei Kilometer entfernt und hatte nicht mehr zu bieten, als einige Wohnhäuser, ein Postamt und ein Gasthaus; es gab im Umkreis von etwa acht Kilometern keine größere Durchgangsstraße, und die schmalen Landstraßen rundherum waren kaum befahren. Die wenigen isoliert stehenden kleinen Landhäuser in der Umgebung waren fast ausnahmslos von Leuten bewohnt, die hier auf dem Land ihren Ruhestand genießen wollten und sich für das Leben an der Schule nur am Rande interessierten. Im weiteren Umkreis gab es abgesehen von ein paar Gehöften nur wellige grüne Hügel und weite Wälder. Die Schulleitung konnte also hoffnungsvollen Eltern mit gutem Gewissen versprechen, daß ihren Sprößlingen in diesem Milieu klösterlicher Zurückgezogenheit Allgemeinbildung, gute Manieren, sittliches Verhalten und religiöse Denkungsart gründlich eingeimpft werden würden.

Bredgar Chambers als solches jedoch hatte nichts Asketisches. Dazu war es zu reich an heiterer Schönheit. Man näherte sich der Schule auf einer langen, sanft gewundenen Auffahrt, die an einem schmucken Pförtnerhäuschen vorbei unter alten Buchen und Eschen dahinführte, über denen jetzt schon der erste grüne Schleier des Frühlings lag. Zu beiden Seiten der Auffahrt dehnten sich gepflegte Rasenflächen, deren Gleichmaß hier und dort von vereinzelt stehenden Baumgruppen unterbrochen wurde, zu den Flintsteinmauern, die das Schulgelände eingrenzten. Die Bauten waren nicht typisch für diesen Teil des Landes, wo üblicherweise mit örtlich behauenem Flintstein gebaut wurde. Sie waren aus einem honigfarbenen Gestein errichtet, das aus Somerset herbeigeschafft worden war, und ihre Dächer waren mit Schiefer gedeckt. Keine Kletterpflanzen begrünten sie, und in der Morgensonne schienen die Quadersteine ihrer Mauern eine fühlbare Wärme abzustrahlen.

Lynley spürte Barbara Havers' Mißbilligung, sobald sie das Pförtnerhäuschen passierten. Und sie zögerte nicht lange, ihr Ausdruck zu geben.

»Entzückend«, sagte sie und drückte ihre Zigarette aus. Sie hatte, seit sie aus London abgefahren waren, eine nach der anderen geraucht. In seinem Bentley stank es wie nach einem Großbrand. »Ich wollte schon immer mal sehen, wo die Elite ihre kleinen Gören zur feinen englischen Art heranziehen läßt.«

»Ich vermute, drinnen geht es um einiges spartanischer zu, Havers«, versetzte er. »Das haben diese Schulen so an sich.«

»Aber gewiß doch. Natürlich.«

Lynley hielt vor dem Hauptgebäude an. Das Tor stand offen, den viereckigen grünen Hof umrahmend, der sich dahinter befand, und das Standbild in seiner Mitte. Selbst aus dieser Entfernung konnte Lynley das Profil Henry Tudors, Graf von Richmond und später Heinrich VII., des angeblichen Gründers von Bredgar Chambers, erkennen.

Es war fast neun Uhr, aber nirgends auf dem Gelände war ein Mensch zu sehen, merkwürdig bei einer Schule, die nach eigenen Angaben sechshundert Schüler hatte. Aber als sie aus dem Wagen stiegen, hörten sie die brausenden Klänge einer Orgel und dann aus den Kehlen einer sangesgeübten Gemeinde die ersten Töne von »Ein feste Burg ist unser Gott«.

»Kirche«, sagte Lynley.

»Ist doch nicht mal Sonntag«, nörgelte Havers.

»Unsere weltlichen Seelen werden schon keinen Schaden nehmen, wenn wir sie mal einem Gottesdienst aussetzen, Sergeant. Kommen Sie. Und machen Sie ein angemessen andächtiges Gesicht.«

»Klar, Inspector. Dafür hab ich ein besonderes Talent.«

Sie folgten Orgelklängen und Gesang durch das Haupttor auf einen mit Kopfsteinen gepflasterten Vorplatz und gelangten von dort in die Kapelle, die die Hälfte des östlichen Hofteils einnahm. Leise traten sie ein.

Lynley sah, daß es eine Kapelle von der Art war, wie man sie an vielen privaten Internaten des Landes fand, das Gestühl zum Mittelgang blickend wie am King's College in

Cambridge. Er und Havers standen am Südende des Baus zwischen zwei kleineren Seitenkapellen.

Die zur Linken, in dunklem Holz getäfelt, war den Gefallenen der beiden Weltkriege gewidmet. Über den Namen der Toten prangte der schöne Spruch: *Per mortes eorum vivimus.* Lynley las die Worte: Was für ein jämmerlicher Trost und was für ein simplistisches Angebot zur Überwindung schmerzlichen Verlusts. Wie konnte man den Tod mit der Feststellung abtun, wenn er – und mochte er noch so grausam oder scheußlich gewesen sein – anderen diene, dann habe er sein Gutes? Er hatte das nie fertiggebracht. Und er hatte auch nie die Verliebtheit seines Landes in solch edles Opfertum verstanden. Er wandte sich ab.

Aber auch die Seitenkapelle zur Rechten war den Toten gewidmet, allerdings nicht Opfern der Kriege. Diese jungen Menschen hatten durch andere Ursachen einen allzu frühen Tod gefunden; Lynley konnte es an den Gedenktafeln ablesen, die die Daten ihres kurzen Lebenswegs wiedergaben.

Für den Kriegsdienst waren sie alle viel zu jung gewesen.

Er trat ein. Kerzen flackerten auf einem mit Leinen bedeckten Altar, über dem ein milde blickender steinerner Engel schwebte. Bei seinem Anblick schlug plötzlich ein ungeheuer starkes Bild ihn in seinen Bann, das ihn seit Jahren nicht mehr heimgesucht hatte. Er war wieder der sechzehnjährige Junge, der in der kleinen katholischen Kapelle in Eton kniete. Getröstet durch die Anwesenheit der vier gewaltigen goldenen Erzengel, die die vier Ecken des Raumes bewachten, hatte er dort für seinen Vater gebetet. Obwohl er kein Katholik war, hatten ihm diese mächtigen Engel, die Kerzen, der geschmückte Altar das Gefühl gegeben, hier einem Gott näher zu sein, der ihn vielleicht hören würde. Jeden Tag hatte er darum gebetet.

Und seine Gebete waren erhört worden. Auf grausame Weise. Die Erinnerung schmerzte wie eine offene Wunde. Er suchte Ablenkung und fand sie bei der größten Gedenktafel im Raum. Er musterte sie mit übertriebener Aufmerksamkeit.

Edward Hsu – geliebter Schüler – 1957-1975. Anders als die übrigen Tafeln, auf denen an Tote erinnert wurde, die ohne Gesicht blieben, zeigte diese die Fotografie des jungen Toten, eines schönen Chinesen. Die Worte »geliebter Schüler« faszinierten Lynley; sie legten die Vermutung nahe, daß einer der Lehrer des Jungen ihm dieses liebevolle Denkmal gesetzt hatte. Lynley dachte sofort an John Corntel, verwarf den Gedanken jedoch gleich wieder. Das war nicht möglich. 1975 hatte Corntel hier noch gar nicht unterrichten können.

»Sie kommen sicher von Scotland Yard.«

Beim Klang der gedämpften Stimme drehte sich Lynley um. Ein Mann in schwarzer Robe stand am Eingang zur Seitenkapelle.

»Alan Lockwood«, sagte er. »Ich bin der Leiter von Bredgar.« Er trat näher und bot Lynley die Hand.

Der Händedruck war etwas, worauf Lynley bei Menschen zu achten pflegte. Der Lockwoods war fest. Sein Blick flog zu Sergeant Havers, doch wenn es ihn überraschte, eine Frau zu sehen, so zeigte er es nicht. Lynley machte ihn mit Havers bekannt, die sich auf einer kleinen Gebetbank im Hintergrund der Kapelle niedergelassen hatte, um auf Anweisungen zu warten. Ohne den geringsten Hehl daraus zu machen, studierte sie jetzt den Schulleiter von Bredgar Chambers mit voller Aufmerksamkeit.

Lynley selbst vermerkte die Details, die Havers sich einprägen und späteren Kommentars für würdig befinden würde. Lockwood mußte ungefähr Mitte vierzig sein. Obwohl nur mittelgroß, brachte er es fertig, einem das Gefühl zu geben, er blicke auf einen herab, da er die Angewohnheit hatte, seinen Körper im Stehen leicht abzuwinkeln. Seine Kleidung unterstrich zusätzlich den Eindruck beherrschter Überlegenheit, den er zweifellos zu vermitteln wünschte: Die Robe war mit scharlachroter Seide eingefaßt, und unter dem Arm trug er ein Barett, Zeichen seiner akademischen Würde. Sein Anzug war von ausgezeichnetem Schnitt, sein Hemd blütenweiß, die Krawatte tadellos gebunden. Alles in allem bot er das Bild eines Mannes, der es gewöhnt war, Befehle zu erteilen, und erwartete, daß sie fraglos ausgeführt wurden. Aber irgendwie wirkte das alles einstudiert – auch der Händedruck; so als hätte Lockwood das Rollenbild des Schulleiters gründlich recherchiert und sich in eine Schablone eingepaßt, die mit seinem Wesen nicht ganz in Einklang stand.

Havers griff in die Tasche ihrer grünen Wolljacke, zog ihren Block heraus und klappte ihn auf. Sie verzog den Mund zu einem Lächeln reinster Unaufrichtigkeit.

Lockwood wandte sich wieder Lynley zu. »Eine schlimme Geschichte ist das«, sagte er ernst. »Ich kann Ihnen nicht sagen, wie erleichtert ich bin, daß Scotland Yard sich der Sache annimmt. Sie werden gewiß mit den Lehrern des Jungen sprechen wollen, John Corntel, der ja bei Ihnen war, und Cowfrey Pitt. Vielleicht auch mit Judith Laughland, unserer Krankenschwester. Und mit den Kindern. Auch mit Harry Morant. Das ist der Junge, bei dem Matthew am Wochenende eingeladen war. Ich würde denken, daß er Matthew am besten kannte. Sie scheinen besonders gute Freunde gewesen zu sein.«

»Ich würde gern in Matthews Zimmer anfangen.«

Lockwood zog an seinem Hemdkragen, der weit den vom Rasieren geröteten Hals hinaufgerutscht war. »Aber ja. Natürlich. Das ist einleuchtend.«

»Alan«, rief leise eine Frau, die unmittelbar vor der kleinen Seitenkapelle stand. »Der Gottesdienst ist gleich zu Ende. Möchtest du –«

Lockwood entschuldigte sich und verschwand. Kurz darauf hörten sie seine Stimme – seltsam verzerrt ohne Mikrofon –, als er die Schüler zum Unterricht entließ. Es folgte allgemeines Füßescharren, dann gingen die Schüler, ohne zu sprechen, hinaus, um den Schultag zu beginnen.

Lockwood kehrte zurück, begleitet von einer Frau, die unaufwendig und praktisch in Rock, Bluse und Jacke gekleidet war. Sie war eine hübsche, klar und sauber wirkende Person mit flott geschnittenem, grauem Haar.

»Meine Frau, Kathleen.« Lockwood zupfte einen Fussel von ihrer Schulter und redete weiter, ehe sie ein Wort der Begrüßung sagen konnte. »Ich habe in einer Viertelstunde einen Termin mit einem Vater.« Er sah demonstrativ auf seine Uhr. »Meine Frau wird Sie zu Chas Quilter bringen. Er ist dieses Jahr unser Schulpräfekt. Der Sohn von Sir Francis Quilter. Sie haben sicherlich von ihm gehört.«

»Tut mir leid, nein.«

Kathleen Lockwood lächelte. Es war ein sympathisches Lächeln, aber es wirkte müde und schien sie eine Menge Kraft zu kosten. »Dr. Quilter«, erklärte sie. »Er ist Facharzt für plastische Chirurgie. In London.«

»Aha.« Mit Praxis in der Harley Street zweifellos und einem Aktenschrank voll streng gehüteter Geheimnisse der feinen Gesellschaft.

»Ja«, sagte Alan Lockwood, nichts und niemandem im besonderen zustimmend. »Ich habe mit Chas gesprochen. Er wird Ihnen zur Verfügung stehen, solange Sie ihn brauchen. Meine Frau bringt Sie jetzt zu ihm. Er ist gerade mit dem Rest des Chors in die Sakristei gegangen. Wenn er Ihnen die Schule gezeigt hat, können wir beide uns vielleicht unterhalten. Und Ihre Kollegin natürlich auch. Irgendwann später.«

Lynley sah fürs erste keine Notwendigkeit, den Schulleiter in die Schranken zu weisen. Wenn es dem Mann so wichtig war, sich einbilden zu können, daß er bei dieser Untersuchung zu bestimmen hatte, dann wollte er ihm die Illusion ruhig lassen.

»Gern. Das ist sehr entgegenkommend von Ihnen.«

»Man tut, was man kann.« Lockwood zollte flüchtig seiner Frau Aufmerksamkeit. »Du kümmerst dich um die Snacks für heute nachmittag, Kate. Sieh zu, daß sie besser sind als die letzten, bitte.« Damit hob Lockwood eine Hand – Lebewohl oder Segen, es war schwer zu sagen – und eilte geschäftig davon.

»Ich hatte gestern gar nicht richtig Gelegenheit, mit den Eltern des Jungen zu sprechen«, bemerkte Kathleen Lockwood, nachdem ihr Mann gegangen war. »Sie waren am Nachmittag hier, als wir noch glaubten, Matthew sei durchgebrannt. Dann sind sie wieder gefahren. Und als wir hörten, daß man den Jungen tot gefunden hatte ...« Sie verstummte und senkte die Lider. »Kommen Sie, ich bringe Sie jetzt zu Chas. Bitte, einfach hier durch die Kapelle.«

Sie führte sie durch den Mittelgang, von wo man die Kapelle in ihrer ganzen Pracht bewundern konnte. Die Morgensonne schien durch die bunten mittelalterlichen Fenster auf der Ostseite und warf durchsichtige Farbflekken auf das Gestühl und den ausgetretenen Steinboden. Die dunkle Holztäfelung an den Wänden reichte bis zu den Fenstern hinauf, und hoch über ihnen zeigte das Fächergewölbe der Decke eine Serie feingearbeiteter Bossen. Die Kerzen, die während des Gottesdienstes gebrannt hatten, waren gelöscht worden, aber ihr Geruch hing noch in der Luft und mischte sich mit dem Duft der Blumen, die in Abständen aufgestellt, den Mittelgang schmückten.

Kathleen Lockwood ging auf den Altar zu. Das Marmorretabel dahinter zeigte drei biblische Szenen: Abraham bei der Opferung Isaaks, die Vertreibung Adam und Evas aus dem Paradies und, in der Mitte, die weinende Maria zu Füßen des gekreuzigten Christus. Davor standen sechs hohe Kerzen und ein Kruzifix inmitten eines Blumenmeers. Es wirkte alles reichlich aufdringlich, wie eine übertriebene Zurschaustellung religiöser Inbrunst, die ans Geschmacklose grenzte.

»Für den Blumenschmuck sorge ich«, erzählte Kathleen. »Wir haben ein eigenes Gewächshaus, so daß ich den Altar das ganze Jahr hindurch mit frischen Blumen schmücken kann.«

Es schien ein zweifelhaftes Glück.

Vom Altarraum führte eine Tür zur Sakristei, in der sich im Augenblick noch die Chormitglieder drängten, etwa vierzig Jungen, die dabei waren, Soutanen und Chorhemden auszuziehen und an numerierten Haken an der Wand aufzuhängen.

Keiner der Schüler war überrascht, als Kathleen Lockwood Lynley und Barbara Havers in den Raum führte. Die Gespräche flossen weiter, lebhaftes Stimmengewirr, von Gelächter durchmischt, das zeigte, daß die jungen Leute mit sich zufrieden waren. Alles schien wie immer zu sein. Einziger Hinweis, daß jemand den Eintritt der Fremden überhaupt bemerkt hatte, war eine Stimme, die aus dem Nichts zu kommen schien: »Chas!«

Erst da versiegten langsam die Gespräche. Die Schüler tauschten verstohlene Blicke. Lynley sah, daß alle Altersstufen, von den Jüngsten, die mit zwölf und dreizehn in die dritte Klasse kamen, bis zu den Schülern der Abschlußklasse, vertreten waren. Mädchen waren keine darunter. Und im Augenblick war auch kein Lehrer da.

»Chas Quilter«, sagte Kathleen Lockwood fragend.

»Hier bin ich, Mrs. Lockwood.«

Der Junge, der vortrat, war zum Sterben schön.

6

Lynleys erster Gedanke beim Erscheinen des Jungen war, daß er einen gewählteren Namen als Chas verdient hätte. Raphael oder Gabriel kamen einem augenblicklich in den Sinn; und vorzüglich gepaßt hätte Michelangelo, denn Chas Quilter sah in der Tat aus wie ein achtzehnjähriger Engel.

Er war beinahe in jeder Hinsicht ein Geschöpf von himmlischer Vollkommenheit. Das blonde Haar, wenn auch kurz geschnitten, bedeckte in locker fallenden Ringellocken seinen Kopf, so wie man sie bei einem Cherubim auf Renaissancegemälden sieht. Seine Gesichtszüge jedoch hatten nichts von der faden Unbestimmtheit dieser Engelsgeschöpfe des 16. Jahrhunderts. Sie wirkten vielmehr wie gemeißelt, klar und rein: hohe, breite Stirn, festes Kinn, feingebildete Nase und eine makellose Haut, über der an den Wangen ein sanfter Farbschimmer lag. Nur eine menschliche Unzulänglichkeit schien er zu besitzen: Er mußte eine Brille tragen, die er, da sie die Tendenz hatte zu rutschen, immer wieder hochschob.

»Sie sind wohl von der Polizei.« Er schlüpfte in seinen blauen Schulblazer. Auf der linken Brusttasche war das Emblem von Bredgar Chambers, ein dreigeteiltes Wappen, dessen Felder ein kleines Fallgatter zeigten, eine Krone, die über einem Weißdornreis schwebte, und zwei einander umrankende Rosen, die eine rot, die andere weiß; alles Symbole, die dem Gründer der Schule wichtig gewesen waren. »Mr. Lockwood hat mich gebeten, Ihnen die Schule zu zeigen. Ich stehe zu Ihrer Verfügung.« Chas lächelte und fügte mit entwaffnender Offenheit hinzu: »Da komm ich heute morgen um den Unterricht herum.«

Um sie herum nahmen die anderen Jungen, als hätten sie nur abwarten wollen, wie der Schulpräfekt sich der Begegnung mit der Polizei gewachsen zeigte, ihre Gespräche wieder auf. Zufrieden offenbar mit Chas' Verhalten, schlüpften sie in ihre Blazer, nahmen ihre Bücher von den Bänken, die sich an den Wänden der Sakristei entlangzogen, und marschierten hinaus, nicht durch die Kapelle, sondern durch eine andere Tür, die in einen Nebenraum führte. Man hörte noch eine Weile ihre Stimmen, dann öffnete sich eine weitere Tür, und es wurde still.

Allein mit den Erwachsenen, zeigte Chas Quilter keinerlei Unbehagen; keine Spur von ängstlicher Beflissenheit eines Jugendlichen, kein nervöses Von-einem-Fuß-auf-den-anderen-Treten, kein krampfhaftes Bemühen, ein Gespräch aufrechtzuerhalten.

»Sie wollen sich sicher zuerst einmal die Schule ansehen. Am einfachsten ist es, wenn wir gleich hier rausgehen.«

Chas nickte Kathleen Lockwood grüßend zu, dann führte er Lynley und Havers zu der Tür, durch die auch die anderen Schüler hinausgegangen waren.

Sie führte in einen leeren Theatersaal, der allem Anschein nach nicht mehr benützt wurde. Ein muffiger Geruch hing in der Luft, und Staub machte die Farbe der Samtvorhänge stumpf, die seitlich der kleinen Bühne herabhingen. Sie schritten über einen zerkratzten Parkettboden und gelangten durch eine weitere Tür in den Kreuzgang, den ältesten Teil des Gebäudes. Unverglaste Spitzbogenfenster gaben den Blick auf den viereckigen Innenhof frei: vier quadratische Rasenflächen und kopfsteingepflasterte Wege , die alle zum Standbild Henry Tudors in der Mitte des Hofs führten. In einer Ecke, nahe der Kapelle, erhob sich ein Glockenturm.

»Das hier ist der geisteswissenschaftliche Fachbereich«, bemerkte Chas im Gehen. Er winkte drei Jungen und einem Mädchen zu, die mit lauten Schritten vorbeirannten. »Zum fünftenmal zu spät, das gibt zwei Wochen Ausgangssperre, das ist euch wohl klar?« rief er ihnen hinterher.

»Ach, halt die Klappe, Quilter«, rief einer zurück.

Er lächelte, nicht im geringsten pikiert. »Die Oberstufe hat vor dem Schulpräfekten überhaupt keinen Respekt«, erklärte er Lynley. Eine Antwort auf diese Feststellung, die die Grenzen seiner Macht zeigte, schien er nicht zu erwarten. Er ging ruhig weiter und blieb schließlich an einem der Fenster stehen, um ihnen die Anlage des Hofs zu erklären.

Vier große Gebäude umschlossen ihn. Chas wies auf jedes von ihnen hin, während er seine Funktion erläuterte. Im Ostbau, erklärte er, befand sich auf der einen Seite des Haupttors die Kapelle, im anderen Flügel waren die Verwaltungsräume mit Sekretariat und Direktorat untergebracht, außerdem der Sitzungssaal, wo der Verwaltungsrat zusammenzutreten und die Aufsichtsschüler der einzelnen Wohnhäuser ihre Besprechungen abzuhalten pflegten. Im Südbau waren die Bibliothek, das alte große Schulzimmer aus jener Zeit, als Bredgar Chambers seine ersten vierundvierzig Schüler aufgenommen hatte, der Aufenthaltsraum für Lehrer, wo diese ihre Mahlzeiten einnahmen und ihre Post in Empfang nahmen, und die Küche. Im Westbau befanden sich der Speisesaal für die Schüler und Unterrichtsräume des geisteswissenschaftlichen Fachbereichs, und im Nordbau, wo sie sich im Augenblick befanden, war der Musikbereich untergebracht. Im ersten Stock aller vier Gebäude, die durch Korridore und Türen miteinander verbunden waren, befanden sich die Unterrichtsräume insbesondere für Englisch, Sozialkunde, Kunst und Fremdsprachen.

»Alles andere liegt abseits vom Haupthof«, erklärte Chas. »Die Übungsräume für Theater und Tanz, die Werkstatt, der mathematische und naturwissenschaftliche Fachbereich, die Sporthalle und die Krankenstation.«

»Und die Wohnhäuser der Jungen und Mädchen?«

Chas schnitt eine kleine Grimasse. »Die sind natürlich durch den Hof voneinander getrennt. Die Mädchen wohnen im Süden, die Jungen im Norden.«

»Und wenn sich ein Pärchen findet?« erkundigte sich Lynley, den es interessierte, wie die modernen Internate – die mit Hilfe einer liberaleren Zulassungspolitik ihren Erhalt sichern wollten – sich in den gefährlichen Wassern der Koedukation zurechtfanden.

Chas zwinkerte einmal hinter seinen goldgeränderten Brillengläsern und antwortete: »Ich nehme an, das wissen Sie, Sir. Oder werden es sich denken können. Sofortige Verweisung aus der Schule.«

»Ganz schön hart«, bemerkte Havers.

»Aber es wirkt.« Chas deklamierte feierlich: »›Tadelloses Verhalten im Umgang mit dem anderen Geschlecht ist für die Schüler und Schülerinnen von Bredgar Chambers eine Selbstverständlichkeit.‹ Seite dreiundzwanzig der Schulordnung. Die erste Seite, die jeder aufschlägt, wenn er herkommt. Gutgemeinte Wünsche.« Er grinste, öffnete eine Tür und winkte sie in einen kurzen Korridor, der nicht so alt zu sein schien wie der Rest des Gebäudes. »Wir gehen durch die Sporthalle. Das ist eine Abkürzung zum Haus Erebos. Dort hat Matthew Whateley gewohnt.«

Ihr Eintreten in die Sporthalle, offensichtlich ein Anbau jüngeren Datums, führte zu einer etwas peinlichen Unterbrechung der Turnstunde, die am Trampolin auf der Westseite der Halle abgehalten wurde. Das Grüppchen kleiner Jungen drehte sich wie auf Kommando herum und starrte sie an, ohne einen Ton zu sprechen. Ihr Verhalten war entschieden sonderbar. Man hätte erwartet, daß sie wenigstens miteinander tuschelten, vielleicht kicherten oder sich gegenseitig pufften. Sie waren schließlich Kinder. Keiner von ihnen schien älter als dreizehn Jahre. Aber sie zeigten keine Spur von der Rastlosigkeit überschüssiger Energie, die Kindern dieses Alters im allgemeinen eigen ist. Statt dessen standen sie da wie die Lämmer und starrten Lynley an.

»Jungs! Jungs!« rief ihr Lehrer, ein nervös wirkender junger Mann in Turnhose und Polohemd. Aber die Kinder reagierten nicht. Lynley konnte sich beinahe vorstellen, wie sie einen kollektiven Seufzer der Erleichterung ausstießen, als er und Havers Chas Quilter aus dem Saal folgten.

Ein Kiesweg führte sie am Mathematikbereich vorbei, unter lichten Birkengruppen hindurch, und brachte sie schließlich zum Schülereingang von Haus Erebos. Es war wie die anderen Schulbauten aus dem honigfarbenen Stein von Somerset errichtet und mit Schiefer gedeckt. Auch hier gab es keine Kletterpflanzen bis auf eine Klematis, die eine geschlossene Tür am Ostende des Gebäudes umrankte.

»Das sind die Privatunterkünfte«, sagte Chas, der Lynleys Blick bemerkte. »Mr. Corntels Wohnung. Die Zimmer der Sextaner sind hier.« Er öffnete die Tür und ging ins Haus.

Für Lynley war es eine Rückkehr in die Vergangenheit. Der Vorsaal selbst war anders als der seines früheren Wohnhauses in Eton, aber die Gerüche waren die gleichen. Verschüttete Milch, die, niemals aufgewischt, sauer geworden war, verbrannter Toast, den jemand unbeachtet liegengelassen haatte, schmutzstarrende Hemden und Hosen, von denen durchdringender Schweißgeruch ausging; und die Hitze, die von den blubbernden Heizkörpern abstrahlte, buk all diese Gerüche zu ewigem Fortbestand in Decken, Mauern und Böden. Selbst wenn das Haus an Wochenenden oder in den Ferien leer war, hielten sich die Gerüche hartnäckig.

Erebos war offensichtlich eines der älteren Gebäude. Das zeigte sich schon daran, daß der ganze Vorsaal vom Boden bis zur Decke in Eichenholz getäfelt war, das früher einmal vermutlich einen warmen goldenen Glanz gehabt hatte. Im Lauf der Jahre jedoch war das Gold gedunkelt, und Generationen von Schuljungen, die kein Gefühl für etwas aufbringen konnten, nur weil es alt war, hatten dafür gesorgt, daß der Glanz stumpf geworden war. Die Täfelung war aufs brutalste zerkratzt und verschrammt.

Die wenigen Möbelstücke waren nicht in viel besserem Zustand. Der lange, schmale Refektoriumstisch an der Wand – Ablage für die Post, wie es schien – war zerschunden von Koffern und Reisetaschen, Schulbüchern und Paketen von zu Hause, die seit Jahren achtlos auf ihm niedergeworfen wurden. Die beiden Sessel, die nicht weit entfernt von ihm standen, waren voller Flecken, und die Polster fehlten. Zwischen ihnen an der Wand war ein Münztelefon angebracht, und in die Holztäfelung rundherum waren zahllose Namen und Nummern eingeritzt. Das einzige Stück im ganzen Vorsaal, das man mit einigem guten Willen als dekorativ hätte bezeichnen können, war die Hausfahne, die jemand vernünftigerweise in einen Glaskasten an der Wand eingeschlossen hatte. Auch sie wirkte allerdings reichlich mitgenommen, das Bild darauf war kaum noch zu erkennen.

»Das soll Erebos sein«, bemerkte Chas, als Lynley und Havers die Fahne betrachteten, »die Finsternis, Sohn des Chaos und Bruder der Nacht. Der Vater von Tag und Himmel. Auf der Fahne kann man das leider nicht mehr sehen. Sie ist völlig ausgebleicht.«

»Sie sind auf dem humanistischen Zweig?« fragte Lynley.

»Nein, Chemie, Biologie und Englisch sind meine Hauptfächer«, antwortete Chas. »Aber wir müssen alle die Bedeutung der Hausnamen kennen. Das gehört zur Tradition.«

»Wie heißen die anderen Häuser?«

»Mopsos, Ion, Kalchas, Eirene und Galatea.«

»Eine interessante Auswahl, wenn man sich mal überlegt,

auf welche Mythen diese Namen anspielen. In den beiden letztgenannten Häusern wohnen wohl die Mädchen.«

»Ja. Ich selbst wohne in Ion.«

»Sohn der Kreusa und des Apollo. Eine interessante Geschichte.«

Chas rutschte schon wieder die Brille von der Nase. Er schob sie hoch und lächelte. »Die Sextaner wohnen oben. Die Treppe ist da drüben.« Er ging ihnen voraus.

In der ersten Etage des Gebäudes war alles leer. Sie gingen durch einen schmalen, mit abgetretenem braunen Linoleum ausgelegten Korridor, dessen Wände in einem schmutzunempfindlichen Graugrün gestrichen waren. Es roch ausschließlich nach Schweiß und modriger Feuchtigkeit. In Deckenhöhe zogen sich Wasserrohre den ganzen Flur entlang bis zu seinem Ende, wo sie nach unten abbogen und in einem Loch im Boden verschwanden. Die Zimmer der Schüler befanden sich zu beiden Seiten des Gangs. Die Türen hatten keine Schlösser, aber sie waren alle geschlossen.

Vor der dritten Tür links blieb Chas stehen, klopfte einmal, sagte »Quilter« und drückte sie mit der Schulter einen Spalt auf. Er warf einen kurzen Blick ins Zimmer, sagte, »Du meine Güte«, und drehte sich zu Lynley und Havers um. Sein Gesicht verriet ihnen, daß etwas nicht in Ordnung war. Er gab sich alle Mühe, diesen vorübergehenden Bruch in der Fassade zu übertünchen, indem er mit einer lebhaften Geste der Entschuldigung die Hand schwang. »Da haben wir's. Ziemlich übel. Kaum zu glauben, daß vier Jungs so ein – na, schauen Sie es sich selbst an.«

Lynley und Havers traten ein. Chas blieb an der Tür stehen.

Das Zimmer sah chaotisch aus: Zeitschriften und Bücher überall herumgeworfen, Papiere auf dem Boden, überquellende Papierkörbe, ungemachte Betten, offenstehende

Schränke und Schubladen, aus denen Sachen herausgerissen und unordentlich wieder hineingestopft waren, Kleidungsstücke achtlos irgendwohin geschleudert. Entweder hatte in dem Zimmer kürzlich eine eilige Durchsuchung stattgefunden oder der Hausälteste – dessen Aufgabe es war, für Ordnung zu sorgen – hatte seine Jungen nicht an der Kandare.

Während Lynley noch überlegte, welche der beiden Möglichkeiten die wahrscheinlichere war, sah er, wie Chas aus dem Zimmer hinausging, hörte ihn andere Türen im Korridor öffnen und schließen, vernahm seine gedämpften Ausrufe der Ungläubigkeit. Lynley hatte seine Antwort.

»Der Hausälteste für dieses Haus, Havers. Haben wir seinen Namen?«

Havers blätterte in ihrem Block zurück, las, blätterte weiter. »John Corntel sagte, es wäre – ah, hier! Brian Byrne. Ist der dafür zuständig?«

»Ja, aber wenn er so weitermacht, nicht mehr lang«, erwiderte Lynley. »Na, schauen wir uns mal um.«

Die Schlafräume waren in vier Zellen aufgeteilt, jede mit einer weiß gestrichenen Spanplattenwand abgeteilt, die ungefähr einen Meter fünfzig hoch war und wenigstens einen Anflug von Abgeschlossenheit bot. In jeder der vier engen Zellen standen ein Bett mit Bettkasten und ein Schrank, auf dem mit Klebeband ein Schildchen mit den Namen des Zellenbewohners befestigt war. Die Wände waren nach persönlichem Geschmack dekoriert.

Der Unterschied zwischen Matthews Wandschmuck und dem der anderen Jungen war verblüffend. In der Zelle, die, wie das Etikett auf dem Schrank verriet, von einem Jungen namens Wedge bewohnt wurde, pflasterten Poster von Musikgruppen die Wände, ein breitgefächertes Angebot, das einen vorurteilslosen Geschmack verriet. U2, die Eurythmics, Pink Floyd und Prince tummelten sich neben Uraltfotos der Beatles, der Byrds und von Peter, Paul and Mary. In Arlens Zelle posierten Badeschönheiten mit glänzenden, braungebrannten Körpern in äußerst reizvoller Badekleidung. Hingegossen lagen sie im Sand oder stolzierten amazonengleich durch die Dünen oder bäumten sich mit hochgereckten Brüsten in schöner Eindeutigkeit im weißen Schaum der Brandung. Smythe-Andres, der Bewohner des dritten Kapäuschens, hatte sich mit einer Sammlung von Bildern umgeben, die die grusligsten Szenen aus dem Film *Alien* zeigten. Jeder, der ein gewaltsames Ende gefunden hatte, war in schauerlichem, Übelkeit erregenden Detail festgehalten. Auch der Außerirdische selbst, der wie die Kombination aus einer Kettensäge, einer Gottesanbeterin und dem von der Maschine des Wissenschaftlers in dem Film *Die Fliege* hervorgebrachten Endprodukt aussah.

Die vierte Zelle, die neben dem Fenster, hatte Matthew Whateley gehört. Er hatte zur Dekoration seines kleinen Reichs Fotografien von Lokomotiven – Dampf-, Diesel- und Elektrolokomotiven aus verschiedenen Ländern gewählt. Lynley betrachtete sie neugierig. Die Abbildungen hingen ordentlich in Reih und Glied an der Wand über dem Bett. »Puff, puff, kleines Zuckerpüppchen«, hatte jemand quer über eines der Bilder gekritzelt. Seltsam, daß der Junge es trotz dieser Herabwürdigung seiner Person hatte hängen lassen.

Von der Mitte des Zimmers sagte Havers: »Unreifer als die anderen. Ansonsten scheint alles ziemlich typisch für den normalen Dreizehnjährigen.«

»Wenn man bei Dreizehnjährigen überhaupt von ›normal‹ sprechen kann«, erwiderte Lynley.

»Stimmt. Was hatten sie denn in Ihrem Zimmer aufgehängt, als Sie dreizehn waren, Inspector?«

Lynley setzte seine Brille auf, um sich Matthews Kleider anzusehen. »Reproduktionen früher Renaissancemalerei«, antwortete er zerstreut. »Ich hatte eine jugendliche Leidenschaft für Fra Angelico.«

»Daß ich nicht lache!« kommentierte Havers.

»Sie glauben mir nicht, Sergeant?«

»Kein Wort.«

»Na ja. Kommen Sie. Schauen Sie sich das mal an und sagen Sie mir, was Sie davon halten.«

Sie trat zu ihm in Matthews enge Zelle, wo er den Schrank geöffnet hatte. Er war wie die Trennwände im Zimmer aus weiß gestrichenen Spanplatten und hatte innen, ganz im Einklang mit der klösterlichen Bescheidenheit in Bredgar Chambers, nur zwei Schubladen und acht Haken. In den Schubladen lagen drei saubere weiße Hemden, vier Pullover in verschiedenen Farben, drei Unterhemden und ein Stapel T-Shirts. An den Haken hingen Hosen und Jacken. Auf dem Boden standen mehrere Paar Schuhe, gute, für alle Tage und Turnschuhe. Zusammengeknüllt in einer Ecke lagen die Turnsachen.

Havers sah sich alles genau an und zog ihre Schlußfolgerung. »Die Schuluniform ist nicht da. Das heißt, wenn er wirklich durchgebrannt ist, dann in Schulkleidung.«

»Einigermaßen ungewöhnlich, würden Sie nicht sagen?« meinte Lynley. »Da läuft er davon – ein eindeutiger Verstoß gegen die Schulvorschriften – und trägt Kleider, die ihn augenblicklich als Schüler von Bredgar Chambers erkennbar machten. Was glauben Sie, warum er das getan haben könnte?«

Havers runzelte die Stirn und zog nachdenklich die Unterlippe ein. »Vielleicht erhielt er eine unerwartete Nachricht. Wir haben ja unten das Telefon gesehen. Vielleicht hat ihn jemand angerufen, und er meinte, er müßte sofort los. Ohne Zeit zu verlieren.«

»Das ist eine Möglichkeit«, gab Lynley zu. »Aber die Tatsache, daß er eine Befreiung vom Hockey am Nachmittag hatte, scheint mir darauf hinzuweisen, daß er sein Verschwinden geplant hatte.«

»Ja, hm, das ist wahr.« Sie zog eine Hose aus dem Schrank und inspizierte sie zerstreut. »Dann war's vielleicht so, daß er gesehen werden wollte. Vielleicht trug er die Uniform als Erkennungszeichen.«

»Damit jemand, mit dem er verabredet war, gleich wissen würde, wer er ist?«

»Das würde doch passen, nicht?«

Lynley sah die Schubkästen unter dem Bett durch. Er hörte Chas Quilter ins Zimmer zurückkommen und sah, wie er unweit der Tür stehenblieb und, die Hände in den Taschen, aufmerksam herüberblickte. Lynley ignorierte ihn zunächst; zu sehr faszinierte ihn, was die Schubkästen über Matthew Whateley oder, genauer gesagt, über seine Mutter enthüllten.

»Havers«, sagte er, »geben Sie mir doch mal eine Hose und einen Pulli.«

Lynley legte beides aufs Bett, legte ein passendes Paar Socken aus dem Schubkasten dazu und trat zurück, um das Ensemble, das er zusammengestellt hatte, zu begutachten.

»Sie hat überall seinen Namen reingenäht«, bemerkte er zu Havers. »Sicher von der Schule vorgeschrieben. Aber schauen Sie einmal, was sie noch für ihren Jungen getan hat.« Er kehrte eine Socke von innen nach außen und zeigte auf die Ziffern, die auf das Wäscheband geschrieben waren... Er nahm die Hose; auf der Innenseite des Bunds stand neben dem Namen die Zahl 3. Auch unter dem Kragen des Pullovers war eine 3. Eine andere Hose war mit der Zahl 7 gekennzeichnet.

»Anziehen nach Zahlen, damit er's auch ja richtig macht?« fragte Havers verächtlich. »Da wird mir echt schlecht, Sir. Puff-puff-Bähnchen an der Wand und Mamis Garderobevorschriften in den Kleidern!«

»Aber es sagt uns etwas, nicht wahr?«

»Es sagt mir, daß Matthew Whateley wahrscheinlich kurz vorm Ersticken war. Vorausgesetzt, er hat's überhaupt gemerkt. Wollten das eigentlich seine Eltern, daß er hier auf diese Schule geht, Inspector?«

»Es scheint so, ja.«

»Und da sollte der kleine Mattie natürlich mit den Goldbubis hier mithalten können. Ja keine Fehler, sonst klappt der Aufstieg nicht. Drum mußten seine Kleider fein numeriert werden, damit er keine Patzer machte. Kein Wunder, daß er abgehauen ist.«

Lynley sagte nichts, aber er blieb nachdenklich. Er ordnete die Sachen wieder ein und bat Chas Quilter festzustellen, ob alles, was an Garderobe in der Schule zugelassen war, sich in Matthew Whateleys Schrank befand. Chas trat zum Schrank, sah alles durch und erklärte, abgesehen von der Schuluniform sei alles da. Lynley schloß Schrank und Schubkästen und wandte sich dann dem Jungen zu.

»Es gibt hier keinen Arbeitsplatz. Ist im Haus ein Studierzimmer, wo die Jungen lernen?«

Chas nickte. Er schien sich unbehaglich zu fühlen und als Vertreter der Schule vielleicht gedrängt, für den chaotischen Zustand, in dem sie das Zimmer vorgefunden hatten, ungefragt Entschuldigungen vorzubringen.

»Das Studierzimmer ist ganz hinten, am Ende des Korridors, Sir, wenn Sie es sich anschauen möchten. In jedem Haus wohnen mindestens drei bis fünf Schüler der Oberstufe, die inzwischen eigentlich gelernt haben müßten, was Ordnung heißt, und die Jüngeren dazu anhalten sollten, die Regeln zu beachten. Der Hausälteste jedes Hauses hat dafür zu sorgen, daß die Großen, die ihm unterstellt sind, in den Zimmern nach dem Rechten sehen. Auch im Studierzimmer.« Er lächelte ziemlich trübe, sagte aber nur: »Weiß der Himmel, was wir da vorfinden werden.«

»Hört sich an, als sei das System in Erebos etwas aus den Fugen geraten«, bemerkte Lynley, während er mit Havers an Chas Quilters Seite durch den Flur ging. Für ihn gab es aufgrund der Auskünfte, die Chas ihnen gerade gegeben hatte, nur eine mögliche Schlußfolgerung. Gewiß waren die Großen verantwortlich dafür, daß die Kleinen Ordnung hielten. Gewiß war der jeweilige Aufsichtsschüler verantwortlich dafür, daß die Großen dieser Aufgabe nachkamen. Aber für den reibungslosen Ablauf insgesamt war der Schulpräfekt Chas Quilter selbst verantwortlich. Und wenn der Ablauf nicht klappte, war anzunehmen, daß Chas Quilter selbst der Kern des Problems war.

Chas öffnete eine Tür. »Hier machen die Sextaner von Erebos ihre Aufgaben«, sagte er. »Jeder hat seinen eigenen Arbeitsplatz – seinen eigenen Stall, wie wir hier sagen.«

Das Studierzimmer sah nicht viel ordentlicher aus als der Schlafraum, den sie gesehen hatten, und konnte, genau wie unten der Vorsaal, sein Alter nicht leugnen. Merkwürdige Gerüche hingen in der Luft, die von den verschiedensten Dingen herrühren konnten: von vergessenen Essensresten, die zu schimmeln begonnen hatten; einem offen stehengelassenen Leimtopf vielleicht; hastig abgelegten Kleidungsstücken, die dringend eine Wäsche brauchten. Der Holzfußboden, auf dem kein Teppich lag, war mit Tinten- und Fettflecken übersät. Dunkles Fichtenholz bedeckte die Wände, und wo keine Poster hingen, war es zerstochen, verschrammt und zerkratzt. Genau wie die Arbeitspulte, die an den vier Wänden des Raums aufgereiht waren.

Sie sahen aus wie hochlehnige Kirchenstühle mit ungepolsterten Holzsitzen von etwa einem Meter Länge. Vor dem Sitz war die Schreibplatte mit einer breiten Schublade darunter. Oben waren zwei schmale Borde für Schulbücher angebracht. Jeder Arbeitsplatz trug den persönlichen Stempel seines Benützers. Postkarten, Fotografien und

Aufkleber zierten sämtliche verfügbaren Flächen, und wo ein früherer Besitzer sich allzu hartnäckig verewigt hatte, hatte der Nachfolger diese Zeugnisse der Vergangenheit einfach abgerissen, ohne Rücksicht auf zurückbleibende Leim- und Papierreste.

Matthew Whateley hatte seinen Arbeitsplatz, genau wie seine Zelle im Schlafraum, ganz anders hergerichtet wie die übrigen Jungen ihre »Ställe«. Keine poppigen Poster, keine Filmstars, keine verführerischen jungen Damen in Reizwäsche, keine heißen Autos, keine Sportidole. Gar nichts, bis auf einen Schnappschuß, der zwei Kinder zeigte, die schlammbespritzt am Ufer der Themse hockten, im Hintergrund die Hammersmith Bridge. Eines der Kinder war Matthew, der grinsend mit einem langen Stock im Uferschlamm herumstocherte. Das andere war eine lachende kleine Schwarze mit nackten Füßen und Dutzenden fest geflochtener Zöpfe, die ihr auf die Schultern herabfielen. Yvonnen Livesley, dachte Lynley, Matthews Freundin aus der Grundschule. Er betrachtete das Foto aufmerksam und bekam von neuem Zweifel an Kevin Whateleys Behauptung, daß Matthew niemals aus dem Internat durchgebrannt wäre, nur um dieses Mädchen wiederzusehen. Sie war eine kleine Schönheit.

Er reichte die Fotografie Barbara Havers, die sie wortlos einsteckte. Dann setzte er seine Brille auf und sah sich Matthews Bücher an. Es war das übliche Lehrmaterial: Englisch, Mathematik, Geographie, Geschichte, Biologie, Chemie und, im Geist dieser Schule, Religion und Kirchengeschichte. Auf dem Pult lag ein aufgeschlagenes Mathematikheft mit einer angefangenen Aufgabe, daneben ein Stapel Spiralhefte. Lynley teilte alles auf, gab die eine Hälfte Havers und nahm die andere Hälfte selbst.

Er setzte sich an Matthews Pult – ein wenig eng der Raum für einen erwachsenen Mann –, während Havers in dem

»Stall« vor ihm verschwand. Chas ging zum Fenster, öffnete es und schaute hinaus.

Stimmen schallten herauf, ein paar Jungen lachten laut, aber im Studierzimmer hörte man nur das Rascheln von Papier, wenn Bücher aufgeschlagen und durchgeblättert wurden, und hin und wieder ein Seufzen. Langweilig, ermüdend, absolut unerläßlich.

Havers lugte über die hohe Lehne ihrer Sitzbank. »Hier ist was, Sir«, sagte sie und reichte Lynley ein Spiralheft hinüber. Es enthielt einen Brief, oder besser, den Entwurf eines Briefes. Mehrere Wörter waren durchgestrichen und durch passendere ersetzt.

Lynley las.

Liebe Jeanne (durchgestrichen) Jean,

ich möchte Ihnen noch einmal sehr herzlich für das Abendessen am letzten Dienstag danken. Sie brauchen sich keine Sorgen über meine Verspätung zu machen. Ich weiß, daß der Junge, der mich heimkommen sah, nichts sagen wird. Ich glaube immer noch, daß ich Ihren Vater beim Schach schlagen könnte, wenn er mir lange genug Zeit zum Überlegen lassen würde. Ich kann gar nicht verstehen, wie er soweit vorausdenken kann. Aber das nächste Mal mach ich's besser.

Nochmals vielen Dank.

Lynley nahm seine Brille ab und sah zum Fenster, wo Chas Quilter immer noch diskret im Abseits stand.

»Matthew hat einen Brief an eine Frau namens Jean geschrieben«, sagte er, »bei der er zum Abendessen war. Offensichtlich an einem Dienstag, aber aus dem Brief geht nicht hervor, an welchem Dienstag, da er nicht datiert ist. Haben Sie eine Ahnung, wer die Frau sein könnte?«

Chas runzelte die Stirn. Es dauerte eine ganze Weile, ehe er antwortete, und als er es schließlich tat, entschuldigte er sich für sein Zögern mit den Worten: »Ich habe versucht, mir die Vornamen der Frauen unserer Lehrer ins Gedächtnis zu rufen. Es wird wahrscheinlich eine von ihnen gewesen sein.«

»Aber es ist doch kaum wahrscheinlich, daß er die Frau eines seiner Lehrer beim Vornamen nennen würde? Oder ist das hier allgemein akzeptiert?«

Chas verneinte und zuckte ratlos die Achseln.

»Er schreibt weiter, daß er erst spät zur Schule zurückkam, daß einer der Jungen ihn gesehen hat, aber nichts sagen wird. Was heißt das Ihrer Meinung nach?«

»Das klingt, als wäre er nach der Sperrstunde noch unterwegs gewesen.«

»Hätte das der Aufsichtsschüler seines Hauses nicht merken müssen?«

Chas wand sich, sagte verlegen: »Doch, ja. Im allgemeinen wird jeden Abend nachgesehen, ob alle in ihren Betten sind.«

»Im allgemeinen?«

»Immer. Jeden Abend.«

»Einer von den Großen oder der Hausälteste hätte Matthews Abwesenheit also melden müssen, wenn er nach der Sperrstunde nicht in seinem Zimmer war. Ist das richtig?«

Das Zögern war spürbar. »Ja, jemand hätte bemerken müssen, daß er nicht im Haus war.«

Er nannte die Person, die hier ihre Pflicht versäumt hatte, nicht. Aber Lynley entging nicht, daß sowohl John Corntel als jetzt auch Chas Quilter sehr darauf bedacht schienen, den Hausältesten von Erebos, Brian Byrne, in Schutz zu nehmen.

John Corntel wußte, daß die Polizei in der Schule war. Jeder wußte es. Selbst wenn er Thomas Lynley an diesem Morgen nicht in die Kapelle hätte gehen sehen, wäre ihm der silbergraue Bentley in der Auffahrt aufgefallen, und er hätte sich seinen Reim darauf gemacht. Zwar kreuzte die Polizei normalerweise nicht in solchen Prachtgefährten auf, aber es war ja auch nicht jeder Polizeibeamte aus adeligem Haus.

Im Lehrerzimmer auf der Südseite des Hofs sah Corntel müßig zu, wie die letzten Tropfen Morgenkaffee aus der Maschine in seine Tasse rannen. Er versuchte krampfhaft, alle Bilder zu verdrängen, die seine brüchige Fassade selbstsicherer Gelassenheit hätten gefährden können. Und dennoch gingen ihm immer wieder die gleichen quälenden Gedanken durch den Kopf: Hätte ich doch die Morants angerufen, um mich zu erkundigen, ob Matthew wohlbehalten angekommen ist; hätte ich den Jungen nur persönlich zum Treffpunkt mit seinen Kameraden gebracht; hätte ich nur mit Brian Byrne gesprochen und mich vergewissert, daß er über den Verbleib aller Jungen Bescheid wußte; hätte ich nur selbst häufiger die Schlafräume aufgesucht, anstatt es den Schülern zu überlassen; wäre ich nur nicht so mit mir selbst beschäftigt gewesen – in einem solchen Zustand tödlicher Verlegenheit; hätte ich mich nur nicht so ertappt gefühlt, so nackt und zutiefst gedemütigt.

Auf dem Tisch neben der Kaffeemaschine lagen die Überreste des Frühstücks: ein Stapel kalter Toast, eine silberne Platte mit klebrig gewordenem Rührei, fünf Streifen Schinkenspeck mit feucht glänzenden Fetträndern, Corn Flakes, eine Schale mit Grapefruitschnitzeln aus der Dose, ein Teller mit Bananen. Corntel spürte, wie sich ihm der Magen umzudrehen drohte, und schloß die Augen. Er konnte sich nicht mit Sicherheit erinnern, wann er das letzte Mal etwas gegessen hatte. Vage entsann er sich an eine Mahlzeit am Freitag abend, aber seitdem nichts mehr. Es war ihm unmöglich gewesen.

Er hob den Blick zum Fenster. Über den Rasen hinweg konnte er die Schüler in einem Raum in der Werkstatt an der Arbeit sehen, wo sie als Bestätigung der in Bredgar Chambers vertretenen Philosophie, daß die Kreativität jeden Kindes energischer Anregung bedürfe, eifrig hämmerten und bohrten. Die Werkstatt, noch keine zehn Jahre alt, war von Anfang an Gegenstand leidenschaftlicher Kontroverse unter den Lehrern gewesen. Die einen vertraten die Ansicht, sie böte den Schülern die Möglichkeit zum Einsatz solcher Kräfte, die in einem rein auf geistige Leistung gerichteten Milieu allzu häufig brachlägen; die anderen behaupteten, Sport und Spiel am Nachmittag böten genau die gleichen Möglichkeiten, während eine Werkstatt letztendlich nichts weiter bewirke, als daß sich »unwillkommene Elemente« um Aufnahme bewürben. Corntel lächelte mit grimmigem Spott beim Gedanken an dieses Argument. Das bloße Vorhandensein eines Gebäudes, wo die Schüler mit Holz, Plastik, Metall und elektronischen Geräten umzugehen lernten, hatte an der Aufnahmepolitik, die seit fünfhundert Jahren galt und von jedem Schulleiter unterstützt worden war, überhaupt nichts geändert. Der Schulprospekt mochte von Chancengleichheit reden. Die Realität sah anders aus. Oder hatte zumindest bis zu dem Tag anders ausgesehen, als Matthew Whateley gekommen war.

Corntel wollte nicht an den Jungen denken. Er schob alle Gedanken an ihn von sich. Aber an Matthews Stelle kam, als wolle er mit drohendem Finger das Versagen seines Sohnes anprangern, Corntels Vater, Leiter eines der angesehensten Internate des Landes, unerschütterlich in der Tradition und fest im Glauben an klar abgesteckte Grenzen. Dort gab es keine Werkstatt.

»Hausvater!« hatte Patrick Corntel anerkennend durchs Telefon gebrüllt, als befände sich sein Sohn auf einem anderen Kontinent und nicht gleich um die Ecke. »So ist's richtig, Johnny. Hausvater und Leiter des englischen Fachbereichs! Das lob ich mir. Als nächstes ist der stellvertretende Schulleiter fällig, Junge. Laß dir zwei Jahre Zeit, aber nicht mehr. Nur nicht auf einer Stelle versauern.«

Stellvertretender Schulleiter. Ganz wie du meinst, Vater. Es war einfacher, als sich herumzustreiten und viel einfacher, als die Wahrheit zu sagen. Weiter als bis zum Hausvater und Fachbereichsleiter würde er es nicht bringen. Dies war der Höhepunkt seiner Karriere. In ihm brannte kein Bedürfnis, sich selbst oder anderen etwas zu beweisen.

»Sie treiben wohl alte Schulden ein, was, John?«

Corntel fuhr herum. Direkt neben ihm an der Kaffeemaschine stand Cowfrey Pitt, der Deutschlehrer und Leiter des Fremdsprachenbereichs. Pitt sah an diesem Morgen besonders ungepflegt aus. In seinem dünnen Haar tummelten sich die Schuppen. Das kantige Gesicht war schlecht rasiert, und er hatte sich nicht die Mühe gemacht, das Haar, das ihm wie ein Unkraut aus dem rechten Nasenloch wuchs, abzuschneiden. Ein Ärmel seiner Robe hatte neben der Naht einen Riß, der graue Anzug darunter hatte alte Kreideflecken.

»Wie bitte?« Corntel tat Milch und Zucker in seinen Kaffee.

Pitt neigte sich ihm näher zu, sprach mit vertraulich gesenkter Stimme, als teilten sie ein Geheimnis. »Ich fragte, ob Sie alte Schulden eintreiben. Dieser Mensch von Scotland Yard ist doch ein alter Schulkamerad von Ihnen, stimmt's?«

Corntel trat einen Schritt zurück und richtete seine Aufmerksamkeit demonstrativ auf die Platte mit dem Rührei, als hätte er die Absicht, sich etwas davon zu nehmen. »Wie schnell sich die Dinge herumsprechen«, sagte er nur.

»Sie sind doch gestern nach London abgedampft. Ich hab mich erkundigt, warum. Aber Ihr Geheimnis ist bei mir sicher aufgehoben.« Pitt nahm sich eine Scheibe Toast und biß erst einmal davon ab. Dann lehnte er sich an den Tisch und sah den Kollegen lächelnd an.

»Sicher aufgehoben bei Ihnen?« versetzte Corntel. »Ich verstehe nicht ganz.«

»Na hören Sie mal, John. Vor mir brauchen Sie doch nicht die verdutzte Unschuld zu spielen. Sie waren für den Jungen verantwortlich, oder vielleicht nicht?«

»Genauso wie Sie für die Mädchen in Galatea verantwortlich sind«, erwiderte Corntel. »Aber Sie sind ja wohl schnell dabei, sich von Schuld freizusprechen, wenn eine von ihnen Dummheiten macht, wie?«

Pitt lächelte immer noch. »Aha, die Katze zeigt ihre Krallen.« Er wischte sich die Finger an seiner Robe ab, nahm sich noch eine Scheibe Toast und einen Streifen Schinkenspeck dazu. Sein Blick glitt gierig zu den Eiern.

Corntel, der das bemerkte, spürte trotz seiner Abneigung gegen den Deutschlehrer flüchtiges, unerwünschtes Mitleid. Er wußte, daß Pitt um keinen Preis je zu Beginn der Frühstückszeit ins Lehrerzimmer gekommen wäre, wenn die Speisen noch heiß waren. Das wäre ja ein offenes Eingeständnis gewesen, daß sein Familienleben in der Privatwohnung im Haus Galatea so unerfreulich war, daß er dort nicht einmal mehr frühstücken wollte. Allein aus Stolz schon konnte Pitt das ebensowenig zugeben wie die Tatsache, daß seine Frau jetzt noch schnarchend im Bett lag und wie jede Woche ihren Sonntagabendrausch ausschlief.

Doch Corntels Mitleid legte sich sofort wieder, als Pitt zu sprechen fortfuhr. »Tja, das wird's ja dann wohl für Sie gewesen sein, hm, John? Sie haben selbstverständlich meine uneingeschränkte Teilnahme, aber, lieber Gott, haben Sie denn gar nicht daran gedacht, bei den Morants nachzufragen, ob alle sechs Jungen tatsächlich mit ihnen ins Wochenende gefahren sind? Das gehört doch zur Routine. Jedenfalls bei mir.«

»Ich dachte nicht...«

»Und warum haben Sie nicht auf der Krankenstation nachgefragt? Da wird einer Ihrer Jungen krank, und es fällt Ihnen nicht mal ein, auf einen Sprung bei ihm vorbeizuschauen und ihm die Hand auf die heiße Stirn zu legen? Oder« – Pitt lächelte noch breiter – »war Ihre Hand vielleicht gerade anderweitig beschäftigt?«

Rasch aufflammender Zorn zerstörte Corntels gezwungene Ruhe. »Sie wissen genau, daß ich von der Krankenstation keine Mitteilung bekommen hatte. Aber *Sie* hatten eine! Was taten Sie denn, als Sie am letzten Freitag Matthew Whateleys Befreiung in Ihrem Fach fanden? Sie haben doch das Hockeyspiel am Nachmittag geleitet. Sind Sie rübergelaufen und haben mal nach ihm gesehen, Cowfrey? Oder haben Sie sich einfach mit der Befreiung zufriedengegeben und den lieben Gott einen guten Mann sein lassen?«

Pitt kehrte seine Überlegenheit heraus. »Also John, müssen Sie das jetzt auf mich abwälzen?« Seine graugrünen Reptilienaugen glitten von Corntel weg, um rasch taxierend durch das Zimmer zu schweifen. Es war niemand da, dennoch senkte er wiederum verschwörerisch die Stimme. »Wir wissen doch, wer für Matthew verantwortlich war, nicht wahr, John? Sie können die Polizei darauf hinweisen, daß ich in meinem Fach eine Befreiung fand und nichts unternahm, um ihre Richtigkeit zu überprüfen. Bitte, tun Sie das ruhig. Ich denke nicht, daß das ein Verbrechen ist. Sie vielleicht?«

»Wollen Sie etwa unterstellen –«

Pitt, der über Corntels Schulter blickte, lächelte plötzlich beflissen. »Ah, Mr. Lockwood. Guten Morgen«, sagte er.

Corntel drehte sich um und sah, daß Alan Lockwood ihren Wortwechsel von der Tür aus beobachtet hatte. Er maß beide Lehrer von Kopf bis Fuß, ehe er mit wallender Robe durch das Zimmer kam.

»Kümmern Sie sich um Ihr Aussehen, Mr. Pitt«, sagte er

und zog einen Stundenplan aus seiner Jackentasche. »Sie haben –« Er warf einen Blick auf den Plan – »in einer halben Stunde Unterricht. Da bleibt Ihnen noch Zeit, sich herzurichten. Sie sehen aus wie ein Penner, oder ist Ihnen das vielleicht nicht einmal bewußt? Wir haben die Polizei im Haus. Es kann sein, daß die Leute vom Verwaltungsrat kommen, und ich habe wahrhaft genug um die Ohren. Ich kann mich nicht auch noch darum kümmern, daß meine Lehrer ihre äußere Erscheinung vernachlässigen. Sorgen Sie gefälligst dafür, daß Sie anständig und gepflegt aussehen. Und zwar sofort. Haben Sie mich verstanden?«

Pitts Gesicht wurde hart. »Vollkommen.«

Alan Lockwood nickte kurz und ging.

»Alter Wichtigtuer«, murmelte Pitt. »Tja, das Machtgefühl des kleinen Mannes. Und was für ein Mann er ist! Der reinste Gott. Aber man braucht nur ein bißchen an der Oberfläche zu kratzen, dann sieht man, wer wirklich die Macht hat. Der kleine Matt Whateley hat's bewiesen.«

»Was reden Sie da, Cowfrey?« Corntels Zorn machte ungeduldiger Gereiztheit Platz. Doch er hatte, wie er gleich zu spüren bekam, Pitt wieder in die Hände gespielt.

»Was ich da rede?« wiederholte Pitt künstlich erstaunt. »Mann, Sie sind aber wirklich hinterm Mond, wie, Johnny? Was beschäftigt Sie denn so, daß Sie nicht mal über den aktuellen Schulklatsch auf dem laufenden sind? Hm? Gibt's da vielleicht ein Geheimnis in Ihrem Privatleben? Soll ich mal raten?«

Der Zorn brach sich wieder Bahn. Corntel ließ Pitt einfach stehen und ging.

7

Lynley hatte beschlossen, mit Matthew Whateleys Zimmergenossen in dem Schlafraum zu sprechen, den sie mit ihm geteilt hatten. Als Chas die drei hereinführte, gingen sie wie Tiere, die die Geborgenheit ihrer Höhle suchen, sofort in ihre kleinen Zellen. Sie vermieden es, einander anzusehen, aber zwei von ihnen schauten hastig zu Chas Quilter, der ihnen ins Zimmer gefolgt und wie zuvor an der Tür stehen geblieben war.

Angesichts des Kontrasts, der zwischen Chas und diesen Jungen bestand, wurde Lynley bewußt, daß er völlig vergessen hatte, wie tiefgreifend die Veränderungen sind, die der Mensch zwischen dem dreizehnten und achtzehnten Lebensjahr durchmacht. Chas war voll entwickelt, ein Mann, während die Jungen noch die ganze Weichheit von Kindern besaßen – runde Wangen, zarte Haut, unbestimmte Züge. Eine ängstliche Scheu hielt sie gefangen, wie sie da auf ihren Bettkanten kauerten, und Lynley war überzeugt, daß sie stärker auf die Anwesenheit des Schulpräfekten zurückzuführen war als auf die der Polizei. Chas' körperliche und geistige Überlegenheit allein hätte wahrscheinlich schon gereicht, die fünf Jahre Jüngeren einzuschüchtern; seine Machtposition an der Schule tat ein übriges.

»Sergeant«, sagte Lynley zu Havers, die in Vorbereitung auf das Gespräch automatisch ihren Block aufgeschlagen hatte, »bitten sehen Sie sich inzwischen für mich die Schule an. Innen und außen. Gründlich.« Er sah, wie sie den Mund öffnete, um ihn auf die Vorschriften hinzuweisen, und kam ihr zuvor, indem er sagte: »Lassen Sie sich von Chas alles zeigen.«

Jetzt verstand sie und war klug genug, nicht zu zeigen,

daß sie begriffen hatte, worum es ihm ging. Sie nickte nur und ging in Begleitung von Chas hinaus.

Allein mit Wedge, Arlens und Smythe-Andrews, sah Lynley sich die drei erst einmal aufmerksam an. Nette, offene Jungen, sauber gekleidet in grauen Hosen und gelben Pullovern, unter denen sie weiße Hemden und blau-gelb gestreifte Krawatten trugen. Wedge schien der Selbstsicherste von ihnen zu sein. Sobald der Schulpräfekt gegangen war, blickte er auf. Umgeben von seinen Posterhelden schien er sich sicher zu fühlen und bereit, ein Gespräch zu wagen. Die anderen beiden Jungen waren weniger kühn. Arlens hielt seine ganze Aufmerksamkeit auf die Badeschönheit gerichtet, die sich im weißen Schaum der Brandung tummelte, und Smythe-Andrews stocherte mit einem Bleistiftstummel am Absatz seines Schuhs herum.

»Matthew Whateley ist offenbar von hier weggelaufen«, sagte Lynley und setzte sich aufs Fußende von Matthews Bett. Die Arme auf die Oberschenkel gelegt, die Hände lose vor sich gefaltet, beugte er sich vor, ein Bild lockerer Entspanntheit. »Habt ihr eine Ahnung, warum?«

Die Jungen tauschten verstohlene Blicke.

»Wie war er?« fragte Lynley. »Wedge?«

»Netter Kerl«, antwortete Wedge und heftete dabei seinen Blick fest auf Lynleys Gesicht, als könne er dadurch bekräftigen, daß er die volle Wahrheit sprach. »Ja, Matt war 'n netter Kerl.«

»Ihr wißt also, daß er tot ist.«

»Das weiß die ganze Schule, Sir.«

»Woher wißt ihr es?«

»Wir haben's heute morgen beim Frühstück gehört, Sir.«

»Von wem?«

»Weiß auch nicht. Es kam so den Tisch runter. Matt ist tot. Whateley ist tot. Einer aus dem Haus Erebos ist tot. Ich weiß nicht, wer's in Umlauf gesetzt hat.«

»Warst du überrascht?«

»Ich dachte, es wär ein Witz.«

Lynley sah die anderen beiden an. »Und ihr?« fragte er. »Dachtet ihr auch, es wäre ein Witz?«

Sie nickten nur mit ernsten Gesichtern.

»So was erwartet doch keiner«, sagte Wedge wieder.

»Aber Matthew war doch schon seit Freitag vermißt gewesen. Da mußte ihm doch etwas passiert sein. So überraschend kann das nicht gewesen sein.«

Arlens kaute auf dem Nagel seines kleinen Fingers. »Er sollte doch übers Wochenende mit Harry Morant mitfahren, Sir. Zusammen mit ein paar anderen von Kalchas – da ist Harrys Bude. Wir dachten, Matt wäre mit ihnen in die Cotswold gefahren. Er hatte einen Urlaubsschein. Alle wußten – « Er brach ab, als hätte er zuviel gesagt, senkte den Kopf und kaute weiter auf seinem Fingernagel.

»Alle wußten was?« fragte Lynley.

Wieder ergriff Wedge die Initiative. Er sprach mit erstaunlicher Geduld. »Alle wußten, daß Harry Morant übers Wochenende fünf Jungs zu sich nach Hause eingeladen hatte. Er hat nämlich furchtbar damit angegeben und so getan, als wär das was ganz Tolles. Als wär nur die Elite eingeladen. Das ist typisch Harry. Er macht sich gern wichtig«, schloß Wedge weise wie ein Alter.

Lynley beobachtete Smythe-Andrews, der immer noch an seinem Schuh herumstocherte. Sein Gesicht war mürrisch.

»Die anderen Jungen, die mit ins Wochenende fuhren, waren alle aus Kalchas, nicht? Woher kannte Matthew die so gut?«

Im ersten Moment antwortete keiner der Jungen. Aber es gelang ihnen nicht, die Tatsache zu verbergen, daß es auf die Frage eine einfache und direkte Antwort gab, die sie alle wußten, mit der sie aber nicht herausrücken wollten. Lynley dachte an sein Gespräch mit Matthews Eltern, an ihre hartnäckige Behauptung, daß ihr Sohn in Bredgar Chambers glücklich und zufrieden gewesen sei.

»Hat Matthew sich hier wohl gefühlt?« Er sah, daß Smythe-Andrews vorübergehend zu stochern aufhörte.

»Wer fühlt sich hier schon wohl?« sagte der Junge. »Wir sind hier, weil es unsere Eltern wollen. Bei Matthew war's nicht anders.«

»Aber er selbst war anders, nicht wahr?« fragte Lynley. Auch diesmal antworteten sie nicht, dafür wechselten Arlens und Wedge einen hastigen Blick. »Man braucht sich ja nur anzusehen, was er an den Wänden hängen hat.«

»Er war in Ordnung«, sagte Wedge. Es klang wie ein Protest.

»Aber er brannte durch.«

»Er hat sich ein bißchen abgesondert«, bemerkte Arlens.

»Er war anders«, konterte Lynley.

Die Jungen erwiderten nichts. Aber ihre entschlossene Zurückhaltung war Bestätigung genug. Matthew Whateley war in der Tat anders gewesen, aber dieses Anderssein, vermutete Lynley, war nicht nur in der Wahl des Wandschmucks zum Ausdruck gekommen. Matthew war in diesem Milieu fehl am Platz gewesen, und die Jungen wußten es alle.

Er richtete seine Aufmerksamkeit auf Arlens. »Was meintest du, als du sagtest, er hätte sich abgesondert?«

»Na ja, nur – er pfiff auf die Traditionen.«

»Was für Traditionen?«

»Sachen, die wir tun. Sie wissen schon. Schulzeug eben.«

»Schulzeug?«

Wedge war ungeduldig, sah Arlens stirnrunzelnd an. »Dummes Zeug eben, Sir. Zum Beispiel muß im Glockenturm jeder seinen Namen einkratzen. Eigentlich sollte er abgeschlossen sein, aber das Schloß ist schon seit einer Ewigkeit hin, und alle – nur die Jungs, nicht die Mädchen –

klettern irgendwann mal rauf und kratzen drinnen irgendwo ihren Namen in die Wand. Und wenn man will, dann raucht man da auch eine.«

Wedges Bereitschaft zu sprechen, schien Arlens die Zunge zu lockern. »Und man muß Zauberpilze suchen«, warf er lächelnd ein.

»Zauberpilze? Habt ihr hier Drogen an der Schule?«

Arlens schwieg eingeschüchtert, und Wedge ergriff wieder die Initiative. »Ach wo! Das ist nur ein Jux. Man muß nachts, wenn es dunkel ist, mit einer Decke über dem Kopf und einer Taschenlampe losziehen und Zauberpilze suchen. Kein Mensch ißt sie. Sie liegen hinterher nur rum zum Beweis, daß man sich getraut hat. Das waren solche Sachen, die Matt nicht interessiert haben.«

»War er erhaben darüber?«

»Nein, es hat ihn einfach nicht interessiert.«

»Er interessierte sich für den Modelleisenbahn-Club«, sagte Arlens.

Die anderen Jungen verdrehten die Augen bei der Bemerkung. Ein Interesse an Modelleisenbahnen war in den Augen dieser Knaben offenbar reichlich kindisch.

»Und fürs Lernen«, warf Wedge ein. »Das hat er sehr ernst genommen.«

»Ja, und seine Eisenbahnen auch«, beharrte Arlens.

»Habt ihr mal seine Eltern kennengelernt?« fragte Lynley.

Füßescharren, unruhiges Hin- und Herrutschen auf den Betten – verräterisch genug auf diese Frage.

»Ihr hattet doch einen Elternsprechtag, oder nicht? Habt ihr sie da kennengelernt?«

Smythe-Andrews antwortete, ohne von seinen Schuhen aufzublicken. »Matts Mutter hat früher in einem Pub gearbeitet. Und sein Vater macht irgendwo außerhalb von London Grabsteine. Matt – er hat überhaupt nicht versucht, das zu verheimlichen wie andere das vielleicht getan hätten. Ihm war's gleich. Er war eher stolz drauf.«

Bei diesen Worten, bei den Reaktionen der Jungen fragte sich Lynley, ob sich an diesen Schulen irgend etwas geändert hatte; ja, ob sich in der Gesellschaft überhaupt etwas geändert hatte.

»Matthew hat an eine Frau namens Jean einen Brief geschrieben. Wißt ihr, wer diese Frau ist? Er hat offenbar bei ihr zu Abend gegessen.«

Die Jungen schüttelten alle drei den Kopf. Ihre Unwissenheit wirkte echt. Lynley zog seine Taschenuhr heraus, sah nach der Zeit und stellte eine letzte Frage.

»Matthews Eltern glauben nicht, daß er von hier weglaufen wollte. Glaubt ihr, daß er durchgebrannt ist?«

Smythe-Andrews antwortete für alle. Er lachte einmal kurz auf und sagte bitter: »Wir würden alle von hier abhauen, wenn wir den Mumm dazu hätten. Und einen Platz, wo wir hin könnten.«

»Matthew hatte einen solchen Platz?«

»Sieht so aus.«

»Vielleicht glaubte er das nur. Vielleicht glaubte er nur, er hätte einen sicheren Platz, und lief in Wirklichkeit direkt in den Tod. Man hatte ihn gefesselt. Und gefoltert.«

In einer der Zellen polterte es laut. Arlens war ohnmächtig zu Boden gestürzt.

Gleich würde die Geschichtsstunde anfangen. Harry Morant wußte, daß er hätte hingehen sollen; er gehörte zu einer Gruppe, die an diesem Morgen ein Referat halten sollte. Sein Fehlen würde auffallen. Man würde eine Suchaktion nach ihm starten. Aber es war ihm egal. Alles war ihm egal. Matthew Whateley war tot. Alles hatte sich geändert. Das Gewicht der Macht hatte sich verlagert. Er hatte alles verloren.

Eine Zeitlang war er nach Monaten des Terrors in seliger Sicherheit gewesen. Drei herrliche Wochen lang hatte er kennengelernt, was es hieß, abends einschlafen zu können, ohne Angst haben zu müssen, rüde geweckt, aus dem Bett gezerrt und zu Boden geworfen zu werden; ohne Angst vor der hämisch grunzenden Stimme und den grauenvollen Worten: »Kleine Abreibung gefällig, Bubi? Kleine Abreibung gefällig?«; vor den schnellen Schlägen ins Gesicht, die nie so hart waren, daß sie Male hinterließen, vor den Händen, die ihn packten und drückten und pufften, vor dem Gang durch einen finsteren Korridor zur Toilette, wo eine Kerze angezündet wurde und die Kloschüssel wartete, die bis zum Rand mit Kot und Urin gefüllt war, und wo die Stimme sagte: »Gründliche Wäsche heut abend, kleiner Rotzlöffel«, und wo er dann in den widerlichen Dreck getunkt wurde und krampfhaft versuchte, sich das Weinen und das Erbrechen zu verkneifen, und es nicht konnte.

Harry konnte nicht verstehen, warum gerade er ausgesucht worden war. Er hatte doch, seit er nach Bredgar Chambers gekommen war, alles getan, wie es von ihm erwartet wurde. Seine älteren Brüder waren vor ihm auf der Schule gewesen und hatten ihn lange im voraus darauf vorbereitet, was er zu tun hatte, wenn er akzeptiert werden wollte. Und er hatte alles getan. Er war bis zur Spitze des Glockenturms hinaufgeklettert – die enge Wendeltreppe hinauf, in der man Platzangst bekam – und hatte oben seinen Namen in die Mauer eingekratzt. Er hatte das Rauchen gelernt – obwohl es ihm nicht besonders schmeckte – und hatte jeden Auftrag, den er von einem Hausältesten bekommen hatte, brav ausgeführt. Er hatte sich an die Spielregeln gehalten, hatte sich bemüht, nicht aufzufallen, hatte niemals einen anderen Schüler verpetzt, ganz gleich, was der angestellt hatte. Aber es hatte nichts genützt. Trotz allem hatten sie sich gerade ihn geschnappt. Und jetzt würde alles wieder von neuem losgehen. Am liebsten hätte er zu weinen angefangen, aber er schluckte die Tränen hinunter.

Die Luft war kühl, obwohl es schon später Vormittag war. Auch die Sonne, die vor etwa einer Stunde herausgekommen war, half nicht. Auf der Steinbank in einer Ecke des ummauerten, parkartig angelegten Gartens, auf halbem Weg zwischen der Schule und dem Haus des Schulleiters, schien es Harry besonders kalt zu sein, und die Statuen aus Marmor und Bronze, die inmitten der Rosenbüsche standen, machten ihn in ihrer Unnahbarkeit noch kälter. Er fröstelte, schlang fest die Arme um seinen Körper und zog die Knie hoch.

Er war dabei gewesen, als die Polizei gekommen war. Er war mit den anderen vom Chor in der Sakristei gewesen, als Mrs. Lockwood den Mann und die Frau hereingeführt und Chas Quilters Führung übergeben hatte. Im ersten Moment hatte er überhaupt nicht erkannt, daß sie von der Polizei waren, weil sie ganz anders aussahen, als das, was er seit dem Frühstück erwartet hatte, nachdem sich im Speisesaal herumgesprochen hatte, daß Matthew Whateley tot war und jemand von New Scotland Yard kommen würde.

Und wenn er sich einredete, daß sie überhaupt keine richtigen Kriminalbeamten waren, dann war das so ziemlich der beste Grund, den er finden konnte. An ihn würde er sich klammern. Sie konnten ihm ja ohnehin nicht helfen. Sie würden ihm nicht einmal glauben. Sie trugen keine Waffen. Sie würden sich alles anhören, ihre Notizen machen, und dann würden sie gehen und ihn seinem Schicksal überlassen. Ganz allein. Ohne Matthew.

Nein, er wollte nicht an Matthew denken. An Matthew denken, hieß daran denken, was er ihm schuldete. Daran denken, was er ihm schuldete, hieß daran denken, was ehrenhaft und jetzt von ihm gefordert war. Und diese Gedanken würden direkt in die eisigen Zonen von Angst und Entsetzen führen. Denn was jetzt von ihm gefordert war, das war die Wahrheit, und Harry wußte, was ihm bevorstand, wenn er sie preisgab. Die Wahl war einfach. Zu sterben oder zu schweigen. Er war erst dreizehn. Für ihn gab es keine Wahl.

»... hauptsächlich Statuen und Rosen. Er besteht erst seit ein paar Jahren. Möchten Sie ihn sehen?«

»Ja, schauen wir ihn uns an.«

Harry duckte sich beim nahenden Klang der Stimmen, machte sich so klein, wie er konnte, als er hörte, daß das Tor in der Mauer geöffnet wurde. In Panik sah er sich nach einem Versteck um. Aber hier gab es nichts, was ihn vor dem Entdecktwerden geschützt hätte. Die Tränen brannten ihm in den Augen, als die Polizeibeamtin und Chas Quilter in den Garten traten. Sie blieben stehen, als sie ihn sahen.

Lynley traf Barbara Havers in der Mitte des Hofs wieder, wo sie in eklatanter Nichtachtung der Sentenz, daß Erwachsene jungen Leuten mit gutem Beispiel vorangehen sollten, seelenruhig eine Zigarette rauchte, während sie ihre Aufzeichnungen durchsah. Heinrich VII. blickte mehr oder weniger mißbilligend auf sie herab.

»Ist Ihnen aufgefallen, daß der gute Heinrich nach Norden schaut?« fragte er, als er sich zu ihr gesellte. »Das Haupttor der Schule ist im Osten, aber das scheint ihn nicht zu interessieren.«

Havers blickte flüchtig an dem Standbild empor und meinte: »Vielleicht will er die Ankommenden in den Genuß seines edlen Profils kommen lassen.«

Lynley schüttelte den Kopf. »Er will uns an seinen Ruhmestag erinnern. Darum blickt er nach Norden, wo Bosworth Field liegt.«

»Ah ja. Tod und Verrat. Das Ende Richards III. Wieso

vergeß ich immer, daß Sie ein Anhänger des Hauses York sind, Inspector? Wo Sie mich doch dauernd mit Nachdruck darauf aufmerksam machen? Spucken Sie auf Heinrichs Grab, wenn Sie in Westminster Abbey dran vorbeikommen?«

»Unweigerlich.« Er lächelte. »Das ist eine meiner wenigen Freuden.«

Sie nickte nachdenklich. »Ja, man muß die Freuden nehmen, wie sie kommen.«

»Hat Ihr Rundgang mit Chas etwas Nützliches erbracht?«

Sie drückte ihre Zigarette am Sockel des Standbilds aus. »Ich geb's zwar nicht gern zu, aber im Hinblick auf den Allgemeinzustand der Schule hatten Sie zum großen Teil recht. Außen hui und innen pfui. Gepflegter Rasen, sauber geschnittene Hecken, schöne alte Bäume, saubere Fassaden, blinkende Fenster. Eine wahre Pracht. Aber innen sieht's fast überall so verwahrlost aus wie im Haus Erebos. Bis auf die neueren Gebäude – Theater, Werkstatt und Mädchenwohnhäuser –, die auf der Südseite stehen, ist hier alles museumsreif, Inspector. Auch die Unterrichtsräume. Bei den Naturwissenschaften sieht's aus, als hätte sich seit Darwins Zeiten kaum was geändert.« Sie holte mit ihrem Arm weit aus. »Wieso schickt die High-Society ihre Kinder hierher? Da war's ja auf meiner Gesamtschule besser. Die war wenigstens zeitgemäß.«

»Der Nimbus, Havers.«

»Die alte Schulgemeinschaft?«

»Auch das. Wie der Vater, so der Sohn.«

»Wenn ich gelitten habe, sollst du auch leiden?«

Er lächelte trübe. »So etwa, ja.«

»Waren Sie gern in Eton, Sir?« fragte sie ihn mit einem scharfen Blick.

Die Frage traf direkt in die Wunde. Es war nicht Eton

gewesen; nicht Eton mit seinen schönen Bauten und seinen reichen Traditionen. Der Ort selbst besaß nicht die Macht zu verwunden. Es war die Zeit gewesen, die falsche Zeit in seinem Leben, von zu Hause fortgeschickt zu werden. Es war nicht die richtige Zeit gewesen, von einer Familie getrennt zu werden, die eine schwere Krise durchmachte, von einem Vater, den die Krankheit verzehrte.

»So gern wie jeder andere, denke ich«, antwortete er. »Was haben Sie außer Ihren Feststellungen über den Zustand der Schule noch zu bieten?«

Havers schien noch etwas über Eton sagen zu wollen, aber dann bemerkte sie nur: »Sie haben hier einen sogenannten Oberstufenclub. Nur die Schüler der Abschlußklasse gehören dazu. Der Clubraum ist in einem Nebengebäude des Hauses Ion, wo Chas Quilter wohnt. Am Wochenende treffen sich die Schüler dort zum Trinken.«

»Welche Schüler?«

»Na, eben die der Abschlußklasse. Aber anscheinend muß man erst ein Aufnahmeritual über sich ergehen lassen, wenn man dazu gehören will. Chas sagte nämlich, manche Schüler verzichteten auf die Mitgliedschaft. Sie wollten die Formalitäten, die zur Aufnahme gehören, nicht auf sich nehmen.«

»Er selbst gehört dem Club an?«

»Na, das wird man doch sicher von ihm erwarten, da er der Schulpräfekt ist. Gehört schließlich zu seinen Aufgaben, die Traditionen der Schule hochzuhalten.«

»Und das Aufnahmeritual ist so eine Tradition?«

»Anscheinend. Ich fragte ihn, wie man Mitglied wird, und da wurde er rot und sagte, man müsse ›allen möglichen Quatsch‹ im Beisein der anderen über sich ergehen lassen. Jedenfalls scheinen die Knaben ganz schön zu bechern. Eigentlich bekommen die Schüler in der Woche nur zwei Bons für alkoholische Getränke, aber da die Ausgabe der

Bons auch von Schülern gehandhabt wird, wird das wohl nicht so eng gesehen. Es hört sich jedenfalls ganz so an, als ginge es auf den Gelagen am Freitag abend ziemlich munter zu.«

»Und Chas greift da nicht ein?«

»Ehrlich gesagt, ich versteh das auch nicht. Es wäre doch seine Aufgabe, nicht wahr? Warum das Amt des Schulpräfekten übernehmen, wenn man's dann nicht ausfüllt?«

»Die Antwort darauf ist leicht, Havers. So ein Amt nimmt sich im Schülerbogen immer gut aus. Die Universitäten fragen sicher nicht danach, wie nun einer sein Amt ausgefüllt hat. Sie sehen, daß er eines hatte, und machen sich danach ihr Bild von ihm.«

»Aber wie ist er überhaupt Schulpräfekt geworden? Wenn ihm die nötigen Führungseigenschaften fehlen, hätte das der Schulleiter doch wissen müssen.«

»Es ist weit einfacher, Führungseigenschaften zu zeigen, wenn man noch nicht Schulpräfekt ist, als hinterher, wenn man das Amt auf dem Buckel hat. Da ist man nämlich unter ständigem Druck. Und viele Menschen verändern sich unter Druck. Vielleicht war es auch bei Chas so.«

»Oder vielleicht fand unser Herr Direktor den lieben Chas einfach zu hübsch, um ihn einfach in der Versenkung verschwinden zu lassen«, meinte Havers auf ihre gewohnt beißende Art. »Ich könnte mir vorstellen, daß die beiden viel im stillen Kämmerlein beisammen sind.« Lynley warf ihr einen Blick zu. »Ich bin nicht blind, Inspector«, verteidigte sie sich. »Chas ist ein ausgesprochen hübscher Junge. Lockwood wär nicht der erste, der dem Reiz eines schönen Gesichts erliegt.«

»In der Tat. Was haben Sie sonst noch aufgespürt?«

»Ich hab mich mit Judith Laughland unterhalten, der Schwester von der Krankenstation.«

»Ah ja. Erzählen Sie.«

Sie arbeitete lange genug mit ihm zusammen, um seine Vorliebe für Details zu kennen, darum beschrieb sie ihm die Frau zunächst in aller Ausführlichkeit: vielleicht fünfunddreißig Jahre alt, braunes Haar, graue Augen, am Hals unter dem rechten Ohr ein großes Muttermal, das sie zu verbergen versuchte, indem sie immer wieder ihr Haar nach vorn zog und schließlich den Kragen ihrer Bluse aufstellte und zusammenhielt. Sie lächelte viel und war, sicher ohne sich dessen bewußt zu sein, ständig dabei, sich zu putzen, strich sich über das Haar, spielte mit den Knöpfen ihrer Bluse, schob die Hand die Beine hinauf, um sich zu vergewissern, daß ihre Strümpfe richtig saßen.

»Als wolle sie kokettieren?« fragte Lynley interessiert. »Mit wem denn? Waren Sie mit Chas bei ihr?«

»Ich hatte den Eindruck, daß sie das bei jedem männlichen Wesen tut, Sir, ob's nun Chas ist oder ein anderer. Während wir bei ihr waren, kam nämlich einer der anderen Großen herein und sagte, er hätte Halsschmerzen. Sie lachte und gackerte und neckte ihn. Und als sie ihm das Thermometer in den Mund steckte, sagte sie: ›Ohne mich haltet ihr's nie lange aus, wie?‹, und dann tätschelte sie ihm die Wange.«

»Und was halten Sie davon?«

Havers machte ein nachdenkliches Gesicht. »Ich glaube nicht, daß sie sich mit einem der Jungen einlassen würde – sie muß fast zwanzig Jahre älter sein. Aber ich hab den Eindruck, daß sie ihre Bewunderung dringend braucht.«

»Verheiratet?«

»Die Jungen nannten sie Mrs. Laughland, aber sie trägt keinen Ehering. Geschieden, vermute ich. Sie ist seit drei Jahren hier an der Schule, und ich wette, sie hat gleich nach der Scheidung angefangen.«

»Wie sieht es mit den Befreiungsscheinen aus?« fragte Lynley.

»Sie liegen in ihrem Schreibtisch. Aber der ist nicht abgesperrt. Und es gibt keine Aufsicht auf der Krankenstation.«

»Könnte Matthew an sie herangekommen sein?«

»Ich meine, ja. Besonders wenn sie im kritischen Moment abgelenkt war. Wenn einer von den Großen bei ihr war, als Matthew reinkam, um den Schein zu klauen, wäre sie bestimmt viel zu beschäftigt gewesen, um auf den Kleinen zu achten. Jedenfalls nach ihrem heutigen Verhalten zu urteilen.«

»Haben Sie die Sache angesprochen?«

»Ich hab sie gefragt, wie der Ablauf ist. Wenn ein Schüler sich nicht wohl fühlt und nachmittags nicht am Sport teilnehmen kann, geht er auf die Krankenstation. Judith Laughland untersucht ihn – mißt die Temperatur oder was sonst notwendig ist –, und wenn er wirklich krank ist, gibt sie ihm eine Befreiung. Wenn er auf der Krankenstation bleiben muß, läßt sie die Befreiung von einem anderen Schüler dem Lehrer bringen, der das Training leitet, oder läßt den Zettel in sein Fach legen. Sonst nimmt der erkrankte Schüler selbst die Befreiung, gibt sie dem betreffenden Lehrer und legt sich dann in sein Bett.«

»Führt sie eine Liste darüber, wer sich befreien läßt und wie oft?«

Havers nickte. »Matthew holte sich am Freitag keine, Sir. Sie hatte nichts aufgeschrieben. Aber er hat sich vorher zweimal eine geholt. Er könnte sich die letzte Befreiung, die er bekam, leicht aufgehoben und dann einfach abgewartet haben, bis sich eine gute Gelegenheit zum Durchbrennen bot. Moment, dabei fällt mir was ein. Harry Morant. Chas und ich stießen vorhin im Rosengarten auf ihn. Er schwänzte den Unterricht.«

»Haben Sie mit ihm gesprochen?«

»So gut es ging. Er konnte mir nicht in die Augen sehen und gab nur einsilbige Antworten.«

»Und?«

»Er war mit Matthew zusammen im Modelleisenbahn-Club. Dadurch haben sie sich angefreundet.«

»Und waren sie eng befreundet?«

»Das war schwer zu erkennen. Aber ich hatte den Eindruck, daß Harry Matthew sehr bewunderte.« Sie zögerte, kniff nachdenklich die Augen zusammen.«

»Ja, Sergeant?«

»Ich glaube, er weiß, warum Matthew durchgebrannt ist. Und wünscht sich aus tiefstem Herz, er könnte das auch tun.«

Lynley zog eine Augenbraue hoch. »Das ändert einiges.«

»Wieso?«

»Dadurch fällt die Frage des Klassenunterschieds weg. Wenn Harry und Smythe-Andrews sich hier genausowenig wohl fühlen wie Matthew ...« Sein Blick wanderte zu Heinrich VII. hinauf, der so sicher, so zuversichtlich überzeugt davon gewesen war, daß er fähig sein würde, den Lauf der Geschichte eines Landes zu ändern.

»Sir?«

»Ich denke, es ist an der Zeit, mit dem Schulleiter zu sprechen.«

Alan Lockwoods Arbeitszimmer hatte wie die Kapelle den Blick nach Osten, und wie die Kapelle zeichnete es sich durch Attribute aus, die beeindrucken mußten. Ein großer Erker, dessen Seitenfenster der Kälte geöffnet waren, bot genug Raum für einen Konferenztisch aus indischem Satinholz und sechs samtbezogene Stühle. Das Silber des Rokokoleuchters, der darauf stand, spiegelte sich schimmernd im glänzenden Holz. Direkt gegenüber war ein mit blauweißen Delfter Kacheln gefaßter offener Kamin, in dem ein echtes Holzfeuer brannte und nicht das erwartete künstliche Elektrofeuer. Darüber hing ein Gemälde, das von der

Hand Holbeins hätte sein können und einen unbekannten Renaissance-Jüngling zeigte, und nicht weit davon ein wenig schmeichelhaftes Porträt Heinrichs VII. Bücherschränke mit hohen Glastüren nahmen zwei Wände des Raums ein, und an der dritten hingen gerahmte Fotografien, die von der jüngsten Geschichte des Internats Zeugnis ablegten.

Als Lynley und Barbara Havers das Zimmer betraten, stand Alan Lockwood an seinem Schreibtisch auf und kam ihnen auf dem dicken blau-goldenen Wiltonteppich entgegen, um sie zu begrüßen. Er hatte seine Robe abgelegt. Sie hing jetzt an einem Haken an der Tür. Ohne sie wirkte er merkwürdig unangezogen.

»Ich hoffe, Sie haben alle Hilfe bekommen, die Sie brauchen«, sagte er und führte sie zu dem Konferenztisch, wo er sich mit dem Rücken zum Fenster setzte, so daß sein Gesicht im Schatten war. Die Kälte in diesem Teil des Zimmers schien er gar nicht wahrzunehmen; er machte jedenfalls keine Anstalten, die Fenster zu schließen.

»Absolut«, bestätigte Lynley. »Insbesondere von Ihrem Schulpräfekten. Ich muß Ihnen danken, daß Sie ihn uns ausgeliehen haben.«

Lockwood lächelte mit echter Wärme. »Ja, ein großartiger Junge, nicht wahr? Etwas ganz Besonderes. Bei allen ausnahmslos beliebt.«

»Und geachtet?«

»Nicht nur von den Schülern, sondern auch von den Lehrern. So leicht ist mir die Wahl eines Schulpräfekten noch nie geworden. Chas wurde am Ende des vergangenen Schuljahrs von jedem seiner Lehrer nominiert.«

»Er scheint ein netter Junge zu sein.«

»Ein bißchen zu ehrgeizig vielleicht, aber nach dem, was sein älterer Bruder sich hier geleistet hat, möchte Chas wahrscheinlich unbedingt den guten Ruf der Familie wiederherstellen. Es sähe ihm ähnlich, für alles, was Preston getan hat, Wiedergutmachung leisten zu wollen.«

»Das ist wohl das schwarze Schaf in der Familie?«

Lockwood hob die Hand zum Hals, ließ sie aber wieder sinken, noch ehe sie seine Haut berührt hatte. »Ein Taugenichts leider. Schande und Enttäuschung der Familie. Er wurde letztes Jahr wegen Diebstahls ausgeschlossen. Wir boten ihm die Möglichkeit, freiwillig zu gehen – schließlich ist sein Vater Sir Francis Quilter, da muß man gewisse Rücksichten nehmen. Aber er lehnte es ab zu gehen und bestand auf einem Nachweis der Delikte, die ihm zur Last gelegt wurden.«

Lockwood rückte seine Krawatte zurecht, und in seiner Stimme lag Bedauern, als er weitersprach: »Preston war Kleptomane, Inspector. Es bereitete überhaupt keine Schwierigkeiten, die Beschuldigungen zu beweisen. Wie dem auch sei, nachdem er die Schule verlassen hatte, ging er zu Verwandten nach Schottland, um dort eine Lehre zu beginnen. Die ganze Hoffnung und wahrscheinlich auch der Stolz der Familie ruhen nun auf Chas' Schultern.«

»Eine schwere Last.«

»Nicht für einen Jungen mit dieser Begabung. Chas möchte Chirurg werden wie sein Vater. Auch Preston hätte wohl diese Laufbahn eingeschlagen, wenn er sich nicht am Besitztum anderer vergriffen hätte. Ja, das war eine üble Geschichte. Es hat natürlich auch früher schon Ausschlüsse gegeben. Aber das war der schlimmste.«

»Und Sie sind wie lange hier?«

»Dies ist das vierte Jahr.«

»Und vorher?«

Lockwood machte den Mund auf und schloß ihn wieder. Mit zusammengekniffenen Augen sah er Lynley an, der so geschickt den Kurs geändert hatte.

»Ich war im öffentlichen Schuldienst«, sagte er schließlich. »Darf ich fragen, was das mit Ihrer Untersuchung zu tun hat, Inspector?«

Lynley zuckte leicht die Achseln. »Ich mache mir gern ein Bild von den Menschen, mit denen ich es zu tun habe«, antwortete er, obwohl er genau wußte, daß Lockwood diese nichtssagende Erklärung weder glaubte noch akzeptierte. Wie denn auch, wo Sergeant Havers stocksteif am Tisch saß und jedes seiner Worte mitschrieb?

»Ah ja. Da Sie nun diese Information haben, gestatten Sie mir vielleicht, selbst um einige Informationen zu bitten.«

»Aber gern. Wenn ich sie Ihnen geben kann, jederzeit.«

»Gut. Sie sind den ganzen Morgen hier gewesen. Sie haben mit Schülern gesprochen. Sie haben die Schule besichtigt. Wenn ich recht unterrichtet bin, war Ihre Kollegin auf der Krankenstation und hat sich mit Mrs. Laughland unterhalten. Gibt es einen Grund dafür, daß in dieser ganzen Zeit niemand auf den Gedanken gekommen ist, eine Fahndung auf den Straßen einzuleiten, um den Autofahrer zu finden, der einen kleinen Jungen mitgenommen und ermordet hat?«

»Ich verstehe Ihre Frage«, sagte Lynley freundlich, während Havers an ihrem Ende des Tischs unbeeindruckt weiterschrieb. Dies war ihr gemeinsames Spiel: Der eine bot Verständnis an, der andere versagte es. Eine gut eingespielte Taktik, um den Verdächtigen immer ein wenig im Unklaren zu lassen. In den vergangenen achtzehn Monaten ihrer Partnerschaft hatten sie das Spiel wohl hundertmal gespielt. Jetzt taten sie es automatisch.

»Aber das Problem liegt, so wie ich es sehe darin«, fuhr Lynley fort, »daß Bredgar Chambers sehr abgelegen ist. Ich frage mich, wie hoch die Wahrscheinlichkeit ist, daß unter diesen Umständen ein Dreizehnjähriger überhaupt jemanden gefunden hätte, der ihn mitnehmen konnte.«

»Er muß jemanden gefunden haben, Inspector. Sie wollen doch nicht unterstellen, daß er den ganzen Weg bis nach Stoke Poges zu Fuß gegangen ist?«

»Ich unterstelle lediglich, daß Matthew möglicherweise gar nicht versucht hat, per Anhalter irgendwohin zu gelangen. Daß er vielmehr bereits eine Fahrgelegenheit hatte. Daß er den Fahrer kannte. Und wenn das zutrifft, dann, denke ich, ist unsere Zeit hier sinnvoller angelegt als irgendwo anders.«

Lockwoods Gesicht rötete sich. »Wollen Sie damit sagen, daß jemand von der Schule – Sie wissen doch so gut wie ich, daß der Tod dieses Kindes, so tragisch er ist, mit dieser Schule nichts zu tun hat.«

»Zu dieser Schlußfolgerung konnte ich bisher leider nicht gelangen.«

»Er ist durchgebrannt, Inspector. Er hatte es sehr geschickt so eingerichtet, daß es den Anschein hatte, er befände sich an zwei Orten zugleich. Dann machte er sich davon, um zu seinen Freunden nach London zurückzukehren. Es ist schlimm, daß das geschah. Aber es ist nun einmal geschehen. Er hat sich über die Schulvorschriften hinweggesetzt, und daran läßt sich jetzt nichts mehr ändern. Aber es ist nicht die Schuld der Schule, und ich habe auch nicht die Absicht, die Schuld auf mich zu nehmen.«

»Die Lehrer haben ihre Privatautos hier. Und die Schule hat gewiß mehrere Fahrzeuge zur Beförderung der Schüler.«

»Die Lehrer?« rief Lockwood empört. »Die Lehrer?«

Lynley ließ sich nicht aus der Ruhe bringen. »Nicht unbedingt«, erwiderte er und wartete, bis der Direktor die Bedeutung seiner Worte verstanden hatte. Dann fuhr er fort, als müsse er seine Bemerkung erläutern: »Sie haben eine Reihe Angestellte hier, Gärtner, Hauspersonal, Küchenpersonal – ganz zu schweigen von den Ehepartnern der

Lehrer, die auf dem Schulgelände wohnen. Außerdem die Schüler selbst –«

»Sie sind ja wahnsinnig geworden«, sagte Lockwood wie betäubt. »Die Leiche des Kindes wurde am Sonntag abend gefunden. Er war seit Freitag vermißt. Das ist doch der beste Beweis dafür, daß er einen langen Fußmarsch machen mußte, ehe er eine Mitfahrgelegenheit fand.«

»Vielleicht. Aber er trug seine Schuluniform, als er fortging. Das ist doch ein eindeutiger Hinweis darauf, daß er nicht fürchtete, erkannt und zur Schule zurückgebracht zu werden.«

»Er hat sich wahrscheinlich in die Felder und Bachsenken geschlagen – und in den Wald –, bis er weit genug weg war. Der Junge war kein Dummkopf. Er war ein Stipendiat. Das war kein Kind, dem es an Intelligenz fehlte, Inspector.«

»Ach ja, dieses Stipendium interessiert mich. Wann genau wurde die Schule davon in Kenntnis gesetzt, daß Matthew an einer Aufnahme interessiert war?«

Lockwood stand auf, ging zu seinem Schreibtisch und kehrte mit einer Akte zurück, die er eilig durchblätterte, ehe er antwortete: »Seine Eltern meldeten ihn an, als er acht Monate alt war.«

»Und das Stipendium?«

»Die Information über die Stipendien, die wir anbieten, gehen regelmäßig an die Eltern solcher Kinder, die sich um Aufnahme beworben haben und im folgenden Jahr in die Sexta kommen. Dieses Stipendium wird speziell an Schüler vergeben, die akademische Eignung und finanzielle Bedürftigkeit nachweisen können.«

»Nach welchen Prinzipien wird der Stipendiat ausgewählt?«

»Der Schüler bewirbt sich über ein Mitglied des Verwaltungsrats. Die letzte Entscheidung treffe ich nach Absprache mit dem Verwaltungsrat.«

»Aha. Und wer hat Matthew Whateley vorgeschlagen?«

Lockwood zögerte. »Inspector, gewisse Dinge sind vertraulich und –«

Lynley hob die Hand. »Bei einer Morduntersuchung leider nicht.«

Sie saßen fest. Barbara Havers hörte zu schreiben auf und hob neugierig den Kopf.

Lockwood fixierte Lynley zornig. Der hielt dem Blick solange in aller Ruhe stand, bis der Schulleiter schließlich klein beigab. «Giles Byrne hat Matthew vorgeschlagen«, sagte er. »Sie werden von ihm gehört haben.«

Das hatte er. Giles Byrne, brillanter Analytiker politischer, sozialer und wirtschaftlicher Mißstände. Ein Mann mit messerscharfer Zunge und beißendem Witz. Renommierter Wirtschaftsexperte mit einer eigenen Radiosendung beim BBC, wo er regelmäßig jeden, der sich auf ein Interview einließ, auseinandernahm. Das war eine interessante Neuigkeit. Noch interessanter aber war die Verbindung, die Lynley entdeckte, als er den Namen hörte.

»Byrne. Dann ist also der Hausälteste von Erebos, Brian Byrne –«

»Ja. Er ist der Sohn von Giles Byrne.«

8

Emilia Bond haßte die Tage, an denen die Chemiestunden der Abschlußklasse unmittelbar nach dem Mittagessen lagen. Seit zwei Jahren war sie Lehrerin in Bredgar Chambers, und immer wieder hatte sie Alan Lockwood gebeten, den Stundenplan so zu ändern, daß sie die Abschlußklasse am Vormittag unterrichten konnte, wenn die Schüler sich noch gut konzentrieren konnten.

Lockwood hörte sich das stets scheinbar mit Teilnahme

an, versprach stets, daß er sich darum kümmern würde, und ließ stets alles beim alten. Er konnte kaum die Tatsache verbergen, daß ihm ihre Anwesenheit in Bredgar Chambers überhaupt nicht paßte. Sie war mit ihren fünfundzwanzig Jahren das einzige weibliche Mitglied des Lehrkollegiums, und Lockwood tat andauernd so, als könne ihre Anwesenheit auf die Jungen, mit denen sie zu tun hatte, nur einen verderblichen Einfluß haben. Daß es in der Oberstufe neunzig Mädchen gab, die Talent genug besaßen, den Jungen die Köpfe zu verdrehen, spielte für ihn überhaupt keine Rolle.

Außerdem war sich Emilia völlig im klaren darüber, daß sich kaum ein Achtzehnjähriger dazu versteigen würde, in ihr seine Traumfrau zu sehen. Sie war hübsch, wenn auch auf die kernige Art, mit der Molkereien Reklame machten, vielleicht ein bißchen zu rundlich für ihre Größe, aber dick ganz bestimmt nicht. Dicksein war nicht ihr Problem, dazu war sie zu aktiv. Sie wußte allerdings, daß sie nur mit dem Tennis, dem Wandern, Schwimmen, Golfspiel, Jogging und Radfahren aufzuhören brauchte, und ihr Körper würde auf die Vernachlässigung mit Fettpolstern reagieren. Leider kamen diese Aktivitäten ihrer Erscheinung in anderer Hinsicht gar nicht zugute. Sie war sehr hellhäutig. Die viele Sonne tat ihrer Haut nicht gut; sie hatte den ganzen Nasenrücken voller Sommersprossen. Und der viele Wind, der ihrem Gesicht zwar eine gesunde Farbe gab, nötigte sie, sich eine praktische Kurzhaarfrisur machen zu lassen, die ziemlich kindlich wirkte und ihr, wie sie fand, wenig schmeichelte. Es war höchst unwahrscheinlich, daß irgendeiner der Jungen in der Schule in ihr etwas anderes sehen würde als eine große Schwester. Das war der Fluch, mit dem sie geschlagen war – daß jeder immer nur die große Schwester in ihr sah, die stets mit einem guten Rat und einem ermutigenden Klaps auf die Schulter zur Stelle war. Sie haßte diese Rolle und spielte sie doch immer wieder.

Nur John Corntel gegenüber hatte sie sie nicht gespielt. Sie spürte, wie Enttäuschung und Entsetzen wieder von ihr Besitz zu ergreifen drohten, als sie an ihn dachte, und versuchte sich auf etwas anderes zu konzentrieren. Aber es ging nicht. Er drängte sich hartnäckig immer wieder in ihre Gedanken und zwang sie, über den Weg nachzudenken, der sie beide in den vergangenen neunzehn Monaten von kollegialer Bekanntschaft zu dem geführt hatte, was sie heute verband. Und was war das überhaupt? fragte sie sich. Waren sie Freunde? Ein Liebespaar? Zwei bindungslose Menschen, die einem Moment körperlicher Schwäche nachgegeben hatten? Ihr erschien das Ganze in diesem Augenblick eher wie der grausame Witz eines schadenfrohen Gottes.

Sie redete sich gern ein, daß alles ganz harmlos angefangen hatte, von ihrer Seite nicht mehr da gewesen sei als ein Wunsch, einem schwer gehemmten Menschen aus der Isolation zu helfen. Aber die Realität sah anders aus: Von Beginn an hatte John Corntel für sie die Möglichkeit dargestellt, endlich die Ruhe zu finden, die sie sich wünschte.

Sie hatte, als sie so gezielt daran gegangen war, den Mann einzufangen und ihre eigene Zukunft zu sichern, nicht damit gerechnet, daß sie sich in ihn verlieben würde und alles, was ihn betraf – seine Gedanken, sein Schmerz, seine innere Zerrissenheit, seine Vergangenheit und seine Zukunft –, ihr so wichtig werden würde. Das hatte sie erst gemerkt, als sie schon gefangen war. Und als sie sich bewußt geworden war, wie stark ihre Gefühle für John waren, als sie auf die für sie typische direkte Art diesen Gefühlen entsprechend gehandelt hatte, war alles in die Brüche gegangen.

Und nun konnte sie nicht mehr von Liebe auf Freundschaft umschalten. Trotz allem, was zwischen ihnen vorgefallen war – trotz ihrer Tränen des Entsetzens, trotz seiner tödlichen Verlegenheit –, liebte und begehrte sie ihn immer noch, obwohl sie ihn nicht verstand, er nicht der Mann war, für den sie ihn gehalten hatte.

Das Geräusch der sich öffnenden Tür riß sie aus ihren Gedanken. Sie blickte von ihren Notizen auf, die vor ihr auf dem Pult lagen, und sah, daß Chas Quilter in den Chemiesaal gekommen war. Er entschuldigte sich mit einem Lächeln für seine Verspätung und sagte: »Ich war –«

»Ich weiß«, unterbrach sie. »Wir machen gerade die drei Aufgaben, die ich an die Tafel geschrieben habe. Schreiben Sie sie einfach ab und sehen Sie, wie weit sie mit der Lösung kommen.«

Er nickte und setzte sich an seinen Platz. Es waren nur acht Schüler in der Klasse – drei Mädchen und fünf Jungen –, und kaum hatte Chas sich gesetzt und sein Heft aufgeschlagen, begannen zwei der Jungen flüsternd auf ihn einzureden.

Emilia wartete einen Moment und hörte, wie der eine fragte: »Was wollten sie wissen?«, und der andere: »Wie war's? Hast du –«

Dann fuhr sie dazwischen. »Sie haben zu arbeiten«, sagte sie energisch. »Konzentrieren Sie sich auf Ihre Aufgaben. Alle bitte.«

Die beiden Jungen murrten, überrascht über den scharfen Ton, aber das störte Emilia wenig. Es gab Dinge, die wichtiger waren als die Befriedigung müßiger Neugier, und ihr Augenmerk galt in diesem Moment vor allem dem Jungen, der rechts von Chas Quilter saß.

Brian Byrne trug einen Großteil der Verantwortung für das, was Matthew Whateley zugestoßen war. Er war der Hausälteste von Erebos. Seine Pflicht war es, dafür zu sorgen, daß im Haus Disziplin und Ordnung herrschten, daß die Jungen sich an das Internatsleben gewöhnten, daß die Regeln eingehalten und Strafen verhängt wurden, wenn Anlaß dazu bestand.

Aber Brian Byrne hatte versagt, und Emilia sah deutlich, wie schwer die Last dieses Versagens auf dem Jungen lag. Die gekrümmten Schultern, die niedergeschlagenen Augen, das nervöse Zucken an seinem rechten Mundwinkel verrieten es ihr. Sie hätte ihn am liebsten in die Arme genommen und getröstet.

Brian würde als Folge von Matthew Whateleys Tod mit härtester Kritik rechnen müssen. Die Vorwürfe, die er sich zweifellos selbst machte, waren sicher quälend genug, aber viel schlimmer würden die sein, die er von seinem Vater zu hören bekommen würde. Giles Byrne verstand sich darauf, andere niederzumachen, und wußte jeweils genau, welche Waffen er zu wählen hatte. Bei seinem eigenen Sohn kannte er die Schwachstellen besonders gut und wußte sie zu treffen. Emilia konnte ein Lied davon singen. Sie hatte am letzten Elternsprechtag beobachtet, wie er vor der Geschichtsarbeit seines Sohnes gestanden hatte, die neben anderen Arbeiten im Ostkreuzgang ausgelegen hatte. Byrne hatte sie nur flüchtig durchgeblättert, ehe er bemerkt hatte: »Ganze zehn Seiten, hm?«, um dann stirnrunzelnd hinzuzufügen: »Ich denke, du solltest dir eine bessere Schrift angewöhnen, wenn du wirklich auf die Universität willst, Brian.« Damit war er weitergegangen, kalt und desinteressiert, als langweile ihn das alles unendlich. Man konnte schließlich als Mitglied des Verwaltungsrats der Arbeit des eigenen Sohns nicht größeres Interesse entgegenbringen als der der anderen Schüler.

Emilia hatte Brians Gesicht gesehen, eine Mischung aus tiefer Verletztheit und Scham. Sie war drauf und dran gewesen, zu ihm zu gehen, um ihm über den schlimmen Moment hinwegzuhelfen, als Chas Quilter aus der Kapelle gekommen war. Bei seinem Anblick hatte sich Brians Stimmung schlagartig gewandelt. Strahlend war er Chas entgegengelaufen und ihm dann, lachend und eifrig sprechend, in Richtung Speisesaal gefolgt.

Die Freundschaft mit Chas tat Brian sichtlich gut. Sie hatte ihn aus der Isolation gelöst und gab ihm eine Sicherheit, die es ihm ermöglichte, mit anderen in Kontakt zu treten, die selbstbewußter waren als er. Während Emilia jetzt die beiden Jungen betrachtete, die mit gesenktem Kopf über ihren Aufgaben saßen, fragte sie sich, ob Brians Versagen als Hausältester von Matthew Whateley sich auf die Freundschaft zwischen ihnen auswirken würde. Es setzte Chas als Schulpräfekten in ein schlechtes Licht. Es setzte die ganze Schule in ein schlechtes Licht. Und letztlich warf es auch ein schlechtes Licht auf seinen Vater. Ganz gleich, was geschah, Brian würde der Verlierer sein.

Es war, dachte Emilia, so wahnsinnig ungerecht.

Zum zweitenmal an diesem Nachmittag öffnete sich die Tür des Chemiesaals. Emilia erstarrte. Es war die Polizei.

Gleich beim Eintritt in den Chemiesaal sah Lynley, daß Barbara Havers' Behauptung, hier habe sich seit Darwins Zeiten kaum etwas verändert, nicht übertrieben gewesen war. Von moderner Wissenschaft konnte hier keine Rede sein. Gasleitungen zogen sich an der Decke entlang, der Parkettboden hatte große Sprünge, die Beleuchtung war schlecht, die Tafel so abgenützt, daß die angeschriebenen Aufgaben mit den verwaschenen Schatten Hunderter anderer Aufgaben darunter zu verfließen schienen.

Die acht Schüler im Raum saßen auf unmöglich hohen Holzhockern vor zerkratzten weißen Arbeitstischen. In die Tischplatten eingelassen waren kleine rechteckige Porzellanbecken und rostige Bunsenbrenner. In den Glasschränken an der Wand standen Meß- und Mischzylinder, Ständer mit Pipetten, Meßkolben, Bechergläser und ein bemerkenswertes Sortiment verkorkter, mit handgeschriebenen Etiketten versehener Flaschen, die Chemikalien enthielten. Oben auf diesen Schränken reihten sich in Holzgestellen Büretten, die zum Abmessen und Mischen kleinster Mengen von Flüssigkeiten dienten. Gemischt wurde im Abzug, der auf einem Arbeitstisch auf der anderen Seite des Raums stand, ein uraltes Stück aus Glas und Mahagoni mit nur einem rostigen Ventilator zur Entlüftung.

Das ganze Schullabor hätte schon vor Jahren völlig neu eingerichtet werden müssen. Daß keinerlei Modernisierung vorgenommen war, gab Aufschluß über die finanzielle Lage der Schule. Man konnte sich unschwer vorstellen, wie hart Alan Lockwood sich plagen mußte, um den Schulbetrieb aufrechtzuerhalten, neue Schüler zu werben und die Mittel lockerzumachen, die nötig waren, um die Schuleinrichtungen auf einen modernen Stand zu bringen.

Emilia Bond ging zum Abzug, zog die Glasscheibe herunter, die mit einem weißlichen Film beschlagen war, und wandte sich wieder den Schülern zu, die alle ihre Arbeit unterbrochen hatten und Lynley und Havers anstarrten.

»Bitte arbeiten Sie weiter«, sagte sie und ging zur Tür. »Guten Tag. Ich bin Emilia Bond, die Chemielehrerin. Kann ich Ihnen irgendwie behilflich sein?«

Sie sprach mit flotter Selbstsicherheit, aber Lynley spürte die Nervosität dahinter.

»Inspector Lynley, Sergeant Havers, Scotland Yard«, sagte er, obwohl ihm klar war, daß die Vorstellung eigentlich überflüssig war. Emilia Bond wußte zweifellos, wer sie waren, und auch, warum sie zu ihr in den Chemiesaal gekommen waren. »Wir würden gern einen Ihrer Schüler sprechen, wenn Sie erlauben. Brian Byrne.«

Alle außer der Lehrerin sahen den Jungen an, der neben Chas Quilter saß. Er blickte nicht sogleich auf, sondern hielt den Kopf weiter über dem aufgeschlagenen Heft gesenkt, ohne allerdings zu schreiben.

»Bri«, murmelte Chas.

Erst da hob der Junge den Kopf.

Lynley wußte, daß Brian Byrne als Schüler der Abschlußklasse siebzehn oder achtzehn Jahre alt sein mußte, aber der Junge sah auf unerklärliche Weise jünger und älter zugleich aus. Das beinahe Kindhafte kam von dem weichen, runden Gesicht, in dem sich noch nicht einmal der Ansatz zur endgültigen Ausformung der Züge des Erwachsenen zeigten, die bei seinen Kameraden bereits deutlich sichtbar war. Der Eindruck des Gesetzten rührte von dem schon jetzt fliehenden Haaransatz her und von dem muskulösen Körper, der an den eines durchtrainierten Ringers erinnerte.

Als Brian langsam von seinem Hocker glitt, machte Emilia Bond eine unwillkürliche Bewegung, als wollte sie sich zwischen Brian und die Polizei stellen, und sagte: »Ist das wirklich nötig, Inspector? Die Stunde ist in knapp dreißig Minuten sowieso zu Ende. Können Sie nicht dann mit ihm sprechen?«

»Leider nicht.« Lynley ließ ein letztes Mal seinen Blick durch den Raum schweifen.

Brian kam zur Tür. Lynley nickte Emilia Bond dankend zu.

»Ich würde vorschlagen, wir gehen in Ihr Zimmer«, sagte er zu Brian. »Da sind wir ungestört.«

Der Junge antwortete nur: »Bitte, kommen Sie«, und ging ihnen voraus durch den Korridor ins Freie.

Erebos lag genau gegenüber dem Gebäude, in dem sich die naturwissenschaftlichen Unterrichtsräume befanden. Haus Mopsos stand westlich, Kalchas östlich davon, und dahinter Ion mit dem Anbau, in dem die Schüler der Abschlußklasse sich zu ihren Clubabenden trafen.

Brians Zimmer war im Erdgeschoß, neben den Privaträumen des Hausvaters, John Corntel. Es war, wie alle anderen Schülerräume im Haus, nicht abgeschlossen. Brian drückte die Tür auf und wich zurück, um Lynley und Havers den Vortritt zu lassen.

Das Zimmer war eine ziemlich typische Internatsbude. Brian schloß schweigend die Tür hinter ihnen. Er trat von einem Fuß auf den anderen, schob eine Hand in die Hosentasche und spielte, während er nervös wartete, mit ein paar Münzen oder einem Schlüsselbund.

Lynley hatte es nicht eilig, das Gespräch zu beginnen. Er sah sich erst einmal im Zimmer um, während Barbara Havers sich auf dem schmalen Bett niedersetzte, ihre Jacke auszog und ihren Block herausnahm.

Die Wände des Zimmers waren nur mit einigen Fotografien geschmückt. Drei davon zeigten Sportmannschaften der Schule – das Rugbyteam, die Cricketelf und die Tennismannschaft. Brian war auf keinem der Fotos zu sehen, aber Lynley brauchte nur einen Moment, um den gemeinsamen Nenner der Bilder zu entdecken: Chas Quilter. Auch das vierte Foto zeigte Chas, diesmal Arm in Arm mit einem Mädchen, deren Kopf an seiner Brust lehnte. Chas' Freundin zweifellos, dachte Lynley und fand es merkwürdig, daß Brian sich dieses Bild in sein Zimmer gehängt hatte.

Er zog den Schreibtischstuhl heraus und lud Brian mit einer Geste ein, sich zu setzen. Er selbst blieb stehen, eine Schulter an die Wand neben dem Fenster gelehnt. Es bot einen bescheidenen Blick auf ein Stück Rasen und eine Erle, an der die ersten Blatter zu sprießen begannen.

»Wie kommt man in den Oberstufen-Club?« fragte er.

Die Frage kam für den Jungen offensichtlich überraschend. Die blaugrauen Augen verengten sich einen Moment, und er starrte Lynley an, ohne zu antworten.

»Das Aufnahmeritual«, hakte Lynley nach.

Brians Mund zuckte. »Was hat das mit –«

»– mit Matthew Whateleys Tod zu tun?« fragte Lynley und lächelte. »Gar nichts, soviel ich weiß. Ich bin bloß neugierig. Es interessiert mich, ob sich an den Schulen viel verändert hat, seit ich in Eton war.«

»Mr. Corntel war auch in Eton.«

»Ja, wir waren zusammen dort.«

»Sie waren befreundet?« Brians Blick flog zu den Fotos von Chas.

»Ziemlich gut sogar, auch wenn wir uns dann aus den Augen verloren haben. Leider ist diese Gelegenheit zur Erneuerung der Freundschaft nicht gerade erfreulich.«

»Ich find's schlimm, daß man eine Freundschaft überhaupt erneuern muß«, versetzte Brian. »Gute Freunde sollten immer gute Freunde bleiben.«

»Und Ihr Freund ist Chas?«

»Ja, mein bester Freund«, antwortete er offen. »Wir gehen im Oktober zusammen nach Cambridge, wenn wir angenommen werden. Chas wird bestimmt angenommen. Er hat gute Noten und macht sicher ein prima Examen.«

»Und Sie?«

Brian hob eine Hand und drehte sie hin und her. »Das ist noch nicht sicher.«

»Ich nehme an, Ihr Vater könnte Ihnen helfen, in Cambridge anzukommen.«

»Wenn ich seine Hilfe wollte. Ich will sie aber nicht.«

»Ah ja.« Durchaus bewundernswert, diese Entschlossenheit, es aus eigener Kraft zu schaffen, ohne auf den Einfluß zurückzugreifen, den ein Mann von Giles Byrnes Ruf zweifellos besaß. »Und was ist nun mit dem Aufnahmeritual des Clubs?«

Brian schnitt eine Grimasse. »Zwei große Bier und –« Sein Gesicht wurde brennend rot – »abschmieren, Sir.«

Der Ausdruck war Lynley unbekannt. Er bat um Aufklärung. Brian lachte verlegen.

»Na ja, Sie wissen schon. Heiße Soße oder Bienengiftsalbe auf den – Sie wissen schon.« Er warf einen unbehaglichen Blick auf Havers.

»Ach so. Jetzt versteh ich. Und das nennt man Abschmieren? Ziemlich unangenehm, stelle ich mir vor. Sind Sie Mitglied des Clubs? Haben Sie das Ritual über sich ergehen lassen?«

»Ja. Das heißt, mir ist schlecht geworden dabei. Aber ich bin trotzdem drin.« Er runzelte die Stirn, als würde ihm plötzlich klar, was er damit angerichtet hatte, daß er das Ritual verraten hatte. »Hat Mr. Lockwood Sie beauftragt, das rauszukriegen, Sir?«

Lynley lächelte. »Nein. Ich war, wie gesagt, bloß neugierig.«

»Eigentlich sind solche Sachen nämlich verboten. Aber Sie wissen ja, was an solchen Schulen läuft. Und hier erst recht. Hier gibt's sonst überhaupt keine Abwechslung.«

»Und was passiert im Club, wenn Sie sich da treffen?«

»Wir machen Feten. Meistens Freitag abend.«

»Gehören alle Schüler der Abschlußklasse dazu?«

»Nein. Nur die, die wollen.«

»Und die anderen?«

»Die schauen in die Röhre. Eigene Schuld, wenn sie sich unbedingt absondern wollen.«

»War letzten Freitag auch eine Fete?«

»Die sind jeden Freitag abend. Aber das letzte Mal waren weniger Leute da als sonst. Eine ganze Reihe von Schülern war übers Wochenende weggefahren. Viele waren bei einem Hockeyturnier oben im Norden.«

»Und Sie wollten da nicht mitfahren?«

»Zu viele Aufgaben. Außerdem hatte ich heute morgen eine Klausur, für die ich büffeln mußte.«

»Ach, du lieber Gott! Das kenn ich! Hat die Fete am letzten Freitag Sie davon abgehalten, sich um die jüngeren Schüler im Haus Erebos zu kümmern?«

Lynley fühlte sich erbärmlich; mit welcher Leichtigkeit hatte er es geschafft, den nichtsahnenden Jungen genau an diesen Punkt zu führen. Es hatte keinerlei Geschicks bedurft.

»Ich war um elf zurück.« Brian war jetzt sichtlich auf der Hut. »Ich hab nicht nach ihnen gesehen. Ich bin direkt zu Bett gegangen.«

»Als Sie aus dem Club weggingen, waren da andere Ihrer Mitschüler noch dort?«

»Ein paar.«

»Waren sie den ganzen Abend da? Ist irgendeiner im Lauf des Abends verschwunden?«

Brian war kein Dummkopf. Sein Gesicht verriet Lynley, daß er genau wußte, wohin die Fragen steuerten. Er zögerte kurz, ehe er antwortete: »Clive Pritchard rannte ein paarmal raus und rein. Er wohnt in Kalchas.«

»Hausältester?«

Brian machte ein leicht amüsiertes Gesicht. »Da hätte man den Bock zum Gärtner gemacht.«

»Und Chas? War er auch auf der Fete?«

»Ja.«

»Die ganze Zeit?«

Eine kleine Pause, um zu überlegen, sich zu erinnern, sich zwischen Wahrheit und Lüge zu entscheiden. »Ja, die ganze Zeit.« Das nervöse Zucken im Mundwinkel verriet ihn.

»Sind Sie sicher? War Chas wirklich die ganze Zeit da? War er da, als Sie gingen?«

»Er war da, ja. Wo hätte er denn sonst sein sollen?«

»Das weiß ich nicht. Ich versuche einzig herauszufinden, was am Freitag hier vorging, als Matthew Whateley verschwand.«

Brians Augen wurden dunkel. »Glauben Sie denn, Chas hätte etwas damit zu tun? Wieso?«

»Möglich ist alles, darum möchte ich ja wissen, ob Chas den ganzen Abend auf der Fete war. Wenn er da war, kann er kaum etwas mit Matthew Whateley angestellt haben.«

»Er war da. Ganz bestimmt. Ich hab ihn die ganze Zeit gesehen. Er war ohnehin die meiste Zeit mit mir zusammen. Und wenn nicht –« Brian brach ab. Seine rechte Faust schloß sich. Die Lippen wurden weiß, als er sie zusammenpreßte.

»Er ist also doch gegangen«, sagte Lynley.

»Nein! Ist er nicht. Er wurde nur ein paarmal ans Telefon geholt. Dreimal vielleicht. Ich weiß nicht mehr genau. Er ist nach vorn ins Haus Ion gegangen, wo das Telefon ist, und hat die Gespräche da angenommen. Aber er war nie lange genug weg, um irgendwas zu *tun*.«

»Wie lang war er denn weg?«

»Ich weiß nicht. Fünf Minuten vielleicht. Oder zehn. Länger nicht. Was hätte er in der Zeit schon tun können? Nichts. Und was spielt es überhaupt für eine Rolle? Keiner der Anrufe kam vor neun, und jeder weiß, daß Matthew Whateley schon am Nachmittag getürmt ist.«

Lynley merkte, daß der Junge nahe daran war, die Nerven zu verlieren, und versuchte, sich dies zunutze zu machen. »Warum ist Matthew weggelaufen? Was ist ihm hier passiert? Wir beide wissen doch, daß in einer Schule wie dieser heimlich Dinge geschehen, von denen der Direktor und die Lehrer entweder keine Ahnung haben oder nichts wissen wollen. Also, was ist passiert?«

»Nichts! Er hat einfach nicht hierher gepaßt. Er war anders. Das merkte jeder. Alle wußten es. Er hat nie kapiert, daß die Kameraden wichtig sind – wichtiger, das Wichtigste! Für ihn gab es nur Lernen, Lernen, Lernen und sonst gar nichts.«

»Sie haben ihn also gekannt?«

»Ich kenne alle Jungs in Erebos. Das ist schließlich mein Job.«

»Und bis auf den letzten Freitag haben Sie Ihren Job immer ordnungsgemäß getan?«

Sein Gesicht verschloß sich. »Ja.«

»Es war Ihr Vater, der Matthew für das Stipendium vorgeschlagen hat. Wußten Sie das?«

»Er schlägt jedes Jahr einen Schüler für das Stipendium vor. Und dieses Jahr hat eben sein Schützling gewonnen. Na und?«

»Vielleicht war es deshalb für Sie etwas schwierig, Matthew hier in dieser für ihn neuen Umgebung den Weg zu ebnen. Er kam aus einem anderen Milieu. Da hätte es von Ihrer Seite vermutlich besonderer Anstrengung bedurft, dafür zu sorgen, daß er sich hier wohl fühlt.«

Brian schüttelte den Kopf. »Wenn ich auf jeden Jungen eifersüchtig wäre, für den mein Vater sich interessiert, käme ich zu nichts anderem mehr. Er sucht einen zweiten Eddie Hsu, Inspector. Und er wird nicht aufgeben, solange er ihn nicht gefunden hat.«

»Eddie Hsu?«

»Ein ehemaliger Bredgarianer, den mein Vater unter seine Fittiche genommen hatte.« Brian lächelte mit bitterer Freude. »Bis er sich das Leben nahm. Das war 1975. Kurz vor dem *A-level.* Haben Sie nicht das Denkmal in der Kapelle gesehen? ›Edward Hsu – geliebter Schüler‹. Das hat mein Vater Eddie errichtet. Und seit seinem Tod sucht er einen Nachfolger für ihn. Mein Vater ist ein echter Midas. Nur stirbt bei ihm alles, was er berührt.«

Es klopfte laut und ungeduldig. »Hey, Byrne! Packen wir's. Komm, mach dich auf die Socken, Mann!«

Lynley kannte die Stimme nicht. Er nickte Brian zu. Der sagte: »Komm rein, Clive.«

»He, komm, gehen wir rüber zu –« Der Junge erstarrte, als er Havers und Lynley sah, faßte sich dann aber schnell. »Oho, die Bullen, was? Haben sie dich endlich geschnappt, Bri?« Er wippte auf den Fußballen auf und nieder.

»Clive Pritchard«, stellte Brian vor. »Der Champion von Kalchas.«

Clive grinste. Sein linkes Auge saß eine Spur tiefer als das rechte, und das Lid hing. Dazu das breite Grinsen; er sah aus, als sei er leicht angetrunken. »Du sagst es, Sportsfreund.« Er nahm nicht weiter Notiz von der Polizei. »Wir haben zehn Minuten, um aufs Spielfeld zu kommen, Freundchen, und du bist noch nicht mal umgezogen. Was ist denn los mit dir? Ich hab einen Fünfer gewettet, daß wir Mopsos und Ion vernichtend schlagen. Und du hockst hier und plauschst mit den Bullen.«

Clive trug keine Schuluniform, sondern einen blauen Trainingsanzug und ein gelb-weiß gestreiftes Trikot. Beides saß sehr eng an seinem drahtigen Körper. Er hatte etwas von einem Fechter und bewegte sich auch so, flink und behende.

»Ich weiß nicht, ob ich –« Brian warf Lynley einen fragenden Blick zu.

»Im Augenblick haben wir genug erfahren«, sagte Lynley. »Gehen Sie ruhig zu Ihrem Spiel.«

Während Barbara Havers aufstand und zur Tür ging, trat Brian zum Schrank, öffnete ihn und zog Trainingsanzug, Turnschuhe und ein blau-weißes Trikot heraus, das neben zwei anderen hing.

Clive schlug gegen das Trikot in seiner Hand. »Das doch nicht, Bri. Mann, du bist echt total verblödet. Wir spielen heute in Gelb. Oder willst du vielleicht beim Ion-Team mitspielen? Ich weiß ja, daß Quilter dein Liebling ist, aber 'n bißchen Hausloyalität könnte nicht schaden.«

Verdattert starrte Brian auf die Kleidungsstücke in seinen Händen, ohne sich zu rühren. Ungeduldig riß Clive ihm das Trikot aus der Hand, zog das gelb-weiße aus dem Schrank und gab es ihm. »Heut nachmittag mußt du mal auf Quilter verzichten, Schätzchen. Komm jetzt. Nimm dein Zeug. Umziehen kannst du dich in der Sporthalle. Wollen doch mal sehen, ob wir die Hübschlinge von Ion und Mopsos nicht in Sonne, Mond und Sterne schlagen. Ich bin ein echter Teufel auf dem Hockeyschläger. Jetzt gibt's Pritsche à la Pritchard.« Clive tat so, als schlüge er nach Brians Schienbein.

Brian zuckte zusammen, dann lächelte er. »Gut, packen wir's«, sagte er, und schon tänzelte Clive aus dem Zimmer.

Lynley sah ihnen nach. Es entging ihm nicht, daß keiner der beiden Jungen ihm in die Augen sah, als sie gingen.

9

»Schauen wir uns an, was wir haben«, sagte Lynley.

Statt zu antworten, zündete Barbara Havers sich eine Zigarette an und lehnte sich bequem zurück.

Sie saßen im *Sword and Garter*, einem altertümlichen kleinen Gasthaus in Cissbury, Nachbardorf von Bredgar Chambers. Der Zwischenstop, den sie auf der Rückfahrt nach London hier eingelegt hatten, hatte sich gelohnt. In Anbetracht der Nähe der Schule hatte Lynley dem Wirt Matthew Whateleys Foto gezeigt, ohne im Grunde zu erwarten, daß der Mann den Jungen kennen würde. Doch zu seiner Überraschung nickte der Wirt und sagte: »Ja, das ist doch Matt Whateley.«

»Sie kennen den Jungen?«

»Na klar. Er ist regelmäßig bei Colonel Bonnamy und seiner Tochter. Die wohnen knappe zwei Kilometer von hier.«

»Seine Tochter?«

»Jeannie. Ja. Sie kommt manchmal mit Matt hierher, bevor sie ihn in die Schule zurückbringt.«

»Die Leute sind mit dem Jungen verwandt?«

»Nein, nein.« Der Wirt schob das bestellte Schweppes über den Tresen und ließ ihm ein Glas mit zwei Eiswürfeln folgen. »Er gehört zur Bredgar Brigade. So nenn ich sie. Das sind die mit dem sozialen Tick. Matthew ist nicht ganz so schlimm wie die andern.«

»Was meinen Sie mit dem sozialen Tick?« fragte Lynley.

»In der Schule heißen sie die freiwilligen Helfer. Für mich haben sie alle den sozialen Tick. Sie besuchen alte und kranke Leute, die nicht ausgehen können, übernehmen Arbeiten im Dorf und helfen den Wald sauberhalten. Sie kennen so was doch. Die Mädchen und Jungen suchen sich aus, was für freiwillige Dienste sie übernehmen wollen. Matt entschied sich fürs Besuchemachen. Da haben sie ihm Colonel Bonnamy aufgebrummt. Echter alter Kampfhahn, der Colonel. Da hat sich der kleine Matt ganz schön was aufgeladen, würd ich sagen.«

Ein kleines Teilrätsel war nun also gelöst: Sie wußten, wer die Frau war, an die Matthew seinen Brief geschrieben hatte. Jean. Die Tochter des Colonels. Darüber hinaus zeigte das Gespräch mit dem Wirt, daß es der Schule bisher gelungen war, Matthews Verschwinden und Tod geheimzuhalten. Alan Lockwood würde zweifellos hochzufrieden sein, das zu hören.

Jetzt saßen Lynley und Havers an einem kleinen Tisch am Fenster. Lynley rührte gedankenverloren seinen Tee um, während Barbara Havers den ersten Teil ihrer Notizen durchlas. Sie gähnte, fuhr sich einmal kräftig mit den Fingern durchs Haar und stützte den Kopf in die Hand.

Kaum zu glauben, dachte Lynley, während er sie betrachtete, wie sehr er sich an Havers als Partnerin und Mitarbeiterin gewöhnt hatte. Sie war kratzbürstig, voller Oppositionsgeist, rasch aufbrausend und sich mit Bitterkeit der unüberwindlichen Kluft bewußt, die Herkunft, Klasse, finanzielle Verhältnisse und persönliche Erfahrungen zwischen ihnen bildeten. Sie hätten nicht gegensätzlicher sein können: Während sich Havers mit grimmiger Entschlossenheit aus einem Arbeiterviertel in einem heruntergekommenen Vorort Londons hochzuarbeiten suchte, pendelte er unbeschwert zwischen seinem Landsitz in Cornwall und seinem Stadthaus in Belgravia hin und her.

Aber die Unterschiede zwischen ihnen beschränkten sich nicht nur auf Herkunft und Verhältnisse. Auch ihre Lebensauffassungen waren einander diametral entgegengesetzt. Die ihre war gekennzeichnet von harter Erbarmungslosigkeit, einem Argwohn, der hinter allem niedere Motive witterte, und mißtrauischer Skepsis gegenüber einer Welt, die ihr nichts geschenkt hatte. Lynley war geprägt von Menschlichkeit und dem ständigen Bemühen um Verständnis, von einem Gefühl der Schuld getragen, das ihn trieb, anderen die Hand zu reichen, zu lernen, wiedergutzumachen, zu retten. Superintendent Webberly, dachte er lächelnd, hatte völlig recht daran getan, sie zusammenzuspannen und auf Fortsetzung ihrer Teamarbeit auch dann zu bestehen, wenn Lynley überzeugt war, daß die ganze Situation unhaltbar sei und sich nur verschlechtern könne.

Havers zog an ihrer Zigarette und ließ sie zwischen ihren Lippen hängen, als sie durch eine graue Rauchwolke hindurch zu sprechen begann. »Wie gut kennen Sie den Hausvater eigentlich, Sir? Ich meine John Corntel.«

»Ich kenne ihn nur als alten Schulkameraden. Und wie gut kennt man sich da? Warum fragen Sie?«

Sie legte ihren Block auf den Tisch und klopfte mit dem Finger auf eine Seite, um ihre Worte zu unterstreichen. »Als er gestern bei uns im Yard war, sagte er, Brian Byrne sei Freitag abend in Haus Erebos gewesen. Aber Brian selbst sagte uns, daß er im Club in Ion war und erst um elf nach Erebos zurückgekommen ist. John Corntel hat uns also belogen. Ich frage mich, warum, wo das doch so leicht nachzuprüfen war.«

»Vielleicht sagte Brian ihm, er sei im Haus gewesen?«

»Weshalb hätte er das tun sollen, wenn alle anderen Schüler der Abschlußklasse, die am Freitag abend auf der Fete waren, ihn hätten verraten können?«

»Das setzt voraus, daß die Schüler so etwas tun würden, Havers. Und ich glaube nicht, daß wir das als gegeben ansehen können.«

»Wieso nicht?«

Lynley überlegte einen Moment, wie er ihr den eigentümlichen Ehrenkodex unter Internatsschülern am besten erklären könne. »Weil so etwas nicht vorkommt«, sagte er. »In einer Schule wie dieser gilt die Loyalität der Schüler in erster Linie den Mitschülern und nicht irgendwelchen allgemeinen Verhaltensgrundsätzen. Niemand petzt – niemand verrät einen Mitschüler, der gegen die Schulvorschriften verstößt. – Aber worauf wollen Sie mit Ihrer Frage über Corntel hinaus?«

»Wenn Corntel glaubte, Brian Byrne hätte an dem fraglichen Abend in Erebos Aufsicht gemacht, dann kann das meiner Ansicht nach nur zwei Gründe haben: Entweder erzählte ihm Brian, er hätte Dienst gemacht – was unwahrscheinlich ist, da Brian ja uns gegenüber freimütig zugegeben hat, daß er auf der Fete war –, oder Corntel selbst war nicht im Haus und nahm einfach an, Brian wäre dagewesen.«

»Und wo war Ihrer Meinung nach Corntel?«

Sie antwortete mit Vorsicht. »Die Art und Weise, wie er uns Matthew gestern beschrieben hat, Sir, war doch sehr eigenartig. Irgendwie –«

»Sehnsüchtig? Verliebt?«

»Ja, würde ich sagen. Sie nicht?«

»Vielleicht. Matthew scheint ein sehr hübscher Junge gewesen zu sein. Aber verraten Sie mir mal, wo Sie John Corntel in die Sache verwickelt sehen.«

»Matthew will aus dem Internat weg. Corntel hat einen Wagen. Er hilft ihm bei der Flucht. Wollten Sie nicht selbst darauf hinaus, als wir mit dem Direktor sprachen?«

Lynley starrte in den Aschenbecher. Der beißende Geruch verbrannten Tabaks wirkte wie ein Lockruf, eine Versuchung, der zu widerstehen unmöglich war. Er stieß den Aschenbecher zum Fenster. »Ja, es scheint ihm jemand bei der Flucht geholfen zu haben. Vielleicht war es Corntel. Vielleicht aber auch jemand anders.«

Havers blätterte mit zusammengezogenen Brauen in ihrem Block, hielt inne, um zu lesen. »Warum wollte Matthew weg? Wir dachten anfangs, es hätte damit zu tun, daß er nicht in diese Umgebung paßte. Er kam aus einem ganz anderen Milieu. Wie sollte er da mit diesen Kindern reicher Leute zurechtkommen? Und er kam ja auch nicht zurecht in dieser neuen Welt, oder? Er bekam kalte Füße, als die Morants ihn auf ihren Landsitz einluden. Also beschaffte er sich eine Befreiung und haute ab, weil er bei den Morants nicht als Außenseiter dastehen wollte. Aber dieser Harry Morant, der ihn eingeladen hatte, und der weiß Gott bestens in diesen Cremetopf paßt, machte mir den Eindruck, als würde er am liebsten auch aus der Schule türmen, Sir. Ob er nun zur *high society* gehört oder nicht. Warum?«

Lynley erinnerte sich an Smythe-Andrews' bittere Worte über die Schule. Er dachte an Arlens' Ohnmachtsanfall. »Vielleicht werden die Kleinen hier terrorisiert.«

Er wußte, daß es Zeiten gegeben hatte, wo so etwas gerade an den privaten Internaten Usus gewesen war. Man nahm sich die neuen Schüler vor und sorgte dafür, daß sie nicht frech wurden und ja nicht vergaßen, daß sie in der Schulhierarchie an unterster Stelle standen. Diese Art der Tyrannei war mittlerweile an allen Schulen strengstens verpönt. Wer einen Mitschüler terrorisierte, mußte mit Schulausschluß rechnen, falls er erwischt wurde.

»Matthew haut also vor einem Brutalo ab, der ihn herumboxt«, sagte Havers. »Er vertraut sich jemandem an, dem er vertraut, und begibt sich damit arglos in die Hände eines Menschen, der noch etwas viel Schlimmeres ist. Ein Perverser. Gott, mir wird ganz schlecht. Der arme kleine Kerl.«

»Es gibt da vielleicht noch andere Gesichtspunkte, Havers. Die Familie scheint recht bescheiden zu leben. Kevin Whateley ist Grabmal-Steinmetz, seine Frau arbeitet in einem Hotel. Um Matthew auf dieses Internat zu bekommen, mußten sie Giles Byrne auf sich aufmerksam machen, Giles Byrne kannte Matthew –«

»Und sucht einen Nachfolger für Edward Hsu, wie Brian uns erzählte. Aber Sie glauben doch nicht im Ernst, daß ein Mitglied des Verwaltungsrats ...« Havers griff nach ihren Zigaretten und zündete sich mit einem entschuldigenden Blick zu Lynley eine an. »Da war doch was!« Sie beugte sich wieder über ihre Aufzeichnungen. Papier raschelte. Auf der anderen Seite des Raums rieb der Wirt den Tresen mit einem ölgetränkten Tuch ab. »John Corntel sagte uns gestern, daß eines der Mitglieder des Verwaltungsrats in der Schule war, als Mr. und Mrs. Whateley ankamen. Glauben Sie, das könnte Giles Byrne gewesen sein?«

»Nun, das dürfte sich leicht feststellen lassen.«

»Wenn es wirklich Byrne war, wer weiß, was für versteckte Pläne er dann damit verfolgte, daß er Matthew für das Stipendium vorschlug, Sir. Und warum hat Edward Hsu sich kurz vor seinem Abschlußexamen das Leben genommen? Ist Giles Byrne ihm vielleicht zu nahe getreten? Oder hat ihn sogar verführt? Und sucht jetzt seit vierzehn

Jahren einen Nachfolger, einen anderen hübschen Jungen, den er vernaschen kann?« Sie sah Lynley mit blinzelnden Augen an. »Was stand auf dem Eisenbahnfoto in Matthews Schlafraum?«

»Puff, puff, kleines Zuckerpüppchen.«

Lynley dachte an sein Gespräch mit Kevin Whateley am vergangenen Abend. »Matthews Vater sagte«, bemerkte er, »daß der Junge in den letzten Monaten auffallend still und verschlossen wurde. Wie in Trance, formulierte er es. Offensichtlich hat ihn etwas bedrückt, aber er wollte nicht darüber sprechen.«

»Vielleicht nicht mit seinem Vater. Aber doch bestimmt mit jemand anderem.«

»Nach dem, was Sie mir berichtet haben, könnte es sehr gut Harry Morant gewesen sein.«

»Ja, das ist möglich. Aber ich glaube nicht, daß Harry die Absicht hat, den Mund aufzumachen.«

»Noch nicht. Ich kann mir denken, daß er Zeit zum Nachdenken braucht. Um sich zu überlegen, wem er trauen kann. Er will keinesfalls den gleichen Fehler machen wie Matthew.«

»Glauben Sie, er weiß, wer Matthew getötet hat, Sir?«

»Das nicht unbedingt. Aber irgend etwas weiß er auf jeden Fall. Davon bin ich überzeugt.«

»Warum wollten Sie dann heute nicht mit ihm sprechen?«

»Er ist noch nicht soweit, Sergeant. Harry braucht ein wenig Zeit.«

Seit vierzig Minuten wartete Harry im Pförtnerzimmer auf der Ostseite des Hofs. Stumm saß er auf dem Stuhl mit der lederbezogenen steifen Lehne, mit den Fußspitzen knapp den Boden berührend, die Hände in die Sitzfläche gestemmt. Der Pförtner saß an seinem Schreibtisch hinter der Theke und sortierte die Post. Er sah aus wie ein General in seiner Uniform. Jeder wußte, daß die Uniform nur Getue war. Ein Schulpförtner brauchte sich nicht herauszuputzen wie die Wache vor Buckingham Palace. Aber sie verlieh ihm eine gewisse Würde, und darum beschwerte sich keiner darüber.

Auf Harry jedoch wirkte die Uniform eher abschrekkend. Er hätte diesen Eindruck nicht in Worte fassen können; er wußte nur, daß der Pförtner mit seinem militärischen Ton, seiner militärischen Haltung und vor allem mit dieser Uniform alle auf Distanz hielt. Aber Harry wollte jetzt nicht auf Distanz gehalten werden. Er suchte Nähe. Er brauchte einen Vertrauten. Dieser Mann aber, nein, er kam nicht in Frage.

Die Bürotür öffnete sich, und die Sekretärin des Direktors schaute herein. Kurzsichtig blinzelnd sah sie sich um, ehe ihr Blick an Harry hängenblieb.

»Morant«, sagte sie frostig. »Der Direktor erwartet dich jetzt.«

Harry hätte die Sitzfläche des Stuhls am liebsten überhaupt nicht losgelassen. Mit gesenktem Kopf trottete er der großen, dünnen Frau hinterher, durch einen Gang, in dem es nach Kaffee roch, und dann in das Direktorat.

»Harry Morant, Mr. Lockwood«, sagte die Frau, ehe sie ging und die Tür hinter sich schloß.

Harry kam sich auf dem großen ozeanblauen Teppich wie ein Gestrandeter vor. Er war noch nie im Büro des Direktors. Bestrafung war hier an der Tagesordnung. Schläge. Mit dem Rohrstock vielleicht. Eine Tracht Prügel. Er wollte es nur hinter sich bringen, wenn möglich, ohne zu weinen, und wieder verschwinden.

»Morant.« Der Direktor schien aus großer Distanz zu sprechen. Er stand hinter seinem Schreibtisch, aber er hätte sich ebensogut auf dem Mond befinden können. »Setz dich.«

Es waren viele Stühle im Zimmer. Sechs standen rund um einen Konferenztisch; zwei weitere standen vor dem Schreibtisch. Harry wußte nicht, auf welchen er sich setzen sollte, und blieb deshalb einfach stehen.

Er konnte sich nicht erinnern, dem Direktor je so nahe gewesen zu sein. Obwohl Harry noch dicht bei der Tür stand und der Schreibtisch auf der anderen Seite des großen Zimmers, konnte er peinliche Details erkennen. Dunkle Bartstoppeln überzogen das Gesicht des Direktors. Sein Hals war voller kleiner Pickel und erinnerte Harry an ein schlecht gerupftes Huhn, wie er es einmal im Fenster eines chinesischen Restaurants gesehen hatte. Lockwoods Nasenflügel blähten sich jedesmal, wenn er einatmete, wie bei einem gereizten Stier. Die Augen wanderten unruhig zwischen Harry und dem Fenster hin und her, als fürchtete er, draußen unter dem Fenstersims kauere ein Lauscher.

Harry registrierte das alles und wappnete sich für das bevorstehende Verhör, entschlossen, nichts zu sagen, nichts zu verraten und vor allem nicht zu weinen. Weinen machte alles immer nur noch schlimmer.

»Setz dich«, sagte der Direktor wieder. Er wies mit einer Hand zum Konferenztisch.

Harry setzte sich gehorsam auf einen der Stühle dort und reichte wieder mit den Füßen nicht ganz zum Boden. Mr. Lockwood kam hinter seinem Schreibtisch hervor, zog sich einen der Stühle am Tisch heraus, drehte ihn leicht, so daß er Harrys gegenüberstand, und setzte sich ebenfalls. Er schlug ein Bein über das andere und zog dabei sorgsam das eine Hosenbein hoch.

»Du hast heute im Unterricht gefehlt, Morant.«

»Ja, Sir.« Die Antwort war leicht. Harry hielt den Blick dabei auf Mr. Lockwoods Schuhe gerichtet. Am linken war innen ein Schmutzfleck. Harry fragte sich, ob der Direktor das wußte.

»Hattest du eine Klassenarbeit, vor der du Angst hattest?«

»Nein, Sir.«

»Eine schriftliche Hausarbeit?«

Das Geschichtsreferat! Er hatte sich gründlich darauf vorbereitet gehabt. Das war nicht der Grund gewesen, weshalb er geschwänzt hatte. Aber es bot eine gute Ausrede. Konnte der Direktor ihn dafür sehr verhauen?

»Ein Geschichtsreferat, Sir.«

»Aha. Und du warst nicht vorbereitet?«

»Nicht so gut, wie ich's hätte sein müssen, Sir.« Harry merkte selbst seine Beflissenheit: »Ich weiß schon. Das war ungezogen. Jetzt müssen Sie mich prügeln, nicht?«

»Prügeln? Aber was denkst du denn, Morant? In unserer Schule wird kein Junge verschlagen. Wie kommst du denn auf so einen Gedanken?«

»Ich dachte – ich meine, als ich hörte, daß ich ins Direktorat muß, Sir ... Der Schulpräfekt hat mich im Rosengarten erwischt. Ich dachte, das hieße –«

»Daß der Schulpräfekt dich gemeldet hat, damit du eine Tracht Prügel bekommst? Traust du das Chas Quilter wirklich zu, Morant?«

Harry antwortete nicht. Er rutschte auf dem Stuhl hin und her. Er wußte, welche Antwort erwartet wurde, aber er konnte sie nicht über die Lippen bringen. Der Direktor fuhr zu sprechen fort.

»Chas Quilter berichtete mir, daß er dich im Garten vorfand. Er sagte, du hättest einen sehr verstörten Eindruck gemacht. Es ist wegen Matthew Whateley, nicht wahr?«

Harry hörte die Frage und wußte nur, daß Matthews Namen ihm niemals über die Lippen kommen durfte. Er wußte, wenn er ihn nur ein einziges Mal aussprach, würde der Damm brechen und alles herauskommen. Und darauf würde die Vernichtung folgen. Er wußte es.

»Du warst doch mit Matthew befreundet, nicht?« fragte der Direktor.

»Wir waren zusammen im Modelleisenbahn-Club.«

»Aber er war doch ein besonderer Freund von dir, nicht? Du hast ihn immerhin letztes Wochenende zu deinem Geburtstag eingeladen. Das tut man doch nur, wenn man jemand besonders mag.«

»Ja, das stimmt schon. Er war mein Freund.«

»Und Freunde reden doch auch miteinander, nicht?«

Harry wurde wieder unruhig. Er wußte, wohin das führte. Er suchte nach einer Ausflucht. »Matthew hat nie viel geredet. Auch nicht nachmittags beim Sport.«

»Aber du kanntest ihn. Du kanntest ihn so gut, daß du ihn nach Hause eingeladen hast, um ihn deinen Eltern vorzustellen?«

»Äh – ja. Er war ...« Harry wand sich; wurde schwankend. Vielleicht konnte er dem Direktor doch die Wahrheit sagen. So schlimm würde es schon nicht werden. »Er hat zu mir gehalten. Darum wurden wir Freunde.«

Mr. Lockwood neigte sich nahe zu ihm hin. »Du weißt etwas, nicht wahr, Morant? Matthew Whateley hat dir etwas gesagt? Warum er weggelaufen ist?«

Harry spürte den Atem des Direktors auf seinem Gesicht. Er roch nach Mittagessen und Kaffee. Er war sehr heiß.

»Kleine Abreibung gefällig, Bubi? Kleine Abreibung gefällig?«

Harry stemmte sich gegen die Stuhllehne. Er konnte nicht. Er wollte nicht.

»Nein, Sir«, sagte er. »Ich wollte, es wäre so.«

Es war halb sechs, als Lynley und Havers in Hammersmith ankamen. Von der Themse her blies ein kalter Wind und fegte die feuchten Blätter einer Zeitung über den Bürgersteig. Im Rinnstein lag ein durchweichtes Pressefoto der

Herzogin von York; über ihre linke Wange zog sich der Abdruck eines Reifens. Rund herum schwollen und verebbten die vielfältigen Geräusche des Viertels in stetigem Wechsel wie der Strom der Gezeiten, und Abgaswolken trieben von der Unterführung hinunter in die Straße. Die Dunkelheit kam rasch, und während sie auf den Fluß zugingen, flammten die Lichter auf der Hammersmith Bridge auf und überzogen das Wasser mit dunklem Glanz.

Schweigend stiegen sie die Treppe zur Uferstraße hinunter, stellten gegen den scharfen Wind ihre Mantelkrägen auf und steuerten auf das alte Fischerhaus neben dem *Royal Plantagenet* zu. Die Vorhänge waren zugezogen, doch dahinter schimmerte Licht. Sie traten in den niedrigen Durchgang zwischen dem Häuschen und dem Pub, und Lynley klopfte an die Tür. Diesmal wurde im Gegensatz zum vergangenen Abend sofort der Riegel zurückgeschoben und die Tür geöffnet. Patsy Whateley stand vor ihnen.

Wie bei Lynleys erstem Besuch trug sie den Nylonmorgenrock mit den dämonischen Drachen, und an den Füßen hatte sie dieselben grünen Hausschuhe. Ihr Haar war unfrisiert, einfach mit einem schmutzigen Schnürsenkel zurückgebunden. Als sie Lynley und Havers sah, hob sie eine Hand, als wolle sie sich das Haar glätten oder den klaffenden Ausschnitt ihres Morgenrocks zusammenziehen. Ihre Hände waren mehlbestäubt.

»Ich hab Plätzchen gebacken«, sagte sie. »Mattie hat sie immer so gern gegessen. Nach den Ferien hat er eine ganze Dose voll in die Schule mitgenommen. Am liebsten mochte er Ingwerplätzchen. Ich war – heute –« Sie blickte auf ihre Hände und rieb sic aneinander. Feiner Mehlstaub rieselte zu Boden. »Mein Man ist heute morgen in die Arbeit gegangen. Ich hätte auch gehen sollen, ja. Aber ich konnte nicht. Es wäre so endgültig gewesen. Und ich dachte, wenn ich die Plätzchen backe ...«

Lynley verstand. Er stellte Barbara Havers vor. »Dürfen wir hereinkommen, Mrs. Whateley?«

Sie zwinkerte verwirrt. »Ach – entschuldigen Sie, ich war so in Gedanken.« Sie trat von der Tür zurück.

Der Geruch der frischgebackenen Plätzchen hing im Wohnzimmer. Aber es war sehr kalt. Lynley schaltete den Heizofen im offenen Kamin ein. Leise summend röteten sich die Spiralen.

»Es ist schon spät, nicht wahr?« bemerkte Patsy. »Möchten Sie nicht eine Tasse Tee? Ich mache welchen. Und ein paar Plätzchen dazu. Ich habe so viele gebacken, daß mein Mann und ich sie allein gar nicht essen können. Mögen Sie Ingwer?«

Lynley hätte am liebsten gesagt, sie solle sich keine Umstände machen, aber er ahnte, daß sie die alltägliche Geschäftigkeit brauchte, um die Zeit der Trauer, die doch unausweichlich war, möglichst lange hinauszuschieben. Er antwortete ihr nicht, und sie ging zu dem Regal, auf dem ihre Tassensammlung stand.

»Waren Sie schon einmal in St. Ives?« Sie strich sachte über den Henkel einer Tasse.

»Ich bin in der Nähe von St. Ives aufgewachsen«, antwortete Lynley.

»Dann stammen Sie aus Cornwall?«

»So kann man sagen, ja.«

»Dann bekommen Sie die Tasse aus St. Ives. Und für Miss Havers – Stonehenge. Ja, Stonehenge ist gut. Waren Sie schon einmal dort, Miss Havers?«

»Einmal, auf einem Schulausflug«, antwortete Barbara.

Patsy nahm beide Tassen mit ihren Untertassen. »Ich versteh gar nicht, warum sie Stonehenge eingezäunt haben. Früher konnte man einfach über die weiten, flachen Felder laufen, und dann sah man es plötzlich vor sich. Die riesigen Steine. Ganz still. Nur der Wind. Aber als wir mit Mattie dort waren, konnte man es nur aus der Ferne anschauen. Jemand erzählte, daß es einmal im Monat erlaubt sei, direkt zu den Steinen zu gehen. Wir wollten später noch mal mit Mattie hinfahren. Wir dachten, wir hätten Zeit. Wir wußten nicht...« Sie hob den Kopf. »Der Tee.«

»Ich helfe Ihnen«, sagte Barbara und folgte ihr nach hinten in die Küche.

Allein im Zimmer, ging Lynley zu dem Regal unter den Fenstern. Er sah, daß seit dem vergangenen Abend zwei neue Skulpturen hinzugekommen waren. Sie waren von gänzlich anderer Art als die Akte drum herum.

Beide waren aus Marmor gearbeitet. Bei ihrer Betrachtung fühlte sich Lynley an Michelangelos Wort erinnert, daß das Objekt, das aus dem Stein geschaffen werde, von Anfang an im Stein eingeschlossen sei und es Aufgabe des Künstlers sei, als Befreier zu wirken. Er erinnerte sich, eine ähnliche Skulptur in Florenz gesehen zu haben, ein unfertiges Werk, wo Kopf und Rumpf sich aus dem Marmor herauszuheben schienen. Die beiden Arbeiten auf dem Regal waren ähnlich, nur daß die sich herauslösenden Figuren geschliffen und poliert waren – Zeichen der Vollendung –, während der restliche Stein in seinem Naturzustand belassen war.

Kleine Papierschildchen, mit einer krakeligen Handschrift beschrieben, klebten auf den Sockeln der beiden Skulpturen. *Nautilus* stand auf dem einen Etikett, *Mutter und Kind* auf dem anderen. Der Nautilus war aus graugeädertem rosafarbenen Marmor gehauen. *Mutter und Kind* waren aus weißem Marmor: zwei einander zugeneigte Köpfe, die Andeutung einer Schulter, die schattenhafte Form eines Armes, der hält und schützt. Beides Metaphern, zarte Umsetzung der Wirklichkeit ins Poetische.

Lynley konnte nicht glauben, daß der Schöpfer der Akte über Nacht einen derartigen künstlerischen Fortschritt gemacht haben sollte. Er neigte sich hinunter, strich über die kalten Rundungen und bemerkte die Initialen, die in die Steine eingeritzt waren. M. W. Er sah sich die Akte an, sah K. W. in den Stein gegraben. Die künstlerische Auffassung von Vater und Sohn hätte nicht unterschiedlicher sein können.

»Die sind von Mattie. Nicht die Akte, mein ich. Die anderen.«

Lynley drehte sich um. Patsy Whateley stand an der Tür. Hinter ihr begann schrill der Kessel zu pfeifen, Geschirr klapperte, als Barbara den Tee aufgoß.

»Sie sind sehr schön«, sagte er.

Patsy kam und stellte sich neben ihn. Er konnte die saure Ausdünstung ihres ungewaschenen Körpers riechen und fragte sich mit einem Anflug irrationalen Zorns, was für ein Mensch Kevin Whateley war, daß er seine Frau an diesem ersten langen Tag des Schmerzes allein ließ.

»Nicht fertig«, murmelte sie mit zärtlichem Blick auf *Mutter und Kind.* »Mein Mann hat sie gestern abend reingeholt. Sie waren im Garten bei den anderen Sachen meines Mannes. Matt hat sie letzten Sommer angefangen. Ich weiß gar nicht, warum er sie nie fertiggemacht hat. Das war sonst gar nicht seine Art. Er hat immer alles fertiggemacht, was er angefangen hatte. Nie konnte er aufhören, ehe was ganz fertig war. So war er immer. Saß oft die halbe Nacht über irgendeiner Arbeit. Und immer versprach er mir, er würde gleich zu Bett gehen. ›Gleich, Mama‹, sagte er immer. Aber manchmal hörte ich ihn noch nachts um eins in seinem Zimmer rumoren. Ich versteh wirklich nicht, warum er die hier nicht fertiggemacht hat. Sie wären bestimmt schön geworden. Nicht so echt wie die von Kev, aber trotzdem schön.«

Während Patsy sprach, kam Barbara aus der Küche. Sie stellte das Tablett, das sie mit hereingebracht hatte, auf dem niedrigen Tisch vor der Couch ab. Zwischen Teekanne und Geschirr stand ein Teller mit den versprochenen Ingwerkeksen, die offensichtlich zu lange im Rohr gewesen waren. Die rauhen Ränder verrieten, wo verbrannte Stellen abgekratzt worden waren.

Barbara schenkte ihnen ein, sie setzten sich alle drei, und während sie noch damit beschäftigt waren, sich Milch und Zucker zu nehmen, die Kekse zu probieren, hörten sie draußen schwere Schritte, die vor der Tür halt machten. Ein Schlüssel wurde ins Schloß geschoben, dann trat Kevin Whateley ein. Beim Anblick der Polizei blieb er ruckartig stehen.

Er war von Kopf bis Fuß schmutzig. Das schüttere Haar war grau von Staub; und der gleiche Staub hatte sich in den Falten und Fältchen seines Gesichts, seines Halses und seiner Hände festgesetzt, wo er sich mit dem Schweiß körperlicher Anstrengung vermischt und auf der Haut schmierige Flecken gebildet hatte. Die Bluejeans, die Köperjacke und die Arbeitsstiefel, alles war von einer Staubschicht überzogen. Lynley erinnerte sich, was der kleine Smythe-Andrews ihm über Kevin Whateleys Beruf erzählt hatte: Steinmetz in einer Werkstatt für Grabplatten. Wie, fragte er sich, hatte es Whateley an diesem Tag geschafft, seine Arbeit zu tun?

Whateley stieß die Tür zu und sagte: »Na? Was haben Sie uns zu berichten?« Er kam einen Schritt näher, und als das Licht auf ihn fiel, sah Lynley, daß er an der Stirn und an den Händen frisch verkrustete Verletzungen hatte.

»Sie sagten gestern, daß Matthew ein Stipendium für Bredgar Chambers bekam«, sagte er. »Mr. Lockwood berichtete uns, daß ein Mitglied des Verwaltungsrats, Giles Byrne, Matthew dafür vorgeschlagen hatte. Trifft das zu?«

Whateley kam zum Tisch und nahm sich einen Keks. Er sah seine Frau nicht an.

»Ja, das stimmt«, bestätigte er.

»Es würde mich interessieren, wie Sie dazu kamen, sich für Bredgar Chambers zu entscheiden und nicht für eine andere Schule. Mr. Lockwood sagte, Sie hätten Matthew schon vormerken lassen, als er acht Monate alt war. Bredgar Chambers ist natürlich keine unbekannte Schule, aber es ist auch nicht Winchester oder Harrow. Es ist eine Schule, auf die Kinder aus alter Familientradition geschickt werden. Aber mir scheint es keine Schule zu sein, die man allein aufgrund ihres Namens wählen würde, ohne sich vorher genauer informiert zu haben.«

»Mr. Byrne hat sie uns empfohlen«, sagte Patsy.

»Sie kannten ihn schon, ehe Sie Matthew an der Schule vormerken ließen?«

»Ja, wir kannten ihn«, antwortete Whateley kurz. Er ging zum Kamin und starrte auf den schmalen Sims, wo eine grüne Vase ohne Blumen stand.

»Vom Pub«, fügte Patsy hinzu. Ihre Augen waren in stummer Bitte auf den Rücken ihres Mannes gerichtet, aber er drehte sich nicht um.

»Vom Pub?«

»Ja, dort hab ich gearbeitet, bevor Matthew kam«, erklärte sie. »Ich hab dann gewechselt und mir was in einem Hotel gesucht. Ich wollte nicht, daß Mattie sich schämen muß, weil seine Mutter in einem Pub am Tresen arbeitet. Er sollte ein ordentliches Zuhause haben, bessere Chancen, als ich sie mal hatte.«

»Sie kannten Giles Byrne also aus dem Pub. Ist es das gleich nebenan?«

»Nein, ein Stück weiter die Straße runter. Das *Blue Dove*. Mr. Byrne kam fast jeden Abend hin. Kann sein, daß er immer noch Stammgast ist. Ich war eine Ewigkeit nicht mehr drüben.«

»Nein, er ist nicht mehr dort«, sagte Kevin. »Gestern abend wenigstens war er nicht da.«

»Sie waren gestern abend im Pub, um ihn zu treffen?«

»Ja. Er war gestern nachmittag, als sich rausstellte, daß Mattie verschwunden war, in Bredgar.«

Etwas ungewöhnlich, fand Lynley, daß ein Mitglied des Verwaltungsrats sich an einem Sonntag nachmittag im Internat aufhielt.

Als hätte sie seine Gedanken gelesen, sagte Patsy: »Wir haben ihn angerufen, Inspector.«

»Hat sich immer für Mattie interessiert.« Es klang, als wollte Kevin ihren Entschluß, ein Mitglied des Verwaltungsrats beizuziehen, verteidigen. »Wir dachten, er würde dafür sorgen, daß uns der Direktor nicht einfach abwimmelt oder mit Ausreden hinhält. Drum kam er auf unsere Bitte hin. Geholfen hat's einen Dreck. Alle behaupteten, Mattie sei durchgebrannt. Und einer schob die Schuld auf den anderen. Nicht ein einziger war bereit, die Polizei zu alarmieren. Verdammte Schweine!«

»Kev!« sagte Patsy bittend.

»Wie soll ich sie denn nennen?« fuhr Whateley sie heftig an. »Diesen eingebildeten Pinsel, diesen Lockwood, und Corntel, diesen Trottel. Soll ich ihnen vielleicht dafür danken, daß wir unseren Sohn verloren haben? Klar, das wär nett und höflich, was, Pats?«

»Ach, Kev!«

»Er ist tot! Verdammt noch mal, der Junge ist tot. Und du erwartest von mir, daß ich den hohen Herren auch noch dafür danke, daß sie so gut aufgepaßt haben, was? Während du deine idiotischen Plätzchen bäckst, damit die Polizei gut zu essen hat, die sich um Mattie oder uns einen Dreck schert! Für die ist er doch nur eine Leiche. Hast du das immer noch nicht kapiert?«

Patsy fing an zu weinen. »Aber Mattie hat doch meine Plätzchen immer so gern gegessen«, sagte sie leise. »Ingwer am liebsten.«

Mit einem Aufschrei riß er die Tür auf und war verschwunden. Barbara ging leise hin und schloß die Tür.

Patsy hockte zusammengesunken in dem braun-gelb karierten Sessel und zerknüllte den Gürtel ihres Morgenrocks, der auseinandergefallen war und einen fülligen Schenkel zeigte. Blaue Krampfadern hoben sich von teigig weißer Haut ab.

Es schien Lynley ungehörig, länger zu bleiben. Er wußte, es wäre ein Akt der Gnade gewesen, die Whateleys jetzt sich selbst zu überlassen. Aber er brauchte Informationen, und die Zeit war knapp. Lynleys Handeln wurde von einem Grundsatz polizeilicher Ermittlungsarbeit bestimmt, der kein Erbarmen erlaubte. Je schneller man nach einem Tod durch Gewalteinwirkung alle Informationen zusammentrug, desto größer war die Wahrscheinlichkeit, daß man das Verbrechen aufklären würde. Es war keine Zeit zu verlieren, keine Zeit zu trösten, Verständnis zu zeigen und Rücksicht zu nehmen. Er fand seine Unerbittlichkeit grausam, dennoch fragte er weiter.

»Giles Byrne kam also häufig ins *Blue Dove*. Wohnt er in Hammersmith?«

Patsy nickte. »In der Rivercourt Road. Gleich um die Ecke vom Pub.«

»Und auch nicht weit von hier?«

»Ein paar Minuten zu Fuß.«

»Sie kannten einander? Und Ihre Söhne auch? Kannten sich Matthew und Brian schon bevor Matthew nach Bredgar Chambers kam?«

»Brian?« Sie schien zu überlegen. »Ach, das ist Mr. Byrnes Sohn, nicht? Ich erinnere mich. Er lebt bei seiner Mutter. Seit Jahren schon. Mr. Byrne ist geschieden.«

»Kann es sein, daß Matthew für Mr. Byrne ein Ersatz für den eigenen Sohn war?«

»Das kann ich mir nicht vorstellen. Mr. Byrne hat Mattie

nur selten gesehen. Er hat ihn vielleicht mal auf dem alten Anger getroffen, wenn er einen Spaziergang machte und Mattie dort spielte. Mattie hat da oft gespielt. Aber er hat nie was davon erzählt, daß er Mr. Byrne getroffen hatte. Ich erinnere mich jedenfalls nicht.«

»Brian erzählte uns, daß sein Vater einmal einen Jungen namens Edward Hsu sehr gefördert hat. Er sagte, sein Vater hätte seit 1975 einen Ersatz für Edward Hsu gesucht. Verstehen Sie, was das heißt? Könnte Matthew der Nachfolger eines Jungen gewesen sein, den Giles Byrne vielleicht übermäßig gern hatte?«

Patsy reagierte auf die Frage mit einer winzigen Bewegung, die Lynley wahrscheinlich gar nicht bemerkt hätte, wenn er nicht ihre Hände beobachtet hätte. Sie umkrampften einmal kurz den Stoff des Morgenrocks und entspannten sich wieder. »Mattie hat Mr. Byrne nie gesehen, Inspector. Jedenfalls nicht, daß ich wüßte.«

Es klang eindringlich und überzeugt, aber Lynley wußte, daß Kinder ihren Eltern selten alles erzählen. Er dachte wieder an das, was Kevin Whateley ihm über die Veränderung von Matthews Verhalten berichtet hatte. Irgendwo gab es eine Erklärung. Hinter jeder Veränderung steht eine treibende Kraft.

Nur einen Bereich hatte er bisher beim Gespräch mit Patsy nicht berührt, da er wußte, welchen Schmerz er ihr bereiten würde.

»Mrs. Whateley, ich weiß, es ist schwer für Sie, das zu akzeptieren, aber es scheint, daß Matthew tatsächlich aus dem Internat weggelaufen ist. Oder daß er zumindest weglaufen wollte und sich mit jemandem verabredete, der –« Er zögerte, verunsichert, weil es ihm solche Schwierigkeiten bereitete, zum Kern zu kommen.

Havers sprang für ihn ein. »Mit jemandem, der ihn tötete«, sagte sie ruhig und klar.

»Das kann ich nicht glauben«, antwortete Patsy. »Mattie wäre niemals weggelaufen.«

»Aber wenn er belästigt worden wäre, wenn man ihn terrorisiert hätte...«

»Terrorisiert?« Sie sah Lynley verständnislos an. »Was meinen Sie damit?«

»Sie haben ihn in den Ferien gesehen. Hatte er irgendwelche Male? Blaue Flecken, Blutergüsse oder dergleichen?«

»Aber nein, natürlich nicht. Ja, glauben Sie denn, er hätte es mir nicht gesagt, wenn ihn jemand geschlagen hätte? Glauben Sie, er hätte mir nicht vertraut? Seiner eigenen Mutter!«

»Vielleicht nicht. Weil er wußte, wie wichtig es für Sie war, daß er in Bredgar Chambers blieb. Es könnte sein, daß er nichts sagte, weil er Sie nicht enttäuschen wollte.«

»Nein!« Das eine Wort war viel mehr als eine bloße Verneinung. »Warum sollte jemand unseren Mattie quälen wollen? Er war so ein guter Junge. Er hat immer getan, was von ihm erwartet wurde. So ein braver kleiner Kerl. Warum hätte ein Mensch Mattie gemein behandeln sollen?«

Weil er nicht paßte, dachte Lynley. Weil er sich nicht für die Traditionen interessiert hatte. Weil er sich nicht in die Schablone pressen ließ. Aber die Geschehnisse in Bredgar Chambers hatten noch andere Hintergründe. Die Jungen hatten alle Angst. Aber anders als bei Matthew war ihre Angst nicht so groß, daß sie davonliefen.

Das schmale Backsteinhaus in der Rivercourt Road war dunkel. Trotz dieses eindeutigen Zeichens dafür, daß niemand zu Hause war, stürmte Kevin Whateley grimmig durch das Tor, rannte die Treppe hinauf und schlug mit dem Messingklopfer gegen die Tür. Aber noch in der Bewegung war ihm klar, daß es vergeblich war. Die lauten Schläge widerhallten in der Straße.

Er würde Giles Byrne sprechen. Und zwar noch heute abend. Er würde toben und brüllen und schreien und den Mann fertigmachen, der an Matties Tod schuld war. Mit geballten Fäusten trommelte er an die Tür.

»Byrne!« brüllte er. »Verdammt noch mal, Sie Schwein! Kommen Sie raus, Sie! Machen Sie die Tür auf! Sie schwules Schwein. Hören Sie mich, Byrne? Machen Sie auf! Sofort!«

An der Ecke auf der anderen Straßenseite fiel ein schmaler Lichtstrahl auf den Bürgersteig, als vorsichtig eine Tür geöffnet wurde. »Ruhe!« schallte es.

»Hau ab!« schrie Whateley, und die Tür wurde hastig geschlossen.

Zwei große Terrakottatöpfe standen zu beiden Seiten der Tür auf der Treppe. Als sich im Haus auf seine wütenden Aufforderungen nichts rührte, hielt Whateley einen Moment inne. Sein Blick fiel auf die beiden Töpfe. Er packte einen, kippte ihn um und stieß ihn die Treppe hinunter. Schwarze Erde und Blätter flogen nach allen Seiten, als er die Stufen hinuntersprang und auf dem sauber gefegten Gartenweg in Stücke brach.

»Byrne!« brüllte Kevin. Er fing plötzlich an zu lachen. »He, sehen Sie, was ich hier mach, Byrne? Schauen Sie her, ich mach's gleich noch mal!«

Er warf sich über den zweiten Topf, umklammerte ihn am wulstigen Rand mit beiden Händen und schlug ihn donnernd an die weiße Haustür. Holz splitterte. Erde flog ihm in die Augen. Tonscherben schlugen ihm ins Gesicht.

»Na, reicht's Ihnen jetzt?« schrie Kevin.

Er keuchte, und in der Brust spürte er einen stechenden Schmerz. Ein gebogener Splitter des zertrümmerten Topfes steckte in seinem Oberschenkel. Der Kopf war ihm schwer, die Schultern taten weh. Sein Blick war wie verschleiert, aber er sah doch noch, daß ein schlanker junger

Mann aus dem Haus nebenan getreten war und jetzt den Weg herunterkam, um über die Hecke zu spähen, die die beiden Grundstücke voneinander trennte.

»Geht's Ihnen nicht gut, Mann?« fragte er.

Kevin rang um Atem. »Ist schon gut. Alles in Ordnung«, antwortete er.

Er stand auf, hustete trotz der Schmerzen in der Brust und stolperte über Erde und Tonscherben den Weg hinunter zum Tor. Ohne es hinter sich zu schließen, schlug er die Richtung zum Fluß und zur Upper Mall ein.

Kevin wandte sich ab und trottete in Richtung *Blue Dove* und zum alten Anger, der nicht weit dahinter war. Er wollte nichts sehen, während er ging. Er wollte vergessen, wo er war. Er wollte nicht darauf achten, daß er sich mit jedem Schritt nur einem anderen Teil des Viertels näherte, der an Mattie erinnerte.

So sehr Kevin seinen Sohn geliebt hatte, er hatte die Gefahr nicht gesehen. Er hatte sich in Sicherheit gewogen, es gäbe sie gar nicht. Er und Patsy hatten der Logik, der Geistesschärfe, der überlegenen Erfahrung Giles Byrnes nichts entgegenzusetzen gehabt und waren ihm erlegen.

Mattie hatte nicht nach Bredgar Chambers gewollt. Er hatte sie immer wieder gebeten, ihn nicht wegzuschicken. Aber sie hatten es dennoch getan, und Kevin hatte sich mit der Erklärung beruhigt, das Widerstreben des Jungen, aus Hammersmith fortzugehen, sei sicheres Zeichen dafür, daß die Nabelschnur, die den Sohn an die Mutter band, endlich durchtrennt werden müsse. Nun, jetzt hatten sie sie durchtrennt. Jetzt brauchte er sich nicht mehr zu sorgen, daß Mattie all zu sehr am Schürzenzipfel seiner Mutter hing. Dieser Sorge war er für immer enthoben.

Mattie! Kevins Augen brannten. Er kämpfte seine Verzweiflung nieder.

Wie konnte er tot sein? Wie konnte dieses heitere, sprühende Leben schon erloschen sein? Wie sollten sie ohne Mattie weiterleben?

»Hey, Mann, du schaust ja aus wie aus dem Schweinestall!«

Die lallende Stimme eines Betrunkenen riß ihn aus seinen quälenden Gedanken. Auf einer Bank am Rand des Angers räkelte sich ein Mann und trank aus einer Flasche in einer Papiertüte. Er grinste Kevin an.

»Schweinchen, Schweinchen«, lallte er. »Schweineschwein!« Er lachte grölend und wedelte mit seiner Tüte.

»Hau ab«, sagte Kevin, aber seine Stimme zitterte.

»Oooch, Schweinchen muß weinen!« gurgelte der Betrunkene. »Wein Schweinchen wein. Und so 'ne dreckige Hose!«

»Du gottverdammter –«

»Uhuu! Da krieg' ich ja Angst. Ehrlich! Warum heulst du überhaupt, Schweinchen? Hast du deine Sau verloren? Oder dein kleines Schweinekind? Oder –«

Kevin stürzte sich auf den Mann und ging ihm an die Kehle. »Du Dreckskerl! Halt endlich dein Maul!« schrie er und begann, auf das Gesicht unter seinem eigenen einzuschlagen. Er spürte Knochen brechen, fühlte, wie die Hand an seinen Knöcheln aufplatzte.

Der Schmerz war gut. Und als der Betrunkene Kevin mit bösartiger Wucht das Knie zwischen die Beine stieß und der mörderische Schmerz seinen ganzen Körper durchzuckte, war auch das gut. Er ließ den Mann los und stürzte zu Boden. Der Betrunkene rappelte sich torkelnd auf, trat Kevin in die Rippen und rannte in Richtung zum Pub davon. Kevin blieb, wo er war, japsend, mit hämmerndem Herzen.

Aber er weinte keine einzige Träne.

10

Deborah hockte mit hochgezogenen Beinen in einem abgeschabten Ledersessel am offenen Kamin im Arbeitszimmer ihres Mannes. In der einen Hand hielt sie einen Stapel Fotografien, in der anderen ein Vergrößerungsglas, doch ihr Blick war auf das gold-blaue Flackern der Flammen gerichtet, die am Holz züngelten. Ein Glas Brandy stand unberührt auf dem Tisch neben ihr. Es war ihr genug gewesen, das schwere Aroma einzuatmen.

Nach Lynleys Besuch am frühen Morgen hatte sie fast den ganzen Tag allein verbracht. Simon war kurz vor Mittag zu einer Besprechung gefahren, von dort weiter zu einem Termin am Chelsea Institute, danach zu einer Sitzung mit mehreren Anwälten, die sich auf die Verteidigung eines Mannes vorbereiteten, der des Mordes angeklagt war. Er hatte keinen dieser Termine wahrnehmen wollen und war im Begriff gewesen, den ersten heimlich abzusagen, als Deborah ihn dabei ertappt und daran gehindert hatte. Sie wußte, daß er seine Arbeit nur vernachlässigte, um bei ihr bleiben zu können, falls sie ihn brauchen sollte.

Eine kaum auszuhaltende Distanz hatte ihn beim Abschied von ihr getrennt. Er kam zur Tür der Dunkelkammer, das lockige schwarze Haar ungebändigt wie immer, und sagte nur sehr wenig.

»Ich fahre jetzt, Deborah. Ich glaube nicht, daß ich zum Abendessen wieder da bin, wenn die Besprechung um fünf wie die neulich verläuft.«

»In Ordnung. Ja.« Liebster, hätte sie so gern hinzugefügt, aber die Kluft zwischen ihnen war schon so groß. Wäre diese Kluft nicht dagewesen, sie wäre zu ihm gegangen, hätte ihm über das Haar gestrichen und ihn lächelnd angesehen, innig seinen Kuß erwidert, wenn er sie in die Arme genommen hätte, Zärtlichkeit mit Zärtlichkeit vergolten. Ja, zu einer anderen Zeit, unter anderen Umständen. Jetzt konnte nur Distanz ihn schützen, und seine Nähe war die gefährlichste Verlockung, endlich zu sprechen.

Draußen wurde eine Wagentür zugeschlagen. Sie ging zum Fenster und hoffte, es würde Simon sein, obwohl sie wußte, daß er es nicht sein konnte. Sie sah den silbernen Bentley am Bordstein, sah Lynley die fünf Stufen zur Haustür hinaufkommen. Sie ging, um ihm zu öffnen.

Er sah erschöpft aus. Winzige Kerben prägten die Haut an seinen Mundwinkeln.

»Hast du schon etwas gegessen, Tommy?« fragte sie, während er seinen Mantel aufhängte. »Soll ich Vater bitten, dir etwas zu machen? Es ist keine Mühe, und ich seh dir an, daß es höchste Zeit ist...«

Sie brach ab, als er sich nach ihr umdrehte. Sie kannte ihn zu gut; vor ihr konnte er nicht verbergen, wie nah ihm dieser Fall ging. Sie las es in seinen Augen, in der Haltung seiner Schultern, in den Schatten der Trostlosigkeit auf seinem Gesicht.

Sie gingen ins Arbeitszimmer, wo er sich einen kleinen Whisky einschenkte.

»Der Fall muß schrecklich sein für dich. Ich wünschte, ich könnte etwas tun. Ich habe ständig drüber nachgedacht. Irgendwo muß es doch eine Kleinigkeit geben, die ich übersehen habe. Irgend etwas, das dir weiterhilft. Wenn ich mich nur erinnern könnte. Aber es fällt mir nichts ein.«

Er trank den Whisky in einem Zug hinunter und stellte das Glas wieder auf das Tablett.

»Simon ist nicht hier«, fuhr sie fort. »Er hat wieder mal einen Tag voller Termine. Ich weiß nicht, wann er zurückkommt. Tommy, möchtest du wirklich nichts essen? Vater ist in der Küche. Es dauert höchstens einen Moment –«

»Was ist mit dir los, Deb?«

Die Frage, mit liebevoller Anteilnahme gestellt, traf sie unerwartet, eine Bedrohung ihrer Abwehr. Deborah fühlte sich bedrängt. Nichts sagen, auf keinen Fall etwas sagen.

»Ich habe mir eben die Probeabzüge der Aufnahmen von meiner Reise angesehen.« Sie kehrte zum Sessel zurück, setzte sich und nahm die Fotografien wieder zur Hand. »Während ich an der Arbeit war, habe ich mich gefragt, ob sie dir vielleicht helfen können, Tommy. Ich meine, die Aufnahmen von Stoke Poges.«

Lynley sah sie so beharrlich an, daß ihr unbehaglich wurde. Er zog Simons knubbeliges Sitzpolster näher zum Sessel und setzte sich. Deborah griff nach ihrem Brandy und trank endlich. Der Alkohol schoß ihr wie Feuer durch die Kehle.

»Ich wollte dir sagen, wie leid es mir tut«, bemerkte er, »aber ich kam nicht dazu. Du warst im Krankenhaus. Und das nächste, was ich hörte, war, daß du abgereist warst. Deb, ich weiß, was das Kind dir bedeutete. Euch beiden bedeutete.«

Sie spürte den Druck aufsteigender Tränen. Er wußte es nicht. Würde es nie erfahren. »Bitte, Tommy«, sagte sie kurz.

Die beiden Worte genügten anscheinend. Er schwieg einen Moment, dann nahm er die Fotografien und zog seine Brille aus der Jackentasche. Mit ihrem Vergrößerungsglas wies er auf ein Bild. »Stoke Poges. Die Kirche St. Giles. Das Problem ist, daß Bredgar Chambers in West Sussex ist. Auf jeden Fall gibt es keine direkte Verbindung nach Stoke Poges und zu diesem Friedhof. Es scheint fast so, als hätte der Mörder den Ort bewußt gewählt. Aber warum?«

Deborah ließ sich die Frage durch den Kopf gehen. Vielleicht konnte sie doch helfen.

Sie ging zum Schreibtisch und suchte ihre Kopie des Manuskripts heraus, das mit ihren Fotos illustriert werden sollte.

»Augenblick... Ich erinnere mich doch...« Sie kam mit dem Manuskript zurück, setzte sich und begann zu blättern, bis sie Thomas Grays Gedicht gefunden hatte. Sie überflog die einzelnen Verse, sagte »Ah, da!« und reichte Lynley das Manuskript. »Sieh dir die Grabinschrift an«, sagte sie. »Den ersten Teil.«

Er las die ersten vier Zeilen laut:

»Ein Jüngling ruhet hier in unsrer Mutter Schoß,
Dem Glücke nicht bekannt, durch keinen Nachruhm groß.
Sein niedrig Wiegenbett verschmähten nicht die Musen,
Und Schwermuth weihte sich zur Wohnung seinen Busen.«

Lynley sah auf. »Das ist unglaublich«, sagte er. »Ich weiß nicht mal, ob ich es überhaupt glauben möchte.«

»Passen die Zeilen denn auf den kleinen Jungen?«

»In jeder Hinsicht.« Lynley nahm seine Brille ab und starrte ins Feuer. »Zeile für Zeile stimmt alles, Deb.«

Deborah fröstelte. »Dann wurde Stoke Poges absichtlich gewählt.«

»Von jemandem, der ein Fahrzeug hatte, Matthew kannte und ein perverses Interesse an kleinen Jungen hat. Von jemandem, der dieses Gedicht kennt.«

»Weißt du, wer es ist?«

»Ich glaube, ich will es lieber nicht wissen.« Er stand von dem Sitzpolster auf, ging zum Fenster und blieb, eine Hand auf das Fensterbrett gestützt, dort stehen, um zur Straße hinunterzusehen.

»Und wie geht's jetzt weiter?« fragte Deborah.

»Die Autopsie wird uns zusätzliche Anhaltspunkte liefern. Materialfasern, Haare, Hinweise darauf, wo Matthew von Freitag nachmittag bis Sonntag war. Er wurde nicht auf der Wiese dort getötet. Er wurde dort nur weggeworfen. Er muß also mindestens vierundzwanzig Stunden, vielleicht auch länger, irgendwo gefangen gewesen sein. Vielleicht bekommen wir durch die Autopsie einen Anhaltspunkt, wo. Und die Todesursache – wenn wir die mit Sicherheit wissen, sehen wir klarer.«

»Aber jetzt siehst du noch nicht klar? Nach dem, was du sagtest, hatte ich den Eindruck –«

»Nicht klar genug! Ich kann nicht einen Menschen festnehmen, nur weil er ein Gedicht kennt, einen Wagen hat, eine Vertrauensstellung an der Schule einnimmt und mir einen kleinen Jungen auf sehr seltsame Weise beschrieben hat. Ganz zu schweigen davon, daß dieser Mann Lehrer für englische Literatur ist.«

»Dann weißt du es also«, sagte Deborah. »Tommy, ist es jemand, den du –« Sie las ihm die Antwort vom Gesicht ab. »Gott, wie gräßlich für dich. Das ist wirklich schlimm.«

»Ich weiß es eben nicht, Deb. Das ist es ja gerade. Er hat kein eindeutiges Motiv.«

»Außer der seltsamen Art, einen kleinen Jungen zu beschreiben?« Sie nahm ihre Fotografien zur Hand und wählte ihre Worte mit Sorgfalt. »Man hatte ihn gefesselt. Das konnte ich erkennen. Ich habe die Abschürfungen gesehen, die Stellen, wo die Haut wund und aufgescheuert war. Und die Brandmale – Tommy, es ist das schlimmste Motiv, das man sich vorstellen kann. Wieso hast du Angst, den Tatsachen ins Auge zu sehen?«

Er drehte sich mit einem Schwung um. »Wieso hast *du* Angst?« fragte er zurück.

Die Worte zerstörten mit einem Schlag das bißchen innere Ruhe, das sie während des Gesprächs gefunden hatte. Sie wurde blaß.

»Sag es mir!« verlangte er. »Deborah, um Gottes willen, hältst du mich denn für blind? Ich habe gesehen, wie ihr beide heute morgen miteinander umgegangen seid. Wie zwei Fremde. Ach was, schlimmer als zwei Fremde.«

Sie wußte, daß ihr Gesicht sie verriet. Sie mußte das Gespräch in andere Bahnen lenken. Aber sie suchte umsonst nach einer Ausflucht.

Lynley ging zu der Wand mit ihren Fotografien. Deborah beobachtete ihn, während er eine kleine Schwarzweißaufnahme betrachtete, einen ihrer ersten Versuche, ein Bild, das sie kurz nach ihrem vierzehnten Geburtstag aufgenommen hatte. Es zeigte Simon im Garten auf einer Liege, in eine Wolldecke gehüllt, die Krücken neben sich. Der Kopf war nach links gedreht, die Augen geschlossen, das Gesicht eine Studie schmerzlicher Verzweiflung.

»Hast du dich je gefragt, warum er das hier hängen läßt?« fragte Lynley. »Er könnte es doch auch abnehmen. Er könnte darauf bestehen, daß du etwas anderes an diesen Platz hängst, etwas, das aufheitert und beruhigt.«

»Es würde nicht stimmen.«

»Aber das tut er nicht. Hast du dich mal nach dem Grund gefragt?«

Sie wußte ihn genau. Er lag im Kern all dessen, was sie an ihrem Mann liebte. Nicht körperliche Kraft, nicht geistige Stärke, nicht unerbittliche und unerschütterliche Aufrichtigkeit, sondern die Bereitschaft, das Gegebene anzunehmen, die Fähigkeit weiterzumachen, die Entschlossenheit, den Kampf nicht aufzugeben.

Was für eine Ironie des Schicksals, dachte sie, daß es nun so gekommen ist; daß wir beide beschädigt sind. Doch Simon hatte keinen Einfluß auf die Ereignisse gehabt, die zu seiner Verletzung geführt hatten. Sie hingegen hatte ganz allein bestimmt. Sie hatte sich entschieden, sich selbst zu beschädigen, weil es damals der leichtere Weg zu sein schien, weil sie nicht bereit gewesen war, Ungelegenheiten auf sich zu nehmen.

Als Lynley nach Hause kam, fand er die Post dort, wo sie immer lag, auf seinem Schreibtisch in der Bibliothek, beschwert mit einem überdimensionalen Vergrößerungsglas, das Helen ihm aus Jux zu seiner Beförderung zum Inspector geschenkt hatte.

»Das Spiel ist im Gange, mein lieber Lynley«, hatte sie gesagt und ihm ein großes Päckchen in buntem Geschenkpapier überreicht. Darin waren das Vergrößerungsglas gewesen, dazu eine Meerschaumpfeife und eine Jagdmütze à la Sherlock Holmes.

Er hatte gelacht, erfreut über das witzige Geschenk und erfreut, sie zu sehen, heiter und gelöst wie immer, wenn sie bei ihm war.

Lynley nahm die Post und ging zum Rosenholztisch, wo er seine Getränke stehen hatte. Er schenkte sich einen Whisky ein, dann sah er die Briefe durch, auf der Suche wie jeden Tag in den vergangenen zwei Monaten nach einem mit einer griechischen Marke. Es war nichts dabei – nur Rechnungen, Werbung, ein Brief von seinen Anwälten, einer von seiner Mutter, ein dritter von seiner Bank.

Er setzte sich an den Schreibtisch, riß den Brief seiner Mutter auf und überflog das leichte Geplauder, mit dem sie auf ihre eigene liebevolle Art versuchte, ihn aus seiner Einsamkeit zu holen.

Jemand ging durch den Korridor vor der Bibliothek und summte dabei mit Verve eines der populären Lieder aus *Les Misérables* vor sich hin. Denton, dachte Lynley. Sein Diener war ein leidenschaftlicher Theatergänger. Die Tür öffnete sich, der Gesang schwoll an und brach abrupt ab, als Denton ins Zimmer trat und Lynley am Schreibtisch sah.

»Entschuldigen Sie«, sagte er mit einem verlegenen Lächeln. »Ich wußte nicht, daß Sie da sind.«

»Sie wollen mich doch nicht verlassen, um zur Bühne zu gehen, Denton?«

Der junge Mann lachte. »Nie im Leben. Haben Sie zu Abend gegessen?«

»Nein, noch nicht.«

Denton schüttelte den Kopf. »Viertel vor zehn, Mylord, und Sie haben noch nicht gegessen?«

»Ich hatte zuviel um die Ohren. Da hab ich's ganz vergessen.«

Denton schien nicht überzeugt. Sein Blick fiel auf die Post. Da er sie in die Bibliothek heraufgebracht hatte, wußte er zweifellos, was für Briefe dabei waren und was für welche nicht. Doch er sagte nichts, fragte nur, ob seine Lordschaft lieber ein Omelett oder eine Suppe hätte.

»Ein Omelett, Denton. Vielen Dank«, antwortete Lynley.

Er war nicht hungrig, aber er konnte wenigstens den Schein des Normalen wahren.

Als Denton gehen wollte, schien ihm wieder einzufallen, warum er überhaupt ins Zimmer gekommen war. Er zog einen gefalteten Zettel aus der Tasche.

»Das wollte ich Ihnen auf den Schreibtisch legen. Kurz nach neun hat Scotland Yard angerufen.«

»Weshalb?«

»Um Ihnen eine Nachricht zu übermitteln, die heute dort einging. Der Pförtner von Bredgar Chambers hat versucht, Sie zu erreichen. Ein gewisser Frank Orten. Er sagt, er hätte eine Schuluniform gefunden, als er hinausging, um das Feuer zu löschen, in dem der Müll verbrannt wird. Alles da – Blazer, Hose, Hemd, Krawatte. Sogar Schuhe. Er meinte, Sie würden sich die Sachen sicher ansehen wollen; sagt, er sei sicher, daß sie dem toten Jungen gehört haben.«

11

Frank Orten wohnte in einem asymmetrisch gebauten kleinen Haus gleich innerhalb des Tors, das auf das Schulgelände führte. Ein breites Erkerfenster, von einer Platane beschattet, gab den Blick auf die Auffahrt frei. Einer der Flügel stand offen, um die Morgenluft einzulassen. Von dort kam das beharrliche Greinen eines Kindes. Es war das erste, was Lynley und Havers hörten, als sie aus dem Wagen stiegen und auf das Haus zugingen.

Als hätte Orten schon nach ihnen Ausschau gehalten, öffnete er die Tür, noch ehe sie läuten konnten. Er trug bereits seine Arbeitskleidung. Seine Haltung war steif und kerzengerade, sein Blick flog für eine kurze, eindringliche Musterung über sie hin. »Inspector. Sergeant.« Er nickte abgehackt zum Zeichen seiner Billigung, wies mit einer ruckartigen Kopfbewegung zur offenen Tür eines unaufgeräumten Wohnzimmers auf der linken Seite. »Kommen Sie herein.«

Ohne auf die Antwort zu warten, ging er ihnen voraus und blieb vor einem steinernen offenen Kamin stehen, über dem ein altersblinder Spiegel in goldenem Rahmen hing. Ortens Hinterkopf spiegelte sich in ihm, und ebenso die beiden Messingleuchter an der gegenüberliegenden Wand, die helle Lichtovale auf die Tapete warfen, das infolge seiner Nordlage düstere Zimmer mit dem schmalen, tief eingelassenen Fenster aber kaum erhellten.

»Bißchen turbulent heute morgen.« Orten wies mit dem Daumen auf eine angelehnte Tür rechts des Vorsaals. »Ich hab die Kinder meiner Tochter für ein paar Tage hier.«

Man hörte die beschwichtigende Stimme einer Frau, die sich bemühte, die Wellen zu glätten, aber das Greinen des Kindes schwoll zu hysterischem Geschrei, das sich mit den schrill anklagenden Tönen eines zweiten Kindes mischte.

»Einen Moment bitte«, sagte Orten und ging, um nach dem Rechten zu sehen. »Elaine, kannst du das –« Die Tür schloß sich hinter ihm.

»Ja, ja, der häusliche Friede«, bemerkte Barbara, während sie zu einer Truhe unter dem Fenster trat, auf der drei äußerst üppige grüne Pflanzen standen. Sie berührte prüfend die Blätter. »Plastik«, sagte sie und wischte sich den Staub von den Fingern.

»Hm.« Lynley sah sich im Zimmer um. Das Mobiliar bestand aus einem schweren Sofa und zwei Polstersesseln in undefinierbarem Graubraun, mehreren kleinen Tischen, auf denen Lampen mit schiefen Schirmen standen und Wandschmuck militärischer Art – zwei Landkarten und eine Belobigungsurkunde, die in staubigen Rahmen über der Couch hingen. Kinderspielsachen lagen auf dem Teppich verstreut, dazu mehrere Zeitschriften, deren Seiten zerknittert und klebrig waren, als wären sie als Unterlage beim Essen verwendet worden. Der ganze Raum legte beredtes Zeugnis davon ab, daß Frank Ortens Leben nicht von einer Frau geteilt wurde.

Aber als Orten ins Zimmer zurückkam, folgte ihm dennoch eine Frau mittleren Alters. Er stellte sie ihnen als Miss Elaine Roly vor – wobei er besonderen Nachdruck auf das Wörtchen »Miss« legte – und fügte hinzu, daß sie Hausmutter im Haus Erebos sei, als sei das eine logische Erklärung für ihre Anwesenheit in seinem Haus.

»Frank hat so seine Schwierigkeiten mit den Kindern«, bemerkte Elaine Roly und strich sich dabei mit beiden Händen über ihr Kleid. »Vielleicht gehe ich jetzt am besten, Frank. Sie scheinen sich beruhigt zu haben. Du kannst sie ja nachher zu mir schicken, wenn du willst.«

»Bleib hier.« Orten schien die Angewohnheit zu haben, in einsilbigen Befehlen zu sprechen, und schien es gewöhnt zu sein, daß ihnen gehorcht wurde.

Elaine Roly fügte sich durchaus heiter und setzte sich ans Fenster. Es schien ihr nichts auszumachen, daß das graue milchige Licht ihr wenig schmeichelte. Sie wirkte streng und blaß zugleich, wie man sich eine Quäkerin vorstellt oder ein Wesen aus den Romanen von Charlotte Brontë. Das schlichte, graue Kleid hatte einen breiten Spitzenkragen, die schwarzen Schuhe waren unelegant und solide. Kleine Ohrstecker waren ihr einziger Schmuck, und das ergrauende Haar war straff nach hinten gekämmt und im Nacken sehr altmodisch zusammengedreht. Ihre Nase jedoch war hübsch geformt und hatte etwas Vorwitziges, und das Lächeln, mit dem sie Lynley ansah, war warm.

»Haben Sie schon Kaffee getrunken?« fragte sie. »Frank, soll ich –«

»Nicht nötig«, antwortete Orten.

Er zupfte an der geflochtenen Litze am Revers seiner Uniformjacke. Sie war, sah Lynley, an dieser Stelle schon zerschlissen, als spielte Orten häufig daran herum.

»Mir wurde gestern abend mitgeteilt«, sagte Lynley zu ihm, »daß Sie Kleidungsstücke gefunden haben. Sind sie hier bei Ihnen im Haus?«

Orten war nicht bereit, diesen direkten Einstieg mitzumachen.

»Siebzehn Jahre, Inspector.« Sein Ton verriet, daß dies die Einleitung zu einer längeren Rede war.

Lynley sah Barbaras ungeduldige Bewegung. Doch sie sagte nichts, sondern ging zum Sofa, wo sie ihren Block aufschlug und darin geräuschvoller als nötig herumblätterte.

»Siebzehn Jahre bin ich jetzt hier Pförtner«, fuhr Orten fort. »Aber so was hat es noch nie gegeben. Nie ist ein Kind verschwunden. Nie hat es einen Mord gegeben. Nichts dergleichen. In Bredgar Chambers war immer alles in Ordnung. In bester Ordnung. Ganz eindeutig.«

»Aber es sind auch andere Schüler gestorben. Man braucht nur in die Kapelle zu sehen.«

»Gestorben, ja. Aber ermordet? Niemals. Das ist ein böses Omen, Inspector.« Er legte eine Pause ein, um sich zu räuspern, und fügte dann vielsagend hinzu: »Ich kann nicht behaupten, daß es mich überrascht.«

Lynley unterließ es, der Anspielung nachzugehen. »Nun, auch den Selbstmord eines Schülers könnte man als böses Omen betrachten.«

Orten griff an das auf seiner Brusttasche aufgestickte Schulwappen. Er zupfte an einem Fädchen der Krone, die über dem Weißdornreis schwebte. Das Goldfädchen löste sich, Beginn der Zerstörung des Bildes.

»Selbstmord?« fragte er. »Wollen Sie sagen, daß Matthew Whateley Selbstmord begangen hat?«

»Keineswegs. Ich sprach von einem anderen Schüler. Wenn Sie schon seit siebzehn Jahren hier sind, müssen Sie ihn gekannt haben. Edward Hsu.«

Orten und Elaine Roly tauschten einen Blick. Lynley konnte nicht sagen, ob Verwunderung oder Bestürzung dahinter stand.

»Sie müssen doch Edward Hsu gekannt haben. Sie, Miss Roly? Kannten Sie ihn? Sind Sie auch schon so lange hier?«

Elaine Roly leckte sich mit der Zunge über die Lippen. »Diesen Monat werden es vierundzwanzig Jahre, Sir. Ich hab als Küchenhilfe angefangen. Dann hab ich die Lehrer beim Essen bedient. Ja, ich hab mich langsam hochgearbeitet. Hausmutter von Erebos bin ich jetzt seit achtzehn Jahren. Und ich bin stolz darauf.«

»Wohnte Edward Hsu auch in Erebos?«

»Ja. Edward gehörte zu Erebos.«

»Ein Liebling von Giles Byrne, soviel ich weiß.«

»Mr. Byrne hat Edward in den Ferien betreut. Er tut so was schon seit Jahren. Er sucht sich immer einen Jungen aus Erebos, um ihm besondere Hilfe zu geben. Er war selbst früher in Erebos und tut gern was für das Haus. Ein feiner Mensch, Mr. Byrne.«

»Er stand Edward Hsu sehr nahe, wie Brian Byrne mir erzählte.«

»Ah ja, Brian erinnert sich natürlich an Edward.«

»Sie arbeiten sicher eng mit Brian zusammen, da er ja Hausältester in Erebos ist.«

»Eng?« wiederholte sie. »Nein. Das würde ich nicht sagen.«

»Aber...«

»Brian ist nicht ganz einfach«, unterbrach sie. »Ein bißchen undurchschaubar. Ein bißchen zu bedacht darauf...« Sie zögerte. Im Nachbarzimmer setzten die Kinder zum nächsten Gezeter an, milde noch bis jetzt, aber mit Verheißung auf Eskalation. »Aufsichtsschüler müssen auf eigenen Füßen stehen können, Inspector«, sagte Elaine Roly.

»Und Brian kann das nicht?«

»Hausälteste sollten nicht selbst bedürftig sein.«

»In welcher Weise bedürftig?«

»Nach Freundschaft. Nach Anerkennung. Immer bedacht darauf, nur ja beliebt zu sein. Das ist nicht gut bei einem Hausältesten. Wie soll so einer denn die Jüngeren führen und zu Disziplin anhalten, wenn er immer nur darauf aus ist, bei allen beliebt zu sein. Aber so ist Brian. Wenn ich was zu sagen gehabt hätte, wäre er nicht gewählt worden.«

»Aber ist denn nicht die Tatsache, daß Brian Hausältester wurde, Beweis dafür, daß er bei gewissen Leuten große Anerkennung genoß?«

»Es beweist gar nichts.« Orten zerschnitt mit einer schnellen Handbewegung die Luft. »Es beweist nur, daß er einen einflußreichen Vater hat und daß der Direktor springt, wenn der Verwaltungsrat pfeift.«

Im Zimmer nebenan fiel krachend irgend etwas aus Porzellan zu Boden. Augenblickliches Geschrei folgte. Elaine Roly sprang auf.

»Ich seh mal nach, Frank.« Sie eilte hinaus.

Sobald sich die Tür hinter ihr geschlossen hatte, bemerkte Orten: »Sie arbeitet wie ein Pferd. John Corntel hat keine Ahnung, was für eine tüchtige Person er da im Haus hat. Aber Sie sind wegen der Kleider gekommen und nicht, um sich meine Meinung über Corntel anzuhören. Kommen Sie.«

Er führte sie aus dem Haus, und sie folgten ihm etwa fünfzig Meter die Auffahrt hinunter zu einem Seitenweg, der von Linden gesäumt war und nach rechts abzweigte. Die blaue Mütze tief in die Stirn gezogen, marschierte Orten ihnen voraus. Sie sprachen nichts. Barbara las in ihren Aufzeichnungen, unterstrich hier und dort etwas mit einem tiefen Brummen, und Lynley dachte, die Hände tief in die Hosentaschen vergraben, über das nach, was er von Frank Orten und Elaine Roly gehört hatte.

Jede Institution, ob nun privat oder öffentlich, war ihrer Struktur nach dazu geschaffen, Machtkämpfe auf allen Ebenen zu fördern. Das war hier nicht anders als bei Scotland Yard. Konnte man vernünftigerweise annehmen, daß an einer Schule der Leiter den größten Einfluß besaß, so schien das, wenn man Ortens Worten glauben konnte, in Bredgar Chambers anders zu sein. Da hatte offenbar der Verwaltungsrat – und jede Beschäftigung mit dem Verwaltungsrat führte unausweichlich zu Giles Byrne – ein gewichtiges Wörtchen mitzureden. Irgendwo in diesem Machtgefüge mußte Matthew Whateley einen Platz gehabt haben. Davon war Lynley überzeugt. Ihm war schließlich das Stipendium des Verwaltungsrats zuerkannt worden, vielleicht gegen den Wunsch des Schulleiters. Er war im Haus Erebos einquartiert worden, wo Byrne selbst als Schüler gewohnt hatte. Wo auch Edward Hsu gewohnt hatte. Es gab da ein Muster.

Der beißende Rauchgeruch wurde stärker, als sie sich einer Weggabelung näherten. Wieder führte Frank Orten sie nach links, aber Lynley blieb stehen und blickte den anderen Weg hinunter zu den Gebäuden, die dort in einiger Entfernung zu sehen waren. Er erkannte die Rückfront des Unterrichtsgebäudes für die naturwissenschaftlichen Fächer und die vier Wohnhäuser der Jungen. Das Haus Kalchas war am nächsten.

»Wir gehen hier runter, Inspector«, mahnte Orten ungeduldig.

Der Weg endete nach fünfundzwanzig Metern vor einem großen, türlosen Schuppen, in dem drei Kleinbusse, ein kleiner Traktor, ein Lastwagen und vier Fahrräder standen, von denen drei platte Reifen hatten. Nur das Dach und die Wände des Schuppens schützten die Gebrauchsfahrzeuge der Schule vor den Einwirkungen der Witterung; die Fenster hatten keine Scheiben, und ein Tor gab es nicht. Es war ein entschieden häßlicher Bau.

»Die wesentlichen Dinge kommen dieser Tage immer zuletzt«, bemerkte Orten bissig. »Außen muß alles blitzblank sein, damit den Leuten die Augen übergehen, und das, was die Eltern nicht zu sehen kriegen, läßt man verkommen.«

Ohne auf Antwort zu warten, schritt Orten weiter den gepflasterten Weg am Rand des Fahrzeugschuppens entlang und führte sie um die Ecke zu einem verkohlten Stück Land, wo der Müll der Schule verbrannt wurde. Der Geruch von Qualm, feuchter Asche und verbranntem Unkraut stieg aus einem kegelförmigen Haufen schwelenden

Unrats auf. Neben diesem Haufen stand ein grüner Schubkarren, in dem zusammengeknüllt die Kleidungsstücke lagen, die Orten gefunden hatte.

»Ich hielt es für das Beste, sie hier zu lassen«, bemerkte Orten.

Lynley musterte den Boden, festgetretene Erde, in der niedergedrücktes Unkraut wucherte. Es waren zwar Fußabdrücke zu erkennen, aber sie waren zu undeutlich, um Aussagewert zu haben – hier eine Fußspitze, dort ein Absatz, Teil einer Schuhsohle. Nichts Substantielles.

»Hier, Sir, schauen Sie sich das mal an«, sagte Barbara und winkte ihm. Sie stand auf der Seite des Müllbergs, der dem Fahrzeugschuppen am nächsten war. Mit der Zigarette in der Hand wies sie zum Boden. »Guter Abdruck. Könnte von einer Frau sein.«

Lynley ging in die Knie, um sich den Abdruck anzusehen. Turnschuh, wie ihn wahrscheinlich jeder hier hatte. »Ja, möglicherweise von einer Frau«, meinte er. »Oder von einem der jüngeren Schüler.«

»Oder einem älteren mit kleinen Füßen.« Barbara seufzte. »Wo ist eigentlich dieser Holmes, wenn man ihn braucht? Der würde jetzt hier durch den Dreck kriechen und den Fall binnen einer Viertelstunde klären.«

»Machen Sie tapfer weiter, Sergeant«, entgegnete Lynley.

Während sie ihre Untersuchung des Bodens rund um den Müllhaufen fortsetzte, beschäftigte sich Lynley mit den Kleidern im Schubkarren.

Lynley setzte seine Brille auf und zog mehrere sauber gefaltete Plastikbeutel aus seiner Tasche. Er streifte sich Gummihandschuhe über die Hände, obwohl er vermutete, daß diese Vorsichtsmaßnahme völlig überflüssig war. Die Kleider waren inzwischen so verunreinigt – nach vielleicht Stunden auf dem Müllhaufen und einer Nacht in dem

Schubkarren – daß die Hoffnung, sie könnten noch irgendwelche nützliche Hinweise liefern, wahrscheinlich Illusion war.

Insgesamt waren es sieben Stücke, angekohlt und rußschwarz. Lynley sah sich zuerst den Blazer an. Er hatte kein Namensschildchen, aber lose Fäden an der Innenseite des Kragens ließen vermuten, daß eines herausgerissen worden war. Das gleiche galt für Hemd und Hose. Er schaute auf, als er zur Krawatte kam und ein Paar Schuhe darunter sah.

»Wie haben Sie das alles gefunden?« fragte er Orten.

Orten wandte sich ihm zu. »Ich verbrenne den Müll immer Samstag nachmittags. Und ich achte immer darauf, daß das Feuer richtig aus ist, ehe ich an andere Arbeiten gehe. Sonntag nacht bemerkte ich, daß es sich wieder entzündet hatte. Da bin ich hergekommen, um nachzusehen.«

Lynley richtete sich langsam auf. »Sonntag nacht?« wiederholte er. *Sonntag* nacht?«

Das Gesicht des Mannes verschloß sich. »Sonntag nacht«, bestätigte er.

Lynley sah, wie Havers auf der anderen Seite des Müllbergs ihre Sucharbeit unterbrach und ihre Zigarette wegwarf. Sie stemmte ihre Hand in die Hüfte. »Matthew Whateley wurde am Sonntag vermißt gemeldet«, sagte sie. Ihr Gesicht war hochrot. »Und Sie sind erst am *Montag* abend dazu gekommen, uns den Fund dieser Sachen mitzuteilen – obwohl Sie sie bereits Sonntag nacht gefunden hatten? Wie kommt das, Mr. Orten?«

»Als ich das Feuer sah, dachte ich, es wär ein dummer Streich, und als ich herkam, um nachzusehen, war's finster. Ich hab einfach ein paar Schaufeln Erde drauf geworfen, um es zu löschen. Die Kleider habe ich da nicht gesehen. Die hab ich erst am nächsten Tag gefunden. Und da hab ich mir auch nichts dabei gedacht. Ich hab erst danach erfahren, daß der kleine Whateley verschwunden war.«

»Aber trotzdem! Wir waren gestern fast den ganzen Tag hier. Sind Sie denn überhaupt nicht auf die Idee gekommen, uns was zu sagen? Wissen Sie, wie man so was nennt? Unterschlagung von Beweismaterial. Und das kann Sie ganz schön in Schwierigkeiten bringen.«

»Ich hatte keine Ahnung, daß es Beweismaterial ist«, versetzte Orten. »Und ich weiß es auch jetzt noch nicht.«

Lynley schaltete sich ein. »Aber als Sie Scotland Yard anriefen, sagten Sie, die Kleider hätten dem toten Jungen gehört. Das hat man mir wortwörtlich ausgerichtet.« Er beobachtete den Mann scharf und sah, wie er die Lippen aufeinanderpreßte. »Wer hat Sie davon überzeugt? Wer hat Sie dazu gebracht, die Polizei anzurufen? Miss Roly? Der Schulleiter? Mr. Corntel?«

»Niemand! Sie haben ja jetzt, was Sie wollten. Ich hab noch anderes zu tun.« Damit machte Orten auf dem Absatz kehrt und ging schnellen Schritts den Weg zurück, den sie gekommen waren. Barbara wollte ihm sofort nach.

»Warten Sie!« sagte Lynley.

»Wieso? Er –«

»Er läuft uns nicht weg, Sergeant. Lassen Sie ihn schmoren.«

»Ja, damit er sich ein Märchen ausdenken kann, warum er bis Montag abend damit gewartet hat, Beweismaterial zu melden, das er bereits am Sonntag gefunden hatte.«

»Dazu hatte er schon Zeit genug. Kommen Sie lieber her und sehen Sie sich das an.«

Er hielt eine einzelne Socke hoch, kehrte sie von innen nach außen und wies auf das Etikett, das innen angebracht war. Es war vom Feuer stark verkohlt, aber die Zahl 4 war noch kenntlich.

»Es sind also tatsächlich Matt Whateleys Sachen«, sagte Barbara. »Aber wo ist der andere Strumpf?«

»Entweder verbrannt, ehe Orten den Müllhaufen löschen konnte, oder – wenn wir Glück haben – er ist irgendwo auf dem Weg hierher heruntergefallen.«

Lynley begann, die einzelnen Kleidungsstücke in die Plastikbeutel zu verstauen.

»Damit kriegt der Fall ein anderes Gesicht, nicht wahr, Sir?« bemerkte Barbara.

»Jedenfalls zum Teil. Matthews Kleider sind jetzt alle da. Es fehlt nichts. Wenn wir nicht annehmen wollen, daß er aus unerfindlichen Gründen am Freitag nachmittag splitterfasernackt aus der Schule weggelaufen ist, müssen wir aus dem Vorhandensein der Kleider schließen, daß er das Schulgelände nicht aus eigenem Antrieb verlassen hat. Er wurde heimlich fortgebracht.«

»Tot oder lebend?«

»Das wissen wir noch nicht.«

»Aber Sie haben eine Vermutung?«

»Ja. Ich vermute tot, Havers.«

Sie nickte. »Er wollte also gar nicht weglaufen.«

»So sieht es aus. Aber wenn er nicht weglaufen wollte, dann stehen wir jetzt vor einem ganzen Berg neuer ungeklärter Fragen.« Lynley nahm die Plastikbeutel und gab zwei davon Barbara. »Aber wenn Matthew Whateley am vergangenen Freitag nachmittag nicht die Absicht hatte, von der Schule wegzulaufen, was ist dann vorgefallen?«

»Und wo fangen wir an?« fragte Barbara.

Lynley schaute über die Wiese zum Pförtnerhaus. »Ich denke, Frank Orten hat lange genug geschmort.«

Sie kehrten nicht auf dem Weg zum Pförtnerhaus zurück, sondern gingen über die Wiese, die es vom Müllverbrennungsplatz trennte. Von dort gelangten sie auf einen sauber gefegten Ziegelpfad zwischen Ortens Gemüsegarten und Garage, der sie zur Hintertür seines Hauses führte. Elaine Roly ließ sie in die Küche.

Im Gegensatz zum Wohnzimmer schien hier kürzlich gründlich saubergemacht worden zu sein. Die Arbeitsplatten waren blitzblank gescheuert, am Fenster hingen frische Gardinen, das wenige Geschirr in der Spüle war offensichtlich vom morgendlichen Frühstück. Aus der Bratpfanne, in der eine Scheibe Brot bruzzelte, stieg der Geruch von heißem Fett auf. Elaine Roly schaltete das Gas unter der Pfanne aus, holte das Brot mit einer Gabel heraus und ließ es auf einen Teller fallen, auf dem schon zwei Spiegeleier warteten.

»Er ist hier drüben, Inspector«, sagte sie und ging ihnen ins Eßzimmer voraus.

Aus diesem Raum war vorher das Kindergeschrei gekommen, und es ging auch jetzt noch recht munter zu. Ein Kleiner im Babystühlchen schlug mit einem Blechbecher unermüdlich auf die Umrandung des Stuhls, und ein etwas größerer Junge lag strampelnd in einer Ecke des Zimmers und brüllte unaufhörlich: »Nein! Nein! Nein!« Keines der Kinder schien älter als vier Jahre zu sein.

Frank Orten stand über den Babystuhl gebeugt und wischte seinem jüngsten Enkel mit einem feuchten Tuch die Frühstücksreste vom Gesicht.

»Hier sind deine Eier, Frank«, sagte Elaine Roly. »Du hast ja deinen Kaffee überhaupt noch nicht angerührt. Komm, ich kümmere mich schon um die beiden. Die brauchen erst mal eine gründliche Wäsche.«

Sie hob den einen Jungen vom Boden auf und den anderen aus seinem Stühlchen. Der ältere Junge riß zornig am Spitzenkragen ihres Kleides, aber sie ließ das mit stoischer Ruhe über sich ergehen, während sie die beiden schreienden Kinder aus dem Zimmer schleppte.

Orten ließ sich auf einen Stuhl fallen und machte sich über sein Essen her. Lynley und Barbara setzten sich zu ihm an den Tisch und warteten schweigend, bis er seinen Teller zur Seite schob und zur Kaffeetasse griff.

»Wie spät war es, als Sie bemerkten, daß das Feuer draußen wieder aufgeflammt war?« fragte Lynley.

»Zwanzig nach drei morgens.« Orten hob die Kaffeetasse. »Opa« stand in leuchtend blauen Lettern darauf. »Ich hab auf die Uhr geschaut, bevor ich ans Fenster ging.«

»Sie wurden von etwas geweckt?«

»Ich hab nicht geschlafen, Inspector. Konnte nicht.«

»Sie hörten also kein Geräusch?«

»Nein. Aber ich roch den Rauch und ging ans Fenster. Da sah ich die Glut. Ich dachte, das Feuer hätte sich irgendwie wieder entzündet, und ging raus, um nachzusehen.«

»Sie waren angekleidet?«

Er zögerte nur ganz kurz. »Nein, ich hab mich angezogen«, sagte er und sprach ohne Aufforderung weiter. »Ich bin hinten rausgegangen, über die Wiese. Als ich hinkam, sah ich, daß das Feuer ziemlich stark brannte. Diese verdammten Idioten, dachte ich. Ich glaubte ja, die Oberstufler hätten sich einen Scherz erlaubt, ohne daran zu denken, wie gefährlich das werden konnte, wenn Wind aufkommen sollte. Also nahm ich die Schaufel und machte das Feuer aus.«

»Gibt es eine Außenbeleuchtung, die Sie hätten einschalten können?«

»Ja, vor der Remise ist ein Licht, aber es brannte nicht, und auf der Seite sind keine Lampen. Es war stockfinster. Aber das habe ich Ihnen ja schon gesagt. Ich hab die Kleider nicht gesehen. Ich wollte nur möglichst schnell das Feuer löschen.«

»Haben Sie, abgesehen von dem Feuer, selbst irgend etwas Ungewöhnliches bemerkt? Vielleicht jemanden gesehen?«

»Nein.«

»War es ungewöhnlich, daß die Außenbeleuchtung an der Remise nicht brannte? Ist sie nicht normalerweise nachts eingeschaltet?«

»Doch, normalerweise schon.«

»Und was dachten Sie sich, als Sie sahen, daß sie nicht brannte?«

Orten sah zur Küche hin, als erwarte er von dort eine Antwort. »Na, ich denk mir, wenn die Jungs sich einen Spaß machen wollten, hätten sie bestimmt die Lichter ausgemacht, damit sie nicht gesehen werden, oder?«

»Und was denken Sie jetzt, wo Sie wissen, daß es kein Spaß war?«

Orten hob eine Hand und ließ sie wieder auf den Tisch sinken. »Das gleiche, Inspector. Da wollte jemand nicht gesehen werden.«

»Nur handelte es sich nicht um ein paar dumme Jungen, die sich einen Spaß machen wollten, sondern um einen Mörder«, sagte Lynley.

Orten erwiderte nichts, sondern nahm schweigend seine Mütze, die wie ein Dekorationsstück mitten auf dem Tisch lag. Die Buchstaben B.C. waren in Gelb und Blau vorne eingestickt, aber sie waren so schmuddelig, daß man sie hätte reinigen müssen, um die Farben wieder voll zur Geltung zu bringen.

»Sie sind seit langen Jahren an der Schule, Mr. Orten«, bemerkte Lynley. »Sie kennen sich hier wahrscheinlich besser aus als jeder andere. Matthew Whateley verschwand am Freitag nachmittag. Er wurde erst am Sonntag abend gefunden. Wir haben allen Grund zu der Vermutung, daß er entweder Freitag oder Samstag abend nach Stoke Poges gebracht wurde. Da wir die Kleider des Jungen haben und die Leiche unbekleidet aufgefunden wurde, ist anzunehmen, daß er nackt war, als er von der Schule weggebracht wurde, und daß er wahrscheinlich nach Einbruch der Dunkelheit weggebracht wurde. Nun ist die Frage: Wo war er von Freitag nachmittag, als er nicht zum Hockeyspiel kam, bis zu dem Zeitpunkt, als er fortgeschafft wurde?«

Lynley wartete, um zu sehen, wie Orten auf das unausgesprochene Angebot, sich an der Ermittlungsarbeit zu beteiligen, reagieren würde. Der Pförtner blickte von Lynley zu Barbara und rückte ein wenig vom Tisch ab, als wolle er Abstand gewinnen.

Seine Antwort war dennoch freimütig. »Es gibt eine Menge Lagerräume. Hinter der Küche zum Beispiel, in der Nähe vom Lehrerzimmer. Dann in der Werkstatt. Im Theatergebäude. Abstellkammern in den Wohnhäusern. Mansarden. Aber alles ist abgeschlossen.«

»Und wer hat die Schlüssel?«

»Zum Teil die Lehrer.«

»Und sie tragen sie immer bei sich?«

Ortens Augen flackerten einen Moment unsicher. »Nein, immer nicht. Sie werden sie nicht alle in der Hosentasche rumschleppen wollen.«

»Was tun sie dann mit ihnen?«

»Im allgemeinen hängen sie in ihren Fächern. Gleich im Vorraum vom Lehrerzimmer.«

»Aha. Aber das sind doch sicher nicht die einzigen Schlüssel zu Gebäuden und Räumen. Es muß doch Zweitschlüssel geben.«

Orten nickte; es sah aus, als täte sein Körper automatisch das, was er selbst eigentlich gar nicht tun wollte. »Ich hab alle Schlüssel in meinem Büro drüben im Hof. Aber das Büro ist immer abgeschlossen. Da kann keiner rein und einen mitgehen lassen.«

»Auch jetzt? Ist es auch jetzt abgeschlossen?«

»Ich nehme an, die Sekretärin hat aufgesperrt. Das tut sie immer, wenn sie vor mir da ist.«

»Sie hat also einen Schlüssel zu Ihrem Büro.«

»Ja. Aber Sie glauben doch nicht im Ernst, daß der Junge von der Sekretärin des Direktors geschnappt wurde? Und wenn sie's nicht war, wer geht dann am hellichten Tag in mein Büro, wenn ich nicht da bin, und klaut ein paar Schlüssel? Ohne zu wissen, welcher Schlüssel zu welcher Tür gehört! Die Schlüssel in meinem Büro sind nämlich nur nach Gebäuden gekennzeichnet. Also: *Theater, Werkstatt, Mathe, Nat.-Wiss., Küche.* Zu welchem Raum sie passen, ist nicht ersichtlich. Da müßte einer schon mein Codebuch durchsehen. Nein, wenn jemand einen Schlüssel geklaut hat, dann aus einem der Fächer in der Garderobe vom Lehrerzimmer. Und da die auch immer abgeschlossen ist, könnte das nur einer von den Lehrern selbst gewesen sein.«

»Oder sonst jemand, der zum Lehrerzimmer Zutritt hat«, bemerkte Lynley.

Orten konterte auf eine Art, die keinen Zweifel daran ließ, daß er das für ausgeschlossen hielt. »Der Direktor, die Küchenmädchen. Die Ehefrauen. Und wer sonst?«

Der Pförtner. Lynley sagte es nicht; es war auch nicht nötig. Orten wurde langsam rot.

Lynley und Barbara blieben neben dem Bentley stehen. Als Barbara sich eine Zigarette anzündete, runzelte Lynley unwillig die Stirn. Sie bemerkte es im Aufsehen und hob abwehrend ihre kurzfingrige Hand.

»Sagen Sie es ja nicht«, warnte sie. »Sie wissen doch genau, daß Sie mir den Glimmstengel am liebsten aus dem Mund reißen und selbst rauchen würden. Ich steh wenigstens zu meinen Lastern.«

»Sie brüsten sich mit ihnen«, erwiderte er. »Sie posaunen sie in die Welt hinaus. Gehört das Wort Tugend überhaupt zu Ihrem Vokabular, Sergeant?«

»Das hab ich zusammen mit Selbstbeherrschung längst über Bord geschmissen.«

»Dacht ich's mir doch.« Er blickte die Auffahrt hinauf, die sich unter einer mächtigen Buche sanft nach links schwang und von dort weiter zu dem Weg, der zur Remise, den Jungenwohnheimen und dem naturwissenschaftlichen Gebäude führte. Mit seinen Gedanken war er bei den Informationen, die Orten ihnen gegeben hatte.

»Was ist?« fragte Barbara.

Lynley lehnte sich an den Wagen, rieb sich mit einer Hand nachdenklich das Kinn und bemühte sich, den Tabakgeruch zu ignorieren. »Es ist Freitag nachmittag. Sie haben Matthew Whateley in ihre Gewalt gebracht. Wo verstecken Sie ihn, Sergeant?«

Sie schnippte die Asche auf den Boden und zerrieb sie mit der Schuhspitze. »Das kommt wahrscheinlich darauf an, was ich mit ihm vorhabe. Und wie ich's anstellen will.«

»Weiter.«

»Wenn ich mich ein bißchen mit ihm vergnügen wollte – so nach Art des Schulpäderasten –, so würde ich ihn irgendwohin schleppen, wo er auf keinen Fall gehört werden kann, falls ihm das Spielchen nicht so gut gefallen sollte wie mir.«

»Und wo wäre das?«

Sie ließ den Blick suchend über das Gelände schweifen, während sie antwortete. »Freitag nachmittag. Die Jungen sind alle auf dem Spielfeld. Es ist nach dem Mittagessen, also hielte ich mich der Küche fern, wo die Leute beim Abspülen und Saubermachen sind. Die Wohnheime sind auch nicht sicher, weil da immer jemand kommen kann. Ich würde mir also einen Lagerraum suchen. Im Theaterbau vielleicht. Oder bei den Mathematikern oder Naturwissenschaftlern.«

»Nicht in einem Gebäude um den Haupthof?«

»Die sind dem Verwaltungstrakt zu nahe. Es sei denn –«

»Ja?«

»Die Kapelle. Die Sakristei. Der Probensaal daneben.«

»Alles ziemlich riskant für ein Rendez-vous, wie es Ihnen vorschwebt.«

»Ja, wahrscheinlich. Aber nehmen wir mal an, mir schwebt was anderes vor. Ich schnapp mir den Jungen nur, um ihm ein bißchen Angst einzujagen. Aus Jux. Weil ich mit jemandem gewettet habe. Dann würde ich ihn woanders hinbringen. Es müßte nicht abgelegen sein. Es müßte nur ausreichen, um ihm einen Heidenschiß einzujagen.«

»Zum Beispiel?«

»In den Glockenturm rauf, aufs Dach. Absolut ideal, wenn der Kleine Höhenangst hat.«

»Aber schwer zu bewältigen, wenn er sich wehren sollte, meinen Sie nicht.«

»Aber wenn's jemand wäre, dem er vertraut oder den er bewundert und von dem er glaubt, keine Angst haben zu müssen, würde er bestimmt brav mitgehen.«

»Na gut«, meinte Lynley. »Chas Quilter hat Ihnen gestern das Gelände gezeigt. Haben Sie die Anlage einigermaßen im Kopf?«

»Ganz gut, ja.«

»Dann schauen Sie sich mal um. Sehen Sie, ob Sie einen Ort entdecken, wo man Matthew mindestens ein paar Stunden lang versteckt halten könnte, ohne daß jemand etwas merkte.«

»Soll ich mir vorstellen, ich wäre ein Päderast?«

»Wenn das notwendig ist. Ich werde mich jetzt mal mit John Corntel unterhalten.«

Sie ließ ihre Zigarette zu Boden fallen und trat sie aus. »Hat Sie der Päderast auf den Gedanken gebracht?« fragte sie.

»Ich hoffe es nicht«, antwortete er.

Während sie die Auffahrt hinunterging, steuerte er auf den Seitenweg zu, der ihn zum Haus Erebos führen würde, wo John Corntel seine Privaträume hatte. Aber er war gerade erst bis zur Abzweigung gekommen, als er jemanden seinen Namen rufen hörte. Er drehte sich um und sah Elaine Roly kommen, die im Laufen in die Ärmel einer schwarzen Strickjacke schlüpfte. Große Wasserflecken verdunkelten ihr Kleid.

»Das war wahrhaftig eine gründliche Wäsche«, sagte sie lachend und wischte über die Flecken, als könne sie sie dadurch trocknen. »Mit so kleinem Gemüse hab ich leider keine besonders glückliche Hand. Aber wenn sie ein bißchen älter sind, werde ich gut mit ihnen fertig.«

»Wie Sie das ja im Haus Erebos bewiesen haben«, erwiderte Lynley.

»Ja. Sind Sie auf dem Weg dorthin? Ich komme gleich mit, wenn es Ihnen recht ist.«

Sie setzte sich in Bewegung. Lynley ging schweigend neben ihr her. Er wartete auf eine Erklärung. Gewiß hatte nicht ein plötzlicher Wunsch nach Begleitung auf dem Rückweg zum Wohnheim sie dazu veranlaßt, ihm nachzulaufen. Er hörte sie seufzen.

»Frank Orten hat Ihnen nichts von seiner Tochter gesagt, Inspector.« Sie zupfte an den Knöpfen ihrer Jacke, als wollte sie sich vergewissern, daß sie fest saßen. »Sie werden glauben, er will Ihnen etwas verheimlichen. Ich könnte mir denken, daß Sie es leicht merken, wenn jemand nicht ganz offen ist.«

»Ja, ich hatte den Eindruck, daß er mir etwas verschwieg.«

»Das stimmt. Aber der Grund dafür ist sein Stolz, nicht etwa das schlechte Gewissen. Außerdem muß er an seine Stellung denken. Er will sie auf keinen Fall verlieren. Das ist verständlich, nicht? Der Direktor kann ziemlich hart sein, wenn man seine Pflicht vernachlässigt. Auch wenn man's aus einer Notlage tut.« Sie sprach hastig.

»Samstag abend?« fragte Lynley.

»Er hat nicht gelogen. Er hat Ihnen nur nicht alles gesagt.

Aber er ist ein anständiger Mensch. Zuverlässig und ehrlich. Er hat mit Matthews Verschwinden nichts zu tun.«

»Frank ist geschieden, Inspector«, sagte Elaine Roly. »Ich kann mir nicht denken, daß er es Ihnen gesagt hat. Es war, nach dem wenigen, was er mir erzählt hat, ziemlich schlimm für ihn. Während er in Gibraltar stationiert war, fing seine Frau etwas mit einem anderen Unteroffizier an. Frank war damals wohl etwas naiv. Er merkte es erst, als sie ihm sagte, sie wolle sich scheiden lassen. Er war völlig verbittert. Er quittierte den Dienst, ließ seine beiden Töchter bei seiner Frau in Gibraltar und kehrte nach England zurück. Er fing dann sofort hier in Bredgar Chambers an.«

»Wie lange ist das her?«

»Siebzehn Jahre, wie er sagte. Die eine Tochter lebt jetzt in Spanien. Die andere, die jüngere, Sarah, lebt in Tinsley Green in der Nähe von Crawley. Sie kommt mit ihrem Leben nicht zurecht. Zweimal geschieden und Alkoholprobleme. Frank gibt sich selbst die Schuld an ihren Schwierigkeiten – weil er sie und ihre Schwester im Stich gelassen hat. Er macht sich ganz fertig damit. Sarah rief Frank am Samstag abend an«, fuhr Elaine Roly fort. »Er konnte die Kinder weinen hören. Und sie selbst weinte auch und redete von Selbstmord. Das tut Sarah leicht mal. Sie hatte Krach mit ihrem derzeitigen Freund gehabt, nehme ich an.«

Elaine Roly neigte sich zu Lynley hinüber und berührte leicht seinen Arm, während sie mit Nachdruck sagte: »Frank ist am Samstag zu seiner Tochter gefahren, Inspector. Er hätte eigentlich Dienst gehabt. Er gab dem Direktor nicht Bescheid. Er war nämlich erst am Dienstag bei ihr gewesen – das ist sein regulärer freier Abend –, und der Direktor hätte vielleicht einen zweiten Abend in einer Woche nicht genehmigt. Als Frank den Anruf bekam, fuhr er voll Panik einfach los. Und es war ein Glück.«

»Wieso?«

»Weil Sarah bewußtlos war, als er in Tinsley Green ankam. Er brachte sie sofort ins Krankenhaus.«

Die Geschichte erklärte Ortens abwehrende Haltung. Aber selbst wenn sich die Wahrheit dieses Berichts mit ein paar kurzen Anrufen überprüfen ließ, hatte Elaine Roly doch, ohne sich dessen bewußt zu sein, hinsichtlich der Ereignisse des vergangenen Wochenendes eine neue Perspektive eröffnet. Tinsley Green war nämlich nicht mehr als dreieinhalb Kilometer von der M 23 und dem Netz von Landstraßen entfernt, die nach Stoke Poges führten.

»Sind die Kinder seit Samstag abend bei ihm?«

In aller Unschuld schwärzte sie ihn an. »Nein, nicht direkt. Gleich nachdem er einen Rettungswagen gerufen hatte, bat er mich telefonisch, die Kinder bei der Nachbarin abzuholen. Sie ist eine alte Frau, die Sarah sehr gern hat, aber man konnte ihr nicht zumuten, die Jungen über Nacht bei sich zu behalten. Darum bin ich hingefahren und hab sie geholt. Sie waren bis Sonntag nachmittag in meiner Wohnung in Erebos.«

»Sie sind selbst nach Tinsley Green gefahren?«

»Ja.«

»Wie sind Sie hingekommen?«

»In meinem Wagen.« Sie fügte hastig hinzu: »Mr. Lockwood war nicht – Mr. Corntel wußte Bescheid. Ich war bei ihm und erklärte ihm alles. Er ist ein wirklich feiner Mensch. Er ließ mich sofort fahren. Ich mußte nur dem Hausältesten und den Großen, die im Haus wohnen, Bescheid sagen, damit sie sich im Notfall um die Kleinen kümmern konnten. Obwohl es, wenn Sie mich fragen, nicht ratsam ist, sich auf Brian Byrne zu verlassen. Aber das war eben ein Notfall...« Sie zuckte bedauernd die Achseln.

»Es war also offenbar kein Geheimnis, daß Sie wegfahren wollten. Wie wollte denn Mr. Orten seinen Ausflug nach

Tinsley Green dem Direktor verschweigen, wenn Sie alles so offen erzählten?«

»Frank wollte es nicht auf Dauer verschweigen, Inspector. Er hatte die feste Absicht, es Mr. Lockwood zu sagen. Er hat es auch jetzt noch vor. Aber dann kam die ganze Aufregung mit Matthew Whateley, und es schien Frank nicht der geeignete Zeitpunkt zu sein, um über ein paar Stunden Abwesenheit vom Dienst zu reden. Das verstehen Sie doch sicher?«

Lynley wich der letzten Frage aus. »Dann war er wohl gerade erst aus Tinsley Green zurückgekommen, als er Sonntag nacht sah, daß das Feuer am Müllverbrennungsplatz wieder aufgeflammt war.«

»Ja. Aber das wollte er Ihnen nicht sagen. Mr. Lockwood ist, wie gesagt, ziemlich unnachsichtig und dazu im Augenblick sehr nervös. Aber Frank ist fest entschlossen, in ein paar Tagen, wenn sich alles ein bißchen beruhigt hat, mit ihm zu sprechen.«

»Um welche Zeit sind Sie nach Tinsley Green gefahren?«

»Ich?« Sie tippte sich mit dem Finger auf die Brust. »Ich weiß nicht mehr genau. Es muß nach neun gewesen sein. Halb zehn vielleicht.«

»Und wann sind Sie zurückgekommen?«

»Das weiß ich zufällig ganz genau. Es war zwanzig vor zwölf.«

»Sie sind auf direktem Weg hin und ebenso direkt wieder zurückgefahren?«

Sie zupfte an ihrem Spitzenkragen. Ihre Antwort hatte etwas Förmliches, das verriet, daß sie die Bedeutung und den Verdacht hinter Lynleys Fragen verstand. »Ja. Ich bin auf direktem Weg hin- und wieder zurückgefahren.«

»Und Freitag nachmittag? Freitag abend?«

Diese Fragen betrachtete Elaine Roly als Affront, und sie ließ es sich anmerken. »Was meinen Sie?« fragte sie kühl.

»Wo waren Sie da?«

»Am Nachmittag habe ich die Wäsche sortiert. Abends habe ich in meiner Wohnung ferngesehen.«

»Allein?«

»Ganz allein, Inspector.«

»Hm.« Lynley blieb stehen, um sich das Gebäude anzusehen, das sie jetzt erreicht hatten. »Haus Kalchas« stand über der Tür. »Was für seltsame Namen man diesen Wohnheimen gegeben hat«, bemerkte er. »Kalchas, der Agamemnon überredete, seine Tochter zu opfern, damit ihm die Götter günstige Winde für die Fahrt nach Troja schikken. Ein Bote des Todes.«

Ein Moment verstrich, ehe Elaine Roly antwortete. Ihre Stimme war wieder freundlich, als hätte sie sich entschlossen, die Beleidigung in Lynleys vorangegangenen Fragen zu überhören. »Ob Todesbote oder nicht, Kalchas starb vor Schmach, als Mopsos sich als der bessere Mann erwies.«

»In Bredgar Chambers wartet wohl überall eine Belehrung, hm?«

»Das gehört zur Philosophie der Schule. Sie hat sich bewährt.«

»Dennoch glaube ich, daß ich mich in Haus Erebos wohler fühlen würde als in Kalchas. Lieber die Urfinsternis als den Boten des Todes. Sie sagten, daß Sie seit achtzehn Jahren dort tätig sind?«

»Ja.«

»Wie lange ist John Corntel dort Hausvater?«

»Im ersten Jahr. Er hat seine Sache gut gemacht. Sehr gut. Wirklich. Und es wäre auch so geblieben, wenn nicht –« Sie brach ab. Lynley sah sie an. Ihr Gesicht war ärgerlich.

»Wenn nicht Matthew Whateley auf der Bildfläche erschienen wäre?« fragte er.

Sie schüttelte den Kopf. »Matt hat nichts damit zu tun. Mr. Corntel sorgte gut für Matt, für alle Jungen, bis er abgelenkt wurde.« Sie sprach das letzte Wort wie einen Fluch, und Lynley brauchte sie nicht aufzufordern, weiterzusprechen. »Miss Bond«, erklärte sie. »Vom ersten Moment an, als sie letztes Jahr an die Schule kam, hat sie Mr. Corntel schöne Augen gemacht. Ich hab's sofort gemerkt. Sie sucht dringend einen Ehemann und ist fest entschlossen, ihn zu kapern. Diese kleine Hexe hat sich vorgenommen, ihm gründlich den Kopf zu verdrehen. Und hat's auch geschafft, wenn Sie's genau wissen wollen.«

»Aber Sie sagen, daß Mr. Corntel trotz der Ablenkung durch Emilia Bond gut für die Schüler sorgte, die ihm anvertraut waren. Keine Schwierigkeiten mit Matthew?«

»Überhaupt keine.«

»Haben Sie Matthew gekannt?«

»Ich kenne alle Jungen im Haus, Sir.«

»Hatte Matthew irgendeine Besonderheit? Ist Ihnen etwas aufgefallen, was andere vielleicht gar nicht bemerkt haben?«

Sie überlegte nur kurz, ehe sie antwortete: »Nur das mit den Farben eigentlich. Die Schildchen, die ihm seine Mutter in die Kleider genäht hatte, um ihm bei der Zusammenstellung der Farben zu helfen.«

»Ach, die Zahlen in den Kleidungsstücken? Ja, die sind mir aufgefallen. Sie muß sehr um sein Aussehen besorgt gewesen sein, daß sie sich soviel Mühe machte. Den meisten Jungen ist es doch völlig gleichgültig, was sie anziehen. Hat Matthew sich beim Anziehen wirklich an die Anweisungen seiner Mutter gehalten?«

Elaine Roly sah ihn erstaunt an. »Er mußte, Inspector. Er konnte die Farben nicht unterscheiden.«

»Er konnte die Farben nicht unterscheiden?«

»Nein. So eine Art Farbenblindheit, wissen Sie. Besondere Schwierigkeiten hatte er mit den Schulfarben. Das hat mir seine Mutter beim Elterntag selbst erzählt. Sie fürchtete, die Etiketten könnten sich bei der Wäsche lösen. Dann wäre Matt völlig hilflos, sagte sie. Anscheinend arbeiteten sie schon seit Jahren mit dem System, ohne daß ein Mensch etwas ahnte.«

»Und hier?«

»Hier hab's auch nur ich gewußt. Höchstens vielleicht noch die Jungen in Matts Schlafraum könnten was gemerkt haben.«

Und wenn – die Farbenblindheit des Jungen wäre sicher Anlaß zu Neckereien und Sticheleien gewesen, die Matthew Whateley sehr gequält hätten.

12

»John, wir müssen miteinander reden. Das weißt du. Wir können uns nicht bis in alle Ewigkeit aus dem Weg gehen. Ich halte das nicht aus.«

John Corntel hätte am liebsten nicht einmal aufgeblickt. Hätte den zaghaften Druck ihrer Hand auf seiner Schulter am liebsten ignoriert. Seit dem Ende des Morgengottesdienstes saß er in der kleinen Andachtskapelle, weil er hoffte, die Stille könne ihm als Ersatz für inneren Frieden dienen. Aber die Hoffnung war vergebens gewesen. Er spürte nur eine Kälte, die sich aus dem Inneren seines Körpers auszubreiten und alle Gefühle zu gefrieren schien. Mit der Kälte in der Kapelle hatte das nichts zu tun.

Auf Emilias Worte antwortete er nicht. Er ließ seinen Blick von dem Marmorengel auf dem Altar zu den Gedenktafeln an den Wänden schweifen. »Geliebter Schüler«, las er. »Edward Hsu«, geliebter Schüler. Wie wunderbar war es, in diesen Worten die tiefe Verbindung zu erkennen, die zwischen zwei Menschen bestehen konnte, wenn der eine lehren und der andere lernen wollte. Hätte er selbst, dachte er, seine Schüler mehr geliebt, hätte er sich ihnen so zugewendet, wie er sich anderen Dingen zugewendet hatte, so befände er sich jetzt nicht in solchem inneren Aufruhr.

»Ich weiß, daß du erst um zehn Unterricht hast, John. Wir müssen reden.«

Ihm war klar, daß er es nicht länger vermeiden konnte. Diese letzte Aussprache mit Emilia stand seit Tagen ins Haus. Er hatte lediglich gehofft, sie ein wenig hinausschieben zu können, etwas mehr Zeit zu gewinnen, um die Gedanken und Worte zu sammeln, die ihm helfen sollten, ihr das Unerklärliche zu erklären. Hätte sie ihm eine Woche Zeit gelassen, so wäre es ihm vielleicht gelungen, die inneren Kräfte zu mobilisieren, die er brauchte, um das Gespräch einigermaßen über die Runden zu bringen, ohne völlig zusammenzuklappen.

Aber er hätte wissen müssen, daß Emilia keine Frau war, die geduldig wartete, bis der andere zu ihr kam.

»Es geht jetzt nicht«, sagte er. »Wir können hier nicht miteinander reden.«

»Dann gehen wir ein Stück. Die Spielfelder sind um diese Zeit alle frei. Da hört uns niemand.«

Sie wirkte sehr entschlossen, aber als Corntel sie nun doch anblickte – wie sie da in der zu großen schwarzen Robe neben ihm stand –, sah er, daß ihr Gesicht bleich war, die Augen rot und verschwollen. Zum erstenmal seit Tagen erwachte in ihm ein Gefühl für einen anderen Menschen, das ihn einen Moment lang aus der Selbstbetrachtung und der Isolation der Verzweiflung riß. Aber das Gefühl verging gleich wieder, und sie standen einander gegenüber wie zuvor, durch einen Abgrund getrennt, den Worte allein nicht überbrücken konnten. Sie war so jung, zu jung. Wieso hatte er das vorher nicht wahrgenommen?

»Komm, John«, sagte sie. »Bitte. Komm mit.«

Ja, ein letztes Gespräch wenigstens schuldete er ihr wohl.

Es war vielleicht albern anzunehmen, daß einige zusätzliche Tage der Vorbereitung – einige zusätzliche Tage der Vermeidung – dieses letzte Beisammensein einem von ihnen leichter oder erträglicher gemacht hätte.

»Na gut«, sagte er und stand auf.

Sie verließen die Kapelle, durchquerten im Schatten des Standbilds von Heinrich Tudor den Hof und traten durch das Westtor auf der anderen Seite.

Emilia hatte recht gehabt. Abgesehen von einem Gärtner, der das Gras am Fuß einer Kastanie am Spielfeldrand schnitt, war kein Mensch hier. Er hätte ihr und sich das Gespräch gern erleichtert, aber die Hemmungen unter denen er im Umgang mit Frauen immer schon gelitten hatte, behinderten ihn auch jetzt. Sie war es, die zuerst sprach, aber ihre Worte konnten die Spannung zwischen ihnen nicht lockern.

»Ich liebe dich, John. Ich kann es nicht mitansehen, wie du mit dir selbst umgehst.«

Sie hielt den Kopf gesenkt, die Augen zu Boden gerichtet, auf den Rasen vor ihren Füßen. Sie reichte ihm nicht einmal bis zur Schulter, und beim Anblick ihres hellen, weichen Haars mußte Corntel an das feine Engelshaar denken, mit dem seine Mutter zu Weihnachten immer den Baum geschmückt hatte.

»Ich bin es nicht wert«, sagte er. »Das weißt du jetzt, wenn du es nicht schon vorher gewußt hast.«

»Ja, erst dachte ich auch so«, bestätigte sie. »Ich glaubte, du hättest mich ein Jahr lang an der Nase herumgeführt und mir vorgemacht, du seist ein ganz anderer als – Freitag abend. Aber ich kann es nicht glauben, John, so sehr ich es versuche. Ich liebe dich.«

»Nein.«

»Ich weiß, was du denkst. Du denkst, ich glaube, du hättest Matthew Whateley getötet. Es würde ja passen, nicht wahr? Was würde besser passen? Aber ich glaube nicht, daß du ihn getötet hast, John. Ich glaube nicht, daß du ihn auch nur angerührt hast. Ich bin mir sogar nicht einmal sicher...« sie sah ihn an und lächelte liebevoll... »daß du Matthew überhaupt bemerkt hast. Du wirkst immer ziemlich zerstreut, weißt du.«

Sie bemühte sich um Lockerheit. Aber es wirkte gekünstelt.

»Das ändert nichts«, entgegnete Corntel. »Ich war für Matthew verantwortlich. Es ist nicht anders, als hätte ich ihn mit eigener Hand getötet. Wenn die Polizei einmal das Schlimmste über mich weiß, werde ich größte Mühe haben, sie von meiner Schuldlosigkeit zu überzeugen.«

»Von mir erfahren sie nichts. Das schwöre ich.«

»Tu das nicht. Du wirst vielleicht feststellen, daß du dieses Versprechen nicht halten kannst. Thomas Lynley kann man nicht so leicht täuschen. Und er wird sicher bald mit dir sprechen, Em.«

Sie hatten die Mitte des Spielfeldes erreicht. Emilia blieb stehen und drehte sich um, so daß sie ihm voll ins Gesicht sehen konnte.

Sie faßte seinen Arm. »Meinst du, er wird glauben, du hättest den Jungen von hier fortgebracht? Du hättest ihn gefoltert und ermordet, ihn dann auf diesen Friedhof geschleppt, und wärst seelenruhig in die Schule zurückgekehrt, so eiskalt, daß du sogar fähig warst, persönlich zur Polizei zu gehen und um ihre Hilfe zu bitten?«

Er blickte auf ihre Hand, die klein und weiß auf dem Schwarz seiner Robe lag. »Du weißt, daß es so gewesen sein könnte.«

»Nein! Du warst neugierig, John. Weiter nichts. Das besagt gar nichts. Du glaubst nur, daß es etwas besagt, weil ich völlig den Kopf verloren hatte. Ich habe mich idiotisch benommen. Ich wußte nicht, was ich tun sollte.«

»Du hast mich nicht gekannt. Nicht ganz. Ganz kennengelernt hast du mich erst am Freitag abend. Und jetzt weißt du das Schlimmste. Wie wollen wir es nennen, das, was du jetzt weißt, Emilia? Eine Krankheit? Eine Perversion? Wie?«

»Ich weiß es nicht. Es ist mir gleich. Es hat mit Matthew Whateley nichts zu tun. Und es hat nichts, aber auch gar nichts mit uns zu tun.«

Corntel hörte die Überzeugtheit in ihrer Stimme und bewunderte sie dafür, gerade weil er wußte, daß es in Wirklichkeit kein *uns* mehr gab; wahrscheinlich nie gegeben hatte.

»John«, sagte sie, »da kommt Inspector Lynley.«

Die Schüler der Theaterklasse arbeiteten an einer maskenbildnerischen Aufgabe, die sie in der vergangenen Woche in einem der Unterrichtsräume auf der Westseite des Theatergebäudes mit zeichnerischen Entwürfen begonnen hatten; jetzt waren sie in die vier Garderoben verteilt und mühten sich, nach den zu Papier gebrachten Vorbildern, etwas zu schaffen, das vom künstlerischen Standpunkt den Anspruch auf Wirklichkeit hatte, um sich dann der kritischen Begutachtung ihres Lehrers zu stellen.

Chas Quilter fühlte sich fehl am Platz angesichts des Enthusiasmus' und des Elans, mit dem die anderen sich in diese Arbeit stürzten. Das ging ihm in diesem Kurs häufig so, aber so ausgeschlossen wie heute hatte er sich selten gefühlt. Das Herumstöbern in Schminkkästen, das Experimentieren mit Perücken und Bärten, mit diesem Lidschatten oder jenem Make-up hatte die ganze Gruppe in eine Begeisterung versetzt, die er nicht teilen konnte, wenn er auch ihre Hingabe und die Freude an der Aufgabe verstand. Sie hatten Theaterwissenschaft im Hauptfach und wollten darin ihr Abschlußexamen ablegen, wild entschlossen, nach entsprechendem Universitätsstudium die Londoner Bühne zu erobern. Er hatte den Kurs nur gewählt, um in seinem letzten Jahr in Bredgar Chambers ja keine freie Minute zu haben. Für ihn war es ein Mittel zu vergessen. Meistens hatte er diesen Zweck erfüllt. Heute klappte es gar nicht.

Clive Pritchard war schuld daran. Er teilte die Garderobe mit Chas, und es war kein Dritter da, der als Puffer die niederwalzende Wirkung von Clives lautem, unangenehmen Wesen wenigstens teilweise hätte abfangen können.

Die Maske, die er für sich entworfen hatte, entsprach genau seinem Wesen. Während die anderen Schüler den Anweisungen des Lehrers gefolgt waren und sich Helden elisabethanischer Tragödien ausgewählt hatten, denen sie Gesichter geben wollten, war Clive in eine Phantasiewelt eingetaucht und hatte sich in eine Kreuzung zwischen *Quasimodo* und dem *Phantom der Oper* verwandelt.

Zu seiner Maske gehörte ein lang herabbaumelnder Ohrhänger, bei dessen Anblick sich Chas an den Oktoberabend im Oberstufen-Club erinnerte, als Clive sich mit einer Polsternadel das Ohr durchstochen hatte.

Clive hatte den ganzen Abend Whisky getrunken, den er nach den Ferien heimlich eingeschmuggelt hatte. Und je mehr er getrunken hatte, desto lauter, überheblicher und aggressiver war er geworden. Er wollte unbedingt die allgemeine Aufmerksamkeit auf sich ziehen, und als er das mit bloßer Angeberei, mit einer Tätowierung, die er sich mit Federmesser und Tusche in den vergangenen Ferien selbst an den Innenarm geritzt hatte, nicht erreichte, versuchte er sein Publikum durch eine realistischere Zurschaustellung seiner selbstzerstörerischen Neigungen zu fesseln. Es war klar, daß er die Vorstellung von Anfang an geplant hatte; Polsternadeln gehörten nicht zu den Gegenständen, die ein Schüler gewöhnlich in der Hosentasche hat. Doch Clive hatte eine herausgezogen und sie, ohne mit der Wimper zu zucken, an sein Ohrläppchen gesetzt. Chas erinnerte sich lebhaft der Szene: wie die lange gebogene Nadel sich in Clives Ohrläppchen gebohrt hatte und auf der anderen Seite wieder herausgekommen war. Er hatte nicht gewußt, daß ein Ohr so stark bluten konnte. Eines der Mädchen war ohnmächtig geworden. Zwei anderen war übel geworden. Und Clive hatte die ganze Zeit gegrinst wie ein Irrer.

»Na? Dir gefallen?« Clive, der bis jetzt vor dem Spiegel gestanden hatte, wirbelte herum, um seine Maske zu zeigen, eine Perücke mit schütterem Haar, faulende Zähne, rotumrandete Triefaugen, durch kleine Korken weit geblähte Nasenlöcher. »Das ist doch besser als dein blutarmer Hamlet, Quilter, gib's zu.«

Es bereitete Chas keine Schwierigkeiten, es anzuerkennen. Er hatte Hamlet gewählt, weil es leicht gewesen war, die entsprechende Maske zu entwerfen. Sie verlangte nur ein Minimum an Verwandlung, da er vom Typ her der allgemeinen Vorstellung von der Gestalt des Dänenprinzen von vornherein entsprach. Der Entwurf seiner Maske hatte weder künstlerischer Begabung noch künstlerischer Gestaltungskraft bedurft, aber das war ihm gleichgültig. Er konnte sich sowieso nicht für die Arbeit begeistern. Er konnte sich seit Monaten für nichts mehr begeistern.

Clive tänzelte wie ein Boxer umher. »Na los, Quilter. Gib's schon zu. Wenn die Hasen in Galatea die Visage sehen, fallen sie reihenweise um. Und wenn sie dann alle Viere von sich strecken –« Er lachte und schob in eindeutiger Bewegung sein Becken vor. »Das ist wie 'ne Art Nekrophilie, wenn man's mit einer Ohnmächtigen treibt. Heiß, sag ich dir. Aber das weißt du ja schon, was?«

Die Worte huschten an Chas vorbei. Er dachte nur daran, wie froh er war, daß Clive sich nicht die Vertraulichkeit herausnahm, ihn beim Vornamen zu nennen. Das war ein positives Zeichen. Es sagte ihm, daß er trotz allem noch nicht ganz verloren hatte.

»Hey, mit dem Gesicht könnte ich mich gut anschleichen, was, Quilter?« fragte Clive und demonstrierte sein Vorhaben sogleich, indem er auf Zehenspitzen durch das Zimmer schlich, verstohlen in einen Spiegel sah, hinter einem Kleiderständer verschwand und mit einem Sprung wieder hervorkam. »Ich schleich mich über den Hof. Es ist dunkel, verstehst du?« Er nahm sich einen Umhang vom Ständer, legte ihn um die Schultern und führte die Szene vor, die er beschrieb. »Ich könnte mich nach Galatea rüberschleichen und mal schauen, was der alte Cowfrey Pitt und seine Angetraute so treiben, aber heut abend hab ich was anderes vor. O ja, was ganz anderes.« Er grinste. Seine Eckzähne waren lang, Wolfszähne. »Heute abend guck ich mal unserem Herrn Direktor auf die Finger. Ich werde die Wahrheit ergründen. Bumst der alte Lockwood wirklich in der Robe? Bumst er seine Frau oder ist ihm vielleicht so ein appetitlicher kleiner Sextaner lieber? Oder nimmt er sich jede Nacht ein anderes Mädchen aus Galatea oder Eirene? Und wenn er auf ihnen rumrammelt wie ein alter Bock, stöhnen sie dann, ›Ooooh, oooh Herr Direktor, das tut ja so gut. Sie sind ein toller Liebhaber!‹ Ich allein werde wissen, was vorgeht, Quilter. Und wenn sie dann total ausgepumpt von ihren Liebesübungen hochschauen und mein Gesicht am Fenster sehen – diese Fratze! –, haben sie keine Ahnung, wer ihnen zugeschaut hat. Ha, ha! Sie werden Zeter und Mordio schreien vor lauter Schreck, daß sie erwischt worden sind.« Er wirbelte den Umhang zur Seite und blieb, die Hände an den Hüften, den Kopf zurückgeworfen, mit gespreizten Beinen stehen.

Das Erscheinen Brian Byrnes enthob Chas der Notwendigkeit, den erwarteten Beifall zu spenden. Clive stürzte sich mit lautem Geheul auf Brian und brach in schallendes Gelächter aus, als dieser erschrocken zurückwich.

»Mann o Mann! Du solltest dein Gesicht sehen!« Clive packte sein Cape und posierte, den Arm über der Brust gekreuzt, die Hand auf der Schulter. »Na, was sagst du, Bri?!«

Brian schüttelte langsam den Kopf, während sich ein bewunderndes Lächeln auf seinem Gesicht ausbreitete. »Toll«, sagte er.

»Wieso bist du nicht beim Unterricht, Jungchen?« Clive trat zum Spiegel und probierte Grimassen aus.

»Ich hab mich befreien lassen«, antwortete Brian. »Furchtbare Kopfschmerzen. Du weißt schon.«

»Aha, hast wohl bei der guten Mrs. Laughland ein paar heiße Griffe ausprobiert, hm?«

»Bestimmt nicht mehr als du.«

»Nicht mehr als jeder andere.« Clive zwinkerte grinsend und wandte seine Aufmerksamkeit Chas zu. »Außer vielleicht Freund Quilter. Bist unter die Mönche gegangen, was? Als gutes Beispiel für alle Mädchen und Buben, wie sich das für den Schulpräfekten gehört.« Er zog die Haut unter seinen Augen soweit herunter, daß es wehtun mußte, aber ihm war kein Schmerz anzusehen. »Bißchen spät, würd ich sagen. Das ist doch das reinste Sündenbabel hier.«

Chas senkte den Blick zu dem Schminkkasten auf dem Tisch unter dem Spiegel. Die Farben verschwammen vor seinem Blick: eine Palette von Lidschatten, Rouge in den verschiedenen Schattierungen, zwei Tuben Fettschminke. Alles verschmolz vorübergehend miteinander.

»Mann o Mann!« sprach Clive weiter. »Wenn du wüßtest, was für 'ne Schwester ich mir am Samstag abend geschnappt hab, Bri. Du hättest dabei sein sollen, da hättest du auch 'ne Nummer zischen können. So 'ne kleine Tussie auf der Durchfahrt. Hab sie draußen vor dem Pub in Cissbury getroffen und da hab ich ihr gezeigt, was Sache ist. Die hat vielleicht gejuchzt.« Er machte einen kleinen Tanzschritt. »Mensch, ich wollt, ich hätte jetzt 'ne Zigarette.«

Brian griff grinsend in die Tasche seines Blazers und zog eine Packung Zigaretten heraus. »Hier.« Er warf sie Clive zu. »Kannst sie behalten.«

»Klasse, Bri. Vielen Dank.«

»Aber hier rauchst du nicht«, sagte Chas.

»Und warum bitte nicht?« fragte Clive. »Willst du mich vielleicht melden? Damit ich von Lockwood eine Verwarnung kriege?«

»Gebrauch zur Abwechslung mal deinen Verstand. Wenn du welchen hast.«

Clive erstarrte. Er wollte etwas erwidern, aber Brian kam ihm zuvor.

»Er hat recht, Clive. Heb sie dir für später auf. Okay?«

Clive blickte finster von einem zum andern. »Na schön. Meinetwegen. Ich hau jetzt ab. Danke, Bri. Für die Ziggis. Du weißt schon.«

Er ging hinaus, und einen Moment später hörten Chas und Brian ihn einigen anderen Schülern zurufen, die sich auf der Bühne versammelt hatten. Die Mädchen kreischten zufriedenstellend bei seinem Erscheinen. Die Maske war offensichtlich ein durchschlagender Erfolg.

Chas drückte die Faust auf den Mund und schloß die Augen. »Wie kannst du den ertragen?« fragte er.

Brian zog sich einen Hocker heran und setzte sich. Lächelnd zuckte er die Achseln. »So übel ist er gar nicht. Da ist ein Haufen Schau dabei. Man muß ihn nur verstehen.«

»Ich will ihn gar nicht verstehen.«

Brian hob den Arm und wischte mit einer Hand über Chas' Schulter. »Puder«, erklärte er. »Du bist überall voll. Auf der Hose auch. Warte, ich mach's dir weg.«

Abrupt stand Chas auf, ging ein paar Schritte weg.

»Bald sind Ferien«, sagte Brian. »Weißt du jetzt schon, ob du mit mir nach London kommst? Meine Mutter fährt mit ihrem Freund nach Italien. Da haben wir die Bude für uns allein.«

Es mußte eine akzeptable Entschuldigung geben! Es mußte einen plausiblen Grund geben. Aber es fiel ihm keiner ein. Jede Ausrede würde als Zurückweisung verstanden werden, und das war gefährlich. Das konnte er nicht riskieren.

»Brian«, sagte er, »wir müssen miteinander reden. Nicht hier. Nicht jetzt. Aber wir müssen reden. Ich meine, wirklich miteinander reden. Ich muß dir ein paar Sachen erklären.«

Brian machte große Augen. »Reden? Na gut. Klar. Wann du willst und wo du willst.«

Chas wischte sich die feuchten Hände an der Hose ab.

»Ich muß mit dir *reden*«, wiederholte er.

Brian stand auf und faßte Chas bei der Schulter. »Aber klar«, antwortete er. »Wozu sind Freunde sonst da?«

Emilia Bond erbot sich, einen Aushilfslehrer zu besorgen, der John Corntels Englischstunde um zehn übernehmen konnte, und trennte sich vor Haus Erebos von den beiden Männern. Lynley und Corntel traten nicht durch die Haupttür ein, die die Schüler gewöhnlich benutzten, sondern durch eine kleine Tür am Westende des Gebäudes, und gelangten direkt in Corntels Wohnung.

Lynley war überrascht. Es war, als wäre man mit einem Schlag in die Nachkriegszeit versetzt worden, wo man von Möbeln nichts als solide Gediegenheit verlangt hatte. Schwere Sofas und Sessel mit Schondeckchen auf den Armlehnen; Ahorntische von plumper Linienführung; Lampen mit phantasielosen Schirmen; gerahmte Blumendrucke an den Wänden. Sicher war jedes Stück beste handwerkliche

Arbeit, aber die Gesamtwirkung war spießig, als seien die Räume von einer alten Witwe eingerichtet worden, die peinlich darauf bedacht war, ihre Wohlanständigkeit zu demonstrieren.

Corntels Arbeitszimmer sah nicht anders aus: ein wuchtiger Schreibtisch, eine Sitzgarnitur, die mit geblümtem Kretonne bezogen war, und ein niedriger Tisch, bei dem die Seitenteile herunterzuklappen waren. Auf dem Tisch standen ein Keramikkrug und ein voller Aschenbecher, allem Anschein nach einer der zwei Gegenstände, die Corntel selbst in dieses Zimmer gebracht hatte. Der andere war seine Bibliothek, die sehr viel Raum einnahm. Bücher überall – auf Regalen, in Stapeln unter dem Schreibtisch, eingezwängt in schmale Fächer links und rechts vom offenen Kamin.

Corntel öffnete die Vorhänge, die halb zugezogen gewesen waren. Lynley bemerkte, daß man von hier aus Kalchas im Blick hatte und einen Fußweg dorthin, der keine sechs Meter am Fenster vorüberführte. Ungestört war man in diesem Raum wohl tatsächlich nur bei geschlossenen Vorhängen.

»Kaffee?« Corntel wies auf einen Einbauschrank. »Ich habe eine Espressomaschine, wenn du eine Tasse probieren willst.«

»Danke, gern.«

Während Lynley zusah, wie Corntel den Kaffee bereitete, erinnerte er sich an Elaine Rolys Worte. »Die kleine Hexe will ihm gründlich den Kopf verdrehen. Und es ist ihr auch gelungen, wenn Sie's genau wissen wollen.« Er fragte sich, ob zwischen der Behauptung Elaine Rolys und der gegenwärtigen Verfassung Corntels ein Zusammenhang bestand.

Selten hatte er einen Menschen mit so brüchiger Fassade erlebt. Die Emotionen brodelten dicht unter der Oberfläche. Das verriet der Blick, der dem Lynleys nicht standhalten konnte; die Hände, die mit den Dingen so ungeschickt umgingen, als erhielten sie vom Gehirn falsche Befehle; die gekrümmten Schultern, die vorgezogen waren wie eine Schutzhülle; seine eintönige Stimme. Es war schwer vorstellbar, daß Corntel einzig durch die Liebe zu einer Frau, ob nun unerwidert oder nicht, in einen solchen Zustand kaum verhohlener innerer Bedrängnis geraten sein sollte. Der Ausdruck, den Lynley auf Emilia Bonds Gesicht gesehen hatte, als er den beiden auf dem Spielfeld entgegengegangen war, hatte ihm den Eindruck vermittelt, daß die Liebe, wenn es wirklich das war, was Corntels Seelenfrieden bedrohte, durchaus erwidert wurde. Worunter aber litt John Corntel dann? Lynley glaubte, die Ursache gut zu kennen. Bei jemandem, der mit dem gleichen Leiden geschlagen ist wie man selbst, erkennt man die Symptome im allgemeinen leicht.

»Wie hieß der Junge in Eton, der so ein Talent dafür hatte, dem Aufsichtslehrer ein Schnippchen zu schlagen?« fragte Lynley. »Du weißt, wen ich meine. Ganz gleich, wer abends oder am Wochenende Aufsichtsdienst hatte, er wußte immer genau, wie der Ablauf war – wann der Mann die Runde machen würde, wann die Türen überprüft werden würden, wann ein Überraschungsbesuch im Wohnheim fällig war. Erinnerst du dich?«

Corntel schob den kleinen Kaffeebehälter aus Metall in die Espressomaschine. »Rowton. Er behauptete, er könne hellsehen.«

Lynley lachte leise. »Das muß wohl gestimmt haben. Er hat sich nie geirrt, soweit ich mich erinnere.«

»Und die ganze Begabung vergeudete er dafür, nachts zu einem Mädchen in Windsor zu schleichen. Wußtest du das? Sie bekam dann ein Kind von ihm.«

»Ich kann mich nur erinnern, daß die anderen ihm dauernd wegen der Prüfungen in den Ohren lagen. Wenn er schon hellsehen könne, verflixt noch mal, wieso könne er dann nicht mal schauen, was der alte Jervy sich für die Geschichtsarbeit am nächsten Dienstag ausgedacht habe?«

Corntel lächelte. »Wie sagte Rowton immer? ›So funktioniert das nicht, Freunde. Ich seh nur, was die Burschen tun oder tun werden, aber nicht, was sie denken.‹ Einer sagte mal, wenn er sehen könne, was sie tun würden, dann müsse er doch auch die Klassenarbeit sehen können; wenn eine Arbeit aufgeschrieben werde, sei das ja auch eine Tätigkeit.«

»Ja, und Rowton beschrieb darauf im Detail, wie Jervy über dem Entwurf für die Klassenarbeit saß. Wenn ich mich richtig erinnere, schilderte er uns sogar, wie Mrs. Jervy in Minirock und weißen Lackstiefeln ins Zimmer kam, um ihren Mann zum Essen zu rufen.«

»Mrs. Jervy war der Mode immer ein paar Jahre hinterher, nicht?« sagte Corntel lachend. »Gott, dieser Rowton war wirklich eine Marke. Ich habe seit Jahren nicht mehr an ihn gedacht. Wie bist du denn auf ihn gekommen?«

»Weil ich mich frage, wer hier am letzten Wochenende Aufsicht hatte, John. Warst du es?«

Corntel fingerte an der Espressomaschine, die laut zischend Dampf ausstieß, während Kaffee in eine Glaskanne zu rinnen begann. Corntel schenkte zwei Täßchen ein, stellte sie mit Zuckerdose und Milchkännchen auf ein Tablett und trug dieses zum Tisch. Er schob den Aschenbecher auf die Seite, leerte ihn aber nicht aus. Erst jetzt reagierte er auf Lynleys Frage.

»Du bist sehr geschickt, Tommy. Ich habe das nicht einmal kommen sehen. Hast du immer schon so ein Talent für den Überraschungsangriff besessen?«

Lynley nahm eine der Kaffeetassen und setzte sich in einen Sessel. Corntel folgte seinem Beispiel. Er stellte eine Gitarre auf die Seite – Lynley bemerkte, daß zwei Saiten gerissen waren – und ließ sich auf dem Sofa nieder. Seinen Kaffee hatte er auf dem Tisch stehen gelassen.

»Matthew Whateley hat in diesem Haus gewohnt«, erwiderte Lynley. »Du warst für sein Wohlbefinden verantwortlich. Am letzten Wochenende verschwand er. Ich habe den Eindruck, daß du dich in höherem Maße schuldig fühlst, als deiner Position als Hausvater angemessen wäre. Darum frage ich mich, ob du an diesem Wochenende auch Aufsichtsdienst für die ganze Schule hattest.«

Corntels Hände hingen schlaff zwischen den Knien herab. Er schien völlig preisgegeben. »Ja. Jetzt weißt du das Schlimmste. Ja.«

»Ich nehme an, du hast keinen Rundgang gemacht.«

»Könntest du mir glauben, wenn ich sage, daß ich es vergessen habe?« Er sah Lynley direkt an. »Ich habe es vergessen. Eigentlich war es nicht mein Aufsichtswochenende. Ich hatte ein paar Wochen vorher mit Cowfrey Pitt getauscht und habe es dann einfach vergessen.«

»Wer ist Cowfrey Pitt?«

»Der Deutschlehrer. Hausvater in Galatea, einem der Mädchenwohnheime.«

»Warum wollte er tauschen? Oder wolltest du es?«

»Nein, er. Ich weiß nicht, warum. Ich habe ihn nicht gefragt. Es machte mir sowieso nichts aus. Ich bin immer hier, es sei denn, es sind Ferien. Und selbst dann manchmal... Aber das interessiert dich nicht. Du weißt jetzt alles. Ich habe vergessen, die Runden zu machen. Es schien gar nicht weiter schlimm zu sein. Die meisten Schüler waren weg. Aber wenn ich meine Pflicht getan hätte, dann hätte ich Matthew Whateley vielleicht ertappt, ehe er weglaufen konnte. Aber ich habe es nicht getan. Daran ist jetzt nichts mehr zu ändern.«

»Wissen alle Schüler immer, wer Aufsichtsdienst hat?«

»Die Hausältesten. Sie bekommen jeden Monat eine Liste. Sie melden es dem Aufsichtslehrer, wenn etwas nicht in Ordnung ist, darum müssen sie natürlich informiert sein.«

»Hätten sie auch gewußt, daß du mit Pitt getauscht hast?«

»Lockwood hätte es ihnen sagen müssen. Der Tausch mußte von ihm abgesegnet werden. Das ist immer so.« Corntel beugte sich vor, stützte die Stirn in die Hand. »Lockwood weiß nicht, daß ich meine Runden nicht gemacht habe, Tommy. Er sucht einen Sündenbock. Er braucht dringend einen, damit sein eigener Name sauber bleibt.«

Lynley wollte nicht über Lockwood sprechen. »Ich habe keine Wahl, als dir die nächste Frage zu stellen, John. Du hast Freitag abend keine Runde gemacht. Und Samstag auch nicht. Was hast du getan? Wo warst du?«

»Hier. Das schwöre ich.«

»Kann das jemand bestätigen?«

Die Espressomaschine stieß eine neue Dampfwolke aus. Corntel ging hin und zog den Stecker heraus. Mit gesenktem Kopf, die Hände um die Kaffeekanne, blieb er in der Ecke des Zimmers stehen.

»Emilia Bond?« fragte Lynley.

Corntel stieß einen Laut aus, der fast wie ein unterdrückter Aufschrei klang. »O Gott, ich bin erbärmlich. Was mußt du von mir denken. Ich bin fünfunddreißig Jahre alt. Sie ist fünfundzwanzig. Sinnlos, alles. Hoffnungslos. Ich bin nicht der, für den sie mich hält. Ich bin nicht der Mann, den sie sich wünscht. Aber sie versteht es nicht. Sie will es nicht verstehen.«

»Du warst Freitag abend mit ihr zusammen? Und am Samstag auch?«

»Das ist es ja! Einige Stunden am Freitag und auch einige am Samstag. Aber nicht die ganze Nacht. Sie kann dir also nicht helfen. Du brauchst sie nicht zu fragen. Ziehe sie nicht in diese Geschichte hinein. Es steht auch so schon schlecht genug zwischen uns beiden.«

Corntel sprach eindringlich, flehend beinahe, und Lynley dachte daran, was für eine Strafe einen Hausvater erwartete, wenn Alan Lockwood erfahren sollte, daß er nächtens eine Frau in seiner Wohnung gehabt hatte. Er dachte aber auch über Corntels Bitte nach, Emilia aus der Situation herauszuhalten. Er fand sie sonderbar. Schließlich lebten sie nicht im neunzehnten Jahrhundert. Für keinen von beiden bedeutete es eine vernichtende Bedrohung, daß sie in aller Diskretion ein paar Stunden miteinander verbracht hatten. Es ging hier noch um etwas anderes. Lynley spürte es so deutlich wie eine offenkundige Gefahr. Er überlegte. Die einzige Hoffnung auf Ehrlichkeit von Corntels Seite lag, soweit er sehen konnte, darin, daß sie bei diesem Gespräch unter sich waren; daß keine Aufzeichnungen gemacht wurden. So hatte das Verhör wenigstens den Anschein einer Unterhaltung zwischen alten Freunden.

»Ich nehme an, ihr hattet Streit«, sagte Lynley. »Miss Roly ist nicht erfreut über Emilias Einfluß auf dich.«

Corntel hob den Kopf. »Elaine ist beunruhigt, weil sie seit Jahren die Königin von Erebos ist. Der letzte Hausvater war auch unverheiratet. Die Vorstellung, daß plötzlich eine Ehefrau auftauchen und ihr einen Teil ihrer Macht wegnehmen könnte, ist wie Spitzgras für sie. Ich sollte ihr sagen, daß sie sich keine Sorgen zu machen braucht. Es wird nicht dazu kommen.« Seine Schultern zuckten. Er schwieg einen Moment, dann drehte er sich um und sah Lynley wieder an. Seine Augen hatten rote Ränder. »Was Matthew Whateley zugestoßen ist, hat mit Emilia nichts zu tun. Sie kannte den Jungen gar nicht.«

»Aber sie war hier im Haus?«

»Bei mir. Das ist aber auch alles.«

»Aber sie kannte andere Schüler aus Haus Erebos. Brian Byrne zum Beispiel hat Chemie bei ihr. Ich habe ihn gestern nachmittag bei ihr im Labor gesehen. Und er ist dein Hausältester.«

»Was hat das mit der ganzen Sache zu tun?«

»Das weiß ich selbst nicht genau, John. Vielleicht gar nichts. Vielleicht sehr viel. Du hast mir gesagt, Brian sei am Freitag abend hier im Haus gewesen. Brian selbst hat mir erzählt, daß er fast den ganzen Abend im Oberstufen-Club war.«

»Ich glaubte, er sei hier. Ich habe es nicht nachgeprüft.«

»Auch später nicht? Nachdem Emilia gegangen war?«

»Ich war durcheinander. Ich habe mich um nichts gekümmert, nachdem sie gegangen war.«

»Weißt du, ob sie das Haus wirklich verlassen hat? Hast du sie weggehen sehen?«

Corntels graues Gesicht verfiel noch mehr, als er die Bedeutung dieser Frage begriff. »Lieber Gott, du wirst doch nicht unterstellen, daß Emilia –«

»Erst gestern wollte sie deinen Hausältesten vor dem Verhör bewahren, John. Was soll ich daraus schließen?«

»Das ist einfach ihre Art. Sie hält keinen Menschen auch nur eines bösen Gedankens für fähig. Sie sieht das Böse nicht. Sie glaubt nicht einmal –« Er brach ab.

»Sie glaubt nicht einmal –«, hakte Lynley nach.

Corntel kam langsam zum Sofa zurück und blieb davor stehen, als überlegte er, ob er sich setzen solle oder nicht. Er beugte sich ein wenig vor und berührte eine abgewetzte Stelle an der Armlehne.

»Wie sollst du es denn verstehen?« fragte er tonlos. »Es fing im letzten Jahr an«, sagte er. »Wir waren nur gute Freunde. Ich hatte mit Frauen immer Schwierigkeiten, aber mit Emilia war es anders. Es fiel mir leicht, mit ihr zu sprechen. Sie hörte zu. Sie sah mich an, wenn ich sprach.

Andere Frauen taten das nie. Jedenfalls meiner Erfahrung nach nicht. Sie schienen immer irgend etwas anderes im Kopf zu haben. Sie sprachen zwar mit mir, aber mit ihren Gedanken waren sie ganz woanders, und ich war dann schon nach kurzer Zeit nicht mehr fähig, auch nur ein vernünftiges Wort hervorzubringen, um ihre Aufmerksamkeit zu fesseln. Aber Emilia –« sein Gesicht wurde weich –, »wenn Emilia irgend etwas im Kopf hatte, dann mich, glaube ich. Ich glaube, sie wollte nichts anderes, als mich in- und auswendig kennenlernen. Wir schrieben einander sogar in den Ferien. Für mich ist es leichter, gewisse Dinge schriftlich auszudrücken; es ist leichter, sich zu zeigen, wie man wirklich ist. So geht es mir jedenfalls. Darum schrieb ich ihr und sprach mit ihr. Über meinen Vater, über den Roman, den ich unbedingt schreiben möchte, aber wahrscheinlich nie schreiben werde, über Musik, die ich liebe, über viele Dinge, die mir in meinem Leben wichtig sind. Aber nicht über alles. Ich zeigte ihr nur die guten Seiten. Selbst jetzt glaube ich, wenn ich ihr alles gesagt hätte – ihr all die widerwärtigen kleinen Geheimnisse verraten hätte, die jeder von uns hat –, hätte sie mich vielleicht nicht gewollt.«

»Widerwärtige kleine Geheimnisse fallen in der Liebe nicht ins Gewicht«, bemerkte Lynley.

»Da täuschst du dich.« Corntel klang resigniert, aber ohne Selbstmitleid. »Bei dir ist das vielleicht anders, Tommy. Du hast einer Frau weit mehr zu bieten als ich. Aber bei mir bleibt nicht mehr viel, wenn der Geist und der Körper sich in ihrer ganzen Unzulänglichkeit offenbaren.«

Lynley erinnerte sich des Jungen, der in Eton mit solcher Selbstsicherheit durch die Gänge geschritten war, hochaufgerichtet, alle anderen überragend, ein glänzender Schüler, den eine große Zukunft erwartet. »Es fällt mir schwer, das zu glauben.«

Corntel schien seine Gedanken zu lesen. »Ja? Habe ich

eine so gute Vorstellung gegeben? Soll ich dir einige Illusionen über mich nehmen?«

»Wenn es dir hilft. Wenn du es willst.«

»Nichts hilft. Und ich will es nicht. Aber Emilia hat mit Matthew Whateleys Tod nichts zu tun, und wenn ich dich davon überzeugen kann, indem ich dir über mich die Augen öffne, dann soll es so sein.« Er wandte sich ab. »Sie war am Freitag abend hier. Ich hätte sofort sehen müssen, warum sie gekommen war und was sie wollte, aber ich sah es nicht. Jedenfalls nicht früh genug, um zu verhindern, daß eine Situation entstand, die für uns beide fürchterlich war.«

»Ich nehme an, sie kam, weil sie mit dir schlafen wollte.«

»Ich bin fünfunddreißig Jahre alt. Fünfunddreißig! Weißt du, was das heißt?«

Lynley sah nur eine mögliche Deutung und faßte sie in Worte. »Du hattest vorher noch nie mit einer Frau geschlafen?«

»Mit fünfunddreißig Jahren. Ist das nicht erbärmlich? Ist das nicht krank und obszön?«

»Nichts dergleichen. Lediglich eine Tatsache.«

»Es war eine Katastrophe. Versuch dir die Einzelheiten selbst auszumalen und erspar mir eine Schilderung. Hinterher fühlte ich mich nur gedemütigt. Sie war außer sich, sie weinte, aber sie versuchte, das ganze Fiasko als ihre Schuld hinzustellen. Glaube mir, Tommy, sie war nicht in der Verfassung, irgend etwas anderes zu tun, als in ihre Wohnung zurückzukehren. Ich habe sie nicht aus dem Haus gehen sehen, aber ich kann mir nicht vorstellen, daß sie etwas anderes getan haben sollte.«

»Wo ist ihre Wohnung?«

»Sie ist Hausmutter im Haus Galatea.«

»Dann könnte Cowfrey Pitt vielleicht ihr Kommen und Gehen bestätigen?«

»Wenn du mir nicht glaubst, ja, frag Cowfrey. Aber ihre Wohnung ist am anderen Ende des Hauses. Es ist möglich, daß er keine Ahnung hat, wo sie war.«

»Und Samstag abend? War sie da wieder hier?«

Corntel nickte. »Um alles wieder in Ordnung zu bringen. Aber wie kann man nach einer solchen Szene wieder zu der Freundschaft zurückfinden, die vorher bestanden hat, Tommy? Wie soll man das wiederherstellen, was in zwanzig Minuten peinlichen, fruchtlosen Bemühens in einem Bett völlig zerstört wurde? Darum war sie hier. Darum vergaß ich an diesem letzten Wochenende meine Runden als Schulaufsichtslehrer. Darum wußte ich nicht, daß Matthew Whateley weggelaufen war. Weil ich als Mann versagte, als ich das erste Mal in meinem Leben die Gelegenheit hatte, mit einer Frau zusammenzusein.«

»Matthew Whateley war weggelaufen.« Es war das zweite Mal, daß John Corntel das gesagt hatte, und es gab nur zwei mögliche Gründe für diese falsche Aussage. Entweder wußte er nichts von den Kleidungsstücken, die Frank Orten auf dem Müllhaufen gefunden hatte, oder er ging auf Nummer Sicher und hielt an der ursprünglichen Version fest, bis ihm die Polizei eine andere bot.

13

Um elf Uhr trafen sich Lynley und Barbara Havers im sogenannten großen Saal von Bredgar Chambers, der sich auf der Südseite des Haupthofs befand, im ältesten Unterrichtsgebäude der Schule. Es war ein weißgetünchter Raum mit Sockeltäfelung aus dunklem Eichenholz und einer schönen gewölbten Decke. Die Fenster saßen hoch in der Südwand des Saals, und darunter hingen die Porträts aller Männer, die die Schule geleitet hatten, seit Charles Lovell-

Howard 1489 als erster in das Amt des Schulleiters eingeführt worden war.

Im Augenblick war der Saal leer. Ein schwacher Geruch nach feuchtem Holz hing in der Luft. Als Lynley die Tür schloß, ging Barbara zu den Fenstern und wanderte langsam an den Porträts entlang, bis sie zu dem Alan Lockwoods kam.

»Nur einundzwanzig Schulleiter in fünfhundert Jahren«, bemerkte sie. »Wer nach Bredgar Chambers kommt, scheint für immer zu bleiben. Da! Schauen Sie sich das an, Sir. Der Mann vor Lockwood war zweiundvierzig Jahre lang Direktor.«

Lynley trat zu ihr. »Das erklärt, warum Lockwood so eifrig bedacht darauf ist, die Ermordung Matthew Whateleys geheimzuhalten, nicht? Es würde mich interessieren, ob hier früher schon einmal so etwas passiert ist, unter der Leitung eines der anderen Männer.«

»Hm. Todesfälle hat es hier sicher immer gegeben. Man braucht sich ja nur die Tafeln in der Kapelle anzusehen.«

»Stimmt. Nur ist der Tod infolge von Krankheit oder an der Kriegsfront etwas ganz anderes als Mord. Bei dem einen gibt es keine Schuld; beim anderen sehr wohl. Und die Schuld muß aufgedeckt werden. – Was haben Sie auf Ihrem Inspektionsgang durch die Schule gefunden?« Er sah, daß Barbara stirnrunzelnd zum Fenster hinausschaute. »Havers?«

Sie drehte sich um. »Entschuldigung. Ich war ganz in Gedanken.«

»Und?«

»Ach, nichts. Das, was Sie eben über die Schuld sagten. Ich fragte mich, wer die Schuld trägt, wenn ein Schüler Selbstmord verübt.«

»Edward Hsu?«

»Geliebter Schüler.«

»Ja, ich muß auch immer wieder an ihn denken. An Giles Byrnes Interesse an ihm. An seinen Tod. Aber wenn Matthew Whateley tatsächlich am letzten Freitag oder Samstag hier in der Schule getötet wurde, wie können wir Giles Byrne Schuld daran geben? Es sei denn, er war hier. Das bezweifle ich zwar, aber nachgehen sollten wir der Frage vielleicht doch.«

»Vielleicht war nicht er derjenige, Sir.«

»Wer dann? Brian Byrne? Wenn Sie das versuchen, verlieren Sie die Verbindung, die Sie knüpfen wollten, Sergeant. Edward Hsu hat sich 1975 mit eigener Hand das Leben genommen. Brian Byrne war damals vielleicht fünf Jahre alt. Wollen Sie einem Fünfjährigen die Schuld an einem Selbstmord zuweisen?«

Sie seufzte. »Ich weiß nicht. Aber ich muß immer wieder daran denken, was Brian über seinen Vater sagte.«

»Gut, aber sehen Sie es im Licht der Tatsache, daß er seinen Vater nicht mag. Hatten Sie nicht den Eindruck, daß Brian seinen Vater liebend gern lächerlich machen oder bloßstellen würde, wenn er eine Gelegenheit dazu hätte? Und die gaben wir ihm ja gestern.«

»Stimmt wahrscheinlich.« Havers schritt durch das Zimmer zum Podium, über dem ein kunstvoll gemeißeltes Flachrelief Heinrich VII. auf prächtig geputztem Streitroß zeigte. Darunter standen ein Refektoriumstisch und Stühle. Einen davon zog sie heraus, ließ sich darauf niederfallen und streckte die Beine aus.

Lynley folgte ihrem Beispiel. »Wir suchen einen Ort, wo man Matthew Whateley von Freitag nachmittag bis Freitag abend – vielleicht sogar bis Samstag abend – festgehalten hat, ehe man ihn fortbrachte. Was haben Sie gefunden?«

»Ziemlich wenig. An die Küche anschließend gibt es mehrere Lagerräume, die wir unberücksichtigt lassen können, weil er unmittelbar nach dem Mittagessen verschwand und um diese Zeit in dem Bezirk zuviel Betrieb gewesen wäre. Dann zwei alte Toiletten, die allem Anschein nach nicht regelmäßig benützt werden. Sie sind völlig verdreckt und teilweise kaputt.«

»Sie haben keine Anzeichen dafür entdeckt, daß kürzlich jemand in den Räumen war?«

»Nein. Wenn er wirklich da drinnen festgehalten wurde, hat man alle Spuren sorgfältig beseitigt.«

»Und sonst?«

»Abstellkammern gibt es in allen Wohnhäusern, aber sie sind abgeschlossen, und die Schlüssel haben nur die Hausväter, beziehungsweise die Hausmütter. Das gleiche gilt für die Mansarden über den Trockenräumen in den Häusern. Auch da haben nur Hausvater und Hausmutter die Schlüssel. Im naturwissenschaftlichen Gebäude gibt es mehrere Lagerräume, und über den Aquarien einen riesigen Wassertank, wo man Matthew Whateley ohne weiteres hätte ertränken können. Aber gefangenhalten hätte man den Kleinen nur dann in einem der Räume können, wenn er gebunden und geknebelt gewesen wäre, und der Mörder mit Sicherheit gewußt hätte, daß den ganzen Nachmittag niemand ins Haus kommen würde. Dann gibt's noch die Garderoben und Lagerräume im Theaterbau. Wenn für den Tag keine Vorstellung angesetzt war und der Mörder sich zu den Räumen Zutritt verschaffen konnte, kämen sie am ehesten in Frage, Inspector. Heute morgen war da allerhand los – ich sah übrigens Chas Quilter, der aussah, als sei Yorick eben von den Toten wiederauferstanden und hätte ihm damit einen ziemlichen Schrecken eingejagt. Aber wenn das Theater am Freitag nach dem Mittagessen leer war, könnte man Matthew Whateley dort gut versteckt gehalten haben. Hinzu kommt, daß das Gebäude relativ weit vom Sportplatz entfernt ist, wo die Schüler am Nachmittag waren.«

»Aber wie käme man hinein, Sergeant? Gerade das Theater – mit den vielen Requisiten und Kostümen – wird doch bestimmt gut gesichert sein.«

»Oh, es ist sicher immer abgeschlossen. Aber das ist überhaupt kein Problem. Ich hab mich informiert, ehe ich meine Inspektion begann. Frank Orten sagte uns, daß die Schlüssel an zwei Orten aufbewahrt werden – in seinem Büro und in den Fächern im Vorraum zum Lehrerzimmer. Sein Büro ist tagsüber nicht abgesperrt; wenn also Orten mal einen Moment weg war, hätte jeder unbemerkt reingehen und sich die Schlüssel für den Theaterbau holen können. Und wenn es ihm bei Tageslicht zu riskant gewesen wäre, wäre es auch nach Einbruch der Dunkelheit überhaupt kein Problem, das Schloß zu öffnen. Das schafft jeder Idiot innerhalb von fünfzehn Sekunden. Die Sicherheitsvorkehrungen hier sind ein Witz.«

»Und wie sieht es mit den Fächern im Vorraum des Lehrerzimmers aus?«

»Keinen Deut besser«, antwortete sie. »Orten sagte uns, daß das Lehrerzimmer immer abgeschlossen ist und daß nur die Lehrer und die Bedienungen Schlüssel haben. Also, heute morgen war es nicht abgeschlossen. Ich konnte ungehindert reinmarschieren. Und auf den Fächern stehen nicht nur die Namen der Lehrer, sondern in den meisten hingen auch weithin sichtbar die Schlüssel. Man braucht nur zu wissen, welcher Lehrer welche Schlüssel hat, und schon ist die Sache geritzt.«

»Also ist alles wieder offen.«

Lynley spukte eine Bemerkung John Corntels im Kopf herum. »Sehen wir mal, ob wir Cowfrey Pitt finden«, sagte er.

Obwohl die Pause noch nicht um war, befand sich der Deutschlehrer nicht mit den anderen Lehrern im Lehrerzimmer. Lynley und Barbara fanden ihn in seinem Klassenzimmer. Er war dabei, in kaum leserlicher Schrift etwas an die Tafel zu schreiben. Als Lynley ihn ansprach, schrieb er weiter, ohne sich stören zu lassen, und trat erst von der Tafel weg, als er fertig war. Einen Moment betrachtete er kritisch sein Werk, löschte einige Wörter und schrieb sie neu, wenn auch nicht wesentlich deutlicher, dann erst wandte er sich Lynley und Barbara zu.

»Ah ja, die Polizei«, sagte er. »Ihr Ruf ist Ihnen vorausgeeilt. Sie brauchen sich nicht mehr vorzustellen. Ich habe in zehn Minuten Unterricht.«

Er sprach in gleichgültigem Ton und wischte sich dabei ein paar Kreideflecken vom Ärmel seiner Robe. Die Geste war reine Formalität; seine Robe war insgesamt mehr grau als schwarz, auf den Schultern von Staub und Schuppen bedeckt.

Barbara schloß die Tür und blieb direkt daneben stehen. Sie maß Pitt mit einem Blick, der in seiner Ausdruckslosigkeit völlig eindeutig war: Seine Stunde sollte vielleicht in zehn Minuten beginnen, tatsächlich aber würde sie erst beginnen, wenn die Polizei es erlaubte.

»Wir werden Sie nicht lange aufhalten«, sagte Lynley. »Wir wollen lediglich ein paar Fragen klären.«

»Ich habe jetzt eine Abschlußklasse«, bemerkte Pitt, als würde das die Länge der Zeit bestimmen, die er ihnen zu widmen bereit war. Barbara Havers lehnte sich an die Wand neben der Tür, wie zum Zeichen, daß sie sich auf einen längeren Aufenthalt einstelle. »Also, Inspector«, sagte Pitt. »Klären Sie. Bitte. Klären Sie.«

»Was können Sie mir über die Befreiung sagen, aufgrund derer Matthew Whateley am Freitag nachmittag vom Hockeyspiel freigestellt wurde?«

Pitt blieb hinter seinem Pult. Er stützte die Hände auf, deren Haut gesprungen und wund war. »Nicht viel. Es war das Standardformular aus der Krankenstation. Mit seinem Namen darauf. Sonst nichts.«

»Keine Unterschrift?«

»Von Judith Laughland, meinen Sie? Nein.«

»Ist das Usus? Daß eine Befreiung nicht unterschrieben wird?«

Pitt trat von einem Fuß auf den anderen. Mit einer Hand strich er sich über das fettige, dünne Haar, zupfte an einer Strähne, die ihm über das linke Ohr gerutscht war. »Nein. Im allgemeinen wird sie unterschrieben.«

»Aha. Aber diese war nicht unterschrieben.«

»Das sagte ich bereits, Inspector.«

»Sie haben sich dennoch nicht vergewissert, ob es mit der Befreiung seine Ordnung hatte?«

»Nein.«

»Warum nicht, Mr. Pitt?«

»Ich hatte keine Zeit. Ich war spät dran und mußte raus aufs Spielfeld. Ich habe mir überhaupt keine Gedanken darüber gemacht. Matthew Whateley hatte schon vorher mal geschwänzt. Genau gesagt, vor drei Wochen. Wenn ich überhaupt etwas dachte, als ich diese Befreiung sah, dann höchstens, daß ich ihn mir diesmal vorknöpfen würde. Aber ich vergaß es. Wenn das ein Verbrechen ist, dann legen Sie mir Handschellen an.«

»Wie war das vor drei Wochen?«

»Da hatte er auch eine Befreiung, allerdings unterschrieben. Er brachte sie mir persönlich. Wenn Sie mich fragen, war's nur Getue. Er spielte den Kranken und hüstelte ziemlich künstlich, um überzeugend zu wirken. Aber da die Laughland offenbar darauf hereingefallen war, wollte ich keinen Wirbel machen. Also zog er ab.«

»Wohin?«

»In sein Bett, vermute ich. In sein Zimmer. Oder in den Aufenthaltsraum. Ich habe keine Ahnung.«

»Aber hat diese zweite Befreiung, so bald nach der letzten, Sie nicht augenblicklich argwöhnisch gemacht, Mr. Pitt? Besonders da sie im Gegensatz zu der letzten nicht unterzeichnet war?«

»Nein. Leider nicht. Ich habe sie mir kurz angesehen und in den Papierkorb geworfen.« Pitt nahm ein Stück Kreide von seinem Pult und rollte es auf der Handfläche hin und her. Draußen läutete es, Zeichen, daß in fünf Minuten die nächste Stunde beginnen würde.

»Sie sagten, Sie seien spät dran gewesen. Aber das war doch nach dem Mittagessen, nicht wahr? Sind Sie danach weggegangen?«

»Ich war in Galatea. Ich war –« Er seufzte. Aber als er sprach, klang sein Ton eher aggressiv als resigniert. »Na schön. Wenn Sie es unbedingt wissen müssen. Ich hatte Krach mit meiner Frau. Ich achtete nicht auf die Zeit. Ich ging überhaupt nur zu meinem Fach, weil ich einen Haufen Bücher bei mir hatte, die ich ablegen wollte, und wußte, daß ich es zeitlich nicht mehr schaffen würde, erst noch im Klassenzimmer vorbeizugehen. Die Jungen hätten inzwischen den ganzen Rasen demoliert.«

»Aber ein paar Minuten Verspätung, Mr. Pitt. Das ist doch weiß Gott kein Verbrechen.«

»Da kennen Sie Lockwood schlecht. Er hat ein ausgesprochen gestörtes Verhältnis zu mir, da ich bedauerlicherweise eine Frau habe, die gern mal trinkt. Muß ich noch deutlicher werden, Inspector? Ich hatte anderes im Kopf als Matthew Whateley.«

Draußen im Flur hörte man die Stimmen der Schüler. Barbara blieb auf ihrem Posten neben der Tür. Pitt sah zu ihr hinüber und warf die Kreide aufs Pult. »Ich habe jetzt Stunde«, sagte er drängend.

Lynley ließ sich nicht aus der Ruhe bringen. »Sie und Mr. Lockwood kommen also nicht gut miteinander aus.«

Pitt sah ihn mit zusammengekniffenen Augen an. »Lockwood möchte mich gern loswerden, weil ich nicht in sein Konzept für Bredgar Chambers passe. Seit unserem ersten Zusammentreffen sucht er nach einem Grund, mich entlassen zu können.«

»Ohne Erfolg, wie es scheint.«

»Ja, das Problem ist, daß ich trotz allem, was er mir vorwirft – eine untragbare Ehefrau und ein Aussehen, das nicht seinen Vorstellungen entspricht –, ein guter Lehrer bin. Das beweisen die guten Ergebnisse meiner Schüler beim *A-level.* Er muß sich also mit mir abfinden. Und mit der Tatsache, daß ich etwas mehr über ihn weiß, als ihm lieb ist.« Die letzten Worte waren deutliche Aufforderung zu weiterer Nachfrage, und Lynley tat ihm den Gefallen.

»Zum Beispiel?«

»Ich kenne seinen Werdegang, Inspector. Ich habe mich informiert. Er möchte mich an die Luft setzen, aber ich habe nicht die Absicht, das kampflos hinzunehmen. Ich habe mir deshalb ein paar gute Karten besorgt, die ich aus dem Ärmel ziehen kann, sollte der Verwaltungsrat sich einfallen lassen, meine Fähigkeiten in Zweifel zu ziehen.«

Pitt verstand es, sein Wissen wirkungsvoll auszuspielen. Lynley bezweifelte nicht, daß er sich im Umgang mit Vorgesetzten und Kollegen der gleichen Methode bediente. Sympathisch oder angenehm im Umgang machte ihn das sicher nicht.

»Mr. Pitt«, sagte Lynley. »Sie machten uns eben darauf aufmerksam, daß Sie jetzt Unterricht haben. Wir könnten dieses Gespräch rascher beenden, wenn Sie zur Sache kämen.«

»Das ist einfach, Inspector. Ich weiß Bescheid über Lockwoods zweitklassige Vorstellung an der Universität von Sussex, über seine äußerst interessante Wohngemeinschaft mit drei jungen Damen vor seiner Ehe mit Kate und über seine

Arbeit an der letzten öffentlichen Schule, wo er beschäftigt war. Sämtliche Kollegen hätten ihn am liebsten zur Hölle geschickt, weil er sich in höchstem Maß unkollegial verhielt, um auf ihre Kosten gut dazustehen. Lockwood würde mich liebend gern rausschmeißen, Inspector, wenn er nur sicher sein könnte, daß ich den Mund halte und dem Verwaltungsrat nichts von dem verrate, was ich über ihn weiß.«

»Es ist Ihnen offenbar gelungen, eine ganze Menge aufzudecken.«

»Ich gehe auf Seminare. Ich treffe mit anderen Lehrern zusammen. Da wird geredet. Ich höre zu. Ich höre immer zu.«

»Aber Bredgar Chambers ist doch eine relativ angesehene Schule. Wie schaffte es Lockwood, hier Schulleiter zu werden, wenn er wirklich eine so dunkle Vergangenheit hat?«

»Indem er hier und dort die Fakten ein wenig frisierte. Indem er über Leichen ging und vor den Leuten katzbuckelte, die ihm nützlich sein konnten. Das hatte natürlich auch seinen Preis.«

»Giles Byrne?«

Ein beifälliges Lächeln flog über Pitts Gesicht. »Sie lernen schnell. Bravo. Was glauben Sie denn, warum Matthew Whateley überhaupt das Stipendium des Verwaltungsrats bekam? Gewiß nicht, weil er der Beste oder Begabteste war. Das war er nicht. Er war absoluter Durchschnitt. Ein netter Junge, aber Durchschnitt. Mehr nicht. Es war ein halbes Dutzend anderer Kandidaten da, die das Stipendium eher verdient hätten als er. Die Entscheidung lag bei Lockwood. Aber Giles Byrne wollte Matthew haben. Also wurde Matthew gewählt. *Quid pro quo.* Und Byrne konnte den übrigen Mitgliedern des Verwaltungsrats wieder mal demonstrieren, wie groß seine Macht ist. Das genießt er, wissen Sie.

Aber nun ja, sind wir nicht alle so? Macht ist ein Rauschmittel. Hat man ein bißchen, will man gleich mehr.«

Das traf sicherlich auf Pitt zu. Wissen war auch Macht, und er hatte diese Macht in den letzten paar Minuten spielen lassen, um Alan Lockwood auf jede erdenkliche Art zu verunglimpfen, als könne er, indem er den Ruf des Schulleiters in den Schmutz zog, seinen eigenen verbessern; als könne er, indem er Lockwood zum Mittelpunkt des Gesprächs machte, verhindern, daß es sich anderen, gefährlicheren Beziehungen zuwandte.

»Sie hatten den Aufsichtsdienst am Wochenende mit John Corntel getauscht«, bemerkte Lynley. »Warum?«

»Meine Frau wollte gern in Crawley ins Theater. Ich wollte ihr den Gefallen tun. Darum bat ich John, mit mir zu tauschen.«

»Das war Freitag abend? Oder am Samstag?«

»Freitag.«

»Und am Samstag?«

»Nichts. Wir waren zu Hause. Haben ferngesehen. Gelesen. Wir haben sogar versucht, miteinander zu reden.«

»Haben Sie in dieser Zeit Emilia Bond einmal gesehen? Am Freitag oder Samstag?«

Die Frage reizte Pitts Interesse. Er neigte den Kopf ein wenig zur Seite. »Abends nicht. Im Laufe des Tages, ja, natürlich. Sie wohnt in Galatea. Da trifft man sich zwangsläufig. Aber an den beiden Abenden habe ich sie nicht gesehen. Soweit ich mich erinnere, war ihre Tür zu, als ich die Runde machte.« Pitt sah die Veränderung auf Lynleys Gesicht und fügte hinzu. »*Ich* sehe jeden Abend nach, daß alles seine Ordnung hat, Inspector. Ich bin schließlich der Hausvater. Und, offen gesagt, bei den Mädchen muß man höllisch aufpassen.«

»Aha.«

Pitt errötete. »So meinte ich das nicht.«

»Vielleicht erklären Sie mir, wie Sie es meinten.«

Vor dem Klassenzimmer verriet grölendes Gelächter, daß die wartenden Schüler unruhig zu werden begannen. Weder Lynley noch Barbara machten Anstalten, sie ins Zimmer zu lassen.

»Sie sind eine überflüssige Störung im Schulbetrieb, Inspector. Eine Provokation und eine Verlockung. Ich habe erlebt, daß im letzten Jahr zwei von ihnen wegen allzu großer Freizügigkeit entlassen werden mußten. Die eine hatte sich gar mit einem der Gärtner eingelassen! Und eine dritte ging freiwillig, weil ihre Eltern sie, wie sie es beschönigend formulierten, ›auf eine andere Schule geben‹ wollten.« Er lachte verächtlich. »Und das ist nur das Haus Galatea. Weiß der Himmel, wie es drüben in Eirene zugeht.«

»Vielleicht kommt es daher, daß die Mädchen einen Hausvater und keine Hausmutter haben«, meinte Lynley. »Für einen Mann muß es schwierig sein, mit den Mädchen zurechtzukommen. Es gibt da doch Bereiche, die einem als Mann verschlossen sind.«

»Es wäre nicht schwierig, wenn Emilia Bond es mit ihrer Aufgabe ein wenig genauer nehmen würde. Aber auf sie kann ich mich nicht verlassen, also mach ich alles selbst.«

»Wie meinen Sie das?«

Pitt zeigte offen seine Entrüstung. »Ich habe kein Interesse an sechzehn- und siebzehnjährigen Mädchen. Und was hat das alles eigentlich mit Matthew Whateleys Tod zu tun? Ich kann Ihnen über den Jungen nicht viel sagen. Ich kannte ihn nur vom Sport. Ich würde vorschlagen, Sie unterhalten sich mit jemandem, der Ihnen nützlichere Informationen geben kann, Inspector. Was wir hier treiben, ist nichts als Zeitverschwendung für uns alle. Ich verstehe nichts von Polizeiarbeit, aber mir scheint doch, Sie sollten nach jemandem suchen, der eine Schwäche für kleine Jungen hat. Ich bin nicht Ihr Mann. Und ich weiß auch nicht, wer es sein könnte. Ich bin froh, sagen zu können –« Er brach plötzlich ab und runzelte die Stirn.

»Ja, Mr. Pitt?«

»Bonnamy«, sagte er.

»Den Namen habe ich gehört. Matthew hat den Mann regelmäßig besucht, nicht? Warum erwähnen Sie ihn?«

»Ich bin für die Freiwilligen Helfer zuständig. Ich kenne Bonnamy. Vor Matthew hat es kein Schüler zu mehr als einem Besuch gebracht. Bonnamy gilt als unausstehlich. Aber Matthew mochte er vom ersten Moment an.«

»Soll das heißen, daß Colonel Bonnamy der Mann ist, der eine Schwäche für kleine Jungen hat?«

Pitt schüttelte heftig den Kopf. »Nein, nein. Aber wenn hier in der Schule jemand Matthew belästigte, dann ist es gut möglich, daß der Junge sich Colonel Bonnamy anvertraute.«

Lynley mußte anerkennen, daß das eine Möglichkeit war. Es war jedoch nicht zu übersehen, daß Pitt im Lauf ihres Gesprächs mehrmals versucht hatte, abzulenken; erst seine Anspielungen auf Alan Lockwood, dann seine Bemerkungen über Giles Byrne, seine Unzufriedenheit mit Emilia Bond und nun der Hinweis auf die Freundschaft Colonel Bonnamys mit dem ermordeten Jungen. Wieder einmal hatte Lynley den Eindruck, daß hier mit Informationen geworfen wurde, als könne durch scheinbare Hilfsbereitschaft untilgbare Schuld vertuscht werden.

Er sah zu Barbara Havers hinüber, die immer noch die Tür bewachte. »Lassen Sie sie jetzt herein, Sergeant.«

Sie öffnete die Tür. Vier Schüler traten sogleich ein, drei Jungen und ein Mädchen. Sie beachteten weder den Lehrer noch die beiden Polizeibeamten, warfen statt dessen verstohlene Blicke in den Flur hinaus und kicherten unterdrückt. Ein zweites Mädchen wollte ins Zimmer treten, wurde aber plötzlich zurückgerissen, hochgehoben und von einer buckligen Gestalt im schwarzen Cape und mit schauerlich geschminktem Gesicht durch die Tür getragen.

»Frei!« grölte der verkleidete Junge und wirbelte mit dem sich wütend wehrenden Mädchen in den Armen herum. »Esmeralda! Frei!« er taumelte drei Schritte vorwärts und sank in die Knie. Aber das Mädchen ließ er nicht los.

Die anderen Schüler lachten, als der Junge den Kopf beugte und sein Gesicht an den Hals des Mädchens drückte, wobei er laut schmatzte und ihren Pullover und ihre Haut mit Schminke beschmierte.

»Laß mich los!« schrie sie.

Cowfrey Pitt griff ein. »Das reicht, Mr. Pritchard. Es war eine wertvolle Unterweisung. Wir wissen jetzt, wie dankbar wir sein können, daß es ein Stummfilm war.«

Clive Pritchard ließ das Mädchen abrupt los, und sie fiel zu Boden. Sie war klein und unscheinbar, mit spitzem Gesicht. Lynley erkannte sie wieder. Er hatte sie am Vortag im Chemiesaal gesehen.

»Du widerlicher –« Sie zog an ihrem gelben Pullover. »Schau dir das an, du Ferkel. Die Reinigung zahlst du.«

»Gib doch zu, daß es dir Spaß gemacht hat«, entgegnete Clive. »So nah bist du einem Mann doch noch nie gekommen.«

Sie sprang auf. »Ich sollte dir –«

»Das genügt.« Pitt hob nicht einmal die Stimme. Sein unheilschwangerer Ton reichte. »Pritchard, waschen Sie sich diese alberne Fratze vom Gesicht. Ich gebe Ihnen zehn Minuten. Und acht Seiten Übersetzung bis morgen für diese glänzende Vorstellung, mit der Sie uns erquickt haben. Daphne, Ihnen kann ein Abstecher in den Waschraum auch nicht schaden.«

»Und das ist alles?« schrie Daphne schrill, das Gesicht so

stark verzerrt, daß ihre Augen kaum noch zu sehen waren. »Acht Seiten Übersetzung? Das ist die ganze Strafe? Glauben Sie vielleicht, die macht er?« Sie wartete nicht auf eine Antwort. »Bleib mir ja vom Leib, du Schwein!« zischte sie Clive zu und rannte an ihm vorbei aus dem Zimmer.

Lynley sah zu Barbara hinüber, doch es hätte der wortlosen Aufforderung gar nicht bedurft. Sie hatte die Möglichkeit schon gesehen, die sich hier bot, und folgte dem Mädchen.

Barbara blieb an der Tür stehen, während das Mädchen das Wasser aufdrehte. Der Raum roch nach Desinfektionsmittel. Auf dem Beckenrand lag ein kleines Stück rissiger grüner Seife. Daphne seifte sich damit die Hände ein und versuchte, sich die Schminkeflecken vom Hals zu reiben.

»Mistkerl«, zischte sie ihrem Spiegelbild entgegen. »Widerliches Schwein!«

Barbara trat zu ihr und hielt ihr ein sauber gefaltetes Taschentuch hin. »Probieren Sie's damit«, sagte sie.

Das Mädchen nahm es, sagte danke und rubbelte sich damit den Hals.

»Ist er immer so?«

»Meistens, ja. Erbärmlich im Grunde. Alles ist ihm recht, wenn er nur ein bißchen Aufmerksamkeit erregen kann.«

»Wessen Aufmerksamkeit?«

Daphne spülte das Taschentuch aus und rieb sich dann den Pulli damit ab. »Das spielt keine Rolle. Ich könnte ihn umbringen. Dieser widerliche Kerl.« Sie zwinkerte ein paarmal gegen die Tränen.

»Geht er oft so auf Sie los?«

»Er geht auf jeden los. Aber an mir vergreift er sich am liebsten, weil er weiß, daß ich keinen – dieser widerliche Kerl. Hält sich für unwiderstehlich.«

»Ja, ich kenne den Typ. Der große Frauenbeglücker.«

»Er tut so, als wär's nur Spaß. Nichts weiter als ein Riesenwitz, über den nur ich nicht lachen kann, weil ich so spießig bin. Aber die anderen, die sich schieflachen, die haben keine Ahnung, was er macht, wenn er mich auf den Boden drückt. Er drückt mir seinen – damit ich spüren kann, wie groß ...« Sie biß sich auf die zitternde Lippe. »Das turnt ihn an. Gott, ist mir zum Kotzen.« Sie beugte sich über das Becken. Das strähnige, dünne Haar hing ihr ins Gesicht.

»Warum melden Sie ihn nicht?«

»Wem denn?«

Die bittere Frage bot eine Gelegenheit. Barbara bemühte sich, in einem Ton zu sprechen, als ginge es ihr einzig um das Interesse des Mädchens. »Das weiß ich nicht. Ich war nicht auf so einer Schule. Aber wenn Sie sich einem Erwachsenen nicht anvertrauen wollen – ich kann das verstehen. Es ist peinlich, nicht? –, gibt es doch bestimmt unter den Schülern jemanden – vielleicht jemand, der einen gewissen Einfluß hat –«

»Sie meinen wohl Chas Quilter, unseren hochheiligen Präfekten? Diesen Tugendbold? Hören Sie auf! Die sind hier doch alle gleich. Nichts als Fassade. Theater. Chas ist auch nicht anders. Im Gegenteil. Er ist noch schlimmer.«

»Schlimmer als Clive? Das ist schwer zu glauben.«

»Überhaupt nicht! Heuchelei ist immer schlimmer als Ignoranz.« Daphne fuhr sich mit den Fingern durchs Haar.

Barbara spürte Erregung, aber sie behielt den beiläufigen Ton bei. »Heuchelei?«

Es klappte nicht. Bei der Frage besann sich das Mädchen. Selbst jetzt war die traditionsgemäße Pflicht zur Loyalität stärker als das Bedürfnis nach Rache. Sie faltete das Taschentuch und reichte es zurück.

»Vielen Dank«, sagte sie. »Beim Pulli ist nichts zu machen, aber wenigstens hab ich die Schmiere nicht mehr im Gesicht.«

Vorsichtige Taktik konnte offensichtlich nichts mehr bringen, aber ein Frontalangriff vielleicht. »Sie sind bei Miss Bond im Chemieunterricht, nicht?« fragte Barbara.

»Ja.«

»Und Sie wohnen wo?«

»Im Galatea.»

»Sie ist dort Hausmutter. Sie müssen sie recht gut kennen.«

»Nicht besser als die anderen sie kennen.«

»Wie Chas zum Beispiel? Oder Brian Byrne?«

Daphne schien perplex über die Frage. »Ich habe keine Ahnung. Miss Bond ist zu allen immer nett.«

»Sie sehen sie aber doch sicher häufig, wenn sie bei Ihnen im Haus wohnt.«

»Ja. Hm. Eigentlich nicht. Ich – ich weiß gar nicht. Ich seh sie sicher ab und zu, aber es fällt mir nicht auf.«

Barbara ließ sie gehen. Möglichen Wert beinhaltete einzig ihre Bemerkung über Chas Quilter und die allgemeine Heuchelei. Daß Ansehen und Autorität des Schulpräfekten auf wackligen Füßen standen, hatten sie schon bemerkt. Aber die Ursache dafür ließ sich nicht klar bestimmen.

Colonel Andrew Bonnamy und seine Tochter wohnten einen knappen Kilometer von Cissbury entfernt in einem von fünf Häusern, die von der Straße durch eine hohe Buchsbaumhecke abgeschirmt waren. Wie die anderen Gebäude war auch das Haus Bonnamys klein, ein weiß gekalktes Fachwerkhaus, das deutliche Spuren seines Alters zeigte: Risse, die sich wie geologische Verwerfungen durch die Mauern zogen, stiegen im Zickzack vom Sockel bis zum Dach. Die alten Kastanien, die das Häuschen mit ausladenden Ästen beschatteten, tauchten ihre Blätter bis zum Dach hinunter.

Als Lynley und Barbara in der schmalen Einfahrt seitlich

vom Haus anhielten, sahen sie eine Frau den Hang herunterkommen, auf dessen Höhe ein Obstgarten angelegt war. Sie trug einen ausgewaschenen Leinenrock, eine marineblaue Windjacke, die bis zum Hals geschlossen war, und schwere Arbeitsschuhe. Mit der einen Hand zog sie einen Müllsack hinter sich her, in der anderen hielt sie eine Baumschere und einen Rechen. Als sie näherkam, konnten sie erkennen, daß ihr Gesicht mit Erde beschmutzt war und sie vor kurzem geweint hatte. Die Tränen hatten Spuren auf ihren Wangen hinterlassen. Sie schien etwa vierzig Jahre alt zu sein.

Als sie Lynley und Havers stehen sah, ließ sie den Müllsack neben einem Stapel Feuerholz fallen und kam, Rechen und Baumschere noch in der Hand, auf sie zu. Sie trug keine Handschuhe. Ihre Hände waren erdverkrustet, und unter ihren Fingernägeln waren schwarze Halbmonde.

Lynley zog seinen Dienstausweis heraus und stellte sich und Barbara vor. »Sie sind Jean Bonnamy?« fragte er. »Wir wollten mit Ihnen und Ihrem Vater über Matthew Whateley sprechen.«

Sie nickte, schluckte mehrmals krampfhaft. »Ich habe heute morgen die Schule angerufen, um Bescheid zu sagen, daß ich ihn etwas später abholen würde. Man verband mich mit Mr. Lockwood. Er sagte es mir. Matt kam immer dienstags zu uns. Zu meinem Vater, genauer gesagt. Aber ich habe mich auch immer gefreut, wenn er kam. Obwohl mir das erst heute richtig bewußt geworden ist.«

Sie starrte auf die Werkzeuge in ihren Händen. Erdklumpen und abgebrochene Zweige hingen an den Zinken des Rechens. »Es kam so plötzlich. Völlig unerwartet. Ich kann mich nicht damit abfinden, daß er so jung sterben mußte.«

Lynley verstand sofort, daß Lockwood Jean Bonnamy nicht die ganze Wahrheit gesagt hatte. »Matthew Whateley wurde ermordet.«

Mit einem Ruck hob sie den Kopf. Sie wollte das Wort wiederholen und konnte es nicht. Statt dessen sagte sie nur: »Wann?«

»Wahrscheinlich am Freitag oder Samstag.«

Automatisch stellte sie den Rechen an den Stamm einer Kastanie, ließ die Baumschere daneben ins Gras fallen und lehnte sich dann selbst an den Baum, als brauche sie eine Stütze. »Mr. Lockwood sagte mir nicht –« Ihr Ton wurde zornig. »Warum hat er es mir nicht gesagt?«

»Was hat er Ihnen denn gesagt?«

»Praktisch gar nichts. Daß Matthew tot sei. Daß die Schule nichts Näheres wisse. Er wimmelte mich ab, indem er mir versprach, er würde mich zurückrufen, sobald er mir ›Näheres‹ berichten könne. Er sagte, er würde uns wissen lassen, wann die Beerdigung ist, damit mein Vater und ich hingehen können.« Die Tränen schossen ihr in die Augen und rannen ihr über das Gesicht. »Er wurde ermordet? Er war so ein lieber kleiner Bursche.«

Sie wischte sich mit dem Ärmel ihrer Windjacke über die Wangen, verschmierte die Erde in ihrem Gesicht und am Stoff der Jacke. Als sie es bemerkte, sah sie auf ihre schmutzigen Hände und sagte: »Ich muß fürchterlich aussehen. Ich mußte was tun. Ich mußte arbeiten. Mein Vater wollte nicht reden. Er ist – Ich mußte raus, nur ein paar Minuten. Und im Obstgarten gab es einiges zu tun. Ich denke, wir brauchten beide ein bißchen Alleinsein. Aber das Schlimmste weiß er noch nicht. Wie soll ich es ihm sagen?«

»Sie müssen es ihm sagen. Es ist wichtig, daß er es weiß. Wir müssen mit ihm über den Jungen sprechen, und das können wir nicht, wenn er die Wahrheit nicht weiß.«

»Ich habe Angst, es ihm zu sagen. Es kann ihn umbringen. Nein – ich weiß, daß Sie die Bemerkung übertrieben finden. Aber mein Vater ist krank, Inspector. Hat man Ihnen das in der Schule nicht gesagt?«

»Man sagte mir nur, daß Matthew ihn im Rahmen des freiwilligen Hilfsprogramms regelmäßig besuchte.«

»Er hatte vor zehn Jahren in Hongkong, als er noch beim Militär war, einen Schlaganfall. Daraufhin quittierte er den Dienst, und da meine Mutter damals schon tot war, zog er zu mir. Seitdem hat er drei weitere Schlaganfälle gehabt, Inspector. Und ich – wir sind jetzt so lange zusammen, daß ich bei der Vorstellung, es könnte ihm etwas passieren ...« Sie brach ab und räusperte sich.

»Wenn er weiß, daß der Junge tot ist, weiß er das Schlimmste schon«, sagte Barbara auf ihre gewohnt direkte Art.

Jean Bonnamy schien das einzusehen. Nach einem Moment des Überlegens nickte sie langsam und sagte zu Lynley: »Lassen Sie mich zuerst allein mit ihm sprechen. Würden Sie einen Moment hier warten?«

Nachdem sie zugestimmt hatten, eilte sie davon.

»Wie lange will Lockwood das eigentlich noch vertuschen?« fragte Barbara Lynley, als sie allein waren.

»Bestimmt so lange wie irgend möglich.«

»Aber das ist doch idiotisch. Früher oder später bekommt die Presse Wind von der Geschichte, wenn das nicht schon geschehen ist.«

»Ich glaube, es geht ihm weniger darum, die Geschichte geheimzuhalten, als darum, Bredgar Chambers unter allen Umständen herauszuhalten.«

»Und seinen eigenen Ruf, Havers. Lockwood weiß genau, daß seine Zukunft von seinem guten Ruf abhängt. Und beide sind natürlich untrennbar mit Bredgar Chambers verknüpft.«

»Und wenn sich herausstellen sollte, daß jemand, dem Lockwood Verantwortung übertragen hat, der Mörder ist?«

»Dann wird es ihm vermutlich schwerfallen, dem Verwaltungsrat zu erklären, wie er einen solchen Fehler, der von einem bedauerlichen Mangel an Menschenkenntnis zeugt, machen konnte.«

»Und dann ist er weg vom Fenster? Der erste Schulleiter von Bredgar Chambers, der nicht in den Sielen gestorben ist?«

Lynley lächelte schwach. »Sie sagen es, Sergeant.«

Jean Bonnamy rief sie von der Hintertür. »Bitte, Inspector, kommen Sie jetzt herein.«

Hätte nicht schon das Äußere das Alter des Hauses verraten, die Küche hätte alles gesagt. Mit dem Eintritt in diesen Raum wurde man in eine Vergangenheit befördert, in der das Leben weder bequem noch hübsch verpackt gewesen war. Lynley hatte den Eindruck, daß Jean Bonnamy es so mochte. Der alte Kohlenofen, auf dem ein Topf mit Gemüsesuppe stand, schien das zu bestätigen. Sie blieb stehen, um einmal kurz mit einem geschwärzten Holzlöffel die Suppe umzurühren, dann führte sie die Gäste durch die niedrige Tür in das Wohnzimmer nebenan.

Es war offensichtlich das Reich ihres Vaters. Andenken an die Jahre in Hongkong füllten den Raum: Fotografien von Dschunken im abendlich beleuchteten Hafen, eine große Sammlung geschnitzten Jades und eine zweite kunstvoller Elfenbeingegenstände, eine altertümliche Sänfte mit schwarzen Brokatvorhängen. Im großen offenen Kamin stand ein Drache, ein beeindruckendes Geschöpf mit einem Kopf aus Papiermaché und einem Leib aus roter Seide, von der Art, wie sie zum chinesischen Neujahr durch die Straßen getragen werden.

In diesem museumsgleichen Raum roch es unpassenderweise penetrant nach Hund. Der Sünder, ein kohlschwarzer Retriever mit ergrauender Schnauze und Triefaugen, lag auf einer Decke vor einem elektrischen Heizofen. Er hob nur träge den Kopf, als Lynley und Havers eintraten.

Neben dem Hund saß, den Rücken zur Tür, Colonel Bonnamy in einem Rollstuhl. Er hatte einen niedrigen Tisch aus hellem Kirschholz vor sich, auf dem ein Schachbrett stand. Die Stellung der Figuren verriet, daß eine Partie im Gang war. Von einem Mitspieler war jedoch nichts zu sehen.

»Hier ist der Inspector, Vater«, sagte Jean Bonnamy. »Und Miss Havers, seine Mitarbeiterin.«

»Der Teufel soll sie holen«, versetzte Colonel Bonnamy. Seine Rede war völlig klar, unbeeinträchtigt von den Schlaganfällen.

Jean Bonnamy ging zum Rollstuhl. »Ich weiß, Vater«, sagte sie liebevoll und drehte den Stuhl um, wobei sie darauf achtete, daß sie nicht an den Tisch stieß, auf dem das Schachbrett stand.

Obwohl Jean Bonnamy sie über den Gesundheitszustand ihres Vaters unterrichtet hatte, waren sie über den Anblick, der sich ihnen bot, entsetzt. Der Colonel wäre selbst als völlig Gesunder eine, freundlich ausgedrückt, ungewöhnliche Erscheinung gewesen. Haar wuchs ihm in dichten grauen Büscheln aus den Ohren. Große dunkle Sommersprossen, die fast wie verkrustete Wunden aussahen, bedeckten seinen kahlen Schädel. Er hatte eine gewaltige, knollige Nase und auf dem linken Nasenflügel eine bizarr geformte Warze.

Krankheit hatte Bonnamy zusätzlich entstellt. Die Schlaganfälle hatten die linke Körperhälfte angegriffen; die Gesichtsmuskeln waren heruntergezogen, so daß ein ständiges hämisches Grinsen seinen Mund verzerrte, und die linke Hand war zur Klaue erstarrt. Obwohl das Zimmer gut geheizt war, trug er dicke Schuhe, eine Wollhose und ein Flanellhemd. Über seinen Knien lag eine Mohairdecke.

»Bitte nehmen Sie doch Platz«, sagte Jean Bonnamy.

»Wie kommt man mit den Freiwilligen Helfern von Bredgar Chambers in Verbindung?« fragte Lynley. »Wie ich von Mr. Pitt hörte, war Matthew nicht der erste Schüler, der zu Ihnen kam.«

»Aber der erste Vernünftige«, brummte der Colonel. Er hustete und umklammerte mit der gesunden Hand die Lehne seines Stuhls. Sein rechter Arm zitterte.

»Mein Vater kann manchmal ein rechter Griesgram sein«, bemerkte Jean. »Doch, Vater, du brauchst es gar nicht zu bestreiten. Du weißt es ganz genau. Ich dachte, es würde ihm guttun, wenn er auch mal andere Leute sieht außer mir. Ich las am Schwarzen Brett in der Kirche von den Freiwilligen Helfern und rief daraufhin in der Schule an. Das war vergangenen Sommer.«

»Albernes Kroppzeug alles, bis auf Matt«, fügte ihr Vater hinzu, den Kopf nach vorn gebeugt, die Augen auf seine Knie gerichtet.

»Wir haben es mit sechs oder sieben versucht. Alle Altersklassen. Jungen und Mädchen. Mit keinem klappte es. Bis auf Matt. Er und mein Vater kamen vom ersten Moment an prächtig miteinander aus.«

»Heute.« Die Stimme des Colonels war rauh. »Er hätte heute kommen sollen, Jeannie. Die Schachfiguren stehen noch genauso wie wir sie am Dienstag gelassen haben. Genau wie wir sie gelassen haben. Und Sie sagen ...« Er hob mit sichtlicher Anstrengung den Kopf und sah Lynley an. Er hatte graue Augen, scharf und intelligent. »Sie sagen, er wurde ermordet. Wirklich ermordet?«

»Ja, es tut mir leid.« Lynley beugte sich vor. Neben ihm blätterte Barbara in ihrem Block. »Er wurde in Stoke Poges gefunden, Colonel Bonnamy. Nackt. Er war offensichtlich gefoltert worden.«

Der Colonel machte sich rasch ein Bild. »Dann muß es jemand vom Lehrerkollegium gewesen sein. Ein heimlicher

Perverser, der mit einem Heiligenschein rumläuft. Das glauben Sie doch, nicht?«

»Wir wissen nicht, was wir glauben sollen. Anfangs hatte es den Anschein, als hätte Matthew aus der Schule weglaufen wollen und wäre unterwegs von einem Autofahrer mitgenommen worden, der ihn mißbrauchte und dann ermordete.«

»Nein. Weglaufen gibt's für einen Jungen wie Matt nicht. Matt Whateley war ein kleiner Kämpfer. Nicht die Sorte Kämpfer, die sie an der Schule gewöhnt sind. Aber ein Kämpfer.«

»Was für ein Kämpfer?«

Colonel Bonnamy tippte sich an die Schläfe. »Einer, der mit dem Kopf kämpft.«

»Sie scheinen zu dem Jungen eine engere Beziehung gehabt zu haben als die meisten«, sagte Lynley. »Hat er sich Ihnen anvertraut?«

»Er brauchte sich mir nicht anzuvertrauen. Ich hab schließlich Augen im Kopf.«

»Und Sie hatten, wie Sie sagten, den Eindruck, daß er mit dem Verstand kämpfte.«

»Schach«, sagte der Colonel nur.

Jean Bonnamy fand offensichtlich, die Bemerkung trüge nichts zur näheren Beschreibung des Jungen bei, denn sie sagte: »Mein Vater brachte Matt das Schachspielen bei. Und ganz gleich, wie schwer es dem Jungen fiel, wie oft mein Vater ihn besiegte, er gab nicht auf. Ich glaube, er war nicht einmal entmutigt. Er kam vergnügt und munter jeden Dienstag hier an, stellte das Brett auf und versuchte sein Glück von neuem.«

»Und hat er Ihnen von der Schule erzählt, während er hier war und mit Ihnen spielte? Vom Unterricht? Von seinen Freunden? Und den Lehrern?«

»Nein. Nur, daß er gute Noten hatte.«

»Mein Vater war wegen der Noten immer hinter ihm her«, fügte Jean hinzu. »Wir haben beide mit ihm darüber gesprochen, was er später einmal werden wollte.«

»Ich gewann den Eindruck, daß den Eltern so das traditionelle Bild vorschwebte«, sagte der Colonel, »auch wenn Matt nicht viel von ihnen gesprochen hat. Aber unser kleiner Matt war im Herzen ein Künstler. Darüber hat er mit uns gesprochen. Wenn er von der Schule sprach oder von seiner Zukunft, sprach er immer von Kunst.«

»Mein Vater ermutigte ihn«, bemerkte Jean. »Matt hat ihm versprochen, ihm eines Tages eine seiner Skulpturen zu schenken.«

Erste Ahnungen regten sich, während Lynley dem Colonel zuhörte. Und sie waren begleitet von dem langsamen Begreifen, daß dieser Fall sich als in einem Maß verwickelt erweisen würde, das über seine Erwartungen weit hinausging. Mit wachsender Beklemmung hörte er den weiteren Ausführungen des Colonels zu.

»Nun, Matthew hatte wenigstens das Glück, daß nur ein Elternteil in diesem blödsinnigen Korsett aus Familienehre und Familientradition steckte.«

»Nur ein Elternteil?« wiederholte Lynley.

Der Colonel nickte. »Die Mutter. Ich habe sie nie kennengelernt, aber der Name Whateley sagt wohl klar, daß der Vater kein Chinese war. Also muß die Mutter Chinesin sein. Wir haben nicht darüber gesprochen. Ich vermute, Matt hatte es deshalb schwer genug an dieser piekfeinen Schule. Da wollte er außerhalb nicht auch noch daran erinnert werden.«

Neben sich auf dem Sofa spürte Lynley Barbaras hastige Bewegung. Er wäre selbst am liebsten aufgesprungen, hätte alle Fenster aufgerissen und wäre zur Tür hinausgerannt. Aber er tat nichts dergleichen. Vielmehr versuchte er, sich das Bild des Kindes vor Augen zu führen, das er auf den

Fotografien gesehen hatte, erinnerte sich des dunklen Haars, der Haut, die die Farbe gebleichter Mandeln hatte, der zarten Gesichtszüge, der kohlschwarzen Augen. Die Augen waren groß und rund. Nicht die eines Chinesen. Die eines Spaniers vielleicht. Aber bestimmt nicht die eines Chinesen. Ausgeschlossen.

»Sie wußten nicht, daß Matt Eurasier war, Inspector?« fragte Jean.

Lynley schüttelte den Kopf, mehr aus Verwirrung als zum Zeichen der Verneinung. »Haben Sie ein Foto des Jungen, der Sie besuchte?«

Sie stand auf. »Ich hole eines.«

Nachdem sie gegangen war, sagte der Colonel: »Ich denke, wenn Sie einen Mörder suchen, dann sollten Sie bei den bigotten Spießern anfangen, die den Kontakt mit Menschen, die anders sind als sie selbst, nicht aushalten können. Bei den Ignoranten, die alles, was sie nicht verstehen können, kaputtmachen müssen.«

Lynley hörte die Worte, aber er konnte nichts anderes denken als unmöglich! Unmöglich, daß Matthew Whateley nicht der war, als der er sich von Anfang an gezeigt hatte: Der Sohn Kevin und Patsy Whateleys, Kind einer Familie der Arbeiterklasse, Stipendiat, fleißiger Schüler mit einer Leidenschaft für Modelleisenbahnen.

Jean Bonnamy kam mit der Fotografie zurück, die sie Lynley reichte. Er betrachtete sie und nickte Barbara zu. »Ja, das ist er«, sagte er und sah wieder das Foto an, das Matthew und den Colonel beim Schachspiel zeigte. Matthews Arm war ausgestreckt, als sei er eben dabei, eine Figur zu setzen, aber sein Gesicht war dem Betrachter zugewandt, und er lächelte so strahlend wie auf dem Foto, das ihn mit seiner Freundin Yvonnen Livesley an der Themse zeigte.

»Ich habe Matthews Eltern kennengelernt«, sagte er zum Colonel. »Sie sind beide keine Chinesen.«

Den Colonel schien diese Neuigkeit nicht zu beeindrukken. »Der Junge war Eurasier«, behauptete er mit Bestimmtheit. »Ich habe fünfunddreißig Jahre lang in Hongkong gelebt. Ich merke es, wenn ich ein Mischlingskind vor mir habe. Für Sie mag Matt wie ein kleiner Engländer ausgesehen haben. Aber jeder, der einige Zeit im Orient gelebt hat, hätte sofort gesehen, daß er Halbchinese war.« Sein Blick glitt zum offenen Kamin und blieb am Kopf des farbenfrohen Drachen hängen. »Es gibt Leute, die alles niedertrampeln müssen, was sie nicht verstehen. So wie man eine Spinne mit dem Fuß tottritt. Nach so etwas sollten Sie Ausschau halten. Nach dieser Art von Gemeinheit und Haß. Nach einem Menschenverächter, für den nur das reine weiße Britannia gilt und alles andere Dreck ist. Schauen Sie sich an der Schule um. Ich könnte mir denken, daß Sie es da finden.«

Eine Menge neuer Gesichtspunkte, die der Überprüfung bedurften. Und eine Reihe neuer Fragen, die angesichts dessen, was Lynley über Matthew Whateleys Familie zu wissen glaubte, der Aufklärung bedurften.

»Hat Matthew mit Ihnen über diese Dinge gesprochen? Über seine Familie? Über Rassismus in der Schule? Schwierigkeiten mit einem Lehrer oder einem Mitschüler vielleicht?«

Der Colonel schüttelte den Kopf. »Er hat höchstens einmal von seinen Noten erzählt. Und auch dann nur, wenn ich danach fragte. Sonst hat er überhaupt nicht von der Schule gesprochen.«

»Aber das Motto, Vater«, warf Jean ein. »Das hast du doch nicht vergessen.« Sie kehrte zu ihrem Sessel zurück und wandte sich Lynley zu. »Matthew hatte irgendwo das Motto der Schule entdeckt – in der Kapelle oder der Bibliothek, ich weiß nicht mehr. Aber er war sehr beeindruckt davon.«

»Ich kenne das Motto nicht«, erwiderte Lynley. »Wie lautet es?«

»Wie es auf Lateinisch lautet, weiß ich nicht. Er hatte sich von irgend jemandem eine Übersetzung geben lassen, und die brachte er uns«, erklärte Jean Bonnamy. »Es ging um Ehre. Er war sehr –«

»Doch, das hatte ich vergessen, Jeannie«, unterbrach der Colonel nachdenklich. »Stab und Rute sei die Ehre«.

»Merkwürdiges Gesprächsthema für einen dreizehnjährigen Jungen«, bemerkte Barbara.

»Nicht für diesen Jungen«, entgegnete der Colonel. »Die Ehre ist ihnen im Blut. Sie ist das Herzstück ihrer Kultur.«

Lynley wollte dieses strittige Gespräch vermeiden. »Wann führten Sie dieses Gespräch? Wie kam es dazu?«

Der Colonel sah hilfesuchend seine Tochter an. »Wann war es, Jeannie?«

»Vor einem Monat ungefähr? Hatten sie nicht in der Schule – in Geschichte – über Lady Jane Grey gesprochen? Daß sie für den Glauben gestorben war, für die Religion? Kamen wir nicht dadurch darauf? Ich erinnere mich, daß Matt fragte, ob du der Meinung seist, Ehre verlange, daß man das Rechte tue. Du hast ihn gefragt, wie er plötzlich auf diesen Gedanken gekommen sei, und da erzählte er von Lady Jane Grey und ihrem Entschluß, lieber zu sterben als ihre Religion zu verleugnen.«

Der Colonel nickte bedächtig. »Ja, er wollte wissen, was wir für wichtiger hielten, Ehrenkodex oder Verhaltenskodex.«

»Du sagtest, da gäbe es keinen Unterschied.«

»Richtig. Aber Matthew war anderer Meinung.« Der Colonel warf einen Blick auf das Foto, das Lynley Jean zurückgegeben hatte. »Das war der Mensch der westlichen Hemisphäre, der da aus ihm sprach. Aber sein chinesisches Erbe sagte ihm, daß beides ein und dasselbe ist.«

Lynley spürte einen Anflug von Irritation über die beständigen Verweise auf eine Herkunft, die ihm durch nichts erwiesen schien. »Und doch haben Sie mit ihm nie über dieses Erbe gesprochen. Trotz Ihrer eigenen offenkundigen Liebe zu dieser Kultur.«

»Sowenig, wie ich mit Ihnen über Ihr nordisches Erbe spreche, dem Sie Ihr prachtvolles blondes Haar zu verdanken haben, Inspector. Wir alle tragen das Erbe anderer Kulturen in uns, ist es nicht so? Nur sind einige von uns dieser Kultur zeitlich näher als andere. Aber wir alle entstammen einer anderen Wurzel. Das akzeptieren heißt das Leben akzeptieren. Die, die das nicht annehmen können, werden die Zerstörer. Das ist alles, was ich Ihnen sagen kann.«

Damit betrachtete der Colonel das Gespräch offensichtlich als beendet. Lynley sah ihm an, wie anstrengend es für ihn gewesen war. Seine Glieder zitterten, die Bewegungen waren fahrig. Müdigkeit zeichnete das Gesicht. Es wäre sinnlos gewesen, weiter in ihn zu drängen. Lynley stand auf, sprach dem alten Herrn seinen Dank aus und folgte zusammen mit Barbara Jean Bonnamy hinaus. Erst als sie draußen beim Wagen standen, kam noch einmal ein kurzes Gespräch auf.

»Eines möchte ich Sie noch fragen, Miss Bonnamy«, sagte Lynley. »Ich möchte Ihnen gewiß keinen Schmerz bereiten, ich möchte nur verstehen, wie Ihr Vater auf den Gedanken kommt, Matthew Whateley sei Chinese gewesen. Ihr Vater hat vier Schlaganfälle hinter sich. Er kann sie nicht unbeschadet überstanden haben.«

Sie blickte an ihm vorbei zur Hecke. Drei Vögel tummelten sich in einer kleinen Pfütze davor.

»Sie meinen, es ist alles Einbildung?« fragte sie mit einem Lächeln. »Ich wollte, ich könnte Ihnen die Sache erleichtern, Inspector. Denn es wäre doch leichter, wenn ich Ihnen einfach zustimmen würde, nicht? Aber das kann ich nicht. Ich habe selbst bis zu meinem zwanzigsten Lebensjahr in Hongkong gelebt. Als Matthew im vergangenen September das erste Mal zu uns ins Haus kam, sah ich auf den ersten Blick, daß er chinesisches Blut hatte. Es hat also überhaupt nichts mit Hirngespinsten meines Vaters zu tun. Selbst wenn man ihm nachsagen wollte, er sei nicht im Vollbesitz seiner geistigen Kräfte, mir kann man das gewiß nicht nachsagen.« Sie rieb die ungewaschenen, erdigen Hände aneinander. »Aber ich wollte, ich könnte ein paar Dinge ändern.«

»Was?«

Sie zuckte die Achseln. Ihre Lippen zitterten, aber es gelang ihr, sich zu beherrschen, und sie sprach ganz ruhig. »Als ich ihn am letzten Dienstag in die Schule zurückbrachte, war es schon spät. Ich fuhr am Pförtnerhaus vorbei und wollte ihn eigentlich direkt zum Haus Erebos bringen, aber er bat mich, an dem Seitenweg, der zur Remise führt, anzuhalten, weil ich da leichter wenden könnte. Er sagte, er könne den Rest des Wegs zu Fuß gehen. Er war immer sehr aufmerksam. Das war typisch für ihn.«

»Und da haben Sie ihn das letzte Mal gesehen?«

Sie nickte und sprach weiter, als hoffe sie, mit ihren Worten den Schmerz vertreiben zu können. »Ich ließ ihn raus. Er machte sich auf den Weg. Dann kam plötzlich ein Minibus den Seitenweg herauf. Das Licht der Scheinwerfer fiel auf Matthew. Ich habe das sehr genau in Erinnerung. Er hörte den Bus offenbar und drehte sich um. Er winkte mir zu. Und er lächelte.« Sie wischte sich die Augen. »Matthew hatte ein so strahlendes Lächeln, Inspector.«

»Unter Matthews Sachen fanden wir den Entwurf eines Briefes an Sie. Hat er Ihnen letzte Woche geschrieben?« Lynley zog das Blatt, das er aus dem Heft gerissen hatte, aus seiner Tasche und reichte es ihr.

Sie las, nickte und gab ihm das Papier zurück. »Ja. Den

Brief habe ich am Freitag bekommen. Immer wenn er bei uns zu Abend gegessen hatte, schrieb er einen kleinen Dankesbrief. Jedesmal.«

»Er schreibt hier von einem Jungen, der ihn gesehen hat. Sie haben ihn wohl erst nach der Sperrstunde zur Schule zurückgebracht?«

»Ja. Mein Vater und er waren so in ihr Schachspiel vertieft, daß sie nicht auf die Zeit achteten. Ich rief ihn am Mittwoch an, um mich zu vergewissern, daß er keine Schwierigkeiten bekommen hatte. Er sagte, einer der Großen hätte ihn gesehen.«

»War er gemeldet worden?«

»Offenbar nicht. Jedenfalls noch nicht. Ich glaube, Matthew hatte die Absicht, auf jeden Fall mit dem anderen Jungen zu sprechen. Um zu erklären, wo er gewesen war.«

»Hätte Matthew mit einer Strafe für sein Zuspätkommen rechnen müssen, obwohl er bei Ihnen gewesen war?«

»Anscheinend. Man verlangt von den Schülern, daß sie verantwortungsbewußt genug sind, rechtzeitig in die Schule zurückzukehren.«

»Und was für eine Strafe hätte Matthew für seine verspätete Rückkehr bekommen?«

»Eine Woche Stubenarrest vielleicht. Oder eine Verwarnung. Ich kann mir nicht vorstellen, daß ihn etwas Schlimmeres erwartet hätte.«

»Und den anderen Jungen?«

Jean Bonnamy zog die Brauen zusammen. »Den anderen Jungen?«

»Der Matthew gesehen hat.«

»Ich verstehe nicht.«

Lynley selbst hatte diese Wendung bisher nicht gesehen. Nicht nur Matthew Whateley war am Dienstag abend nach der Sperrstunde noch unterwegs gewesen, sondern auch ein anderer Schüler.

14

»Das Ding schmeckt wie Sägemehl, Inspector. Einfach widerlich. Es ist bestimmt von letzter Woche. Von wegen ›frisch gemachte Brote‹! Da kann ich nur lachen. Dem Burschen sollte man mal wegen irreführender Werbung eines auf die Nase geben.«

Verärgert wischte Barbara die Krümel des Käsebrots von ihrem braunen Pullover auf den Boden von Lynleys Wagen. Als er versuchte zu protestieren, zuckte sie nur mit den Schultern.

»Wir hätten ruhig anhalten können. Wir hätten in das Pub gehen können. Außerdem«, murrte Barbara, »lockt mich überhaupt nichts in die verdammte Schule zurück. Der ganze Fall kommt mir vor wie ein einziger Morast. Und wir stecken schon bis zum Hals drin. Noch eine Sackgasse, und wir gehen unter.«

»Sie schmeißen Ihre Metaphern ganz schön durcheinander, Havers.«

»Ist das vielleicht ein Wunder?« fragte sie verächtlich. »Schauen Sie sich doch mal an, wo wir überall rumkrebsen. Angefangen haben wir mit sozialen Problemen. Matt Whateley rannte aus der Schule weg, weil er zu den elitären Typen auf der Schule nicht paßte. Dann glaubten wir, er wäre abgehauen, weil irgendein Brutalo ihn schikanierte. Danach hatten wir's mit Homosexualität und Perversion. Und jetzt sind wir beim Rassenvorurteil angelangt. Ganz zu schweigen von der Tatsache, daß er nach der Sperrstunde unterwegs war und gesehen wurde. Das ist ein prima Mordmotiv.« Sie holte ihre Zigaretten heraus und zündete sich trotzig eine an. Lynley öffnete sein Fenster. »Ich weiß überhaupt nicht mehr, wo die ganze Sache hinführt, und langsam bin ich an dem Punkt, wo ich auch nicht mehr weiß, wo wir herkommen.«

»Die Bonnamys haben uns ziemlich aus der Bahn geworfen.«

Barbara stieß eine Rauchwolke aus. »Chinese! Das ist doch ein Witz, Inspector! Darauf brauchen wir wirklich nichts zu geben. Da sehen die beiden einen dunkelhaarigen kleinen Jungen, der sie an vergangene Zeiten erinnert, und sofort ist er für sie ein Chinese.«

Lynley widersprach nicht. »Ja, scheint ziemlich an den Haaren herbeigezogen. Aber es gibt da noch einen anderen Aspekt, Sergeant.«

»Und der wäre?«

»Die Bonnamys kennen Giles Byrne nicht. Sie wissen nicht, daß er an der Schule einmal einen Schützling hatte, der Chinese war – Edward Hsu. Ist es nicht ein merkwürdiger Zufall, daß sie uns aus heiterem Himmel erklären, Matthew habe chinesisches Blut gehabt?«

»Wollen Sie damit sagen, die Tatsache, daß Matthew Chinese war – wenn wir das für den Moment mal als zutreffend voraussetzen –, habe Giles Byrne überhaupt erst auf ihn aufmerksam gemacht?«

»Möglich wäre es immerhin, oder? Denn ist es nicht sonderbar, daß beide tot sind, Edward Hsu und Matthew Whateley? Zwei Jungen, die Giles Byrne unter seine Fittiche genommen hatte; und beide Chinesen.«

»Ja, wenn Sie glauben wollen, daß Matthew Whateley Chinese war. Aber wenn er einer war, wo kam er dann her? War er das Produkt eines Seitensprungs von Patsy Whateley, von dem ihr Mann nichts weiß? Oder war er Kevin Whateleys außerehelicher Sohn, den die hochherzige Patsy liebevoll an ihren mütterlichen Busen nahm? Wer ist er?«

»Ja, das müssen wir herausfinden. Nur die Whateleys können es uns sagen.«

Als sie vor der Schule aus dem Wagen stiegen und durch das Haupttor hineingingen, sahen sie, daß die Tür zur Kapelle offenstand. Drinnen war der Chor versammelt. Die Jungen trugen ihre Schuluniformen und nicht die Chorgewänder, von denen am Vortag eine Aura reinster Unschuld ausgegangen war. Sie hatten offenbar Probe. In der Mitte einer Chorpartie aus dem *Messias*, wie Lynley erkannte, winkte der Chorleiter ungeduldig ab, gab einige Anweisungen und hob von neuem den Taktstock.

»Aha, Vorbereitungen für Ostern«, stellte Barbara fest. »Tut mir leid, aber unter den gegebenen Umständen finde ich das ziemlich ätzend. Da singen sie Gloria und Halleluja, und vor ein paar Tagen ist einer ihrer Mitschüler auf gemeinste Weise umgebracht worden.«

»Aber gewiß nicht vom Chorleiter«, versetzte Lynley, die Augen auf die singenden Jungen gerichtet.

Chas Quilter stand in der letzten Reihe. Lynley beobachtete ihn, während er sich klarzumachen versuchte, was es war, daß der Junge schon bei ihrem ersten Zusammentreffen in ihm ein undefinierbares Gefühl der Beklemmung hervorgerufen hatte.

Wieder unterbrach der Chorleiter und sagte: »Machen wir jetzt mit Mr. Quilters Solo weiter. Haben Sie die Stelle, Quilter?«

Lynley wandte sich ab. »Gehen wir zu Lockwood, Havers.«

Der Kapelle gegenüber waren zwei Türen, die Besuchern Zutritt zum Verwaltungstrakt von Bredgar Chambers boten. Die eine führte in das Büro des Pförtners, die andere in einen Korridor, in dem die Pokale ausgestellt waren, die die Sportmannschaften der Schule gewonnen hatten. Durch diesen Gang gelangten sie zum Sekretariat, wo Alan Lockwoods Sekretärin an der Schreibmaschine saß. Als sie Lynley und Havers bemerkte, stand sie mit einer

Hast auf, die eher an Flucht als an Willkommen denken ließ. Durch die geschlossene Tür auf der anderen Seite des Flures war Stimmengemurmel zu hören.

»Sie wollen zum Direktor«, stellte die Sekretärin fest. »Er ist augenblicklich in einer Besprechung. Bitte warten Sie in seinem Arbeitszimmer.« Dann eilte sie an ihnen vorüber, öffnete die Tür zu Lockwoods Zimmer und winkte sie hinein. »Ich kann nicht sagen, wie lange es dauern wird«, bemerkte sie kühl, ehe sie die Tür schloß.

»Reizendes Mädchen«, stellte Barbara fest, als sie allein waren. »Weiß offensichtlich genau, was sie zu tun hat.«

Lynley nutzte die Gelegenheit, um die Fotografien und Zeichnungen zu mustern, die, an einer der Wände aufgereiht, die Geschichte der Schule dokumentierten. Barbara gesellte sich zu ihm.

Die Fotografien umfaßten die letzten hundertfünfzig Jahre, verblichene Daguerrotypien waren die ersten fotografischen Zeugnisse. Schulkinder posierten im Schatten des Standbildes Heinrich VII.; standen vor der Schule aufgereiht; marschierten in feierlicher Parade über den Sportplatz; rollten in Pferdewagen die Auffahrt herauf. Alle waren sie blitzsauber und adrett in ihren Schuluniformen, alle strahlten sie.

»Fällt Ihnen was auf, Sergeant?«

»Nichts, bis auf ein auffallendes Gesicht hier und dort. Für frühere Zeiten ganz normal. Für die letzten zehn Jahre eher ungewöhnlich.«

»Also sind wir wieder beim Rassismus angelangt.«

»Ich glaube nicht, daß wir ihn außer acht lassen können, Havers. Jedenfalls vorläufig nicht.«

»Ja, schon möglich. Wir können's ja mal durchspielen.«

Als sich die Tür öffnete, drehten sie sich beide um. Aber nicht Alan Lockwood kam herein, sondern seine Frau mit einem großen Blumenarrangement in einer flachen Schale.

Sie stockte nicht, als sie Lynley und Havers sah. Lächelnd nickte sie ihnen zu und trug die Blumen zum Tisch im Erker.

»Ich hatte sie eigentlich fürs Konferenzzimmer gedacht«, erklärte sie geschwätzig. »Blumen machen ein Zimmer immer gleich viel freundlicher, und da mein Mann drüben mit einigen Eltern spricht, dachte ich mir, daß die Blumen ... Ich versorge die ganze Schule mit Blumen. Aus unserem Gewächshaus. Aber das habe ich Ihnen schon erzählt, nicht? Manchmal vergesse ich, wem ich was schon mal erzählt habe. Das erste Anzeichen von Altersschwäche, sagt mein Mann immer.«

»Kaum«, widersprach Lynley lächelnd. »Sie müssen wahrscheinlich nur sehr viel im Kopf haben. Sie sprechen doch gewiß jeden Tag mit einer Menge Leute. Wie soll man da jede Einzelheit behalten?«

»Ja, natürlich.« Sie ging zum Schreibtisch ihres Mannes und schob völlig überflüssig einen Stapel Akten zurecht, der dort durchaus ordentlich lag. Diese Geschäftigkeit verriet, daß ein anderes Anliegen als einzig die Blumen sie ins Zimmer geführt hatte.

»Er arbeitet viel zuviel und ist oft so erschöpft, daß er sich manchmal nicht überlegt, was er sagt, Inspector. Da rutscht ihm schon einmal etwas Unbedachtes heraus. Wie diese Bemerkung über die Altersschwäche. Aber er ist ein feiner Mensch. Ein anständiger, aufrechter Mann.«

Sie entdeckte einen Bleistift zwischen den Akten und legte ihn zu den anderen in eine Schale. »Mein Mann bekommt nicht die Anerkennung, die er eigentlich verdient. Die Leute wissen gar nicht, was er alles für die Schule tut, und er spricht nicht darüber. Es ist nicht seine Art, große Worte zu machen. Jetzt ist er drüben im Konferenzzimmer und spricht mit vier Elternpaaren, deren Kinder sonst vielleicht nach Eton oder Harrow gehen würden. Aber er wird sie davon überzeugen, daß Bredgar die beste Wahl ist. Es gelingt ihm fast immer.«

»Das ist sicher die Aufgabe, die einem Schulleiter das meiste Kopfzerbrechen bereitet«, meinte Lynley.

»Ja, aber meinem Mann geht es um mehr«, erwiderte sie. »Er will die Schule unbedingt wieder auf das Niveau bringen, das sie unmittelbar nach dem Krieg hatte. Das hat er sich zur Aufgabe gemacht. Ehe er hierher kam, waren die Anmeldungen zurückgegangen. Die Leistungen waren schlecht, das zeigte sich besonders beim *A-level.* Er ist entschlossen, das zu ändern, und hat auch schon viel erreicht. Der neue Theaterbau war sein Einfall. Ein Mittel, um mehr Schüler für die Schule zu gewinnen. Natürlich Schüler, die hierher passen.«

»Paßte Matthew Whateley hierher?«

»Ich habe ihm Geigenunterricht gegeben. Ehe wir nach Bredgar kamen, war ich bei den Londoner Philharmonikern. Das wußten Sie wahrscheinlich nicht. Das weiß fast niemand. So etwas ist kein Thema für Gespräche mit den Frauen der Lehrer. Ich habe es aufgegeben, weil – na ja, als Frau eines Schulleiters hat man genug zu tun. Ich spiele jetzt hier im Schulorchester mit und gebe einigen Schülern Unterricht. Das ist zwar nicht ganz dasselbe –« sie lächelte bedauernd – »aber es ist wenigstens etwas. Man kommt nicht aus der Übung.«

Lynley hatte sehr wohl gemerkt, daß sie seiner Frage ausgewichen war. »Wie oft war Matthew bei Ihnen?«

»Einmal in der Woche. Er hat leider nicht genug geübt. Aber das ist ja bei den meisten Kindern so. Ich muß allerdings sagen, daß ich von einem Stipendiaten mehr erwartet hätte.«

»Aber das Stipendium war doch nicht von seinen Leistungen in der Musik abhängig?«

»Nein, das nicht. Aber bei einem Stipendiaten hofft man,

daß er etwas interessierter ist, Inspector. Matthew – er war ehrlich gesagt nicht der Begabteste unter den Bewerbern. Mein Mann sagte immer, Matthew entspräche leider nicht ganz dem, was man sich für Bredgar Chambers wünschen würde. Aber seine Schuld war das nicht. Und es war auch nicht sein Betreiben, daß Matthew das Stipendium bekam. Man kann ihm also an dem Tod des Jungen wahrhaftig keine Schuld geben. Er meinte, er müßte –«

»Kathleen!«

Lynley und Barbara fuhren herum. Lockwood stand mit hochrotem Gesicht an der Tür.

Kathleen Lockwood schluckte. »Oh, Alan.« Mit einer Hand wies sie unsicher zum Tisch. »Ich habe dir Blumen gebracht. Eigentlich wollte ich sie dir ins Besprechungszimmer stellen, aber ich kam mit der Zeit nicht hin. Darum habe ich sie dir hier herein gestellt.«

»Danke.« Er trat neben die Tür. Die Botschaft war unmißverständlich. Ohne einen Blick auf Lynley oder Havers ging Kathleen Lockwood aus dem Zimmer.

Lockwood schloß die Tür hinter ihr. Dann drehte er sich nach den Polizeibeamten um und maß sie mit kaltem, taxierenden Blick, ehe er sich zu seinem Schreibtisch begab und dort stehen blieb, ganz Selbstsicherheit und Autorität.

»Man hat mir berichtet, daß Miss Havers, Ihre Mitarbeiterin, fast den ganzen Morgen mit einer äußerst gründlichen Inspektion der Schulgebäude und des Geländes zugebracht hat, Inspector«, sagte Lockwood, jede einzelne Silbe betonend. »Ich würde gern wissen, wozu.«

Lynley antwortete nicht sofort. Er ging erst einmal zum Tisch, zog einen Stuhl heraus und wartete, bis Barbara sich zu ihm gesellt hatte. Sie setzten sich beide nicht. Lockwood beobachtete sie eisern beherrscht. Er ging durch das Zimmer zum Fenster und stieß es weit auf.

»Ich wäre Ihnen dankbar für eine Antwort«, sagte er.

»Das ist verständlich.« Lynleys Erwiderung war freundlich. Er wies auf einen der Stühle. »Bitte setzen Sie sich, Mr. Lockwood.«

Einen Moment sah es aus, als würde Lockwood ablehnen. Doch nach einem merklichen Zögern setzte er sich ihnen gegenüber an den Tisch, diesmal seitlich zum Fenster, so daß sein Gesicht, anders als bei ihrem letzten Besuch, gut zu beobachten war.

»Ihr Pförtner fand Matthew Whateleys Schulkleidung auf dem Müllhaufen«, erklärte Lynley. »Da nun alle seine Kleider da sind – es fehlt nichts –, besteht begründeter Anlaß zu der Vermutung, daß er nackt war, als er von hier fortgebracht wurde.«

Lockwoods Gesicht verfinsterte sich. »Das ist ja absurd!«

»Was? Daß die Kleider gefunden wurden oder daß Matthew nackt von hier fortgebracht wurde?«

»Beides. Wieso wurde mir von der Auffindung der Kleider nichts gesagt. Wann hat Orten –«

Lynley unterbrach. »Ich könnte mir denken, Mr. Orten hielt es für ratsam, die Sache der Polizei zu übergeben. Wir suchen einen Mörder.«

Lockwoods Erwiderung war eisig. »Was genau soll das heißen, Inspector?«

»Daß Sergeant Havers heute morgen nach einem Ort suchte, wo Matthew von Freitag nachmittag, als er verschwand, bis zum Zeitpunkt seines Transports nach Stoke Poges, versteckt gehalten werden konnte.«

»Das ist ja lächerlich. Man kann hier in der Schule nirgends ein Kind versteckt halten.«

Es war klar, daß Lockwood gar nichts anderes tun konnte, als diese Möglichkeit zu leugnen. Lynley machte ihn darauf aufmerksam, daß die Schlüssel zu Gebäuden und Räumen jedermann zugänglich waren und daß die Sicherheitsvorkehrungen mehr als nachlässig seien.

Lockwood konterte geschickt. »In dieser Schule sind mehr als sechshundert Jungen und Mädchen, Inspector. Ganz zu schweigen vom Lehrkörper und dem übrigen Personal. Glauben Sie im Ernst, daß es möglich gewesen sein soll, diesen Jungen zu entführen, mehrere Stunden lang gefangenzuhalten und schließlich fortzuschaffen, ohne daß ein Mensch hier etwas merkte? Ich bitte Sie! Das ist das Lächerlichste, was ich je gehört habe.«

»Bedenken Sie die Umstände des Verschwindens«, entgegnete Lynley. »Wie immer man den Jungen auch fortgeschafft haben mag, es ist anzunehmen, daß es nachts geschah, als hier alle schliefen. Hinzu kommt, daß es am Wochenende geschah. Wir wissen doch beide, daß ein Internat am Wochenende wie ausgestorben sein kann, Mr. Lockwood. Jetzt, wo wir wissen, daß Matthew hier war, müssen wir den Lehrkörper und das übrige Personal verhören. Dazu brauchen wir die Unterstützung der örtlichen Polizei.«

»Das kommt nicht in Frage, Inspector. Wenn ein Verhör des Personals unerläßlich ist, werde ich selbst mich darum kümmern.«

Lynley machte Lockwood seine Position im Rahmen der Ermittlungen mit einer einfachen Frage klar. »Wo waren Sie am Freitag abend, Mr. Lockwood?«

Lockwoods Nasenflügel blähten sich. »Ach, ich bin wohl auch verdächtig? Ganz gewiß haben Sie auch ein fertiges Motiv parat.«

»Bei Mord ist zunächst einmal jeder verdächtig. Wo waren Sie Freitag abend?«

»Hier. In meinem Büro. Ich arbeitete an einem Bericht für den Verwaltungsrat.«

»Bis wann?«

»Das kann ich nicht sagen. Ich achtete nicht darauf.«

»Und als Sie mit der Arbeit fertig waren?«

»Ging ich nach Hause.«

»Haben Sie unterwegs in einem der Wohnheime vorbeigeschaut?«

»Wozu?«

»Sie kommen direkt an den Mädchenhäusern vorbei, nicht wahr? Da finde ich die Vermutung, daß Sie vielleicht noch einmal einen Blick hineingeworfen haben, durchaus normal.«

»Finden Sie, ja. Aber ich nicht. Es fällt mir nicht ein, nachts in den Wohnheimen herumzupirschen.«

»Aber wenn Sie wollten, könnten Sie jederzeit hineingehen. Keiner würde etwas dabei finden, Sie dort zu sehen.«

»Ich habe Wichtigeres zu tun, als meinen Lehrern nachzuschnüffeln. Die haben ihre Aufgaben, ich die meinen. Die Schüler passen selbst auf sich auf. Sie brauchen mich nicht dazu. Das wissen Sie doch aus eigener Erfahrung. Das ist der Sinn des Systems.«

»Sie haben also Vertrauen in Ihre Hausältesten und den Schulpräfekten?«

»Uneingeschränkt. Sie haben mir nie Anlaß zu Skepsis gegeben.«

»Und Brian Byrne?«

Lockwood machte eine ungeduldige Bewegung. »Das hatten wir doch schon einmal, Inspector. Brian hat mir keinerlei Anlaß gegeben zu bedauern, daß er Hausältester wurde.«

»Elaine Roly ist der Meinung, daß er selber ein wenig zu ausgehungert ist, um ein guter Hausältester zu sein.«

»Ausgehungert? Was, zum ...«

»Nach Beliebtheit und Anerkennung. So jemand ist nicht gerade die ideale Autoritätsperson.«

Lockwood lächelte amüsiert. »Ach so, daher weht der Wind. Wenn jemand dringend Beliebtheit und Anerkennung sucht, dann ist das die gute Miss Roly. Seit Jahr und

Tag bemüht sie sich unermüdlich um Frank Ortens Zuneigung. Als ob dieser alte Menschenfeind je wieder eine Frau ansehen würde, nach dem, was ihm seine geschiedene Ehefrau angetan hat! Was Brian Byrne angeht, so wurde er auf dem gleichen Weg Hausältester wie jeder andere. Ein Mitglied des Lehrerkollegiums schlug ihn vor.«

»Wer war das?«

»Ich erinnere mich leider nicht.« Lockwood streckte zerstreut den Arm nach dem Blumenarrangement seiner Frau aus und zupfte an einer Osterglocke. Wunderbar, dachte Lynley, wie der Körper immer die Wahrheit sagt, auch wenn der Geist lügen möchte.

»Wird Ihre Frau als Mitglied des Kollegiums betrachtet?« fragte er. »Ich weiß, daß sie im Schulorchester spielt und Musikunterricht erteilt. Selbst wenn sie dafür nicht bezahlt wird, hat sie doch gewiß eine Ehrenposition im Lehrerkollegium. Und hat sicherlich einen gewissen Einfluß bei Entscheidungen – wie ...«

»Ja, Sie haben recht. Kathleen schlug Brian vor. Ich bat sie darum. Giles Byrne wünschte, daß sein Sohn Hausältester würde. Ist es das, was Sie wissen wollten? Für Ihre Ermittlungen dürfte das wohl kaum von Belang sein.«

»Lag Giles Byrne daran, daß sein Sohn in einem bestimmten Haus Hausältester wurde?«

»In Erebos. Das ist nicht verwunderlich. Byrne selbst hat dort gewohnt, als er hier auf der Schule war.«

»Mr. Byrne scheint eine Reihe von Verbindungen zu Erebos zu haben«, meinte Lynley. »Er selbst wohnte dort. Sein Sohn ist dort untergebracht. Matthew Whateley, sein Schützling, wohnte dort. Und auch Edward Hsu wohnte dort. Was wissen Sie über Byrnes Beziehung zu ihm?«

»Nur, daß er den Jungen förderte und ihm die Gedenktafel in der Kapelle anbringen ließ. Er hatte Edward Hsu gern. Aber das war lange vor meiner Zeit.«

»Und was wissen Sie über den Selbstmord des Jungen?«

Lockwood zeigte offen seine ärgerliche Ungeduld. »Sie wollen doch nicht unterstellen, daß da ein Zusammenhang besteht? Edward Hsu starb 1975.«

»Das weiß ich. Wie ist er gestorben. Wissen Sie das?«

»Das weiß jeder hier. Er kletterte den Glockenturm hinauf, von dort auf das Dach der Kapelle und stürzte sich hinunter.«

»Warum?«

»Das weiß ich nicht.«

»Haben Sie eine Akte über ihn?«

»Ich wüßte nicht, wozu –«

»Ich möchte sie gern sehen, Mr. Lockwood.«

Ohne ein Wort der Erwiderung stand Lockwood auf, ging hinaus und blaffte draußen seine Sekretärin an. Als er wiederkam, trug er in der linken Hand eine aufgeschlagene Akte. Sie enthielt nur wenige Unterlagen. Lockwood blätterte sie rasch durch und hielt bei einem auf Luftpostpapier geschriebenen Brief inne.

»Edward Hsu kam aus Hongkong zu uns«, sagte er. »Seine Eltern lebten dort, wie aus diesem Schreiben hervorgeht, auch 1982 noch. Sie hatten erwogen, zu seinem Andenken ein Stipendium zu stiften, aber es scheint nichts daraus geworden zu sein.« Lockwood las weiter. »Sie schickten Edward nach England auf die Schule, weil auch sein Vater hier erzogen worden war. Die Ergebnisse der Aufnahmeprüfung sind ausgezeichnet. Er scheint ein begabter Junge gewesen zu sein. Er hätte es wahrscheinlich einmal weit gebracht. Sonst enthält die Akte keine Informationen, aber Sie wollen sie zweifellos dennoch selbst einsehen.«

Lockwood reichte Lynley die Unterlagen. *Verstorben* stand quer über dem Aktendeckel. Lynley sah die wenigen Papiere durch, fand aber nichts von Belang außer einer Fotografie, die Edward Hsu als Dreizehnjährigen, bei der

Ankunft in Bredgar Chambers zeigte. Er hob den Kopf. Lockwood beobachtete ihn unverwandt.

»Der Junge hat keinen Brief hinterlassen, aus dem hervorging, warum er sich das Leben nahm?« fragte Lynley.

»Nein, nichts, soviel ich weiß.«

»Ich habe mir vorhin die Fotos an der Wand angesehen. Mir ist aufgefallen, wie wenige Schüler Sie hier im Lauf der Jahre gehabt haben, die nicht genau in das gesellschaftliche Konzept der Schule paßten.«

Lockwoods Blick flog zu den Fotos, dann wieder zurück zu Lynley. Seine Miene war verschlossen. Er sagte nichts.

»Haben Sie einmal überlegt, was Edward Hsus Selbstmord besagen könnte?« fragte Lynley.

»Der Selbstmord eines einzigen chinesischen Schülers im Lauf einer fünfhundertjährigen Schulgeschichte besagt in meinen Augen gar nichts. Und ich sehe auch keinerlei Verbindung zwischen diesem Todesfall und dem Tod Matthew Whateleys. Wenn Sie es anders sehen, wäre ich für eine Aufklärung dankbar. Es sei denn, Sie kommen mir wieder mit Giles Byrne und seiner Beziehung zu den beiden Jungen. Aber wenn Sie da die Verbindung sehen, dann ließe sich ebensogut eine Verbindung zwischen Elaine Roly und den beiden Jungen herstellen. Oder zu Frank Orten. Oder jeder anderen Person, die 1975 hier an der Schule war.«

»War Cowfrey Pitt damals schon hier?«

»Ja.«

»Gab es die Freiwilligen Helfer damals schon?«

»Ja. Ja. Was, um alles in der Welt, hat das mit...«

Lynley schnitt ihm das Wort ab. »Ihre Frau hat uns von Ihren Bemühungen erzählt, die Schülerzahl an der Schule wieder zu steigern, Mr. Lockwood. Und das Leistungsniveau anzuheben. Aber Sie müssen natürlich vorsichtig sein, was für Schüler Sie aufnehmen – ob nun Stipendiaten oder nicht –, wenn Sie den Leistungsstandard halten wollen, nicht wahr?«

Lockwood fuhr sich mit der Hand über den vom Rasieren geröteten Hals. »Sie haben eine merkwürdige und irritierende Art, um den heißen Brei herumzureden, Inspector. Höchst ungewöhnlich bei einem Polizeibeamten. Warum fragen Sie mich nicht, was Sie fragen möchten, und lassen dieses enervierende Getue?«

Lynley lächelte. »Es würde mich interessieren, ob Giles Byrne vielleicht eine alte Schuld eintrieb und von Ihnen etwas verlangte, was in Ihre Pläne für die Schule nicht paßte. Wenn Ihnen daran lag, möglichst viele Schüler für Cambridge und Oxford heranzuziehen – auf jeden Fall mehr als in den vergangenen Jahren –, werden Sie wenig erfreut gewesen sein, einen Schüler aufgedrängt zu bekommen, dem es an der entsprechenden Begabung fehlte.«

»Matthew Whateley wurde uns nicht aufgedrängt. Er wurde ausgewählt. In einem ordentlichen Wahlverfahren, an dem der ganze Verwaltungsrat beteiligt war.«

»Insbesondere wohl Giles Byrne?«

Lockwood verlor die Geduld. »Jetzt reicht es mir aber!« zischte er. »Leiten Sie Ihre Ermittlungen, Inspector. Ich leite die Schule. Ist das klar.«

Lynley stand auf, und Barbara folgte seinem Beispiel. An der Tür drehte sich Lynley noch einmal um. »Sagen Sie, Mr. Lockwood, wußten Sie eigentlich, daß John Corntel und Cowfrey Pitt am Wochenende den Aufsichtsdienst getauscht hatten?«

»Ja. Haben Sie daran etwas auszusetzen?«

»Wer wußte sonst noch davon?«

»Jeder. Es war kein Geheimnis. Der Name des Aufsichtslehrers wird immer vor dem Speisesaal und dem Lehrerzimmer ausgehängt.«

»Danke.«

Lynley nickte dem Schulleiter noch einmal zu und ging mit Barbara aus dem Zimmer.

Schweigend gingen sie zu Lynleys Wagen hinaus. Eine Schar junger Stare flatterte mit sirrendem Flügelschlag an ihnen vorbei und flog zu einer der beiden Buchen hinauf, die wie Wächter zu beiden Seiten der Auffahrt standen.

»Und jetzt?« fragte Barbara, Lynley aus seiner Betrachtung reißend.

»Jetzt ist die wahre Geschichte über Matthew Whateley an der Reihe. Wir müssen sie wissen, ehe wir weitermachen können.«

»Also wären wir wieder beim Ausländerhaß«, sagte sie und blickte mit zusammengekniffenen Augen zum Dach der Kapelle hinauf. »Glauben Sie, das war der Grund für Edward Hsus Selbstmord?«

»Rassismus kann sicher ein Anlaß sein bei einem Jungen, der ganz allein ist, weit weg von seiner Familie, in einer Umgebung, die ihm fremd ist und in der er feindselig aufgenommen wird.«

»Klingt wie Matthew Whateley.«

»Ja, Sergeant. Eben darum geht es mir.«

»Sie glauben doch nicht, daß Matthew Whateley sich selbst das Leben genommen hat, und das alles nur eine ausgeklügelte Inszenierung ist, damit es wie Mord aussieht?«

»Ich weiß es nicht. Wir brauchen den Autopsiebericht aus Slough. Selbst die vorläufigen Ergebnisse müßten uns helfen, in der richtigen Richtung weiterzumachen.«

»Und bis dahin?«

»Rackern wir weiter. Mal sehen, was die Whateleys uns über ihren Sohn erzählen können.«

Harry Morant war wie immer der letzte, der nach dem Sport seine Sachen im Trockenraum von Haus Kalchas aufhängte. Er hielt es absichtlich so. Er trödelte nach dem

Sport so lange herum, bis alle anderen den Trockenraum längst wieder verlassen hatten und er seine Sachen in Rekordzeit aufhängen konnte.

Das Gedränge war es nicht, das ihn störte. Es war der übelkeitserregende Gestank nach Schweiß und schmutzigen Kleidern, der durch die Hitze in dem engen Raum noch verstärkt wurde. Wenn Harry wartete, bis alle anderen fertig waren, konnte er vor der Tür einmal tief Atem holen, hineinflitzen, Kleider und Handtuch über eines der Rohre werfen, die sich an der Wand entlangzogen, und dann wieder hinausflitzen, ohne auch nur einmal nach Luft schnappen und den Gestank einatmen zu müssen. Darum ließ er sich beim Duschen und Umziehen immer besonders viel Zeit und bummelte dann in aller Gemächlichkeit zur Südwestecke des Hauses, wo sich der Trockenraum befand.

Hockeysachen und Handtuch in den Händen, trottete er auch jetzt in dieser Richtung. Seine Füße waren bleischwer. Die Schultern taten ihm weh. Etwas fraß an ihm, und Harry wußte auch, was es war. Angst und Schmerz und Schuldgefühl würden so lange unerbittlich weiter an ihm nagen, bis nichts mehr von ihm übrigblieb.

Anfangs war es nicht so gewesen. Da hatte die Angst ihm den Mund verschlossen. Denn es hatte nicht lange gedauert, ehe es sich unter den Sextanern herumgesprochen hatte, daß Matthew Whateley vor seinem Tod gefoltert worden war. Da Harry kein übermäßig tapferer Junge war, hatte die Vorstellung, daß ihm Ähnliches widerfahren könnte, genügt, ihn zum Schweigen zu bringen. Aber auf die Angst war bald der Schmerz gefolgt, hervorgerufen durch das Bewußtsein, daß er selbst eine Hauptrolle bei den grauenvollen Ereignissen gespielt hatte, die zum Tod seines Freundes geführt hatten; hervorgerufen auch durch die Erinnerung an Matthews Unerschrockenheit und seine mutige Entschlossenheit, Harry zu helfen.

Am Ende des Korridors holte er einmal tief Luft und stieß die Tür zum Trockenraum auf. Er stürzte sich hinein.

Der Raum war kaum größer als ein Schrank, mit fleckigen Wänden, einem grauen Linoleumboden und einer Falltür in der Decke, an der zahllose Kaugummiklumpen so aufgeklebt waren, daß sie die Buchstaben f-u-c bildeten und den Anfang des Buchstabens k – eine Gemeinschaftsarbeit unternehmungslustiger Schüler, die die rostige Eisenleiter an der Wand hinaufklettern mußten, um die Tür zu erreichen. Im trüben Licht einer nackten Birne sah Harry, daß auf den Rohren nur noch wenig Platz war und daß viele seiner Mitschüler in der Eile ihre Sachen so nachlässig über die Rohre geworfen hatten, daß sie wieder heruntergefallen waren und jetzt in schweißfeuchten Bündeln auf dem Boden lagen. Die Hausmutter würde nicht erfreut sein. Und der Hausälteste auch nicht. Sie würden alle eine Strafe bekommen, wenn der Raum nicht halbwegs ordentlich aussah.

Harry seufzte unachtsam und würgte, als ihm der faulige Gestank in die Nase stieg. Hastig hob er den nächsten Kleiderhaufen auf und machte sich daran, die Sachen aufzuhängen. Sie waren feucht und klebrig, und Erinnerungen kamen hoch. Es war, als läge er wieder hilflos auf dem Boden in der Dunkelheit und drückte verzweifelt die Faust gegen das schweißgetränkte Trikot, das die Brust bedeckte, die ihn niederdrückte.

»Kleine Abreibung gefällig, Bubi?«

Harry schrie auf, wollte nur noch weg, schleuderte die Kleidungsstücke, so schnell er konnte, über die Rohre. Seine Hand verkrampfte sich um ein Kleidungsstück. Es gab keine Rettung; davor nicht; jetzt nicht mehr. Ob er sprach oder nicht. Es war unvermeidlich.

Sein Blick wanderte zu seinen Händen, die eine dunkelblaue Socke drehten und knüllten. Sie war im Gegensatz zu allen anderen Kleidungsstücken im Raum völlig trocken. Er zog und zerrte daran und berührte ein kleines Fleckchen Baumwolle, das innen eingenäht war. Harry sah es sich an. Die Zahl 4 war mit Wäschetinte auf das Stoffquadrat geschrieben.

Er riß die Augen auf. Er hatte wie alle anderen heute morgen erfahren, daß man Matthew Whateleys Schulkleidung auf dem Abfallhaufen gefunden hatte, teilweise verbrannt. Aber nicht alle seine Kleider, wie Harry jetzt erkannte. Nicht alles war dabei gewesen.

Er schluckte. Sein Mund war trocken. Hier war etwas. Etwas Greifbares. Das war nicht petzen, das war nicht anschwärzen, und es war nicht einmal riskant. Und vielleicht würde es ausreichen, um seine Schuldgefühle und den Kummer zu vertreiben.

Ängstlich sah er zur offenen Tür. Der Korridor war leer. Die anderen saßen im Studierzimmer und machten ihre Aufgaben. Er hatte nicht viel Zeit. Gleich würde der Hausälteste kommen, um zu sehen, wo er blieb, warum er nicht im Studierzimmer war, wo er hingehörte. Harry setzte sich kurzentschlossen auf den Boden, zog Schuh und Strumpf aus und schlüpfte in Matthews Socke. Sie hatte ein anderes Blau als seine eigene, deshalb zog er seine darüber. Der Schuh saß danach ein bißchen eng, aber das machte nichts. Matthews Socke war sicher.

Jetzt mußte er nur noch überlegen, wem er sich anvertrauen konnte.

15

Als Patsy Whateley die Tür öffnete, und Lynley sah, daß sie immer noch oder wieder den gelben Morgenrock mit den Drachen trug, fragte er sich, wieso er das Kleidungsstück nicht schon vorher mit dem in Zusammenhang gebracht hatte, was die Bonnamys über Matthew gesagt hatten. Der Morgenrock hatte offensichtlich ein chinesisches Muster, und das schien ihm in diesem Moment alles zu bestätigen, was die Bonnamys behauptet hatten.

Patsy Whateley sah sie einen Moment lang verständnislos an. Das Spätnachmittagslicht wurde schon schwächer, und da die Vorhänge im Haus zugezogen waren und im Wohnzimmer kein Licht brannte, waren ihre Gesichtszüge kaum erkennbar. Sie zog die Tür weit auf und trat mit schlaff herabhängenden Armen heraus. Der Morgenrock klaffte am Ausschnitt und zeigte einen Teil ihrer weißen, eingefallenen Brust. Ihre Füße waren nackt.

Barbara ging auf sie zu. »Sind Sie allein, Mrs. Whateley? Wo sind denn Ihre Hausschuhe? Kommen Sie, ich helfe Ihnen.«

Lynley folgte ihr ins Haus und schloß die Tür. Augenblicklich nahm er den fauligen Fischgeruch wahr, der von Patsy Whateleys ungewaschenem Körper ausging. Während Barbara der Frau den Morgenrock zuzog und nach einigem Suchen einen der Hausschuhe unter dem karierten Sessel entdeckte, machte Lynley Licht und öffnete eines der Fenster einen Spalt.

Barbara schnürte der Frau den Gürtel des Morgenrocks enger und sagte: »Gibt es niemanden, der Ihnen Gesellschaft leisten könnte, Mrs. Whateley? Haben Sie keine Verwandten in der Nähe? Ist Ihr Mann in der Arbeit?«

Patsy reagierte überhaupt nicht. Lynley bemerkte ihre geschwollenen Augen, die Fahlheit ihres Gesichts, den stumpfen Blick, die Schweißflecken unter den Achseln. Ihre Bewegungen waren träge und schwerfällig. Er ging in die Küche. Sie war nicht saubergemacht oder aufgeräumt worden, seit Patsy Whateley am Tag zuvor die Plätzchen gebacken hatte. Das Gebäck lag überall auf Arbeitsplatten herum zwischen Rührschüsseln, in denen der Teig hart geworden war, Holzlöffeln, Schalen und Tassen, Backblechen und einem elektrischen Rührgerät. Im Spülbecken stand fettiges Wasser.

Lynley nahm den Wasserkessel vom Herd und trug ihn zum Spülbecken. Barbara kam herein. »Ich mach das schon, Sir«, sagte sie. »Vielleicht finde ich auch was Eßbares für sie. Ich glaube, sie hat seit Sonntag morgen nichts mehr zu sich genommen.«

»Wo ist der Mann?« hörte Lynley sich aufgebracht fragen. Er spürte Barbaras Blick.

»Jeder hat seine eigene Weise, mit einem Verlust umzugehen«, sagte sie.

»Aber nicht allein«, fuhr er sie an. »Es ist doch nicht nötig, daß er sie so allein läßt –«

Havers drehte den Wasserhahn zu. »Wir sind alle allein, Inspector. Alles andere ist Illusion.« Sie stellte den Kessel auf den Herd und ging zum Kühlschrank. »Da ist ein Eckchen Käse. Und ein paar Tomaten sind auch da. Mal sehen, was ich da zurechtmachen kann.«

Lynley kehrte ins Wohnzimmer zurück, wo Patsy Whateley stumm und in sich zusammengesunken in dem karierten Sessel kauerte. Als er am Heizofen vorbeikam, sah er den zweiten Hausschuh darunter liegen. Er hob ihn auf, ging zu ihr und kniete vor ihr nieder, um ihn ihr anzuziehen. Als er ihre Ferse umfaßte und die schwielige rauhe Haut fühlte, überkam ihn ein unerklärlicher Schmerz.

Als er wieder aufstand, sagte sie mit heiserer Stimme, als koste es sie Mühe, überhaupt zu sprechen: »Die Polizei von Slough will uns Mattie nicht geben. Ich habe heut angerufen. Aber sie geben ihn uns nicht. Wir können ihn nicht einmal beerdigen.«

Lynley setzte sich auf das Sofa. Die rosafarbene Decke, die sonst darüber gebreitet war, lag hingeworfen auf dem Boden.

»Sie bekommen Matthew, sobald die Autopsie abgeschlossen ist«, sagte er zu ihr. »Es kann ein paar Tage dauern, weil verschiedene Untersuchungen gemacht werden müssen.«

Patsy zupfte am Ärmel ihres Morgenrocks, wo ein Teigspritzer zu einem harten Klümpchen erstarrt war. »Hat doch alles keinen Sinn. Mattie ist tot.«

»Mrs. Whateley.« Noch nie hatte Lynley sich so nutzlos und ohnmächtig gefühlt. Umsonst suchte er nach Worten des Trosts; er fand keine; nur eine Kleinigkeit fiel ihm ein, die ihr vielleicht etwas bedeuten würde. »Sie hatten recht, Mrs. Whateley.«

»Recht?« Sie fuhr sich mit der Zunge über die aufgesprungenen Lippen.

»Wir haben heute morgen seine Kleider gefunden. Wir sind jetzt ziemlich sicher, daß er in Bredgar Chambers gestorben ist. Sie hatten recht. Er ist nicht weggelaufen.«

Es schien ihr tatsächlich ein kleiner Trost zu sein. Sie nickte und schaute zu dem Foto des Jungen auf dem Buffet in der Eßecke. »Mattie ist nie vor irgendwas davongelaufen, Inspector. Das war nicht seine Art. Ich hab's von Anfang an gewußt. So haben wir ihn nicht erzogen, daß er wegläuft, wenn's ein bißchen schwierig wird. Er hat immer alles angepackt. Ich versteh nicht, warum sie ihn getötet haben.«

Eben diese Frage hatte sie nach Hammersmith geführt. Lynley suchte nach einem behutsamen Weg. Sein Blick schweifte durch das Zimmer und blieb an dem Regal unter dem Fenster hängen, wo die Tassensammlung und die Skulpturen standen.

»Haben Sie Geschwister, Mrs. Whateley?«

»Vier Brüder und eine Schwester.«

»Hat von Ihren Brüdern einer die gleichen Schwierigkeiten wie Matthew, bestimmte Farben zu unterscheiden?«

Sie sah ihn verblüfft an. »Nein. Warum?«

Barbara kam mit einem Tablett aus der Küche. Eine Tasse Tee und ein Teller mit zwei Käsebroten, die mit Tomate garniert waren, standen darauf. Sie stellte es vor Patsy Whateley auf den Tisch und drückte ihr ein halbes Brötchen in die Hand. Lynley wartete, bis Patsy zu essen angefangen hatte, ehe er fortfuhr.

»Die sogenannte Farbenfehlsichtigkeit, die sich darin äußert, daß man gewisse Farben nicht unterscheiden kann, ist geschlechtsgebunden«, erklärte er. »Mütter geben sie an ihre Söhne weiter. Das heißt, daß Sie sie an Matthew weitergegeben haben müßten.«

»Mattie konnte die meisten Farben gut auseinanderhalten«, protestierte sie. »Nur mit einigen hatte er Mühe.«

»Mit blau und gelb«, sagte Lynley, »den Schulfarben von Bredgar Chambers.« Er kam wieder auf den zentralen Punkt. »Wenn Sie diesen Erbfehler an Matthew weitergegeben hätten, müßten Sie Ihrerseits ihn von Ihrer Mutter geerbt haben. Dann wäre es aber unwahrscheinlich, daß er sich bei keinem Ihrer Brüder gezeigt hätte.«

»Was hat das alles mit Matties Tod zu tun?«

»Es hat mehr mit seinem Leben als mit seinem Tod zu tun«, antwortete Lynley behutsam. »Es läßt darauf schließen, daß Matthew nicht Ihr leiblicher Sohn war.«

Die Hand, die das Brötchen hielt, fiel herab. Eine Scheibe Tomate rutschte herunter, ein roter Fleck auf dem gelben Grund des Morgenrocks. »Mattie wußte es nicht.«

Abrupt stand sie auf und legte das Brot auf den Teller. Sie ging zum Buffet und kam mit Matthews Fotografie zurück. Mit beiden Händen hielt sie den Rahmen umfaßt und starrte unverwandt auf das Bild, während sie sprach. »Mattie war unser Kind. Unser richtiges Kind. Für uns hat es nie eine Rolle gespielt, daß eine fremde Frau ihn geboren hatte. Er war unser Kind. Von dem Moment an, als wir ihn bekamen. Da war er sechs Monate alt. Und so brav. Wir haben ihn vom ersten Moment an geliebt.«

»Was wissen Sie über seine Herkunft?«

»Fast nichts. Nur daß ein Elternteil chinesischer Abstammung war. Aber das spielte für Kev und mich keine Rolle. Er war unser Kind. Von Anfang an. Wir wollten damals ein Kind adoptieren. Aber da bestand überhaupt keine Aussicht.« Sie blickte auf. »Mein Mann hatte damals berufliche Schwierigkeiten, aber selbst wenn das nicht gewesen wäre, hätten sie uns kein Kind gegeben. Eine Bedienung als Mutter war nicht gut genug.«

Lynley wußte die Lösung des Rätsels schon. Dennoch stellte er seine nächste Frage. »Und wie kamen Sie zu Matthew?«

»Mr. Byrne – Giles Byrne – vermittelte es.«

Patsy umriß kurz die Geschichte ihrer Bekanntschaft mit Giles Byrne: Er war abends ziemlich regelmäßig ins *Blue Dove* gekommen, hatte Patsy, die am Tresen arbeitete, durch ihre Gespräche näher kennengelernt; hatte sich geduldig Patsys Klagen über ihre vergeblichen Bemühungen, ein Kind zu adoptieren, angehört. Und eines Abends hatte er gesagt, er wüßte ein Kind für die Whateleys, wenn sie nichts dagegen hätten, daß es chinesisches Blut habe.

»Wir sind zu einem Rechtsanwalt in Lincoln's Inn gefahren. Das Kind war dort. Mr. Byrne hatte es mitgebracht. Wir unterschrieben die Papiere und nahmen Mattie mit nach Hause.«

»Und das war alles?« fragte Lynley. »Sie mußten nichts bezahlen?«

Patsy war entsetzt. »Ja, was denken Sie denn? Daß wir unser Kind gekauft haben? Nein! Wir haben lediglich die Papiere unterschrieben. Und danach, als die Adoption endgültig war, noch mal welche. Mattie war von Anfang an unser richtiges Kind. Wir haben ihn nie anders behandelt.«

»Wußte er, daß er –«

»Nein! Er wußte gar nichts. Weder über seine Herkunft noch daß er adoptiert war. Er war unser Kind, Inspector.«

»Und Sie wissen nicht, wer seine leiblichen Eltern sind?«

»Das interessierte uns nicht. Es war uns völlig gleichgültig. Mr. Byrne sagte, er wüßte ein Kind für uns, und das war das einzige, was zählte. Wir mußten ihm lediglich versprechen, daß wir den Jungen so aufziehen würden, daß er später mal nicht in Hammersmith hängenbleibt.«

»Daß er nicht in Hammersmith hängenbleibt? Was war denn damit gemeint?«

»Das Internat, Inspector. Um ihn behalten zu dürfen, mußten wir versprechen, ihn nach Bredgar Chambers zu schicken, wo Mr. Byrne selbst schon zur Schule gegangen war.«

»Vielleicht erstreckt sich Giles Byrnes Neigung für chinesische Kultur auch auf Frauen«, meinte Barbara, als sie von der Upper Mall in die Rivercourt Road einbogen. »Wir wissen, daß er Edward Hsu sehr gern hatte. Warum soll er nicht auch eine chinesische Dame gern gehabt haben. Zum Fressen gern, wenn Sie verstehen, was ich meine.«

»Ich ziehe die Möglichkeit, daß er Matthews leiblicher Vater ist, durchaus in Betracht«, erwiderte Lynley.

»Aber bei einem geselligen kleinen Plausch wird er das bestimmt nicht zugeben, Inspector. Wo er es doch jahrelang tunlichst geheimgehalten hat. Er ist schließlich ein ziemlich bekannter Mann. Die Talk-Show beim BBC, die politischen Sendungen, die Zeitungskolumne – würde sich nicht sehr gut machen, was meinen Sie, wenn plötzlich ein unehelicher Sohn ans Licht käme. Noch dazu ein kleiner Eurasier, den er abgeschoben hat.«

»Das sind alles Spekulationen, Havers. Jetzt müssen wir erst einmal sehen, ob sich zwischen Matthew Whateleys Abstammung und seiner Ermordung überhaupt ein Zusammenhang herstellen läßt.«

Das Haus war nicht weit von der Upper Mall und vom Fluß entfernt, ein dreistöckiger viktorianischer Klinkerbau, der sich architektonisch allenfalls durch streng eingehaltene Symmetrie auszeichnete. Die Tür hatte, wie Lynley sah, kürzlich einigen Schaden genommen. Das Holz war an mehreren Stellen zerkratzt, der weiße Lack mit schwarzer Erde verschmiert.

In den vorderen Fenstern, sowohl im Erdgeschoß als auch in den Stockwerken darüber, brannte Licht. Als Lynley klopfte, wurde sofort geöffnet. Aber nicht Giles Byrne stand ihnen gegenüber, sondern eine sehr schöne Pakistanerin von etwa dreißig Jahren in einem bodenlangen Kaftan aus cremefarbener Seide. Um ihren Hals lag wie ein breites Band eine in Gold gefaßte Perlenschnur, Schmuckkämme hielten das lange dunkle Haar aus dem Gesicht zurück, goldene Ohrringe blitzten im Licht des Foyers. Sie war offensichtlich keine Hausangestellte.

»Ja, bitte?« Sie hatte eine weiche, angenehme Stimme.

Lynley zeigte ihr seinen Dienstausweis. »Ist Mr. Byrne zu Hause?« fragte er.

»Oh, ja. Bitte kommen Sie herein.« Die Frau trat von der Tür zurück und machte eine einladende Handbewegung, bei der der weite Ärmel des Kaftans auf dem dunklen Arm zurückfiel. «Bitte, nehmen Sie doch so lange im Wohnzimmer Platz, Inspector. Ich hole ihn. Und nehmen Sie sich etwas zu trinken, wenn Sie möchten.« Sie lächelte. Ihre Zähne waren klein und blitzend weiß. »Ich werde schweigen wie ein Grab, falls Sie noch im Dienst sein sollten. Bitte, entschuldigen Sie mich jetzt.« Sie nickte ihnen zu und lief leichtfüßig die Treppe hinauf.

»In Sachen Partnerschaft und Liebe scheint Mr. Byrne ja keinen Mangel zu leiden«, brummte Barbara, als sie allein waren. »Oder vielleicht ist sie nur eine geliebte Schülerin. Weil er ja so ein begeisterter Pädagoge ist, der gute Giles.«

Lynley warf ihr nur einen kurzen Blick zu und wies mit dem Kopf zum Wohnzimmer, das sich links vom Foyer befand: ein behaglich, keineswegs protzig eingerichteter Raum mit wenigen schönen Möbelstücken. Grün war die vorherrschende Farbe, die in unterschiedlichen Schattierungen – blasses Lind die Wände, dunkles Moos die Couchgarnitur, sattfarbig wie eine Sommerwiese der dicke Teppich – die Atmosphäre des Raums bestimmte. Auf einem Klavier aus dunklem Holz vor dem Fenster stand eine Reihe von gerahmten Fotografien, die Lynley sich ansah, während sie auf Byrne warteten.

Die Aufnahmen zeugten von dem Ansehen, das Giles Byrne als öffentlicher Meinungsmacher und politischer Experte genoß. Sie zeigten ihn mit prominenten Vertretern aller politischen Richtungen von Margaret Thatcher bis Neil Kinnock. Neben dem alten Harold Macmillan sah man Ian Paisley und eine brummige Bernadette Devlin, drei amerikanische Außenminister und einen ehemaligen Präsidenten. Giles Byrne zeigte auf allen Bildern immer dasselbe Gesicht – spöttisch distanziert und leicht amüsiert. Gerade diese Distanziertheit, die Fähigkeit, seine eigenen politischen Ansichten völlig zurückzustellen, machten ihn als Interviewer so erfolgreich. Er beleuchtete jedes Problem und jede Persönlichkeit aus jeder möglichen Perspektive und ließ sich zu niemandes Gefolgsmann machen. Mit seiner scharfen Zunge und seinem beißenden Witz hatte er so manchen überheblichen Politiker zu Fall gebracht.

»Edward Hsu«, sagte Barbara nachdenklich.

Lynley sah, daß sie zum Kamin gegangen war, über dem zwei Aquarelle hingen, beides Ansichten der Themse. Sie zeigten den zarten Pinselstrich und das fein angedeutete Detail, die die östliche Malerei auszeichnen. Auf dem einen Bild hoben sich Bäume, Sträucher und Flußufer aus wallendem Bodennebel und schienen auf ihm so sanft dahinzutreiben wie die Barke im Vordergrund auf dem morgendlich leuchtenden Wasser. Auf dem anderen drängten sich drei Frauen in zartfarbenen Gewändern auf der Veranda eines Häuschens am Fluß zusammen, um dort vor einem Regenschauer Schutz zu suchen. Beide Bilder waren mit E. Hsu signiert.

»Hübsch«, sagte Barbara und griff nach einem kleinen Foto, das unter den Bildern auf dem Sims stand. »Dann wird das wohl Edward Hsu sein. Ein bißchen zwangloser als die Aufnahme von ihm, die in der Schulkapelle hängt.« Sie sah sich aufmerksam im Zimmer um, blickte stirnrunzelnd wieder auf das Foto und sagte nachdenklich: »Etwas ist komisch hier, Inspector.«

Lynley trat zu ihr und nahm ihr das Foto aus der Hand.

Barbara stellte das Foto wieder hin und ging zu einer Kommode auf der anderen Seite des Zimmers. Auf ihr stand ein Abzug des Fotos von Matthew Whateley, das sie im Haus seiner Eltern gesehen hatten. Barbara hielt es hoch.

»Da drüben steht ein Foto von Edward Hsu. Hier steht eines von Matthew Whateley. Dort –« sie wies zum Klavier – »haben wir ein halbes Dutzend Prominente, aber nur das eine Foto von Brian, im Boot mit Edward Hsu. Und wie alt war Brian damals – drei? Vier?«

»Fast fünf«, sagte Giles Byrne von der Tür her. Hinter

ihm im Foyer stand, wie eine Studie in Hell und Dunkel, die Pakistanerin.

»Es ist kein Geheimnis, daß Brian und ich kaum Verbindung haben«, bemerkte Byrne und trat langsam ins Zimmer. Er wirkte sehr abgespannt. »Er will es so, nicht ich.« Flüchtig drehte er sich nach der Frau um. »Du brauchst nicht zu bleiben, Rhena. Du mußt doch noch den Schriftsatz für nächste Woche fertigmachen, nicht?«

»Ich möchte aber gern bleiben, Giles«, entgegnete sie und ging lautlos durchs Zimmer, um sich auf das Sofa zu setzen. Sie streifte die Sandalen von ihren Füßen und zog die Beine hoch. Vier dünne goldene Armreifen glitten leise klirrend ihren Arm hinunter. Sie sah Byrne an.

»Na schön, wenn du willst.« Er ging zu einem Servierwagen mit Karaffen, Gläsern und einem Eiskübel. »Etwas zu trinken?« fragte er Lynley und Barbara mit einem Blick über die Schulter. Als sie ablehnten, schenkte er sich einen Whisky ein und mixte der Frau ein Getränk aus mehreren Zutaten. Dann schaltete er das Gas im Kamin an, stellte die Flamme ein und ging mit den beiden Gläsern zur Couch, wo er sich neben die Frau setzte.

Wenn dies alles Manöver war, um Zeit zu gewinnen, sich zu sammeln oder zu demonstrieren, daß er Herr der Lage war, so gab es Lynley gleichzeitig hinreichend Gelegenheit, sich den Mann genauer anzusehen. Byrne war, wie er wußte, Mitte Fünfzig, ein Mann, der nicht mit körperlicher Schönheit gesegnet war. Eher wirkte er dank gewisser Merkmale, die übermäßig ausgeprägt waren, wie eine Karikatur seiner selbst. Er war fast kahl, und das wenige dünne Haar, das noch vorhanden war, bauschte sich wie Flaum um seinen Kopf. Die Nase war zu groß, Mund und Augen waren im Verhältnis zu klein, das Gesicht lief von der Stirn zum Kinn hin so spitz zu, daß es wie ein auf den Kopf gestelltes Dreieck wirkte. Er war sehr groß und mager. Das offensichtlich teure Jackett hing ihm schlotternd um den Körper, und die Arme waren zu lang für die Ärmel, so daß man die knochigen Handgelenke sah und die Aufmerksamkeit auf die großen, grobknochigen Hände gezogen wurde, die einen gelblichen Ton hatten, insbesondere die Finger, die von Nikotin verfärbt waren.

Nachdem Lynley und Barbara sich gesetzt hatten, hustete Byrne erst einmal geräuschvoll in ein Taschentuch und zündete sich dann eine Zigarette an. Rhena nahm einen Aschenbecher vom Beistelltisch und hielt ihn für ihn in ihrer rechten Hand. Die Linke legte sie auf seinen Schenkel.

»Sie werden sich denken können, daß wir hergekommen sind, um mit Ihnen über Matthew Whateley zu sprechen«, begann Lynley. »Wir stießen im Lauf unserer bisherigen Ermittlungen immer wieder auf Ihren Namen. Wir wissen, daß Matthew ein Adoptivkind war, wir wissen, daß Sie die Adoption vermittelten, wir wissen auch, daß Matthew Halbchinese war. Wir wissen jedoch nicht...«

Byrne begann wieder zu husten. Als der Anfall vorüber war, riß er sofort das Wort an sich. »Was hat das alles mit Matthews Tod zu tun? Denn darum geht es doch! Ein Kind wurde auf brutale Weise ermordet. Höchstwahrscheinlich von einem gemeingefährlichen Perversen. Und Sie überprüfen den Stammbaum des Jungen, als sei einer aus der Familie der Schuldige. Mir ist schleierhaft, welchen Sinn das haben soll.«

Lynley hatte Byrne oft genug bei der Arbeit gesehen, um die Taktik zu durchschauen. Er wußte, wenn er versuchte, auf Byrnes Bemerkungen einzugehen, würde dieser mit erbarmungslosen Angriffen auf seine Glaubwürdigkeit und Kompetenz seine Erwiderungen in Stücke reißen.

»Ich habe keine Ahnung, was es mit Matthews Ermordung zu tun hat«, sagte er deshalb. »Gerade das möchte ich herausfinden. Ich gebe zu, es machte mich neugierig, als ich gestern hörte, daß Sie einmal in naher Beziehung zu einem jungen Chinesen standen, der sich das Leben genommen hat. Noch neugieriger wurde ich, als ich hörte, daß Sie vierzehn Jahre nach dem Tod dieses Schülers einen zweiten Jungen unter Ihre Fittiche nahmen – einen Halbchinesen diesmal – und ihm ein Stipendium verschafften, obwohl andere Bewerber da waren, die den Anforderungen besser genügten; und daß auch dieser Schüler den Tod fand. Ich muß sagen, Mr. Byrne, in den letzten zwei Tagen bin ich auf so viele zufällige Zusammentreffen gestoßen, daß ich mich dem Eindruck, daß hier ein innerer Zusammenhang besteht, nicht länger erwehren kann. Vielleicht möchten Sie sich dazu äußern.«

Byrnes Gesicht war hinter dem von der Zigarette aufsteigenden Rauch halb verschleiert. »Die Fakten seiner Geburt haben mit der Ermordung Matthew Whateleys nichts zu tun, Inspector. Aber ich werde sie Ihnen mitteilen, wenn Ihnen soviel daran liegt.« Er hielt inne, um die Asche der Zigarette am Rand des Aschenbechers abzuklopfen. Er nahm einen tiefen Zug, ehe er zu sprechen fortfuhr. Seine Stimme war rauh. »Ich wußte von Matthew, weil ich seinen Vater kannte – und liebte. Edward Hsu.« Byrne lächelte, als hätte er auf Lynleys Gesicht eine Reaktion gesehen. »Sie glaubten zweifellos, ich sei der Vater, ein Mann mit einer fatalen Leidenschaft für alles Chinesische. Tut mir leid, wenn die Wahrheit enttäuschend für Sie ist. Matthew war nicht mein Kind. Ich habe nur einen Sohn. Sie haben ihn kennengelernt.«

»Und wer ist Matthews Mutter?« fragte Lynley.

Byrne griff in seine Jackentasche, zog eine Packung Dunhill heraus und steckte sich die zweite Zigarette am glühenden Stummel der ersten an, den er dann im Aschenbecher ausdrückte. Wieder hustete er.

»Es war eine besonders unerquickliche Situation, Inspector. Matthews Mutter war nicht ein blutjunges unschuldiges Ding, in das Edward sich verliebt hatte. Der Junge widmete sich seinen schulischen Aufgaben mit so zielstrebiger Hingabe, daß ihm eine Liebelei mit einer Sechzehn- oder Siebzehnjährigen gar nicht in den Sinn gekommen wäre. Nein, die Mutter war eine ältere Frau, die den Jungen verführte. Aus Spaß an der Eroberung, oder um sich selbst zu beweisen, daß sie noch begehrenswert war, vielleicht auch, weil es ihr schmeichelte, einen weit jüngeren Mann faszinieren zu können. Suchen Sie sich aus, was Sie wollen. Ich kann nur vermuten, daß dies ihre Beweggründe waren.«

»Sie kannten die Frau nicht?«

»Ich weiß nur das, was ich mit einiger Mühe aus Edward herausbringen konnte.«

»Und was war das?«

Byrne trank von seinem Whisky. Rhena saß reglos neben ihm, den Blick gesenkt.

»Herzlich wenig. Sie lud ihn mehrmals zum Tee ein. Sie gab vor, an seinem Wohlbefinden interessiert zu sein. So fing es an. Und es endete im Schlafzimmer. Ich kann mir vorstellen, daß es der Frau eine egoistische Befriedigung verschaffte, diesen unschuldigen Jungen in das sogenannte Ritual der Liebe einzuweihen. Ich kann mir allerdings nicht vorstellen, daß sie damit gerechnet hatte, von ihm schwanger zu werden. Doch als das geschah, nutzte sie es dazu aus, von Eddie Geld zu verlangen. Er sollte es sich von seiner Familie geben lassen. Nötigung. Erpressung. Nennen Sie es, wie Sie wollen.«

»Hat er sich deshalb das Leben genommen?«

»Er hat sich das Leben genommen, weil er glaubte, man würde ihn der Schule verweisen, wenn die Wahrheit ans Licht käme. Die Vorschriften für solche Fälle sind ziemlich eindeutig. Aber ganz abgesehen davon glaubte Eddie, den Ruf seiner Familie in den Schmutz gezogen zu haben. Sie hatten ihn unter hohem Kostenaufwand nach England geschickt, um ihm eine gute Ausbildung zu bieten. Sie hatten Opfer für ihn gebracht, und er hatte es ihnen mit ehrlosem Verhalten vergolten.«

»Woher wissen Sie das alles, Mr. Byrne?«

»Ich habe Eddie Unterricht in Englisch gegeben, seit er in der vierten Klasse war. Er war beinahe jede Ferien hier in meinem Haus. Ich kannte ihn. Ich hatte ihn sehr gern. Gegen Ende seines letzten Schuljahrs merkte ich, wie deprimiert er war, und ließ nicht locker, bis ich alles von ihm erfahren hatte.«

»Aber wer die Frau war, hat er Ihnen nicht gesagt?«

Byrne schüttelte den Kopf. »Das hätte er für ehrlos gehalten.«

»Ich kann mir nicht vorstellen, daß er nicht erkannte – oder darauf aufmerksam gemacht wurde –, um wieviel ehrloser ein Selbstmord sein würde«, bemerkte Lynley. »Insbesondere in einer Situation, an der er nicht allein schuld war.«

Die Beschuldigung, die hinter Lynleys Worten stand, schien Byrne unberührt zu lassen. »Ich habe nicht die Absicht, mich mit Ihnen auf eine Diskussion über chinesische Kultur und Lebensauffassungen einzulassen, Inspector. Ich will mich damit begnügen, Ihnen die Fakten zu nennen. Diese Frau –« er verlieh dem Wort bitteren Nachdruck – »hätte abtreiben können, ohne daß Eddie je etwas davon hätte erfahren müssen. Aber sie wollte Geld von ihm, darum sagte sie dem Jungen, wenn er seiner Familie nicht die Wahrheit sagen wolle, würde sie es an seiner Stelle tun. Oder aber mit dem Schulleiter sprechen, um Eddie zu zwingen, ›seine Pflicht als Ehrenmann‹ zu tun. Für Eddie hätte das tiefste Schmach und Schande bedeutet.«

»Aber man hätte doch wohl in Bredgar Chambers mildernde Umstände gelten lassen«, meinte Lynley.

»Sicher. Das erklärte ich ihm auch. Ich wies ihn darauf hin, daß er nicht allein die Schuld trüge, daß er die Frau schließlich nicht vergewaltigt hatte, sondern von ihr verführt worden war; daß der Schulleiter dies alles berücksichtigen würde. Aber Eddie konnte – und wollte – nur das sehen, was er sich selbst, seiner Familie und der Schule angetan hatte. Er konnte nicht mehr lernen. Ganz gleich, was ich ihm sagte, es machte nicht den geringsten Eindruck. Ich glaube, er hatte schon in dem Moment beschlossen, sich das Leben zu nehmen, als er von der Schwangerschaft erfuhr. Er wartete nur auf die Gelegenheit.«

»Er hinterließ keinen Abschiedsbrief?«

»Nein.«

»Dann wissen also nur Sie die Wahrheit?«

»Ich weiß das, was er mir anvertraut hat. Ich habe die Geschichte nicht weitergegeben.«

»Nicht einmal an die Eltern des Jungen? Sie haben ihnen nicht mitgeteilt, daß ihr Sohn hier Vater eines Kindes geworden war?«

Byrnes Antwort war voller Abscheu. »Natürlich nicht. Hätte ich ihnen das mitgeteilt, wäre Eddies Tod ja noch sinnloser geworden. Er hat sich das Leben genommen, um ihnen Schmerz und Schande zu ersparen. Ich bewahrte Schweigen aus Respekt vor seinem Wunsch, seine Eltern zu schonen. Das war wohl das Mindeste, was ich tun konnte.«

»Aber Sie taten ja noch mehr. Sie kümmerten sich um das Kind. Wie kamen Sie ihm überhaupt auf die Spur?«

Byrne reichte Rhena sein leeres Glas.

»Das einzige, was er mir über die Frau sagte, war, daß sie zur Entbindung nach Exeter gefahren sei. Ich engagierte jemanden, um sie ausfindig zu machen. Es war nicht schwierig. Exeter ist keine große Stadt.«

»Und die Frau?«

»Ich habe ihren Namen nie erfahren. Ich wollte ihn gar nicht wissen. Nachdem ich entdeckt hatte, daß sie das Kind zur Adoption freigegeben hatte, war es mir völlig gleichgültig, was aus diesem Luder wurde.«

»War es jemand aus der Schule?«

»Nach Eddies Tod wollte ich nur eines: seinem Sterben wenigstens dadurch einen Sinn geben, daß ich dafür sorgte, daß sein Sohn in einem liebevollen Zuhause aufwachsen konnte und die Chance bekam, etwas aus seinem Leben zu machen. Ich kannte die Whateleys und wußte, daß sie ein Kind adoptieren wollten. Darum vermittelte ich die Adoption.«

Dennoch hatte Byrnes Geschichte einen Haken, den man nicht einfach übergehen konnte. »Aber wie haben Sie es erreicht, daß die Whateleys das Kind bekamen? Normalerweise gibt es doch eine Liste von Bewerbern, und ich kann mir nicht denken, daß die Whateleys gleich an erster Stelle standen.«

»Bei einem Mischlingskind?« fragte Byrne verächtlich. »Sie werden sich wohl vorstellen können, daß bei Mischlingskindern die Warteliste der Bewerber nicht gerade endlos ist.«

»Und selbst wenn es so gewesen wäre, hätten Sie vermutlich all Ihren Einfluß geltend gemacht, um dafür zu sorgen, daß die Whateleys den Jungen bekommen.«

Byrne zündete sich seine dritte Zigarette an. Rhena nahm ihm den Stummel der anderen aus der Hand und drückte ihn im Aschenbecher aus.

»Ja, das gebe ich zu. Ich bedaure es nicht. Die Whateleys sind anständige, fleißige Leute ohne besondere Ansprüche.«

»Und sie waren bereit, sich Ihrem Diktat in bezug auf Matthews Erziehung zu unterwerfen.«

»Wenn Sie damit meinen, daß sie mir die wichtigen Entscheidungen über Ausbildung und Zukunft des Jungen überließen, dann ja; dann haben sie sich meinem Diktat unterworfen. Sie wollten schließlich das Beste für ihn. Sie waren froh und dankbar, ihn zu haben. Alle Beteiligten profitierten von der Vereinbarung.«

»Außer Matthew. Und den Whateleys. Letztendlich.«

Mit einer schnellen Bewegung, die Zorn verriet, beugte sich Byrne vor. »Glauben Sie denn, mich läßt der Tod des Jungen unberührt?«

»Was weiß Ihr Sohn Brian über die Umstände von Matthew Whateleys Geburt?«

Byrne sah ihn überrascht an. »Nichts. Er weiß nur, daß Eddie Selbstmord verübte. Und selbst davon hatte er jahrelang keine Ahnung.«

»Brian verbringt seine Ferien nicht bei Ihnen?«

Byrnes Gesicht blieb unbewegt. »Früher lebte er bei mir, aber als er aufs Internat kam, erklärte er, er wolle seine Ferien lieber bei seiner Mutter in Knightsbridge verbringen. Das ist ein bißchen schicker als Hammersmith.«

»Ich glaube nicht, daß die Entscheidung eines Kindes darüber, bei welchem Elternteil es leben möchte, von solchen Äußerlichkeiten beeinflußt wird. Ein Junge in Brians Alter, könnte ich mir denken, würde es vorziehen, beim Vater zu leben.«

»Ein anderer Junge vielleicht, Inspector, aber nicht Brian. Unsere Wege trennten sich vor fast fünf Jahren, als er nach Bredgar Chambers kam und merkte, daß ich nicht bereit war, seinem ständigen Geflenne über die Schule nachzugeben.«

»Geflenne? Weshalb denn? Hat man ihn schikaniert?«

»Er wurde gehänselt, ein bißchen getriezt, wie alle Neuen. Er wollte nach Hause zurück. Er wollte gerettet werden. Er rief jeden Abend hier an. Schließlich habe ich die Gespräche nicht mehr angenommen. Ich war nicht bereit, ihn von der Schule zu nehmen, und das nahm er mir übel. Also ging er zu seiner Mutter. Vermutlich wollte er mich damit strafen. Aber damit war sein Problem nicht gelöst. Meine geschiedene Frau hatte nicht das geringste Interesse daran, ständig einen dreizehnjährigen Jungen in ihrer Wohnung zu haben. Sie erklärte sich schließlich einverstanden, ihn in den Ferien aufzunehmen, aber mehr nicht. Er mußte auf der Schule bleiben. Dort sehe ich ihn ab und zu, sonst nirgends.«

Hinter Byrnes Worten stand schlecht verhohlene Bitterkeit, die Lynley zu der Frage veranlaßte, wieviel Zeit er mit Matthew Whateley verbracht hatte und ob Brian über sein Interesse an dem Jungen Bescheid gewußt habe.

Byrnes rasche Antwort verriet, daß er sofort begriff, worauf Lynley hinaus wollte. »Sie wollen doch nicht im Ernst unterstellen, daß Brian Matthew tötete, weil er eifersüchtig war?« Ohne auf eine Antwort zu warten, fuhr er fort: »Ich sah Matthew nur selten – auf dem alten Anger oder am Fluß, wenn er dort spielte. Seine Eltern hielten mich über die Fortschritte des Jungen in der Schule auf dem laufenden, und ich sprach im Rahmen des normalen Bewerbungsverfahrens mit ihm, nachdem ich ihn für das Stipendium in Bredgar Chambers vorgeschlagen hatte. Weiter ging meine Beziehung zu ihm nicht. Was ich für ihn tat, tat ich aus Liebe zu Edward. Das war eine ganz andere Beziehung als die zu Matthew. Er war mir ein Sohn. Er war mir mehr Sohn als der Sohn, den ich jetzt habe. Aber er ist tot, und ich habe ihn nicht einfach durch Matthew ersetzt. Was ich für Matthew tat, tat ich, wie ich schon sagte, für Edward.«

»Und was tun Sie für Brian?«

Byrnes Lippen wurden schmal. »Für ihn habe ich getan, was ich konnte. Was er selbst zuläßt.«

»Indem Sie zum Beispiel dafür sorgten, daß er Hausältester wurde?«

»Richtig. Ich glaubte, die Erfahrung würde ihm guttun. Ich habe meinen ganzen Einfluß spielen lassen. Er braucht so etwas in seinem Zeugnis, wenn er wirklich auf die Universität möchte.«

»Er hofft auf Cambridge. Wußten Sie das?«

Byrne schüttelte den Kopf. »Wir sprechen nicht miteinander. Es liegt auf der Hand, daß er mich nicht gerade für den verständnisvollsten aller Väter hält.«

»Inwieweit hatten Sie bei der Berufung Alan Lockwoods zum Schulleiter von Bredgar Chambers die Hand im Spiel?« fragte Lynley neugierig.

»Ich drängte den Verwaltungsrat, ihm den Posten anzubieten«, bekannte Byrne. »Wir brauchten dringend frisches Blut.«

»Dank seiner Anwesenheit haben Sie, vermute ich, jetzt im Verwaltungsrat weit mehr Einfluß als zuvor; mehr Macht, als Sie normalerweise haben würden.«

»Das liegt in der Natur jedes politischen Systems, Inspector. Es geht immer um die Macht.«

»Und Sie lieben die Macht?«

Byrne zog seine Zigaretten heraus und zündete sich wieder eine an. »Machen Sie sich nichts vor, Inspector. Macht liebt jeder.«

Als Kevin Whateley unter der Hammersmith Bridge hindurch zur Lower Mall ging, begann es zu schütten. Es hatte den ganzen Tag schon nach Regen ausgesehen, und die Luft war schwül gewesen. Aber die ersten dicken Tropfen, die normalerweise einem nahenden Gewitter vorausgehen, waren erst gefallen, als Kevin um halb sechs aus dem Untergrundbahnhof kam und zum Fluß hinunterging. Selbst da schien es noch, als würde sich das Wetter halten. Aber als er in die Queen Caroline Street kam, tobte der Sturm los, dicke schwarze Wolken schoben sich zusammen, und kurz darauf fing es an zu gießen.

Kevin trat aus dem Schutz der Brücke und hielt das Gesicht in den strömenden Regen. Vom kalten Nordostwind getrieben stachen ihn die Tropfen wie eisige Nadeln ins Gesicht. Sie brannten ihm auf der Haut, aber der Schmerz tat gut.

Unter dem Arm trug er einen Brocken rosafarbenen Marmor mit feiner cremefarbener Maserung. Er hatte ihn gestern morgen an einem großen Granitblock lehnen sehen, für ein Grabmal bestimmt, das in der kleinen Kirche von Hever Castle errichtet werden sollte. Den ganzen Tag hatte er den Marmor im Auge behalten, sich überlegt, wann und wie er ihn am besten stehlen könnte, ohne daß jemand etwas merkte. Er hatte oft schon Steine, die nicht mehr gebraucht wurden, von seinem Arbeitsplatz mitgenommen. Die meisten seiner Skulpturen waren aus diesen Abfallsteinen geschaffen, die durch ungeschickten Gebrauch des Bohrers oder Meißels ruiniert und nicht mehr verwendbar waren. Heute jedoch hatte er zum erstenmal einen Stein in makellosem Zustand mitgenommen. Hätte man ihn dabei ertappt, hätte es ihn seine Stellung kosten können. Die Gefahr bestand immer noch, wenn sich bei einer Durchsuchung des Hofs und des staubigen Lagerraums herausstellte, daß der Marmor verschwunden war. Aber Kevin war es gleichgültig, ob man ihn an die Luft setzen würde. Er hatte all die Jahre nur für Mattie gearbeitet; um ihm ein schönes Zuhause und ein unbeschwertes Leben bereiten zu können. Jetzt, wo er tot war, spielte es keine Rolle, wo sein Vater arbeitete oder ob er überhaupt arbeitete.

Der Regen machte den Marmor glitschig. Kevin klemmte ihn fester unter den Arm. Im trüben, regenverschleierten Licht der hohen schwarzen Straßenlampen tappte er in seinen schweren Arbeitsstiefeln durch die Pfützen, ohne die Kälte zu spüren, ohne darauf zu achten, daß der Regen ihm Haar und Kleider durchnäßte. Er war naß bis auf die Haut, als er vor dem Haus ankam.

Die Tür war unverschlossen, nicht einmal richtig zu, und ohne seinen kostbaren Stein aus den Händen zu lassen, drückte Kevin die Tür mit der Schulter auf und trat ins Haus. Patsy saß mit Matties Foto auf dem Schoß in dem alten karierten Sessel. Sie blickte nicht auf, als er hereinkam. Auf dem Tisch vor ihr stand ein Teller mit einem angebissenen Brot. Der Anblick machte Kevin plötzlich wütend. Daß sie überhaupt ans Essen denken konnte! Daß sie daran denken konnte, sich ein Brot zu streichen! Am liebsten hätte er sie angeschrien, aber er beherrschte sich.

»Kev...«

Wieso klang ihre Stimme so schwach? Sie hatte sich doch mit den Broten bestimmt gut über Wasser gehalten. Ohne ein Wort zu sagen, ging er an ihr vorbei zur Treppe auf der anderen Seite des Kamins.

»Kev!«

Seine Stiefel polterten auf dem nackten Holz. Wasser tropfte von seinen Kleidern. Einmal entglitt ihm der Stein und schlug an die Wand. Er fing ihn gerade noch auf und ging weiter bis in den zweiten Stock, wo Matthews Zimmer war, ein kleiner Raum unter dem Dach mit einem einzigen Mansardenfenster, durch das gedämpftes Licht von der Uferstraße schimmerte und auf die Skulptur des *Nautilus* fiel, die Kevin am vergangenen Abend heraufgetragen und auf Matthews Kommode gestellt hatte. Er hätte nicht sagen können, warum er es getan hatte; es schien ihm einfach, als müsse das Zimmer jetzt, wo er nicht mehr da war, Matthew ganz zu eigen gemacht werden. Daß er den *Nautilus* heraufgebracht hatte, war nur der erste Schritt gewesen; andere würden folgen.

Vorsichtig ließ er den Marmorblock zum Boden hinunter und lehnte ihn an die Kommode. Als er sich aufrichtete, fand er sich wieder dem *Nautilus* gegenüber und berührte mit einer Hand sachte den Stein. Er strich mit dem Daumen die Rundung der Schale entlang und schloß die Augen, um nur zu fühlen. Er erforschte die ganze Oberfläche und Gestalt des steinernen Geschöpfs von Matthews Hand.

»Es soll wie ein Fossil werden, Dad. Siehst du's hier auf der Zeichnung? Wie so was, was man ausgräbt, weißt du. Oder in einem Felsen findet. Was meinst du? Ist die Idee gut? Kann ich einen Stein haben, damit ich's machen kann?«

Er konnte die Stimme hören, so eifrig, so klar. Es war, als wäre der Junge bei ihm im Zimmer, als sei er nie aus Hammersmith fortgegangen. Er war ihm so nahe. Mattie war ihm so nahe.

Kevin tastete nach dem Griff der obersten Kommodenschublade und riß sie auf. Seine Hände zitterten, sein Atem kam und ging in gewaltsamen Stößen. Der Regen trommelte aufs Dach, strömte gurgelnd durch die Regenrinnen, und ein paar Sekunden lang konzentrierte er sich auf diese Geräusche, um alle anderen Gedanken zu vertreiben. Er rang um Beherrschung und fand sie, indem er seine ganze Aufmerksamkeit auf diese äußeren Wahrnehmungen richtete, das Trommeln des Regens, das Rauschen des Wassers, den kühlen Luftzug, der durch eine Ritze des geschlossenen Fensters drang und seinen Nacken streifte.

Ziellos kramte er in den Wäschestücken in der Schublade, die er aufgezogen hatte. Er nahm sie heraus, schaute sie an, breitete sie auseinander, faltete sie wieder, strich glättend darüber hin. Alles war alt, für das Internat nicht geeignet oder nicht mehr schön genug. Drei geflickte Pullis, die Mattie immer getragen hatte, wenn er am Fluß gespielt hatte; zwei Unterhosen, bei denen der Gummi ausgeleiert war; ein Paar alte Socken; ein billiger Plastikgürtel; eine alte Wollmütze. Auf diesem letzten Stück blieb Kevins Hand am längsten liegen. Er sah Mattie vor sich, wie er die Mütze immer getragen hatte, tief in die Stirn gezogen, so daß die Augenbrauen nicht zu sehen waren, die Nase gekraust, weil die Wolle anfangs immer auf der Haut kratzte. Im Winter hatte er sie übergezogen, wenn der Wind über den Fluß heulte und an den Fenstern rüttelte, und sie trotz des Windes hinausgegangen waren, fest eingepackt in ihre dicken Jacken.

»Dad! Dad! Nehmen wir uns ein Boot.«

»Bei dem Wetter! Du bist ja verrückt, Junge.«

»Ach wo! Ach, komm doch, Dad. Sag ja! Dad? Sag doch ja!«

Kevin drückte die Augen zu, als könne er damit die Stimme zum Schweigen bringen, die so hell und klar das Prasseln des Regens, das Ächzen des Windes, das Gurgeln des Wassers in den Regenrinnen übertönte. Mit einer linkischen Bewegung wandte er sich von der Kommode ab und ging zu Matthews Bett. Ohne Rücksicht darauf, daß seine Kleider naß und schmutzig waren, setzte er sich nieder, nahm das Kopfkissen und drückte es an sein Gesicht. Ganz tief atmete er ein, um den Duft seines Sohnes zu finden. Doch der Bezug war frisch gewaschen, genau wie die Laken, und roch nur nach dem Waschmittel, das Patsy benützte.

Groll stieg in Kevin hoch. Es war, als hätte Patsy gewußt, daß ihr Sohn sterben würde, und sich deshalb angeschickt, alles bereit zu machen; sie hatte die Bettwäsche gewaschen, das Zimmer gekehrt, seine Sachen in der Kommode verstaut. Gott verdamm diese Frau, die immer alles sauber und ordentlich haben wollte. Wäre sie nicht so besorgt gewesen, daß immer alles frisch geschrubbt war – einschließlich Mattie selbst –, dann wäre vielleicht jetzt noch etwas von dem Jungen in diesem Zimmer übrig. Vielleicht sogar sein Geruch. Oh, Gott verdamm sie!

»Kev?« Sie stand in der offenen Tür, ein unförmiger Schatten in zerknittertem Morgenrock, der auf einer Seite fast bis zum Knie hochgezogen war, über ihrer Brust halb offen herabhing. Der Stoff war fleckig. Es war nicht mehr dasselbe Kleidungsstück, das Matthew ihr gerade erst letztes Weihnachten geschenkt hatte.

»Colonel Bonnamy und Jean sagten, ich soll ihn dir schenken, Mum. Sie sagten, er würde dir bestimmt ganz besonders gefallen. Ja? Gefällt er dir, Mama? Die Hausschuhe hab ich extra dazugekauft, siehst du? Aber ich konnte nicht richtig sehen, ob sie wirklich zu den Drachen passen.«

Kevin versuchte, sich gegen die Kraft der Erinnerung zu stemmen. Der Junge war tot. Tot! Nichts würde ihn zurückbringen.

Er sah, wie Patsy zaghaft ins Zimmer trat. »Die Polizei war wieder hier«, sagte sie.

»Na und?« Er hörte selbst den Ärger in seiner Stimme.

»Mattie ist nicht weggelaufen, Kev.«

Kevin meinte, Erleichterung in ihrer Stimme zu hören, und konnte es nicht glauben. Daß so eine läppische Tatsache sie tatsächlich tröstete! Als änderte es etwas daran, daß Mattie tot war. Ihnen für immer genommen war.

»Hast du gehört, Kev? Mattie ist nicht –«

»Verdammt noch mal, Pats. Glaubst du, das interessiert mich? Was, zum Teufel, ändert es an den Tatsachen?«

Sie zuckte zusammen, sprach aber weiter. »Wir haben der Polizei gleich gesagt, daß er niemals weggelaufen wäre, nicht? Wir hatten recht, Kev. Mattie ist nie vor irgendwas davongelaufen.« Sie trat noch etwas weiter ins Zimmer.

Ihre Hausschuhe klapperten auf dem Holz. »Sie haben seine Kleider in der Schule gefunden. Darum glauben sie, daß er noch dort war, als er – als er –«

In Kevin krampfte sich alles zusammen. Der Druck hinter seinen Augen verstärkte sich, pochte schmerzhaft in seinem Kopf.

»Die Polizei weiß alles über Mattie. Sie haben es irgendwie rausgekriegt, weil er die Farben nicht unterscheiden konnte. Sie wissen, daß er – daß er – sie wissen, daß er nicht unser richtiger Sohn war, Kev. Ich habe ihnen erzählt, wie er zu uns kam. Von Mr. Byrne. Von –«

»Nicht unser *richtiger* Sohn?« fuhr Kev sie an. »Was war er denn sonst? Matts Herkunft geht keinen was an, verstehst du, Pats? Keinen. Auch nicht die Polizei.«

»Aber sie müssen doch wissen –«

»Sie müssen überhaupt nichts wissen. Wozu denn, kannst du mir das mal sagen? Mattie ist tot. Er kommt nie wieder zurück. Da kann die beschissene Polizei tun, was sie will, daran ändert sich nichts. Kapierst du's jetzt endlich?«

»Aber sie müssen rauskriegen, wer ihn getötet hat, Kev. Das müssen sie.«

»Lebendig wird er davon auch nicht wieder. Herrgott noch mal, kapierst du das nicht? Du dumme Gans!«

Sie stieß einen Schrei aus wie ein Tier, das geschlagen worden ist. »Ich wollte doch nur helfen.«

»Ach, helfen wolltest du? Wem denn, verdammt noch mal?« Kevin umklammerte das Kopfkissen mit seinen staubigen Händen.

»Du machst Matties Bett ganz dreckig.« Patsys Ton war quengelig. »Jetzt muß ich's frisch beziehen.«

Kevin riß den Kopf in die Höhe. »Wozu?« fragte er, und als sie nicht antwortete, begann er zu brüllen. »Wozu, Pats? Wozu?« Seine Stimme verriet, daß er sich nur mühsam in der Gewalt hatte.

Sie antwortete nicht, sondern wich einen Schritt zurück. Mit einer Hand griff sie sich in den Nacken. Kevin kannte diese Bewegung gut; sie war Vorspiel zu vorgetäuschter Verwirrung; Vorspiel zur Flucht. Er war nicht bereit, Flucht zuzulassen.

»Ich hab dich was gefragt. Antworte mir.«

Sie starrte ihn stumm an. Die Augen in ihrem beschatteten Gesicht waren dunkle Löcher, denen Ausdruck und Gefühl fehlten. Daß sie da stehen und von schmutziger Bettwäsche reden konnte – daß sie in diesem Moment überhaupt an die Wäsche denken konnte –, daß sie fertigbrachte, sich Brote zu streichen, Tee zu trinken, mit der Polizei zu reden, während ihr Sohn tot im eiskalten Leichenhaus von Slough lag, wo er zerstückelt und seiner Schönheit beraubt werden sollte ...

»Antworte mir!«

Sie wandte sich zum Gehen. Er sprang vom Bett, stürzte mit drei Schritten durch das Zimmer, packte sie beim Arm und riß sie herum.

»Du bleibst gefälligst hier, wenn ich mit dir rede.«

Sie fuhr zurück. »Laß mich!« Speicheltröpfchen spritzten von ihren Lippen. »Du bist verrückt, Kev. Du bist krank und –«

Er schlug ihr mit der offenen Hand ins Gesicht. Sie schrie auf und versuchte sich loszureißen.

»Nein! Hör auf –«

Er schlug sie noch einmal, diesmal mit geballter Faust, hart und brutal. Sie wäre getaumelt, vielleicht gestürzt, aber er hielt sie fest.

»Kev!« rief sie nur.

Er schleuderte sie an die Wand, stieß ihr seinen Kopf in die Brust, trommelte mit den Fäusten auf ihren Körper, riß den Morgenrock auseinander und schlug auf ihre Schenkel, krallte sich in ihre Brüste.

Er brüllte die gemeinsten Flüche, die ihm einfielen. Aber er weinte keine Träne.

16

Lynley fuhr nicht in die Tiefgarage, sondern blieb vor der Drehtür stehen, durch die man ins Foyer von New Scotland Yard gelangte. Barbara Havers sah seufzend den Sekretärinnen und Schreibkräften nach, die für diesen Tag Schluß machten und sich mit aufgespannten Schirmen Richtung Untergrundbahn entfernten.

»Hätte ich mir doch einen anderen Beruf ausgesucht«, meinte sie. »Dann könnte ich vielleicht ein Leben führen, das mir regelmäßige Mahlzeiten gestattet.«

»Aber das Abenteuer und die Befriedigung der Jagd wären Ihnen versagt geblieben.«

»Also, davon hab ich bei unserem Gespräch mit Giles Byrne nicht viel gespürt«, versetzte sie. »Eigentlich sehr bequem, finden Sie nicht, daß er der einzige ist, der die Hintergründe von Edward Hsus Selbstmord kennt.«

»Nein, Sergeant, es gibt noch jemanden.«

»Wen denn?«

»Matthews leibliche Mutter.«

»Wenn Sie die Geschichte glauben wollen.«

»Haben wir einen Grund, das nicht zu tun?«

Sie lachte sarkastisch. »Der saß doch neben ihm auf der Couch und tätschelte ihm das Händchen, wenn's brenzlig wurde. Rhena. So hieß sie doch? Sieht doch jeder Blinde, daß der ehrenwerte Giles eine Vorliebe für Damen aus exotischen Ländern hat. Was die allerdings an ihm finden, ist mir schleierhaft. Könnte doch sein, daß Edward Hsu eine Schwester oder Cousine hatte, an die sich Giles heranmachte und die er sitzenließ, nachdem er erreicht hatte, was er wollte, und ihr den kleinen Matthew gemacht hatte. Angesichts der Erkenntnis, daß sein pädagogisches Idol auf tönernen Füßen stand, opferte sich Eddie, indem er sich vom Dach der Kapelle in den Tod stürzte.«

»Die Theorie ist nicht übel, Havers. So ein Mittelding zwischen griechischer Tragödie und mittelalterlicher Moralität. Schwierigkeiten bereitet mir lediglich ihre Glaubwürdigkeit. Glauben Sie im Ernst, der Junge hätte sich aus Enttäuschung über einen Charakterfehler Byrnes umgebracht? Ganz gleich, ob es sich nun um Treulosigkeit, Ehrlosigkeit oder mangelndes Verantwortungsbewußtsein handelte?«

»Vielleicht nicht. Aber daß Giles Byrne charakterlos ist, halte ich durchaus für möglich, Sir. Der Mann hat uns nicht die Wahrheit gesagt. Und wenn Sie mich fragen, die schöne Rhena hat's genau gewußt. Er lügt wie ein Weltmeister, aber sie hat uns kein einziges Mal angeschaut, während er redete. Ist Ihnen das aufgefallen?«

Lynley nickte, die Hand am Türgriff. »Ja, das war merkwürdig.«

»Was halten Sie denn davon, wenn wir der Geschichte mit Exeter mal nachgehen? Wie viele Heime kann's da geben, die schwangere Frauen aufnehmen? Und die Geburt wurde doch bestimmt auf dem Standesamt eingetragen. Wir wären ja blöd, wenn wir Byrne seine Geschichte unbesehen abnehmen würden.«

»Da haben Sie recht«, stimmte Lynley zu und stieß die Wagentür auf. »Setzen Sie Constable Nkata darauf an, Havers. Und jetzt wollen wir mal sehen, ob inzwischen was aus Slough gekommen ist.«

Sie rannten durch den Regen ins Foyer. Zwei der Empfangssekretärinnen schwatzten mit dem uniformierten Constable vor der Schranke, die den öffentlichen Warteraum von den heiligen Hallen der Polizei trennte. Seine

Hand lag auf dem Schild, das zum Vorzeigen von Dienstausweisen und Passierscheinen aufforderte. Als Lynley und Barbara ihre Ausweise zücken wollten, drehte sich eines der Mädchen um.

»Ach, Inspector«, sagte sie. »Sie haben Besuch. Die junge Dame wartet schon seit halb fünf.« Sie wies mit dem Kopf zur Wand.

Auf einem der Chromstühle dort saß ein Schulmädchen, noch in Uniform, ihre Mappe fest an sich gedrückt, als hätte sie Angst, sie könnte ihr entrissen werden.

Lynley hatte von ihr gehört, kannte sie von dem Foto auf Matthew Whateleys Arbeitspult in Bredgar Chambers. Aber er war nicht darauf gefaßt gewesen, daß sie soviel älter aussehen würde, als sie tatsächlich war. Das dunkle Gesicht von beinahe vollendetem Ebenmaß war seinem Ausdruck nach nicht das einer Dreizehnjährigen. Yvonnen Livesley, dachte Lynley, Matthews Schulfreundin aus Hammersmith.

Er ging durch das Foyer auf sie zu und stellte sich ihr vor. Sie musterte ihn aufmerksam mit großen, tiefdunklen Augen. »Haben Sie einen Ausweis?« fragte sie. »Würden Sie ihn mir bitte zeigen.«

Er zog den Ausweis heraus. Sie sah ihn sich an. Dann blickte sie zu ihm auf. Die Perlen in den vielen festgeflochtenen Zöpfen stießen sachte klimpernd aneinander, als sie aufstand und nickte.

»Ich habe Ihnen etwas mitgebracht, Inspector. Von Matt.«

In Lynleys Büro zog sich Yvonnen einen Stuhl dicht an seinen Schreibtisch heran und schob einen Stapel Post weg, um ihre Schultasche an seine Stelle zu legen.

»Ich hab das mit Matt erst heute morgen erfahren«, sagte sie. »Einer von den Jungs in der Schule hatte es von seiner

Mutter gehört. Die wußte es von ihrer Schwester, die mit Matts Tante befreundet ist. Als ich das hörte ...« Sie senkte einen Moment den Kopf und nestelte am Schloß ihrer Mappe. »Ich wollte eigentlich gleich heim und das hier holen, aber die Direktorin hat mich nicht gelassen. Nicht mal, als ich ihr sagte, daß ich unbedingt zur Polizei müßte. Sie behandelte mich, als wäre ich bescheuert.« Sie drückte das Schloß auf, öffnete die Tasche und legte eine Musikkassette auf den Schreibtisch. »Hier«, sagte sie. »Da haben Sie das gemeine Schwein, das ihn umgebracht hat.«

Damit lehnte sie sich zurück und wartete auf Lynleys Reaktion. Barbara schloß die Bürotür und setzte sich in den zweiten Sessel.

Lynley nahm die Kassette. »Was ist das?«

Yvonnen nickte kurz, als hätte er mit seiner Frage eine Prüfung bestanden, der sie ihn unterzogen hatte. Sie schlug ein Bein über das andere und warf den Kopf zurück, so daß die Zöpfe flogen und die Perlen klirrten. Ein zweites Mal griff sie in ihre Mappe und holte einen kleinen Rekorder heraus.

»Die Kassette kam vor drei Wochen mit der Post«, erklärte sie. »Zusammen mit einem Brief von Matt. Er schrieb, ich solle die Kassette am sichersten Ort, den ich wüßte, aufheben. Keinem Menschen was drüber sagen, kein Wort verlauten lassen, daß ich überhaupt von ihm gehört hatte. Er schrieb, das Band wäre ein Duplikat von einem anderen, das er bei sich in der Schule hätte, und er würde mir alles erklären, wenn er das nächste Mal nach Hammersmith käme. Das war alles. Ich hab mir die Kassette einmal angehört, aber ich – ich hab nichts verstanden. Erst als ich hörte, was Matt passiert ist, hab ich alles begriffen. Passen Sie auf.«

Sie nahm ihm die Kassette aus der Hand und schob sie in den Rekorder.

Sie hörten einen Aufschrei. Es war die Stimme eines Jungen. Er schrie ein Wort, das nicht zu verstehen war. Danach folgte ein Stöhnen, ein dumpfer Aufprall, gedämpftes Klatschen. Es klang, als wäre jemand auf einen nackten Fußboden gestürzt und würde mit Schlägen traktiert. Der nächste Schrei war gedämpft. Dann begann jemand zu sprechen; es war ein unheimliches Flüstern, eiskalt und sadistisch.

»Kleine Abreibung gefällig, Bubi? Kleine Abreibung gefällig? Hm, kleine Abreibung? Oho, was haben wir denn da für nette kleine Sachen im Höschen? Die wollen wir uns doch mal näher anschauen.«

Wieder ein Schrei. Eine andere Stimme.

»Hör auf! Komm schon! Hör auf! Laß ihn!«

Dann wieder die erste Stimme, leiser als die zweite. »Ach was, du magst auch mitspielen? Na, dann komm her. Schauen wir's uns mal an.«

Eine dritte Stimme, brüchig, die Stimme eines Kindes, das den Tränen nahe war. »Bitte! Nein!«

Dann Gelächter. »Tu doch nicht so, Bubi. Gib's zu, daß du auch mitspielen willst. Gib's zu.«

Das Geräusch eines Schlags. Wieder ein unterdrückter Schrei.

Lynley beugte sich vor und schaltete das Gerät aus.

»Es geht noch weiter«, sagte Yvonnen hastig. »Und es wird immer schlimmer. Wollen Sie's nicht hören?«

»Wie bist du dazu gekommen?« fragte Lynley statt einer Antwort.

Yvonnen nahm die Kassette aus dem Gerät und legte sie auf den Schreibtisch. »Es wird immer schlimmer«, sagte sie wieder. »Als ich mir's zuerst anhörte, hab ich's nicht verstanden. Ich dachte – diese Jungs, verstehen Sie, die sind doch auf so einem feinen Internat, und so was gibt's doch da nicht...« Sie konnte nicht weiter. So erwachsen sie in Aussehen und Verhalten war, sie war eben doch erst dreizehn Jahre alt.

Lynley wartete, bis sie sich wieder gefaßt hatte.

»Du brauchst dir keine Vorwürfe zu machen, Yvonnen«, sagte er. »Niemand kann von dir erwarten, daß du verstehst, was das zu bedeuten hat. Sag mir nur alles, was du weißt, wie es kam, daß Matthew dir das Band gegeben hat.«

Sie hob den Kopf. »In den Weihnachtsferien kam Matt mal zu mir. Er wollte, daß ich ihm zeige, wie man in einem Zimmer eine Abhöranlage anbringt.«

»Das ist aber eine merkwürdige Bitte.«

»Nein, nein, war's nicht. Ich interessiere mich schon lange für so was. Und Matt wußte es. Ich probier aus, was man alles mit Abhöranlagen machen kann. Seit zwei Jahren.«

»Mit Abhöranlagen?«

»Ja. Nur so zum Spaß. Angefangen hab ich mit einem einfachen Tonbandgerät. In einer Suppenterrine im Eßzimmer. Aber jetzt arbeite ich mit Richtungsmikrofonen. Mich interessiert Tonarbeit. Ich will so was mal beim Film oder beim Fernsehen machen. Wie der in *Blow out*. Haben Sie den Film gesehen?«

»Nein.«

»Der war Tonmeister beim Film. Und da hab ich angefangen, mich dafür zu interessieren. Es war John Travolta«, fügte sie naiv hinzu. »Jetzt bin ich schon ganz gut. Am Anfang hatte ich null Ahnung. Der Ton aus der Suppenterrine im Eßzimmer klang total hohl und klirrte. Da war mir klar, daß ich nicht einfach ein Tonbandgerät irgendwo verstecken kann. Ich brauchte was Besseres. Und Kleineres.«

»Eine kleine Wanze.«

»Kurz vor Weihnachten hab ich bei meiner Mutter im Schlafzimmer eine eingebaut, weil ich dachte, sie würde ihrem Freund erzählen, was ich für Geschenke kriege. Aber das Band war stinklangweilig. Nur ein Haufen Gestöhne und Geseufze, als sie miteinander geschlafen haben. Und er sagte dauernd: »Oh, Baby«. Ich hab's Matt zum Jux vorgespielt. Und noch ein Band, auf dem sich zwei Lehrer von der Schule unterhalten haben. Das hatte ich mit einem Richtungsmikrofon aufgenommen. Aus fünfzig Meter Entfernung. Das war gut.«

»Und dadurch ist Matthew auf die Idee gekommen, ein Zimmer in der Schule mit einem Abhörgerät auszustatten?«

Sie nickte. »Er sagte nur, er wolle in einem Raum ein Abhörgerät einbauen, und wollte wissen, wie man das am besten macht. Wissen Sie, er hatte ja keine Erfahrung, aber er war ganz fest entschlossen. Ich dachte, es sollte ein Witz sein, drum sagte ich, am besten wäre es, wenn er ein hochempfindliches Tonbandgerät nimmt. Ich hab ihm dann mein altes hier geliehen. Er schickte es mir mit dem Band zusammen zurück.«

»Hat er dir gesagt, in wessen Zimmer er das Abhörgerät anbringen wollte?«

»Nein. Er wollte nur wissen, wie man's macht. Ich hab ihm gesagt, er soll das Mikro an einem Ort verstecken, wo die Aufnahme nicht durch andere Geräusche verzerrt wird, wo er aber trotzdem sicher sein konnte, daß es die Geräusche aufnehmen würde, die ihn interessierten. Ich hab ihm geraten, sich das Zimmer vorher genau anzusehen und mindestens zwei Probeaufnahmen zu machen, damit er dann auch wirklich erstklassige Aufnahmen bekommt. Er hat mir noch ein paar Fragen gestellt, dann hat er den Rekorder mitgenommen. Aber er hat danach nie wieder was von der Sache gesagt. Und vor drei Wochen kam dann das Band bei mir an.«

»Hat er viel von der Schule gesprochen, Yvonnen? Von den Freunden, die er dort hatte? Wie es ihm gefiel?«

Sie schüttelte langsam den Kopf. »Er sagte nur, es wäre

ganz in Ordnung. Sonst nichts. Aber...« Sie runzelte die Stirn und spielte wieder am Schloß ihrer Schultasche.

»Was denn, Yvonnen?«

»Immer, wenn ich ihn nach der Schule fragte, redete er schnell von was anderem. Als wollte er am liebsten nicht drüber reden und hätte Angst, daß er doch was sagen würde, wenn ich weiterfrage. Ich wollte, ich hätt's getan.«

»Na, zeig mal her, was wir da für Eierchen haben. Komm schon. Zeig her. Oooch, die sind aber klein, was? Sollen wir mal drücken? Fängt er jetzt an zu heulen? Was meint ihr? Fängt er an zu heulen?«

»Nein! Hör auf! Bitte! Ich –«

Lynley schaltete das Gerät aus, als Barbara wieder ins Büro kam. Sie ging an dem Sessel vor seinem Schreibtisch vorbei zum Fenster. Der Regen schlug gegen die Scheiben. Sie trank aus einem Plastikbecher. Lynley nahm einen Geruch nach Hühnersuppe wahr.

»Haben Sie dafür gesorgt, daß sie sicher nach Hause kommt?« fragte er.

»Constable Nkata fährt sie.« Barbara lächelte. »Er sah sie nur einmal kurz an, erkannte sofort, was für eine Schönheit er da vor sich hatte, stellte sich vor und erbot sich freiwillig, sie heimzufahren.«

»Durchsichtig wie gewohnt.«

»Genau.« Barbara kam zum Schreibtisch und ließ sich in einen der Sessel plumpsen. Einen Moment lang starrte sie in die Hühnerbrühe, auf der gelbe Fettaugen schwammen, dann kippte sie sie mit einer Grimasse hinunter und warf den Becher in den Papierkorb. »Somit wären wir wieder am Ausgangspunkt.«

Lynley rieb sich die Augen. Sie taten ihm weh, als hätte er ohne seine Brille zu lesen versucht. »Möglich«, meinte er.

»Mehr als möglich«, entgegnete sie milde. »Was da auf

der Kassette zu hören ist, ist ein klarer Fall von Mißhandlung. Und genau da waren wir gestern vormittag, Inspector. Sie sagten, die Sextaner mit denen Sie sprachen, hätten verängstigt gewirkt. Jetzt wissen wir, warum. Irgend jemand hat Matthew Whateley regelmäßig mißhandelt. Und die anderen Jungen wußten, daß sie als nächste an die Reihe kommen würden.«

Lynley schüttelte den Kopf und nahm das Band aus dem Rekorder. »Ich seh das anders, Havers.«

»Und warum?«

»Weil er Yvonnen sagte, er wolle ein anderes Zimmer abhören, nicht seinen eigenen Schlafraum.«

»Dann eben das des Brutalos.«

»Ich würde zustimmen, wenn nicht noch die anderen Stimmen auf dem Band zu hören gewesen wären. Das waren Kinderstimmen, die Stimmen von Sextanern würde ich vermuten.«

»Aber wer –«

»Es muß Harry Morant sein. Passen Sie auf, wie alles zusammenpaßt, wenn wir zugrunde legen, daß Harry terrorisiert wurde und nicht Matthew. Der Täter verstieß gegen die Schulvorschriften, und das zweifellos schon seit längerer Zeit. In einer Schule wie Bredgar Chambers wird solches Verhalten nicht geduldet; der Täter mußte also mit Ausschluß rechnen, falls er entdeckt werden sollte. Matthew wußte von den Mißhandlungen. Alle wußten es. Aber keiner getraute sich, gegen den Verhaltenskodex zu verstoßen, von dem wir schon früher gesprochen haben.«

»Sie meinen, niemals einen anderen Schüler verpetzen?«

»Richtig. Wir brauchen uns doch nur anzusehen, wie sich das bei Matthew äußerte. Kevin Whateley erzählte uns, daß der Junge im vergangenen Halbjahr immer verschlossener geworden war. Aber Patsy sagte, er hätte nie irgendwelche Spuren am Körper gehabt. Wir können also wohl annehmen, daß ihm niemand etwas tat. Denken Sie ferner daran, was Colonel Bonnamy uns über das Gespräch berichtete, das er mit Matthew über das Schulmotto führte – ›Sowohl Stab als Rute sei die Ehre‹. Es paßt alles. Der ungeschriebene Verhaltenskodex verlangte von Matthew, über die Mißhandlungen von Harry Morant zu schweigen. Aber das Schulmotto verlangte von ihm, auf eigene Faust etwas zu unternehmen, um den Terrorakten ein Ende zu machen. Nur dann handelte er ehrenhaft. Diese Kassette hier ist gewissermaßen das Symbol seiner Entscheidung.«

»Erpressung?«

»Ja.«

»Mein Gott. Es hat ihn das Leben gekostet.«

»Ja, wahrscheinlich.«

Sie sah ihn groß an. »Dann muß einer der Schüler – Sir, sie müssen alle Bescheid wissen!«

Er nickte mit grimmiger Miene. »Wenn das hier der Grund für Matthews Ermordung ist, dann, denke ich, haben sie von Anfang an Bescheid gewußt, Sergeant. Alle.«

Noch während er sprach, klopfte es, und Dorothea Harriman, die Sekretärin von Lynleys Abteilungsleiter, trat ein. Sie war schon zum Gehen gekleidet, ganz Lady Di im grünen Schneiderkostüm mit weißer Bluse und dreireihiger Perlenkette. Vom bizarr geformten Hut wuchsen grüne und weiße Federn in die Höhe.

»Ich dachte mir doch, daß ich Sie noch antreffen würde«, sagte sie, während sie einen Stapel Hefter in ihrem Arm durchsah. »Das kam heute nachmittag für Sie, Inspector. Per Telefon. Von –« Da sie sich beharrlich weigerte, eine Brille zu tragen, hatte sie Mühe zu lesen, was auf dem Hefter stand. – »Inspector Canerone in Slough. Der vorläufige Autopsiebefund in Sachen –« Wieder kniff sie die Augen zusammen.

Lynley stand auf. »Matthew Whateley«, sagte er und streckte den Arm nach dem Hefter aus.

»Ist Deb auch zu Hause?« fragte Lynley, als er Cotter die schmale Treppe hinauf folgte.

Es war fast acht Uhr, ungewöhnlich, daß St. James um diese Zeit noch in seinem Labor war. Er hatte zwar in der Vergangenheit lange die Gewohnheit gehabt, sich bis tief in die Nacht hinein in seine Arbeit zu vergraben, aber in den letzten drei Jahren, seit seiner Verlobung und darauffolgenden Heirat mit Deborah, hatte er das ganz aufgegeben gehabt.

Cotter schüttelte den Kopf. Er blieb auf der Treppe stehen, und obwohl sein Gesicht unbewegt war, war die Besorgnis in seinem Blick zu erkennen. »Sie war fast den ganzen Tag unterwegs. Sie wollte sich eine Cecil-Beaton-Ausstellung im Victoria und Albert ansehen. Und einen Einkaufsbummel machen.«

Die Erklärung war wenig überzeugend. Das Victoria und Albert Museum war längst geschlossen, und Lynley kannte Deborah gut genug, um zu wissen, wie wenig Vergnügen es ihr bereitete, in Kaufhäusern herumzustöbern.

»Einen Einkaufsbummel?« wiederholte er skeptisch.

»Hm.« Cotter ging weiter.

St. James war über eines seiner Mikroskope gebeugt, als sie eintraten, und spielte mit der Einstellung. Am Mikroskop war eine Kamera angebracht, mit der er seinen Befund sofort aufnehmen konnte. Der Computer beim Fenster spie mit rhythmischem Geklapper lange Papierbogen voller Zahlenkolumnen und Diagrammen aus.

»Lord Asherton, Mr. St. James«, meldete Cotter. »Möchten Sie etwas trinken? Kaffee? Brandy?«

St. James hob den Kopf. Lynley sah erschrocken, wie eingefallen das schmale Gesicht war; es schien ausgelaugt von Kummer und Erschöpfung. »Für mich nichts, Cotter«, antwortete er. »Und du, Tommy?«

Lynley lehnte dankend ab und wartete schweigend, bis Cotter den Raum verlassen hatte. Aber auch als sie allein waren, wurde es ihm schwer, eine sichere Grundlage zu finden, auf der sich ein Gespräch mit dem Freund aufbauen ließ. Zuviel stand zwischen ihnen, das anzusprechen verboten war.

Lynley holte sich einen der Hocker unter dem Arbeitstisch hervor und schob einen großen braunen Umschlag zum Mikroskop hinüber. St. James öffnete ihn und überflog die Papiere, die er ihm entnommen hatte.

»Ist das der vorläufige Befund?« fragte er.

»Ja. Die toxikologische Untersuchung hat absolut nichts ergeben, St. James. Und keinerlei Traumata am Körper.«

»Die Verbrennungen?«

»Durch Zigaretten verursacht, wie wir vermuteten. Aber eindeutig keine so schweren Verletzungen, daß sie zum Tod geführt hätten.«

»Hier steht, daß sie Fasern im Haar gefunden haben«, bemerkte St. James. »Was für welche? Natürliche? Synthetische? Hast du mit Canerone gesprochen?«

»Ja, gleich nachdem ich den Bericht durchgesehen hatte. Er konnte mir nur sagen, daß seine Leute erklärten, es handle sich um eine Gewebemischung. Natürliche und synthetische Bestandteile. Das natürliche Material ist Wolle. Für den anderen Teil sind die Untersuchungsergebnisse noch nicht da.«

St. James blickte nachdenklich zu Boden. »Nach deiner Beschreibung dachte ich an Hanf, wie er zur Herstellung von Stricken behandelt wird. Aber das kommt nicht in Frage, wenn wir es hier mit natürlichen und synthetischen Substanzen zu tun haben. Zumal sie bereits wissen, daß eine der Substanzen Wolle ist.«

»Ja, das war auch mein erster Gedanke. Aber der Junge war mit Baumwollschnur gefesselt, nicht mit Strick. Wahrscheinlich mit festen Schnürsenkeln, meinen Canerones Experten. Und er war geknebelt. In seinem Mund befanden sich Wollfasern.«

»Ein Strumpf.«

»Vielleicht. Und zusätzlich hatte man ihm ein Baumwolltaschentuch um den Mund gebunden. Auf seinem Gesicht waren Baumwollfasern.«

St. James kehrte zum ersten Punkt zurück. »Was besagen denn die Fasern in seinem Haar nach Ansicht von Canerones Leuten?«

»Sie haben mehrere Hypothesen. Möglicherweise stammen sie von einem Material, auf dem der Junge lag; von der Bodenmatte eines Autos, von einer alten Jacke im Kofferraum, von einer Decke, einer Plane. Es kann praktisch alles sein, was aus Stoff gemacht oder mit Stoff bezogen ist. Sie haben sich in der Kirche noch einmal Proben geholt für den Fall, daß der Junge dort versteckt wurde, ehe man ihn auf das Feld neben dem Friedhof warf.«

»Das dürfte wohl nutzlos sein.«

Lynley spielte mit einem Kasten Objektivträger. »Es ist eine Möglichkeit. Aber ich hoffe, sie trifft nicht zu. Für unsere Ermittlungen wäre es weit günstiger, wenn die Fasern in seinem Haar von einem Stoff stammen, der sich an dem Ort befand, wo er gefangengehalten wurde. Daß er gefangengehalten wurde, steht fest, Simon. Der Pathologe hat festgestellt, daß der Tod zwischen Mitternacht und vier Uhr morgens am Samstag eingetreten ist. Das heißt, es fehlen uns mindestens zwölf Stunden von dem Zeitpunkt an, wo Matthew unmittelbar nach dem Mittagessen verschwand, bis zum Zeitpunkt seines Todes. In dieser Zeit muß er irgendwo auf dem Schulgelände versteckt gewesen sein. Vielleicht sagen uns die Fasern, wo. Außerdem –«

Lynley blätterte eine Seite des Berichts um und wies auf eine Passage, wo noch nicht näher bestimmte Spuren aufgezählt waren – »haben sie an seinem Gesäß, seinen Schulterblättern, dem rechten Arm und unter zwei Zehennägeln Rückstände gefunden, die noch nicht identifiziert sind. Sie werden Chromatographien machen, um ganz sicher zu sein, aber unter dem Mikroskop scheint es sich bei allen um den gleichen Stoff zu handeln.«

»Auch Spuren aus dem Versteck?«

»Das ist anzunehmen, meinst du nicht?«

»Sagen wir, es ist eine berechtigte Hoffnung. Ich habe den Eindruck, daß für dich die Richtung deiner Ermittlungen ziemlich klar ist, Tommy.«

»Ja.« Lynley berichtete ihm von der Tonkassette.

St. James hörte schweigend und mit unbewegtem Gesicht zu. Doch am Ende von Lynleys Bericht wandte er sich ab. Seine Aufmerksamkeit richtete sich auf ein Regal auf der anderen Seite des Labors, auf dem verschiedene Chemikalien, Glaskolben, Bechergläser und Büretten standen.

»Mißhandlung von jüngeren Schülern«, sagte er. »Ich dachte, so etwas gäbe es heute nicht mehr.«

»Die Schulen bemühen sich, es zu unterbinden. Es wird mit Ausschluß bestraft.« Nach einer kleinen Pause fügte Lynley hinzu: »John Corntel ist in Bredgar Chambers. Erinnerst du dich an ihn?«

»Natürlich. Einer der Besten. Geisteswissenschaftler. Immer hatte er eine Schar Dreizehnjähriger im Schlepptau, die ihn anhimmelten. Den vergißt man so leicht nicht.« St. James nahm wieder den Bericht. »Wo gehört Corntel da hinein?« fragte er stirnrunzelnd. »Siehst du ihn als Täter, Tommy?«

»Nicht, wenn die Kassette etwas über den Grund für die Ermordung des Jungen aussagt. Ich wüßte nicht, wie Corntel damit in Verbindung zu bringen wäre.«

St. James, der offenbar einen Unterton von Zweifel aus Lynleys Antwort heraushörte, übernahm die Rolle des *advocatus diaboli.* »Ist es realistisch anzunehmen, die Kassette könnte ein Mordmotiv sein?«

»Wenn Schulausschluß die Folge ihrer Übergabe an den Direktor gewesen wäre; wenn dieser Ausschluß die berufliche Weiterbildung eines älteren Schülers gefährdet und seine Chancen auf ein Universitätsstudium zunichte gemacht hätte, kann ich mir schon vorstellen, daß er sich, besonders, wenn er ehrgeizig ist und dringend Erfolg braucht, zu einem Mord hinreißen lassen würde.«

»Hm. Ja. Das leuchtet ein«, gab St. James zu. »Du gehst davon aus, daß Matthew einen der älteren Schüler erpreßt hat, nicht wahr? Und wenn die Kassette in einem Schlafraum aufgenommen wurde, legt das die Vermutung nahe, daß der Täter einer der Großen war – jemand von der Oberstufe. Aber hast du in Erwägung gezogen, daß die Kassette auch in einem anderen Raum aufgenommen worden sein könnte? An einem Ort vielleicht, den dieser Junge – Harry nanntest du ihn, nicht? – kannte, weil er schon früher dorthin gebracht worden war?«

»Es waren andere Stimmen auf dem Band zu hören, Kinderstimmen wie die von Harry. Das läßt doch vermuten, daß die Sache in einem der Schlafräume stattfand.«

»Vielleicht. Aber es könnten auch die Stimmen von Jungen sein, die aus dem gleichen Grund anwesend sein mußten wie Harry. Die auch Opfer waren. Denn es klang doch nicht so, als beteiligten sie sich an der Quälerei, oder?«

Als Lynley das bestätigte, fuhr St. James fort: »Ließe das dann nicht den Schluß zu, daß Matthews Mörder jemand ganz anderer ist? Nicht einer der älteren Schüler, sondern ein erwachsener Mann?«

»Das ist schwer zu glauben.«

»Weil du meinst, daß es schwer zu glauben ist«, entgegnete St. James. »Weil es über die Grenzen von Anstand und Moral hinausgeht. Aber das trifft auf jedes Verbrechen zu, Tommy. Das brauche ich dir nicht zu sagen. Willst du Corntel schonen? Was für eine Rolle spielt er?«

»Er war Matthews Hausvater.«

»Und als Matthew verschwand?«

»War er mit einer Frau zusammen.«

»Zwischen Mitternacht und vier Uhr morgens?«

»Nein, da nicht.« Lynley wollte nicht daran denken, wie John Corntel ihnen am Sonntag nachmittag Matthew Whateley beschrieben hatte. Er verbot sich, aus der Art und Weise, wie der ehemalige Schulfreund bei der Schönheit des Jungen verweilt hatte, Schlüsse zu ziehen. Vor allem wollte er nicht an Corntels sexuelle Unerfahrenheit denken und an das, was die Gesellschaft einen über die seltsamen Neigungen von Männern lehrte, die in diesem Alter noch nie mit einer Frau zusammen gewesen waren.

»Willst du aus alter Verbundenheit nicht an seine Schuld glauben, Tommy?«

Aus alter Verbundenheit. Es gab keine alte Verbundenheit. Es konnte sie nicht geben, wenn es um Mord ging.

»Es erscheint mir im Augenblick nur logisch, zunächst einmal der Spur der Kassette nachzugehen und zu sehen, wohin sie uns führt.«

»Und wenn sie zu nichts führt?«

Lynley antwortete mit einem müden Lächeln. »Es wäre nicht die erste Sackgasse in diesem Fall.«

»Aus Argentinien wird nun doch nichts, Barbie«, sagte Doris Havers. In der einen Hand hielt sie eine Papierschere mit abgerundeten Enden, wie man sie Kindern im Kindergarten zum Ausschneiden gibt, in der anderen eine mit Fettflecken übersäte Reisebroschüre, die sie wie eine Fahne schwenkte, während sie weitersprach. »Es ist das Lied, weißt du, Kind. Das vom Weinen über Argentinien. Du weißt, welches ich meine. Ich hatte plötzlich das Gefühl, daß es uns ein bißchen deprimieren würde, wenn wir zu lange da bleiben. Soviel weinen, weißt du. Und deshalb dachte ich ... Was meinst du zu Peru?«

Barbara stieß ihren tropfenden Regenschirm in den windschiefen Rattanständer neben der Tür und schlüpfte aus ihrem Mantel. Es war viel zu warm im Haus. In der Luft hing ein beißender Geruch nach feuchter Wolle, die zu nah ans Feuer gehalten worden war. Sie blickte zur Wohnzimmertür und überlegte, ob der Geruch von dort kam.

»Wie geht es Dad?« fragte sie.

»Dad?« Doris Havers kniff ihre wäßrigen Augen hinter den Brillengläsern zusammen. Auf dem rechten Glas saß ein großer Daumenabdruck. »Ich dachte, Peru ... die haben dort doch diese entzückenden Tiere. Die mit den großen braunen Augen und dem weichen Fell. Wie heißen sie gleich wieder? Ich will immer Kamel sagen, aber ich weiß, daß das nicht stimmt. Schau, hier ist ein Foto. Ist das nicht ein hübsches Tier? Wie nennt man sie, Kind? Ich weiß es nicht mehr.«

Barbara nahm ihrer Mutter das Bild aus der Hand. »Das ist ein Lama«, sagte sie, gab die Broschüre zurück und wich ihrer Mutter aus, die sie am Arm festhalten wollte, um weiter mit ihr reden zu können. »Wie geht es Dad, Mama? Ist alles in Ordnung?«

»Andererseits muß man natürlich auch an das Essen denken. Das macht mir wirklich Sorge.«

»Essen? Was redest du da? Wo ist Dad?« Sie machte sich auf den Weg zum Wohnzimmer. Ihre Mutter lief ihr nach und hielt sie am Pullover fest.

»Das Essen ist dort immer so stark gewürzt, Kind. Ich kann mir nicht vorstellen, daß das gesund ist. Erinnerst du dich nicht an die Paella, die wir damals zu deinem Geburtstag gegessen haben? Sie war viel zu stark gewürzt. Uns ist allen schlecht geworden, weißt du noch?«

Barbaras Schritte wurden langsamer. Sie drehte sich nach ihrer Mutter um. An der Wand im schmalen Flur bewegten sich ihre beiden ins Groteske verzerrten Schatten – der ihre breit und unförmig, der ihrer Mutter kantig mit wild abstehendem Haar. Durch die offene Wohnzimmertür sah sie direkt auf den Bildschirm des Fernsehapparates. Der Geruch nach verbrannter Wolle wurde stärker.

»Paella?« Barbara kam sich vor wie eine Idiotin, wie sie völlig sinnlos alles wiederholte, was ihre Mutter sagte. Sie hatte das Gefühl, als zerbräche in dem Moment, wenn sie ihr Zuhause betrat, alle geistige Klarheit. Sie zwang sich, vernünftig zu sprechen. »Wie bist du denn jetzt auf die Paella gekommen, Mama? Das ist doch mindestens fünfzehn Jahre her.«

Ihre Mutter lächelte, durch ihre Frage ermutigt, aber ihre Lippen zitterten zaghaft, und Barbara fragte sich, ob ihre Mutter ihr die Ungeduld vom Gesicht ablesen konnte. Sofort kam bei diesem Gedanken wie immer das Schuldgefühl. Den ganzen Tag saß die Frau zu Hause, zur Gesellschaft nur ihren schwer leidenden Mann, war es da ein Wunder, daß sie nach ein paar Minuten Unterhaltung lechzte – und sei sie auch noch so unsinnig – wie eine Verdurstende nach einem Schluck Wasser?

»Hat das mit der Reise zu tun, die du planst?« fragte Barbara und schob die Schultern der Strickjacke zurecht, die ihre Mutter anhatte.

Das Lächeln gewann an Zutraulichkeit. »Ja, natürlich. Siehst du, du wußtest genau, was ich meinte. Du weißt es immer, Kind. Wir sind verwandte Seelen, nicht wahr?«

Daran hatte Barbara ihre Zweifel. »Und du machst dir Gedanken wegen des Essens in Südamerika?«

»Ja. Ganz recht. Ich überlege die ganze Zeit, ob wir lieber

nach Argentinien oder nach Peru reisen sollen. Die Lamas sind ja wirklich süß, und ich würde sie schrecklich gern sehen. Aber ich weiß nicht, wie wir mit diesem Essen leben sollen. Unsere Mägen werden bestimmt von morgens bis abends rebellieren. Darum hab ich den ganzen Tag überlegt – ich wollte dich nicht enttäuschen, Kind. Du arbeitest so hart. Ich weiß, daß unser Urlaub das einzige ist, worauf du dich freuen kannst. Und ich möchte so gern, daß es diesmal ganz besonders schön wird. Aber ich weiß einfach nicht, wie wir das mit dem Essen machen sollen.«

Barbara wußte, daß es kein Entrinnen gab, solange sie nicht eine Lösung des Problems gefunden hatte. Wenn sich im Kopf ihrer Mutter einmal ein Gedanke festgesetzt hatte, konnte man sie nur schwer wieder davon abbringen.

»Weißt du, am meisten geht's mir um die Lamas«, murmelte Doris Havers. »Ich wollte sie so gern sehen.«

Da war die Rettung. »Aber wir brauchen doch nicht nach Südamerika zu fahren, um sie anzusehen, Mama. Wir können sie uns im Zoo anschauen.«

Ihre Mutter krauste skeptisch die Stirn. »Ach, im Zoo! Ich glaub nicht, daß man im Zoo –«

Barbara lenkte hastig ab. »In Kalifornien gibt es einen ganz prachtvollen Zoo, Mama. In San Diego. Ich glaube, die haben da einen riesigen Park, wo die Tiere frei herumlaufen. Warum nehmen wir uns nicht Kalifornien vor, hm?«

»Aber das ist doch nichts Besonderes! Nicht so wie die Türkei. Oder Griechenland. Oder China. Weißt du noch, China, Kind? Die Verbotene Stadt und die vielen merkwürdigen Türen?«

»Ich glaube, mir würde Kalifornien gefallen, Mama«, erklärte Barbara mit einiger Bestimmtheit. »Die Sonne. Vielleicht der Strand. Und im Park könnten wir uns die Lamas ansehen. Warum denkst du nicht mal drüber nach? Das Essen würden wir in Kalifornien bestimmt vertragen.«

»Kalifornien«, murmelte Doris Havers vor sich hin.

Barbara tätschelte kurz ihre Schulter und ging ins Wohnzimmer. Dort entdeckte sie augenblicklich die Quelle des beißenden Geruchs, der das ganze Haus durchzog. Eine Decke lag nachlässig hingeworfen über dem elektrischen Heizofen, der voll aufgedreht vor dem alten zugemauerten Kamin stand. Rauchschwaden stiegen von ihr auf. Sie war kurz davor, in Flammen aufzugehen.

»Gott verdammt noch mal!« schrie Barbara und rannte hin, um die Decke wegzureißen. Sie schleuderte sie zu Boden und trampelte verzweifelt auf ihr herum. »Was in Gottes Namen – Dad, hast du denn überhaupt nicht gemerkt –«

Während sie schimpfte, drehte sie den Sessel ihres Vaters herum, wütend und zu Tode erschrocken bei dem Gedanken, was hätte passieren können, wäre sie nicht rechtzeitig nach Hause gekommen. Aber die Wut verging mit einem Schlag, und die Worte blieben ihr im Hals stecken, als sie sah, daß alle Vorhaltungen umsonst waren. Ihr Vater schlief.

Sein Kinn hing schlaff herunter. Der Kopf war ihm auf die Brust gesunken. Die Sauerstoffschläuche steckten noch in seiner Nase, aber sein Atem klang merkwürdig mechanisch, als würde seine Lunge durch eine Kurbel, die irgendwo an seinem Rücken saß, betätigt.

Auf dem Boden lagen die Zeitungen der letzten drei Tage verstreut. Dazwischen standen zwei Tassen mit kaltem Tee, ein Teller mit eingelegten Silberzwiebeln und Brot, eine kleine Schale mit einer halb ausgelöffelten Grapefruit. Barbara sammelte die Zeitungen zusammen und legte sie auf einen Haufen. Das Geschirr stellte sie obenauf.

»Geht's Dad gut, Kind?« Doris Havers stand an der Tür, ein Fotoalbum an die Brust gedrückt. Sie war dabei, die Reise nach Peru rückgängig zu machen. Große Löcher klafften in den Seiten des Albums, wo die Fotos von Machupicchu sich nicht ohne Widerstand hatten herausreißen lassen.

»Er schläft«, antwortete Barbara. »Mama, du mußt besser auf ihn aufpassen. Kannst du dir das nicht merken? Er hätte beinahe die Decke in Brand gesteckt. Sie hat schon geraucht. Hast du es denn nicht gerochen?«

Das Gesicht ihrer Mutter zeigte Verwirrung. »Dad raucht doch gar nicht mehr, Kind. Das weißt du. Er kann nicht mit dem Sauerstoff. Der Doktor hat gesagt –«

»Nein, Mama. Die Decke hat geraucht. Sie hätte beinahe Feuer gefangen, weil sie auf dem elektrischen Heizofen lag. Siehst du?« Sie wies auf die versengten Stellen, wo die Wolle schwarz geworden war.

»Aber sie liegt doch auf dem Boden. Wie kann sie da –«

»Ich habe sie auf den Boden gelegt, Mama. Sie hat schon gebrannt. Das ganze Haus hätte abbrennen können.«

»Ach, ich kann mir nicht denken –«

»Genau! Du kannst nicht denken!« Die Worte waren heraus, ehe sie sie zurückhalten konnte. Das Gesicht ihrer Mutter verzog sich weinerlich. Barbara machte sich sofort Vorwürfe. Es ist nicht ihre Schuld. Es ist doch nicht ihre Schuld! Sie suchte nach Worten. »Mama, es tut mir leid. Es ist dieser Fall, an dem ich arbeite – er macht mir so zu schaffen. Ich weiß auch nicht. Willst du uns nicht eine Tasse Tee machen?«

Doris Havers' Gesicht hellte sich auf. »Hast du schon gegessen? Ich hab heute ans Abendessen gedacht. Ich hab ein Stück Fleisch für uns ins Rohr geschoben. Punkt halb sechs, genau wie früher. Es müßte jetzt eigentlich gut sein.«

Es konnte, da es inzwischen halb neun war, nur entweder völlig verkohlt oder überhaupt nicht gebraten sein. Wenn Doris Havers einen Braten ins Rohr gestellt hatte, hieß das nicht automatisch, daß sie auch das Gas eingeschaltet hatte.

Dennoch zwang sich Barbara zu einem Lächeln. »Na wunderbar. Das ist wirklich schön.«

»Ich kann schon für Dad sorgen, keine Angst.«

»Ja, ich weiß, daß du es kannst. Setzt du jetzt Wasser auf? Dann kannst du auch gleich mal nach dem Braten sehen.«

Sie wartete, bis ihre Mutter in die Küche gegangen war, ehe sie sich über ihren Vater beugte und seine Schulter berührte. Sie schüttelte ihn sachte und rief ihn leise beim Namen.

Sofort öffneten sich die Lider. Er hob den Kopf und schloß den Mund.

»Barbie.« Er hob eine Hand, um sie zu begrüßen. Aber er brachte sie nur wenige Zentimeter in die Höhe, ehe sie wieder herunterfiel. Von neuem sank ihm der Kopf auf die Brust.

»Dad, hast du was gegessen?«

»Ich hab 'ne Tasse Tee getrunken. Schöne Tasse Tee. Mama hat ihn mir gemacht. Sie sorgt gut für mich, deine Mama.«

»Ich mach dir jetzt gleich was«, sagte sie. »Möchtest du ein Brot? Oder wäre dir Suppe lieber.«

»Ist egal. Ich hab keinen großen Appetit, Barbie. Fühl mich ein bißchen angeschlagen.«

»Ach Gott, dein Arzttermin. Ich ruf gleich morgen früh an. Und am Nachmittag fahr ich dich hin. Reicht das?« Sie lächelte, aber es war kein echtes Lächeln, vielmehr Ausdruck ihres Schuldgefühls. »Paßt dir das, Dad?«

Er erwiderte ihr Lächeln schläfrig. »Hab schon selbst angerufen, Barbie. Heute nachmittag. Ich hab für Freitag einen Termin. Halb vier. In Ordnung?«

Barbara war ein wenig erleichtert, als sie das hörte. Der morgige Nachmittag hätte ihr schlecht gepaßt, der Freitag andererseits schien Jahre entfernt. Bis dahin würden sie den Mord an Matthew Whateley vielleicht aufgeklärt haben. Dann hatte sie mehr Zeit. Bis dahin würde ihr vielleicht auch eine Lösung für ihre Mutter einfallen.

»Kind?«

Barbara sah auf. Doris Havers stand an der Tür, in der Hand die Bratreine. Das Fleisch darin war noch in dem Papier, in das der Metzger es eingewickelt hatte. Der Herd war nie eingeschaltet gewesen.

Vielleicht um sich zu quälen oder zu bestrafen – sie wußte selbst nicht genau, warum sie es tat, und war in diesem Moment nicht fähig, ihre Motive zu hinterfragen –, ging Deborah St. James den ganzen Weg von der Haltestelle Sloane Square durch die King's Road zur Cheyne Row zu Fuß. Der Regen peitschte in dem starken Wind. Sie konnte kaum ihren Schirm festhalten. Dabei fror sie erbärmlich, ihre Schuhe waren durchnäßt, ihre Füße klatschnaß und eiskalt.

Sie brauchte fast eine Stunde für einen Weg, den sie sonst in fünfundzwanzig Minuten zurücklegte, und als sie endlich in die Cheyne Row einbog, zitterte sie am ganzen Körper vor Kälte. An der Haustür hatte sie vor Erschöpfung Mühe, den Schlüssel ins Schloß zu bekommen. Als sie eintrat, begann gerade die alte Standuhr im Entrée zu schlagen. Es war neun.

Sie ließ Schirm und Mantel einfach bei der Tür liegen und ging ins Arbeitszimmer. Sie war so durchgefroren, daß sie die Wärme zunächst gar nicht aufnehmen konnte. Das Feuer im Kamin brannte nicht, sie wollte es anzünden, ließ sich statt dessen jedoch auf Simons Sitzpolster fallen, zog die Knie zur Brust hoch und starrte so hockend den ordentlich aufgeschichteten Haufen Scheite im Kamin an, ohne einen Finger zu rühren.

Sie hatte Simon seit dem Morgen nicht gesehen. Ihr Gespräch war kurz gewesen, so distanziert und förmlich wie ihr Abschied am Vortag. Simon hatte keinen Versuch gemacht, seine Termine zu verlegen. Er hatte sich nicht erboten, zu Hause zu bleiben für den Fall, daß sie ihn brauchen sollte. Es war, als hätte er ihren Wunsch, eine Schranke zwischen ihnen aufzurichten, endlich anerkannt und hätte beschlossen, ihr ihren Willen zu lassen. Er wehrte sich nicht gegen ihre Entschlossenheit, sich abzukapseln, doch sie wußte, daß ihr Handeln, gerade weil er es nicht verstehen konnte, ihn keineswegs unberührt ließ.

Während Deborah im Arbeitszimmer vor dem kalten Kamin kauerte, sagte sie sich verzweifelt, daß es eine Form der Täuschung und des Verrats gab, die jenseits von Vergeben und Vergessen war.

Sie schlang die Arme fest um die hochgezogenen Beine, legte den Kopf auf die Knie und wiegte sich hin und her, um Trost zu finden, aber sie fand nur den Schmerz.

»Havers und ich fahren morgen wieder zur Schule hinaus und spielen dem Direktor das Band vor.«

»Dann bist du also der Ansicht, daß der chinesische Faktor nicht von Belang ist?«

»Das nicht. Ich kann ihn nicht einfach abtun. Aber im Augenblick erscheint mir das Band ein überzeugendes Motiv zu liefern. Wenn wir die Stimme identifizieren können – ob es nun die eines Schülers oder eines Lehrers ist –, werden wir, denke ich, der Wahrheit ein Stück näher sein.«

Deborah hörte ihre Schritte auf der Treppe. Gleich würden sie an der offenen Tür des Arbeitszimmers vorbeigehen. Sie schreckte vor einer Begegnung zurück, aber es gab kein Entkommen; sie gingen nicht einfach vorüber, sondern sie traten gemeinsam ein.

»Deb!« rief Lynley bestürzt.

Sie blickte auf und strich sich das nasse Haar aus dem Gesicht.

»Ich bin in den Regen gekommen«, erklärte sie mit einem

mühsamen Lächeln. »Und jetzt hocke ich hier und versuche, die Energie aufzubringen, Feuer zu machen.«

Sie sah, wie Simon zur Bar ging und einen Brandy einschenkte. Lynley kam zu ihr an den Kamin, nahm die Streichhölzer vom Sims und zündete Papier und Späne unter dem Holzhaufen an.

»Zieh wenigstens deine Schuhe aus, Deb«, sagte er. »Sie sind ja völlig durchnäßt. Und deine Haare –«

»Laß sie doch, Tommy.« Simons kurze Bemerkung besagte nichts. Aber die Tatsache, daß er so dazwischengefahren war – völlig ungewohnt an ihm –, sprach Bände. Er brachte Deborah den Brandy. »Hier, trink das, Liebes. Dein Vater hat dich nicht gesehen?«

»Nein, ich bin eben erst gekommen.«

»Dann solltest du dich vielleicht umziehen, ehe er dich zu Gesicht bekommt. Weiß Gott, was er tun – oder denken – wird, wenn er dich so sieht.«

Simons Ton war liebevoll, verriet nichts als Fürsorge. Aber Lynley, das entging Deborah nicht, blickte forschend von einem zum anderen. Sie sah, wie er zum Sprechen ansetzte, und beeilte sich, ihm zuvorzukommen.

»Du hast recht. Ich nehme den Brandy gleich mit.« Ohne auf eine Erwiderung zu warten, stand sie auf, sagte »Gute Nacht, Tommy« und gab ihm einen flüchtigen Kuß auf die Wange. Seine Hand schloß sich kurz um ihren Arm. Sie wußte, daß er sie fragend ansah, sie spürte seine Besorgnis, aber sie wich seinem Blick aus und machte sich, um einen würdevollen Abgang bemüht, auf den Weg zur Tür.

Ihre Schuhe quietschten laut, als sie über den Teppich ging. Selbst der würdevolle Abgang war ihr verwehrt.

St. James ging die Treppe zur Küche hinunter. Er hatte trotz Cotters laut geäußerter Mißbilligung nichts zu Abend gegessen und fühlte eine Leere in sich, die sich, wenn sie auch mit Hunger auf körperliche Nahrung nichts zu tun hatte, durch eine provisorische Mahlzeit vielleicht beheben lassen würde.

Nur Hund und Katze waren in der Küche, der Dackel in seinem Korb, die Katze auf dem Herd, und beide blickten ihm hoffnungsvoll entgegen. St. James ging zum Kühlschrank. Kaum hatte er die Tür aufgezogen, war der Dackel schon schwanzwedelnd an seiner Seite. Sein Blick war von einer so tiefen Traurigkeit, als hätte er seit Tagen nichts mehr zu fressen bekommen.

»Du hast dein Fressen gehabt, Peach«, sagte St. James streng. »Wahrscheinlich doppelt und dreifach, wie ich dich kenne.«

Ermutigt durch die Tatsache, daß man ihn wahrgenommen hatte, wedelte der Hund noch eifriger mit dem Schwanz. Alaska gähnte gelangweilt mit zusammengekniffenen Augen.

St. James nahm ein Stück Käse aus dem Kühlschrank, holte sich ein Holzbrettchen und ging zur Arbeitsplatte unter dem Fenster. Peach folgte unverdrossen und mit wacher Aufmerksamkeit. Es könnte ja ein Krümelchen abfallen.

Käse und Messer vor sich, starrte St. James zum Fenster hinaus in das Stück Garten, das von hier aus zu sehen war. Der Garten war nichts besonderes, aber Deborah hatte ihm, wie allem, was sie umgab, den Stempel ihres Wesens aufgedrückt.

St. James faßte das Messer fester. Das Holz des Griffs schnitt ihm in den Handballen.

Wie hatte es geschehen können, daß er einer Frau solche Macht über sein Leben gegeben hatte? Wie hatte es geschehen können, daß er ihr gestattet hatte, ihn in seiner schlimmsten Schwäche zu sehen? Denn sie hatte diese Schwäche gesehen, die sich in einem unerbittlichen Drang ausdrückte, der Beste in seinem Fach zu sein, bewundert und umworben zu sein, erste Kapazität, wenn es darum ging, einen Blutfleck, die Flugbahn einer Kugel, die Bedeutung gewisser Abschürfungen an einem Schloß oder einem Schlüssel zu interpretieren. Manche hätten sein Bedürfnis, in seinem Fach der Erste zu sein, als blinden, egoistischen Ehrgeiz bezeichnet. Deborah wußte die Wahrheit. Sie wußte, daß die Leere in ihm durch seine Arbeit gefüllt werden mußte. Er hatte ihr erlaubt, das zu erkennen.

Sie wußte um seine Hilflosigkeit und um den Schmerz, der auch heute noch immer wieder seinen Körper überfiel. Sie hatte mitangesehen, wie ihr Vater ihm Elektroden an sein Bein legte, um dem Muskelschwund vorzubeugen. Sie hatte sogar gelernt, selbst mit den Elektroden umzugehen. Auch das hatte er zugelassen. Er hatte es sogar gewünscht, weil er ihre Nähe wünschte; alles, was er war, mit ihr teilen wollte; sich ihr ganz zu erkennen geben wollte. Das war der Fluch der Liebe. In den vergangenen achtzehn Monaten, seit sie verheiratet waren, hatte er sich wie ein unerfahrener Jüngling hingegeben, nichts zurückgehalten, sich nicht einmal einen Winkel in seinem Herzen bewahrt, in den er sich zurückziehen konnte. Weil er nicht geglaubt hatte, daß er je dies Bedürfnis haben würde. Jetzt bezahlte er dafür.

Er war im Begriff, sie zu verlieren. Nach jeder vorzeitig abgebrochenen Schwangerschaft hatte sie sich eine Zeitlang in sich selbst zurückgezogen. Er hatte es verstanden. Obwohl auch er sich ein Kind wünschte, war seine Sehnsucht, das war ihm klar, mit der ihren nicht zu vergleichen. Darum war er bereit gewesen, ihr die Einsamkeit zu lassen, die sie für ihre Trauer zu brauchen schien. Anfangs hatte er nicht gemerkt, daß sie sich mit jeder Enttäuschung ein wenig weiter von ihm entfernt hatte. Er hatte die Wochen nicht gezählt und so nicht wahrgenommen, daß sie jedesmal etwas länger brauchte, um sich wieder zu finden, jedesmal einer längeren Zeitspanne bedurfte, um neue Hoffnung zu schöpfen. Diese vierte Fehlgeburt – dieser vierte Verlust eines noch ungeborenen geliebten Kindes – hatte nun das Schlimmste bewirkt.

Er starrte auf das Messer, auf das Stück Käse. Unmöglich jetzt zu essen. Er räumte beides wieder weg, ging aus der Küche hinaus, die Treppe hinauf.

Ihr gemeinsames Schlafzimmer war leer, ebenso die anderen Räume im ersten Stock. Er stieg noch eine Treppe höher und fand seine Frau in ihrem früheren Mädchenzimmer neben seinem Labor.

Sie hatte die nassen Kleider abgelegt und sich einen Morgenrock übergezogen. Um das feuchte Haar trug sie wie einen Turban geschlungen ein Frottiertuch. Sie saß auf dem Messingbett ihrer Jungmädchenzeit und sah einen Stapel alter Fotografien durch.

Einen Moment lang beobachtete er sie, ohne etwas zu sagen, und ließ ihr vom Lichtschein der Lampe umflortes Bild in sein Herz eindringen. Die Augen gesenkt, blickte sie auf ein Foto in ihrer Hand.

Es verlangte ihn danach, sie in die Arme zu nehmen, ihre Lippen zu spüren, ihren Duft zu riechen, ihr leises Seufzen zu hören. Aber er hatte Angst, sich ihr zu nähern und sie damit vielleicht in die Flucht zu treiben.

Dennoch ging er durch das Zimmer auf sie zu. In die Betrachtung des Bildes in ihrer Hand vertieft, blickte Deborah nicht auf, und St. James nahm einen Moment lang nur die sanfte Rundung ihrer Wange wahr, den feinen Schatten ihrer Wimpern auf der hellen Haut, die regelmäßige, leichte Bewegung ihres Körpers beim Ein- und Ausatmen. Erst als er am Bett stehenblieb, erst als er sich zu ihr hinunterbeugte, um sie zu berühren, sah er, was für ein Bild es war, das Deborah so gefangenhielt.

Es zeigte Thomas Lynley. Lachend, eine Hand zur Kamera ausgestreckt, rannte er durch hellen Sand, Verkörperung von Schönheit und Anmut, und die Sonne lag glänzend auf seinem blonden Haar und dem braungebrannten, vom Wasser beperlten Körper.

St. James wandte sich ab. Alles Begehren wurde zu Asche. Ehe Deborah etwas sagen konnte, war er aus dem Zimmer gegangen.

17

Lynley beobachtete Alan Lockwoods wechselndes Mienenspiel, während dieser sich zum zweitenmal das Band anhörte. Jeder Ausdruck war Spiegel einer aufkommenden und sofort wieder unterdrückten Gefühlsregung. Abscheu, Zorn, Mitleid und Ungläubigkeit jagten einander in rascher Folge.

Sie hatten sich in Alan Lockwoods Arbeitszimmer getroffen. Seit sie ihm das Band zum erstenmal vorgespielt hatten, hatte er nichts weiter gesagt als »Noch einmal, bitte«, und beinahe unablässig das Blumenarrangement angestarrt, das seine Frau ihm am Vortag ins Zimmer gestellt hatte. Einige der Blüten welkten schon, eine Osterglocke ließ den Kopf hängen.

Die Stimmen auf dem Band wechselten: laut und leise, flehentliches Bitten und höhnischer Spott. Die Quälerei hörte nicht auf. Lynley wollte es nicht mehr hören, versuchte, sich abzuschirmen.

Sie waren kurz vor Ende des Morgengottesdienstes in Bredgar Chambers angekommen. Gerade verklangen die letzten Töne eines Chorals mit gewaltiger Orgelbegleitung. Ein schwarzgekleideter Lehrer stieg die Stufen zur achtekkigen Kanzel hinauf, um zum Abschluß aus der Heiligen

Schrift zu lesen. Als er sich umdrehte, sah Lynley, daß es John Corntel war. Nach einem Blick über die Versammelten schlug er die Augen nieder und begann zu lesen. Nur einmal geriet er ins Stocken.

»Aus dem 62. Psalm«, kündigte er an. Das Gesicht über der schwarzen Robe, vom Leselicht der Kanzel beleuchtet, wirkte wachsbleich. »Meine Seele ist stille zu Gott, der mir hilft. Denn er ist mein Fels, meine Hilfe, mein Schutz, daß ich gewiß nicht fallen werde. Wie lange stellt ihr alle einem nach, wollt alle ihn morden, als wäre er eine hangende Wand und eine rissige Mauer? Sie denken nur, wie sie ihn stürzen, haben Gefallen am Lügen; mit dem Munde segnen sie, aber im Herzen fluchen sie.«

Corntel verhaspelte sich, fing sich wieder und las weiter. Lynley hörte nichts mehr davon. Ein Wort dröhnte ihm in den Ohren wie zuvor das Brausen der Orgel. *Sie haben Gefallen am Lügen.* Sein Blick schweifte den symmetrischen Linien strenger Schönheit folgend durch die Kapelle.

Die Köpfe tief gesenkt, wie zum Zeichen frommer Unterwerfung, knieten die Schulkinder im Gebet. Nur der Chor stand und stimmte, nachdem Corntel fertiggelesen und die Orgel mit donnerndem Klang die Introduktion gespielt hatte, den Schlußgesang an.

Während Lynley, an eine steinerne Säule gelehnt, den jungen Stimmen lauschte, den Duft der brennenden Kerzen und des alten Holzes einatmete, mußte er an eine Passage aus dem Matthäusevangelium denken. Fast konnte er über den Gesang des Chors hinweg die Worte hören.

»... ihr seid gleichwie die übertünchten Gräber, welche auswendig hübsch scheinen, aber inwendig sind voller Totengebeine und lauter Unrat.«

Die Schüler gingen in langer Reihe aus der Kapelle hinaus – aufrecht, den Blick geradeaus gerichtet, die Uniformen sauber gewaschen und gebügelt, das Haar ordentlich gekämmt, die Gesichter klar und frisch. Sie müssen es wissen, dachte er. Alle. Sie haben es von Anfang an gewußt.

Jetzt beugte Lynley sich vor und schaltete den Rekorder aus, rauhes Gelächter und schmerzliches Weinen verstummten. Er wartete auf Lockwoods Reaktion.

Der Direktor richtete sich auf und ging zum Fenster. Er hatte es geöffnet, als sie vor eine guten Viertelstunde gekommen waren; jetzt stieß er es weiter auf und hielt sein Gesicht in die kühle Morgenluft. Er spitzte die Lippen, als wolle er pfeifen, und sog tief die Luft ein. Fast eine Minute lang verharrte er so.

Barbara Havers sah Lynley an. Er wies mit dem Kopf auf den Stuhl, der neben seinem stand. Sie ging hin und setzte sich.

»Ein Schüler«, murmelte Lockwood endlich. »Einer von den Schülern.«

Eine unwillkürliche Erleichterung lag in seinen Worten. Lockwood hatte sich sehr rasch sein eigenes, ihm genehmes Bild von der Bedeutung der Bandaufnahme im Zusammenhang mit der Ermordung Matthew Whateleys gemacht. Wenn ein Schüler für Matthew Whateleys Tod verantwortlich war, dann traf die Last der Schuld die Schule nicht ganz so schwer. Wenn ein Schüler der Schuldige war, so hieß das, daß kein heimlicher Päderast und Sadist sich in den Reihen der Lehrer befand; kein Ungeheuer hinter der Fassade pädagogischen Wohlwollens lauerte. Der Ruf der Schule – und damit auch der ihres Leiters – blieb somit gewahrt.

»Was für eine Strafe droht einem Schüler, der andere mißhandelt?«

Lockwood wandte sich vom Fenster ab. »Er wird zweimal verwarnt. Wenn es ein drittes Mal vorkommt, wird er ausgeschlossen. Aber in diesem Fall...« Lockwood schwieg und kam zu ihnen an den Tisch. Er setzte sich ans Kopfende, nicht, wie es eigentlich logisch gewesen wäre, neben Barbara Havers.

»In diesem Fall?« hakte Lynley nach.

»Das ist kein Normalfall. Das haben Sie doch selbst gehört. Man hatte den Eindruck, daß das schon ewig so geht, daß es sich möglicherweise um ein abscheuliches, allabendliches Ritual handelt. In so einem Fall flöge der Schüler sofort hinaus. Zweifellos. Keine Frage.«

»Also Ausschluß.«

»Ja.«

»Welche Chancen hätte so ein Schüler, an einem anderen privaten Internat genommen zu werden?«

»Überhaupt keine, wenn ich ein Wörtchen mitzureden hätte.« Die Endgültigkeit im Ton seiner Erklärung schien Lockwood zu gefallen, denn er wiederholte »Überhaupt keine«, wobei er jede Silbe einzeln betonte.

»Matthew schickte dieses Band einer Freundin in Hammersmith«, berichtete Lynley. »Es ist eine Kopie. Er schrieb ihr, das Original hätte er hier an der Schule aufbewahrt. Er muß es also versteckt oder jemandem gegeben haben, zu dem er Vertrauen hatte, weil er hoffte, dadurch den Mißhandlungen ein Ende bereiten zu können. Wir vermuten übrigens, daß Harry Morant der Junge ist, der mißhandelt wurde.«

»Morant? Der Junge, der Matthew Whateley am vergangenen Wochenende zu sich nach Hause eingeladen hatte?«

»Ja.«

Lockwood schien zu überlegen. »Wenn Matthew das Band einem Lehrer gegeben hätte, wäre es sofort zu mir gekommen. Ich kann daher nur vermuten, daß er es – wenn er es überhaupt jemanden anvertraut und nicht einfach irgendwo versteckt hat – einem Schüler gegeben hat. Wie Sie schon sagten, jemandem, dem er vertrauen konnte.«

»Jemandem, dem er vertrauen zu können glaubte. Jemandem, dessen Position nahelegte, daß man ihm vertrauen könne.«

»Sie denken an Chas Quilter.«

»Den Schulpräfekten, ja.« Lynley nickte. »Es gibt keinen Schüler, der vertrauenswürdiger wäre, nicht wahr? Wo ist er jetzt?«

»Ich habe um diese Zeit immer meine wöchentliche Besprechung mit ihm. Er wartet in der Bibliothek.«

»Sergeant?« sagte Lynley nur. Barbara verstand sofort und ging, um den Jungen zu holen.

Die Bibliothek befand sich im Südtrakt der Schule, nicht weit vom Direktorat. Schon Minuten später kehrte Barbara mit Chas Quilter zurück.

Lynley stand auf, um den Jungen zu begrüßen. Chas Quilters Blick ging fragend vom Kassettenrekorder auf dem Tisch zum Gesicht des Schulleiters. Auf Lynleys Aufforderung nahm sich auch der Junge einen Stuhl. Er setzte sich neben Lockwood. Die Fronten schienen durch die Sitzordnung klar abgesteckt: auf der einen Seite der Schulleiter und sein Schulpräfekt, auf der anderen Lynley und Havers. Loyalität zur Schule, dachte Lynley und war gespannt, ob Chas auch zum Motto der Schule – *honor sit et baculum et ferula* – Loyalität beweisen würde. Die nächsten Minuten würden es zeigen. Lynley schaltete das Gerät ein, das Band begann zu laufen.

Heiße Röte schoß Chas schon bei den ersten Tönen ins Gesicht. Sein Adamsapfel trat plötzlich stark hervor und sprang in heller Erregung auf und nieder, während der Junge wie versteinert dasaß. In seinen Brillengläsern spiegelte sich das Morgenlicht und machte sie zu goldenen Scheiben, hinter denen die Augen verborgen waren.

»Das hat Matthew Whateley aufgenommen«, sagte Lynley, als das Band abgespielt war. »Er hat in einem der

Räume hier in der Schule ein Abhörgerät angebracht. Das hier ist ein Duplikat. Wir suchen das Originalband.«

»Wissen Sie etwas über diese Sache, Quilter?« fragte Lockwood. »Die Polizei ist der Auffassung, daß der Junge das Original entweder versteckt oder jemandem zur sicheren Aufbewahrung gegeben hat.«

Chas richtete seine Antwort an Lockwood. »Warum hätte er das tun sollen?«

Die Antwort gab Lynley. »Weil er glaubte, den ungeschriebenen Regeln der Schule folgen zu müssen.«

»Was für Regeln, Sir?«

Lynley fand die Frage unehrlich und ärgerlich. »Dieselben ungeschriebenen Regeln, die Brian Byrne veranlaßten, uns nur mit äußerstem Widerstreben zu sagen, wie oft Sie an dem Abend, als Matthew verschwand, die Fete des Oberstufen-Clubs verlassen haben. Dieselben Regeln, die wohl jetzt Grund für Ihr Widerstreben sind, uns etwas über das Band zu sagen.«

Eine winzige Bewegung verriet den Jungen. Seine rechte Schulter zuckte zurück, wie von einer unsichtbaren Hand geschlagen. »Glauben Sie etwa, ich –«

Lockwood mischte sich ein, mit einem zornigen Blick zu Lynley. Seine beschwichtigenden Worte gaben klar zum Ausdruck, daß das Verhalten der Söhne von geadelten Ärzten über jeden Vorwurf erhaben war, auch wenn ihre älteren Brüder sich als Kleptomanen entpuppt hatten. »Niemand glaubt irgend etwas, Quilter. Die Polizei ist nicht hier, um Sie zu beschuldigen.«

Lynley hörte Barbaras unterdrückten Fluch. Er wartete ruhig auf Chas' Antwort.

»Ich habe das Band heute zum erstenmal gehört«, sagte der Junge. »Ich habe Matthew Whateley nicht gekannt. Ich könnte Ihnen nicht sagen, wo er das Band hinterlegt hat, oder ob er es jemandem gegeben hat.«

»Erkennen Sie die Stimmen?« fragte Lynley.

»Nein. Ich kann nicht sagen –«

»Aber es klingt doch, als handelte es sich um einen Jungen aus der Abschlußklasse, nicht wahr?«

»Das ist möglich. Ja, wahrscheinlich. Aber es könnte praktisch jeder sein, Sir. Ich würde Ihnen wirklich gern helfen. Ich müßte es eigentlich können. Das weiß ich. Es tut mir sehr leid.«

Es klopfte. Dreimal hintereinander kurz und leicht. Und schon öffnete sich die Tür. Elaine Roly stand auf der Schwelle, hinter ihr Lockwoods Sekretärin, die versuchte, sie zurückzuhalten. Aber Elaine Roly war nicht zu bremsen. Sie warf der Sekretärin nur einen vernichtenden Blick zu und marschierte schnurstracks zum Konferenztisch.

»Sie wollte mich nicht hereinlassen«, sagte sie, »aber ich wußte, daß Sie das hier sofort würden haben wollen.« Sie zog etwas aus dem Ärmel ihrer Bluse. »Der kleine Harry Morant hat mir das heute morgen gegeben, Inspector. Er will nicht sagen, wo er es gefunden hat. Aber es ist sonnenklar, daß es Matthew Whateley gehört hat.«

Sie warf eine Socke auf den Tisch. Chas Quilter zuckte zusammen.

In der Bibliothek roch es nach frischen Bleistiftspänen und altem Papier. Der Bleistiftgeruch kam vom elektrischen Bleistiftspitzer, der von den Schülern mehr aus Lust und Spielerei benutzt wurde als aus Notwendigkeit. Der Papiergeruch kam aus den hohen Bücherregalen, die in regelmäßigem Abstand den Raum unterteilten.

An einem der breiten Arbeitstische, die seitlich von den Regalen angeordnet standen, saß Chas Quilter, der nicht begreifen konnte, daß nicht einmal der Hauch eines Gefühls sich in ihm regte, während um ihn herum nach und nach seine ganze Welt zusammenbrach wie ein Haus, das, in

Brand geraten, Stein um Stein Beute der Flammen wird. Er erinnerte sich eines lateinischen Satzes, den er neben vielen anderen in der vierten Klasse hatte auswendig lernen müssen. *Nam tua res agitur, paries cum proximus ardet.*

Er flüsterte die Worte in den leeren lauschenden Raum. »Denn es geht dich an, wenn die Nachbarmauer Feuer fängt.«

Wie beharrlich hatte er es vermieden, der Wahrheit dieses Spruchs ins Auge zu sehen! Es war, als sei er, ohne sich dessen bewußt zu sein, in den letzten sechzehn Monaten immer nur vor dem Feuer davongelaufen. Aber gleich, welchen Weg er eingeschlagen hatte, er hatte immer wieder nur zu einer neuen Feuersbrunst geführt.

Die Flucht hatte im letzten Jahr mit dem Ausschluß seines Bruders aus der Schule begonnen. Er erinnerte sich lebhaft der Ereignisse: die Empörung seiner Eltern angesichts der Beschuldigungen gegen einen Sohn, dem es an nichts fehlte; Prestons zorniges Leugnen und seine erregte Forderung, man möge die Vorwürfe beweisen; seiner eigenen leidenschaftlichen Verteidigung des Bruders im Einklang mit teilnahmsvollen, aber skeptischen Freunden; und schließlich das Gefühl tiefster Erniedrigung, als sich herausstellte, daß alle Anschuldigungen der Wahrheit entsprachen. Geld, Kleider, Füllfederhalter, Bleistifte, Andenken von zu Haus, besondere Leckerbissen, die man aus den Ferien mitgebracht hatte – Preston hatte alles gestohlen, was ihm unter die Finger gekommen war, ganz gleich, ob er es gebrauchen konnte oder nicht.

Und Chas war, nachdem die Krankheit seines Bruders offenkundig geworden war – und es war eine Krankheit, das wußte Chas –, davongelaufen. Er war geflohen vor der Not seines Bruders, vor seiner Scham und seiner Schwäche. Nur eines war ihm damals wichtig erschienen, sich selbst von der Schande reinzuhalten. Er hatte sich in die Arbeit gestürzt, in seine Bücher vergraben und jeden Anlaß, jede Gelegenheit, bei der der Name seines Bruders oder seine törichten Vergehen hätten erwähnt werden können, gemieden. So hatte er Preston den Flammen überlassen. Und war selbst mitten ins Feuer hineingelaufen, gerade dort, wo er es am wenigsten erwartet hatte.

Sissy, glaubte er, wäre seine Rettung, der einzige Mensch in seinem Leben, bei dem er vollkommen ehrlich, ganz er selbst sein konnte. In den Monaten, die Prestons Ausschluß von der Schule folgten, hatte Sissy Chas in seiner ganzen Schwäche, aber auch in all seiner Stärke kennengelernt. Sie hatte von seinem Schmerz und seiner Verwirrung erfahren, von seiner eisernen Entschlossenheit, für Prestons Versagen Wiedergutmachung zu leisten. Immer war sie, Ruhe und Heiterkeit ausströmend, für ihn da gewesen. Und Chas, der sich ihr immer mehr geöffnet hatte, ihr immer mehr Nähe erlaubt hatte, hatte nicht gesehen, daß auch sie schon bedroht war, dazu verurteilt, vom Feuer zerstört zu werden.

Ja, die Mauer nebenan hatte in der Tat Feuer gefangen. Das Feuer hatte sich ausgebreitet. Es war an der Zeit, den Brand zu löschen. Aber wenn er es tat, würde er auch sich selbst auslöschen. Wenn es nur um sein eigenes Leben gegangen wäre, hätte er gesprochen, ohne auf die unvermeidbaren Folgen zu achten. Aber seine Pflichten waren nicht auf Bredgar Chambers beschränkt.

Er sah die Gesichter seiner Eltern an jenem Morgen im vergangenen Jahr, als sie Prestons Sachen in ihren Wagen gepackt und sich bemüht hatten, nicht zu zeigen, wie tief ihre Bestürzung und das Gefühl der Erniedrigung waren. Sie hatten einen solchen Schlag, wie er sie durch Prestons Sturz getroffen hatte, nicht verdient. Das war Chas' Überzeugung gewesen, und darum hatte er beschlossen, das, was sie erlitten hatten, wiedergutzumachen: Freude statt Kummer; Stolz statt Erniedrigung. Er hatte geglaubt, das schaffen zu können, denn er war ja nicht Preston. Nein, er war *nicht* Preston.

Aber noch während er sich das vorsagte, drangen Wörter wie finstere Zauberformeln in einem Alptraum in sein Bewußtsein. Er hatte sie erst an diesem Morgen gelesen, während er auf den Direktor gewartet hatte; jetzt sah er sie wieder vor sich.

Akrozephalie. Syndaktylie. Kranznaht. Er hörte Sissy weinen, und wollte es nicht. Er fühlte sich schuldig, und wollte es nicht. Wieder stand er vor einer brennenden Mauer und versuchte vergebens sich einzureden, daß sie ihn nichts anging.

Harry wußte sofort, was ihn erwartete, als er in das Zimmer des Direktors trat. Nur Mr. Lockwood und die beiden Kriminalbeamten von New Scotland Yard waren da. Auf dem Tisch im Erker lag Matthew Whateleys Socke. Jemand hatte sie von innen nach außen gekehrt, und selbst von der Tür konnte Harry das kleine weiße Stoffquadrat mit der schwarzen Zahl 4 drauf sehen.

Er hatte gehofft, Miss Roly würde die Socke der Polizei geben. Er hatte es sogar erwartet. Aber er hatte nicht damit gerechnet, daß Mr. Lockwood etwas erfahren würde, und er hatte sich nicht vorgestellt, daß für ihn mit der Übergabe von Matthew Whateleys Strumpf noch lange nicht alles vorbei sein würde. Jetzt, wo er hier war, wo ihm der große blonde Mann die Hand warm und fest auf die Schulter legte und ihn zu einem Stuhl führte, wünschte Harry, er hätte die Socke behalten oder weggeworfen oder einfach liegengelassen und sich darauf verlassen, daß ein anderer sie finden und abgeben würde.

Alle diese Wünsche waren fruchtlos und kamen zu spät. Harry wurde bald heiß, bald kalt, als der Kriminalbeamte ihn aufforderte, sich zu setzen.

Er hielt den Blick auf seine Hände gerichtet, die zu Fäusten geballt auf seinem Schoß lagen. Auf dem rechten Daumen, sah er jetzt, hatte er einen Tintenfleck, der wie ein Blitz geformt war. Er sah fast aus wie eine Tätowierung.

»Ich bin Inspector Lynley, und das ist Sergeant Havers«, sagte der Kriminalbeamte.

Harry hörte Papier rascheln. Die Frau blätterte in einem Block. Sie würde bestimmt alles mitschreiben.

Harry zitterte am ganzen Körper. Er wußte, wenn er den Mund aufmachte, würde er anfangen, mit den Zähnen zu klappern, und statt zu sprechen, würde er heulen.

»Miss Roly hat uns erzählt, daß du ihr diesen Strumpf gegeben hast«, sagte der Inspector. »Woher hast du ihn, Harry?«

Irgendwo im Zimmer tickte eine Uhr. Komisch, dachte Harry, das hab ich das letzte Mal, als ich hier war, gar nicht bemerkt.

»Hast du ihn in einem der Häuser gefunden? Oder irgendwo auf dem Gelände? Wann hast du ihn gefunden, Harry? Der Strumpf hat Matthew gehört. Das weißt du doch, nicht wahr?«

Er hatte einen sauren Geschmack im Mund. Auf der ganzen Zunge bis hinter zum Hals schmeckte es wie verfaulte Zitrone. Er schluckte, um den Geschmack wegzubringen. Der Hals tat ihm weh.

»Hörst du Inspector Lynley eigentlich zu?« fragte Mr. Lockwood. »Morant, hörst du zu? Antworte dem Inspector, Junge. Auf der Stelle.«

Im Rücken spürte er das harte Holz der Stuhllehne. Es drückte ihm in die Schulterblätter. Die Schnitzereien bohrten sich ihm ins Fleisch, und es tat weh.

Mr. Lockwood sprach weiter. Harry hörte den Ärger in seiner Stimme. »Morant, ich habe nicht die Absicht –«

Der Kriminalbeamte machte eine Bewegung mit dem

Arm. Irgend etwas knackte. Dann erfüllte die Stimme das Zimmer.

»Kleine Abreibung gefällig, Bubi? Kleine Abreibung gefällig?«

Harry riß den Kopf in die Höhe und sah den Kassettenrekorder, der vor dem Kriminalbeamten stand. Er schrie auf und drückte die Hände auf die Ohren. Aber es half nichts. Die Stimme redete weiter. Es war Wirklichkeit. Er stopfte sich die Finger in die Ohren. Aber immer noch hörte er Wortfetzen, hörte Spott, Verachtung und krümmte sich vor Abscheu und Angst.

»So'n kleines Ding im Höschen ... oho, oho – wollen wir uns mal ansehen ... kleine Eierchen ... drücken ...«

Das Entsetzen schlug über ihm zusammen, und er begann zu weinen. Das Gerät wurde ausgeschaltet. Er spürte, wie jemand ihm mit fester, aber behutsamer Hand die Finger aus den Ohren zog.

»Wer hat das mit dir gemacht, Harry?« fragte der Inspector.

Weinend sah Harry auf. Das Gesicht des Mannes war ernst, aber seine Augen waren gütig und zwingend. Sie erweckten Vertrauen. Sie verlangten die Wahrheit. Aber alles sagen –, nein, das konnte er nicht. Niemals. Das nicht. Aber irgendwas mußte er sagen. Er mußte sprechen. Alle warteten.

»Ich zeig's Ihnen«, sagte er.

Lynley und Barbara folgten Harry Morant zum Haupttor der Schule hinaus. Sie überquerten den Parkplatz vor dem Ostflügel und schlugen den Fußweg ein, der zum Haus Kalchas führte. Die Schüler waren im Unterricht, das ganze Gelände wie verlassen.

Harry trottete schweigend vor ihnen her und rieb sich dabei mit einem Arm über das rote Gesicht, als könne er so die Spuren seines Weinens verwischen. In der Hoffnung, daß der Junge allein mit ihnen eher sprechen würde, hatte Lynley Lockwood überredet, zurückzubleiben.

Aber Harry schien fest entschlossen, so lange wie möglich stumm zu bleiben und die Polizei ja nicht zu nahe kommen zu lassen. Mit gekrümmten Schultern lief er vor ihnen her und blickte immer wieder verstohlen nach rechts und links. Als sie nur noch zwanzig Meter von Kalchas entfernt waren, rannte er beinahe und verschwand im Haus, noch ehe Lynley und Havers die Tür erreicht hatten.

Er erwartete sie in der Halle, ein zitternder kleiner Schatten in der dunkelsten Ecke. Lynley bemerkte, daß das Haus Kalchas den gleichen Grundriß hatte wie Erebos und daß es ebenso reparatur- und renovierungsbedürftig war.

Harry wartete, bis sie die Tür geschlossen hatten, ehe er an ihnen vorbeischlüpfte und zur Treppe lief. Er rannte zwei Treppenabsätze hinauf, dicht gefolgt von Lynley und Havers. Nicht ein einziges Mal drehte er sich um, um zu sehen, ob sie ihm folgten. Im Gegenteil, es schien, als hoffte er, sie abschütteln zu können, und beinahe wäre es ihm im oberen Korridor auch gelungen, wo er plötzlich zur Südwestecke des Gebäudes abbog.

Sie fanden ihn vor einer Tür wieder. Er wirkte noch kleiner, wie geschrumpft, und er stand fest an die Wand gepreßt, als hätte er Angst, man könne ihm in den Rücken fallen.

»Da drin«, sagte er nur.

»Da hast du Matthews Strumpf gefunden?« fragte Lynley.

»Auf dem Boden.«

Besorgt, der Junge könnte plötzlich die Flucht ergreifen, musterte Lynley ihn einen Moment aufmerksam. Dann stieß er die Tür auf und warf einen Blick in den heißen, übelriechenden kleinen Raum.

»Ein Trockenraum«, sagte Barbara. »So einen gibt's in jedem Haus. Gott, ist das ein Gestank!«

»Sie haben ihn sich angesehen, Sergeant?«

»Ich habe sie mir alle angesehen. Sie sind alle gleich. Und riechen auch gleich.«

Lynley sah zu Harry hinunter, der stumm vor sich hinstarrte. Das dunkle Haar fiel ihm tief in die Stirn, sein Gesicht wirkte fiebrig.

»Bleiben Sie bei ihm«, sagte er zu Barbara und trat in den Trockenraum. Die Tür ließ er angelehnt.

Zu sehen gab es wenig: Wasserrohre an den Wänden, über denen Kleidungsstücke aufgehängt waren, ein Linoleumboden, eine nackte Glühbirne, eine mit einem Vorhängeschloß gesicherte Falltür in der Decke. Lynley stieg die eiserne Leiter an der Wand hinauf, um die Falltür zu prüfen. Er hob den Arm, faßte das Schloß und zog einmal kräftig daran. Es glitt ganz leicht aus der Haspe, und als Lynley es betrachtete, entdeckte er, was Barbara Havers bei ihrer Inspektion des Raumes offensichtlich übersehen hatte. Jemand war dem Schloß mit einer Metallsäge zu Leibe gerückt und hatte sich so Zugang zu dem Raum verschafft, der sich über der Falltür befand. Lynley stieß die Tür auf.

Über sich sah er einen schmalen, dunklen Gang mit grob verputzten Wänden, an denen fast keine Farbe mehr war. Am Ende des Ganges fiel durch einen Türspalt ein dünner Lichtstrahl herein. Lynley kletterte die letzten Sprossen der Leiter hinauf in den Gang und blieb hustend in der Staubwolke stehen, die er aufgewirbelt hatte.

Er hatte keine Taschenlampe bei sich, aber die Beleuchtung des Trockenraums im Verein mit dem Licht, das durch die schmale Türöffnung am Ende des Ganges hereindrang, reichte ihm aus, um die Fußabdrücke zu erkennen, die sich im Staub auf dem Boden abzeichneten. Er bückte sich zu ihnen hinunter, entdeckte aber nichts weiter, als daß sie von Turnschuhen stammten. Er ging vorsichtig um einige ziemlich große Abdrücke herum zu der Tür am Ende des Ganges.

Sie war gut geölt und frei von Staub. Ein leichter Druck genügte, und sie öffnete sich lautlos. Dahinter befand sich eine kleine Kammer, ein nutzloser Raum, eingezwängt unter dem Giebeldach und zweifellos längst vergessen von denen, die über das Haus die Verfügungsgewalt hatten. Willkommenes Versteck jedoch für jemand anderen.

Durch drei Fenster in der Westmauer, deren Scheiben fast blind waren von Schmutz und Staub, drang schwaches Licht. Flecken bedeckten die Wände, einige stammten von eindringender Feuchtigkeit; andere schienen von Bier oder anderen Getränken herzurühren, die man in Wut oder Trunkenheit verschleudert hatte; und wieder andere, rostbraune Spritzer, schienen ihm getrocknetes Blut zu sein. Wo keine Flecken waren, hatte man obszöne Zeichnungen in den Kalk gekritzelt – männliche und weibliche Figuren in allen möglichen Positionen. Abfälle lagen haufenweise überall auf dem Boden – Zigarettenstummel, Verpackungen von Süßigkeiten, leere Bierflaschen, ein Plastikbecher, ein Krug, der der Schule gehörte, eine alte orangefarbene Decke vor dem Kamin, der als zusätzliche Müllhalde gedient hatte. Die stickige, muffige Luft stank nach Urin und Exkrementen. Auf dem Steinsims über dem Kamin standen vier Kerzen, Stummel nur noch. Die Wachsberge, die sich rund um ihren Fuß angesammelt hatten, verrieten, wie häufig dieser Raum nachts heimlich benutzt worden war.

Lynley sah sich das alles genau an und war sich völlig klar darüber, daß ein Team der Spurensicherung hier wochenlang zu tun haben würde, um eindeutige Indizien dafür zu sichern, daß Matthew Whateley vor seinem Tod in diesem Raum festgehalten worden war. Daß es hier Spuren seiner Anwesenheit gab – ein Haar von seinem Kopf, einen Spritzer seines Bluts, ein Hautfetzchen oder eine Faser, die identisch war mit dem, was man an seiner Leiche gefunden hatte –, daran gab es für Lynley überhaupt keinen Zweifel. Doch er brauchte nur an Patsy Whateleys Zustand langsamer Selbstaufgabe zu denken, um sich den inneren Druck bewußt zu machen, der ihn drängte, diesen Fall so rasch wie möglich abzuschließen. Unvorstellbar, mit einer Festnahme warten zu müssen, bis die mühselige, bedächtige Arbeit der forensischen Experten getan war.

In diesem Bewußtsein trat er an die Falltür, um in den Trockenraum hinunterzurufen. Er mußte den kleinen Harry Morant zum Sprechen bringen.

»Ich möchte Harry das hier oben zeigen, Sergeant«, sagte er. »Helfen Sie ihm die Leiter hinauf.«

Sie nickte und holte den Jungen. Die Hand auf seiner Schulter, führte Lynley ihn in die Kammer und blieb gleich innerhalb der Tür mit ihm stehen. Er hielt den Jungen, der sich unter seinen Händen so zart und klein anfühlte, fest an sich gedrückt, während er sprach.

»In diese Kammer hat man Matthew gebracht«, sagte er. »Jemand hat ihn hierher gebracht, Harry, vielleicht nachdem er ihm erklärt hatte, er müsse mit ihm reden; vielleicht unter dem Vorwand, reinen Tisch machen zu wollen; vielleicht aber auch, nachdem er ihn vorher bewußtlos gemacht hatte, so daß er sich gar keinen Vorwand mehr auszudenken brauchte. Aber es steht fest, daß er Matthew hierher gebracht hat.«

Lynley drehte den Kopf des Jungen so, daß er die Ecke im Raum sehen konnte, wo der Staub auf dem Boden am stärksten verwischt war. »Ich vermute, er lag gefesselt da drüben in der Ecke. Siehst du die vielen Zigarettenstummel auf dem Boden? Er hatte Verbrennungen von Zigaretten am ganzen Körper. Sogar im Innern seiner Nase und an den Hoden. Ich nehme an, du hast das gehört. Kannst du dir vorstellen, wie das für ihn gewesen sein muß – der Schmerz und der Geruch seiner eigenen brennenden Haut?«

Harry zitterte so stark, daß er sich kaum auf den Beinen halten konnte. Er schnappte nach Luft.

»Du kannst den Urin riechen, nicht wahr?« fuhr Lynley fort. »Und den Kot. Man hat Matthew sicher nicht erlaubt, zur Toilette zu gehen. Man ließ ihn einfach liegen. Das ist der Grund, warum es hier so riecht.«

Harry warf den Kopf zurück und drückte ihn an Lynleys Magen. Er wimmerte unaufhörlich vor sich hin.

Lynley berührte die Stirn des Jungen. Sie war sehr heiß.

»Das sind alles nur Vermutungen von mir, Harry, aber ich denke, das meiste entspricht der Wahrheit. Aber nur du kannst uns sagen, wer es ihm angetan hat.«

Harry schüttelte heftig den Kopf.

»Matthew wußte, daß du mißhandelt wurdest. Aber er war nicht wie die anderen Jungen, nicht wahr? Er war nicht einer von der Sorte, die einfach wegschauen und froh sind, daß sie nicht die Geplagten sind. Er war ein Junge, der Grausamkeit nicht dulden wollte. Außerdem warst du sein Freund. Es wäre ihm nicht eingefallen, seinem Freund nicht zu Hilfe zu kommen. Darum überlegte er sich, wie er der Quälerei ein für allemal ein Ende bereiten könnte. Er brachte in deinem Schlafraum ein Abhörgerät an. Er nahm ein Band auf. Ich vermute, er hat das vor drei Wochen am Freitag nachmittag gemacht, nachdem er sich krank gemeldet und vom Sport hatte befreien lassen. Da hatte er genügend Zeit, um sein Gerät anzubringen und auszuprobieren, ohne daß jemand etwas davon wußte – außer dir natürlich. Und als dann alles vorbereitet war, brauchtest du nur noch auf den nächsten nächtlichen Besuch zu warten. Denn es war doch immer nachts, nicht wahr? Solche Sachen passieren immer nachts.«

Die zuckenden Schultern verrieten Lynley, daß der Junge zu weinen begonnen hatte.

»Nachdem das Band aufgenommen worden war, hörten die Mißhandlungen auf, nicht wahr? Sie konnten nicht weitergehen. Der Spuk war vorbei, und alle waren sicher. Hätte der Bursche, der dich gequält hat, auch nur ein einziges Mal wieder so etwas versucht, dann wäre das Band an den Direktor gegangen, und der Junge wäre hier an der Schule erledigt gewesen. Ich glaube allerdings nicht, daß Matthew den Ausschluß des Jungen wirklich wollte, so sehr dieser ihn verdient hätte. Er wollte dem Jungen wahrscheinlich nur einen Schrecken einjagen und ihm die Chance geben, sich zu ändern. Darum gab er die Kassette nicht dem Direktor, habe ich recht? Er gab sie jemand anderem. Aber er wußte nicht, daß für einen Jungen, der andere quält, dieses Gefühl, andere fertigmachen zu können, etwas ganz Wichtiges ist. Es ist eine richtige Sucht. Und damit der Junge weitermachen konnte, brauchte er die Kassette. Und er brauchte die Kopie, die Matthew davon gemacht hatte. Um beides zu bekommen, schleppte er Matthew hier herauf.«

Harry schrie auf und stampfte mit den Füßen auf den Boden.

»Einer muß endlich reden«, sagte Lynley. »Matthew hat auf seine Weise versucht, was zu tun, aber es klappte nicht. Man erreicht nichts mit halben Maßnahmen, wenn es darum geht, die Wahrheit aufzudecken, Harry. Ich hoffe, das wenigstens siehst du ein. Matthew ist tot, weil er es mit einer halben Maßnahme versuchte. Sag mir den Namen seines Mörders.«

»Ich kann nicht. Nein. Ich kann nicht!« keuchte Harry.

»Doch, du kannst. Du mußt. Sag mir den Namen.«

Harry wand sich unter Lynleys Hand, versuchte zu entkommen. Er drückte den Kopf an die Brust, hob die Arme, versuchte, Lynleys Hände von seiner Schulter zu reißen.

»Sag mir den Namen«, wiederholte Lynley ruhig. »Sieh dir diesen Raum an, Harry. Sag mir den Namen.«

Harry hob den Kopf. Lynley wußte, daß er sich ein letztes Mal das Zimmer ansah – den Schmutz, den Müll, die fleckigen Wände mit ihren zotigen Bildern. Er spürte, wie Harry sich aufrichtete und einmal tief Atem holte.

»Chas Quilter«, brachte er weinend hervor.

18

Sie fanden Chas Quilter schließlich in seinem Zimmer. Eigentlich hätte er dort gar nicht sein dürfen. Er hatte an diesem Morgen Biologieunterricht, und sie waren auf der Suche nach ihm zunächst in das naturwissenschaftliche Gebäude gegangen. Als sie ihn dort nicht gefunden hatten, hatten sie ihn in der Kapelle, im Theaterbau und auf der Krankenstation gesucht, ehe sie schließlich den Weg zum Haus Ion eingeschlagen hatten.

Es war der am weitesten nördlich gelegene Bau auf dem Gelände, und er unterschied sich von den anderen Häusern durch einen ebenerdigen Anbau, der auf der Ostseite hervorsprang. Auf dem Schild an der geschlossenen Tür dieses Flügels stand »Oberstufen-Club – Nur für Mitglieder«. Es lockte Lynley, sich den Clubraum drinnen anzusehen.

Er war nichts Besonderes – ein einziger großer Raum mit einer Reihe von Fenstern, durch die man jenseits des Rasens Haus Kalchas sah. Das Mobiliar bestand aus vier alten gepolsterten Sofas, einem Billardtisch, einer Tischtennisplatte, drei Tischen aus rohem Holz, in die überall Initialen eingeritzt waren, und einem Dutzend billiger Plastikstühle.

An einer Wand standen ein Fernsehapparat und ein Videorekorder, auf einem Regal daneben eine Stereoanlage. Die ganze Länge einer anderen Wand nahm eine Bar ein.

»Und was hält die Knaben davon ab, hier reinzukommen und sich ein Glas Bier zu holen, wann immer sie Lust drauf haben?« fragte Barbara, als sie zur Bar traten. »Das Ehrgefühl«, meinte sie sarkastisch, »wird's ja wohl nicht sein?«

»Nein, nach dem, was ich hier in den letzten Tagen gesehen habe, halte ich das auch für unwahrscheinlich.« Lynley inspizierte die drei Zapfhähne hinter dem Tresen. »Sie scheinen festgestellt zu sein. Den Schlüssel wird einer der Jungen haben, die an der Schule was zu sagen haben.«

»Chas Quilter zum Beispiel? Ein äußerst tröstlicher Gedanke.«

An den Tresen gelehnt, schaute Linley zu den Fenstern hinüber. »Von hier aus kann man Kalchas sehen, Havers. Man kann es wahrscheinlich von jeder Stelle im Raum aus sehen.«

»Nur der eine oder andere Baum ist im Blickfeld.«

»Der Fußweg zum Haus liegt größtenteils offen da.«

»Ja, das sehe ich.« Sie folgte, wie meistens, mühelos seinem Gedankengang. »Dann wäre also jeder, der am Freitag abend, während der Club hier tagte, zum Haus Kalchas rüberging, von diesen Fenstern aus zu sehen gewesen. Der Fußweg ist doch beleuchtet, nicht? Und –« Barbara blätterte geschwind in ihrem Block – »Brian Byrne hat uns gesagt, daß Chas Quilter während der Fete mindestens dreimal hinausgegangen ist. Er behauptete, zum Telefonieren. Aber vielleicht ist er in Wirklichkeit abgehauen, um sich um Matthew zu kümmern. Wenn Brian zum Beispiel hier saß und ihn auf dem Fußweg gesehen hat, dann wird er versucht haben, ihn zu schützen, nicht?«

»Kommen Sie, schauen wir, ob wir ihn finden können«, sagte Lynley statt einer Antwort.

Durch eine Verbindungstür gelangten sie aus dem Anbau in den Aufenthaltsraum von Ion. Im ersten Stock stießen sie auf eine Putzfrau, die ihnen erklärte, daß Chas Quilters Zimmer im zweiten Stock sei. Abgesehen von gedämpfter Musik, die aus einem der Zimmer drang, war es dort oben völlig still.

Sie folgten der Musik. Lynley blieb stehen und lauschte einen Moment an der Tür, ehe er klopfte. Als sich nichts rührte, machte er einfach die Tür auf und trat mit Barbara ein.

Das Zimmer war eine Überraschung, nicht das, was man bei einem Achtzehnjährigen erwartet hätte. Die Grundeinrichtung entsprach dem an der Schule Üblichen, aber den Linoleumboden bedeckte ein Donegalteppich, und an den Wänden hingen nicht Poster oder Fotografien, sondern gerahmte literarische Zitate. Sie waren kreisförmig angeordnet, eine Sonne bildend, in der sämtliche Leuchten aus nahezu fünfhundert Jahren englischer Literatur glänzten. Spenser und Shakespeare hingen Seite an Seite mit Donne und Shaw. Die Brownings waren ebenso vertreten wie Coleridge, Keats und Shelley. Byron hatte einen Platz zwischen Pope und Blake, und in der Mitte der sonnenförmigen Gruppierung strahlte ein Gedicht, größer als die anderen Dokumente und im Gegensatz zu ihnen, die in sauberer Druckschrift auf festem cremefarbenen Karton geschrieben waren, in schöner gestochener Handschrift auf feinem Pergament wiedergegeben. Die Worte sprangen einem förmlich aus dem Rahmen entgegen. In der rechten unteren Ecke des Pergaments stand »Sissy«.

Chas Quilter saß mit einem Buch vor sich am Schreibtisch, anscheinend völlig in seine Lektüre vertieft – Vorbereitung vielleicht auf den Biologieunterricht. Es war, wie Lynley sah, als er nähertrat, ein medizinisches Lehrbuch, in dem einiges dick unterstrichen und der Rand voller Notizen war. Das Buch war auf einer Seite mit der Überschrift »Apert'sches Syndrom« aufgeschlagen, auf die unmittelbar eine Liste medizinischer Fachausdrücke mit dazugehörigen Erklärungen folgte. Neben dem Buch lag ein Spiralheft, aber wenn Chas die Absicht gehabt hatte zu exzerpieren, so war er damit nicht weit gekommen. Statt der erwarteten fachlichen Aufzeichnungen stand nur ein einziges Satzfragment auf dem Papier: »eine feurige Flut, von ewigbrennendem Schwefel gespeist«. Die Buchstaben waren von kunstvoll gezeichneten Flammen umzüngelt. Lynley erkannte, welchem Werk die Worte entnommen waren, als er das zweite Buch sah, das auf dem Schreibtisch lag, aufgeschlagen, aber mit dem Rücken nach oben. »Das Verlorene Paradies.«

Chas jedoch hatte für all diese Dinge keinen Blick. Er starrte vielmehr völlig versunken auf eine Fotografie, die auf dem Fensterbrett stand und ihn neben einem jungen, langhaarigen Mädchen zeigte, deren Kopf an seiner Brust lag. Es war das gleiche Bild, das Lynley und Havers im Zimmer Brian Byrnes gesehen hatten.

Chas fuhr zusammen, als Barbara zum Bücherregal ging und den Kassettenrekorder ausschaltete. »Ich hab gar nicht gehört –« stammelte er.

»Wir haben geklopft«, sagte Lynley. »Aber Sie waren offensichtlich in Gedanken.«

Chas klappte das medizinische Lehrbuch zu und ebenso den Milton. Er riß die Seite aus seinem Heft, auf die er die Zeile aus dem Epos geschrieben hatte, und knüllte sie zusammen. Doch er warf sie nicht weg, sondern behielt sie fest in der Hand.

Barbara drängte sich in dem engen Zimmer an Lynley vorbei zum Bett und setzte sich. Nachdenklich zupfte sie an ihren Ohrläppchen, während sie Chas Quilter mit kaltem Blick musterte.

Lynley ging zum Regal, wo die Stereoanlage stand. Er drückte auf einen Knopf. Die Musik setzte wieder ein. Er drückte auf einen anderen Knopf. Sie brach ab. Er preßte einen dritten Knopf. Die Kassette wurde ausgeworfen.

»Warum sind Sie nicht beim Biologieunterricht?« fragte er den Jungen. »Haben Sie eine Befreiung von der Krankenstation? Man scheint die Dinger ja ziemlich leicht zu bekommen.«

Chas' Blick war auf die Kassette gerichtet. Er antwortete nicht. Lynley sprach weiter.

»Ich glaube nicht, daß Sie es waren, der die Kleinen gequält hat«, sagte er. »Ich denke, Harry Morant meinte etwas anderes, als er mir Ihren Namen nannte.«

Er spielte mit der Kassette in seinen Händen. Der Junge am Schreibtisch preßte die Lippen zusammen.

»Ich glaube«, fuhr Lynley fort, »Harry hat zu große Angst, um mir den Namen zu nennen, den ich wissen möchte. Nach dem, was er erlebt hat und was Matthew zugestoßen ist, kann man verstehen, daß er sich fürchtet, auch wenn man sich noch so sehr bemüht, ihn zu beruhigen. Vielleicht meint er auch, noch immer am Ehrenkodex der Schule festhalten zu müssen. Man verpetzt niemals einen anderen Mitschüler und dergleichen. Sie wissen, was ich meine. Aber Harry glaubte wohl, daß er uns trotz aller Angst irgend etwas sagen müsse; daß er nur so für Matthews Tod eine Art Wiedergutmachung leisten könne. Denn er fühlt sich natürlich in hohem Maß am Tod seines Freundes schuldig. Darum brachte er uns Matthews Strumpf. Und darum nannte er uns – in der Mansarde über dem Trockenboden im Haus Kalchas – Ihren Namen. Warum«, fragte Lynley und legte die Kassette auf den Schreibtisch, »glauben Sie, hat er das getan?«

Chas' Blick folgte der Kassette. Dann sah er zu Lynley auf. Ohne ein Wort zu sagen, zog er eine der beiden Schubladen im Schreibtisch auf. Von ganz hinten, wo sie unter einem Stapel von Papieren und Heften verdeckt war, zog er eine andere Kassette heraus und reichte sie Lynley.

Er sprach noch immer kein Wort, aber das war auch nicht nötig. Sein Gesicht spiegelte den inneren Kampf sehr deutlich.

»Es geht hier nicht um eine heimliche Zigarette im Glockenturm, Chas«, sagte er. »Nicht um dumme Streiche oder Abschreiben bei einer Prüfung. Hier geht es um Folter. Und um Mord.«

Chas griff sich mit einer Hand an die Stirn. Er senkte den Kopf. Sein Gesicht war schmutziggrau. Ein Zittern durchlief seinen Körper, und er preßte die Beine zusammen, als suche er Wärme und Schutz.

»Clive Pritchard«, sagte er, und Lynley sah, was die Worte ihn kosteten.

Ganz ohne das übliche Papierrascheln klappte Barbara ihren Block auf und zog ihren Bleistift aus der Jackentasche. Lynley blieb beim Bücherregal. Über Chas hinweg konnte er vom Fenster umrahmt den Morgenhimmel sehen, blendend weiße Kumuluswolken vor einer tiefblauen Wand.

»Erzählen Sie«, sagte er.

»Es war an einem Samstag abend vor ungefähr drei Wochen. Matt Whateley brachte mir die Kassette und spielte sie mir hier im Zimmer vor.«

»Warum gab er sie nicht Mr. Lockwood?«

»Aus dem gleichen Grund, aus dem ich sie ihm auch nicht übergeben habe. Er wollte nicht, daß Clive ausgeschlossen wird. Er wollte nur, daß er Harry Morant und die anderen in Ruhe läßt. So war Matt. Ein feiner Kerl.«

»Clive wußte, daß Sie die Kassette hatten?«

»Ja, von Anfang an. Ich spielte sie ihm vor. Matthew wußte, daß ich das vorhatte. Es war das einzige Mittel, Clive dazu zu bringen, Harry Morant in Ruhe zu lassen. Ich nahm ihn mit hierher, auf mein Zimmer, spielte ihm die Kassette vor und sagte, wenn so was noch einmal vorkäme, würde ich die Kassette Lockwood übergeben. Clive wollte sie natürlich haben. Er hat's versucht, sie an sich zu bringen. Aber Matt hatte mir erzählt, daß er eine Kopie gemacht hatte, und das sagte ich Clive. Daraufhin sah er ein, daß es sinnlos gewesen wäre, mir diese Kassette hier zu stehlen. Es sei denn, er hätte auch an die Kopie herankommen können.«

»Sie haben ihm gesagt, daß Matt die Aufnahme gemacht hatte?«

Chas schüttelte den Kopf. Die Augen hinter den Brillengläsern waren trostlos. Auf seiner Oberlippe glänzte ein feiner Schweißfilm. »Nein, das habe ich ihm nicht gesagt. Aber Clive brauchte nicht lang, um selbst daraufzukommen. Matt war hier auf der Schule Harrys bester Freund. Sie waren immer zusammen im Modelleisenbahn-Club. Sie steckten fast immer zusammen. Sie waren beide – ein bißchen kindlich für ihr Alter.«

»Ich kann verstehen, daß Sie die Kassette behielten, nachdem Matthew sie Ihnen gegeben hatte«, sagte Lynley, »insbesondere, wenn durch sie den Mißhandlungen wirklich ein Ende gemacht wurde. Ich kann es nicht gutheißen, aber ich kann es immerhin verstehen. Aber Ihr Verhalten in den letzten drei Tagen kann ich nicht verstehen. Sie müssen doch gewußt haben –«

»Mit Sicherheit wußte ich gar nichts!« protestierte Chas. »Und ich weiß auch jetzt noch nichts. Ich wußte, daß Clive Harry Morant malträtierte. Ich wußte, daß Matt das Band aufgenommen hatte. Ich wußte, daß eine Kopie existierte. Ich wußte, daß Clive sie unbedingt haben wollte. Aber das ist alles, was ich wußte.«

»Und was dachten Sie sich, als Matthew vermißt wurde?«

»Das, was alle anderen auch dachten. Daß er abgehauen wäre. Er hat sich hier nicht sehr wohl gefühlt. Er hatte kaum Freunde.«

»Und als man die Leiche gefunden hatte? Was dachten Sie sich da?«

»Ich wußte es nicht. Ich weiß es nicht. Ich weiß es immer noch nicht.« Der Junge schlug die Hände vor sein Gesicht.

»Sie wollten es nicht wissen«, sagte Lynley. »Sie wollten keine Fragen stellen. Sie zogen es vor, die Augen vor dem Offenkundigen zu verschließen. Ist es nicht so?« Er schob die Kassette in seine Tasche und blickte auf die gerahmten Zitate an der Wand. Das Zimmer erschien ihm plötzlich erstickend. Der Geruch nach Schweiß und Angst war durchdringend. »Sie haben Marlowe vergessen«, sagte er zu dem Jungen. »›Die schlimmste Sünde ist die Unwissenheit.‹ Vielleicht sollten Sie das Ihrer Sammlung hinzufügen.«

Als die beiden Polizeibeamten gegangen waren, legte Chas den Kopf auf die Arme und weinte. Rückhaltlos überließ er sich dem Jammer über seine tiefe Not, die ihren Keim in seinem Verrat an seinem Bruder hatte, mit dem Verlust Sissys gewachsen war und in den letzten acht Tagen seines Lebens schreckliche Frucht getragen hatte.

Er hatte versucht, sie sich von der Seele zu schreiben, innere Reinigung zu erlangen, indem er die Qual zu Papier brachte. Darin war er einmal Meister gewesen. In zahllose Gedichte an und für und über Sissy hatte er seine Gefühle ergossen. Aber die Bedrängnis der letzten Tage – im Zusammenhang mit den Gewissensqualen, die ihn seit mehr als einem Jahr unerbittlich verfolgten – hatte die innere Stimme zum Schweigen gebracht, die früher seine Seele so befeuert und seine Leidenschaft zu schreiben gespeist hatte. Es gab keine Worte, die ein Leiden lindern konnten, das sein ganzes Leben umfaßte, so daß es weder Anfang noch Ende zu haben schien.

Nach dem Verlust des Bruders hatte er sich Sissy zugewandt und sie zu der Kraft erhoben, die seinem Leben Sinn und Inhalt gab. Im Lauf von sieben Monaten war die Schulfreundin zu dem Menschen geworden, der ihm einzige sichere Zuflucht war, Inspiration zu schreiben, leidenschaftlich geliebtes Wesen, um das sein ganzes Leben sich drehte und das sein Denken und Handeln selbst dann beherrschte, wenn es nicht bei ihm war. Aber wie sein Bruder war auch Sissy ihm verlorengegangen, zerstört durch seine Selbstsucht, zerbrochen durch die rohe Gewalt seiner Unbeherrschtheit.

Und waren nicht die Ereignisse, die schließlich zu Matthews Tod geführt hatten, durch diese selbe Unbeherrschtheit in Gang gesetzt worden? Ohne jede Überlegung hatte er Clive Pritchard die Kassette vorgespielt – hatte sich insgeheim noch geweidet an dem Ausdruck ungläubiger Überraschung auf Clives Gesicht, als dieser erkannte, daß er von einem kleinen Sextaner, einer Ameise, die er mit dem kleinen Finger zerquetschen konnte, überlistet worden war. Er hatte Clives Reaktion so genossen, daß er einen – tödlichen – Moment lang alle Vorsicht vergessen hatte, und so war Clive, als er nach dem Namen des Jungen gefragt hatte, der das Band hergestellt hatte, schnell auf Matthew Whateley gekommen. Er selbst also hatte Matthew, wenn auch nicht willentlich, Clive ausgeliefert. Er selbst hatte das tödliche Räderwerk ins Rollen gebracht.

Clive Pritchard hatte sein Zimmer in Kalchas zu einer Gedenkstätte für James Dean gemacht. Bilder des Schauspielers hingen überall: wie er, die Hände in den Taschen, den Jackenkragen hochgeschlagen, durch eine Straße in New York ging; wie er in dem Film *Giganten* einen Ölkran hinaufkletterte; neben dem Porsche stehend, mit dem er in den Tod gerast war; in einem Dutzend Großaufnahmen, die aus einem Kalender ausgeschnitten waren; eine Zigarette rauchend bei den Außenaufnahmen zu *Jenseits von Eden.* Man hatte das Gefühl, mit einem Schlag in ein anderes Land und eine andere Zeit versetzt worden zu sein.

Dieser Eindruck wurde gefördert durch die übrigen Dekorationsstücke im Zimmer. Auf dem Fensterbrett stand eine ganze Reihe alter Coca-Cola-Flaschen, darunter prangte ein halb zerfetzter Kunstlederhocker, der aussah, als stamme er aus einer amerikanischen Imbißstube. Ein Plattenspieler aus Chrom, wie man sie früher auf den Tischen von Bars mit Musikautomaten gefunden hatte, zierte den Schreibtisch zusammen mit drei großen Speisekarten, die vor allem Hamburger, Hot dogs, Pommes frites und Milch-Shakes anboten. Auf dem Bücherregal stand neben einem Paar schwarzer Boxerstiefel ein kleines Neonschild mit der Aufschrift *Coke.*

Einziger Anachronismus – abgesehen von einem Foto des Rugbyteams und einem, das Clive in Fechtausrüstung zeigte – war eine dritte Fotografie, die auf dem Schreibtisch stand: Clive, den Arm lässig um die Schultern einer völlig verschreckt aussehenden alten Frau. Beide Seiten seines Kopfes waren kahlgeschoren, nur in der Mitte, von der Stirn zum Nacken, zog sich ein glänzender, blaugefärbter Hahnenkamm. Clive war ganz in schwarzem Leder mit schweren Ketten.

Der Gegensatz zwischen dem Jungen auf dem Foto und dem, der in Begleitung des Direktors ins Zimmer trat, war bemerkenswert. Das inzwischen nachgewachsene Haar war ordentlich frisiert, die Schuhe blank geputzt, Pullover, Hemd und Hose fleckenlos. Lynley konnte kaum glauben, daß dies derselbe Junge war.

Nachdem dank Chas Quilters Wort eindeutig festgestellt

gewesen war, wem die Mißhandlungen Harry Morants und möglicherweise anderer jüngerer Schüler anzulasten waren, hatte Alan Lockwood nicht gezögert zu handeln. Im Beisein von Lynley und Barbara Havers hatte er ein Ferngespräch nach Nordirland angemeldet, wo Clive Pritchards Vater – Colonel bei der Armee – seit achtzehn Monaten stationiert war, und hatte Pritchard kurz und bündig mitgeteilt, daß sein Sohn auf Entscheidung des Schulleiters ab sofort vom Unterricht ausgeschlossen war. Der Verwaltungsrat würde entsprechend informiert werden. In Anbetracht der Umstände würde es keine Möglichkeit geben, gegen die Entscheidung Berufung einzulegen. Wenn der Colonel so gut sein wolle, ein Familienmitglied nach Bredgar Chambers zu entsenden...

Danach schwieg Lockwood längere Zeit. In der Stille konnten Lynley und Barbara die scharfe Stimme am anderen Ende der Leitung deutlich hören. Lockwood konterte mit gleicher Schärfe, als er die Proteste des Colonels mit den Worten unterbrach: »Ein Schüler ist ermordet worden. Clives Probleme gehen im Augenblick weit über einen bloßen Schulausschluß hinaus, das können Sie mir glauben.«

Nachdem er das erledigt hatte, wies er Lynley und Barbara den Weg zu Clives Zimmer und machte sich selbst auf die Suche nach dem Jungen.

Clive sah, wie Lynley die Fotografie betrachtete, und grinste. »Ich und meine Großmutter«, sagte er. »Sie fand den Irokesenschnitt allerdings nicht so doll.« Er setzte sich auf die Bettkante, zog sich den Pullover über den Kopf und krempelte die Hemdsärmel auf. Sein linker Innenarm war durch eine Tätowierung entstellt, ein ziemlich mißratener Totenkopf mit zwei gekreuzten Knochen darüber.

»Echt gut, was?« fragte Clive, als er sah, daß Lynley die Tätowierung bemerkt hatte. »Hier in der Schule muß ich sie immer verstecken. Aber ich sag Ihnen, die Mädchen sind ganz heiß drauf.«

»Rollen Sie den Ärmel hinunter, Pritchard«, befahl Lockwood scharf. »Sofort.«

Lockwood machte ein Gesicht, als wäre ihm ein fauler Geruch in die Nase gestiegen. Er ging zum Fenster und öffnete es.

»So ist's recht, Locky. Tief atmen«, spottete Clive Pritchard, als Lockwood vor dem offenen Fenster stehenblieb, und ließ seine Hemdsärmel, wie sie waren.

»Havers«, sagte Lynley, ohne den Austausch zwischen dem Jungen und dem Schulleiter zu beachten.

In der Manie der altgeübten Polizeibeamtin machte Barbara den Jungen routiniert auf seine Rechte aufmerksam. Er sei nicht verpflichtet, ihnen irgend etwas mitzuteilen, wenn er es nicht wolle, doch alles, was er aussage, könne zu Protokoll genommen und als Beweismaterial gegen ihn verwendet werden.

Clive heuchelte Unverständnis und Verwunderung, aber seine Augen verrieten ihn; er verstand die Bedeutung dieser wenigen amtlichen Worte genau.

»Was soll denn das sein?« fragte er. »Erst kommt Mr. Lockwood höchstpersönlich und holt mich aus dem Musikunterricht – mitten in meinem Sax-Solo übrigens; dann find ich hier die Bullen in meiner Bude vor; und jetzt werd ich auch noch höchst amtlich auf meine Bürgerrechte hingewiesen.« Er streckte ein Bein aus, schob den Fuß unter die Querleiste des Schreibtischstuhls und zog diesen heraus. »Legen Sie erstmal Ihr Gewicht ab, Inspector. Oder vielleicht sollte ich das besser Ihrem Sergeant sagen.«

»Das ist doch –« Lockwood schien es angesichts der Unverschämtheit des Jungen die Sprache verschlagen zu haben.

Clive kippte den Kopf ein wenig zur Seite und sah ihn

herausfordernd an, aber seine Fragen richtete er in bewußt treuherzigem Ton an Lynley. »Warum ist *er* überhaupt hier? Was hat das mit Morant zu tun?«

»Gerichtliche Vorschrift«, antwortete Lynley.

»Vorschrift worüber?«

»Über die Vernehmung von Verdächtigen.«

Clives Lächeln treuherziger Unschuld erlosch. »Sie sind doch nicht – Okay, Lockwood hat mir die Kassette vorgespielt. Ich hab sie gehört. Und jetzt bin ich rausgeflogen und hab einen Riesenkrach von meinem Alten zu erwarten. Aber das ist alles. Nichts als 'n bißchen Hopsasa mit Harry Morant. War sowieso 'n rotzfrecher Zwerg. Der brauchte mal 'ne Tracht. Aber das war auch alles.«

Barbara stand über den Schreibtisch gebeugt und schrieb. Als Clive schwieg, nahm sie sich den Stuhl und setzte sich. Lockwood, der noch immer am Fenster stand, verschränkte die Arme.

»Wie oft gehen Sie auf die Krankenstation, Clive?« fragte Lynley.

»Auf die Krankenstation?« Er schien verblüfft. »Wieso?« fragte er, vielleicht um Zeit zu gewinnen. »Nicht öfter als die anderen.«

Die Antwort war unbefriedigend. Lynley bohrte weiter.

»Aber mit den Befreiungen kennen Sie sich doch aus?«

»Wie meinen Sie das?«

»Sie wissen, wo sie aufbewahrt werden und wofür sie benützt werden.«

»Das weiß jeder.«

»Sie haben sich gewiß auch schon welche ausstellen lassen. An einem Tag vielleicht, wo Sie zum Sport keine Lust hatten. Wo Sie etwas Wichtigeres zu tun hatten – auf eine Prüfung lernen, eine Arbeit schreiben oder etwas in dieser Art.«

»Und wenn? Das macht so ziemlich jeder. Man geht auf

die Krankenstation, tut der Laughland eine Viertelstunde schön und kriegt eine Befreiung. Das ist nichts Besonderes, Inspector.« Er grinste, als gewänne er neue Sicherheit. »Wollen Sie den Sergeant jeden verwarnen lassen, der das mal gemacht hat? Da werden Sie viel zu tun haben, das kann ich Ihnen gleich sagen.«

»Es ist also ziemlich einfach, sich eine Befreiung zu beschaffen.«

»Wenn man weiß, wie man's angehen muß.«

»Auch Blankobefreiungen, die noch nicht von Mrs. Laughland ausgefüllt oder unterzeichnet sind?«

Clive senkte den Blick zu seinen Händen, zupfte an der Nagelhaut seines rechten Zeigefingers und sagte nichts.

»Pritchard!« sagte Lockwood ungeduldig.

Clive antwortete ihm mit einem Blick unverhohlener Verachtung.

»Es *ist* doch leicht, sich eine Befreiung zu beschaffen, nicht wahr?« fragte Lynley. »Besonders, wenn Mrs. Laughland im richtigen Moment durch einen anderen Jungen abgelenkt ist. Der ihr schöntut, wie Sie es ausdrückten. Ich denke mir also, Sie nahmen sich eines der Formulare von ihrem Schreibtisch – vielleicht auch mehrere für den Fall, daß beim erstenmal nicht alles klappte, wie geplant.«

»Das ist ja bescheuert«, sagte Clive. »Ich weiß nicht mal, wovon Sie eigentlich reden. Was soll geplant gewesen sein? Wer soll was geplant haben?«

»Matthew Whateleys Entführung.«

Clive lachte kurz auf. »Das wollen Sie *mir* anhängen? Probieren Sie's ruhig, Inspector, Sie werden nicht weit kommen.«

Wider Willen mußte Lynley die Chuzpe des Jungen bewundern. Nur seine Körpersprache verriet, daß er etwas verheimlichte. Clive war ein geschickter Fechter in mehr als einer Hinsicht. Lynley versuchte es mit einem direkten Angriff.

»Da bin ich anderer Ansicht«, versetzte er. »Ich bin überzeugt, ich werde mit Ihnen bis zum bitteren Ende kommen.«

Der Junge prustete geringschätzig.

»Ich will Ihnen sagen, wie es meiner Ansicht nach abgelaufen ist. Nachdem Sie die Blankobefreiung hatten, setzten Sie Matthew Whateleys Namen ein und legten das Formular in Mr. Pitts Fach, damit er sich über die Abwesenheit des Jungen beim Hockeytraining nicht wunderte. Unmittelbar nach dem Mittagessen schnappten Sie sich dann Matthew. Ich vermute, Sie lauerten ihm auf, als er sich für den Sport umziehen wollte. Sie warteten so lange, bis die anderen Schüler alle auf den Spielfeldern waren. Dann schleppten Sie ihn in die Kammer über dem Trockenraum, sperrten ihn ein und gingen selbst zum Training. Sie haben ihn fast den ganzen Freitag abend lang gequält und gefoltert, während Ihre Mitschüler anderswo beschäftigt oder im Oberstufen-Club waren, wo Sie sich der Form halber auch kurz sehen ließen. Als der Spaß vorbei war, töteten Sie ihn.«

Clive rollte die Ärmel seines Hemdes herunter, knöpfte sie zu und griff nach seinem Pullover. »Sie sind ja total verrückt...«

»Sie bleiben hier, Pritchard«, fuhr Lockwood ihn an. »Ob das hier...« er wies mit der Hand auf Lynley, »nun zutrifft oder nicht, Sie haben strengsten Stubenarrest, bis jemand von Ihrer Familie kommt und Sie mir abnimmt. Vorausgesetzt, die Polizei tut das nicht schon jetzt.«

Die kurze Abfertigung durch den Schulleiter schien dem Jungen die Beherrschung zu rauben. »Ja, klar! Nur zu!« schrie er. »Ich flieg raus, weil ich einen von den Zwergen 'n bißchen hart rangenommen hab. Was war mit den beschissenen Vorschriften, als ich in der Sexta war? Wen hat's denn da interessiert, daß ich ...«

»Das reicht.«

»Nein, es reicht nicht. Es reicht überhaupt nicht. Ich hab nämlich auch meine Prügel eingesteckt, verstehen Sie? Und keinen Piep hab ich gesagt. Weder zu meinen Freunden noch zu sonst jemandem. Ich hab sie eingesteckt und basta.«

»Und als sich die Gelegenheit ergab, haben Sie sie weitergegeben?« fragte Lockwood.

»Na und? Das war mein gutes Recht.«

Lynley erkannte, wie der Junge sie von Matthew Whateley ablenkte. Das Manöver war geschickt, wäre eines alten Fuchses würdig gewesen.

»Wie hast du ihn getötet, Clive?« fragte er. »Hast du ihm etwas zu trinken gegeben? Oder etwas Besonderes zu essen?«

»Getötet? Morant lebt. Ich hab nie –« Sein Gesicht lief rot an. »Sie glauben, ich hätte Whateley getötet? Wer hat behauptet ...« Er riß den Kopf herum und schaute zum Haus Ion hinüber, das zwischen den Ästen der Bäume gerade noch sichtbar war. »Verdammte Scheiße!« Immer noch auf dem Bett sitzend, drehte er sich mit einer heftigen Bewegung Lynley zu. »Sie wissen also alles schon ganz genau, was? Na, dann erzählen Sie mir mal, wie ich's gemacht hab? Wie hab ich denn die Leiche nach Stoke Poges rauf transportiert? Mit Zauberei vielleicht?« Er sprang lachend auf und tat so, als hielte er ein Mikrofon in der Hand. »Wie wär's damit? ›Beam ihn rüber nach Buckinghamshire, Scottie.‹ Na, was meinen Sie, hätte das geklappt?«

»Wohl kaum«, erwiderte Lynley. »Aber ich denke, es dürfte ein Leichtes gewesen sein, in das Büro des Pförtners im Ostflügel einzudringen, sich hinter der Theke die Schlüssel zu einem der Minibusse zu holen – die hängen da ja für jeden sichtbar – und Matthew mit einem der Busse am Samstag abend, während der Pförtner abwesend war, nach Stoke Poges zu transportieren.«

Clive lachte wieder, die Hände in die Hüften gestemmt. »Na prachtvoll. Echt irre. Die Sache hat nur einen Haken. Ich war Samstag abend überhaupt nicht hier, Inspector. Ich war in Cissbury. Mit 'ner Schwester, die ich im Dorf aufgegabelt hab. Wir haben's einmal im Bushäuschen getrieben und dann noch zweimal auf dem Parkplatz neben dem Pub. Das letzte Mal nach der Polizeistunde. Fragen Sie den Wirt. Der hat uns bei der Mülltonne stehen sehen.« Clive grinste und machte eine eindeutige Handbewegung. »Sie wollt's bei der letzten Runde gern im Stehen haben. Drum lehnten wir an der Tonne, als der Wirt rauskam. Fragen Sie ihn einfach, was er gesehen hat, als er am Samstag abend rauskam, um den Abfall auszuleeren. Dem sind fast die Augen aus dem Kopf gefallen. Und die Ohren werden ihm auch gedröhnt haben. Ganz schön gequietscht hat die Tussie.«

»Wenn Sie erwarten, daß wir Ihnen das glauben –«

Clive ließ Lockwood nicht ausreden. »Es ist mir scheißegal, was Sie glauben. Ich bin hier sowieso weg vom Fenster. Und verdammt froh drüber.« Mit einem Schritt war er an seinem Schreibtisch und riß eine Schublade auf. Er holte ein Heft heraus und warf es auf den Tisch. Eine Serie Fotografien, an den Rändern angesengt, rutschte halb heraus. »Schauen Sie sich doch die mal an, wenn Sie auf Whateleys Killer so scharf sind«, sagte er. »Ich hab ihn nicht entführt, ich hab ihn nicht gefoltert und ich hab ihn nicht umgebracht. Aber ich kann Ihnen sagen, wer's getan hat.«

Lynley nahm die Fotos. Tiefer Ekel faßte ihn. »Woher haben Sie die?«

Clive lächelte triumphierend, als hätte er nur auf diesen

Moment gewartet und wolle ihn jetzt voll auskosten. »Ich hab sie Samstag abend auf dem Müllplatz gefunden«, antwortete er. »Als ich von Cissbury zurückkam und über die Mauer kletterte. Die reizende Miss Bond wollte sie gerade verbrennen.«

19

Barbara Havers zündete sich ohne ein Wort der Entschuldigung eine Zigarette an, und Lynley beschwerte sich nicht, obwohl er direkt neben ihr stand. Sie waren im Besprechungszimmer, direkt gegenüber vom Direktorat im Ostflügel. Durch die Fenster sah man hinunter auf die Kreuzgänge, aus denen die Stimmen von Schülern und Lehrern heraufdrangen, aber weder Lynley noch Barbara schenkten ihnen die geringste Beachtung. Ihre Aufmerksamkeit war einzig auf die Fotografien gerichtet, die Clive Pritchard ihnen gegeben hatte.

»Heiliger Himmel«, sagte Barbara in einem Ton, in dem sich Staunen und Ekel mischten. »Ich hab wirklich schon allerhand gesehen – ich mein, bei der Kripo kommt man mit Pornographie in Berührung, ob man will oder nicht, das wissen Sie ja – aber das hier...«

Lynley verstand nur zu gut, was Barbara meinte. Auch er hatte sein Teil an Pornographie genossen, nicht nur als Polizeibeamter, sondern auch als neugieriger pubertärer Junge, der es nicht erwarten konnte, hinter die Geheimnisse des Sex zu kommen. Grobkörnige Fotografien von Männern und Frauen, die sich vor der Kamera in einer Vielfalt von Posen zur Schau stellten, waren immer zu haben gewesen, wenn man das nötige Geld gehabt hatte, sie zu bezahlen. Er erinnerte sich des verlegenen Schuljungengekichers, das eine gemeinsame Betrachtung solcher Fotos zu begleiten pflegte, der schweißfeuchten Hände, mit denen sie herumgereicht wurden, des späteren hitzigen Gefummels im Dunklen.

So widerlich diese Fotos gewesen waren mit den platinblonden Frauen und den pockennarbigen Männern, die sie mit Grimassen gekünstelter Lust bestiegen, sie waren harmlos und unschuldig im Vergleich zu den Bildern, die vor Lynley und Barbara auf dem Konferenztisch lagen. Diese Aufnahmen sprachen weit mehr und ganz anderes an als die Neugier des Voyeurs. Sowohl Sujets als auch Posen dienten eindeutig als Kitzel für pädophile Phantasien sadomasochistischer Art.

»Da könnte sich Lockwoods schlimmster Alptraum erfüllt haben«, murmelte Barbara. Asche fiel von ihrer Zigarette auf eines der Bilder. Sie wischte sie weg.

Lynley mußte ihr zustimmen. Die Bilder zeigten durchweg nackte Erwachsene und Kinder, alle männlichen Geschlechts, und immer war das Kind Gegenstand sexueller Unterdrückung durch einen Erwachsenen: unter Zuhilfenahme einer Pistole, die an die Schläfe eines Kindes gedrückt wurde, eines Messers, das an den Hoden lag, Fesseln, die ein Kind, dem man die Augen verbunden hatte, wehrlos machten, eines funkensprühenden Elektrokabels, bedrohlich erhoben. Auf allen Fotos machten sich die bedrohten Kinder an grinsenden, hocherregten Männern zu schaffen, wehrlose kleine Sklaven in einer Welt pervertierter sexueller Phantasien.

»Sie bestätigen Colonel Bonnamys Behauptung«, fuhr Barbara fort.

»Allerdings!« meinte Lynley.

Ganz abgesehen von dem, was die Bilder zeigten, war nicht über die Tatsache hinwegzusehen, daß auf jedem von ihnen Menschen unterschiedlicher Rasse gepaart waren, Weiße mit Indianern, Schwarze mit Weißen, Orientalen mit

Schwarzen, Weiße mit Orientalen. Lynley mußte an Colonel Bonnamys These denken, daß die Ermordung Matthew Whateleys einen rassistischen Hintergrund haben könne, und ihm war klar, daß es unmöglich war, eine Verbindung zwischen der Ermordung des Jungen und diesen Fotografien einfach zu leugnen.

»Schaut übel aus. Schaut ganz übel aus. Aber wenn man sich's recht überlegt, Sir, war das für Pritchard doch ein Glück, daß er diese Fotos in seinem Zimmer hatte. Wirklich ein Glück. Als hätte er nur darauf gewartet, daß wir kommen und ihn verhören, damit er sie uns auf den Tisch legen und den Verdacht von sich ablenken kann.« Mit nachdenklich zusammengekniffenen Augen starrte Barbara auf das Ende ihrer Zigarette. »Denn ohne diese Bilder sähe es für den Jungen doch ziemlich schlecht aus, nicht?«

»Das alles sehe ich auch, Sergeant. Aber außerdem sehe ich das, was vor uns auf dem Tisch liegt. Ob es Ihnen gefällt oder nicht, wir können weder das ignorieren, was diese Bilder darstellen, noch die offenkundige Möglichkeit, daß zwischen ihnen und Matthew Whateleys Tod eine Verbindung besteht.«

Barbara kam zu ihm an den Tisch zurück und drückte ihre Zigarette in einem Kristallaschenbecher aus, der dort stand. Sie seufzte. »Zeit für einen Besuch bei Emilia, nehme ich an?«

»Richtig.«

Sie fanden die Chemielehrerin allein im Chemiesaal. Sie stand, mit dem Rücken zu ihnen, vor dem altmodischen Abzug aus Glas und Mahagoni. In der langen schwarzen Robe sah sie aus wie ein verkleidetes Kind. Sie warf einen Blick über die Schulter nach rückwärts, als Lynley und Havers ins Zimmer traten und die Tür hinter sich schlossen. Bei der Bewegung bauschte sich ihr feines Haar wie Flaum.

»Ich bereite hier gerade ein lustiges kleines Experiment vor«, bemerkte sie erklärend und wandte sich wieder ihrer Arbeit zu.

Sie traten zu ihr. Die vordere Glasscheibe des Abzugs war fast ganz heruntergezogen, so daß darunter gerade noch Raum für ihre geschickt arbeitenden Hände war. Auf den gesprungenen weißen Kacheln im Inneren stand ein Becherglas mit einer Flüssigkeit, der sie eine feste Substanz beigab. Sie rührte die Mischung mit einem Glasstab um und wartete ab, während sich ein zweiter fester Stoff zu bilden begann.

»Ammoniumhydroxyd und Iod«, erklärte sie, als seien sie gekommen, ihre Vorstellung zu beurteilen. »Sie bilden zusammen Ammoniumtri-Iod.«

»Und das ist das lustige Experiment?« fragte Lynley.

»Die Schüler finden es jedesmal herrlich.«

»Und die Gefahr dabei? Finden sie die auch herrlich?«

»Gefahr?« wiederholte sie verwirrt.

»Sie arbeiten doch im Abzug«, sagte Lynley. »Ich nehme an, bei der Mischung der Chemikalien wird irgendein Gas freigesetzt.«

Sie lachte. »O nein, Gefahr gibt's dabei überhaupt keine. Höchstens eine Schweinerei, wenn man nicht aufpaßt. Schauen Sie. Ich habe hier schon einen Vorrat hergestellt.« Aus einer Ecke des Abzugs holte sie eine weiße Porzellanschale, in der sich ein kleines Häufchen gelben Pulvers befand. Sie gab ein klein wenig davon auf die Kacheln und drückte es mit einem anderen Glasstab flach. Das Pulver spritzte knisternd und knackend an die Glasseiten des Abzugs. Ein kleiner Teil landete auf Emilias Arm. »Das ist eigentlich nur ein Spaß«, bekannte sie lächelnd. »So ein Späßchen ab und zu hält das Interesse wach. Und um das zu erreichen, bin ich, ehrlich gesagt, zu fast allem bereit, Inspector.«

Sie zog die Hände aus dem Abzug, schloß die Glasscheibe, rieb sich die gelben Flecken mit einem Läppchen vom Arm und zog die weiten Ärmel ihrer Robe herunter.

»Ich habe gehört, man hat einen Strumpf von Matthew Whateley gefunden.« Sie sprach sachlich. »Bringt Sie das der Lösung etwas näher?«

Statt zu antworten, reichte Lynley ihr den braunen Umschlag, in dem er die Fotografien verstaut hatte. »Vielleicht«, sagte er.

Sie nahm den Umschlag, öffnete ihn und nahm den Inhalt heraus. »Ich hoffe nur –« begann sie und brach ab, als sie die Bilder sah. Mit ihnen in der Hand ging sie zu einem der Arbeitstische und setzte sich auf den hohen Hocker davor. In ihrem Gesicht arbeitete es, während sie die ersten Bilder ansah.

Clive Pritchard hatte ihnen offensichtlich die Wahrheit gesagt. »Gott, wie entsetzlich«, murmelte Emilia. Sie legte die Fotos mit der Front nach unten auf den Arbeitstisch und sah Lynley an. »Wo haben Sie die gefunden? Was haben sie mit mir ...«

»Einer der Schüler hat sie mir gegeben, Miss Bond. Er beobachtete, wie Sie sie am späten Samstagabend auf den Müllhaufen hinter dem Pförtnerhaus warfen.«

Emilia schob die Fotografien von sich weg. »Ach, so ist das. Hm. Nun haben Sie mich erwischt.« Sie wirkte wie ein Kind, das sich die größte Mühe gibt, eine Rolle zu spielen. »Sie sind scheußlich, nicht, aber ich hielt sie im Grunde für harmlos und wollte sie einfach schnellstens verschwinden lassen, ohne daß jemand etwas merkt. Ich nahm sie einem meiner Schüler ab, einem Jungen aus der Oberstufe.« Sie hakte die Füße um die Beine des Hockers, als brauche sie Halt. »Ich hätte ihn melden sollen. Das ist mir klar. Aber ich habe ein ernstes Gespräch mit ihm geführt – sehr ernst –, und es war ihm sehr peinlich. Am Ende habe ich ihm versprochen, ich würde sie verschwinden lassen. Ich hatte ja keine Ahnung –«

»Sie sind keine gute Lügnerin, Miss Bond«, unterbrach Lynley. »Es gibt Leute, die hervorragend lügen. Sie gehören, das sei zu Ihrer Ehre gesagt, nicht dazu.«

»Lügen?«

»Sie haben einen roten Kopf. Sie haben angefangen zu schwitzen. Wahrscheinlich haben Sie auch starkes Herzklopfen. Warum sagen Sie uns nicht die Wahrheit?«

»Aber das tue ich doch.«

»Sie hätten ihn melden sollen. Sie haben ein ernstes Gespräch mit ihm geführt. Es war ihm sehr peinlich. Sie versprachen, die Bilder verschwinden zu lassen. Das alles wird wahr sein. Aber ich glaube nicht, daß Sie für einen Schüler mitten in der Nacht auf den Müllplatz hinausgehen würden. Für einen Kollegen – für einen Geliebten vielleicht –«

Sie zuckte zusammen. »Das alles hat mit Matthew Whateley überhaupt nichts zu tun. Wirklich. Ich weiß es.«

»Es kann ja sein, daß Sie recht haben«, erwiderte Lynley. »Aber solange ich nicht die Wahrheit weiß, kann ich das nicht beurteilen.«

»Er hat es – er könnte niemals –«

»John Corntel?«

Sie hob die Hände und preßte sie wie in flehender Gebärde zusammen, ehe sie sie in den Schoß sinken ließ.

»Er sagte mir, daß Sie Freitag abend bei ihm waren, Miss Bond. Und am Samstag auch. Er sagte, Sie hätten miteinander schlafen wollen, aber es hätte nicht geklappt.«

Ihr Gesicht brannte. Sie blickte zu Boden. »Das hat er Ihnen erzählt?« fragte sie leise.

»Soweit ich mich erinnere, gebrauchte er das Wort ›katastrophal‹«, fügte Lynley hinzu.

»Nein. So war es nicht. Jedenfalls nicht am Anfang.«

Sie hob den Kopf und schaute zum Fenster hinaus, wo

Wolken sich vor der Sonne zusammengezogen hatten. Das Licht war grau. Das Rosettenfenster der Kapelle drüben, auf der anderen Seite des Fußwegs, wirkte stumpf und glanzlos.

»Das Ende war katastrophal«, sagte Emilia. »Aber das Zusammensein mit ihm nicht. Jedenfalls fand ich das nicht.«

»Dann haben Sie die Fotos wohl hinterher entdeckt«, meinte Lynley.

»Sie sind sehr scharfsichtig, nicht wahr? Machen Sie immer Gedankensprünge dieser Art oder lieben Sie nur das Risiko?« Sie wartete nicht auf seine Antwort. »Ich will es mal ganz nüchtern ausdrücken. Ich hatte John schon eine ganze Weile im Auge. Ich war – was ist das übelste Wort dafür? – ich war hinter ihm her. Ich hatte bei Männern nie viel Erfolg. Sie sahen immer nur die Schwester in mir. Freundlicher Händedruck und ab mit dir, so in der Art. Aber mit John war es anders. Wenigstens glaubte ich, es könnte anders sein.«

»So hat er es auch geschildert.«

»Ja? Dann wissen Sie ja die Wahrheit. Das, was sich im vergangenen Jahr zwischen uns entwickelt hat, war etwas Besonderes. Es war Freundschaft, aber es war mehr. Können Sie sich das zwischen einer Frau und einem Mann vorstellen? Wissen Sie, was ich meine?«

»Ja.«

Sie sah ihn neugierig an, wie aufmerksam gemacht durch die Art, wie er das eine Wort ausgesprochen hatte. »Ja, vielleicht wissen Sie es wirklich. Aber ich konnte mich mit einer rein geistigen Freundschaft, mit einer Art Seelenverwandtschaft, nicht begnügen. Ich bin schließlich eine Frau aus Fleisch und Blut. Ich begehrte John. Und am letzten Freitag abend hatte ich es endlich geschafft. Wir schliefen miteinander. Ich will gern zugeben, daß es anfangs ein bißchen schwierig war. Ich dachte zuerst, es läge an mir, an meiner Unerfahrenheit. Ich hatte seit mehreren Jahren nicht mehr...« Sie rieb an einem Fleck am Ärmel ihrer Robe. »Aber es war trotzdem gut. Es war das, was ich mir gewünscht hatte, Nähe. Hinterher waren wir dann in seinem Arbeitszimmer. Ich hatte seinen Morgenrock an, und wir redeten und lachten darüber, wie komisch ich in dem Ding aussah. Ich stand am Bücherregal. Ich fühlte mich das erste Mal so richtig ungezwungen, ich hatte das Gefühl, ich könnte endlich ganz ich selbst sein. Ich weiß noch, daß ich sagte, ich wäre froh, daß er seinen Intellekt im Arbeitszimmer gelassen hätte, als wir ins Schlafzimmer gingen – irgendwas in dieser Art, Sie wissen schon, einfach weil mir so leicht zumute war. Ich zog eines der Bücher aus dem Regal. Er sagte: ›Das nicht, Em‹, aber es war schon zu spät. Ich hatte es schon aufgeschlagen. Er hatte es ausgehöhlt – genau wie ein Schuljunge, der was Verbotenes tut –, und drinnen waren die Fotos. Die dort.« Sie wies auf die Bilder.

»Und Sie haben sie mitgenommen?«

»Zuerst nicht. Ich bin wahrscheinlich total naiv. Ich dachte, jemand hätte die Fotos in Johns Arbeitszimmer geschmuggelt, um ihm zu schaden, um ihn an der Schule unmöglich zu machen. Ich weiß noch, daß ich sagte: ›Mein Gott, John, wer kann die dir ins Zimmer gelegt haben?‹ Aber dann erkannte ich, daß sie ihm gehörten. Ich sah es an seinem Gesichtsausdruck. Er konnte es nicht vor mir verbergen, und die Bilder selbst waren – man sieht ja, daß sie überall voller Fingerabdrücke sind, als hätte jemand sie sich gründlich angesehen – lange und gründlich... Als hätte jemand –« Sie brach ab, senkte den Blick, räusperte sich – »als hätte jemand sie gestreichelt, sich liebevoll mit ihnen befaßt.«

»Und wie rechtfertigte John den Besitz der Fotos?«

»Er sagte, sie seien Quellenmaterial für einen Roman,

den er schreiben wollte. Es sollte die Geschichte über ein Kind werden, das einem Pornographieproduzenten in die Hände fällt, und dessen ganzes Leben dadurch zerstört wird. Fiktion auf der Grundlage von Tatsachen, sagte er.«

»Sie glaubten ihm nicht?«

»Doch, zuerst schon. Ich wußte, daß er schon lange vorhat, einen Roman zu schreiben. Aber selbst wenn ich das nicht gewußt hätte, hätte ich ihm geglaubt, weil ich ihm glauben wollte. Ich mußte ihm glauben. Etwas anderes wollte ich nicht sehen, schon gar nicht das, was die Bilder über ihn aussagten.«

»Über seine Sexualität?«

»Das und –« Ihr Gesicht verriet ihre Qual. »Er fotografiert – Landschaften, Menschen. Aber er hängt die Fotos nicht auf, weil er sie nicht gut genug findet. Aber sie sind gut. Wirklich. Es ist ein Hobby von ihm. Nur ein Hobby. Das sagte ich mir seit Freitag abend. Ich kann immer noch nicht daran denken – ich will nicht glauben ...« Hastig tupfte sie sich die Augen mit dem Ärmel ihrer Robe.

Lynley erkannte, welchen Bogen sie schlug. »Sie wollen nicht glauben, daß er selbst diese Aufnahmen gemacht hat«, sagte er und war sich dabei bewußt, daß er selbst das auch nicht glauben wollte. »Ist es das, was Sie denken?«

»Ich kann nicht. Es ist auch so schlimm genug. Ich kann das nicht glauben.«

»Denn wenn Sie es glauben, dann wäre logischerweise der nächste Gedanke ...«

»Er hat Matthew nichts getan. Nein!« Emilia zog das Läppchen heraus, mit dem sie sich vorher die Arme gesäubert hatte, und wischte sich damit über das Gesicht, ohne daran zu denken, daß es mit dem Ammoniumtri-Iod verschmiert war. Als sie es wegzog, war ihre Haut fleckig gelb.

»Was passierte, nachdem Sie und John sich wegen der Bilder ausgesprochen hatten?«

Sie erzählte ihnen den Rest ohne Zögern. Sie war kurz nach Mitternacht in ihre Räume in Galatea zurückgekehrt. Die Fotos hatte sie bei John Corntel zurückgelassen, aber der Gedanke an die Gefahr, die sie für seinen persönlichen Ruf und seine Karriere darstellten, ließ ihr die ganze Nacht keine Ruhe. Am folgenden Abend war sie noch einmal zu John Corntel gegangen, um die Fotos zu holen. Sie hatte darauf bestanden, sie sofort zu vernichten.

»Und er hat sie Ihnen ohne Protest gegeben?« fragte Lynley.

»Sie können sich vielleicht vorstellen, wie sehr er sich geschämt hat. Ich sagte, ich würde sie für ihn vernichten, ich müßte sie für ihn vernichten. Und er war damit einverstanden.«

»Wie lange waren Sie bei ihm?«

»Zehn Minuten höchstens.«

»Um welche Zeit war das?«

»Am frühen Abend. Vielleicht gegen sieben. Genau kann ich es nicht sagen.«

Lynley fragte, warum sie mit der Vernichtung der Fotos so lange gewartet habe, vom frühen Abend bis nach Mitternacht.

»Ich wollte nicht gesehen werden«, erklärte sie.

An dieser Stelle schaltete sich Barbara ein. »Warum haben Sie sie dann überhaupt zum Müllhaufen gebracht? Warum haben Sie sie nicht auf andere Weise beseitigt?«

»Das wollte ich ursprünglich tun«, antwortete Emilia. »Aber wenn ich sie einfach weggeworfen hätte, dann hätte man sie vielleicht im Abfall gefunden. Und selbst wenn ich sie zerrissen hätte, wäre jemand, der die Fetzen gefunden hätte, bestimmt neugierig geworden. Mir war klar, daß ich sie verbrennen mußte. Aber ich konnte nicht riskieren, das im Haus zu tun, wo mich womöglich Cowfrey Pitt ertappt hätte. Oder eines der Mädchen. Darum trug ich sie schließlich zum Müllplatz hinaus. Ich dachte, das wäre der beste Ort, um sie loszuwerden.«

»Aber warum haben Sie dann nicht gewartet, bis sie ganz verbrannt waren?« fragte Barbara.

»Weil ich ein Auto kommen hörte – ich nehme an, es war einer der Kleinbusse. Ich wollte auf keinen Fall von Frank Orten gesehen und gefragt werden, was ich da verbrenne. Darum warf ich sie rasch auf den Abfallhaufen, zündete sie an und lief weg.«

»Um welche Zeit war das?« fragte Lynley.

»Ich weiß nicht genau. Es muß nach drei gewesen sein. Vielleicht Viertel nach? Ich weiß nicht.« Sie faltete das Läppchen zu einem winzigen Quadrat, glättete jedes Fältchen und machte sich dabei die Finger ganz gelb. »Es war mir so wichtig, nicht ertappt zu werden. Auch um meinetwillen, das gebe ich zu. Aber vor allem Johns wegen. Ich dachte, wenn ich nur dies eine für ihn tun könnte – wenn ich ihm so meine Liebe beweisen könnte. Ich lief davon, als ich den Wagen hörte. Ich glaubte, ich wäre davongekommen. Aber ich habe mich getäuscht, nicht wahr? Jemand hat mich gesehen. Sie sagten, es sei ein Schüler gewesen...« Ihre Stimme verklang. Hastig hob sie die Augen. »Ein Schüler? Ein Schüler hatte den Kleinbus genommen?«

Letzten Endes war sie nicht anders als Lockwood, dachte Lynley. War ein Schüler der Schuldige, so war John Corntel sicher. Matthew Whateley vergaßen sie alle in ihrer Eile, beschäftigt, die Schuld dorthin abzuwälzen, wo sie das eigene Leben am wenigsten berührte.

Lynley und Barbara standen am Rand des Fußwegs zwischen dem naturwissenschaftlichen Gebäude und dem Haus Kalchas. Überall rundherum kamen die Schüler aus den Unterrichtsräumen und machten sich auf den Weg zum Mittagessen. Lynley bemerkte, wie sie vermieden, ihn und Havers anzusehen, wie ihre Gespräche versiegten, wenn sie an ihnen vorüberkamen.

»Er könnte es gewesen sein«, meinte Barbara nachdenklich. Sie starrte zum Haus Erebos hinüber. »Wir wissen, daß nicht Frank Orten im Kleinbus saß. Er war in seinem Haus, nicht wahr?«

»Wenn man ihm glauben kann«, antwortete Lynley. »Elaine Roly behauptete, er hätte in der Nacht seine Tochter ins Krankenhaus gebracht.«

Barbara machte sich eine Notiz. »Ich werd das mal nachprüfen.« Sie kaute auf dem Ende ihres Bleistifts. »Wenn es Corntel getan hat, wäre er bestimmt so schlau gewesen, nicht seinen eigenen Wagen für den Transport nach Stoke Poges zu benützen. Er hätte garantiert gewußt, daß immer belastende Spuren zurückbleiben. Braucht ja nur ein Fussel zu sein, oder ein Haar. Irgendwas. Also wird er sich aus dem Pförtnerbüro die Wagenschlüssel genommen haben und mit dem Bus gefahren sein und danach dafür gesorgt haben, daß keine Fingerabdrücke von ihm zurückgeblieben waren.«

Lynley konnte nicht leugnen, daß das sehr plausibel klang.

»Wir haben, soweit ich sehen kann, zwei klare Motive. Clive Pritchard hat eines.«

»Und John Corntel das andere?«

Lynley nickte. »Wir kommen an den Fotografien nicht vorbei.«

»Ein bißchen Ringelpiez mit Matthew und hoppla, schon ist er tot?« fragte Barbara roh.

»Vielleicht ein Unfall.«

»Die Schlinge ein bißchen zu eng? Der Strom ein bißchen zu stark?«

Lynley wurde übel bei diesen Bildern. Er schüttelte den Ekel ab und holte seine Wagenschlüssel aus der Tasche.

»Fahren Sie nach Cissbury, Sergeant.« Er reichte Barbara die Schlüssel. »Sehen Sie, ob jemand Clive Pritchards Geschichte bestätigen kann.«

»Und Sie, Inspector?« fragte sie.

»Ich spreche mit John Corntel.«

Gerade als Lynley um die Kapelle herumkam, hielt ein Wagen der Polizei von Horsham auf dem Parkplatz. Drei Männer von der Spurensicherung stiegen aus, mit Taschen und Geräten gerüstet. Alan Lockwood kam gleichzeitig mit Lynley beim Wagen an.

Der Arbeitsplan war einfach. Zunächst würde sich das Team die Mansarde über dem Trockenraum in Kalchas vornehmen, danach die Minibusse der Schule aufs genaueste untersuchen. Lockwood erbot sich, ihnen den Weg zu zeigen.

Nachdem die kleine Gruppe in Richtung Kalchas davongegangen war, betrat Lynley wieder das Hauptgebäude der Schule, überquerte den Vorplatz und gelangte in den Innenhof. Er ging am Standbild Heinrichs VII. vorüber, dessen steinerne Züge selbstzufrieden von Sieg sprachen, der auf Kosten von Verrat errungen worden war. Der Gedanke an diesen Sieg und die Akte des Verrates, die ihn ermöglicht hatten, veranlaßte Lynley, einen Moment innezuhalten und über seine frühere Verbindung mit John Corntel nachzudenken. Die Tradition verlangte Loyalität von ihm, während auf Verrat unweigerlich Reue folgen würde. War nicht das die Lektion, die die Männer gelernt hatten, die ihren gesalbten König auf dem Schlachtfeld verraten hatten? Ihr Gewinn war eine flüchtige Bagatelle gewesen. Ihr Verlust unendlich.

Lynley betrachtete sein gegenwärtiges Dilemma mit einem gewissen Maß spöttischer Erheiterung. Wie einfach war es, von einem Achtzehnjährigen wie Chas Quilter zu erwarten und zu verlangen, die Fesseln der Konvention abzuwerfen und Anklage gegen einen Mitschüler zu erheben. Drehte man aber den Spieß um, dann sah man, wie schwierig es war, von sich selbst dieses gleiche Maß moralischer Aufrichtigkeit zu verlangen.

Lynley wußte nicht, wie er das Gespräch mit seinem alten Schulkameraden beginnen sollte, wie er ihn auf eine zweifellos krankhafte Neigung ansprechen sollte, für die er kein Verständnis aufbringen konnte, die nur Abscheu bei ihm auslöste. Eine taktvolle Einleitung schien es nicht zu geben.

Als er sich resigniert vom Fenster abwandte, fiel sein Blick auf die Tafel, die mit einer Reihe von Stichworten beschrieben war. »Ironischer Bezug auf Mitleid und Erbarmen«; »Tochter gegen Geld«; »Preis der Feindschaft«; »realistische Gründe zur Klage«; »Wiederholung der Blutmetaphern«. Oben an die Tafel hatte Corntel geschrieben:

»Die Bosheit, die ihr mich lehrt, die will ich ausüben ...«

»Kaufmann von Venedig?« fragte Lynley.

»Ja.« Corntel, der bisher an der Tür gestanden hatte, trat ins Zimmer hinein. Die Bänke waren hufeisenförmig angeordnet, und er blieb neben einer von ihnen stehen, als warte er auf die Erlaubnis, sich zu setzen. »Ich hatte immer eine Vorliebe für das Stück. Die köstliche Heuchelei Portias. Wie sie so beredt von Erbarmen spricht und selbst keines kennt.«

Es war der Einstieg, den Lynley brauchte. »Ist das vielleicht auch ein Motiv in deinem Leben?« Er ging zu Corntel und gab ihm den Umschlag.

Offensichtlich um Leichtigkeit bemüht, fragte Corntel: »Was ist das, Tommy?«

»Mach es auf.«

Corntel setzte zum Sprechen an, während er den Umschlag öffnete, aber was immer er hatte sagen wollen, wurde zu nichts, als er die Fotografien sah. Wie vorher Emilia Bond, zog er sich einen Stuhl heraus. Aber im Gegensatz zu ihr versuchte er keine Ausflüchte.

Er wirkte völlig demoralisiert. »Sie hat sie dir gegeben«, sagte er. »Sie hat sie dir gegeben...«

Lynley war froh, ihm wenigstens diesen Schmerz ersparen zu können. »Nein. Ein Schüler beobachtete sie, wie sie die Fotos am letzten Samstag nachts verbrennen wollte. Er hat sie mir gegeben. Sie versuchte zu leugnen, daß sie dir gehören.«

»Sie kann nicht lügen, nicht wahr? Nein, das kann sie nicht.«

»Nein. Und es gereicht ihr zur Ehre.«

Corntel sah nicht von den Bildern auf.

»Kannst du mir erklären, was die Fotos zu bedeuten haben, John? Du wirst doch wissen, wie es wirken muß, wenn du so etwas in deinem Besitz hast.«

»Natürlich. Ich als Lehrer, der täglich mit Kindern zu tun hat! Und dann noch unter den gegebenen Umständen.« Er hob den Kopf nicht, sondern sah langsam die Bilder durch, während er sprach. »Ich wollte immer schreiben, Tommy. Ist das nicht der Traum jedes Englischlehrers? Sagen wir nicht alle, wir könnten ein Buch schreiben, wenn wir nur die Zeit hätten oder die Disziplin oder die Energie? Und das hier – diese Bilder – war der erste Schritt.«

Er sprach leise und mit einer Innigkeit wie nach dem Liebesakt und sah dabei weiter die Bilder durch.

»Ich habe absichtlich ein sensationelles Thema gewählt. Weil so etwas sich leichter verkaufen läßt. Irgendwie muß man ja anfangen, und so furchtbar unredlich schien es mir nicht, auf diese Weise den Anfang zu machen. Mir ist klar, daß bei einem solchen Projekt von künstlerischer Integrität kaum die Rede sein kann. Aber ich wollte einfach erst einmal den Fuß in die Tür bekommen.« Seine Worte kamen immer schleppender, fast als stünde er unter Hypnose. »Und dann hätte ich weitermachen können. Ich hätte schreiben können nach meiner Lust. Ja, nach meiner Lust. Denn das ist es doch, was gutes Schreiben ist. Ein Akt der Lust. Ein Akt der Leidenschaft. Eine Art der Ekstase, von der andere nur träumen können, von der sie nicht einmal wissen, daß es sie gibt. Und diese Bilder – diese Bilder ...«

Corntel zeichnete die Körperformen eines der nackten Kinder nach. Sein Finger glitt zu dem Körper des erregten Mannes, spielte über den muskulösen Schenkel zu den Lenden, über die Brust zum Mund hinauf. Er nahm das nächste Bild und verfuhr auf ähnliche Art, verweilte mit einem träumerischen Lächeln bei der unnatürlichen Paarung.

Lynley beobachtete ihn schweigend. Er hätte, selbst wenn er etwas hätte sagen wollen, keine Worte gefunden. Corntel mochte sich mit seiner Absicht, den großen Roman zu schreiben, selbst etwas vorgemacht haben. Aber die Wahrheit zeigte sich im Ton seiner Stimme, in der Art, wie er sich mit der Zunge immer wieder über die Lippen fuhr. Eine Welle des Ekels erfaßte Lynley. Und dann folgte tiefes Mitleid.

Corntel schien sich seiner plötzlich bewußt zu werden. Er hob den Kopf und sah, daß Lynley ihn beobachtete. Hastig ließ er die Bilder fallen.

»O Gott«, flüsterte er.

Jetzt konnte Lynley wieder sprechen. »Ein kleiner Junge ist ermordet worden, John. Ein Junge, der nicht viel älter war als die Kinder auf diesen Bildern. Er wurde gefesselt. Er wurde gefoltert. Er wurde – weiß Gott, was noch.«

Corntel stand auf und ging zum Fenster. Der Blick ins Freie schien ihm neuen Mut zu geben. »Ich fing auf einer Fahrt nach London an, die Bilder zu sammeln«, sagte er, sich umdrehend. »Als ich das erste Mal eines sah – in der Abteilung einer Buchhandlung für Erwachsene in Soho –, war ich entsetzt. Aber auch fasziniert. Und angezogen. Ich kaufte es. Und dann weitere. Anfangs nahm ich sie nur in den Ferien heraus, wenn ich nicht in der Schule war. Dann erlaubte ich mir einen Abend im Monat in meinem Arbeitszimmer. Das erschien mir nicht so schlimm. Dann einen Abend pro Woche. Und schließlich sah ich sie mir beinahe jeden Abend an. Ich freute mich darauf. Ich –« Er sah wieder zum Fenster hinaus. »Ich schenkte mir ein Glas Wein ein und – und zündete Kerzen an – ich stellte mir vor ... Was ich dir zuerst erzählt habe, ist nicht soweit von der Wahrheit entfernt. Ich sponn Geschichten um die Bilder. Ich gab den Jungen Namen. Nur den Jungen. Den Männern nicht.«

Er ging zu den Bildern zurück. »Dieser Junge hieß Stephen«, sagte er und wies auf ein Kind, das geknebelt an ein altmodisches Messingbett gefesselt war. »Und das – das war Colin. Und den hier nannte ich Paul. Und Guy. Und William.« Er nahm das nächste Foto auf, stockte und sagte dann: »Und den hier, den nannte ich John.«

Es war das einzige Foto, auf dem zwei Erwachsene dargestellt waren, die ein ohnmächtiges Kind mißbrauchten. Obwohl Lynley es schon gesehen hatte, konnte er sich der bedrückenden Wirkung von Corntels letzten Worten und ihrer tieferen Bedeutung nicht entziehen.

»John«, sagte er, »du brauchst –«

»Hilfe?« Corntel lächelte. »Das ist für Leute, die ihr Leiden nicht kennen. Ich kenne das meine, Tommy. Ich habe es immer gekannt. Es äußert sich überall in meinem Leben. Mein Leben lang habe ich immer nur Kraft weitergegeben – an meinen Vater, an meine Mutter, meine Schulkameraden, meine Vorgesetzten. Niemals bin ich selbst aktiv geworden. Ich bin unfähig dazu.« Corntel legte die Bilder weg. »Selbst in der Beziehung zu Emilia.«

»Ihre Geschichte vom Freitag abend deckt sich nicht mit deiner, John.«

»Nein. Natürlich nicht. Ich bin – Tommy, ich mußte dir doch irgend etwas sagen. Ich wußte, du würdest früher oder später erfahren, wie außer sich sie war, als sie am Freitag abend von mir wegging, darum erfand ich einen Grund. Impotenz erschien mir – ich hatte doch keine andere Wahl. Und was spielt es schon für eine Rolle? Was ich dir gesagt habe, war der Wahrheit so nahe wie – soll ich es dir jetzt sagen? Es war – wir schafften es. Mit knapper Not. Sie war sehr rücksichtsvoll.«

»So wie sie es mir erzählte, hatte ich nicht den Eindruck, daß es mit Rücksicht etwas zu tun hatte.«

»Nein, das glaube ich nicht. Das ist nicht ihre Art. Sie ist ein guter Mensch, Tommy. Als sie sah, wie schwierig es – alles für mich war, übernahm sie gewissermaßen die Führung. Und ich ließ es zu. Ich überließ alles ihr. Und als sie Samstag abend wiederkam und nach den Fotos fragte, besser gesagt, sie verlangte, da gab ich ihr auch die. Wie ein braver Junge. Ich bin kein Mann. Ich bin überhaupt nichts.«

Lynley hatte hundert Fragen an Corntel. Mehr als alles andere hätte er verstehen wollen, wie ein junger Mann, der eine so glänzende Zukunft vor sich gehabt hatte, sich zu dem hatte entwickeln können, den er jetzt vor sich sah. Er hätte gern verstanden, was es war, das eine Welt verzerrter Phantasie anziehender machte als eine lebendige Beziehung zu einem anderen Menschen. Einen Teil der Antwort wußte er. Das Leben in der Phantasie bot Sicherheit, ganz gleich, wie abartig es war. Es barg keinerlei Risiko in sich. Man mußte sich niemals wirklich einlassen und darum konnte man niemals wirklich verletzt, in der Seele getroffen werden. Aber der Rest der Antwort blieb in Corntel verschlossen, vielleicht sogar ihm selbst unerklärlich.

Er hatte das Bedürfnis, dem alten Schulfreund irgendwie Trost zu spenden, seine Scham darüber, sich so entblößt zu sehen, zu mindern. Er sagte: »Emilia liebt dich.«

Corntel schüttelte den Kopf. Er sammelte die Bilder ein und schob sie wieder in den Umschlag, um ihn Lynley zurückzugeben. »Sie liebt das Bild von John Corntel, das sie sich geschaffen hat. Den wahren Menschen kennt sie nicht einmal.«

Sehr langsam ging Lynley die Treppe hinunter, in Gedanken noch immer bei seinem Gespräch mit John Corntel. Er hatte das Gefühl, in den vergangenen drei Tagen Zuschauer eines Dramas geworden zu sein, in dem sich Corntel wie durch Nebelschleier in immer wechselnden Rollen zeigte.

Lynley war sich völlig bewußt, daß er nicht imstande war, die persönlichen Dinge, die in seine Beziehung zu Corntel mit hereinspielten, einfach zu ignorieren. Sie waren ein Stück Wegs gemeinsam gegangen. Die Verbundenheit durch die gemeinsame Schulzeit würde immer bestehen bleiben.

Lynley klemmte den Umschlag mit den Fotografien fester unter den Arm. Er mußte sich entscheiden. Aber er konnte es nicht.

»Inspector!« Alan Lockwood wartete am Fuß der Treppe. »Kann ich heute nachmittag mit einer Verhaftung rechnen?«

»Wenn die Spurensicherung –«

»Zum Teufel mit der Spurensicherung! Ich möchte Clive Pritchard endlich loshaben. Heute abend tritt der Verwaltungsrat zusammen. Ich möchte, daß die Sache aufgeklärt ist, bevor die Mitglieder eintreffen. Weiß der Himmel, wann hier ein Angehöriger Pritchards erscheinen wird, um ihn zu holen. Solange möchte ich ihn auf keinen Fall hier behalten. Das werden Sie wohl verstehen.«

»Durchaus«, antwortete Lynley. »Leider haben wir bis jetzt nicht mehr gegen ihn als eine Tonbandaufnahme, auf der seine Stimme zu erkennen ist. Wir haben keinen einzigen Beweis dafür, daß er Matthew Whateley etwas angetan hat, und selbst Harry Morant ist nicht bereit, den Namen des Jungen zu nennen, der ihn mißhandelt hat. Ich kann Pritchard allein daraufhin, daß Chas Quilter seine Stimme erkannt hat, nicht verhaften, Mr. Lockwood. Ich kann Ihnen nur raten, gut auf ihn aufzupassen.«

»Gut auf ihn aufpassen!« zischte Lockwood wütend. »Sie wissen genau, daß er den Jungen umgebracht hat.«

»Ich weiß nichts dergleichen. Wenn ich einen Menschen festnehme, verlasse ich mich auf Beweise, nicht auf Intuition.«

»Sie bringen sechshundert Schüler in Gefahr, ist Ihnen das eigentlich klar? Wenn Sie diesen Burschen nicht aus der Schule entfernen, kann weiß Gott was passieren. Ich übernehme keinerlei Verantwortung –«

»Sie sind aber verantwortlich«, unterbrach Lynley. »Daran ist nicht zu rütteln. Aber Clive weiß, daß er unter Verdacht steht. Er wird unter diesen Umständen sicher nichts wagen. Zumal er offenbar glaubt, wir hätten bisher nichts in der Hand, um zwischen ihm und Matthew Whateley eine Verbindung herzustellen.«

»Und was soll ich Ihrer Meinung nach mit ihm tun, bis Sie soweit sind, daß Sie ihn verhaften können?«

»Ich schlage vor, Sie stellen ihn unter Stubenarrest und postieren jemanden vor seinem Zimmer, der darauf achtet, daß er es nicht verläßt.«

»Und das soll ausreichen?« fragte Lockwood. »Er ist ein Mörder! Das wissen Sie doch.« Lockwood wies auf den Umschlag unter Lynleys Arm. »Und diese Dinger da? Was haben Ihre Nachforschungen über die Bilder erbracht, Inspector?«

Nun war die Entscheidung doch ganz leicht.

»Miss Bond fand sie in ihrem Klassenzimmer«, antwortete er. »Offenbar hatte ein Schüler sie liegenlassen. Sie konnte nicht sagen, wer es war. Sie hielt es für das Beste, sie zu verbrennen.«

Lockwood schnaubte befriedigt. »Na, wenigstens gibt es noch ein paar Leute, die ihren Verstand gebrauchen.«

Es fing wieder zu regnen an, als Barbara Lynleys Bentley vor der Kapelle anhielt. Sie trat so hart auf die Bremse, daß der Wagen schleuderte und mit dem Heck die kahlen Äste eines Hortensienbusches streifte. Lynley zuckte zusammen wie unter einem Schlag.

Mit einer Tüte Chips in der Hand stieg sie aus und wischte sich die Krümel vom Pullover.

»Das ist mein Mittagessen«, erklärte sie, als Lynley ihr entgegenkam. »Zwei Beutel Chips und ein Glas Bitter Lemon. Ich sollte Härtezulage kriegen.« Sie knallte die Wagentür zu. »Das ist ja ein fürchterliches Monstrum, Inspector. Da hat kaum noch ein anderer Platz auf der Straße. In Cissbury hätte ich beinahe eine Telefonzelle mitgenommen, und gleich hinter der Schule hab ich einen alten Meilenstein gerammt. Wenigstens glaub ich, daß es einer war. Nichts Lebendiges jedenfalls.«

»Sehr tröstlich«, sagte Lynley und holte seinen Schirm vom Rücksitz. »Und was haben Sie in Cissbury erfahren?«

Im Schutz von Lynleys Schirm machten sie sich auf den Weg zum Haus Kalchas. In den Unterrichtsgebäuden läutete es zur nächsten Stunde. Einen Moment lang wimmelte es um sie herum von blau-gelb gekleideten Schülern, die im Regen an ihnen vorbeirannten. Barbara sprach erst, als der Fußweg wieder leer war.

»Soweit sich feststellen ließ, stimmt Clives Geschichte, Sir. Der Wirt vom *Sword and Garter* sah ihn am Samstag abend lang nach der Polizeistunde bei der Mülltonne. Er konnte nicht genau erkennen, was Clive dort trieb, aber, um seine

Worte zu gebrauchen: ›Ganz gleich, was es war, der Kleinen, mit der er's machte, schien's zu gefallen.‹«

»Ist bei der Mülltonne Licht?«

Barbara schüttelte den Kopf. »Und der Wirt konnte den Jungen, den er gesehen hat, auch nur ziemlich allgemein beschreiben, was Größe und Körperbau angeht. Das Mädchen kannte er nicht, konnte nichts über sie sagen. Mit anderen Worten, es muß nicht unbedingt Clive gewesen sein.«

»Es könnte auch ein anderer Junge aus der Schule gewesen sein«, stimmte Lynley zu.

Sie griff den Gedanken mit einem Enthusiasmus auf, der nahelegte, daß er ihr schon eine ganze Weile im Kopf herumging. »Es kann ein Junge gewesen sein, den Clive kannte. Er schlich sich Samstag abend davon, um im Dorf ein Mädchen zu treffen. Vielleicht gab er hinterher bei Clive mit seinem Abenteuer an und erzählte ihm Einzelheiten über die Begegnung bei der Mülltonne.«

Lynley sah, daß diese Theorie zwar verlockend war, aber wohl nicht zu halten. »Klingt gut«, sagte er, «aber wenn's hart auf hart geht, Havers, wird Clive uns, denke ich, auch den Namen des Mädchens sagen. Und sie wird seine Aussage bestätigen. Und dann stehen wir wieder da, wo wir angefangen haben. Wie spät war es, als der Wirt die beiden sah?«

»Kurz nach Mitternacht.« Barbaras Schritt wurde schleppend. »Aber irgendwas könnte an der Sache dran sein, Sir«, sagte sie nachdenklich. »Clive ist ein gewitzter Kerl. Das hat er bewiesen, als er uns die Fotos genau im richtigen Moment zum Fraß hinwarf. Ich könnte mir gut vorstellen, daß er nach Cissbury gefahren ist, um sich ein Alibi zu besorgen, und dann zurückkam, um Matthew Whateley zu verladen. Er behauptet, er hätte Emilia Bond gesehen, als er nach seinem Ausflug ins Dorf über die Mauer kletterte. Aber ebensogut kann er früher gekommen, mit dem Kleinbus nach Stoke Poges gefahren sein, die Leiche dort deponiert haben und erst danach, als er aus Stoke Poges zurückkam, Emilia Bond gesehen haben. Sie hat ihn ja schließlich nicht bemerkt. Wir haben nur sein Wort dafür, daß er sie sah, als er über die Mauer kletterte. Und wenn Frank Orten das Feuer erst gegen drei Uhr morgens entdeckte, blieb Clive Zeit genug, um alles zu erledigen.«

»Bißchen dünn, Havers.«

»Na ja, kann sein. Aber möglich wär's. Diesem Knaben trau ich alles zu. Wissen Sie, was ich glaube? Wir brauchen lediglich ein paar Indizien aus der Mansarde in Kalchas, ein bißchen was aus dem Kleinbus, und Clive Pritchard, dieses Herzchen, kriegt keinen Fuß mehr auf den Boden.«

Lynley runzelte die Stirn, ohne etwas zu sagen.

»Ich habe übrigens Jean Bonnamy im Dorf gesehen«, bemerkte Barbara. »Sie sah richtig schick aus. Als wäre sie mit jemandem zum Mittagessen verabredet.«

»Das macht sie doch wohl kaum verdächtig.«

»Nein, natürlich nicht. Aber wenn sie sich ein bißchen aufmotzt, sieht sie gar nicht übel aus. Schöne Haare, schöne Haut. Ich hab sie mir mal genauer angesehen, und ich frag mich, wie sie wohl vor vierzehn Jahren ausgesehen hat; wie sie wohl auf einen achtzehnjährigen Jungen gewirkt hat.«

»Edward Hsu.«

»Es wäre möglich, nicht wahr? Sie hat in Hongkong gelebt. Sie hat wie ihr Vater eine Vorliebe für alles Chinesische. Sie könnte Matthew Whateleys leibliche Mutter sein. Vielleicht hat sie ihn nie aus den Augen verloren, sondern seinen Werdegang verfolgt. Vielleicht hat sie sogar veranlaßt, daß gerade er von Bredgars Freiwilligen Helfern zu ihnen ins Haus geschickt wurde. Wir kennen Matthews leibliche Mutter nur aus Giles Byrnes Beschreibung, aber vielleicht war sie gar nicht so ein berechnendes, habgieriges Luder. Vielleicht war sie ganz anders.«

»Ihre Argumentation setzt voraus, daß Giles Byrne über Matthew Whateleys Geburt weit mehr weiß, daß er mit der ganzen Geschichte viel unmittelbarer zu tun hatte, als er uns glauben machen wollte.«

»Jean Bonnamy könnte durch Edward Hsu von Giles Byrne gewußt haben. Sie könnte ihn um Hilfe gebeten haben. Und jetzt lügt Byrne vielleicht das Blaue vom Himmel runter, um sie zu schützen.«

»Daß Byrne lügt, meinten wir doch von Anfang an«, bestätigte Lynley. »Vielleicht tut Constable Nkata in Exeter etwas auf.«

»Oder gar nichts«, fügte Barbara hinzu.

»Dann bringt uns das der Wahrheit näher.« Er öffnete die Tür zum Haus Kalchas. »Kommen Sie, schauen wir mal, was uns die Spurensicherung erzählen kann.«

Die Männer waren noch in der Mansarde über dem Trokkenraum an der Arbeit. Der Fotograf kletterte gerade, von einem zweiten Mann gefolgt, die Leiter herunter, als Lynley und Barbara kamen.

»Was gefunden?« fragte Lynley den zweiten Mann, der seinen Gerätekasten bei sich hatte. Oben begann ein Staubsauger zu heulen.

Der Beamte stellte seinen Kasten auf den Boden, kauerte davor nieder und sagte: »Mit der Sicherung der Fingerabdrücke sind wir gerade fertig geworden. Es sind Massen. Und Haare. Und Fasern. Das ist der reinste Müllhaufen da oben.«

»Wie lange wird es dauern, bis Sie –«

»Wir verfügen nicht über so einen Apparat wie New Scotland Yard, Inspector. Die Auswertung wird Wochen dauern. Schneller ist es nicht zu schaffen.«

Lynley, der wußte, mit welchem Widerstreben die Dienststelle Horsham ihre Fachleute an die Schule geschickt hatte, wählte seine Worte mit Bedacht. »Wir haben einen Schüler der Abschlußklasse in Verdacht. Wenn irgendwas dabei ist, was beweist, daß er und Matthew Whateley in der Mansarde waren ...«

Der Mann kratzte sich am Kopf. »Matthew Whateley war – wie alt?«

»Dreizehn.«

»Hm. Dann wird er wahrscheinlich nicht ...« Der Mann nahm den obersten Einsatz aus seinem Kasten und brachte drei Plastikbeutel zum Vorschein. »Das könnte von Ihrem Freund aus der Oberstufe stammen«, sagte er. »Ich kann mir nicht vorstellen, daß ein Dreizehnjähriger sie benützt hat, und ich kann nur hoffen, daß ein Erwachsener sich für seine Intimspiele eine etwas attraktivere Umgebung aussuchen würde. Sie gestatten, Sergeant? Ich weiß, das ist kein Anblick für eine Dame.«

Er hielt ihnen die Beutel vor die Gesichter. Jeder enthielt ein Kondom. Beim Sprechen schwang er die Beutel im Takt hin und her.

»Die alte Decke, die wir oben gefunden haben, ist schon eingepackt. Voller Flecken garantiert. Die Bude da oben scheint das reinste Puff gewesen zu sein.« Er grinste.

»Das war den Wandgemälden bereits zu entnehmen«, sagte Lynley trocken.

Barbara stand mit verschränkten Armen da, sichtlich entschlossen, den Bemühungen des Beamten, sie in Verlegenheit zu bringen, nicht nachzugeben. Sie war dergleichen gewöhnt.

Lynley zog sie in den Korridor hinaus.

»Das würde zu Clive passen, meinen Sie nicht?« sagte sie sofort.

Er nickte. »Die Mansarde da oben ist nicht viel anders als eine Mülltonne. Ich bezweifle allerdings, ob Clive sich die

Mühe gemacht hätte, für Verhütung zu sorgen, Havers. Ich glaube nicht, daß das seine Art ist.«

Barbaras Gesicht zeigte deutlich ihren Abscheu. »Es sei denn, das Mädchen hat darauf bestanden. Wobei ich mir nicht vorstellen kann, daß ein halbwegs normales Mädchen mit diesem Kerl überhaupt was zu tun haben will. Ehrlich gesagt, Inspector, ich krieg die Gänsehaut, wenn ich an diesen Burschen denke. Das Mädchen, das sich mit dem eingelassen hat, war bestimmt eine, die was für Ketten und Peitschen übrig hat. Das scheint doch Clives Stil zu sein.«

»Wenn wir sie finden, Havers, haben wir jemanden, der beweisen kann, daß Clive diesen Raum benützt hat.«

»Genau.« Barbara riß plötzlich die Augen auf. »Daphne!«

»Daphne?«

»Das Mädchen, das er in Cowfrey Pitts Deutschstunde so fertiggemacht hat. Wenn ich mich nicht ganz gewaltig täusche, ist sie genau die, die wir suchen. Die wird Clive mit Wonne die Daumenschrauben anlegen.«

Sie kehrten zum Verwaltungsgebäude auf der Ostseite des Gevierts zurück, um sich zu erkundigen, wo das Mädchen, das Clive Pritchard am Vortag belästigt hatte, um diese Zeit Unterricht hatte. Die Sekretärin hatte die Kurspläne sämtlicher Schüler in einer Akte auf dem Schreibtisch, aber anstatt sie durchzugehen, um Lynley die erbetene Information herauszusuchen, reichte sie ihm mit gespitzten Fingern einen Zettel, keinen Zweifel daran lassend, wie unerquicklich sie den direkten Kontakt mit der Polizei fand.

»Scotland Yard«, sagte sie kurz. »Sie möchten dort anrufen.« Als Lynley zu dem Telefon auf ihrem Schreibtisch blickte, fügte sie frostig hinzu: »Im Pförtnerbüro, wenn ich bitten darf.«

Frank Orten war nicht an seinem Platz, als sie in sein Büro

kamen, eine Tatsache, die Lynley mit Interesse zur Kenntnis nahm. An einem Brett hinter der Theke, die Ortens Arbeitsplatz vom Warteraum mit den drei Holzstühlen trennte, hingen Schlüssel aller Art. Während Lynley hinüberging, um sie sich anzusehen, blieb Barbara bei der Tür stehen.

»Die Schlüssel für die Kleinbusse?« fragte sie.

Lynley fand sie an einem Haken, der durch ein Etikett mit der Aufschrift »Fahrzeuge« gekennzeichnet war. Über jedem der Haken hing ein solches handgeschriebenes Schildchen mit den Namen der verschiedenen Gebäude und Wohnheime. Barbara hatte völlig recht gehabt mit ihrer Einschätzung der Sicherheit. Sie war ein Witz.

Während Lynley noch die Schlüssel musterte, trat Frank Orten ein, die Schirmmütze tief in die Stirn gezogen, die Uniform feucht vom Regen. Er blieb auf der Schwelle stehen und blickte fragend zu Lynley.

»Wie oft kommt es vor, daß Ihr Büro unbesetzt ist?« Lynley kam hinter der Theke hervor. »Würden Sie sagen, daß es ziemlich häufig der Fall ist?«

Orten ging zu seinem Schreibtisch, nahm seine Mütze ab und legte sie auf ein Bord neben einem Glasbehälter, der mit kleinen weißen und rosafarbenen Muscheln gefüllt war. »Nein, das würde ich nicht sagen«, erwiderte er.

»Einmal am Tag? Zweimal? Häufiger?«

Orten war verärgert. »Es gibt gewisse menschliche Bedürfnisse, Inspector. Sie lassen sich nicht vermeiden.«

»Und dann sperren Sie nicht ab?«

»Wegen drei Minuten?«

»Und diesmal?«

»Diesmal?«

Lynley zeigte auf die feuchte Uniform. »Sie waren draußen im Regen. Sie müssen doch zur Toilette gewiß nicht über den Hof gehen.«

Orten wandte sich seinem Schreibtisch zu, auf dem ein großer, schwarzer Ordner stand. Er schlug ihn auf. »Meine Enkel sind drüben bei Miss Roly in Erebos. Ich habe nach ihnen gesehen.«

»Ihre Tochter ist doch im Krankenhaus?«

»Ja.«

»In welchem?«

Orten drehte sich um. »Im St. John's. In Crawley.« Als er sah, daß Barbara sich eine Notiz machte, fragte er scharf: »Was soll das?«

»Einzelheiten sind wichtig, Mr. Orten«, antwortete Lynley. »Ich würde gern einmal telefonieren, wenn das geht.«

Orten schob Lynley mit unverhohlener Gereiztheit den Apparat über die Theke.

Lynley wählte und ließ sich mit Dorothea Harriman verbinden, wartete jedoch nicht darauf, was sie ihm mitzuteilen hatte, sondern fragte, sein früheres Gespräch mit Barbara Havers noch im Kopf: »Hat Constable Nkata sich schon gemeldet, Dee?«

Er hörte Papier rascheln und das Klappern einer Schreibmaschine.

»Sie haben wieder mal Glück«, sagte Harriman. »Er hat vor zwanzig Minuten aus Exeter angerufen.«

»Und?«

»Nichts.«

»Nichts?«

»Genauso drückte er sich aus. ›Sagen Sie dem Inspector, nichts.‹ Ich fand's ja ein bißchen frech, aber das ist eben seine Art.«

Lynley nahm sich nicht die Zeit, ihren irrigen Eindruck von der Nachricht des Constable zu korrigieren. Er verstand sie sehr genau. Nkatas Nachforschungen in Exeter bezüglich der Geburt von Matthew Whateley hatten bisher nichts erbracht. Barbara Havers' Ahnungen, daß Giles

Byrne sie belogen hatte, schienen sich als richtig zu erweisen.

»Die Dienststelle Slough«, fuhr Harriman fort, »hat sich gemeldet, und ich dachte, Sie würden die Information sofort haben wollen, Inspector. Die Autopsie ist abgeschlossen. Die Todesursache steht eindeutig fest.«

»Und?«

»Vergiftung.«

Genau wie Lynley vermutet hatte: ein Gift, das man Matthew Whateley eingegeben hatte, während er oben in der Mansarde eingesperrt und gefesselt gewesen war; ein Gift, das schnell gewirkt hatte; das für einen Schüler zugänglich gewesen war ...

Aber als Dorothea Harriman wieder sprach, zerstörte sie mit einem Wort sein ganzes schönes Gedankengebäude.

»Kohlenmonoxyd«, sagte sie.

20

Es war fast vier Uhr, als Inspector Canerone von der Polizeidienststelle Slough Lynley in sein Büro führte, einen bedrückend kleinen Raum, wo Metall und Kunststoff vorherrschten und der einzige Wandschmuck aus mehreren Generalstabskarten bestand. Ein elektrischer Teekessel stand zischend auf einem der drei Aktenschränke, daneben eine Sammlung von Beatrix-Potter-Porzellanfiguren.

»Die haben meinem Sohn gehört«, erklärte Canerone. »Ich hab's nicht geschafft, sie wegzuwerfen, als er mit meiner geschiedenen Frau wegging. Tee?« Er zog eine der Schubladen des Aktenschrankes auf und holte Teekanne, zwei Tassen mit Untertassen und eine Zuckerdose heraus. »Das hat sie mir auch dagelassen«, bemerkte er. »Milch hab ich leider keine. Ich hoffe, es macht Ihnen nichts aus.«

»Gar nicht.«

Canerone goß den Tee auf. Seine Bewegungen waren bedächtig, und er hielt immer wieder inne, als müsse er überlegen, um nur ja keinen peinlichen Schnitzer zu machen.

»Sie bearbeiten den Fall allein?« fragte er. »Das ist eigentlich nicht üblich bei der Metropolitan Police, nicht?«

»Ich habe eine Mitarbeiterin. Sie ist noch draußen an der Schule.«

Canerone stellte sorgfältig Teekanne, Tassen und Zukkerdose auf ein Tablett und trug alles zum Schreibtisch. »Sie vermuten, daß der Junge dort getötet wurde.« Es war weniger eine Frage als eine Feststellung.

»Das dachte ich ursprünglich, ja«, antwortete Lynley. »Jetzt bin ich nicht mehr so sicher. Das Kohlenmonoxid hat mich irre gemacht.«

Canerone zog die oberste Schublade seines Schreibtischs auf und entnahm ihr eine Packung Kekse. Er legte zwei Kekse auf jede Untertasse und schenkte den Tee ein. Nachdem er Lynley eine Tasse gereicht hatte, biß er in einen Keks und schlug dann einen Hefter auf, der vor ihm lag.

»Schauen wir mal, was wir da haben.« Er blies in seinen Tee und trank geräuschvoll einen Schluck.

»Im allgemeinen denkt man bei Kohlenmonoxid an Autos«, meinte Lynley. »Aber das Gas kann auch anderen Quellen entströmen als einem Auspuff.«

»Natürlich.« Canerone nickte. »Einer undichten Leitung oder einem defekten Kohleofen, wenn zum Beispiel ein Abzug verstopft ist.«

»Das heißt, man kann dem Gas auch in einem geschlossenen Raum in einem Gebäude ausgesetzt sein.«

»Natürlich«, sagte Canerone wieder. »Aber« – er wies auf seinen Bericht – »die Konzentration war hier sehr hoch, Inspector. Der Junge muß es also in großen Mengen eingeatmet haben. Und zwar in einem relativ kleinen Raum, würde ich sagen.«

»Der Raum, an den ich denke, ist sehr klein. Eine Mansarde direkt unter dem Dach. Über einem Trockenraum, durch den zahlreiche Leitungen gehen.«

»Gasleitungen?«

»Das weiß ich nicht genau. Vielleicht.«

»Dann wäre es eine Möglichkeit. Aber meiner Ansicht nach – nein. Wenn der Raum nicht wirklich winzig war, ist es ausgeschlossen. Jedenfalls bei dieser hohen Konzentration. Sie können ja noch einmal bei unseren Experten nachfragen, aber ich denke, sie werden mir da zustimmen.«

Lynley war sich bewußt, daß es ihm Schwierigkeiten bereitete, die alten Vorstellungen aufzugeben und sich auf die neue Situation einzustellen. »Könnte der Junge während des Transports in einem Fahrzeug gestorben sein?«

Dieser Gedankengang schien Canerone zu interessieren. »Das ist auf jeden Fall plausibler als der Raum. Wenn er geknebelt und gefesselt in einem Fahrzeug lag – vielleicht im Kofferraum – und der Fahrer nicht wußte, daß der Auspuff undicht war, und Gas in den Kofferraum gelangte... Ja, das ist eine Möglichkeit.«

»Und als der Fahrer seinen Bestimmungsort erreichte und entdeckte, daß der Junge tot war, warf er die Leiche auf das Feld neben dem Friedhof in Stoke Poges und machte sich aus dem Staub.«

Aber Canerone schüttelte den Kopf. Er schob das letzte Stück seines Kekses in den Mund. »Das ist unwahrscheinlich. Es wurde einwandfrei festgestellt, daß die Leiche erst ziemlich lange nach Eintritt des Todes auf den Friedhof gebracht wurde. Unser Mann schätzt bis zu vierundzwanzig Stunden.«

»Dann müßte Matthew einen ganzen Tag lang tot in dem Fahrzeug gelegen haben, ehe man ihn wegbrachte.«

»Riskante Sache«, meinte Canerone. »Es sei denn, der Mörder konnte ganz sicher sein, daß niemand in die Nähe seines Wagens kommen würde. Wie auch immer es gewesen sein mag, feststeht, daß der Junge nicht auf der kurzen Fahrt von der Schule zum Friedhof starb.« Nachdenklich trommelte er mit den Fingern auf den Bericht. »Vielleicht wollte der Mörder ihn ganz woanders hinbringen. Als er den Ort erreichte, sah er, daß der Junge tot war, verlor den Kopf, ließ den Wagen einfach stehen und brauchte vierundzwanzig Stunden, um sich einfallen zu lassen, wie er die Leiche loswerden konnte.«

»Indem er sie aus seinem eigenen Wagen in ein anderes Fahrzeug brachte? In einen Kleinbus vielleicht?«

»Tja, das wäre möglich«, stimmte Canerone zu. Er blätterte zur nächsten Seite seines Berichts und reichte Lynley ein Papier. »Sie erinnern sich der Fasern, die wir im Haar des Jungen gefunden haben? Wolle und Rayon. Was fällt Ihnen dabei ein?«

»Alles mögliche. Ein Kleidungsstück. Die Bodenmatte eines Autos.«

»Farbe Orange.« Canerone machte sich über seinen zweiten Keks her.

»Die Decke«, sagte Lynley.

Canerone hob fragend den Kopf. Lynley berichtete ihm von der Mansarde über dem Trockenraum und beschrieb ihm, was sie dort gefunden hatten. »Horsham hat die Decke zur Untersuchung mitgenommen.«

»Besorgen Sie uns ein Fetzchen davon. Mal sehen, ob die Fasern identisch sind.«

Daran hatte Lynley überhaupt keinen Zweifel. Durch die Fasern würde die Verbindung zwischen Matthew Whateley und der Decke hergestellt werden. Und damit würde sich nachweisen lassen, daß Matthew Whateley sich in der Mansarde aufgehalten hatte. Wenn Havers mit ihrem Gespräch mit Daphne Glück hatte, würde sich auch Clive Pritchard in der Mansarde plazieren lassen. Und dann würde der Kreis sich schließen, ganz gleich, was Clive über seine Aktivitäten am Samstag abend behauptete.

»... Analyse der Rückstände unter den Zehennägeln des Jungen sowie an Schultern und Gesäß«, sagte Canerone mitten in Lynleys Überlegungen hinein.

»Bitte?«

»Wir haben die Analyse fertig. Es handelt sich um Kaliumhydroxid, auch Ätzkali oder einfach Kali genannt.«

»Kali?«

»Merkwürdig, nicht?«

»Wie soll Matthew Whateley mit Kali in Berührung gekommen sein,«

»Wenn er irgendwo gewaltsam festgehalten wurde«, meinte Canerone, »kann es dort gewesen sein.«

Lynley ließ sich angesichts dieser neuen Information durch den Kopf gehen, was er über Bredgar Chambers wußte.

»Jeder Schuljunge weiß«, fuhr Canerone fort, »daß Ätzkali bei der Herstellung von Seifen und Reinigungsmitteln verwendet wird. Ich denke, der Raum, den Sie suchen, ist ein Lagerraum. Vielleicht ein Ort, wo die Reinigungsmittel aufbewahrt werden. Ein Schuppen. Irgendein Nebengebäude.« Canerone schenkte sich eine zweite Tasse Tee ein. »Es besteht aber auch die Möglichkeit, daß er im Kofferraum des Fahrzeugs, in dem er starb, mit dem Zeug in Berührung gekommen ist. Wenn das zutrifft, sollten Sie vielleicht nach einem Fahrzeug suchen, in dem Vorräte für die Schule befördert werden.«

Canerone sprach weiter, aber Lynley hörte nur noch mit halbem Ohr zu. Er war mit seinen Gedanken woanders. Er hielt sich die Informationen vor Augen, die er in der letzten Viertelstunde erhalten hatte, und mußte sich eingestehen, daß er möglicherweise mit Gewalt versuchte, die Tatsachen einer vorgefertigten Theorie anzupassen, anstatt die Fakten zu sammeln, und seine Theorie auf ihrer Grundlage aufzubauen. Es war immer ein Risiko, wenn man einen Fall bearbeitete, daß man die Distanz verlor, die objektive Sachlichkeit garantierte, noch ehe man alle Informationen beisammen hatte. Er hatte sich schon einmal auf diesen Irrweg locken lassen, gerade darum sah er jetzt seine Neigung, voreilige Schlüsse zu ziehen, ganz klar. Und ebenso erkannte er seinen Hang, sich bei der Interpretation der Fakten von Emotionen beeinflussen zu lassen, die ihren Ursprung in alter Freundschaft hatten. Gegen diese Tendenz mußte er sich wappnen und sich zwingen, jedes Indiz auf seine Beweiskraft zu prüfen.

Gefahr barg bei der Ermittlungsarbeit in einem Mordfall auch immer die Notwendigkeit schnellen Handelns. Je rascher es der Polizei gelang, die relevanten Fakten zusammenzutragen, desto wahrscheinlicher war es, daß es zu einer Festnahme kommen würde. Aber damit einher ging das Risiko, daß die Realität teilweise ausgeblendet wurde. Das Bestreben, einen Schuldigen zu finden, führte nicht selten zur unbewußten Unterdrückung einer Tatsache, die, hätte man sie beobachtet, in eine ganz andere Richtung gewiesen hätte. Auch darüber war sich Lynley im klaren. Und er sah, wie sich diese Faktoren auf die vorliegende Ermittlungsarbeit auswirkten.

Die Erkenntnis, daß Matthew Whateley an einer Kohlenmonoxidvergiftung gestorben war, hatte dem Fall eine ganz neue Wendung gegeben. Wenn der Junge aber nicht in der Mansarde gestorben war, dann bedeutete das, daß Clive Pritchard – so gern Lynley ihn als Schuldigen gesehen hätte – mit Matthews Tod nichts zu tun und ihnen die Wahrheit gesagt hatte. Damit aber führte der Weg unerbittlich zurück zu den Fotografien und John Corntel.

Es mußte eine Möglichkeit geben zu verifizieren, daß die Mansarde im Haus Kalchas nicht der Ort gewesen sein konnte, wo Matthew Whateley das tödliche Gas eingeatmet hatte. Das mußte geschehen, ehe der nächste Schritt unternommen werden konnte. Und Lynley wußte auch schon, wen er sich dafür holen wollte: Simon Allcourt-St. James.

»Letzten Dienstag«, sagte Colonel Bonnamy lallend. Gegen Ende des Tages, wenn seine Kräfte nachließen, wurde ihm immer die Zunge schwer. »Letzten Dienstag, Jeannie.«

Jean schenkte ihrem Vater nur eine halbe Tasse Tee ein. Er wurde abends, wenn er müde und erschöpft war, meistens so zittrig, daß er höchstens eine zur Hälfte gefüllte Tasse zum Mund führen konnte, ohne etwas zu verschütten. Und er wollte die Tasse unbedingt selbst halten. Auf keinen Fall wollte er gefüttert werden wie ein kleines Kind; lieber nahm er Speisen und Getränke in kleineren Portionen zu sich. Jean konnte es verstehen. Sie wußte, wie wichtig ihm seine Würde war.

»Ich weiß, Vater«, antwortete sie, aber sie wollte nicht über Matthew sprechen. Dann würde sie nur zu weinen anfangen, ihr Vater würde ebenfalls die Fassung verlieren, und das war in seinem Zustand gefährlich. Sein Blutdruck war in den letzten zwei Tagen beängstigend hoch gewesen.

»Gestern wäre er bei uns gewesen, Jean.« Der Colonel hob die Tasse zum Mund. Ihr Rand schlug leise klappernd an seine Zähne.

»Soll ich mit dir Schach spielen, Vater? Hast du Lust?«

»Statt Matthew? Nein. Laß das Brett wie es ist.« Der Colonel stellte die Tasse ab und nahm sich eine Scheibe Brot von dem Teller, der auf dem Tisch zwischen ihnen stand. Er fröstelte.

Als Jean es sah, wurde ihr bewußt, wie kalt es im Wohnzimmer geworden war. Draußen kam die Dunkelheit sehr rasch, begleitet vom fortdauernden Regen und schwarzen Wolken, und mit dem vorabendlichen Zwielicht schlich sich klamme Kälte in die Räume.

Sie hatten den elektrischen Heizofen eingeschaltet, und der alte Retriever, der direkt davor lag, fühlte sich offensichtlich wohl, aber das Gerät strahlte nicht genug Hitze ab, um das ganze Zimmer zu erwärmen.

»Ich glaube, wir sollten uns ein schönes warmes Feuer machen, Vater«, meinte Jean, als sie den alten Mann erneut frösteln sah. »Was meinst du? Soll ich deinen alten Drachen wegnehmen und Holz holen?«

Colonel Bonnamy drehte den Kopf zum offenen Kamin, wo sein farbenprächtiger chinesischer Drache stand. Draußen packte ein Windstoß die Kastanienbäume, daß ihre Äste an die Wohnzimmerfenster schlugen. Der Retriever hob den Kopf, spitzte die Ohren und knurrte.

»Nur der Wind, Shorney«, beruhigte Jean das Tier.

Er hörte nicht auf zu knurren. Irgend etwas schlug krachend ans Haus. Er begann zu bellen.

»Sturm hat er nie gemocht«, sagte Colonel Bonnamy.

Der Hund bellte wieder, den Blick auf das Fenster gerichtet, an dem die Äste der Kastanie klapperten. Der Regen wurde immer stärker. Irgend etwas kratzte an der Mauer. Mühsam rappelte sich der alte Hund auf, stemmte die Beine fest gegen den Boden und kläffte wütend.

»Shorney!« rief Jean. Das Tier heulte, die Nackenhaare sträubten sich.

»Verdammt noch mal, jetzt reicht's!« Colonel Bonnamy knüllte mit der gesunden Hand ein Stück Zeitung zusammen und warf es nach dem Hund. Aber der Wurf war nicht weit genug. Der Hund bellte weiter.

Jean ging zum Fenster und spähte mit zusammengekniffenen Augen durch das Glas, aber sie konnte nichts sehen als die Sturzbäche, die an der Scheibe herabliefen, und den

Widerschein der Lichter im Wohnzimmer. Der Hund knurrte wütend mit gefletschten Zähnen und schlich in Lauerhaltung zum dunklen Fenster. Irgend etwas flog mit Getöse gegen das Haus und rutschte geräuschvoll die Mauer hinunter.

»Das muß der Rechen gewesen sein«, rief Jean, das Bellen des Hundes übertönend. »Ich glaube, ich habe ihn draußen stehen gelassen. Als gestern die beiden Polizeibeamten kamen. Und die Baumschere auch. Ich bring sie lieber rein, sonst ist sie morgen hinüber. Und dann hole ich auch gleich Holz für das Feuer. Shorney! Willst du wohl still sein!«

»Wir brauchen kein Feuer, Jeannie«, protestierte der Colonel, als sie zum Garderobenständer ging und in einen fleckigen Trenchcoat schlüpfte. Aber noch während er sprach, überkam ihn neues Frösteln. Der Wind pfiff im Kamin, der Retriever bellte unaufhörlich.

»Doch«, entgegnete Jean. »Ich bin gleich wieder da. Shorney, ruhig jetzt!«

Der Hund kam auf sie zu, aber sie hatte nicht die Absicht, das altersschwache Tier bei dem Wetter mit hinauszunehmen. Sie lief aus dem Zimmer und schloß die Tür hinter sich, tastete sich durch die dunkle Küche und öffnete die Hintertür.

Ein kalter Windstoß fegte ihr ins Gesicht und riß an ihren Kleidern, peitschte ihr den Regen entgegen. Sie kroch tiefer in ihren Trenchcoat und rannte hinaus.

Sie hatte Rechen und Baumschere hinter dem Haus an der Wand zurückgelassen. Sie waren bei dem Sturm wahrscheinlich umgestürzt, daher die Geräusche. Sie lief an der Mauer entlang, bog um die Ecke und suchte in der Finsternis nach den Geräten. Drinnen im Wohnzimmer bellte der Hund immer noch.

»Ja, wo, zum Teufel ...« Die Baumschere hatte sie schnell

entdeckt. Sie war neben einen Lavendelbusch gefallen. Aber der Rechen war nicht zu finden. Sie tastete den Boden nach ihm ab. Der Wind blies ihr die Haare in Gesicht und Augen. »Ach, verdammt!«

Jean richtete sich auf, klemmte die Baumschere unter den Arm und tappte den Gartenweg entlang zum Geräteschuppen auf der anderen Seite. Sie riß die Tür auf und trat ein, froh, Sturm und Regen einen Moment entronnen zu sei. Die relative Stille im Schuppen war wohltuend. Sie hängte die Baumschere auf. Im selben Moment schlug knallend die Schuppentüre zu.

Erschrocken schrie sie auf, dann lachte sie nervös. »Der Sturm«, beruhigte sie sich selbst.

Sie überlegte, ob sie warten sollte, bis der Regen nachließ, ehe sie das Holz von dem Stoß neben dem Schuppen holte. Doch das Bild ihres Vaters, wie er fröstelnd im kalten Zimmer saß, trieb sie zur Eile. Sie konnte ja gleich danach ein Bad nehmen und einen Kognak kippen, wenn sie wirklich so durchgefroren sein sollte. Sie zog den Gürtel des Trenchcoats fester zusammen, klappte den Kragen hoch und ging zur Tür. Sie sprang von selber auf.

Mit einem Aufschrei fuhr Jean zurück. Eine Gestalt zeigte sich in der Öffnung, nur umrißhaft in der Finsternis.

»Was –« begann Jean und sah den erhobenen Arm mit dem Rechen.

Im selben Moment sauste der Rechen herunter, spitzes Metall schlug in ihren Hals. Sie stürzte zu Boden. Sie wälzte sich weg. Sie hob schützend die Hände über den Kopf. Der Rechen fand sie immer wieder. Der Schmerz war grauenvoll. Sie schmeckte ihr eigenes Blut.

Aus weiter Ferne hörte sie das panische Bellen des Hundes.

St. James stieg langsam und mühevoll die Leiter hinauf, aber sein Gesicht blieb unbewegt. Lynley, der oben wartete, wußte, daß der Freund keine Hilfe wollte. Dennoch hielt er unwillkürlich den Atem an, bis St. James schließlich sicher neben ihm im engen Korridor stand.

Er reichte ihm eine Taschenlampe. »Hier ist es«, sagte er und leuchtete mit seiner eigenen Lampe zu der Tür am Ende des Ganges.

Es war nach sechs. Das Haus war still und leer, Schüler und Lehrer saßen im Speisesaal beim Abendessen. Nur Clive Pritchard war in Haus Kalchas, gefangen und bewacht.

»Was haben die hier für ein Heizsystem?« fragte St. James, als er Lynley in die kleine Dachkammer folgte.

»Zentrale Dampfheizung.«

»Na, da ist bestimmt nichts passiert.«

»Ja, aber es ist auch ein offener Kamin da.«

St. James richtete den Lichtstrahl seiner Lampe auf den Kamin. Die Leute von der Spurensicherung hatten Asche und Abfälle entfernt. »Du denkst an Kohlengas, oder?«

»Ich denke im Augenblick an gar nichts.«

St. James nickte nur und machte sich daran, den Kamin zu untersuchen. Er ließ sich zum Boden hinab und leuchtete mit der Lampe in den Abzug hinauf. »Die Frage ist, wo würde ein Schüler Kohle herkriegen, um sie hier zu verbrennen?«

»Aus jedem der Häuser. Sie haben alle offene Kamine.«

St. James warf ihm einen forschenden Blick zu. »Du möchtest unbedingt, daß dies der Tatort ist, nicht wahr, Tommy?«

»Darum habe ich dich geholt. Damit du feststellst, ob ja oder nein. Ich hoffe, ich habe mittlerweile gelernt, vorsichtig zu sein und darauf zu achten, wenn mir die Objektivität abhanden kommt.«

»John Corntel?«

»Ich glaube es nicht. Aber ich muß sicher sein.«

St. James antwortete nichts. Schweigend inspizierte er einige Minuten lang den offenen Kamin, ehe er sich wieder aufrichtete und die Hände aneinander rieb, um sie von Staub zu befreien.

»Der Abzug ist in Ordnung«, sagte er. »Das ist nicht die Quelle.« Er ging zur Wand und leuchtete die Rohre ab, die sich wenig über dem Boden entlangzogen. »Wasserleitungen«, stellte er fest. »Nirgends Gas.«

Der Regen prasselte ans Fenster. St. James ging hinüber, sah sich aufmerksam den schmalen steinernen Sims an, ließ den Strahl seiner Lampe an den Deckenbalken entlangwandern, in die Ecken des kleinen Raums, über den ausgetretenen Boden. Am Ende schüttelte er den Kopf.

»Meiner Ansicht nach kann Matthew Whateley nicht hier gestorben sein, Tommy. Es ist möglich, daß er eine Zeitlang hier festgehalten wurde – das wird dir die Spurensicherung sagen können –, aber gestorben ist er nicht hier. Was hat Canerone dir sonst noch sagen können?«

»Die Rückstände unter den Zehennägeln und an Schultern und Gesäß des Jungen enthielten Kali. Ich halte es für möglich, daß er das Zeug aus dieser Kammer hier mitgenommen hat. Du hättest sehen sollen, wie es hier aussah, ehe die Spurensicherung da war.«

St. James runzelte skeptisch die Stirn. »Ich kann mir nicht denken, daß man hier Kali aufbewahrt hat, Tommy.«

»Wieso nicht?«

»Es ätzt zu stark. Wer mit solchen Substanzen umgehen muß, ist im allgemeinen sehr vorsichtig. Es zerfrißt Glas und Ton. Auch Eisen. Greift die Haut an. Es ist eine chemische Verbindung – Kalium mit Wasser – die man vielleicht ...«

Lynley hob abwehrend die Hand. Das Bild stand ihm klar

vor Augen. Er hatte es gesehen, hatte sie gesehen, ihre geübten Bewegungen beobachtet. Nur Stunden war es her. Das Entsetzen angesichts der Möglichkeit eines so ungeheuerlichen Verbrechens verschlug Lynley einen Moment die Sprache.

»Was ist denn?« fragte St. James.

Er formulierte seine Frage. Die Antwort des Freundes würde über Schuld und Unschuld entscheiden. »St. James«, sagte er, »kann Kohlenmonoxid hergestellt werden?«

»Hergestellt? Warum fragst du das? Deswegen sind wir doch hier heraufgekommen, um festzustellen, wie es hier vielleicht entstehen konnte.«

»Nein, ich meine nicht als Nebenprodukt. Ich meine, ob man es ganz gezielt herstellen kann. Gibt es Chemikalien, bei deren Vermischung Kohlenmonoxid entsteht?«

»Aber natürlich. Ameisensäure und Schwefelsäure.«

»Und wie wird es gemacht?«

»Indem man Ameisensäure zu Schwefelsäure gibt. Dadurch wird der Ameisensäure das Wasser entzogen. Das Resultat ist Kohlenmonoxid.«

»Kann das jeder herstellen?«

»Jeder, der die entsprechenden Substanzen und die Geräte hat. Man müßte eine Bürette haben, um die Zugabe der Ameisensäure in die Schwefelsäure genau dosieren zu können. Aber im Grunde kann jeder –«

»O Gott!«

»Was ist denn?«

»Kaliumhydroxid. Ich dachte immer nur Kali. Ich habe es nicht als chemische Verbindung gesehen, St. James. Kaliumhydroxid. Kohlenmonoxid. Er ist im Chemiesaal gestorben.«

»Der Abzug«, sagte Lynley, während er den Chemiesaal mit dem Schlüssel aufsperrte, den er sich bei Frank Orten geholt hatte. Er tastete nach dem Lichtschalter. Der Abzug, der auf der anderen Seite stand, war geschlossen, die Glasscheiben vorn und an den Seiten so fleckig und beschlagen wie beim erstenmal, als Lynley das altmodische Ding gesehen hatte.

St. James musterte es, schob die vordere Scheibe hoch. »Zwei Meter«, sagte er, während er von den weißen Kacheln auf dem Boden des Abzugs bis zu dem Lüftungsschlitz alles genau musterte. »Zwei Meter hoch, einen Meter breit, einen Meter tief.« Er beugte sich dichter über die Ablagerungen auf dem Glas. »Ich denke...« Er zog ein Taschenmesser heraus und kratzte mit der Klinge am Glas. Feines weißes Pulver stäubte ihm in die Hand. Er wischte es weg. »Ich denke, das ist dein Kaliumhydroxid, Tommy. Wenn man es im Labor herstellen wollte – um zu demonstrieren, was geschieht, wenn man ein Alkalimetall mit Wasser mischt –, müßte man das in so einem Abzug machen. Weniger wegen der Dämpfe, die dabei entstehen, als wegen der Reaktion.«

»Und wie sieht die aus?«

»Erst sprudelt es, dann explodiert die Geschichte und dabei wird ein weißes Pulver ausgeworfen. In diesem Fall direkt an das Glas des Abzugs.«

»Dann hat Matthew Whateley die Rückstände wohl aufgenommen, als er in den Abzug gesteckt wurde.«

»Ja, ich denke, so war es.«

»Und das Kohlenmonoxid?«

St. James sah sich im Raum um. »Es ist alles da, was man braucht. Mischkolben, Bechergläser, Büretten. Schau dir die Chemikalien da im Schrank an. Jede Flasche ist klar gekennzeichnet. Und ist der Schrank abgeschlossen?«

Lynley prüfte es nach. »Nein.«

»Ameisensäure da? Schwefelsäure?«

Lynley sah die unzähligen Flaschen durch. Er fand, was

er suchte, auf dem untersten Bord des zweiten Schranks, den er öffnete.

»Hier sind sie, Simon. Ameisensäure und Schwefelsäure. Und andere Säuren sind auch noch da.«

St. James nickte. Er wies zu den großen Büretten hinauf, die oben auf den Schränken aufgereiht waren. »Wir haben ein Volumen von zwei Kubikmetern, das mit Gas gefüllt werden mußte«, sagte er. »Die Abzugskanäle wurden blokkiert. Der Junge wurde geknebelt und gefesselt in den Kasten gestellt. In eine Ecke stellte man eines der großen Bechergläser und die größte Bürette. Die Ameisensäure tropfte in die Schwefelsäure. Kohlenmonoxid bildete sich. Der Junge starb.«

»Aber hätte er nicht versucht, die Bürette oder das Glas umzustoßen?«

»Möglich. Aber es ist eng in dem Abzug. Er hatte kaum Bewegungsfreiheit. Außerdem vermute ich, daß der Mörder ihn genau über die ätzenden Eigenschaften der verwendeten Säuren informierte. Selbst wenn der Junge das Glas hätte umstoßen wollen – immer vorausgesetzt, er hatte überhaupt den Spielraum das zu tun, was meiner Ansicht nach unwahrscheinlich ist –, glaubst du, er hätte es wirklich getan, wenn er wußte, daß er damit riskiert hätte, sich von oben bis unten zu verätzen?« St. James schloß den Abzug und drehte sich nach Lynley um. »Die Frage ist, hast du einen Verdächtigen, der sich mit Chemikalien auskennt?«

Natürlich, diese Frage lag nahe. Lynley merkte, wie sehr es ihm widerstrebte, sie zu beantworten. Neue Unruhe quälte ihn. Er hatte John Corntel nicht schuldig sehen wollen. Noch weniger wollte er ihn als den sehen, der in diesem Raum Matthew Whateley getötet hatte.

Die Tür öffnete sich, und Barbara Havers trat ein. Obwohl sie einen Schirm mithatte, waren ihre Jacke und ihre Hose klatschnaß, und das Haar klebte ihr feucht am Kopf.

»Hallo, Simon.« Sie nickte St. James grüßend zu, ehe sie sich an Lynley wandte. »Ich war zufällig gerade bei den Kollegen aus Horsham, als sie nach Cissbury gerufen wurden. Da bin ich schnell mitgefahren. Es erschien mir das Beste.«

»Was ist denn passiert?«

Barbara berichtete ihnen kurz von dem Überfall auf Jean Bonnamy. »Irgendein Kerl ist mit dem Rechen auf sie losgegangen. Er zerfetzte ihr das ganze Gesicht und den Hals. Sie hat einen Schädelbruch und liegt jetzt in Horsham im Krankenhaus. Ihr Vater hat einen Schock. Sie war in den Schuppen hinausgegangen, um Holz zu holen, und als sie nicht wiederkam, rief er die Polizei an. Die Frau war noch nicht wieder bei Bewußtsein, als ich abfuhr.«

»Was sagen die Ärzte?«

Barbara zuckte die Achseln. »Heikel, Inspector. Kann sein, daß sie durchkommt, kann aber auch nicht sein.«

»Mein Gott.«

»Das ist noch nicht alles«, sagte Barbara.

Lynley warf ihr einen scharfen Blick zu, als er den Unterton in ihrer Stimme hörte. »Was ist denn noch?«

»Als ich wieder hierher kam, sah ich Ihren Wagen stehen und machte mich auf die Suche nach Ihnen. Im Speisesaal herrschte allgemeine Aufregung. Chas Quilter ist verschwunden. Seit ein Uhr hat ihn kein Mensch mehr gesehen.«

»Er scheint gleich nach dem Mittagessen verschwunden zu sein«, sagte Barbara, während sie mit aufgespannten Schirmen durch den Regen zum Haus Ion gingen, langsam, damit St. James Schritt halten konnte. »Zumindest behaupten alle, sie hätten ihn nachher nicht mehr gesehen.«

»Und wer hat ihn zuletzt gesehen? Wer hat noch mit ihm gesprochen?«

»Brian Byrne. Kurz vor der Chemiestunde bat Chas ihn, Emilia Bond auszurichten, er sei auf die Krankenstation gegangen, um sich etwas gegen seine Kopfschmerzen geben zu lassen. Nach der Stunde ging Brian dorthin, um nach Chas zu sehen, aber der war nicht dort.«

»Und er hat nicht sofort Alarm geschlagen, obwohl gerade erst die Sache mit Matthew passiert ist?«

»Offenbar versuchte er in den folgenden Stunden erst einmal auf eigene Faust, Chas zu finden. Er behauptet, Chas hätte persönliche Probleme gehabt – er weiß entweder nicht, worum es sich genau handelt, oder er wollte es nicht sagen. Ich hab dazu meine eigene Theorie. Wie dem auch sei, er startete seine eigene Suchaktion. Er sagte erst was von Chas' Verschwinden, als es beim Abendessen auffiel. Ich vermute, er wollte ihn decken, in der Hoffnung, daß er rechtzeitig wieder zurückkommen würde.«

»Und wo hat er Chas zuletzt gesehen?« fragte St. James.

»Vor dem Speisesaal. Brian ging hinaus und traf Chas an der Treppe. Der hatte dort auf ihn gewartet. Er behauptete, er hätte Kopfschmerzen, und Brian sagt, er hätte miserabel ausgesehen. Aber es kann sein, daß er das nur sagt, um ihn jetzt zu decken. Vielleicht auch, um sich selbst zu schützen. Wenn er den Verdacht gehabt haben sollte, daß Chas abhauen wollte, hätte er das einem Lehrer melden müssen.«

»Und was hat Lockwood unternommen?« fragte Lynley.

Ein heftiger Windstoß hätte Barbara beinahe ihren Schirm aus der Hand gerissen. Sie zog ihn tiefer und richtete ihn gegen den Wind. »Er hat genau wie alle anderen erst beim Abendessen gemerkt, daß Chas verschwunden ist.«

»Und ausgerechnet heute abend tritt der Verwaltungsrat zusammen. Ein Schüler ermordet und jetzt ein zweiter verschwunden. Eine totale Doppelung der Ereignisse.«

»Als ich ihn vorhin sah, schäumte er. Ich glaube, er

würde Sie am liebsten einen Kopf kürzer machen, Inspector.« Sie mußte schreien wegen des starken Sturms. »Die Umstände sind die gleichen, das stimmt – erst auf die Krankenstation und dann verschwunden. Aber ich glaube trotzdem, daß sich die Sache bei Quilter anders verhält als bei Matthew Whateley. Ich habe mich mit Daphne unterhalten.«

Sie traten durch die Osttür ins Haus Ion und gelangten direkt in den Aufenthaltsraum. Sie schüttelten ihre Schirme aus, legten die Mäntel ab und verteilten sie über diverse Stühle. St. James knipste eine Lampe an, Lynley schloß die Tür zum Korridor. Barbara drückte sich das nasse Haar aus und stampfte mit den Füßen, um sie zu wärmen.

»Daphne hatte anscheinend gestern abend einen zweiten Zusammenstoß mit Clive Pritchard. Er lauerte ihr auf, als sie von der Bibliothek zum Haus Galatea ging, sprang plötzlich hinter einem Baum hervor und erschreckte sie halb zu Tode. Natürlich hat er sie wieder gepackt und sie gründlich spüren lassen, was für ein wohlausgestatteter Knabe er ist. Ähnlich wie wir's neulich vor der Deutschstunde beobachtet haben. Da nahm sie natürlich kein Blatt vor den Mund, als ich mit ihr sprach.«

»Und?«

Barbara schüttelte den Kopf. »Sie wußte von der Dachkammer, aber sie weiß nicht, in welchem Haus. Sie weiß nur, daß es den Raum irgendwo gibt. Das ist unter den Schülern offenbar überhaupt kein Geheimnis. Über die alten Mansarden existieren eine Menge Gruselgeschichten – daß es da spukt und nachts die bösen Geister kommen, der übliche Quatsch eben.«

»Von der Verwaltung zweifellos gefördert, um die Schüler davon abzuhalten, dort herumzustöbern.«

»Ja, wahrscheinlich«, stimmte Barbara zu. »Aber in diesem Fall hat's nicht gewirkt. Wenn man Daphne glauben darf, gab es mindestens einen Jungen, der die Dachkammer in Kalchas in den letzten zwei Jahren regelmäßig benützte. Das Problem ist nur, daß der Knabe nicht Clive Pritchard heißt, obwohl Daphne deutlich anzumerken war, daß sie ihn liebend gern hingehängt hätte.«

»Wer war es dann?«

»Chas Quilter.«

»Ach –«

»Genau«, sagte sie. »Ich gebe zu, ich war sicher, daß Clive unser Mann sein würde. Aber ich hätte wahrscheinlich genauer auf Chas achten sollen. Daphne machte ja erst gestern eine Bemerkung über seine Heuchelei. Mehr sagte sie da nicht. Aber jetzt, wo Chas verschwunden ist, hat sie ein bißchen mehr rausgelassen. Er hat sich da oben anscheinend zwei-, dreimal die Woche mit einem der Mädchen vergnügt, vor allem im letzten Sommerhalbjahr. Das Mädchen ist nicht mehr hier, und Daphne konnte mir nicht sagen, ob Chas schon einen Ersatz gefunden hat. Aber nach allem, was ich bisher gesehen hab, wär so ziemlich jede der Damen hier bereit, den Ersatzdienst anzutreten.«

»Einschließlich Daphne?«

»Sie meinen, aus ihr spricht die Wut der Verschmähten?« fragte Barbara. »Das glaub ich nicht. Sie ist das häßliche Entlein, Inspector. Sie weiß genau, daß weder Chas Quilter noch sonst einer der Jungen hier auch nur einen Blick an sie verschwenden würde. Sie zählt überhaupt nicht. Aber genau das macht sie zu einer Person – da sie ja nie beachtet wird –, die mehr sieht und hört, als andere glauben.«

»Sie meinen«, warf St. James ein, »sie gehört zu den Menschen, vor denen andere ganz offen reden, weil sie sie überhaupt nicht zur Kenntnis nehmen?«

»Ungefähr wie ein Möbelstück, ja. Und auf diese Weise bekommt sie eine Menge mit.«

»Klatsch läßt sich auf so einem Internat nie vermeiden«, sagte St. James zu Lynley.

»Besonders wenn sich's dabei um Sex dreht«, fügte Barbara hinzu. »Junge Leute haben natürlich auch noch andere Interessen, aber nichts ist so spannend wie die Frage, wer mit wem. Wenn Chas Quilter die Dachkammer im letzten Sommer zu Liebesübungen mit jungen Damen benutzte, kann man davon ausgehen, daß er das weiterhin getan hat. Und wahrscheinlich mit noch mehr Erfolg, da er jetzt ja noch dazu der Schulpräfekt ist. Und damit wäre auch erklärt, warum seine Mitschüler aus den oberen Klassen keine sonderliche Achtung vor ihm haben. Wenn er selber dauernd gegen die Vorschriften verstößt, kann er von den anderen keine Disziplin verlangen.«

»Wir können also Clive Pritchard noch immer nicht mit der Mansarde in Verbindung bringen«, stellte Lynley fest.

»Das ist richtig«, bestätigte Barbara. »Aber dafür haben wir was Besseres. Ein anderes Mordmotiv. Sexuelle Freizügigkeit, so nannte es doch Cowfrey Pitt, nicht? Wenn Chas' Aktivitäten ans Licht gekommen wären, wäre er geflogen. Und mit dem Studium in Cambridge wär's aus gewesen.«

»Sie wollen sagen, daß Matthew Whateley wußte, was Chas da oben in der Dachkammer trieb?«

»Es war ja ein offenes Geheimnis, Sir. Alle haben drüber geredet. Vielleicht erfuhr Chas von einer Bemerkung, die Matthew gemacht hatte. Er wußte bereits, daß Matthew ein kleiner Ehrenmann war, der meinte, die Vorschriften müßten eingehalten werden. Zum Beweis hatte er ja das Tonband, das Clive belastete. Er mußte damit rechnen, daß Matthew ihn früher oder später verraten würde; und er mußte fürchten, daß Matthew vorher jemanden in die Sache einweihte – jemanden, dem er trauen konnte –, genauso wie er ihn selbst – Chas, meine ich – in die Geschichte mit Clive Pritchard eingeweiht hatte. Es reichte also nicht,

Matthew zu beseitigen. Die andere Person mußte auch ausgeschaltet werden. Nur für den Fall, daß sie sich erinnerte, was Matthew ihr über Chas anvertraut hatte.«

»Jean Bonnamy?«

»Genau. So seh ich's.«

»Aber warum dann nicht ihren Vater? Hätte sich Matthew nicht auch ihm anvertraut?«

»Möglich. Aber er ist alt. Er ist krank. Chas wird sich gedacht haben, daß der Schock über Jean ihn alles andere vergessen lassen wird. Außerdem war ein Hund im Haus. Wer würde es riskieren wollen, einen alten Mann anzugreifen, wenn ein Hund da ist, der ihn bewacht.«

»Ein uralter Hund, Havers.«

»Woher hätte Chas das wissen sollen? Er überfiel Jean draußen. Der Hund war im Haus. Er hörte ihn bestimmt bellen, aber sehen konnte er ihn nicht.«

»Aber wir wissen, daß Matthew Jean nichts erzählt hat. Sie hätte es uns sicher gesagt, wenn sie etwas von ihm erfahren hätte.«

»Ja, wir wissen es, Sir. Aber Chas weiß es nicht. Er weiß nur, daß Matthew sie gut genug kannte, um ihr Briefe zu schreiben. Diese Information haben wir selbst ihm geliefert.«

»Sie scheinen ziemlich sicher zu sein, daß Chas der Mörder ist, den wir suchen.«

Ihr Ton klang ungeduldig. »Es paßt doch alles, Inspector. Er hatte ein Motiv. Er hatte die Möglichkeiten. Und er hatte die Gelegenheit.«

»Hat er eine Ahnung von Chemie?« fragte St. James.

Barbara nickte kurz und fuhr mit lebhaften Gesten zu sprechen fort. »Außerdem ist das noch nicht alles. Daphne hat ihn am Freitag abend im Oberstufen-Club gesehen. Brian Byrne erzählte uns, er sei mehrmals weggegangen, um zu telefonieren. Aber er hat uns nicht alles erzählt. Er hat uns nicht erzählt, daß Chas um zehn Uhr ging und gar nicht mehr wiederkam. Brian deckt ihn, Inspector. Genau wie heute nachmittag, als er keinen Piep davon sagte, daß Chas verschwunden war. Er hat ihn von Anfang an gedeckt. Alle haben sie ihn geschützt. Weil's zu ihrem verdammten Ehrenkodex gehört.«

Lynley überlegte einen Moment. Durch die geschlossene Tür waren Stimmen zu hören. Das Abendessen war vorbei.

»Um welche Zeit wurde Jean Bonnamy überfallen?«

»Kurz vor fünf. Nach dem, was der Colonel sagte. Vielleicht Viertel vor.«

»Und Chas wurde um eins zuletzt gesehen?«

Barbara nickte. »Er hatte fast vier Stunden Zeit, um seinen Plan auszutüfteln, nach Cissbury zu kommen, Jean Bonnamy aufzulauern, sie zu überfallen und abzuhauen.«

Lynley wandte sich zur Tür. »Sehen wir uns in seinem Zimmer um«, sagte er. »Vielleicht finden wir da einen Hinweis darauf, wohin er verschwunden ist.«

Im Foyer drängten sich Jungen in nassen Mänteln und mit tropfenden Schirmen. Sie standen in Gruppen beieinander, lachten und schwatzten, am lautesten die Sextaner, die ihre überschüssige Energie in einem spielerischen Kämpfchen abließen. Der Hausälteste rief sie zur Ordnung, als Lynley, Barbara und St. James sich näherten.

»Zehn Minuten bis zur Studierstunde«, brüllte er laut. »Ihr wißt, was ihr zu tun habt.«

Die Jungen stoben auseinander, einige die Treppe hinauf, einige zum Studierzimmer, andere zum Telefon. Ein halbes Dutzend älterer Schüler beobachtete die drei Londoner mit mißtrauischen Blicken.

Im zweiten Stock schossen Jungen in ihre Schlafräume, um Hefte und Bücher für die Studierstunde zu holen. Vor der Tür des Nachbarzimmers von Chas Quilter unterhielten sich zwei Oberstufler mit gedämpfter Stimme und trennten sich rasch, als sie Lynley mit Barbara Havers und St. James im Korridor kommen sahen. Sie verschwanden in zwei verschiedenen Zimmern am Ende des Ganges.

In Chas Quilters Zimmer hatte sich seit Lynleys und Barbaras letztem Besuch kaum etwas verändert. Das medizinische Lehrbuch, das Heft und Miltons »Das verlorene Paradies« lagen auf dem Schreibtisch. Das Bett war sauber gemacht. Der Teppich auf dem Boden lag glatt und ordentlich. Nur die Fotografie auf dem Fensterbrett war angerührt worden; sie lag mit dem Bild nach unten, als hätte der Junge seinen Anblick plötzlich nicht mehr ertragen können.

Havers sah den Schrank durch. »Seine Sachen sind da«, sagte sie. »Nur die Schuluniform fehlt.«

»Er hat also nicht die Absicht, für immer wegzubleiben«, meinte Lynley. »Da haben wir doch wieder eine Parallele zu Matthew Whateleys Verschwinden, Havers.«

»Sie glauben, daß der Mörder von Matthew Whateley Jean Bonnamy überfallen und sich jetzt auch Chas geschnappt hat?« Barbara schien nicht überzeugt. »Das kann ich mir nicht vorstellen, Sir. Chas Quilter ist ein kräftiger Junge. Ein Sportler. So einen entführt man nicht so leicht wie den kleinen Matthew Whateley. Den Kleinen konnte man sich doch greifen wie ein Baby aus dem Kinderwagen!«

Lynley stand an Chas' Schreibtisch. Nachdenklich strich er über die Bücher. Barbaras Worte gingen ihm nach. Vielleicht war da eine Verbindung zwischen dem, was sie in den letzten zwanzig Minuten über Chas Quilter erfahren hatten, und dem, was er selbst ihnen – flüchtig und andeutungsweise – immer wieder von sich selbst gezeigt hatte. Er schlug das medizinische Lehrbuch auf.

»Simon«, sagte er, »weißt du was über eine Krankheit namens Apert'sches Syndrom?«

»Nein. Warum?«

»Ich dachte nur...« Lynley überflog die Seite, auf der Chas Quilter das Buch aufgeschlagen hatte, als sie an diesem Morgen in sein Zimmer gekommen waren. Was da stand, war verwirrend. Lynley versuchte sich über die Bedeutung des Geschriebenen klar zu werden, als St. James die Fotografie auf dem Fensterbrett aufhob.

»Tommy!«

»Augenblick!« Sein Auge flog über den Text. *Kranznähte. Syndaktylie. Akrozephalie. Bilaterale Kranznahtsynostose.* Es war, als lese man Griechisch. Er blätterte um. Und sah die Fotografie. Und wußte alles über Chas Quilter.

»Tommy!« sagte St. James wieder und faßte Lynley beim Arm.

Lynley sah auf. Das Gesicht des Freundes war angespannt. In der Hand hielt er das Foto vom Fensterbrett.

»Das Mädchen«, sagte St. James. »Ich kenne sie.«

»Woher?«

»Ich habe sie am Sonntag gesehen. Deborah hat von ihrem Haus aus die Polizei angerufen. In Stoke Poges, Tommy. Sie wohnt in dem Haus gegenüber der Kirche St. Giles.«

Lynley starrte ihn an. »Wer ist sie?«

»Sie heißt Cecilia. Cecilia Feld.«

Lynleys Blick glitt zu der Wand mit den gerahmten Zitaten. »Ah, love, let us be true to one another.« Und darunter die kleine Signatur. *Sissy.* Cecilia. Die Chas die Treue hielt. Die in Stoke Poges auf ihn wartete.

Sie setzten Barbara in Horsham vor dem Krankenhaus ab. Sie wollte dort bleiben in der Hoffnung, daß Jean Bonnamy das Bewußtsein wiedererlangen und den Namen des Eindringlings nennen würde, der sie überfallen hatte.

Dann fuhren Lynley und St. James durch den strömenden Regen weiter nach Stoke Poges. Sie kamen nur langsam voran, da sich infolge der heftigen Regengüsse der Verkehr immer wieder staute. Lynley, der sich unterwegs von St. James das Wenige berichten ließ, was dieser über Cecilia Feld und ihre Aussage vor der Polizei wußte, befiel ein Gefühl der Dringlichkeit, das immer stärker wurde. Es war nach acht, als sie endlich vor dem Haus gegenüber der Kirche anhielten.

Lynley klemmte das medizinische Fachbuch unter den Arm, das er von Chas Quilters Schreibtisch genommen hatte, und folgte St. James durch den Regen zur Haustür.

Das Haus wirkte dunkel. Nur durch die Milchglasscheibe der Haustür fiel gedämpftes Licht. Auf ihr erstes Klopfen rührte sich nichts. Auch nicht, als sie ein zweites Mal nachdrücklicher klopften. Erst als Lynley die Türglocke entdeckte – fast verborgen unter dicht wucherndem wilden Wein –, gelang es ihnen, jemanden im Haus auf sie aufmerksam zu machen. Die Tür wurde vorsichtig einen Spalt aufgezogen.

Sie war klein und zum Umblasen zart, und sie sah krank aus. Aber Lynley erkannte sie sofort. Er zeigte ihr seinen Ausweis. »Cecilia Feld?« Als sie stumm nickte, sagte er: »Ich bin Thomas Lynley von der Kriminalpolizei. Mr. St. James kennen Sie schon, glaube ich. Vom letzten Sonntag. Dürfen wir eintreten?«

»Sissy? Wer ist es denn, Kind?« Die Frauenstimme drang aus einem Flur links der Haustür zu ihnen. Schritte näherten sich. Eine zweite Gestalt erschien an der Tür, größer als Cecilia, eine grauhaarige, kräftige Frau mit großen, zupackenden Händen. Sie nahm Cecilia bei der Schulter und zog sie von der Tür zurück.

»Was kann ich für Sie tun?« fragte sie, vor das Mädchen tretend, und schaltete ein Licht ein.

Obwohl es noch früh am Abend war, waren beide Frauen in wollenen Schlafröcken und warmen Hausschuhen. Die ältere Frau war gerade dabei gewesen, sich die Haare aufzudrehen; ihr Kopf wirkte wie verformt, knubbelig auf der einen Seite, glatt und gerade auf der anderen. Sie sah sich Lynleys Dienstausweis aufmerksam an, während Cecilia sich mit verschränkten Armen hinter ihr an die Wand lehnte. Aus einem Zimmer im Hintergrund fiel bläuliches Licht. Ein Fernsehapparat, bei dem der Ton ausgeschaltet war, sagte sich Lynley.

Die Frau gab Lynley seinen Ausweis zurück und öffnete die Tür ein Stück weiter. Sie stellte sich als Norma Streader vor, wobei sie mit Betonung »*Mrs.* Streader« sagte, und führte sie in das Zimmer, aus dem das bläuliche Licht schimmerte. Sie knipste zwei Lampen an und schaltete den Fernsehapparat aus.

Nachdem sie sich auf der chintzbezogenen Couch niedergelassen hatte, sagte sie: »Was kann ich für Sie tun, Inspector? Bitte, setzen Sie sich doch.« Zu dem Mädchen gewandt, fügte sie hinzu: »Sissy, ich glaube, du solltest dich wieder hinlegen, hm?«

Das Mädchen schien durchaus bereit zu gehen, aber Lynley hielt sie auf. »Wir sind hergekommen, um mit Cecilia zu sprechen.«

Cecilia war an der Tür stehengeblieben, die Arme immer noch über der Brust gekreuzt, als brauche sie Schutz. Bei Lynleys Worten kam sie ein paar Schritte ins Zimmer.

»Sie wollen zu Sissy?« fragte Mrs. Streader und musterte sie mit scharfem Blick. »Sie sind doch nicht im Auftrag ihrer Eltern hier? Die haben dem Kind wirklich genug Kummer gemacht, und wenn sie hier bei uns bleiben will, ist sie jederzeit willkommen. Ich habe das der Sozialarbeiterin gesagt, dem Anwalt, den –«

»Nein«, unterbrach Lynley. »Wir sind nicht im Auftrag ihrer Eltern hier.« Er sah Cecilia an. »Chas Quilter ist aus Bredgar Chambers verschwunden.«

Lynley sah, wie sie die Hände um die Arme krampfte. Aber sie sagte nichts.

»Was wollen Sie von Cecilia, Inspector?« fragte Norma Streader hastig. »Sie sehen doch, daß es ihr nicht gut geht. Sie gehört ins Bett.«

»Ich kenne keinen Chas Quilter.« Cecilias Stimme war sehr leise.

Selbst Norma Streader schien überrascht bei dieser Antwort. »Sissy!« sagte sie.

Wieder unterbrach Lynley. »Aber natürlich kennen Sie ihn. Sehr gut sogar, denke ich. Ihr Foto steht in seinem Zimmer in der Schule. Die Strophe aus Matthew Arnolds Gedicht, die Sie für ihn abgeschrieben haben, hängt an seiner Wand. War er heute Abend hier, Cecilia?«

Das Mädchen schwieg. Norma Streader wollte etwas sagen, überlegte es sich dann aber anders. Ihr Blick ging zwischen Cecilia und Lynley hin und her. Schließlich fragte sie: »Worum handelt es sich eigentlich?«

Lynley sah die Frau an. »Um Mord.«

»Nein!« Cecilia kam einen Schritt auf sie zu.

»Sie haben einander feste Treue geschworen, nicht wahr? Und daran haben Sie beide sich geklammert, Sie und Chas. Es hat Ihnen über die letzten Monate hinweggeholfen.«

Sie senkte den Kopf. Ihr Haar, das auf der Fotografie so schön war, hing strähnig und stumpf in ihr Gesicht.

»War er hier?« fragte Lynley.

Sie schüttelte den Kopf. Sie log. Er spürte es.

»Wissen Sie, wo er ist?«

»Ich habe Chas Quilter seit – ich weiß nicht, wie lange nicht gesehen. Seit Monaten nicht mehr.«

Norma Streader streckte dem Mädchen die Hand hin. »Komm, Sissy. Setz dich. Setz dich, Kind. Du bist ja ganz wacklig.«

Cecilia setzte sich zu ihr aufs Sofa. Lynley und St. James

nahmen in den Sesseln Platz. Ein Couchtisch stand zwischen ihnen mit zwei Gläsern darauf, das eine leer, das andere noch mit einem Rest Limonade.

»Wir müssen ihn finden, Cecilia«, sagte Lynley. »Sie müssen uns sagen, wann er hier weg ist. Sie müssen uns sagen, wo er ist.«

»Ich habe ihn nicht gesehen«, behauptete sie wieder. »Das habe ich Ihnen doch schon gesagt. Ich weiß nichts von ihm.«

»Sie wollen ihn schützen. Das ist verständlich. Sie lieben ihn. Aber ich kann mir nicht vorstellen, daß Sie ihn auch noch schützen wollen, wenn es um Mord geht.«

»Ich weiß nichts von ihm«, sagte sie wieder.

Lynley beugte sich vor. Er legte das medizinische Fachbuch auf den Tisch, aber er schlug es nicht auf. »Sie und Chas waren während Ihres Jahres in Bredgar Chambers zusammen, nicht wahr?« sagte er. »Sie trafen sich in der Dachkammer über dem Trockenraum im Haus Kalchas. Spät abends. An den Wochenenden. Wenn niemand da war. Sie bemühten sich, vorsichtig zu sein. Aber es hat nicht immer geklappt, nicht? Sie wurden schwanger. Sie hätten abtreiben können, aber ich habe den Eindruck, daß das für Sie und Chas keine Lösung war. Sie wollten beide das Rechte tun. Für sich und für das Kind. Darum gingen Sie unter dem Vorwand von Bredgar Chambers weg, daß Sie auf eine andere Schule wechseln würden. Cowfrey Pitt erzählte uns von einem Mädchen, das mit Ende des letzten Schuljahres unter fragwürdigen Umständen das Internat verließ. Dieses Mädchen müssen Sie gewesen sein. Sie taten es, um Chas Quilter zu schützen. Wenn jemand entdeckt hätte, daß Sie von ihm schwanger waren, wäre er aus der Schule ausgeschlossen worden. Seine beruflichen Pläne und die gemeinsame Zukunft, die Sie geplant hatten, wären in Scherben gewesen. Aber ich denke mir, Ihre Eltern waren nicht übermäßig erfreut, als Sie von einer Abtreibung nichts wissen wollten und sich weigerten, den Vater des Kindes zu nennen. Darum mußten Sie hierher kommen. Zu einer Pflegefamilie.«

»Sissy, Liebes...« Norma Streader wollte das Mädchen in den Arm nehmen, aber Cecilia wich zurück.

»Sie haben keine Ahnung«, sagte sie zu Lynley. »Und selbst wenn Sie eine hätten – ich habe kein Verbrechen begangen. Ich habe überhaupt nichts getan. Und Chas ebensowenig.«

»Ein dreizehnjähriger Junge ist ermordet worden, Cecilia. Eine Frau liegt mit einem Schädelbruch im Krankenhaus. Das Leben mehrerer Menschen ist ruiniert. Was soll noch alles geopfert werden zum Schutz von Chas Quilters Zukunft?«

»Er hat nichts getan. Ich habe nichts getan. Wir...«

»Das stimmt beinahe«, sagte Lynley. »Aber am Freitag abend haben Sie den Kopf verloren – war da Ihr Kind schon geboren, Cecilia? Sie haben Chas in der Schule angerufen. Mehrmals. Sie brauchten ihn, nicht wahr? Weil die Zukunft in Frage gestellt war. Weil Ihre gemeinsamen Pläne bedroht waren.«

»Nein!«

»Aus dem Happy-End, das Ihnen vorschwebte, war durch Umstände, mit denen Sie nicht gerechnet hatten, ein schreckliches Ende geworden. Sie waren bereit gewesen, zu seinem Schutz die Schule zu verlassen, die Schwangerschaft ohne ihn durchzustehen, das Kind zu bekommen und seinen Ruf auf Kosten Ihres eigenen zu schützen. Vielleicht konnten Sie sich dabei sogar ein wenig edel fühlen. Aber als Sie das Kind sahen, wurde mit einem Schlag alles anders, nicht wahr? Auf das Apert'sche Syndrom waren Sie nicht vorbereitet.« Lynley schlug das medizinische Buch auf, hielt Cecilia die Fotografie des Säuglings hin. »Auf den spitzen, hohen Schädel. Die mißgebildeten Augen. Die verwachsenen Finger. Die verwachsenen Zehen. Die Möglichkeit eines geistigen –«

»Hören Sie auf!« schrie Cecilia.

»Nur mit einer Unzahl von plastischen Operationen könnte man so einem Kind wenigstens ein normales Aussehen geben. Ironie des Schicksals, daß ausgerechnet Chas Quieters Vater der beste plastische Chirurg weit und breit ist.«

»Nein!« Cecilia packte das Buch und schleuderte es durch das Zimmer.

Lynley ließ nicht locker. »Machte Chas einen Rückzieher, Cecilia? Als er von der Krankheit des Kindes hörte, wollte er da die Beziehung beenden?«

»Nein! So ist er nicht. Sie kennen ihn ja überhaupt nicht. Er liebt mich.«

»Für mich ist das schwer vorstellbar. Er ließ zu, daß Sie die Schule verlassen. Er ließ zu, daß Sie auf Ihre Ausbildung verzichteten. Er ließ Sie allein, als Sie schwanger waren...«

»Er war hier! Er kam. Er sagte, er würde kommen, und er kam auch. Weil er mich liebt. Er liebt mich.« Sie begann zu weinen.

»Er war zur Geburt hier?«

Cecilia schluchzte, eine Faust auf den Mund gedrückt, die Hand unter dem Ellbogen, als hielt sie das Köpfchen eines Kindes.

»Er war Dienstag abend hier, Inspector«, sagte Norma Streader.

»Nein!« schrie Cecilia.

Norma Streaders Gesicht war voller Mitgefühl. »Sissy. Ich muß ihnen die Wahrheit sagen.«

»Das darfst du nicht. Du hast es versprochen.«

»Solange es nur dich und Chas betraf, ja. Aber wenn

jemand ums Leben gekommen ist. Wenn ein Mord geschehen ist...«

»Du darfst nicht!«

Lynley wartete darauf, daß Norma Streader fortfahren würde. Die Worte »Dienstag abend« dröhnten ihm in den Ohren. Am Dienstag abend war Matthew Whateley bei den Bonnamys gewesen. Jean hatte ihn erst spät zur Schule zurückgebracht. Das Scheinwerferlicht eines Kleinbusses war auf ihn gefallen, als er ihr zum Abschied gewinkt hatte. Jean Bonnamy hatte den Bus gesehen. Und der Fahrer muß Matthew gesehen haben. Es muß der Schüler gewesen sein, von dem Matthew in seinem Brief an Jean Bonnamy geschrieben hatte.

»Er kam am Dienstag abend«, fuhr Norma Streader fort. »Sissy war schon in Slough im Krankenhaus. Er kam ins Krankenhaus, aber wir wußten, daß es noch Stunden dauern würde, bis das Kind kommt. Wir drängten ihn, ins Internat zurückzufahren. Es war gefährlich genug für ihn, daß er sich ohne Erlaubnis entfernt hatte. Und mit jeder Minute, die er länger blieb, wurde es gefährlicher. Besonders, wo er doch einfach einen der Kleinbusse von der Schule genommen hatte.«

Lynley hatte es geahnt. Er sah jetzt den Ablauf klar vor sich. Alles hatte wunderbar geklappt, bis Chas den entwendeten Bus zurückgebracht hatte. Da war er von Matthew Whateley gesehen worden. Ausgerechnet dieser Junge mußte es sein, der ihm bereits bewiesen hatte, daß er keine Angst hatte, etwas zu unternehmen, wenn jemand es wagte, gegen die Regeln zu verstoßen. Aber da Chas – der Schulpräfekt selbst – es war, der die Regeln mißachtete, wußte Matthew Whateley niemanden, an den er sich wenden konnte, wenn er ehrenhaft handeln wollte, ohne das ungeschriebene Gesetz des Zusammenhaltens zu verletzen, nach dem alle Schüler sich richteten. Er konnte gegen Chas nicht auf die gleiche Weise vorgehen wie gegen Clive Pritchard. Es würde ihm daher keine andere Wahl bleiben, als den Schulleiter zu unterrichten. Chas drohte die Entlassung aus der Schule wegen Cecilias Schwangerschaft; weil er den Kleinbus genommen hatte; weil er Clive Pritchard gedeckt hatte. Jede einzelne dieser Tatsachen hätte wahrscheinlich ausgereicht, sein Schicksal zu besiegeln. Alle drei zusammen würden ihm auf jeden Fall zum Verhängnis werden. Seine Zukunft lag in den Händen eines Dreizehnjährigen, der an die Ehre glaubte. Er konnte nur überleben, wenn er diese Bedrohung beseitigte.

»Ich vermute, Sie waren es, die Chas am Freitag abend mehrmals anrief«, sagte Lynley zu Cecilia. »Sie wußten, daß um diese Zeit immer der Oberstufen-Club tagte. Sie wußten, wo Sie ihn erreichen konnten. Warum haben Sie ihn angerufen?«

Cecilia weinte. »Das Baby.«

»Sie brauchten jemanden, mit dem Sie sprechen konnten«, sagte St. James. »Nicht wahr? Bei so einem Kummer hilft es nur, wenn man mit jemandem sprechen kann, den man liebt.«

»Er war – ich brauchte –«

»Sie brauchten ihn. Natürlich. Das ist doch ganz verständlich.«

»Ist er am Samstag zu Ihnen gekommen, Cecilia?« fragte Lynley.

»Bitte! Zwingen Sie mich nicht. Chas!«

Lynley sah Norma Streader an, aber die schüttelte den Kopf und sagte mit einem besorgten Blick auf Cecilia: »Ich war Samstag nicht hier. Ich – Cecilia, sag alles.«

»Chas hat nicht... Er war nicht – Er würde niemals – Ich kenne ihn doch!«

»Wenn das zutrifft«, sagte Lynley, »dann brauchen Sie ihn doch nicht zu decken. Wenn er nur hier war, weil er Sie sehen wollte, Cecilia, warum wollen Sie dann die Wahrheit verschweigen? Zu welchem Zweck?«

»Er war es nicht!«

»Was geschah, als er kam? Wie spät war es?«

Ihr Gesicht war fleckig vom Weinen. »Er war es nicht. Ich weiß es. Ich kenne ihn.«

»Beweisen Sie es mir. Sagen Sie mir die Wahrheit.«

»Er war hier. Er war eine Stunde hier. Dann fuhr er wieder.«

»Sprach er vom Friedhof?«

»Nein. Nein! Chas hat Matthew nicht getötet. Er könnte niemals einen Menschen töten.«

»Aber Sie wissen den Namen des Jungen. Sie kennen ihn. Woher?«

Sie wandte sich ab.

»Er war hier. Heute. Wohin ist er von hier aus gegangen? Cecilia, um Gottes willen, wohin wollte er?«

Das Mädchen sagte nichts. Lynley überlegte verzweifelt, wie er sie davon überzeugen könne, daß es wichtig war, ihm die Wahrheit zu sagen. »Sagen Sie mir, wo er ist.«

»Ich weiß es nicht. Wirklich nicht. Er wollte es mir nicht sagen. Ich hab ihm versprochen, daß ich ihn nie verraten würde, aber er wollte es mir nicht sagen. Er weiß, daß Sie ihn in Verdacht haben. Er kann darüber nur lachen. Ja, lachen! Er sagte, ich soll Ihnen ausrichten, daß er Ihnen auf einem Weg zum Ruhm vorausgehen wird. Ja, das hat er gesagt. Genau so. Und dann ist er gegangen.«

»Wann?«

»Vor einer Stunde. Laufen Sie ihm nach, wenn Sie wollen. Laufen Sie ihm ruhig nach.«

Lynley stand auf. Die Worte, die Chas ihnen hatte ausrichten lassen, brannten ihm in der Seele. Er hatte die Worte erkannt. Er hatte sie am Montag abend gelesen, als Deborah ihm Thomas Grays Gedicht gezeigt hatte.

Lynley wollte nicht verstehen, was Chas' Botschaft bedeutete. Er wollte seine plötzlichen Befürchtungen nicht vor dem Mädchen zeigen. Sie hatte schon genug ertragen.

Aber Cecilia schien etwas zu spüren. Als er ihr dankte und mit St. James zur Tür ging, folgte sie ihnen. »Was ist?« fragte sie. »Was wissen Sie? Sagen Sie es mir.«

Lynley sah Norma Streader an. »Behalten Sie sie hier«, sagte er.

Sie gingen in den Regen hinaus. Die Tür schloß sich hinter ihnen und schnitt Cecilias verzweifelte Schreie ab.

Lynley holte zwei Taschenlampen aus dem Kofferraum seines Wagens und gab eine St. James. »Schnell«, sagte er und klappte seinen Mantelkragen hoch.

Der Wind trieb ihnen den Regen in die Gesichter, als sie, so schnell es ging, die Auffahrt hinunterliefen und die Straße überquerten, um auf das Sträßchen zu gelangen, das zur Kirche führte. Sie war dunkel, verlassen, und das Licht der Straßenlaternen spiegelte sich in großen Wasserpfützen, die sich im Lauf des regnerischen Nachmittags gesammelt hatten, Äste, vom Wind gerüttelt, krallten sich in ihre Mäntel, die Erde neben dem gepflasterten Weg war matschig.

Lynley wußte, daß St. James bei diesen Bedingungen mit dem Gehen große Schwierigkeiten hatte. Er wußte, daß er hätte bei ihm bleiben sollen, falls er stürzte. Aber als er sich nach St. James umdrehte, rief der: »Lauf zu! Ich komm schon zurecht!«

Lynley begann zu rennen, getrieben von der Zeile aus dem Gedicht und dem, was sie bedeutete; getrieben von der Angst, die er in Cecilias Felds Stimme gehört hatte, und von der Erinnerung an die Hoffnungslosigkeit, die er an diesem Tag in Chas Quilters Gesicht gesehen hatte.

Zum Grabe nur führt der Weg des Ruhms. Hatte sich das nicht für Chas bewahrheitet? Schulpräfekt, Kapitän der Rugbymannschaft, Mitglied der Cricketauswahl und des Tennisteams. Gutaussehend, bewundert, intelligent. Cambridge, Erfolg, Ansehen – alles garantiert.

Lynley rannte durch das Friedhofstor und sah im Schein seiner Lampe ein durchweichtes Kleidungsstück, das zusammengeknüllt in einer Ecke lag. Er hob es auf. Es war eine Jacke der Schuluniform von Bredgar Chambers, ursprünglich blau, jetzt schwarz vor Nässe. Er sah gar nicht erst nach dem Namensschildchen im Futter, sondern schleuderte die Jacke weg und rannte weiter.

»Chas!« schrie er laut. »Chas Quilter!«

Er rannte auf die Kirche zu. Seine Schritte hallten laut auf dem Beton. Unentwegt schwenkte er seine Lampe von einer Seite zur anderen, aber sie erhellte nichts als gespenstisch wirkende Grabsteine und vom Regen niedergedrücktes Gras.

Unter dem zweiten Tor lag wieder ein Kleidungsstück, ein gelber Pullover. Wie das erste war es in eine Ecke geschleudert worden, aber ein Ärmel hatte sich an einem hervorstehenden Nagel am Tor verfangen und schien wie ein Geisterarm zur Kirche zu weisen.

»Chas!« Sein Schrei ging unter im Heulen des Windes.

Er richtete den Lichtstrahl auf die Gräber. Er richtete ihn auf die Kirche. Er ließ ihn über die Fenster schweifen. Und rannte weiter.

»Chas! Chas Quilter!«

Der Sturm hatte ein Rosenbäumchen über den Weg geworfen. Lynley stolperte darüber, und seine Hose blieb an den Dornen hängen. Er hielt den Lichtstrahl nach unten, riß den Stoff los und richtete sich wieder auf. Bei der Bewegung glitt das Licht über etwas Weißes, das sich zu bewegen schien.

»Chas!«

Er verließ den Weg und rannte zwischen Gräbern hindurch auf die Gestalt zu, die er unter einer ausladenden Eibe beim Südwestportal der Kirche erkennen konnte. Weißes Hemd. Dunkle Hose. Es mußte Chas sein. Es konnte niemand anders sein. Aber die Gestalt war groß, viel zu groß. Und sie drehte und drehte sich unaufhörlich hin und her. Wie vom Wind bewegt. Wie im Wind baumelnd.

»Nein!« Lynley warf sich die letzten zwanzig Meter vorwärts und packte die Beine des Jungen, um den Körper abzustützen. »St. James!« brüllte er. »Um Gottes willen. St. James!«

Er hörte eine Antwort. Es kam jemand. Er starrte mit zusammengekniffenen Augen in den Regen. Aber die Person, die den Weg entlanggerannt kam und wie eine Wahnsinnige durch den Friedhof jagte, war nicht sein Freund. Es war Cecilia.

Sie schrie. Sie flog über den Rasen. Sie umklammerte Chas. Sie hängte sich an Lynley, riß an seinen Armen, biß ihm in die Hände, um ihn zu zwingen, den Jungen loszulassen.

»Chas!« schrie sie. »Nein!«

Dann war St. James da und packte sie, zog sie weg, zerrte sie nach rückwärts. Sie wollte sich wehren, nach ihm schlagen, aber er hielt ihr die Arme fest auf den Rücken und drückte ihr Gesicht an seine Brust.

»Laß sie!« schrie Lynley. »Faß den Jungen an. Halte ihn. Ich schneide den Strick ab.«

»Tommy!«

»Um Gottes willen, Simon, tu, was ich sage.«

»Tommy –«

»Wir haben keine Zeit.«

»Er ist tot.« St. James richtete den Strahl seiner Lampe auf Chas Quilters Gesicht, und sie sahen die grausige Farbe der nassen Haut, die hervorquellenden Augen, die aufgeschwollene, heraushängende Zunge. »Es ist vorbei. Er ist tot.«

21

Lynley suchte Cecilia in ihrem Zimmer auf. Norma Streader saß an ihrem Bett, eine Hand auf dem Arm des Mädchens, während sie sich mit der anderen die Tränen aus den Augen wischte. Ab und zu murmelte sie Cecilias Namen, aber es hatte den Anschein, als wolle sie mehr sich selbst trösten als das Mädchen, das ein Beruhigungsmittel bekommen hatte und nun vor sich hindämmerte.

Draußen im Flur konnte Lynley St. James und Inspector Canerone sprechen hören. Jemand hustete. Jemand fluchte. Ein Telefon läutete. Schon beim zweiten Ton wurde es abgenommen.

Lynley sah mitleidig auf die fast schlafende Cecilia. Er fand es grausam, daß er sie jetzt verhören mußte, aber er hatte keine Wahl, wenn sie den Mörder endlich fassen und weiteres Unglück verhindern wollten.

»Wußten Sie, daß Chas heute abend herkommen würde?« fragte er.

»Worüber hat er mit Ihnen gesprochen, Cecilia? Erwähnte er Matthew Whateley? Wußten Sie daher seinen Namen?«

Cecilias Lider waren schwer. Sie befeuchtete ihre Lippen mit der Zunge. Ihre Stimme war teilnahmslos, als sie sprach. »Chas sagte – er sagte, Matthew – Matthew hätte den Kleinbus gesehen. Er stand hinten auf dem Fußweg zum – zu Erebos und da – da hat er ihn gesehen. Dienstag abend.«

»Matthew wußte also, daß Chas den Kleinbus genommen hatte?«

»Ja.«

»Sie haben Freitag abend mit Chas telefoniert. Mehrmals. Sagte er Ihnen, daß er Matthew in die Dachkammer in Kalchas gebracht hatte?«

»Er sagte – nein, nichts von Matthew. Wir – es ging nur um das Baby. Ich – ich wollte wegen des Babys mit ihm sprechen. Ich mußte – wir – ich bat ihn, mit seinem Vater zu sprechen. Aber – er wollte nicht. Sein Vater – er wollte nicht.«

»Er hat nichts von Matthew gesagt? Nichts vom Chemiesaal? Vom Abzug?«

Sie schüttelte schwach den Kopf. »Nichts von Matthew.« Eine Falte zog sich zwischen ihren Augenbrauen zusammen. Sie sah Lynley an. »Aber er – er sagte – er sagte, noch jemand wüßte von dem Bus. Daß Matthew nicht – nicht das Ende sei. Daß es irgendwo enden müsse. Es müsse enden ...« Sie hob die Hand zum Mund. Tränen rannen ihr aus den Augen. »Ich hatte keine Ahnung – ich hätte wissen müssen, was er meinte. Aber ich – ich hatte keine Ahnung. Ich hätte nie gedacht, daß er – wir haben doch ein Baby. Und – Chas ...«

Norma Streader streichelte ihr die Wangen. »Sissy«, sagte sie. »Sissy, Liebes, es ist ja gut. Alles ist gut.«

»Matthew war nicht das Ende«, wiederholte Lynley. »Es hat noch jemand an dem Abend Chas mit dem Kleinbus gesehen. Eine Frau. Jean Bonnamy. Hat er Ihnen von ihr erzählt? Hat er Ihnen gesagt, was ihr heute nachmittag zugestoßen ist?«

»Nein. Jean ... Er sagte nichts von Jean. Nur, daß Sie – sie wollten, daß er mit Ihnen redet – daß er Ihnen sagt ... Er sagte, sie hätten keine Ahnung. Sie dürften nichts erfahren. Er fühlte sich gebunden ...« Die Augen fielen ihr zu.

»An Sie gebunden? Um Sie zu schützen? So wie Sie ihn geschützt hatten?«

Sie strich über die weiße Wolldecke. »Schützen, Chas schützt«, murmelte sie. »Das tut er, ja. So ist er. Er schützte die anderen.« Ihre Hände entspannten sich. Ihr Gesicht erschlaffte. Sie war eingeschlafen.

Behutsam strich Norma Streader ihr über die Stirn. »Das arme kleine Ding«, sagte sie. »Was hat sie nicht alles durchgemacht. Die Schwangerschaft, der Streit mit den Eltern, der Schrecken über das Kind. Und jetzt das. Sie liebte ihn. Sie haben sich sehr geliebt. Das konnte man sehen.«

»Haben Sie von ihrem Gespräch heute abend etwas mitbekommen?«

Norma Streader schüttelte den Kopf. »Sie wollten allein sein, und ich erlaubte es. Man kann mir natürlich vorhalten, daß das, nach alledem, was vorher geschehen war, nicht richtig war, aber ich sah keinen Grund, es ihnen zu verweigern. Sie brauchten Trost, alle beide. Und sie waren sich gegenseitig am meisten Trost. Es gibt sowenig Liebe auf der Welt, und sowenig Freude. Ich wäre mir gemein vorgekommen, wenn ich ihnen das Zusammensein nicht erlaubt hätte.«

»Sie waren letzten Samstag abend, als Chas Cecilia besuchte, nicht hier?«

»Nein. Aber ich bin sicher, daß er hier war. Cecilia hatte mir erzählt, daß er ihr versprochen hatte, am Abend zu kommen, und Chas hat seine Versprechen immer gehalten. Wie heute auch.«

»Heute?«

Norma Streader strich Cecilia noch einmal über das Haar. »Er rief mittags an und sagte, er würde kommen. Und Punkt vier war er da. So war er.«

Lynley sprang auf. Das Licht der Nachttischlampe beleuchtete Norma Streaders Gesicht. Lynley merkte, daß die Frau keine Ahnung von der Tragweite ihrer eben geäußerten Worte hatte.

»Er war um vier hier?« wiederholte er.

»Ja. Er sagte, er sei per Anhalter gefahren. Das hat sicher gestimmt. Er war durchnäßt, als er hier ankam. Warum? Ist es wichtig?«

Lynley antwortete nicht, sondern ging schweigend aus dem Zimmer. Er fand St. James im Wohnzimmer in Gesellschaft von Inspector Canerone und einem uniformierten Beamten.

»Eindeutig Selbstmord«, sagte Canerone, als Lynley hereinkam. »Der Junge kam schon mit der Absicht hierher.«

Er reichte Lynley die notdürftig gefertigte Schlinge. Sie war aus zwei Schulkrawatten von Bredgar Chambers zusammengeknotet, die eine blau mit schmalen gelben Streifen, die andere genau umgekehrt, gelb mit schmalen blauen Streifen.

Lynley drehte sie in den Händen. Gelb auf Blau. Blau auf Gelb. Matthew war nicht das Ende, nein. Aber bis zu diesem Augenblick hatte Lynley sich ablenken lassen und auf Nebenkriegsschauplätzen gekämpft und darüber die schreckliche Wahrheit nicht gesehen.

»Wir müssen zur Schule zurück«, sagte er zu St. James. Und zu Canerone: »Schaffen Sie das hier mit Ihren Leuten?«

»Natürlich.«

Lynley rollte die beiden Krawatten zusammen und steckte sie ein. Er sprach nicht. Statt dessen ging er daran, die Fakten, die ihm bekannt waren, zu sichten und zu ordnen, und stieß endlich zum Kern vor, der das einzige war, was blieb, nachdem Motive ausgeschieden und Gelegenheiten genauer Prüfung unterzogen waren. Mit einem Nicken zu Canerone ging er aus dem Zimmer.

Als sie im Wagen saßen, brach St. James in Lynleys Gedanken ein. »Was ist, Tommy? Du glaubst doch nicht etwa, daß es gar kein Selbstmord ist?«

»Doch. Chas Quilter hat sich selbst das Leben genommen. Daran zweifle ich nicht. Für ihn gab es, soweit er sehen konnte, nur zwei Möglichkeiten: Entweder Schluß machen oder die Wahrheit sagen. Der Tod schien ihm die bessere Alternative.« Lynley schlug mit der Faust aufs Steuerrad: »Es steht groß und breit auf der verdammten Wand in der verdammten Kapelle. Ich habe es gelesen. Ich hab's mit eigenen Augen gelesen, St. James.«

»Was denn?«

»*Per mortes eorum vivimus*. Durch ihren Tod leben wir. Das Denkmal, das die Schule ihren ehemaligen Schülern setzte, die im Krieg gefallen sind. Und er hat's geschluckt, verdammt noch mal. Er hat das geschluckt und alles andere – das ungeschriebene Gesetz von unverbrüchlicher Loyalität, das ihn seinen Mitschülern gegenüber verpflichtete, genauso wie die Forderungen von Ehre und Anstand. Darum hat er sich das Leben genommen. St. James, er hängte sich lieber auf, als die Wahrheit zu sagen. Durch seinen Tod leben andere. Cecilia hat es am besten ausgedrückt. ›Er schützte die anderen.‹ Aber es gilt auch umgekehrt, nicht wahr? Man schützt keinen Freund, der einen selbst nicht schützt.«

»Willst du damit sagen, daß Chas Quilter den kleinen Whateley nicht getötet hat?«

»Ja. Er hat Matthew Whateley nicht getötet. Aber er war der Grund für Matthews Tod.«

Barbara Havers kam gerade aus der Kapelle, als Lynley und St. James durch das Haupttor der Schule traten. Sie sah zerzaust und sehr abgespannt aus.

»Nkata hat noch mal aus Exeter angerufen«, berichtete sie.

»Und?«

»Nichts zu finden, sagt er. Wenn dort vor dreizehn Jahren wirklich ein kleiner Eurasier zur Welt kam, dessen Adoption durch Giles Byrne vermittelt wurde, hat niemand davon gehört. Alle sagten das gleiche, als Nkata die Situation erklärte. Eine Adoption der Art, wie Byrne sie uns geschildert hat, wäre eine rein private Angelegenheit, die üblicherweise zwischen der Mutter, einem Anwalt und den Adoptiveltern vereinbart wird. Das wär's. Byrnes Geschichte ist erfunden. Aber wir haben Glück – der Verwaltungsrat sitzt schon den ganzen Abend in Lockwoods Konferenzzimmer, und Byrne ist auch dabei.«

Lynley war über Nkatas Mitteilung nicht überrascht. Im Gegenteil, ein weiteres Stück des Puzzles hatte damit seinen richtigen Platz gefunden. »Wie geht es Jean Bonnamy?«

Barbara Havers stieß mit der Schuhspitze gegen einen unebenen Stein im Boden. »Die Ärzte sind etwas optimistischer. Sie glauben, daß sie durchkommt.«

»Ist sie noch bewußtlos?«

»Ja, aber ehe sie in den Operationssaal gebracht wurde, kam sie kurz zu sich.«

»Konnte sie sprechen?«

»Wenig, aber es reichte.«

»Und?«

»Sie konnte den Freunden aus Horsham eine Beschreibung geben. Ich war dabei, als sie sie aufnahmen. Sie konnte den Angreifer nicht deutlich sehen, weil es ziemlich dunkel war, aber sie hat genug gesehen. Chas Quilter war es eindeutig nicht, Sir. An der Beschreibung paßt nichts. Weder die Körpergröße noch das Gewicht noch die Statur. Auch die Haarfarbe nicht. Und der Angreifer trug keine Brille. Wir tappen also wieder im Dunklen.«

Lynley schüttelte den Kopf. »Nein, Sergeant, wir haben unseren Mann. Ich zweifle keinen Moment, daß die Indizien, die die Spurensicherung gefunden hat, ausreichen werden, um ihn zu überführen.«

»Also, nehmen wir ihn fest?«

»Noch nicht. Eine Frage möchte ich mir noch beantworten lassen. Und zwar von Giles Byrne.«

Die Sitzung des Verwaltungsrats war eben zu Ende gegangen, als Lynley und St. James durch den Korridor des Verwaltungsgebäudes kamen. Die Tür zum Sitzungsraum stand offen, Schwaden kalten Zigarettenrauchs quollen heraus. Man hörte die Stimmen der Sitzungsteilnehmer, die gut gelaunt noch einige Worte tauschten, ehe sie aufbrachen; gleich darauf kamen sie aus dem Saal, acht Männer und eine Frau in angeregter Unterhaltung. Sie gingen an Lynley und St. James vorüber, ohne ihnen mehr Aufmerksamkeit zu widmen als ein kurzes Nicken, ehe sie in die Nacht hinaustraten. Es war Lockwood offensichtlich gelungen, dachte Lynley, alle Besorgnisse, die die Mitglieder seines Verwaltungsrats vielleicht über das Verschwinden und den Tod Matthew Whateleys geäußert hatten, zu beschwichtigen.

Alan Lockwood war noch im Sitzungszimmer. Er saß an dem großen Tisch, auf dem leere Kaffeetassen, Wasserkaraffen und überquellende Aschenbecher herumstanden, und sprach mit Giles Byrne. Als Lynley und St. James eintraten, zündete sich Byrne gerade eine Zigarette an und lehnte sich in seinem Sessel zurück. Alan Lockwood warf einen hastigen Blick zum Fenster, das nur einen Spalt geöffnet war, verkniff es sich jedoch, vermutlich aus politischer Klugheit, es weiter zu öffnen.

»Was nun die Festnahme angeht«, sagte Lockwood.

Byrne hob träge die Hand. »Ich glaube, wir überlassen es am besten dem Inspector persönlich, sich dazu zu äußern, Alan. Da kommt er gerade. Wie gerufen.« Byrne sog tief an seiner Zigarette.

Lockwood wandte sich zur Tür und sprang auf, als er Lynley und St. James sah. »Nun?« Es klang wie eine Forderung, scharf und gebieterisch. Es war zu vermuten, daß Lockwood mit zur Schau gestellter Autorität den Mann beeindrucken wollte, dem er seine Berufung an die Schule in erster Linie zu verdanken hatte.

Lynley reagierte nicht auf die Frage, sondern machte die beiden Männer zuerst einmal mit St. James bekannt und sagte dann ohne Übergang: »Matthew Whateley besuchte regelmäßig eine Frau in Cissbury namens Jean Bonnamy. Sie wurde heute am späten Nachmittag überfallen.«

»Was hat das denn –«

»Sie hat der Polizei eine Beschreibung des Täters gegeben, Mr. Lockwood. Es besteht kaum ein Zweifel, daß er aus diesem Internat kam.«

»Pritchard wurde streng bewacht. Er kann das Haus Kalchas unmöglich verlassen haben.«

»Es war nicht Clive Pritchard. Er war am Rande in die Sache verwickelt. Das läßt sich nicht leugnen. Aber er war nicht die treibende Kraft hinter den Ereignissen, die sich in der vergangenen Woche in Bredgar Chambers abspielten. Dazu war er nicht schlau genug. Er war lediglich eine Figur, die herumgeschoben wurde.«

»Eine Figur, die herumgeschoben wurde?«

Lynley trat weiter in den Raum. St. James stellte sich ans Fenster und beobachtete schweigend die Szene.

»Man könnte es mit einer Schachpartie vergleichen. Heute abend sind mir die Ähnlichkeiten aufgefallen. Genau gesagt, mir fiel auf, wie die weniger wichtigen Figuren von Beginn an geopfert wurden, um den König zu schützen. Genauso, wie man es mit den Bauern beim Schachspiel macht und dann, wenn einem nichts anderes übrigbleibt, auch mit den Springern und Türmen. Aber jetzt ist der König tot. Ich vermute, das war das einzige, was der Spieler überhaupt nicht erwartet hatte.«

Lynley setzte sich zu den zwei Männern an den Tisch und

schob eine Kaffeetasse zur Seite. Lockwood blieb nichts anderes übrig, als seinen Platz wieder einzunehmen.

»Was hat das alles zu bedeuten?« fragte er ungeduldig. »Mr. Byrne und ich haben Geschäftliches zu erledigen, Inspector. Wenn Sie gekommen sind, um Spiele zu –«

»Chas Quilter ist tot, Mr. Lockwood«, unterbrach Lynley. »Er hat sich heute abend in Stoke Poges erhängt.«

Lockwood murmelte lautlos den Namen des Jungen vor sich hin.

»Wie entsetzlich«, sagte Giles Byrne. »Alan, da ist es wohl besser, ich gehe jetzt. Vielleicht rufen Sie mich morgen vormittag an –«

»Bitte bleiben Sie, Mr. Byrne«, sagte Lynley.

»Das hat mit mir doch wohl nichts zu tun.«

»Ich fürchte doch«, entgegnete Lynley, als Byrne schon aufstehen wollte. »Es hat sehr viel mit Ihnen zu tun. Es hat mit einem krankhaften Bedürfnis nach Liebe und menschlicher Bindung zu tun. Und der Ursprung dafür ist, denke ich, bei Ihnen zu suchen.«

»Was soll das heißen?«

»Matthew Whateley ist tot. Chas Quilter ist tot. Jean Bonnamy liegt mit einem Schädelbruch im Krankenhaus. Das alles geschah, weil Sie nicht fähig sind, mit einem anderen Menschen in Beziehung zu treten, wenn er Ihnen nicht absolute Perfektion bietet.«

»Das ist eine Unverschämtheit.«

»Sie distanzierten sich von Ihrem Sohn, als er dreizehn Jahre alt war, nicht wahr? Weil er flennte, wie Sie sagten. Weil er Ihnen zu weich war.«

Giles Byrne drückte mit einer heftigen Bewegung seine Zigarette aus. »Und aus dem gleichen Grund tötete ich wohl Matthew Whateley?« zischte er. »Wollen Sie darauf hinaus? Wenn ja, dann lassen Sie es sich lieber gleich gesagt sein, daß ich mir das nicht ohne meinen Anwalt anhören werde. Und wenn Ihre Partie beendet ist, Inspector, um beim Schachspiel zu bleiben, kann ich nur in Ihrem Interesse hoffen, daß Sie eine Alternativlaufbahn einschlagen können, denn bei der Polizei werden Sie erledigt sein. Ich hoffe, ich habe mich klar genug ausgedrückt. Sie haben es jetzt nicht mit einem Halbwüchsigen zu tun, den Sie einschüchtern können. Ich würde Ihnen raten, sich Ihre Worte gut zu überlegen, ehe Sie fortfahren.«

Alan Lockwood mischte sich beschwichtigend ein. »Ich glaube kaum, daß der Inspector unterstellen will –«

»Ich weiß genau, was er unterstellen will. Ich weiß, was ihm in die Nase gestiegen ist. Ich weiß, was in den Köpfen von Leuten seines Schlags vorgeht. Ich habe es oft genug erlebt, um zu wissen –«

Eine Bewegung an der Tür lenkte Byrne ab, und er unterbrach seine zornige Tirade.

Brian Byrne stand dort, und hinter ihm Barbara Havers. »Hallo, Vater«, sagte er. »Wie nett von dir, mich wissen zu lassen, daß du hier bist.«

»Was hat das zu bedeuten?« fuhr Byrne Lynley an.

Barbara schloß die Tür und führte Brian zum Tisch. Er setzte sich, nicht neben seinen Vater, sondern ihm gegenüber. Lockwood lockerte seine Krawatte. Sein Blick huschte zwischen Byrne und dessen Sohn hin und her. Niemand sagte etwas. Draußen ging jemand vorbei, aber keiner schaute zum Fenster.

»Sergeant«, sagte Lynley.

Wie zuvor Clive Pritchard, machte Barbara Havers jetzt Brian Byrne auf seine Rechte aufmerksam, und während sie es tat, blätterte sie in ihrem Block. Als sie geendet hatte, begann Byrne sofort zu sprechen.

»Ich verlange einen Anwalt«, sagte Giles Byrne. »Auf der Stelle.«

»Wir sind nicht hier, um Sie zu vernehmen«, entgegnete Lynley. »Folglich ist das nicht Ihre Entscheidung, sondern die Brians.«

»Er will einen Anwalt«, blaffte Byrne. »Sofort.«

»Brian?« sagte Lynley nur.

Der Junge zuckte gleichgültig die Achseln.

»Geben Sie mir ein Telefon«, befahl Byrne. »Lockwood, ein Telefon!«

Lockwood wollte aufstehen, Lynley hielt ihn zurück.

»Brian, möchten Sie bei diesem Gespräch einen Anwalt dabei haben? Die Entscheidung liegt einzig bei Ihnen. Nicht bei Ihrem Vater. Nicht bei mir. Noch bei sonst jemandem. Wollen Sie einen Anwalt haben?«

Der Junge sah flüchtig seinen Vater an. »Nein«, sagte er.

»Herrgott noch mal!« schimpfte Byrne wütend und schlug mit einer Hand auf den Tisch.

»Nein.« Brians Stimme war fest.

»Das soll doch nur eine Strafe –«

»Nein«, sagte Brian wieder.

Byrne wandte sich wütend Lynley zu. »Das haben Sie eingefädelt. Sie wußten, daß er ablehnen würde. Wenn Sie sich auch nur einen Moment einbilden, daß ein ordentliches Gericht eine solche Vorgehensweise akzeptieren wird, müssen Sie verrückt sein.«

»Möchten Sie einen Anwalt haben, Brian?« wiederholte Lynley ruhig.

»Ich habe gesagt, nein.«

»Verdammt noch mal, hier geht's um Mord, du Idiot!« schrie Byrne. »Zeig doch wenigstens einmal in deinem Leben einen Funken Verstand.«

Brian warf den Kopf zur Seite. Das Zucken an seinem Mundwinkel, das Lynley schon früher beobachtet hatte, verstärkte sich, und der Junge drückte sich die Faust auf die Wange, um den Muskel stillzuhalten.

»Hörst zu mir zu? Hörst du mich, Brian?« fragte Byrne scharf. »Wenn du nämlich glauben solltest, ich werde hier sitzenbleiben und zusehen, wie du –«

»Geh raus«, sagte Brian.

Byrne legte sich über den Tisch, packte den Jungen beim Arm und riß ihn vorwärts. »Du hältst dich wohl für sehr gescheit, was? Jetzt hast du mich soweit, daß ich vor dir kriechen muß. Geht's dir darum? Ist es das, was du willst? Dann solltest du lieber mal gründlich nachdenken, mein Junge. Wenn nicht, werde ich zu dieser Tür hinausgehen, und du kannst diese Suppe allein auslöffeln. Ist das klar? Hast du mich verstanden?«

»Raus!« sagte Brian.

»Ich warne dich, Brian. Das ist kein Spiel mehr. Du hörst mir jetzt zu. Verdammt noch mal, hör mir zu. Dazu wirst du doch wenigstens fähig sein, wenn du schon sonst nichts kannst.«

Brian riß sich so gewaltsam von seinem Vater los, daß er auf seinen Stuhl zurückflog. »Raus!« schrie er. »Fahr heim nach London. Bums mit deiner Reva, oder wie sie heißt. Aber hau endlich ab. Laß mich allein. Das konntest du immer schon am besten.«

»Du bist wie deine Mutter«, sagte Byrne verächtlich. »Genau wie deine Mutter. Widerlich. Alle beide.«

»Dann hau ab!« schrie Brian wieder.

»Dieses Vergnügen werde ich dir nicht machen«, zischte Byrne und griff nach seinen Zigaretten. Die Flamme seines Feuerzeugs zitterte, als er die Zigarette anzündete. »Verhören Sie ihn, soviel Sie wollen, Inspector. Ich habe mit diesem Burschen nichts mehr zu tun.«

»Ich brauche dich überhaupt nicht«, brüllte Brian. »Ich habe selber Freunde. Ich hab Freunde genug.«

Nicht mehr, dachte Lynley. »Chas Quilter ist tot«, sagte er. »Er hat sich heute abend erhängt.«

Brian wirbelte herum. »Das ist gelogen.«

»Nein. Es ist die Wahrheit«, sagte St. James vom Fenster her. »Wir sind eben aus Stoke Poges zurückgekommen, Brian. Chas war zuerst bei Cecilia. Danach erhängte er sich an der Eibe im Friedhof. Du weißt, welche ich meine.«

»Nein!«

»Er meinte wohl, damit schlösse sich der Kreis des Verbrechens«, sagte Lynley. »Vielleicht suchte er sich die Eibe aus, weil er nicht genau wußte, wo du Matthew niedergelegt hattest. Hätte er gewußt, unter welchem Baum du Matthew am Samstag abend niedergelegt hattest, so hätte er bestimmt den gewählt. Es wäre eine Art von Gerechtigkeit nach seinem Sinn gewesen.«

»Ich war es nicht!«

»Doch Brian, du warst es. Du hast es für Freundschaft getan. Für Liebe. Um dir die Zuwendung desjenigen Menschen zu sichern, den du am meisten bewundert hast. Du hast Matthew Whateley für Chas getötet, nicht wahr?«

Er begann zu weinen.

Sein Vater sagte: »O Gott. Nein.« Und dann nichts mehr.

Lynley sprach ruhig und gedämpft, wie ein Vater, der ein Märchen erzählt und nicht die Geschichte eines Verbrechens. »Ich vermute, Chas kam entweder noch spät am Dienstag abend zu dir oder vielleicht irgendwann am Mittwoch. Und Chas kam zu dir, Brian, um dir alles zu erzählen.«

Der Junge hielt die Hände auf sein Gesicht gedrückt und weinte.

»Er hatte Angst«, fuhr Lynley fort. »Er fürchtete, Matthew könnte melden, was er gesehen hatte. Und das sagte er dir. Er brauchte einfach jemanden, mit dem er darüber sprechen konnte. Er hatte überhaupt keine Absicht, Matthew etwas anzutun. Er suchte wahrscheinlich nur Beruhigung bei dir, so wie das unter Freunden üblich ist. Aber dir ist schnell ein Mittel eingefallen, um seine Befürchtungen zu stillen, nicht wahr? Und um dich gleichzeitig seiner immerwährenden Freundschaft zu versichern.«

»Aber er war doch mein Freund. Er war es sowieso.«

»Ja, sicher, er war dein Freund. Aber es bestand die Gefahr, daß du ihn verlieren würdest, wenn er nach Cambridge ging; besonders, falls du selbst dort nicht genommen werden solltest. Darum wolltest du ihn an dich binden, du wolltest etwas, das sicherer war als die Verbundenheit gemeinsam verbrachter Schuljahre. Und das Mittel dazu war Matthew Whateley. Und ebenso Clive Pritchard. Dein Plan nützte allen Beteiligten. Clive konnte sich mit Matthew vergnügen – ihn am Freitag nach dem Sport oben in der Dachkammer über dem Trockenraum mit brennenden Zigaretten foltern, um ihn dazu zu bringen, ihm das Versteck der zweiten Kassette zu sagen –, Chas würde wieder ruhig schlafen können, da er nach Matthews Tod nicht mehr fürchten mußte, daß der Kleine ihn verraten würde, und du konntest Chas mit der Tat den unwiderlegbaren Beweis deiner selbstlosen Freundschaft liefern.«

»Das ist nicht wahr«, sagte Giles Byrne. »Das kann nicht wahr sein. Sag es ihm. Es kann nicht wahr sein.«

»Es war ein kluger Plan, Brian. Sehr kühn und sehr intelligent. Du wolltest Matthew töten, um Chas zu beschützen, und Clive würde glauben, er selbst sei am Tod des Jungen schuld. Ich nehme an, du holtest dir Miss Bonds Schlüssel aus ihrem Fach in der Garderobe vor dem Lehrerzimmer. Das dürfte nicht schwer gewesen sein, und du konntest ziemlich sicher sein, daß ihr der Schlüssel am Wochenende nicht fehlen würde. Am späten Freitag abend holtest du Matthew aus der Dachkammer in Kalchas. Du brachtest ihn in den Chemiesaal und tötetest ihn im Abzug. Dann trugst du ihn zurück, damit Clive ihn, wenn er das nächstemal in die Kammer hinaufging, tot vorfinden und

– da er ja nicht wissen konnte, wie er gestorben war – glauben würde, er sei schuld. In seiner Panik würde der selbstverständlich zu dir kommen und dich um Hilfe bitten. Und du würdest ihm anbieten, die Leiche verschwinden zu lassen. Clive wird dir sehr dankbar gewesen sein und selbstverständlich bereit, dir zu helfen. Du brauchtest keine Angst zu haben, daß er dich verraten würde, weil er damit ja sich selbst verraten hätte. Aber Chas wußte die Wahrheit, nicht wahr? Ich denke, du mußtest sie ihm sagen, denn nur so konntest du ihm ja zeigen, was du aus Liebe zu ihm für ihn getan hattest. Er wußte es also. Vielleicht nicht von Anfang an. Aber er hat es erfahren. Von dir selbst. Als du fandest, es wäre an der Zeit, dich seiner Dankbarkeit zu versichern.«

Alan Lockwood protestierte. »Wie soll denn das alles geschehen sein. Wir haben hier Hunderte von Schülern – einen Aufsichtslehrer – es ist ausgeschlossen. Ich glaube es nicht.«

»Die meisten Schüler waren über das Wochenende nicht hier. Das Internat war praktisch verlassen.«

Selbst jetzt schaffte es Lynley nicht hinzuzufügen, daß der Aufsichtslehrer – John Corntel – vergessen hatte, seine Runde zu machen, und Brian, dessen Zimmer sich gleich neben Corntels Räumen befand, wahrscheinlich gewußt hatte, daß Corntel an diesem Abend nicht allein war.

»Aber warum? Warum?« fragte Lockwood. »Was hatte Chas Quilter denn zu fürchten?«

»Er kannte die Vorschriften, Mr. Lockwood. Er hatte intime Beziehungen zu einem Mädchen dieser Schule gehabt. Sie erwartete ein Kind von ihm. Er nahm einen der schuleigenen Busse, um zu ihr zu fahren. Er hatte die Wahrheit über Clive Pritchards Mißhandlungen an Harry Morant verheimlicht. Er war fest überzeugt, daß er aus der Schule ausgeschlossen werden würde, wenn das alles ans

Licht käme, und glaubte, damit würde seine ganze Zukunft zerstört werden. Sein Fehler war, daß er das alles Brian anvertraute. Brian sah nämlich sofort, wie er es verwenden konnte, um sich Chas' Dankbarkeit zu sichern. Aber Brian berücksichtigte nicht, daß Chas schwer unter Schuldgefühlen leiden würde, ganz zu schweigen von der Angst, doch entdeckt zu werden. Die Gefahr der Entdeckung war nämlich mit Matthew Whateleys Tod nicht gebannt. Ich zweifle nicht daran, daß Chas auch darüber mit Brian sprach. Und Brian, der zwar einsah, daß er Chas die Schuldgefühle nicht nehmen konnte, meinte, er könnte wenigstens die Gefahr beseitigen. Darum überfiel er Jean Bonnamy. Um Chas erneut seine Liebe und Freundschaft zu beweisen und Chas damit noch fester an sich zu binden.«

Brian zog die Hände vom Gesicht und sah auf. Seine Augen waren stumpf. »Soll ich das jetzt alles bestätigen? Geht es Ihnen darum?«

»Brian, um Gottes willen«, flehte sein Vater.

Doch Lynley schüttelte den Kopf. »Das ist nicht nötig. Wir haben die Indizien aus dem Chemiesaal, dem Kleinbus und der Mansarde im Haus Kalchas. Wir haben die Beschreibung, die Jean Bonnamy uns von Ihnen gegeben hat, und wir werden an Ihren Kleidern fraglos Spuren ihres Bluts, ihres Haares und ihrer Haut finden. Wir wissen, daß Sie in der Chemie nicht unbewandert sind. Und Clive Pritchard wird uns, denke ich, letztendlich die Wahrheit sagen. Im Gegensatz zu Chas wird er kaum bereit sein, sich das Leben zu nehmen, nur um Sie zu schützen, wenn er einmal erfahren hat, wie Matthew Whateley umgekommen ist. Sie brauchen uns nichts zu bestätigen, Brian. Das ist nicht der Grund, weshalb ich Sie holen ließ.«

»Warum dann?«

Lynley zog die beiden Schulkrawatten aus der Tasche. Er breitete sie auf dem Tisch aus. »Die eine dieser Krawatten ist vorherrschend gelb, die andere blau. Würden Sie mir zeigen, welche was ist, Brian?«

Der Junge hob die Hand und ließ sie wieder sinken, jetzt so unfähig zu entscheiden wie vor zwei Tagen, als er zum Hockeyspiel das falsche Trikot gewählt hatte. »Ich – ich weiß nicht. Ich kann es nicht unterscheiden. Die Farben – ich habe Schwierigkeiten –«

»Nein!« Giles Byrne sprang auf. »Gott verdamm mich! Das reicht!«

Lynley stand ebenfalls auf. Er rollte die Krawatten wieder zusammen und sah auf den Jungen hinunter. Er hätte jetzt gern gerechten Zorn und Triumph in sich verspürt, die bittere Genugtuung darüber, daß ein Mord gesühnt und ein Mörder überführt war und seine gerechte Strafe erleiden würde. Aber er empfand nichts dergleichen und wußte, daß aus den Trümmern dieser letzten Tage nicht einmal der Hauch eines Gefühls von wohlgetaner Vergeltung aufsteigen würde.

»Als du Matthew Whateley tötetest«, fragte er schwer, »wußtest du da, daß er dein Bruder ist?«

Barbara ging in Lockwoods Büro, um die Dienststellen in Horsham und Slough anzurufen. Es waren Höflichkeitsanrufe. Der offizielle Austausch von Informationen würde später erfolgen, wenn die Aussagen gesammelt vorlagen und die Berichte geschrieben waren.

St. James und Lockwood blieben mit Brian Byrne im Sitzungszimmer, während Lynley ging, um den Vater des Jungen zu suchen. Giles Byrne war, kurz nachdem Lynley seine letzte Frage gestellt hatte, aufgestanden und gegangen, ohne auf Brians Antwort zu warten. Er hatte es sich erspart, die anfängliche Verwirrung auf dem Gesicht seines Sohnes ansehen zu müssen, das langsame Begreifen, das schließlich verzweifeltem Entsetzen gewichen war.

Brian hatte die Realität rasch genug erkannt. Es war, als wäre mit Lynleys Frage eine Reihe von Erinnerungen freigesetzt worden, die er ihrer Schmerzlichkeit wegen bisher fest eingesperrt gehalten hatte.

»Es war Eddie«, sagte er nur. »Es war Eddie, nicht wahr? Und meine Mutter. Der Abend im Arbeitszimmer... Sie waren dort...« Er schrie erstickt auf. »Ich wußte es nicht!« Er senkte den Kopf.

Danach erzählte er schluchzend, in abgerissenen Sätzen. Die Geschichte unterschied sich nur in Details von Lynleys Mutmaßungen. Dreh- und Angelpunkt war Chas Quilter. Brian hatte ihn am vergangenen Samstag abend nach Stoke Poges begleitet. Chas hatte über seinen eigenen Sorgen die in eine Decke gehüllte Gestalt hinten auf dem Boden im Kleinbus nicht bemerkt. Sein Verlangen, mit Cecilia allein zu sein, hatte ihn veranlaßt, ohne Überlegung Brians Angebot, vor dem Haus der Streaders im Bus auf ihn zu warten, anzunehmen. Er wußte nicht, daß Brian diese Zeit dazu genutzt hatte, die Leiche fortzuschaffen.

Lynley verließ, nachdem er St. James durch einen Blick bedeutet hatte, bei dem Jungen zu bleiben, den Sitzungsraum. Der Korridor draußen war dunkel, doch an seinem Ende stand die Tür zum Vorplatz offen, und dort konnte Lynley schwaches Licht erkennen. Es kam aus der Kapelle.

Giles Byrne saß unter der Gedenktafel, die er für Edward Hsu hatte anbringen lassen. Er verriet durch nichts, ob er Lynley kommen hörte. Reglos und kerzengerade saß er in dem Kirchenstuhl, jeder Muskel seines Körpers angespannt.

Als Lynley sich zu ihm setzte, fragte er leise: »Was geschieht jetzt?«

»Er wird von der Polizei aus Horsham abgeholt werden. Ebenso Clive Pritchard.«

»Und weiter?«

»Alles weitere liegt in den Händen der Staatsanwaltschaft.«

»Wie bequem für Sie, Inspector. Ihre Arbeit ist getan, nicht wahr? Alles sauber gebündelt und verschnürt. Sie machen sich mit dem befriedigenden Gefühl, der Wahrheit ans Licht geholfen zu haben, aus dem Staub. Wir anderen bleiben und müssen zusehen, wie wir mit allem fertigwerden.«

Lynley verspürte einen Impuls, sich zu rechtfertigen, aber er tat es nicht. Er war zu müde und zu niedergeschlagen, um es auch nur zu versuchen.

»Sie hat es alles mit voller Überlegung getan«, sagte Byrne abrupt. »Meine Frau hat Edward Hsu nicht geliebt. Ich glaube nicht, daß sie überhaupt imstande ist, einen anderen zu lieben. Sie brauchte Bewunderung. Sie mußte das Begehren in den Augen der Männer sehen. Und stärker als alles andere war am Ende ihr Verlangen, mich zu verletzen. Darauf läuft es immer hinaus, nicht wahr, wenn eine Ehe in die Brüche geht?«

Im Halbdunkel der Kapelle wirkte Byrnes Gesicht eingefallen, geschwärzt von den Schatten unter seinen Augen und Wangenknochen.

»Wie sind Sie dahintergekommen, daß meine Frau Matthews Mutter war?«

»Ihre Geschichte von seiner Geburt in Exeter erwies sich als falsch. Sie leugneten, die Mutter gekannt zu haben, aber eine Adoption hätte nicht so vereinbart werden können, wie Sie es uns beschrieben hatten – nur zwischen Ihnen, einem Anwalt und den Whateleys. Es blieben also zwei Möglichkeiten. Entweder hatte die Mutter an der Adoptionsvereinbarung teilgenommen oder aber sie hatte ihr Kind Ihnen überlassen, dem Mann, der vor dem Gesetz sein Vater war.«

Byrne nickte bestätigend. »Sie bediente sich Eddies, um

sich an mir zu rächen. Unsere Ehe war schon mehr als wacklig, als er zu uns kam. Als Brian kam – im Grund auch nur ein Mittel, um die Ehe zu retten –, war es praktisch vorbei, jedenfalls von meiner Seite. Sie war eine oberflächliche Person. Ich gab ihr das deutlich zu verstehen.«

Lynley konnte sich vorstellen, wie Giles Byrne seiner Frau seine Ernüchterung beigebracht hatte; zweifellos ohne jede Rücksicht auf ihre Gefühle, ohne ihren Stolz zu schonen. Byrnes nächste Worte bestätigten seine Vermutung.

»Sie war mir geistig nicht gewachsen, Inspector, und hatte meinem Spott nichts entgegenzusetzen. Aber sie wußte, wie sehr ich Edward Hsu liebte, darum benützte sie ihn, um mich zu treffen. Edward zu verführen, diente gleich zwei Zwecken. Sie konnte mich damit strafen und gleichzeitig sich selbst beweisen, daß sie noch begehrenswert war. Ich hatte sie im Arbeitszimmer überrascht – meine Frau und Eddie. Es gab einen fürchterlichen Krach. Brian – er war noch nicht einmal fünf Jahre alt – kam dazu.« Byrne schien das Spiel von Licht und Schatten auf dem traurigen Gesicht des steinernen Engels auf dem Altar zu beobachten. »Ich sehe ihn noch vor mir. Er stand in der Tür, im Arm irgendein Stofftier, und nahm alles mit großen Augen auf. Seine Mutter splitternackt, ohne auch nur daran zu denken, sich etwas überzuziehen. Sein Vater weißglühend vor Wut, brüllend und fluchend. Und Edward zusammengekauert auf dem Sofa, wo er sich am liebsten hinter den Kissen versteckt hätte. Er weinte. O Gott, dieses schreckliche Weinen.«

»Und wie lange danach nahm er sich das Leben?«

»Keine Woche später. Er verließ unser Haus noch am selben Abend und kehrte in die Schule zurück. Ich habe immer wieder versucht, mit ihm zu sprechen, ihm zu erklären, daß das alles nicht seine Schuld war. Aber er war überzeugt, unsere Freundschaft verraten zu haben. Die

Tatsache, daß meine Frau es bewußt darauf angelegt hatte, ihn zu verführen, konnte er als Entschuldigung nicht gelten lassen. Und darum brachte er sich um. Weil er wußte, daß ich ihn liebte. Weil er seinen Freund und Mentor verraten zu haben glaubte, indem er sich mit dessen Frau eingelassen hatte.«

»Dann hat er von der Schwangerschaft nichts gewußt?«

»Nein.«

»Und Brian wußte nichts von alledem?«

»Nein. Er hat es nie erfahren. Er hat die Szene im Arbeitszimmer miterlebt, aber er verstand ihre Bedeutung nicht. Und Matthew ist er nie begegnet.«

»Bis Matthew nach Bredgar Chambers kam.«

»Ja.« Byrne sah sich in der Kapelle um. Am Fuß des steinernen Engels erlosch flackernd eine Kerze. Der Geruch des verbrannten Dochts wehte herüber.

»Ich hielt es nur für recht, Matthew auf die Schule zu schicken, die sein Vater besucht hatte. Genauso wie ich es bei Brian tat. Wie es in so vielen Familien üblich ist. Eine Generation von Vätern nach der anderen glaubt, sie könne den Söhnen etwas mitgeben, was diese zu den Menschen bilden wird, die zu werden sie selbst nie geschafft haben.«

22

Es regnete nur noch leicht, als Lynley vor dem Osttor von Bredgar Chambers in seinen Wagen stieg. Vor ihnen glitt die Limousine der Kriminalpolizei von Horsham unter den alten Bäumen hindurch und verschwand hinter einer Biegung der Auffahrt. Abgesehen von einigen Lampen war das Schulgelände dunkel, wie ausgestorben. Wenn ein Aufsichtslehrer die Runde machte, um darauf zu achten, daß alles seine Ordnung hatte, so zeigte er sich nicht.

Barbara Havers, die hinten saß, gähnte. »Ich kann verstehen, wie Brian es schaffte, Matthew vom Haus Kalchas zum Chemiesaal zu bringen«, sagte sie. »Der arme Kerl glaubte wahrscheinlich, er würde mitten in der Nacht von seinem eigenen Aufsichtsschüler gerettet. Er ist bestimmt brav mitgegangen, auch wenn Brian ihm vielleicht den Knebel und die Fesseln an den Händen nicht abgenommen hatte. Und als er merkte, daß der vermeintliche Retter ihn in die falsche Richtung führte – zum naturwissenschaftlichen Gebäude und nicht zum Haus Erebos –, machte Brian wahrscheinlich kurzen Prozeß und fesselte ihm die Füße wieder und trug ihn in den Chemiesaal.

Was ich nicht verstehe, ist, wie Brian es schaffte, die Leiche vom Chemiesaal wieder ins Haus Kalchas zu bringen und von da zum Kleinbus, ohne von einer Menschenseele gesehen zu werden.«

»Es war niemand da, der ihn hätte sehen können«, antwortete Lynley. »Es war mitten in der Nacht. Corntel, der eigentlich Dienst gehabt hätte, machte seine Runden nicht, die meisten Schüler waren weg, die anderen in ihren Betten. Vom Haus Kalchas zum naturwissenschaftlichen Gebäude ist es nicht weit. Selbst wenn er Matthew über der Schulter getragen hat, dürfte er nicht mehr als dreißig Sekunden für den Weg gebraucht haben, vielleicht sogar weniger. Er brauchte nur über den Rasen zu laufen, dann über den Weg, und schon war er wieder im Haus Kalchas. Gefährlicher war die Sache Samstag abend, aber da hatte Brian ja Hilfe. Clive Pritchard, der glaubte, er sei an Matthew Whateleys Tod schuld, ging ihm zur Hand, weil er meinte, Brian wolle ihn vor Entdeckung schützen, und keine Ahnung hatte, daß es sich genau umgekehrt verhielt.«

»Und nachdem Clive Brian geholfen hatte, die Leiche in den Kleinbus zu verfrachten«, sagte Barbara, »konnte er nach Cissbury abzischen und sich ein schönes Alibi besorgen.«

»Während Brian und Chas nach Stoke Poges fuhren.«

»Ziemlich spät für einen Besuch«, meinte Barbara. »Es muß doch nach Mitternacht gewesen sein, als sie dort ankamen.«

»Aber Cecilia wußte, daß die Streaders das Wochenende bei ihrer Tochter verbrachten«, bemerkte St. James. »Das sagte sie Sonntag abend vor der Polizei aus. Da spielte es keine Rolle, wann Chas ankam, Hauptsache, er kam überhaupt.«

»Sie wußte, er würde entweder per Anhalter fahren oder wieder den Kleinbus nehmen müssen«, fügte Lynley hinzu. »Da hätte sie ihn sowieso nicht viel früher erwartet.«

»Wie unnötig das alles war!« sagte Barbara. »Warum, zum Teufel, hat Chas Quilter nicht einfach die Wahrheit gesagt? Warum mußte er sich umbringen?«

»Er sah keinen Ausweg, Havers. Für ihn war die Situation hoffnungslos. Und ganz gleich, was er getan hätte, immer hätte er damit einen anderen verraten.«

»Natürlich, und petzen wollte er unter keinen Umständen«, sagte sie mit Verachtung. »Darauf läuft's doch hinaus, nicht? Das ist alles, was er in Bredgar Chambers gelernt hatte. Die Wahrheit aus Loyalität zu den Mitschülern verschweigen. Erbärmlich, wirklich. Was bringen diese prächtigen Schulen für armselige Geschöpfe hervor.«

Lynley trafen ihre Worte tief. Er antwortete nicht. Er konnte nicht.

Sie fuhren am Pförtnerhaus vorbei. Elaine Roly stand auf der schmalen Veranda und hinter ihr, von der Tür umrahmt, Frank Orten mit einem seiner Enkel auf dem Arm.

»Na, wie lang wird sie noch versuchen, ihn zu ködern?« fragte Barbara, als das Scheinwerferlicht des Bentley die beiden Gestalten einen Moment einfing. »Man sollte eigentlich meinen, daß sie nach siebzehn Jahren aufgeben würde.«

»Wenn sie ihn liebt, nicht«, entgegnete Lynley. »In vielen Dingen geben die Menschen auf, Havers. Aber selten in der Liebe.«

Es war Mitternacht, als es klopfte, aber Kevin Whateley und seine Frau waren auf den Besuch vorbereitet. Man hatte sie kurz vor elf aus Bredgar Chambers angerufen, um ihnen mitzuteilen, daß die Polizei noch einmal bei ihnen vorbeikommen würde.

Die beiden Beamten waren in Begleitung einer dritten Person, eines sehr schlanken Mannes mit einer Stahlschiene am linken Bein und ungelenkem Gang. Inspector Lynley stellte ihn vor, aber Kevin hörte nur das Wort »forensisch«, dann blendete er sich aus dem Gespräch aus.

Kevin beobachtete, wie Inspector Lynley mit seinen dunklen Augen Patsy musterte, die Blutergüsse an ihren Armen, das dunkel verfärbte Auge, ihre vorsichtigen Bewegungen beim Gehen, wie sie dabei eine Hand auf die Rippen drückte, als müsse sie sie schützen. Wie aus weiter Ferne hörte er die rasche Frage des Inspectors. Patsys Antwort war ruhig. Ein Sturz auf der Treppe. Sie schmückte die Geschichte sogar noch ein wenig aus. Sie sei die Treppe *hinauf*gefallen. Man stelle sich das vor.

Sie vermied es, Kevin anzusehen, während sie sprach. Aber der Inspector sah ihn an. Er war offensichtlich kein Dummkopf. Er wußte, was passiert war. Und die Beamtin in seiner Begleitung wußte es auch. Sie war richtig taktvoll. Kann ich jemanden für Sie anrufen? Eine Freundin vielleicht, die Sie gern besuchen würden? Es hilft manchmal, eine Freundin dazuhaben, wenn man jemanden verloren hat, den man geliebt hat. Es war klar, was sie damit sagen wollte. Am besten verschwindest du aus dem Haus, Pats. Wer weiß, was sonst noch passiert.

Patsy schien den Vorschlag nicht übelzunehmen. Sie zog ihren widerlich riechenden Morgenrock fest um sich und setzte sich auf das Sofa.

»Wir haben eine Verhaftung vorgenommen«, sagte der Inspector. »Das wollte ich Sie gleich wissen lassen. Darum sind wir so spät noch gekommen.«

Die Worte drangen wie aus weiter Ferne an Kevins Ohr. »Wir haben eine Verhaftung vorgenommen«. Es war also vorbei.

Er hörte Patsys Stimme, aber ihre Antwort auf die Worte des Inspectors erreichte ihn nicht. Nichts drang mehr zu ihm durch nach dieser Erklärung. »Wir haben eine Verhaftung vorgenommen«. Aus irgendeinem Grund ging mit diesen Worten eine Endgültigkeit einher, auf die Kevin nicht gefaßt gewesen war. Matthews Tod wurde Realität. Es war kein Alptraum mehr, aus dem Kevin zu erwachen hoffen konnte. Diese Möglichkeit war aufgehoben. Die Polizei nimmt bei Alpträumen keine Verhaftung vor. Sie nimmt nur Verhaftungen vor, wenn der Alptraum Wirklichkeit ist.

Kevin merkte selbst erst, daß er aufgestanden war, als er hörte, wie Patsy ihn beim Namen rief. Aber da war er schon an der Treppe, und ohne sich umzudrehen, stieg er die Stufen hinauf wie von Nebeln eingehüllt. Unten hörte er das Gespräch, das weiterging. Fragen wurden gestellt. Namen wurden genannt. Teilnahme wurde ausgedrückt. Aber all das interessierte Kevin nicht. Seine Aufmerksamkeit war einzig auf die Treppe gerichtet, die er Schritt um Schritt hinaufging, das Holz hart unter seinen Füßen.

Die Tür zu Matthews Zimmer stand offen. Kevin ging hinein, schaltete das Licht an und setzte sich auf das Bett. Er sah sich alles an, betrachtete jeden Gegenstand in all seinen Einzelheiten und versuchte, das Bild seines Sohnes heraufzubeschwören. Da war die Kommode, neben der Matthew sich morgens immer angezogen hatte. Er hatte die Sachen kunterbunt herausgerissen, vor lauter Eile hinauszukommen. Da war der Schreibtisch, an dem er immer seine Hausaufgaben gemacht und die kleinen Häuser für ihre elektrische Eisenbahnanlage gebastelt hatte. Da, auf dem Korkbrett an der Wand, hatte er Fotos von Familienausflügen hingepinnt, Bilder von Lokomotiven, Andenken an Ferien, die sie gemeinsam verbracht hatten. Dort auf dem Regal standen seine Bücher und die schmuddeligen Stofftiere, von denen er sich nicht hatte trennen können. Aus diesem Fenster hatte er sich hinausgelehnt, um die Boote auf der Themse zu beobachten. Und in diesem Bett hatte er dreizehn Jahre lang sicher und wohlbehalten geschlafen.

»Mattie, Mattie, Matt«, flüsterte er. Aber keiner antwortete. Nichts war in diesem Zimmer außer den Gegenständen, die Matthew gehört hatten. Aber sie waren nicht sein Sohn. So verzweifelt er es versuchte, er konnte Matthew aus dem Holz, dem Papier, dem Glas, dem Stoff, die alle zu seinem Leben gehört hatten, nicht hervorlocken.

Schau doch, Dad! Schau her, schau her!

Kevin wünschte sich so sehr, es zu hören. Aber die Stimme blieb stumm. Nur wenn er die Worte selbst sagte, gewannen sie Leben. Matthew würde sie nie wieder sagen.

»Wir haben eine Verhaftung vorgenommen.« Es war vorbei.

Kevin stand vom Bett seines Sohnes auf und ging zur Kommode. An ihrem Fuß lehnte der Marmorblock, den er erst gestern mit nach Hause gebracht hatte. Er hob ihn hoch, trug ihn zum Bett zurück, legte ihn auf seine Knie. In der Tasche hatte er den Bleistift, den er bei der Arbeit zu benützen pflegte. Er kramte ihn heraus, hielt ihn in der Hand und starrte auf den Stein.

Seine Hand zitterte über dem fein gemaserten glatten Stein. »Mattie«, flüsterte er. »Mattie. Mattie.«

Er drückte den Bleistift auf den kalten Marmor. Er zeichnete den ersten Buchstaben. Er schrieb den Namen. Darunter die Worte »Geliebter Sohn«. Und darunter die weiche Rundung einer Muschelschale.

»Es wird ein Nautilus, Mattie«, sagte er. Aber es kam keine Antwort. Matthew war wirklich tot.

»Kev!«

Patsy war ins Zimmer getreten. Er konnte sie nicht ansehen. Er fuhr in seiner Arbeit fort.

»Sie sind weg, Kev. Der Inspector hat gesagt, wir können Mattie jetzt holen.«

Er konnte nicht sprechen. Jetzt nicht. Nicht über Matthew. Nicht mit seiner Frau. Er fuhr mit seiner Arbeit fort. Sie kam zum Bett. Er fühlte, wie sie sich neben ihn setzte, und wußte, daß sie las, was er auf den Stein geschrieben hatte. Als sie sprach, war ihre Stimme voll Zärtlichkeit. Sie legte ihre Hand auf die seine.

»Das fände er schön, Kev. Die Muschel würde Mattie gefallen.«

Er ließ den Bleistift fallen. Einen letzten Moment noch klammerte er sich an die kalte Härte des Marmors auf seinem Schoß. Daß sie bereit war, ihm die Hand zu reichen und zu verstehen.

»Patsy –« Er konnte nicht weiter.

»Ich weiß ja«, sagte sie. »Ich weiß.«

Er begann zu weinen.

Barbara wartete, bis Lynley abgefahren war, ehe sie das letzte Stück zum Haus ihrer Eltern in Acton ging. Wegen der fortgeschrittenen Stunde hatte er sie bis vor die Tür fahren wollen, aber sie hatte ihn beredet, sie an der Ecke Gunnersbury Lane und Uxbridge Road abzusetzen. Sie brauche ein paar Minuten frische Luft, einen kleinen Spaziergang, um wieder einen klaren Kopf zu bekommen, hatte sie behauptet.

Zuerst hatte Lynley Einwendungen erhoben. Er fand es leichtsinnig, daß sie spät abends allein durch die dunklen Straßen eines Londoner Vororts gehen wollte.

Aber sie hatte nicht nachgegeben, und vielleicht hatte er hinter ihren Worten ihr dringendes Bedürfnis gespürt, in Ruhe gelassen zu werden; vielleicht hatte er verstanden, wie wichtig es ihr war, daß er nicht sah, in welchen Verhältnissen sie lebte. Er war immerhin ein scharfer Beobachter und hatte gewiß nicht übersehen, wie verkommen und schäbig Teile der Gegend waren, die sie gerade durchfahren hatten. Wie dem auch sein mochte, er hatte schließlich widerstrebend nachgegeben und den Wagen unter einer Straßenlampe angehalten.

»Havers, soll ich Sie wirklich nicht nach Hause fahren?«

»Mir passiert schon nichts, Sir. Wirklich.« Sie kramte in ihrer Umhängetasche und holte ihre Zigaretten heraus. »Bis morgen, dann.« Sie wünschte St. James gute Nacht und trat vom Wagen zurück.

Es war sehr still und sehr dunkel, Mond und Sterne von Regenwolken verhüllt. Das einzige Geräusch war das rhythmische Klappern ihrer Absätze auf dem Pflaster.

Vor dem Haus warf sie ihre Zigarette weg und ging über den betonharten Vorplatz aus festgetrampelter Erde, den nicht einmal der Regen aufzuweichen vermocht hatte. Sie stieg die Stufen zur Tür hinauf und suchte dabei ihre Schlüssel in der Tasche. Sie war todmüde und fühlte sich schwach. Es war ein zermürbender Tag gewesen.

Das Summen fiel ihr sofort auf, als sie die Tür öffnete. Es war ein eintöniges Geräusch, aus zwei Tönen nur bestehend, die sich ständig wiederholten. Es kam von der Treppe, und Barbara sah auf der zweiten Stufe von unten eine Gestalt hocken, die Arme um die Beine geschlungen, den Kopf auf den Knien.

»Mama?« flüsterte sie.

Das Summen ging weiter. Mit zitternder Stimme flocht ihre Mutter ein paar Wörter ein. »Fahre nicht nach Argentinien...«

Barbara ging zu ihr. »Mama? Wieso bist du nicht im Bett?«

Doris Havers hob den Kopf. Ihr Mund verzog sich zu einem leeren Lächeln. »Es gibt dort tatsächlich Lamas, Kind. In dem Zoo. In Kalifornien. Aber ich glaube, wir können nicht fahren.«

Obwohl ihr Gewissen von ihr forderte, sich bei ihrer Mutter dafür zu entschuldigen, daß sie sie nicht hatte wissen lassen, wie spät sie nach Hause kommen würde, spürte Barbara aufkommende Gereiztheit. Ihre Mutter mußte doch inzwischen wissen, daß sie manchmal nicht anrufen konnte. Ihr Vater mußte doch vernünftig genug sein, ihrer Mutter erklären zu können, was Barbaras Ausbleiben bedeutete.

Sie nahm ein zweites Geräusch im Haus wahr, das ihr beim Eintreten nicht aufgefallen war, das monotone Brummen des Fernsehapparats, auf einen Sender eingestellt, der sein Programm bereits beendet hatte. Sie schaute zum Wohnzimmer hinüber.

»Mama!« Sie gab der Gereiztheit nach. »Ist Dad auch nicht im Bett? Hast du ihn vor dem Fernseher einschlafen lassen? Ach, Mensch, du weißt doch, daß er richtig schlafen muß. Im Sessel geht das nicht. Das weißt du doch, Mama.«

Doris Havers hob den Arm und hielt Barbara fest. »Kind. Wir können nicht fahren, nicht wahr? Und dabei sind die Lamas so süß.«

Barbara schob die Hand ihrer Mutter weg. Mit einem unterdrückten Fluch ging sie ins Wohnzimmer. Ihr Vater saß in seinem Sessel. Das Zimmer war dunkel. Barbara schaltete den Fernsehapparat aus. Sie bückte sich, um die Stehlampe neben dem Sessel ihres Vaters einzuschalten.

Mit einem Schlag wurde ihr bewußt, was an diesem Abend anders war als sonst. Sie hatte das Summen ihrer Mutter gehört. Sie hatte das Brummen des Fernsehapparats gehört. Aber das eine Geräusch, das sie seit Jahren zu hören gewöhnt war, das hatte sie nicht gehört. Sie hatte nicht den mühsamen röchelnden Atmen ihres Vaters gehört. Nicht, als sie an der Tür gestanden hatte. Nicht an der Treppe. Und auch jetzt nicht, obwohl sie direkt neben seinem Sessel stand.

»O Gott, o Gott.« Sie suchte den Lichtschalter.

Er war wahrscheinlich irgendwann am frühen Nachmittag gestorben. Sein Körper war schon kalt, die Leichenstarre hatte eingesetzt. Trotzdem stürzte sich Barbara auf den Sauerstoffbehälter, drehte wie eine Verrückte an den Knöpfen.

Hätte sie ihn doch aus dem Sessel heben, auf den Boden legen können.

Das tonlose Summen ihrer Mutter näherte sich. »Ich habe ihm Suppe gebracht, Kind. Genau, wie du gesagt hast. Um halb eins. Aber er hat sich nicht gerührt. Ich habe ihn gefüttert. Ich habe sie ihm in den Mund geschoben.«

Barbara sah den Fleck auf dem Hemd ihres Vaters. »O Gott, o Gott«, flüsterte sie wieder.

»Ich wußte nicht, was ich tun soll. Drum bin ich zur Treppe gegangen und hab gewartet. Ich habe mich auf die Treppe gesetzt und gewartet. Ich wußte, daß du kommst, Kind. Ich wußte, daß du dich um Dad kümmerst. Aber weißt du –« Doris Havers blickte in Verwirrung von Barbara zu ihrem Mann. »Er wollte die Suppe nicht essen. Er hat nicht einmal geschluckt. Ich habe ihm welche in den Mund geschoben. Aber er hielt den Mund zu. Du mußt essen, Jimmy, habe ich gesagt, aber er hat mir nicht einmal geantwortet. Und –«

»Er ist tot, Mama. Dad ist tot.«

»Da hab ich ihn schlafen lassen. Er braucht die Ruhe, nicht? Das hast du selber gesagt. Und ich hab mich auf die Treppe gesetzt und gewartet.«

»Seit halb eins, Mutter?«

»Das war doch richtig, nicht, Kind? Ich meine, auf der Treppe zu warten.«

Barbara sah das faltige Gesicht ihrer Mutter, den sehnigen Hals, die leeren Augen, das ungekämmte Haar. Sie konnte nichts anderes denken als immer nur dieselben Worte: o Gott, o Gott. Sie drückten alle ihre Gefühle aus. Ihre ganze Hoffnungslosigkeit.

»Wir können nicht in den Zoo fahren«, sagte ihre Mutter. »Jetzt können wir uns die Lamas nicht ansehen, Kind.«

Das Läuten des Telefons riß Deborah aus dem Schlaf. Es läutete nur einmal, dann wurde in einem anderen Teil des Hauses abgenommen. Sie streckte automatisch den Arm zur Seite, spürte die Leere neben sich im Bett und sah auf die Uhr. Es war zwanzig nach drei.

Sie hatte Simon kurz nach eins zurückkommen hören und hatte in der Dunkelheit auf ihn gewartet. Aber er war nicht gekommen, und sie war schließlich in einen unruhigen Schlaf gefallen. Jetzt sah sie, daß er überhaupt nicht zu Bett gekommen war. Wie in der Nacht zuvor, was er damit begründet hatte, daß er bis tief in die Nacht im Labor gearbeitet, sie nicht habe stören wollen und deshalb im Gästezimmer geschlafen habe.

Diese zweite Nacht ohne ihn löste in ihr ein furchtbares Gefühl von Leere und Verlassenheit aus. Sie fühlte sich ungeborgen, ausgesetzt, klein und unbedeutend, völlig allein. Einen Moment lang blieb sie liegen und versuchte sich einzureden, daß diese Spaltung doch gut sei. Aber sie fühlte nur Trostlosigkeit und fand in dem nächtlichen Anruf einen willkommenen Vorwand.

Sie schlüpfte in ihren Morgenrock und ging aus dem Zimmer. Es war still im Haus, aber irgendwo über sich hörte sie Simons Stimme. Sie ging ihr nach.

Als sie ins Labor kam, hatte er das Telefongespräch schon beendet. Er blickte überrascht auf, als sie von der Tür her seinen Namen rief.

»Das Telefon hat mich geweckt«, erklärte sie. »Ist etwas passiert?« Sie dachte an seine Familie. Aber wenn er auch ernst aussah, so wirkte er doch nicht tiefer berührt.

»Es war Tommy«, antwortete er. »Barbara Havers' Vater ist heute gestorben.«

»Ach, wie schlimm für sie, Simon.« Sie ging ins Zimmer und blieb neben ihm an seinem Arbeitstisch stehen. Darauf ausgebreitet lag ein polizeilicher Bericht, den er zu überprüfen hatte. Die Arbeit würde ihn mehrere Wochen in Anspruch nehmen, ganz gewiß hätte er damit nicht noch heute nacht anfangen müssen.

»Das tut mir wirklich leid. Können wir irgend etwas für sie tun?«

»Im Moment nichts. Tommy gibt uns Bescheid. Aber Barbara war in persönlichen Dingen immer ziemlich zurückhaltend. Ich glaube nicht, daß sie uns viel tun lassen wird.«

»Ja. Natürlich.« Sie griff nach dem toxikologischen Befund, nahm ihn und starrte ohne Verständnis auf das Durcheinander von Worten. »Bist du schon lange wieder da? Ich habe geschlafen. Ich habe dich gar nicht kommen hören.« Eine harmlose Lüge, gewiß keine schwerere Sünde als manche andere, die auf ihrem Gewissen lastete.

»Seit zwei Stunden.«

»Ach.«

Mehr schien es nicht zu sagen zu geben. Schon bei Tag war es ihnen schwer genug, höfliche Konversation zu machen. In der Nacht, wo Müdigkeit und Erschöpfung ihre

Fähigkeit schwächten, das, was sie bewegte, hinter freundlichen Floskeln zu verbergen, war es unmöglich. Dennoch wollte sie nicht gehen, und sie brauchte gar nicht zu überlegen, um zu wissen, woher dieser Widerstand, ihn zu verlassen, kam.

An dem Abend in ihrem alten Zimmer hatte sein Gesicht ihr verraten, daß er an ein Hirngespinst glaubte, das sie ein für allemal vertreiben mußte. Es gab nur ein Mittel, ihn sich selbst wiederzugeben. Sie wußte nicht, ob sie die Kraft haben würde. Es schien soviel leichter, einfach weiterzumachen und zu hoffen, daß sie irgendwie wieder den Weg zueinander finden würden. Doch jetzt erschien diese bequeme Lösung unwahrscheinlich. Mehr noch, sie anzustreben schien feige. Dennoch fand sie keinen Anfang.

Ohne ersichtlichen Grund begann Simon zu sprechen. Den Blick auf die Papiere und Geräte auf dem Arbeitstisch gerichtet, erzählte er ihr von dem Fall, den Lynley bearbeitet hatte. Er sprach von Chas Quilter und Cecilia Feld, von Brian Byrne, von Matthew Whateleys Eltern und ihrem kleinen Haus in Hammersmith. Er schilderte die Schule. Er beschrieb ihr die Ereignisse, die sich in Bredgar Chambers zugetragen hatten, und Deborah begriff nach einer Weile, daß er sprach, um sie zurückzuhalten. Diese Erkenntnis gab ihr Hoffnung.

Sie hörte ihm zu und sagte, als er geendet hatte: »Diese armen Leute. Es gibt nichts Schlimmeres ...« Sie wollte nicht mehr weinen. Sie wollte nicht mehr trauern. Aber es hörte nicht auf. Sie zwang sich zur Konfrontation. »Was kann es Schlimmeres geben, als ein Kind zu verlieren?«

Erst da hob er den Kopf. Sie sah die Furcht und den Zweifel in seinem Gesicht. »Einander zu verlieren.«

Sie hatte Angst zu sprechen, aber sie überwand sich. »Haben wir einander verloren?«

»Es sieht so aus.« Er räusperte sich, schluckte. Unruhig

griff er zu einem Mikroskop und drehte an seinem Einstellrad. »Du weißt...« sein Ton war leicht, aber sie sah, was ihn diese Leichtigkeit für Kraft kostete, »es kann sehr gut meine Schuld sein, Deborah, und nicht deine. Weiß Gott, was der Unfall noch alles angerichtet hat, außer –«

»Nein.«

»Oder vielleicht handelt es sich um einen genetischen Defekt, den ich weitergebe, so daß du mein Kind nicht austragen kannst.«

»Simon, Liebster. Nein.«

»Mit einem anderen Mann würdest du vielleicht...«

»Simon! Nicht!«

»Es wäre ganz natürlich«, fuhr er sachlich fort, als kosteten ihn diese Worte überhaupt nichts. »Wenn du Tommy geheiratet hättest, wie er sich das damals so sehr wünschte, hättest du vielleicht längst ein Kind.«

»Nein, Simon. Ich habe nicht ein einziges Mal daran gedacht, wie alles geworden wäre, wenn ich Tommy geheiratet hätte.«

Sie starrte auf den Tisch, ohne irgend etwas wahrzunehmen, während sie den Mut suchte, weiterzusprechen und alles zu sagen. Sie wußte, er glaubte ihr nicht.

Langsam schob er die Papiere auf dem Tisch zusammen. Sie sah, daß er einen der Drucker nicht ausgeschaltet hatte, und zögerte die Entscheidung hinaus, indem sie hinging, ihn ausschaltete und gewissenhaft die Haube darüber zog. Als sie sich wieder umdrehte, war sein Blick auf sie gerichtet. Sein Gesicht war angestrahlt vom Licht der starken Lampe auf seinem Arbeitstisch. Sie selbst stand im Schatten. Sie wußte, daß die Dunkelheit die Regungen ihres Gesichts verbarg.

»Sie lebten glücklich und zufrieden, bis an ihr Lebensende. So hatte ich es mir gedacht. Aber so kam es nicht«, sagte sie. Ihre Hände waren feucht. Ihre Augen brannten.

»Wir beide haben uns geliebt. Wir heirateten. Ich wollte ein Kind von dir. Ich hielt es für selbstverständlich, daß alle meine Hoffnungen sich erfüllen würden. Aber so kam es nicht. Ich versuche, mich mit der Tatsache auseinanderzusetzen, daß ich vielleicht niemals ein Kind haben werde. Und mit der Tatsache...« Sie spürte ihren Widerstand weiterzusprechen. Es war, als verhärte sich ihr Körper. Sie kämpfte dagegen an. »Und mit der Tatsache, daß es einzig meine eigene Schuld ist. Ich habe es mir selbst angetan.«

Er wehrte ihre Worte mit einer Handbewegung ab. »Niemand hat Schuld, Deborah. In so einer Situation kann man niemandem Schuld geben. Ich verstehe nicht, warum du es unbedingt tun willst.«

»Weißt du – ich habe damals ganz einfach nicht darüber nachgedacht. Ich war gerade erst achtzehn.«

»Achtzehn?« wiederholte er perplex. »Wovon sprichst du?«

»Von Abtreibung«, antwortete sie. Mehr sagte sie nicht. Sie wußte, daß sie das nicht brauchte. Den Rest der Geschichte würde er sich selbst zusammenreimen.

Ja, sie sah es. Er zuckte zusammen. Sein Gesicht wurde bleich. Abrupt stand er von dem Hocker auf, auf dem er bisher gesessen hatte.

»Ich konnte es dir nicht sagen, Simon«, sagte sie leise. »Und jetzt – ich habe alles kaputtgemacht.«

»Wußte er es?« fragte Simon wie betäubt. »Weiß er es jetzt?«

»Ich habe es ihm nie gesagt.«

Er ging einen Schritt auf sie zu. »Warum nicht? Er hätte dich geheiratet, Deborah. Er wollte dich doch heiraten. Glaubst du, es hätte ihm etwas ausgemacht, daß du schwanger warst? Er wäre überglücklich gewesen. Warum hast du es ihm nicht gesagt?«

»Das weißt du genau.«

»Nein.«

»Deinetwegen.« Ihre Stimme war brüchig. »Du weißt, es war deinetwegen.«

»Was meinst du damit?« fragte er.

»Ich liebte dich, Simon! Nicht Tommy. Ich liebte dich. Das weißt du doch.« Sie fing an zu weinen. »Ich dachte – es war damals so – und du warst immer – ich wollte – du warst der einzige – immer. Aber ich war allein – und die Jahre, als du mir nie geschrieben hast... Da kam er nach Amerika... den Rest weißt du – ich habe nicht – er war nur jemand...«

Sie hörte seine ungleichmäßigen Schritte. Im ersten Moment glaubte sie, er ginge aus dem Zimmer. Etwas anderes hatte sie ja nicht verdient. Aber dann war er bei ihr und nahm sie in die Arme.

Er hielt sie sehr fest. »Ich habe alles falsch gemacht. Und du mußtet es ausbaden, meine Angst, meine Zweifel, meine Verwirrung. Alles. Drei Jahre lang. Es tut mir so leid, mein Liebling.« Er hob ihr Gesicht. »Deborah, Liebes.«

Er streichelte ihr das Gesicht, wischte die Tränen fort und sagte immer wieder leise ihren Namen.

Sie begann wieder zu weinen. »Wie kannst du mir verzeihen? Wie kann ich das von dir verlangen?«

»Verzeihen?« Seine Stimme klang ungläubig. »Deborah, um Gottes willen, das ist sechs Jahre her. Du warst achtzehn. Du warst ein anderer Mensch. Die Vergangenheit ist nichts. Nur die Gegenwart und die Zukunft zählen. Das mußt du doch inzwischen wissen.«

»Ich weiß nicht – wie kann es je wieder so werden, wie es war? Wie soll es weitergehen?«

Er zog sie an sich. »Indem wir weitergehen.«

Feiner Nieselregen fiel auf die Trauergäste, die sich am Grab von Jimmy Havers auf dem Friedhof von South Ealing versammelt hatten. Man hatte ein Plastiküberdach aufgestellt, um Barbara Havers, ihre Mutter und ein halbes Dutzend älterer Angehöriger des Verstorbenen vor dem Regen zu schützen. Die anderen hatten Schirme aufgespannt. Ein Geistlicher sprach feierlich von Gottes Gnade. Er hielt die Bibel an seine Brust gedrückt, und seine Soutane war mit Schmutz bespritzt.

Es war das erste Mal, daß Lynley Havers' Mutter sah. Er hatte immer noch Mühe, sich an ihren Anblick zu gewöhnen und sich sein eigenes Widerstreben einzugestehen, mit der abgeschlossenen Welt von Barbara Havers' Privatleben in Berührung zu kommen. Er kannte Barbara seit Jahren, arbeitete seit achtzehn Monaten eng mit ihr zusammen, aber sie hatte stets jede Gelegenheit abgewehrt, die es ihm erlaubt hätte, sie außerhalb des Dienstes kennenzulernen, und er hatte es ganz ohne Protest hingenommen. Es war, als hätte er die ganze Zeit gewußt, welche Geheimnisse sie zu verbergen hatte, und sei nur zu bereit gewesen, diese Geheimnisse bis in alle Ewigkeit zu akzeptieren.

Eines der Geheimnisse war sicherlich ihre Mutter gewesen. In einen viel zu langen schwarzen Mantel gekleidet, der ihr um den mageren Körper schlotterte, hing sie lächelnd, den Kopf ein wenig zur Seite geneigt, an Barbaras Arm. Sie schien nicht zu wissen, daß dies das Begräbnis ihres Mannes war. Sie warf zaghafte Blicke auf die Leute, die rund um das offene Grab standen, sprach ab und zu flüsternd mit ihrer Tochter und streichelte ihr unaufhörlich den Arm. Barbaras einzige Reaktion war, ihrer Mutter ab und zu die Hand zu tätscheln. Ihre Aufmerksamkeit galt den Worten des Geistlichen. Ihr Gesicht war ruhig und gefaßt, während sie den Blick auf den Sarg gerichtet hielt und der Rede des Geistlichen lauschte.

Lynley konnte das nicht. Er fand Halt nur im Hier und Jetzt. Gebete für die Ewigkeit bedeuteten ihm nichts. Ohne hinzuhören, ließ er den Blick über die Trauergäste schweifen.

Auf der anderen Seite des Grabes standen Simon und Deborah gemeinsam unter einem Schirm. Neben ihnen sah er Superintendent Webberly, der, die Hände in den Manteltaschen, barhäuptig im Regen stand. Hinter ihm waren mehrere Kollegen von Scotland Yard, unten ihnen Constable Nkata. Sie waren Barbara zuliebe gekommen. Ihren Vater hatten sie nicht gekannt.

Jenseits dieser kleinen Gruppe pflanzte eine Frau mit rosafarbenen Gummihandschuhen eifrig Blumen auf ein Grab. Sie nahm keine Rücksicht auf den Trauergottesdienst, sondern rannte in ihren quietschenden Gummistiefeln herum, als sei sie allein auf weiter Flur. Nur einmal sah sie von ihrer Arbeit auf, als ein Auto sich auf dem breiten Weg näherte, der von der South Ealing Road in den Friedhof hineinführte. Eine Tür wurde geöffnet und geschlossen. Das Auto fuhr wieder ab. Rasche Schritte klapperten auf Pflastersteinen. Ein arg verspäteter Trauergast war gekommen, um sich in die kleine Gemeinde am Grab einzureihen.

Lynley sah, daß Havers aufmerksam geworden war. Ihr Blick flog vom Geistlichen zu der Person, die sich hinten an die Gruppe angeschlossen hatte, und dann, beinahe automatisch, zu ihm. Sie wandte den Blick sofort wieder ab, aber nicht schnell genug. Er kannte Havers. Er kannte sie gut. Er wußte, wer gekommen war. Hätte er es nicht an Havers' Reaktion erkannt, so hätten die Gesichter Simons und Deborahs es ihm verraten. Zweifellos waren sie es gewesen, die in Korfu angerufen hatten.

Es war wirklich Helen, die am Rand der Gruppe stand. Lynley wußte es. Er fühlte es. Er brauchte sich nicht einmal umzudrehen, um sich zu vergewissern. Er fühlte ihre Anwesenheit, wenn sie in seiner Nähe war, und so würde es immer sein. Zwei Monate Trennung hatten daran nichts geändert. Auch zwanzig Jahre würden es nicht.

Der Geistliche schwieg, trat vom Grab zurück. Der Sarg wurde hinuntergelassen. Havers zog ihre Mutter näher an das offene Grab und führte ihr die Hand, so daß sie einen Strauß Frühlingsblumen hineinwerfen konnte, den sie während des ganzen Gottesdienstes in der Hand gehalten hatte. Auf dem Weg zur Kapelle hatte sie ihn zweimal fallen lassen. Jetzt waren die Blumen schmutzig und ließen die Köpfe hängen. Sie fielen aus ihrer Hand und waren rasch vom Regen durchweicht.

Der Geistliche sprach ein abschließendes Gebet, sprach kurz mit Havers und ihrer Mutter und trat zur Seite. Die Trauergäste kamen näher, um ihr Beileid auszudrücken.

Lynley schaute nur zu. Simon und Deborah, Webberly und Nkata. Nachbarn, Kollegen und entfernte Verwandte. Er blieb am Grab stehen. Er blickte hinunter. Stumpf glänzte das Licht auf der kleinen Messingplakette auf dem Sargdeckel. Jetzt, da er von den Zwängen des Beerdigungsrituals frei war, da er sich nur umdrehen und auf Helen zugehen brauchte, war er wie gelähmt. Selbst wenn er es schaffen würde, harmlose Belanglosigkeiten zu äußern, nur um Helen davon abzuhalten, gleich wieder zu gehen, konnte er nicht hoffen, daß sein Gesicht nicht verriet, was er zu verbergen wünschte.

Zwei Monate hatten nichts geändert.

»Tommy.«

Er hatte die Augen niedergeschlagen und sah zuerst ihre Schuhe. Trotz seiner Bedrängnis mußte er lächeln. Typisch Helen: total unpraktisch, sehr schick, eine äußerst sparsame Komposition raffiniert zusammengesetzter Lederfleckchen, die bei diesem Wetter völlig fehl am Platz war; eine Form, in die nur ein Masochist freiwillig seine Füße gepreßt hätte.

»Wie kannst du nur in diesen Dingern laufen, Helen?« fragte er. »Das muß ja eine Qual sein.«

»Eine Höllenqual«, bestätigte sie. »Mir tun die Füße so weh, daß der Schmerz bis in die Augen hinaufzieht. Eine einzige Folter, sage ich dir. Wenn Krieg wäre, hätte ich dem Feind längst alles verraten, was er wissen will.«

Er lachte leise und hob den Kopf, um sie anzusehen. Sie war unverändert. Das glänzende kastanienbraune Haar, die dunklen, sprühenden Augen, die gerade, stolze Haltung ihres Körpers.

»Bist du heute morgen aus Griechenland gekommen?« fragte er.

»Es war der erste Flug, den ich kriegen konnte. Ich bin direkt vom Flughafen hergefahren.«

Das war die Erklärung für das leichte, pfirsichfarbene Kleid, ein Frühlingshauch, der zu einer Beerdigung völlig unpassend war. Er zog seinen Trenchcoat aus und reichte ihn ihr.

»Sehe ich so gräßlich aus?« fragte sie.

»Keineswegs. Aber du wirst naß. Deine Schuhe sind wahrscheinlich für immer hinüber, aber das ist kein Grund, auch noch das Kleid zu ruinieren.«

Sie schlüpfte in den Mantel, der ziemlich absurd an ihr aussah.

»Wenigstens hast du einen Schirm«, stellte er fest.

Er baumelte ungeöffnet an ihrer Hand.

»Ja, so ein fürchterliches Billigding. Ich hab ihn am Flughafen gekauft und hab ihn bis jetzt nicht aufgebracht.« Sie zog den Gürtel des Mantels zusammen. »Hast du schon mit Babara gesprochen?«

»Am Telefon mehrmals seit Mittwoch. Aber heute noch nicht. Nein ...«

Helen beobachtete die Leute, die um Barbara Havers und ihre Mutter herumstanden, und Lynley beobachtete

Helen. Als sie sich ihm plötzlich wieder zuwandte, wurde ihm heiß. Ihre Worte überraschten ihn.

»Simon hat mir von deinem Fall erzählt, Tommy. In diesem Internat. Dieser kleine Junge ...« Sie zögerte. »Es muß schrecklich gewesen sein.«

»Zum Teil, ja. Vor allem die Schule.« Er wandte sich ab. Die Frau mit den rosafarbenen Gummihandschuhen am Nachbargrab war dabei, eine Azalee einzupflanzen.

»Wegen Eton?«

Wie gut sie ihn kannte. Immer gekannt hatte. Ohne die geringste Mühe konnte sie in sein Innerstes hineinsehen.

»Ich habe in Eton für ihn gebetet, Helen. Habe ich dir das jemals erzählt. In der Kapelle. Mit den vier Erzengeln in den Ecken, die auf mich herunterschauten und mir garantierten, daß meine Gebete erhört werden würden. Jeden Tag bin ich hingegangen, habe niedergekniet und gebetet. Bitte, Gott, laß meinen Vater am Leben. Ich will alles tun, Gott. Nur laß meinen Vater am Leben.«

»Du hast ihn geliebt, Tommy. Das tun Kinder, die ihre Eltern lieben. Sie wollen nicht, daß sie sterben. Das ist doch keine Sünde.«

Er schüttelte den Kopf. »Darum geht es nicht. Ich hatte ja keine Ahnung. Ich habe nicht nachgedacht. Ich betete für sein Leben. Helen, für sein Leben. Ich dachte nicht daran, um seine Heilung zu bitten. Ja, mein Gebet wurde erhört. Er blieb am Leben. Sechs grauenvolle Jahre lang.«

»Ach, Tommy.«

Ihre Wärme und ihr Mitgefühl waren zuviel. Er sprach ohne Überlegung. »Du hast mir gefehlt.«

»Du mir auch«, sagte sie.

Er wollte aus diesen drei Worten Hoffnung schöpfen. Er wollte sie mit Bedeutung und Verheißung füllen. Als er sie hörte, wollte er gleich noch einmal alles aufs Spiel setzen und Helen seine Liebe erklären, sie drängen, die tiefe Bindung, die zwischen ihnen seit langem bestand, endlich anzuerkennen. Aber wenn auch die zwei Monate der Trennung an seinen Gefühlen nichts geändert hatten, so hatten sie ihn doch ein Maß an Zurückhaltung gelehrt.

»Ich habe einen neuen Sherry zu Hause«, sagte er als Antwort auf ihre drei Worte. »Willst du ihn nicht mal gelegentlich probieren und mir sagen, wie du ihn findest?«

»Na hör mal, du weißt doch, daß ich ein absoluter Sherry-Fan bin und als kritische Begutachterin völlig hoffnungslos. Mir würde Sherry auch noch schmecken, wenn man ihn durch dreckige Socken gießt.«

»Tja, das könnte ein Problem sein«, meinte er. »Aber in diesem Fall nicht.«

»Wieso nicht?«

»Weil ich nur saubere Socken habe.«

Sie lachte.

Ermutigt fragte er: »Hast du Lust, heute abend zu kommen?« Und fügte hastig hinzu: »Oder morgen. Oder einen anderen Tag. Du bist sicher müde von der Reise.«

»Und nach dem Sherry?« fragte sie.

»Ich weiß nicht, Helen«, antwortete er aufrichtig. »Vielleicht erzählst du mir von deiner Reise. Vielleicht erzähle ich dir von meiner Arbeit. Wenn es spät wird, braten wir uns vielleicht ein paar Eier und lassen sie anbrennen und werfen alles weg. Vielleicht werden wir auch nur zusammensitzen. Ich weiß es nicht. Mehr kann ich nicht sagen.«

Helen zögerte. Sie sah zu Barbara Havers und ihrer Mutter hinüber. Die Gruppe von Menschen um sie herum begann sich zu lichten. Lynley wußte, daß sie zu Barbara gehen wollte. Er wußte auch, daß er eigentlich in dieser Gruppe von Menschen in ihrer Nähe hätte sein müssen, anstatt hier zu stehen und darauf zu warten, daß die Frau, die er liebte, irgend etwas sagte, irgendeine Bemerkung machte, die ihm einen Hinweis geben würde, wie die Zukunft sich gestalten würde. Er ärgerte sich über sich selbst. Wieder hatte er Helen in eine unhaltbare Situation gebracht. Sein Drängen und seine Ungeduld würden sie immer wieder von ihm forttreiben.

»Entschuldige«, sagte er abrupt. »Ich habe nicht nachgedacht. Das scheint bei mir allmählich chronisch zu werden. Wollen wir es ruhen lassen und zu Barbara hinübergehen?«

Helen wirkte erleichtert. »Ja, tun wir das.«

Sie hakte sich bei ihm ein, und sie gingen auf die Gruppe zu, die noch unter dem Plastikdach stand.

»Tommy«, sagte Helen nachdenklich. »Eigentlich würde ich doch gern gleich heute abend kommen und deinen Sherry probieren.«

Ihr anfängliches Zögern war Anlaß zur Vorsicht. Lynley wollte ihr Eingehen auf seinen Vorschlag keinesfalls mißverstehen, darum sagte er nur wie vorher sie: »Und nach dem Sherry?«

»Ich weiß es nicht. Mir geht es wie dir. Mehr kann ich nicht sagen. Ist dir das diesmal genug?«

Es war nicht genug und würde niemals genug sein. Nur die Gewißheit würde ihm genug sein. Aber die würde nicht sofort kommen.

»Es ist genug«, log er. »Für jetzt ist es genug.«

Sie gesellten sich zu Simon und Deborah und warteten auf eine Gelegenheit, um mit Barbara zu sprechen. Lynley spürte froh Helens Hand auf seinem Arm. Der Druck ihrer Schulter an der seinen, ihre Nähe, der Klang ihrer Stimme taten ihm gut. Er wünschte sich mehr von ihr. Aber für jetzt mußte er sich damit begnügen.

ANNE PERRY

»Dieser Roman verdient höchstes Lob für seine exzellente Handlungsführung, lebensnahen Figuren und außergewöhnliche historisch Authentizität!«
Booklist

44372